Du monde entier

MARISHA PESSL

LA PHYSIQUE
DES CATASTROPHES

roman

Traduit de l'anglais (États-Unis)
par Laetitia Devaux

GALLIMARD

Titre original :

SPECIAL TOPICS IN CALAMITY PHYSICS

Pour Anne et Nic

INTRODUCTION

Papa disait toujours qu'il faut une sublime excuse pour écrire l'histoire de sa vie avec l'espoir d'être lu.

« À moins que ton nom ne soit comparable à ceux de Mozart, Matisse, Churchill, Che Guevara ou Bond — *James* Bond —, il vaut mieux que tu consacres ton temps libre à peindre avec tes doigts ou à pratiquer le palet, car personne, mis à part ta pauvre mère aux bras flasques et aux cheveux rêches qui te couve d'un regard tendre comme du veau, ne voudra écouter le récit de ta pitoyable existence, laquelle s'achèvera sans doute comme elle a commencé — dans un râle. »

Avec des critères aussi stricts, j'étais persuadée que je ne trouverais de toute façon pas ma sublime excuse avant d'avoir au moins soixante-dix ans, lorsque je serais pleine de tavelures et de rhumatismes, mais dotée d'un esprit aussi tranchant qu'un couteau de boucher, d'un mas provençal à Avignon (où je pourrais me délecter de 365 fromages différents), d'un amant de vingt ans plus jeune qui travaillerait aux champs (des champs de quoi, je l'ignore, sans doute une plante dorée et vaporeuse) et, peut-être, d'un petit succès à mon actif en sciences ou en philosophie. Et pourtant, la décision — ou plutôt, la nécessité impérieuse — de prendre la plume pour raconter mon histoire, et tout particulièrement l'année où elle se défit comme un pull dont on a tiré une maille, eut lieu beaucoup plus tôt que je ne l'aurais imaginé.

Tout commença par une banale insomnie. Cela faisait près d'un an que j'avais découvert le corps de Hannah, et je pensais avoir effacé en moi toute trace de cette nuit-là, un peu comme, à force d'exercices de prononciation, le professeur Henry Higgins finit par gommer l'accent cockney d'Eliza (voir *My Fair Lady*).

Je me trompais.

Fin janvier, je me réveillais à nouveau en pleine nuit, tandis que le couloir obscur se taisait et que des ombres hérissées se blottissaient à l'arête du plafond. Mes seuls biens en ce monde se limitaient à quelques gros manuels suffisants tel qu'*Introduction à l'astrophysique* ainsi qu'à un triste et silencieux James Dean prisonnier de son affiche en noir et blanc et des bouts de scotch qui le plaquaient au dos de notre porte. En l'observant à travers les ténèbres en taches d'encre, je vis tout à coup Hannah Schneider comme si elle était là.

Elle était pendue à un mètre du sol au bout d'une rallonge électrique orange. Sa langue — gonflée et rose comme une éponge de cuisine — dépassait de sa bouche. Ses yeux ressemblaient à des glands, des *cents* ternis, ou encore à ces boutons noirs que les enfants plantent sur la tête d'un bonhomme de neige, à ce détail près qu'ils ne voyaient rien. Ou peut-être était-ce là le problème : ils avaient tout vu. J. B. Tower écrit que l'instant d'avant la mort revient à « voir d'un coup tout ce qui a un jour été » (même si je me demande comment il savait ça, ayant pondu *Mortalité* dans la fleur de l'âge). Et ses lacets — on aurait pu rédiger un traité sur ses lacets écarlates et parfaitement symétriques — étaient bien serrés avec d'impeccables doubles nœuds.

Malgré tout, en optimiste invétérée (« Les van Meer sont par nature des idéalistes et des libres-penseurs à l'esprit résolument positif », constatait papa), j'espérais que cette affreuse période d'insomnie cesserait, un peu comme la mode des jupes à motif caniche ou celle des tamagoshis, mais un soir de février où j'étais en train de lire l'*Énéide*, Soo-Jin, ma compagne de chambre, m'annonça sans lever les yeux de son manuel de chimie organique que des filles de notre couloir, elles aussi en première année, avaient prévu de s'incruster dans une fête à l'extérieur du campus qu'organisait un thésard en philosophie, mais qu'elles ne voulaient pas que je vienne car elles me trouvaient sinistre, « surtout le matin, quand tu vas en "Introduction à la contre-culture des années soixante et à la Nouvelle Gauche". Tu as l'air, comment dire, *accablé* ».

Bien sûr, cette affirmation n'engageait que Soo-Jin (qui, par ailleurs, faisait la même tête pour exprimer sa colère ou son allégresse). Je m'efforçai d'oublier cette remarque, un peu comme on ignore une désagréable odeur qui s'échappe d'un vase à bec ou d'un tube à essai, mais, dès lors, je remarquai moult détails indiscutablement sinistres chez moi. Ainsi, le vendredi soir où Bethany organisa dans sa chambre un marathon Audrey Hepburn, je me rendis compte qu'à la fin de *Diamants sur canapé*, à l'inverse des autres filles qui, assises sur des coussins, enchaînaient cigarette sur cigarette avec la larme à l'œil, j'espérais que Holly ne retrouverait pas Le Chat. En toute honnêteté, j'avais envie que Le Chat reste à jamais perdu et abandonné, qu'il miaule et tremble dans les cageots couverts d'échardes de cette abominable Tin Pan Alley, l'allée des musiciens, où justement il n'y avait pas un chat, un endroit qui, au vu de la pluie hollywoodienne, serait en moins d'une heure submergé par l'équivalent de l'océan Pacifique. (Mais je dissimulai mes pensées sous un grand sourire lorsque George Peppard attrapait fiévreusement Audrey, qui elle-même attrapait fiévreusement Le Chat, lequel n'avait plus l'air d'un chat mais d'un écureuil noyé. Je crois même avoir poussé un cri aigu en parfaite synchronie avec les soupirs de Bethany.)

Ce n'était pas tout. Quelques jours plus tard, j'étais en cours de « Biographies américaines » avec notre chargé de TD, Glenn Oakley, qui avait un teint pain de maïs et la manie de déglutir en plein milieu d'un mot. Il dissertait sur le lit de mort de Gertrude Stein.

« Alors, Gertrude, quelle est la réponse ? » citait Glenn dans un murmure prétentieux, la main gauche tendue comme s'il tenait une ombrelle couleur chair. (On aurait dit Alice B. Toklas avec sa fausse moustache.) « Voyons Alice, quelle est donc la ques-*glurp*-tion ? »

J'étouffai un bâillement, jetai un coup d'œil à mon cahier et m'aperçus avec horreur que j'étais en train de griffonner d'une écriture bizarre ce mot troublant : « adieu ». En soi, ce n'était pas bien méchant, à ce détail près que, telle une femme au cœur brisé, je l'avais gribouillé au moins quarante fois dans la marge, débordant même sur la page précédente.

« Quelqu'un peut-il me dire ce que Ger-*glurp*-trude entendait par une telle déclaration ? Bleue ? Non ? Pouvez-vous rester avec nous, s'il vous plaît ? Et vous, Shilla ?

— C'est évident. Elle parlait de l'insupportable vacuité de l'existence.

— Excellent. »

Il apparut qu'en dépit de mes efforts (je portais des pulls vaporeux roses ou jaunes et j'attachais mes cheveux en ce que je croyais être une queue de cheval résolument enlevée), je devenais précisément ce que j'avais redouté depuis les événements. J'étais en train de me tordre et de me voiler comme une roue de bicyclette (un nouveau pas vers la folie furieuse), de me transformer peu à peu en une mégère qui, la quarantaine passée, se met à faire des grimaces aux enfants ou fonce délibérément dans une masse de pigeons en train de picorer. Il est vrai que j'avais toujours des frissons quand je découvrais un gros titre ou une publicité aux résonances troublantes : « Un magnat de l'acier décède d'une crise cardiaque à l'âge de 50 ans », ou bien « LIQUIDATION DE MATÉRIEL DE CAMPING ». Mais je me disais que tout le monde — tout du moins, les gens fascinants — a ses blessures. Et que, malgré ces blessures, la plupart conservent une apparence et un comportement plus proches de ceux de Katharine Hepburn que du capitaine Queeg dans *Ouragan sur le Caine*, de Shirley Temple que de Picsou.

Ma longue plongée vers la sinistrose aurait pu se poursuivre sans accroc, s'il n'y avait eu cet étonnant coup de téléphone par un glacial après-midi de mars. Cela faisait presque un an jour pour jour que Hannah était morte.

« Pour toi », dit Soo-Jin en se détournant à peine du diagramme 2114.74 « Acides aminés et peptides » tandis qu'elle me tendait le combiné.

« Allô ?

— Salut. C'est moi. Ton passé. »

J'en eus le souffle coupé. Cette voix de fille qui a roulé sa bosse, mi-Marilyn mi-Steinbeck, je l'aurais reconnue entre mille. Et pourtant, elle avait changé. Naguère sucrée et craquante, elle était désormais pleine de gruau et de grumeaux.

« T'en fais pas. Ton passé n'est pas en train de te rattraper, dit-elle avec un petit rire semblable à un coup de pied dans un caillou. J'ai arrêté de fumer », annonça-t-elle, visiblement très fière. Puis elle m'expliqua qu'après St-Gallway, elle n'était pas allée à l'université. En raison de certains « soucis », elle avait été admise dans un endroit « à la Narnia », où elle « extériorisait son vécu » et apprenait à peindre des fruits à l'aquarelle. Elle m'annonça d'un ton excité qu'une « très grande rock star » avait occupé une chambre à *son* étage, le *deuxième*, celui des gens à peu près normaux (« pas aussi suicidaire que le troisième ou maniaco-dépressif que le premier »), que tous deux étaient devenus « intimes », mais que, si jamais elle révélait son identité, cela anéantirait tout ce qu'elle avait appris pendant ces dix mois de « maturation » à Heathridge Park. (Jade, me rendis-je compte, se voyait comme une liane ou quelque autre plante grimpante.) Or, l'un des critères pour obtenir son « diplôme » (elle préférait visiblement ce mot à « sortie »), était de régler certaines questions en suspens.

Il se trouvait que j'étais une question en suspens.

« Alors, comment vas-tu ? demanda-t-elle. Comment va la vie ? Ton père ?

— Il est formidable.

— Et Harvard ?

— Très bien.

— Bon, j'en viens au motif de mon appel, qui est de te présenter mes excuses, et je ne vais ni me défiler, ni expédier ça comme une corvée », déclara-t-elle d'un ton solennel, ce qui, d'une certaine manière, m'attrista, parce que ça ne ressemblait pas du tout à la véritable Jade. La Jade que je connaissais avait pour règle de *toujours* se défiler, et, si elle était obligée de présenter ses excuses, de *toujours* expédier ça comme une corvée. Mais elle était devenue une Liane de Jade (*Strongylodon macrobotrys*), de la famille des *Leguminosae*, une cousine éloignée du modeste petit pois.

« Je suis désolée de la façon dont je me suis comportée. Je sais que tu n'y es pour rien. Elle a pété les plombs, c'est tout. Ça arrive à plein de gens, et ils ont leurs raisons. Je te prie de m'accorder ton pardon. »

J'eus envie de la réduire au silence par un coup de pied mental dans les gencives, ou encore par une note en bas de page pleine de suspense : « D'un point de vue purement technique... » Mais j'en fus incapable. Non seulement je n'en eus pas le courage, mais je ne voyais

13

pas l'intérêt de lui raconter la vérité : c'était trop tard. Jade s'épanouissait, elle recevait une quantité adéquate d'eau et d'ensoleillement, promettait d'atteindre une taille maximale de vingt mètres de haut, et finirait, avec un peu de semence, un léger émondage en été et une belle poussée au printemps, par recouvrir un mur de pierre. Mes paroles auraient eu là-dessus l'effet de cent jours de sécheresse.

Le reste de notre conversation fut un échange enthousiaste de « donne-moi ton e-mail » et « trouvons une date » — des amabilités en papier mâché incapables de masquer le fait qu'on se parlerait rarement et qu'on ne se reverrait jamais. Je savais que Jade, et peut-être les autres, flotterait de temps à autre jusqu'à moi comme du pollen de pissenlit afin de m'annoncer un mariage dragéifié ou un divorce gluant, un déménagement en Floride ou un nouveau job dans l'immobilier, mais comme il n'y aurait rien pour les retenir, ils s'évanouiraient dans la nature avec le hasard et la légèreté qui les avaient conduits à moi.

Le destin voulut que ce jour-là, j'aie cours en amphi, « Épopées grecques et romaines », avec le professeur émérite Zolo Kydd. Les étudiants surnommaient Zolo « Rolo », car sa taille et son teint faisaient penser à ces caramels au chocolat qui collent aux dents. Il était petit, mat et rond, portait toute l'année un pantalon de golf écossais, et ses épais cheveux blanc jauni collaient à son front luisant couvert de taches de rousseur comme si, dans un lointain passé, on l'avait aspergé de sauce salade. D'ordinaire, à la fin d'un cours de Zolo sur « Dieux et divinités » ou « Le début et la fin », la plupart des étudiants avaient piqué du nez. À la différence de papa, il avait une diction anesthésiante, sans doute à cause de ses phrases à rallonge et de sa tendance à répéter certains mots, en général un article ou une préposition, si bien que surgissait aussitôt à l'esprit l'image d'une petite grenouille verte qui sautille de nénuphar en nénuphar.

Et pourtant, cet après-midi-là, j'avais le cœur au bord des lèvres. Je me raccrochais à chacun de ses mots.

« Je suis tombé sur un-un, un drôle de petit article l'autre jour à propos de Homère », déclara Zolo en reniflant et en fronçant les sourcils en direction de ses pieds. (Il reniflait quand il était nerveux, car il venait de prendre la courageuse décision de quitter la rive protégée de ses notes pour se risquer sur le radeau d'une digression ballotante.) « C'était dans une revue confidentielle, je vous invite tous à y jeter un coup d'œil à la bibliothèque, la-la, la méconnue *Épopée classique et Amérique moderne*. Le volume de cet hiver, je crois bien. Il y a un an, deux cinglés de latinistes et hellénistes comme moi ont tenté une expérience sur le pouvoir de l'épopée. Ils ont offert des exemplaires de l'*Odyssée* à-à, à une centaine de criminels endurcis dans une prison de haute sécurité — Riverbend, je crois. Eh bien, imaginez-vous que vingt condamnés l'ont lu en entier et que trois ont ensuite pris la plume pour écrire leur propre épopée. L'une d'elle sera publiée l'an prochain par les presses universitaires d'Oxford. L'article soutenait que la poésie épique est un moyen efficace de réinsérer les-les, les assassins les plus dangereux. Il-il, il semblerait que, paradoxalement, elle apaise la colère, le-le, le stress, la douleur, et apporte, même à ceux qui sont allés très-très, très loin, une lueur d'espoir. Il est vrai que l'on manque, de nos jours, d'héroïsme véritable. Que sont devenus nos nobles héros ? Les grands exploits ? Où sont passés les dieux, les muses, les guerriers ? Où est la Rome antique ? Tout ceci doit bien-bien, bien se trouver quelque part, puisque, d'après Plutarque, l'Histoire ne fait que se répéter. Si seulement nous avions le courage de les puiser en-en, en nous, cela-cela, cela pourrait... »

J'ignore ce qui me prit.

Peut-être était-ce la sueur sur le visage de Zolo, où se reflétaient joyeusement les néons comme des lampions sur un fleuve, ou bien sa façon de se raccrocher au pupitre comme s'il craignait de ne bientôt plus former qu'un tas de chiffons écossais — un contraste saisissant avec la posture de papa sur une estrade : quand il expliquait la réforme du tiers-monde (ou tout ce qu'il avait envie d'expliquer), papa n'était jamais ni dérouté ni effrayé par une petite excursion verbale hors des sentiers battus, ou bien par une digression fort à propos. Et il se tenait toujours bien droit, sans le moindre affaissement ni la plus petite inclinaison. (« Quand je donne un cours, je me prends pour une colonne dorique du Parthénon. »)

Je me levai brusquement, le cœur tambourinant contre mes côtes. Zolo s'interrompit en plein milieu d'une phrase et, comme les trois cents étudiants assoupis dans l'amphithéâtre, me regarda filer, tête baissée, en trébuchant sur les sacs à dos, jambes tendues, man-

15

teaux, baskets et manuels jusqu'à l'allée la plus proche. Je chancelai jusqu'aux portes à double battant marquées SORTIE.

« Tiens donc, voilà Achille », railla Zolo dans le micro. Il y eut quelques rires las.

Je courus jusqu'à ma chambre. Je m'assis à mon bureau, attrapai un tas de feuilles blanches de dix centimètres de haut et me lançai dans cette introduction, qui initialement s'ouvrait sur l'accident de Charles, sa jambe en quatre morceaux et son sauvetage par la garde nationale. Il souffrait tellement qu'il hurlait sans trêve : « Au secours, au secours ! » Or, quand il était inquiet, Charles avait une voix terrible, et je ne pouvais m'empêcher de voir ces mots comme des êtres vivants flottant, tels des ballons d'hélium, dans les couloirs stériles de l'hôpital de Burns jusqu'à la maternité, si bien que tous les enfants venus au monde ce matin-là avaient entendu ses cris.

Bien évidemment, « Il était une fois un triste et beau petit garçon qui s'appelait Charles » ne convenait pas. Charles était l'Apollon de St-Gallway, son docteur Jivago, son Buffalo Bill. Il était le garçon au corps doré que Fitzgerald aurait repéré sur une photo de classe de terminale pour le décrire avec des mots imbibés de soleil tels que « patricien », « éternellement rassurant ». Mais Charles se serait farouchement opposé à ce que je commence un récit par ces instants peu glorieux.

À nouveau, j'étais dans une impasse (je me demandais comment ces criminels, ces durs à cuire, avaient pu, contre toute attente et avec autant d'aisance, vaincre l'angoisse de la page blanche), et pourtant, à l'instant où je jetai mes pages froissées dans la corbeille sous le portrait d'Einstein (près du stupide tableau de Soo-Jin intitulé « Faire ou ne pas faire »), je me souvins de ce que papa avait déclaré un jour à Enid, Oklahoma, en feuilletant une alléchante brochure sur les programmes de l'université de l'Utah à Rockwell qui, si ma mémoire est bonne, venait de lui offrir un poste de professeur invité.

« Il n'y a rien de plus fascinant qu'un séminaire bien structuré et suivi avec discipline. »

Je dus rouler des yeux ou grimacer car il secoua la tête, se leva et me planta l'objet — de cinq centimètres d'épaisseur — dans les mains.

16

« Je suis sérieux. Quoi de plus glorieux qu'un professeur ? Loin de moi l'idée de vouloir élever les esprits ou forger l'avenir de la nation, ces assertions douteuses. Il n'y a pas grand-chose à espérer lorsque lesdits esprits émergent de l'utérus déjà formatés pour la playstation. Non. Ce dont je parle, c'est du professeur comme seul être sur terre capable de construire un cadre autour de la vie — pas toute la vie, juste un fragment, un petit bout. Il organise l'inorganisable. Il le cloisonne en moderne et postmoderne, renaissance, baroque, primitivisme, impérialisme, etc. Il délimite ça par des devoirs, des partiels, des vacances. Quel ordre ! C'est tout simplement divin. Songe à la symétrie d'un séminaire semestriel ; à ces termes : cours magistral, tutorat, séminaire de maîtrise, de troisième cycle, de doctorat. Et TD. TD, quel sigle merveilleux ! Tu me trouves fou. Prends un Kandinsky. Ce n'est que confusion. Mets-lui un cadre, et *voilà*[1], il donne une touche d'originalité au-dessus de la cheminée. Idem pour les lectures obligatoires. Et puis, ces cours harmonieux et célestes qui culminent en la terrible merveille du contrôle final. Or, qu'est-ce qu'un contrôle final ? Un test de compréhension intime de concepts immenses. Il ne faut pas s'étonner que tant d'adultes rêvent de retourner à la fac, à ces dates de remise, à cette structure. Enfin une armature à laquelle se raccrocher ! Elle a beau être arbitraire, sans elle, nous sommes perdus, incapables de différencier le romantique du victorien dans nos tristes existences dépourvues de sens... »

J'annonçai à papa qu'il avait perdu la tête. Il rit.

« Tu verras, un jour, me dit-il avec un clin d'œil. Et garde bien ça en tête. Arrange-toi toujours pour que tes affirmations soient référencées avec précision, et, dès que possible, ajoute des supports visuels, car, crois-moi, il y aura toujours un clown près du radiateur pour agiter comme une nageoire sa main dodue et protester : "Mais pas du tout, vous n'avez rien compris." »

Je déglutis en regardant la page blanche. Je fis faire un triple salto à mon stylo plume et plongeai le regard vers la fenêtre qui donnait sur les pelouses de Harvard, où des étudiants à l'apparence stricte, leurs écharpes hivernales soigneusement nouées autour

---

1. Tous les termes en italique suivis d'un astérisque sont en français dans le texte original. *(N.d.T.)*

Partie 1

OTHELLO

Avant de vous raconter la mort de Hannah Schneider, je voudrais vous parler de celle de ma mère.

Le 17 septembre 1992, à 15 h 10, alors que, deux jours plus tard, elle devait prendre possession d'un break Volvo bleu tout neuf chez Dean King, le concessionnaire Volvo et Infinity d'Oxford, ma mère, Natasha Alicia Bridges van Meer, au volant de sa Plymouth Horizon blanche (une voiture que papa avait surnommée « La Mort Assurée »), défonça la glissière de sécurité de la Mississippi State Highway 7 et alla percuter une rangée d'arbres.

Elle fut tuée sur le coup. Je serais morte moi aussi si papa n'avait, par un étrange coup de pouce du destin, appelé ma mère à l'heure du déjeuner pour lui dire qu'il était inutile qu'elle aille me chercher à l'école Calhoun. Il avait décidé de chasser les étudiants qui faisaient toujours le siège de son bureau après son cours de sciences politiques (400a : Résolution des conflits) pour lui poser des questions sans intérêt. Il avait surgi dans la classe de maternelle de Miss Jetty, et nous avions passé le reste de la journée au centre de préservation de la faune et de la flore du Mississippi dans la Water Valley.

Pendant que papa et moi apprenions que l'État du Mississippi possédait l'un des meilleurs programmes de gestion des cervidés (le deuxième après le Texas), avec une population d'un million sept cent cinquante mille cerfs de Virginie, les équipes de secours tentaient de désincarcérer ma mère de l'épave de sa voiture à l'aide de mâchoires géantes.

Papa, à propos de maman : « Ta mère était une *arabesque**. »

21

Il adorait utiliser des termes de danse classique pour la décrire (parmi ses favoris : *attitude**, *ciseaux** et *balancé**), non seulement parce que pendant sept ans, elle avait suivi les cours de danse du célèbre conservatoire Larson de New York (avant que ses parents l'en retirent pour l'inscrire à la Ivy School sur la 81ᵉ Rue Est), mais aussi parce qu'elle vivait sa vie avec grâce et discipline. « Bien qu'ayant reçu une éducation classique, Natasha développa très tôt une technique personnelle, et sa famille et ses camarades la jugeaient comme assez radicale pour son époque », expliquait papa, faisant ainsi allusion aux parents de ma mère, George et Geneva Bridges, et à ses amis d'enfance qui ne comprenaient pas pourquoi Natasha n'habitait pas la maison familiale à cinq étages près de Madison Avenue, mais un studio à Astoria, pourquoi elle ne travaillait pas pour American Express ou Coca-Cola mais à l'AMED (Association des mères en difficulté), et pourquoi elle était tombée amoureuse de papa, un homme de treize ans son aîné.

Après trois verres de bourbon, papa aimait à évoquer la soirée de leur rencontre dans la salle des pharaons de la collection Edward Stillman d'art égyptien sur la 86ᵉ Rue Est. Il l'avait remarquée au milieu d'une foule de reliques momifiées de rois égyptiens et d'individus qui dégustaient du canard à mille dollars par tête, les bénéfices étant reversés à une œuvre de bienfaisance pour les orphelins du tiers-monde. (Papa s'était vu offrir, coup de chance, deux tickets par un collègue titulaire qui ne pouvait assister au dîner. Je suis donc redevable de mon existence à Arnold B. Levy, professeur de sciences politiques à Columbia, et au diabète de sa femme.)

Dans le souvenir de papa, la tenue de Natasha avait tendance à changer de couleur. Parfois, ma mère était « drapée dans une robe blanche immaculée qui rehaussait sa silhouette parfaite, aussi stupéfiante que Lana Turner dans *Le facteur sonne toujours deux fois* », alors que, certains jours, elle était « tout en rouge ». Papa était accompagné d'une certaine Miss Lucy Marie Miller d'Ithaca, fraîchement nommée maître de conférences au département de littérature anglaise de Columbia. En revanche, il ne se souvenait jamais de la couleur de sa robe à elle. Il ne se rappelait même pas l'avoir revue ni saluée après leur bref échange sur le remarquable état de conservation de la hanche du roi Taa II car, quelques instants plus tard, il apercevait Natasha Bridges, une blonde scandinave au nez aristocratique, qui bavardait distraitement devant le genou et le tibia d'Ahmosis IV avec son chevalier servant, Nelson L. Aimes, des Aimes de San Francisco.

« Ce gamin avait le charisme d'une carpette », aimait à rappeler papa, même si parfois, selon sa version, l'infortuné Mr. Aimes n'était coupable que d'un « dos en point d'interrogation » et de « cheveux taillés au cordeau ».

Leur fulgurante histoire d'amour, digne d'un conte de fées avec méchante reine, roi maladroit, merveilleuse princesse et prince pauvre, cet amour enchanté (avec oiseaux et autres créatures à poils rassemblés sur un rebord de fenêtre) se termina sur une malédiction.

« Tu mourras malheureuse afec zet homme », aurait déclaré Geneva Bridges à ma mère au cours de leur dernière conversation téléphonique.

Quand on lui posait la question, papa était bien en peine d'expliquer pourquoi il impressionnait si peu George et Geneva Bridges, contrairement au reste du monde. Gareth van Meer, né le 25 juillet 1947 à Biel, en Suisse, n'avait jamais connu ses parents (même s'il soupçonnait son père d'être un soldat allemand déserteur), et il avait passé son enfance dans un orphelinat de garçons à Zurich où l'amour (*Liebe*) et la compréhension (*Verständnis*) étaient aussi susceptibles de faire leur apparition que le Rat Pack (*Der Ratte-Satz*) de Frank Sinatra et Dean Martin, pour ne citer qu'eux. Poussé vers la « grandeur » par sa seule « volonté de fer », papa obtint une bourse à l'université de Lausanne pour étudier l'économie, enseigna deux ans les sciences sociales à l'école internationale Jefferson de Kampala, en Ouganda, travailla comme assistant du directeur en charge du tutorat et des ressources humaines à l'école Dias-Gonzales de Managua, au Nicaragua, et finit par débarquer en Amérique du Nord en 1972. En 1978, il soutenait sa thèse à l'école Kennedy des hautes études politiques de Harvard, un mémoire très remarqué intitulé « La malédiction du résistant : mythe de la guérilla et de la révolution tiers-mondiste ». Il passa les quatre années suivantes à enseigner à Cali, en Colombie, puis au Caire, tandis qu'à ses heures perdues, il effectuait des recherches de terrain en Haïti, à Cuba et dans divers pays africains dont la Zambie, le Soudan et l'Afrique du Sud, pour un ouvrage sur les conflits territoriaux et l'aide étrangère. À son retour aux États-Unis, il obtint la chaire Harold H. Clarkson de sciences politiques à la prestigieuse université Brown et, en 1986, la chaire Ira F. Rosenblum de géopolitique à Columbia, tandis qu'il publiait son premier livre, *Ces institutions qui nous gouvernent* (Presses universitaires d'Harvard, 1987). Cette année-là, il reçut six distinctions honorifiques, parmi lesquelles la récompense Mandela de l'Institut américain des sciences politiques et le très prestigieux prix McNeely de relations internationales.

Et pourtant, lorsque George et Geneva Bridges du 16, 64ᵉ Rue Est rencontrèrent Gareth van Meer, ils ne lui décernèrent aucun prix, pas même une mention passable.

« Geneva était juive et elle détestait mon accent allemand. Peu importait que sa famille soit originaire de Saint-Pétersbourg et qu'elle *aussi* ait un accent : elle disait que, dès que j'ouvrais la bouche, elle pensait à Dachau. J'ai tout fait pour me corriger, et ces efforts ont abouti à l'accent impeccable que j'ai aujourd'hui. Mais au bout du compte... » À ce moment-là, papa soupirait et agitait le bras, un geste qui, chez lui, signifiait *À quoi bon*. « Ils ne me trouvaient sans doute pas assez bien pour eux. Ils voulaient marier leur fille à un beau garçon avec des cheveux ondulés et une excroissance immobilière, quelqu'un qui n'avait jamais vu le monde, ou alors seulement par les fenêtres de la suite présidentielle du Ritz. Ils ne la comprenaient pas. »

Ainsi, ma mère, « attachant ses devoirs, sa beauté, son esprit, sa fortune, à un vagabond, à un étranger sans feu ni lieu » comme l'écrivit Shakespeare, tomba amoureuse de papa avec ses histoires de typhons et de baroud. Ils se marièrent à l'hôtel de ville de Pitts, New Jersey, avec deux témoins recrutés dans un restaurant routier Huddle House : un camionneur et une serveuse nommée Poupée qui n'avait pas dormi depuis quatre jours et bâilla trente-deux fois (compta papa) pendant l'échange des vœux. À la même époque, papa eut un différend avec le très conservateur responsable du département de sciences politiques à Columbia, différend qui culmina en une terrible dispute à propos d'un article que papa avait écrit dans la *Revue Fédérale d'Affaires étrangères* : « Tendon d'Achille sur talons aiguilles : la mode des créateurs dans l'aide étrangère américaine » (vol. 45, n° 2, 1987). Il démissionna en plein semestre, et ils partirent vivre à Oxford, Mississippi. Papa fut engagé pour enseigner la résolution des conflits dans le tiers-monde à l'université du Mississippi, plus connue sous le nom de Ole Miss, tandis que ma mère travaillait pour la Croix-Rouge et découvrait la chasse aux papillons.

Je naquis cinq mois plus tard. Ma mère décida de m'appeler Bleue, car au cours de sa première année d'étude des lépidoptères à l'Association des Papillons des Belles du Sud, qui se réunissait chaque mardi soir dans la première église baptiste (les conférences traitaient de l'habitat, de la conservation et de l'accouplement sur les ailes postérieures aussi bien que de l'art de créer des vitrines attrayantes), le « Cassius Bleu » fut le seul papillon que Natasha réussit à attraper (voir *leptotes cassius*, *Dictionnaire des papillons*, Meld éd., 2001). Elle avait essayé différents filets (en toile, en mousseline, en maille), différents parfums (chèvrefeuille, patchouli), différentes techniques de chasse (contre le vent, sous le vent, par vent de travers) et de nombreux coups (le piqué, le cran d'arrêt, la manœuvre de Lowsell-Pit). Beatrice « Abeille » Lowsell, présidente de l'APBS, retrouvait même Natasha le dimanche après-midi pour l'initier aux divers modes de chasse aux papillons (le zigzag, la poursuite indirecte, le coup surprise, la récupération) ainsi qu'à l'art de dissimuler son ombre. Sans résultat. Le Jaune Timide, le Petit Sylvain, le Vice-Roi, échappaient au filet de ma mère comme deux aimants qui se repoussent.

« Ta mère jugea que c'était un signe et décréta qu'elle n'aimait attraper *que* le Cassius Bleu. Chaque fois qu'elle partait dans les champs, elle rentrait avec une cinquantaine de spécimens, et elle devint relativement experte dans ce domaine. Sir Charles Erwin, spécialiste en chef de la survie des lépidoptères au musée des insectes du Surrey en Angleterre, un homme qui, il est vrai, était apparu non pas une, mais quatre fois sur la BBC dans l'émission *Mille et deux pattes*, appela Natasha pour discuter du mode d'alimentation du *leptotes cassius* sur les fleurs mûres du haricot de Lima. »

Lorsque j'exprimais de la haine pour mon prénom, papa me répondait : « Tu devrais plutôt t'estimer heureuse qu'elle n'ait pas attrapé le Caléphélis des marais ou l'Argus du haricot. »

La police de Lafayette annonça à papa que, selon toute probabilité, Natasha s'était endormie au volant, et papa reconnut que, depuis quatre ou cinq mois, Natasha travaillait la nuit à ses papillons. Elle s'était déjà assoupie dans les endroits les plus incongrus : au fourneau alors qu'elle préparait un épais porridge pour papa, sur la table d'examen du docteur Moffet qui l'auscultait, et même sur un escalator du centre commercial de Ridgeland.

« Je lui avais dit de ne pas travailler autant sur ses bestioles, racontait papa. Après tout, ce n'était qu'un passe-temps. Mais elle voulait absolument passer la nuit sur ses vitrines, et elle savait se montrer têtue. Quand elle avait une idée en tête, quand elle *croyait* à quelque chose, elle ne lâchait pas le morceau. Et pourtant, elle était aussi fragile que ses papillons. C'était une artiste, quelqu'un qui ressentait tout en profondeur. Être sensible, c'est bien, mais ça rend le quotidien, la vie même, assez pénible, à mon sens. Par raillerie, je prétendais parfois qu'elle se sentait meurtrie dès que l'on abattait un arbre dans la forêt amazonienne, qu'on écrasait une fourmi rouge ou qu'un moineau heurtait de plein fouet une baie vitrée. »

Sans les anecdotes et les qualificatifs de papa (les *pas de deux** et autres *attitudes**), je me demande de quoi je me souviendrais. J'avais cinq ans à sa mort et, par malheur, contrairement à ces génies qui se targuent de posséder un souvenir précis de leur naissance (« un tremblement de terre sous-marin », déclarait le physicien renommé Johann Schweitzer de cet événement, qu'il qualifiait de « pétrifiant »), mes souvenirs de la vie dans le Mississippi toussent et hoquettent comme un moteur qui refuse de démarrer.

La photo de ma mère que papa préférait est en noir et blanc, et elle date d'avant leur rencontre. Ma mère avait vingt et un ans, elle s'apprêtait à se rendre à un bal masqué victorien (Support visuel 1.0). (Je ne dispose plus de l'original, si bien qu'à l'endroit adéquat, j'ai inséré un dessin réalisé d'après mes souvenirs.) Ma mère a beau être au premier plan, on dirait qu'elle va se noyer dans la pièce, un endroit débordant d'« objets bourgeois », comme disait papa avec un soupir. (Les Picasso sont authentiques.)

Natasha a beau regarder en direction de l'objectif d'un air distingué mais aimable, je n'éprouve aucun sentiment de familiarité quand j'observe cette blonde aux pommettes prononcées et à la magnifique chevelure. Pas plus que je ne peux rattacher ce portrait raffiné à la sensation de fraîcheur et d'assurance dont je garde un souvenir vague mais bien réel : dans ma main, son poignet lisse comme du bois ciré tandis qu'elle me conduit à une salle de classe à moquette orange et forte odeur de colle, ou encore, en voiture, l'image de ses cheveux laiteux qui couvraient presque toute l'oreille droite, sauf la pointe qui dépassait comme une queue de poisson.

Support visuel 1.0

Le jour de sa mort est tout aussi flou et immatériel, et même si je crois me souvenir de papa assis dans une chambre blanche en train de faire d'étranges bruits étranglés entre ses mains, ainsi que de l'odeur omniprésente de pollen et de feuilles humides, je me demande si ce n'est pas un souvenir forcé issu de cette fameuse «volonté de fer». En revanche, je me revois regarder fixement l'endroit où elle garait sa Plymouth blanche près de la remise pour la tondeuse à gazon, et ne distinguer que des taches d'huile. Et je me rappelle que, pendant quelques jours, le temps que papa réorganise ses cours, ce fut notre voisine qui vint me chercher à la maternelle : une jolie femme en jean avec des cheveux en brosse rouges et une odeur de savon qui, lorsqu'on atteignait notre allée, ne déverrouillait pas tout de suite la portière, mais s'agrippait au volant en murmurant combien elle était désolée — non à moi, mais à la porte du garage. Puis elle allumait une cigarette et restait immobile tandis que la fumée s'enroulait autour du rétroviseur.

Je me souviens aussi que, sans ma mère, notre maison, qui avait toujours été grincheuse et incommode comme une tante rhumatismale, sembla tout à coup inquiète et figée, à croire qu'elle attendait son retour pour se remettre à croasser et à gémir, laisser ses planchers grincer sous nos pas précipités, la porte moustiquaire claquer 2,25 fois contre l'embrasure chaque fois qu'on l'ouvrait, consentir à ce que les tringles éructent quand un coup de vent s'engouffrait par la fenêtre. La maison refusait tout simplement de se plaindre en l'absence de Natasha, et jusqu'à ce que papa et moi fassions nos bagages pour quitter Oxford en 1993, elle conserva l'attitude honteuse — lèvres pincées de rigueur — qu'exigeaient les pénibles sermons du révérend Monty Howard à la nouvelle église presbytérienne où papa me déposait chaque dimanche avant d'aller attendre en face, sur le parking du McDonald's, où il savourait ses pommes de terre sautées en lisant le dernier numéro de *The New Republic*.

Même si c'est à peine un souvenir pour moi, essayez d'imaginer comment une journée telle que le 17 septembre 1992 pouvait flotter dans mon esprit lorsque, incapable de se souvenir de mon prénom, un enseignant m'appelait « Verte ». À l'école élémentaire Poe-Richards, je pensais au 17 septembre en me glissant entre les sombres rayonnages de la bibliothèque pour y prendre mon déjeuner tout en lisant *Guerre et Paix* (Tolstoï, 1865-1869), j'y pensais quand papa et moi roulions de nuit sur l'autoroute et qu'il sombrait dans un silence si lugubre que son profil semblait sculpté dans un totem. J'observais alors par la vitre la forme sombre et dentelée des arbres qui défilaient, et je subissais une attaque de « Et si ». Et si papa n'était pas venu me chercher et qu'elle était comme d'habitude passée à l'école, et si, me sachant sur la banquette arrière, elle avait

28

fait un effort tout particulier pour ne *pas* s'endormir — par exemple en baissant la vitre afin que sa chevelure brillante s'éparpille (exposant *toute* son oreille droite), ou en entonnant *Revolution*, des Beatles, l'une de ses chansons favorites qui passait à la radio ? Et si, en fait, elle ne s'était pas endormie ? Et si elle avait *délibérément* viré à droite à cent trente à l'heure pour s'écraser contre la glissière de sécurité et heurter de plein fouet la rangée de tulipiers plantée à neuf mètres derrière l'accotement ?

Papa n'aimait pas en parler.

« Ce matin-là, ta mère m'avait annoncé qu'elle comptait s'inscrire à un cours du soir, "Introduction aux papillons de nuit d'Amérique", alors sors-toi ces idées noires de la tête. Natasha a été victime d'une nuit de trop consacrée à ces bestioles », disait-il en regardant fixement le sol. Puis il concluait, très calme : « D'un coup de papillon, comme on parle d'un coup de lune. »

Et il souriait en relevant la tête. Mais, tandis qu'il s'attardait dans l'embrasure, son regard était pesant, comme s'il lui en coûtait de le maintenir sur mon visage.

« Restons-en là. »

PORTRAIT DE L'ARTISTE
EN JEUNE HOMME

Nous partîmes en voyage.

Grâce aux bonnes ventes inattendues de *Ces institutions qui nous gouvernent* (par comparaison avec d'autres ouvrages tout aussi palpitants publiés cette année-là par les presses universitaires de Harvard, dont *Devises étrangères* [Toney, 1987] ou *Franklin D. Roosevelt et son New Deal : une approche critique des 100 premiers jours* [Robbe, 1987]), à son impeccable CV de douze pages, à la fréquence de ses articles dans des publications aussi respectées et hautement spécialisées (mais peu lues) telles que *Affaires internationales et politique américaine* ou *Federal Forum* de Daniel Hewitt (sans oublier, en 1990, une nomination pour la prestigieuse bourse Johann D. Stuart de sciences politiques américaines), papa s'était fait un nom qui lui permettait d'être un conférencier itinérant perpétuel à travers les départements de sciences politiques de tout le pays.

Car il avait cessé de courtiser les universités les plus renommées pour leurs postes à trait d'union si convoités : la chaire Eliza Grey Peastone-Parkinson de gouvernance à Princeton, ou encore la chaire Louisa May Holmo-Gilsendanner de politique internationale au MIT. (Vu la concurrence, je ne pense pas que ces institutions regrettaient l'absence de papa en leur «centre d'incestérêt» — ainsi appelait-il le petit monde des mandarins.)

Papa souhaitait désormais apporter son érudition et son expérience internationale de chercheur aux couches inférieures (aux futurs *producteurs* de couches inférieures, disait-il quand il était d'humeur bourbon), à ces institutions dont personne n'avait jamais entendu parler, pas même parfois les étudiants qui y étaient inscrits : les écoles supérieures des arts et lettres Cheswick, Dodson-Miner, Hattiesburg, l'école d'État Hicksburg, les universités d'Idaho, d'Oklahoma, d'Alabama à Runic, Stanley, Monterey, Flitch, Parkland, Picayune, Petal.

« Pourquoi perdrais-je mon temps à enseigner à de jeunes orgueilleux dont l'esprit est pétrifié d'arrogance et de matérialisme ? Je dois consacrer mon énergie à éclairer l'Amérique simple et modeste. Il n'y a de majesté que dans l'homme ordinaire. » (Quand ses collègues lui demandaient pour quelle raison il ne désirait plus travailler dans les célèbres universités de la Ivy League, papa adorait poétiser l'homme ordinaire. Pourtant, en privé, surtout quand il corrigeait un contrôle final particulièrement raté ou un devoir totalement hors sujet, l'illustre homme ordinaire et naturel pouvait devenir, dans la bouche de papa, un « idiot », un « cornichon », un « gâchis de matière grise ».)

Voici un extrait de la page consacré à papa sur le site de l'université d'Arkansas à Wilsonville (www.uaw.edu/polisci/vanmeer) :

Le docteur Gareth van Meer (thèse soutenue à Harvard en 1978) est pour l'année 1997-1998 notre professeur invité en sciences politiques. Il vient de l'université du Mississippi, où il est chef du département des sciences politiques et directeur du centre pour l'Étude des États-Unis. Il s'intéresse plus particulièrement à la revitalisation politique et économique, à l'engagement militaire et humanitaire et à la renaissance du tiers-monde en période postconflictuelle. Il travaille actuellement à un ouvrage intitulé *La poigne de fer* sur les politiques ethniques et les guerres civiles en Afrique et en Amérique du Sud.

Papa arrivait toujours de quelque part, en général de l'université du Mississippi, même si, au cours de nos dix années d'itinérance, nous n'avions jamais remis les pieds à Oxford. Et il était toujours en train de travailler à *La poigne de fer*, même si je savais aussi bien que lui que *La poigne* (cinquante-cinq blocs-notes couverts d'une écriture illisible et, pour la plupart, détériorés par un dégât des eaux, rangés dans un gros carton marqué POIGNE au marqueur indélébile) n'avait pas avancé d'un pouce depuis quinze ans.

« L'Amérique », soupirait papa au volant du break Volvo bleu en franchissant une nouvelle frontière. *Bienvenue en Floride, l'État du soleil.* J'abaissai la visière pour ne pas être aveuglée. « Il n'y a rien de tel que ce pays. Vraiment. C'est la Terre promise. La nation de la liberté et du courage. À propos, ce sonnet 30 ? Tu t'es arrêtée en cours de route. Allez, je sais que tu le connais. "Quand aux assises de la pensée muette et douce/ Je convoque le souvenir des jours passés..." Plus fort. "D'anciens maux..." »

Entre ma première année à l'école élémentaire Wadsworth, Kentucky et ma terminale à St-Gallway de Stockton, Caroline du Nord, j'avais passé autant de temps dans la Volvo bleue que dans une salle de classe. Même si papa avait toujours des explications élaborées pour justifier notre existence itinérante (voir plus bas), j'imaginais en secret que nous arpentions le pays pour fuir le fantôme de ma mère, ou au contraire pour le chercher dans chaque maison à deux chambres et à balancelle grinçante sous la véranda, chaque restaurant qui servait des gaufres spongieuses, chaque motel avec des oreillers plats comme des crêpes, une moquette élimée et un téléviseur au bouton de réglage cassé, si bien que les présentateurs ressemblaient aux Oompa Loompas de *Charlie et la chocolaterie*.

Papa, à propos de l'éducation des enfants : « Il n'y a pas meilleure école que le voyage. Songe aux *Carnets de voyage* de Che Guevara, ou à ce que Montrose St. Millet écrivait dans *L'ère des explorateurs* : "L'immobilité est stupide. Or la stupidité, c'est la mort." Par conséquent, il nous faut vivre. La Betsy assise à côté de toi en classe ne connaît que Maple Street et sa petite maison blanche bien carrée, où se lamentent ses petits parents blancs bien carrés. Après tes voyages, tu connaîtras Maple Street, bien sûr, mais aussi le désert et les ruines, les carnavals et la lune. Tu auras vu le type assis sur un cageot de pommes devant une station-service de Sinister, Texas, qui a perdu une jambe au Vietnam ; la femme dans la guérite à la sortie de Lugubre, Delaware, qui a six enfants, un mari atteint du poumon du mineur et plus une seule dent. Quand un enseignant demandera à la classe de réciter *Le Paradis perdu*, personne ne t'arrivera à la cheville, ma chérie, tellement tu seras immense. Pour eux, tu représenteras un point au-delà de l'horizon. Et quand tu te poseras finalement en ce monde… » Il haussait alors les épaules avec un sourire paresseux comme un vieux chien. « Je crains que tu n'aies d'autre choix que d'entrer dans la légende. »

En général, notre année se partageait entre trois villes, la première de septembre à décembre, la deuxième de janvier à juin, et enfin une troisième en juillet-août, même s'il nous arriva d'atteindre un total de cinq villes, après quoi je menaçai de mettre un épais trait d'eye-liner noir et de ne plus porter que des vêtements baggy. (Papa décida d'en revenir au chiffre moyen de trois villes par an.)

Voyager en sa compagnie n'avait rien de cathartique ni de libérateur (voir *Sur la route*, Kerouac, 1957). Cela relevait au contraire de l'épreuve. Marathons de sonnets, Cent miles de solitude : apprendre *La Terre vaine* par cœur. Papa était capable de diviser un État d'un bout à l'autre, non en segments de route, mais en strictes demi-heures de tests de vocabulaire (« les termes que tout génie doit connaître »), de comparaisons d'auteurs (« La comparaison est la citadelle de la pensée : le moyen le plus exigeant de mettre de l'ordre dans des relations qui, sinon, resteraient indisciplinées »), de dissertations à voix haute (suivies de vingt minutes de questions-réponses), de guerre des mots (Coleridge contre Wordsworth), une heure sur un roman majeur (parmi lesquels *Gatsby le magnifique* [Fitzgerald, 1925], *Le bruit et la fureur* [Faulkner, 1929]), et la séance de théâtre radiophonique van Meer, qui présentait des pièces telles que *La profession de Mrs. Warren* (Shaw, 1894), *De l'importance d'être constant* (Wilde, 1895), et une sélection d'œuvres shakespeariennes, y compris les romances tardives.

« Bleue, je ne parviens pas à sentir la différence entre l'accent pointu de Gwendolyn, issue de la classe supérieure, et celui de Cicely, cette fille de la campagne. Essaie de les distinguer davantage, et, si j'ose te donner ici une petite indication à la Orson Welles, comprends bien que, dans cette scène, elles sont en colère. Tu n'es pas en train de boire le thé dans un fauteuil. L'enjeu est énorme ! Elles se croient toutes deux fiancées au même homme ! Ernest ! »

Quelques États plus tard, les yeux larmoyants, le regard las, la voix enrouée dans le crépuscule verdoyant de l'autoroute, papa mettait, non pas la radio, mais son CD préféré, *Poèmes sur Wenlock Edge* de A. E. Housman, et nous écoutions en silence Sir Brady Heliwick, le baryton à voix creuse de la Royal Shakespeare Company (qui avait récemment interprété Richard dans *Richard III*, Titus dans *Titus Andronicus*, Lear dans *Le roi Lear*) déclamer « Quand vingt et un ans j'avais » et « À un athlète mort trop jeune », accompagné par un violon sinueux. Parfois, papa récitait avec Brady en essayant de le surpasser :

> *Au passage hommes et garçons t'ont salué,*
> *Jusqu'à chez toi à bout de bras ils t'ont porté.*

« J'aurais pu être acteur », disait papa en s'éclaircissant la gorge.

Grâce à la carte Rand-McNally des États-Unis où papa et moi plantions une punaise rouge sur chaque ville où nous avions vécu, même très brièvement (« Napoléon délimitait ainsi l'étendue de son empire », disait papa), je calculai qu'entre l'âge de six et seize ans, j'avais habité trente-neuf villes dans trente-trois États différents, sans compter Oxford, et que j'avais fréquenté quelque vingt-quatre écoles, collèges et lycées.

Papa disait en guise de plaisanterie que j'aurais pu écrire sans effort *En attendant Godot : voyage à la recherche d'une école correcte aux États-Unis*, ce qui était un jugement particulièrement sévère. Lui-même enseignait dans des universités où le « foyer des étudiants » se limitait à une salle déserte avec un baby-foot et un distributeur offrant quelques barres chocolatées qui pointaient courageusement le nez vers la vitre. Tandis que, moi, je fréquentais des écoles vastes et repeintes de frais aux couloirs élancés et aux gymnases trapus : des écoles aux équipes multiples (football, baseball, pom-pom girls, danse), des écoles aux listes multiples (présents, récompenses, visites chez le directeur, retenues), des écoles pleines de nouveautés (centre artistique, parking, menu), des écoles vieillottes (qui abusaient des termes *classique* et *traditionnel* dans leur brochure), des écoles avec une mascotte ricanante et grimaçante, des écoles avec une mascotte qui picorait et se lissait les plumes, l'école à la bibliothèque étincelante (dont les livres sentaient la colle et le M. Propre), l'école à la bibliothèque marécageuse (dont les livres sentaient la sueur et les déjections de rats), l'école des profs aux yeux humides et au nez qui coule, des profs avec une tasse de café tiède à la main, des profs qui fox-trottaient, des profs qui compatissaient, et des profs qui, en secret, haïssaient tous ces petits cons.

Lorsque je m'immisçais dans la culture de ces nations raisonnablement développées, avec des règles et un ordre bien établis, je ne revêtais pas immédiatement la toge de « Prima Donna au regard fuyant » ou d'« Insupportable polarde aux madras soigneusement repassés ». Je n'étais même pas « La Nouvelle », car ce titre à paillettes m'était toujours dérobé quelques minutes plus tard par une fille aux lèvres plus pulpeuses et au rire plus fort que moi.

J'aurais aimé me croire Jane Goodall, cette femme intrépide qui effectuait un travail révolutionnaire en terre inconnue sans déranger l'ordre naturel de l'univers. Mais papa disait, d'après ses expériences tribales en Zambie, qu'un titre n'a de valeur que s'il est reconnu par tous, et je suis sûre que si quelqu'un avait interrogé la « Sportive bronzée aux jambes lisses », elle aurait répondu que tant qu'à être une Jane, je n'étais certainement pas Jane Goodall, ni la Jane de Tarzan, ni Calamity Jane, ni Jane de *Qu'est-il arrivé à Baby Jane ?* ni Jayne Mansfield. J'étais plutôt la Jane Eyre d'avant Rochester, peu importait le pseudonyme de l'auteur, la « Je ne vois pas de qui vous parlez » ou la « Ah oui, *elle* ».

Une brève description est sans doute nécessaire (Support visuel 2.0). Bien évidemment, je suis la fille brune à moitié cachée avec des lunettes et un air de chouette contrite (voir « Petits ducs », *Encyclopédie du vivant*, 4e éd.). Je suis prise en sandwich entre (en partant du bas à droite et en tournant dans le sens des aiguilles d'une montre) : Lewis « Albinos » Polk, qui devait bientôt être renvoyé pour avoir apporté un pistolet en cours d'algèbre préliminaire ; Josh Stetmeyer dont le frère aîné, Beet, était en prison pour avoir vendu du LSD à des collégiens ; Howie Easton, qui tirait les filles comme un chasseur de cerfs tire en une journée des centaines de cartouches (certains prétendaient que notre prof d'arts plastiques, Mrs. Appleton, figurait

Support visuel 2.0

sur la liste de ses conquêtes); John Sato, dont l'haleine avait toujours des relents de plate-forme pétrolière; et la tête de turc, Sara Marshall, 1,90 m, qui, quelques jours après cette photo de classe, quitterait Clearwood Day pour aller, dit-on, révolutionner le basket féminin à Berlin. («Tu es le portrait craché de ta mère, commenta papa en découvrant cette photo. Tu as son port de tête et sa grâce de danseuse étoile — une qualité pour laquelle les individus communs et laids de ce monde seraient prêts à tuer.»)

Support visuel 2.1

J'ai les yeux bleus, des taches de rousseur, et je mesure environ 1,60 m en chaussettes.

Je dois aussi signaler que papa, auquel les Bridge avaient attribué des notes pénalisantes en figures imposées comme en programme libre, possédait ce genre de beauté qui n'éclot vraiment qu'à la quarantaine. Comme vous pouvez le constater, lorsqu'il était étudiant à Lausanne, il avait plutôt l'air hésitant et bigleux, avec des cheveux

37

d'un blond presque furieux, une peau trop sévèrement claire, une carrure bancale et indécise (Support visuel 2.1). (On considère généralement qu'il a les yeux noisette, mais à cette époque, « noise » était un terme qui lui aurait sans doute mieux convenu.) Au fil des ans, cependant (grâce, surtout, à la fournaise africaine), papa s'était patiné, et il avait désormais l'apparence d'un vieux loup de mer (Support visuel 2.2). Ce qui faisait de lui la cible, le phare, l'ampoule électrique de bien des femmes à travers le pays, en particulier dans la tranche d'âge supérieure à trente-cinq ans.

Support visuel 2.2

Papa attrapait les femmes comme certains pantalons en laine attrapent les peluches. Pendant des années, je leur avais donné un surnom, même si je me sens quelque peu coupable de l'utiliser à présent : les Sauterelles (voir « Sauterelle commune », *Insectes ordinaires*, vol. 24).

Il y avait eu Mona Letrovski, l'actrice de Chicago aux yeux écartés et aux bras couverts de poils noirs qui adorait s'écrier : « Gareth, quel grand fou ! » en lui tournant le dos, si bien que papa était censé la saisir par les épaules pour découvrir l'espérance sur son visage. Sauf que papa ne la saisissait jamais par les épaules pour découvrir l'espérance sur son visage. Il se contentait d'observer son dos comme une peinture abstraite, puis allait se servir un verre de bourbon à la cuisine. Il y avait eu Connie Madison Parker, dont le parfum flottait longtemps en l'air comme un nuage. Il y avait eu Zula Pierce d'Okush, Nouveau-Mexique, une femme noire plus grande que lui, si bien que, lorsque papa l'embrassait, elle devait se pencher comme si elle regardait par l'œillet de la porte. Elle m'appelait « Bleue, mon baby », ce qui, à l'image de sa relation avec papa, se détériora vite en « Baby bleue » puis « Baby verte », et pour finir « Balivernes ». (« Balivernes ne m'a jamais aimée ! » hurlait-elle.)

Les aventures de papa ne duraient jamais moins que l'incubation d'un œuf d'ornithorynque (19-21 jours) et jamais plus que la gestation d'un écureuil (24-45 jours). Je reconnais que, parfois, je haïssais les Sauterelles, surtout celles qui abondaient en conseils, astuces et trucs de filles, comme Connie Madison Parker, laquelle força la porte de ma salle de bains pour me reprocher de ne pas mettre mes formes en valeur (voir « Mollusques », *Encyclopédie du vivant*, 4e éd.).

Connie Madison Parker, 36 ans, sur lesdites formes : « Il faut exhiber tes atouts, ma chérie. Sans ça, non seulement tu resteras invisible aux yeux des garçons — et crois-moi, ma sœur est aussi plate que toi, et elle, c'est carrément les grandes plaines à l'est du Texas, pas la moindre colline — mais, un jour, tu te rendras compte que tu n'as plus rien en stock. Et alors, qu'est-ce que tu feras ? »

Parfois, les Sauterelles étaient correctes. Certaines, parmi les plus douces et les plus dociles comme la pauvre Tally Meyerson aux yeux tombants, me faisaient de la peine, car papa avait beau ne jamais leur cacher qu'elles étaient aussi temporaires qu'un bout de scotch, la plupart étaient aveugles à son indifférence (voir « Basset », *Dictionnaire des chiens*, vol. 1).

Peut-être les Sauterelles pensaient-elles que papa avait éprouvé ce sentiment pour les autres, mais que, forte de trente années de lectures de magazines féminins et d'un avis d'expert sur *Lui passer la bague au doigt* (Trask, 1990) et *La froideur : comment ne pas y attacher d'importance (et le transformer en toutou)* (Mars, 2000), sans oublier ses propres expériences qui avaient pourtant viré à l'aigre, chaque Sauterelle ou presque (avec la conviction et la ténacité que l'on attribue en général au fanatisme religieux) était convaincue que, à l'instant où il aurait succombé à son charme mielleux, papa se métamorphoserait. Après quelques bonnes soirées, il saurait à quel point elle était grisante en cuisine, torride au lit, d'agréable compagnie en voiture. C'était donc toujours une grande surprise quand papa éteignait la lumière, chassait sans ménagement la Sauterelle hors de la moustiquaire, et aspergeait la véranda d'insecticide.

Papa et moi étions des alizés balayant une ville et semant la désolation sur notre passage.

Parfois les Sauterelles tentaient de briser notre élan, croyant avec naïveté que l'on peut dérouter un vent dominant et ainsi influer de façon permanente sur le climat terrestre. Deux jours avant notre déménagement prévu pour Harpsberg, Connecticut, Jessie Rose Rubiman de Newton, Texas, héritière de la franchise Rubiman Moquettes, annonça à papa qu'elle était enceinte de lui. En larmes, elle le supplia de la laisser nous accompagner à Harpsberg, sans quoi papa devrait payer une première somme forfaitaire de 100 000 $ puis une rente mensuelle de 10 000 $ pendant les dix-huit années à venir. Papa ne s'affola nullement. Dans ce genre de cas, il se vantait d'avoir le flegme d'un maître d'hôtel dans un restaurant aux vins hors de prix, avec des *soufflés** à commander à l'avance et un chariot de fromages. Sans s'énerver, il exigea un test sanguin.

En réalité, Jessie n'était pas enceinte. Elle avait une curieuse grippe intestinale qu'elle avait un peu trop vite confondue avec des nausées matinales. Comme nous nous préparions à partir pour Harpsberg avec une semaine de retard, Jessie laissa sur notre répondeur des monologues sanglotants d'une tristesse infinie. Le jour de notre départ, papa trouva une enveloppe sur le seuil de la véranda. Il voulut la dérober à mon regard. « Notre dernière facture », prétendit-il, car il aurait préféré mourir plutôt que me montrer les « divagations hormonales d'une folle » dont il était pourtant responsable. Mais six heures plus tard, quelque part dans le Missouri, je subtilisai la lettre dans la boîte à gants alors qu'il faisait

40

halte à une station-service pour acheter des pastilles contre les brûlures d'estomac.

Papa jugeait les lettres d'amour d'une Sauterelle aussi laborieuses que l'extraction de l'aluminium, mais pour moi c'était comme découvrir un filon d'or dans du quartz. Nulle part en ce monde, il n'y avait plus pure pépite d'émotion.

J'ai toujours ma collection, qui s'élève à dix-sept au total. Voici ci-dessous un extrait des quatre pages de l'*Ode de Jessie à Gareth* :

Tu es tout pour moi et j'irais au bout du monde si tu me le demandais. Mais ce n'est pas le cas, alors je veux bien rester ton amie. Tu vas me manquer. Je suis désolée pour cette histoire d'enfant. J'espère que nous resterons en contact et que tu verras toujours en moi une amie sur qui tu peux compter pour le meilleur et pour le pire. Je suis désolée de t'avoir traité de porc hier au téléphone. Gareth, je te demande d'oublier ce que j'ai été dans nos deux derniers jours et de garder en mémoire la femme heureuse que tu as rencontrée sur le parking du K-Mart.

Va en paix.

Mais la plupart du temps, à part quelques rares bourdonnements du téléphone par une soirée tranquille, il n'y avait que papa et moi, tels George et Martha Washington, Butch Cassidy et le Kid, Fred et Ginger, Mary et Percy Bysshe.

Par un vendredi soir ordinaire à Roman, New Jersey, vous ne m'auriez pas trouvée avec la « Sportive bronzée aux jambes lisses » dans un coin sombre sur le parking du cinéma Sunset à fumer des American Spirit en attendant que l'« Heureux prétendant » nous fasse descendre Atlantic Avenue à vive allure (dans la voiture de son père) puis escalader le grillage autour du minigolf African Safari, fermé depuis fort longtemps, pour aller boire de la Budweiser tiède sur le gazon artificiel élimé autour du trou numéro 10.

Vous ne m'auriez pas non plus trouvée au fond d'un Burger King à tenir les mains moites du « Garçon à l'appareil dentaire qui lui donne une tête de singe », ou chez une amie, la « Sainte-Nitouche aux parents coincés, Ted et Sue, qui cherchaient à la préserver de l'âge adulte comme des oreillons », et certainement pas avec les « Cool » ou les « Branchés ».

Vous m'auriez trouvée avec papa. Dans une maison de location à deux chambres sur une rue discrète où s'alignaient des chênes et des boîtes aux lettres décorées d'oiseaux. En train de manger des spaghettis trop cuits recouverts de parmesan déshydraté, de lire, de corriger des copies ou de regarder un classique comme *La mort aux trousses* ou *Mr. Smith au Sénat*, après quoi, quand j'avais fini la vaisselle (et seulement s'il était d'humeur bourbon), je pouvais le supplier de me faire son imitation de Marlon Brando interprétant Vito Corleone. Parfois, quand il se sentait particulièrement en verve, il glissait même un bout de papier hygiénique sur ses gencives pour rendre plus réaliste encore l'apparence de vieux bouledogue de Vito (papa faisait toujours comme si j'étais Michael) :

Barzini lancera l'attaque. Il y aura une réunion avec des gens sûrs. Il garantira ta sécurité. Et c'est là que tu seras assassiné... c'est une vieille habitude. J'ai passé toute ma vie à essayer d'éviter les erreurs.

Papa disait « les erreurs » d'un ton de regret en regardant ses chaussures.

Les femmes et les enfants peuvent commettre des erreurs, mais pas les hommes... Alors écoute.

Papa haussait les sourcils et me dévisageait.

Celui qui te proposera une réunion avec Barzini, ce sera lui le traître. N'oublie pas.

C'était le moment de ma seule réplique de la scène.

Grazie, Pop.

Et là, papa hochait la tête et fermait les yeux.

Prego.

Mais un jour, à Futtoch, Nebraska, alors que j'avais onze ans, je me souviens ne *pas* avoir ri lorsque papa interpréta Brando interprétant

42

Vito. Nous étions dans le salon et, tout en parlant, il se dirigea vers une lampe de bureau avec un abat-jour rouge. Tout à coup, la lampe illumina son visage comme une citrouille d'Halloween, lui donnant un air spectral, une bouche de sorcière et des joues comme un vieux tronc d'arbre où un enfant a cruellement gravé ses initiales. Ce n'était plus mon père, mais quelqu'un d'autre, quelque *chose* d'autre — un inconnu terrifiant au visage écarlate et à l'âme noire debout près du vieux fauteuil en velours et de l'étagère penchée où trônait sous cadre la photo de ma mère au milieu de ses objets bourgeois.

« Ma chérie ? »

Les yeux de ma mère s'étaient animés. Elle observait le dos de mon père d'un air triste, comme une vieille femme dans une maison de retraite qui a réfléchi et sans doute répondu à toutes les grandes questions de la vie, mais que personne ne prend au sérieux dans ces salles moites qui résonnent du *Juste Prix*, de thérapie par les animaux et de séances de maquillage pour ces dames. Juste devant elle, papa me regardait en balançant les épaules. Il avait l'air indécis, comme si j'étais entrée dans la pièce au moment où il volait quelque chose et qu'il craignait que je l'aie vu.

« Qu'est-ce qui se passe ? » Il s'avança vers moi, le visage à nouveau éclairé par une inoffensive lumière jaune.

« J'ai mal au ventre », lâchai-je, puis je tournai les talons et montai quatre à quatre l'escalier jusqu'à ma chambre, attrapant au passage sur l'étagère un vieux livre de poche, *Âmes à vendre : Explications socio-pathologiques de l'individu ordinaire* (Burne, 1991), que papa m'avait acheté au vide-grenier d'un professeur de psycho qui prenait sa préretraite. Je feuilletai le chapitre 2, « Descriptif de personnalité : pas d'affection dans les relations amoureuses », et une partie du chapitre 3, « Deux pièces manquantes : scrupules et conscience », avant de me rendre compte que j'étais stupide. Si, certes, papa manifestait un « profond mépris pour les sentiments d'autrui » (p. 24), « aurait convaincu n'importe quelle femme de retirer sa culotte » (p. 29), ne se préoccupait nullement des « codes moraux de la société » (p. 5), il aimait tout de même « autre chose que lui-même » (p. 81) ou le « magnifique sage qu'il voyait dans la glace de la salle de bains » (p. 109) : il aimait ma mère et, bien sûr, moi.

LES HAUTS DE HURLEVENT

Le professeur de Princeton et éminent sociologue Fellini Loggia fait dans *L'avenir imminent* (1978) le constat un peu sombre que, dans la vie, rien n'est vraiment étonnant, « pas même un véritable coup de foudre » (p. 12). « La vie, écrit-il, n'est qu'une accumulation de signes de ce qui va se produire. Si nous avions l'intelligence de déceler ces indices, nous serions capables d'influer sur notre avenir. »

S'il y eut dans ma vie une allusion, un murmure, un indice, ils eurent lieu lorsque j'avais treize ans, quand papa et moi emménageâmes à Howard, Louisiane.

Ma vie nomade avec papa peut sembler aventureuse et révolutionnaire à un observateur extérieur, mais la réalité était bien différente. Une troublante (et parfaitement documentée) loi du mouvement veut qu'un objet qui se déplace sur une autoroute américaine, même à grande vitesse, ne change pas. À notre infinie déception, nous atteignons le point B avec la même énergie et des caractéristiques physiques totalement identiques. De temps en temps, le soir, avant de m'endormir, je me surprenais à fixer le plafond en priant pour qu'il se passe quelque chose de vrai, quelque chose qui me métamorphose —Dieu était toujours personnifié par ledit plafond. S'il reflétait les feuilles et le clair de lune qui s'étaient immiscés par la fenêtre, il était majestueux et poétique. Légèrement penché, il était enclin à l'écoute. S'il y avait une tache d'humidité dans un coin, il en avait sauvé plus d'un en pleine tempête, et me sauverait à mon tour. S'il y avait une trace au centre, près du plafonnier, là où on avait exterminé une bestiole à six ou huit pattes avec un journal ou une chaussure, il était vengeur.

À Howard, Dieu (qui se révéla lisse, gentil, blanc et étonnamment banal) exauça mes prières. Sur la longue route desséchée qui traversait le désert d'Andamo dans le Nevada, alors que nous écoutions un livre sur cassette, Lady Elizabeth Gliblett qui lisait de sa voix de salle de bal *Le jardin secret* (Burnett, 1909), je mentionnai négligemment à papa qu'aucune des maisons que nous avions jusque-là occupées ne possédait de véritable jardin. Si bien qu'au mois de septembre, quand nous arrivâmes à Howard, papa avait porté son choix sur le 120 Gildacre Street, une bâtisse d'un bleu pâle inquiet plantée au beau milieu d'une biosphère tropicale. Alors que le reste de Gildacre Street cultivait de coquettes pivoines, des roses épanouies et des pelouses où l'on apercevait à peine quelques touffes de mauvaises herbes, papa et moi allions devoir combattre une végétation touffue et habitée digne de l'Amazonie.

Pendant trois semaines, chaque samedi et dimanche, avec pour seules armes des sécateurs et des gants en cuir, papa et moi nous levâmes de bonne heure pour arpenter notre forêt humide dans l'espoir héroïque de repousser la végétation. Nous tenions rarement plus de deux heures, parfois même moins de vingt minutes si papa repérait un présumé lucane cerf-volant aussi gros que son pied en train de disparaître sous un palmier talipot (d'une taille assez conséquente).

Pas du genre à se laisser abattre, papa tentait de rallier ses troupes au cri de « Rien ne vainc les van Meer ! » et « Tu crois que si le général Patton vivait ici, il jetterait l'éponge ? », jusqu'à ce jour fatal où il fut mystérieusement mordu (« Ahhhhhhh ! » l'entendis-je crier depuis la véranda où j'essayais de sectionner une liane). Son bras gauche atteignit la grosseur d'un ballon de football. Ce soir-là, papa répondit à l'annonce d'un jardinier professionnel dans le *Howard Sentinel*.

« Jardinage, était-il écrit. Comme vous voulez. Quand vous voulez. »

Il s'appelait Andreo Verduga, et c'était la plus belle créature que j'aie jamais vue (voir « Panthère », *Merveilleux prédateurs de la nature*, Goodwin, 1987). Il avait la peau mate et les cheveux noirs, des yeux de gitan, et, d'après ce que je pouvais apercevoir depuis la fenêtre de ma chambre, le torse aussi doux qu'un galet de rivière. Il était originaire du Pérou. Il mettait une eau de Cologne entêtante et parlait comme dans un télégramme.

COMMENT VOUS ALLEZ STOP BELLE JOURNÉE STOP OÙ EST TUYAU ARROSAGE S'IL VOUS PLAÎT STOP

Chaque lundi et jeudi à 16 heures, alors que j'étais censée œuvrer péniblement à une composition française ou un devoir d'algèbre avancé, je le regardais travailler, même si, la plupart du temps, il travaillait moins qu'il ne paressait, traînait, allait se rafraîchir, se reposer ou fumer une cigarette dans un courageux rayon de soleil. (Il jetait toujours son mégot, sans même s'assurer qu'il était éteint, derrière une broméliacée ou dans un coin envahi de bambous.) Andreo ne s'y mettait réellement que deux ou trois heures après son arrivée, quand papa rentrait de l'université. Alors, à grand renfort de gestes (le souffle lourd, une main essuyant son front en sueur), il poussait en vain la tondeuse le long de notre jungle, ou bien posait l'échelle sur le flanc de la maison dans une tentative superficielle de tailler la canopée. Mon moment préféré, c'était quand Andreo grommelait en espagnol après que papa lui eut demandé pourquoi la liane créait toujours un effet de serre sur la galerie à l'arrière de la maison, ou comment une jeune forêt de ficus avait bien pu surgir au fond de notre propriété.

Un après-midi, je me débrouillai pour me trouver dans la cuisine au moment où Andreo s'y glissait pour voler dans le congélateur l'une de mes glaces à l'orange. Il me lança un regard timide et me sourit, révélant des dents gâtées.

ÇA VOUS DÉRANGE PAS STOP MAL AU DOS STOP

Dans la bibliothèque de Country Day, à l'heure du déjeuner, je consultai des manuels d'espagnol et des dictionnaires et j'appris tout ce que je pus.

Me llamo Azul.
Je m'appelle Bleue.

El jardinero, Mellors, es una persona muy curiosa.
Le jardinier, Mellors, est une personne très étonnante.

¿ Quiere usted seducirme ? ¿ Es eso que usted quiere decirme ?
Aimeriez-vous que je vous séduise ? Est-ce là ce que vous êtes en train de me dire ?

¡ Nelly, soy Heathcliff !
Nelly, je suis Heathcliff !

J'attendis en vain que soit rapporté à la bibliothèque *Vingt poèmes d'amour et une chanson désespérée* de Pablo Neruda (1924). (La « Fille en débardeur moulant » l'avait emprunté et perdu chez son « Petit Ami qui aurait mieux fait de raser ces poils hideux sur son menton ».) Je dus voler un exemplaire en salle d'espagnol et j'appris en intégralité le poème XVII, tout en me demandant comment je trouverais un jour le courage de jouer Roméo pour proclamer en public ces mots d'amour, et les crier si fort que ma voix prendrait son envol jusqu'aux balcons. Je doutais même oser un jour jouer les Cyrano et écrire ces mots sur une carte, avant de signer d'un faux nom et de la glisser par la vitre fêlée de son camion tandis qu'il se prélasserait dans le jardin en lisant *Hola !* sous les caoutchoucs.
Finalement, je ne devins ni Roméo ni Cyrano.
Je devins Hercule.

Un mercredi, vers 20 h 15, par une fraîche soirée de novembre, j'étais dans ma chambre en train de réviser pour un contrôle de français. Papa assistait à un dîner à l'université en l'honneur d'un nouveau doyen. La sonnette retentit. Terrorisée, j'imaginai aussitôt de méchants vendeurs de bibles ou des désaxés assoiffés de sang (voir Flannery O'Connor, *Nouvelles complètes*, 1971). Je filai dans la chambre de papa pour jeter un coup d'œil par la fenêtre en angle. À mon grand étonnement, dans l'obscurité prune de la nuit, je vis le camion rouge d'Andreo tapi dans un épais bosquet de fougères violon.
J'ignorais ce qui était le plus atroce, imaginer *Le Paria* sur le perron ou savoir que c'était *lui*. Ma première réaction fut de verrouiller la porte de ma chambre et de me cacher sous l'édredon, mais il continua à sonner — il devait avoir vu la lumière. Je descendis l'escalier

sur la pointe des pieds, passai au moins trois minutes dans l'entrée à me ronger les ongles et à répéter ma phrase d'accueil (¡ *Buenas noches !* ¡ *Qué sorpresa !*). Enfin, les mains moites, la bouche comme tapissée de colle pâteuse, j'ouvris la porte.

Mon Heathcliff.

Et pourtant, non. Il se tenait à l'écart près des marches, comme un animal sauvage qui craint d'approcher. La lumière du soir, du moins le peu de lumière qui avait réussi à franchir les lianes entrelacées, éclairait un pan de son visage. Lequel était tordu, comme si Andreo criait, alors qu'aucun bruit ne s'échappait de sa bouche, mis à part un léger bourdonnement, presque imperceptible, comme de l'électricité à travers les murs. En observant ses vêtements, je crus d'abord qu'il avait fait de la peinture, puis je compris que ses mains étaient couvertes de sang, un sang noir à l'odeur métallique comme les tuyaux sous l'évier de la cuisine. Il se tenait dans une tache de sang — qui ressemblait à de la boue autour de ses rangers à moitié lacées. La bouche toujours ouverte, il cligna des yeux et s'avança. J'ignorais s'il allait me prendre dans ses bras ou me tuer. Mais il perdit l'équilibre et s'effondra à mes pieds.

Je courus à la cuisine appeler police-secours. La standardiste, mi-femme mi-machine, me fit répéter l'adresse. Pour finir, elle m'annonça qu'une ambulance était en route, et j'allai m'agenouiller près de lui sur le perron. J'essayai de lui retirer sa veste, mais il gémit en se tenant le ventre, et j'en conclus qu'il avait reçu une balle dans le flanc gauche, sous les côtes.

« *Yo telefoneé una ambulancia* », dis-je. (J'ai appelé une ambulance.)

Je montai à l'arrière avec lui.

NON STOP PAS BIEN STOP PAPA STOP

« *Usted va a estar bién* », dis-je. (Vous allez vous en sortir.)

À l'hôpital, les ambulanciers poussèrent violemment le brancard à travers les doubles portes blanc sale, et l'infirmière des urgences, Marvin, une femme menue et pleine d'entrain, me tendit du savon avec un pyjama en papier en me conseillant d'aller aux toilettes au bout du couloir : les revers de mon jean étaient maculés de sang.

Après m'être changée, je laissai un message à papa sur le répondeur de la maison et je m'installai tranquillement sur un siège en plastique pastel de la salle d'attente. Je redoutais un peu son arrivée. J'aimais mon père, bien sûr, mais contrairement à certains papas que j'avais pu observer à la Journée des Papas de l'école élémentaire Walhalla, des papas timides qui parlaient d'un ton ouateux, mon père était un individu à grosse voix, un homme d'action sans la moindre patience, retenue ou tranquillité, plutôt d'un tempérament Papa Doc qu'ours Paddington. Papa était un homme qui, sans doute à cause de ses origines frustes, n'hésitait jamais à employer les verbes *avoir* ou *prendre*. Il avait toujours le droit, le moral, de quoi vivre, quelqu'un, peu de temps, de la place, les moyens, du feu, vingt ans, du charme, de l'esprit, la parole facile. Il était toujours prêt à prendre le taureau par les cornes, la vie du bon côté, les choses en main, quelqu'un au collet (mais pas avec des pincettes), son courage à deux mains, sur lui, une chose à cœur. En fait, papa était un microscope — il regardait la vie par une lentille oculaire ajustable de façon à ce qu'elle soit toujours nette. Il n'avait aucune tolérance pour le trouble, le flou, le brumeux, le souillé.

Il débaula comme un chien dans un jeu de quilles en hurlant : « Qu'est-ce qui se passe ? *Où est ma fille ?* », à tel point que l'infirmière Marvin bondit de sa chaise.

Après avoir vérifié que je n'étais pas moi-même blessée par balle, que je n'avais pas de coupure ou d'égratignure par lesquelles ce « Fils de pute de latino » aurait pu me contaminer, papa franchit les portes blanc sale où était écrit en grosses lettres rouges : INTERDIT À TOUTE PERSONNE ÉTRANGÈRE AU SERVICE (Papa ne se considérait nulle part comme une personne étrangère) et exigea de savoir ce qui s'était passé.

Tout autre père aurait été insulté, expulsé, chassé, peut-être même interpellé, mais c'était papa, moitié missile Pershing, moitié Prince du peuple. En quelques minutes, plusieurs infirmières ébranlées, ainsi que l'étrange interne aux cheveux roux s'activaient autour des soins intensifs, œuvrant non pour le malade brûlé au troisième degré ou le garçon qui avait pris trop d'ibuprofène et pleurait à présent doucement dans le creux de son bras, mais pour papa.

« Il est en chirurgie, son état est stable », déclara avec un sourire l'étrange interne aux cheveux roux en s'approchant tout près de mon père (voir « Fourmi rouge », *Apprenez à reconnaître les insectes*, Buddle, 1985).

Le docteur Michael Feeds arriva rapidement de l'étage 3, Chirurgie, et annonça à papa qu'Andreo souffrait d'une blessure par balle dans l'abdomen, mais que ses jours n'étaient pas en danger.

« Savez-vous ce qu'il trafiquait ? demanda-t-il. D'après sa blessure, on lui a tiré dessus à bout portant, ce qui signifie qu'il pourrait s'agir d'un accident, éventuellement causé par son propre fusil. Il était peut-être en train de nettoyer le canon quand le coup est parti. Cela arrive parfois avec certains semi-automatiques... »

Papa examina le pauvre docteur Mike Feeds jusqu'à ce que ce dernier soit échantillonné, posé sur une lamelle toute neuve, et bien serré sur la plate-forme du microscope.

« Ma fille et moi ignorons tout de cet individu.

— Mais je pensais que...

— Il se trouve qu'il tond notre pelouse deux fois par semaine et même ça, il ne le fait pas correctement, alors la raison qui l'a poussé à choisir notre véranda pour y pisser le sang dépasse mon entendement. Bien entendu, ajouta papa en me décochant un regard, nous prenons la mesure de la situation. Ma fille est plus qu'heureuse de lui avoir sauvé la vie, d'avoir pu contacter les autorités compétentes et de ce que vous avez fait pour lui, mais je vais vous dire tout de go, docteur...

— Docteur *Feeds*, dit docteur Feeds. Mike.

— Je vais vous dire, docteur *Meeds*, que nous n'avons aucun lien avec cet individu et que je refuse de mêler ma fille à cette situation fâcheuse — une guerre des gangs, des paris clandestins, ou toute autre activité peu recommandable de ce bas monde. Notre implication s'arrête ici.

— Je comprends », dit doucement le docteur Feeds.

Papa fit un bref signe de tête, posa une main sur mon épaule et me fit franchir les doubles portes blanc sale.

Cette nuit-là, je restai éveillée dans ma chambre en imaginant des retrouvailles torrides avec Andreo au milieu des ficus et des plantes paon. Sa peau aurait une odeur de cacao et de vanille, la mienne, un parfum de fruit de la passion. Je cesserais d'être paralysée par la timidité. Lorsque quelqu'un est venu à vous avec une balle dans le corps, quand vos mains, vos chaussettes, votre jean ont touché son sang, vous êtes à jamais prisonnier de puissants liens que personne, pas même un père, ne peut comprendre.

¡ No puedo vivir sin mi vida ! ¡ No puedo vivir sin mi alma ! (Je ne peux vivre sans ma vie ! Je ne peux vivre sans mon âme !)

Il passait ses doigts dans ses épais cheveux noirs et huileux.

TU M'AS SAUVÉ LA VIE STOP UN SOIR STOP JE TE FERAI COMIDA CRIOLLA STOP

Mais un tel échange n'avait pas la moindre chance de devenir réel.

Le lendemain matin, après que la police nous eut convoqués pour prendre notre déposition, j'obligeai papa à me conduire à l'hôpital St-Matthew. J'avais dans les bras une douzaine de roses de couleur rose (« Il est hors de question que tu apportes des roses rouges à ce garçon, ma tolérance a des limites », beugla papa au rayon fleurs de Deal Foods, tant et si bien que deux mères de famille se mirent à nous observer) et un milk-shake au chocolat en train de fondre.

Mais il était parti.

« Il a quitté sa chambre vers 5 heures ce matin », nous déclara l'infirmière Joanna Cone (voir « Scinque géant », *Encyclopédie du vivant*, 4e éd.). « On a vérifié son assurance maladie. La carte qu'il nous a donnée était fausse. Les médecins pensent que c'est pour ça qu'il a filé, mais en réalité », l'infirmière Cone se pencha vers nous en tendant son menton rose et rond, chuchotant comme elle le faisait sans doute à l'église pour empêcher Mr. Cone de s'endormir, « il ne parlait pas un mot d'anglais, alors le docteur Feeds a jamais pu savoir comment il a reçu cette balle. La police sait pas non plus. Moi, je pense… c'est qu'un pressentiment, mais je me demande si c'est pas un de ces clandestins qui viennent chez nous pour décrocher un travail régulier avec de bonnes assurances pour la maladie et la retraite. Ça s'est déjà vu dans la région. Ma sœur Cheyenne en a aperçu toute une troupe à une caisse d'Electronic Cosmos. Vous savez comment ils arrivent ? Sur des canots pneumatiques. En pleine nuit. Parfois même de Cuba, pour fuir Castro. Vous voyez de quoi je parle.

51

— Je crois avoir entendu quelques rumeurs », conclut papa.

Il demanda à l'infirmière Cone d'appeler l'Automobile Club depuis l'accueil et, quand nous rentrâmes à la maison, une dépanneuse enlevait déjà le camion d'Andreo. Il y avait aussi, garée sous notre banyan, une grande camionnette blanche avec la discrète inscription Nettoyage Industriel Compagnie. À la demande de papa, NIC, une entreprise spécialisée dans le nettoyage de scènes de crimes, était venue exprès de Baton Rouge, à une demi-heure de route, pour nettoyer les traces d'Andreo sur l'allée, la véranda et quelques capillaires du Canada.

« Oublions ce triste incident, mon petit nuage », me dit papa en me serrant l'épaule alors qu'il faisait signe à l'employée, Susan, une femme à la quarantaine lugubre vêtue d'un imperméable blanc immaculé et de gants en caoutchouc vert qui lui arrivaient presque aux épaules. Elle s'avança sur notre véranda comme un astronaute sur la lune.

L'entrefilet sur Andreo dans le *Howard Sentinel* (DISPARITION D'UN ÉTRANGER BLESSÉ PAR BALLE) marqua la fin de l'incident Verduga, comme le baptisa papa (un scandale mineur qui ne fit que ternir brièvement un mandat sinon sans tache).

Trois mois plus tard, alors que les poivriers de la Jamaïque et le manioc avaient réussi à étouffer la pelouse, la liane à envelopper chaque pilier de la véranda ainsi que toutes les gouttières, puis à étendre ses dangereux tentacules jusqu'au toit, et que les rayons du soleil, même à midi, n'osaient plus franchir la végétation pour atteindre le sol, nous ne savions toujours rien d'Andreo, et en février, papa et moi quittâmes Howard pour Roscoe, Michigan, le territoire officiel de l'écureuil roux. J'avais beau ne jamais mentionner ce nom et garder un silence faussement indifférent dès que papa l'évoquait (« Je me demande vraiment ce qui est arrivé à ce voyou latino »), je pensais sans cesse à lui, mon jardinier au langage télégraphique, mon Heathcliff, mon Objet du Désir.

Il y eut un autre incident.

Papa et moi habitions alors Nestles, Missouri. Juste après avoir fêté mes quinze ans au Hashbrown Hut, nous traînions à Wal-Mart pour que j'y déniche quelques cadeaux d'anniversaire. (« Le dimanche à Wal-Mart, comme le déclarait papa, c'est un ramassis de pauvres types qui font une orgie de bonnes affaires, de quoi remplir un stade de foot, et offrent ainsi aux Walton un nouveau château dans le sud de la France. ») Papa était à la bijouterie, et je parcourais le rayon électronique lorsque j'aperçus un homme aux cheveux en bataille aussi noirs que la balle numéro 8 au billard. Il passa rapidement devant la vitrine des appareils photos numériques. Il portait un jean délavé, un T-shirt gris et une casquette de base-ball camouflage baissée sur le front.

Son visage était caché — à l'exception d'un pan de joue mate mal rasée — et pourtant, quand il prit l'allée des téléviseurs, mon cœur battait à tout rompre, car j'avais reconnu ces soupirs prononcés, cette démarche voûtée, ces lents mouvements sous-marins — bref, son talent Tahiti : quelle que soit l'heure ou la quantité de travail à abattre, il suffit à une personne au talent Tahiti de fermer les yeux, et la sombre réalité des tondeuses à gazon, pelouses misérables et menaces de licenciement s'évanouit. En quelques secondes, la personne est à Tahiti, nue comme un ver, en train de boire à même une noix de coco, au milieu des percussions du vent et des soupirs de la mer. (Peu de gens possèdent un talent Tahiti, quand bien même il s'agit d'un penchant assez naturel chez les Grecs, les Turcs et les Sud-Américains. En Amérique du Nord, il existe une prévalence parmi les Canadiens, surtout ceux du Yukon, mais aux États-Unis, on n'en trouverait que dans les premières et deuxièmes générations de hippies et de nudistes.)

Je lui emboîtai le pas pour me persuader que ce n'était pas lui, juste quelqu'un qui lui ressemblait, avec toutefois un nez plat ou une tache de naissance à la Gorbatchev. Et pourtant, quand j'atteignis l'allée des téléviseurs, à croire qu'il était à la fois fatigué et inquiet (la raison pour laquelle il n'avait jamais pris soin des orchidées Neptune), il la quittait déjà, se dirigeant apparemment vers le rayon musique. Je filai dans l'allée parallèle, passant devant les CD, le présentoir de Bo Keith Badley, *Honky-tonk Hookup* en solde, mais quand je regardai derrière le panneau L'ARTISTE DU MOIS, il avait disparu dans le magasin photo.

« As-tu trouvé un prix réellement écrasé ? demanda tout à coup papa derrière moi.

— Euh, non.

— Eh bien, si tu m'accompagnes au rayon jardin, je crois avoir déniché le gros lot. Le spa Symphonie Totale avec stéréo intégrée. Typhon pour le dos et jets pour la nuque. Maintenance gratuite. Peut contenir huit personnes pour un plaisir maximum. Le prix ? Écrabouillé. Il faut faire vite. »

Je réussis à fuir papa sous prétexte d'aller jeter un coup d'œil aux vêtements et, après m'être assurée qu'il se dirigeait d'un pas joyeux vers le rayon animaux de compagnie, je retournai en vitesse au magasin photo. Pas d'Andreo. Je jetai un coup d'œil à la droguerie, aux cadeaux et aux fleurs, aux jouets, où une femme à l'air excédé donnait une fessée à ses enfants, à la bijouterie, où un couple latino essayait des montres, au centre d'optique où une vieille dame regardait la vie en face derrière une monture en forme de panneaux publicitaires qui encadraient ses verres teintés. Je me frayai un chemin entre des mères revêches au rayon bébé, des jeunes mariés éblouis au rayon baignoires ; vers les animaux de compagnie où je repérai papa en pleine discussion avec un poisson rouge sur le thème de la liberté (« La vie en taule, c'est pas tout à fait ça, hein, mon gars ? ») et vers le rayon tissus, où un type chauve méditait sur un chintz rose et blanc. Je patrouillai le café et les caisses, y compris le service clientèle et la file express, où un enfant obèse hurlait en donnant des coups de pied dans les bonbons.

Mais il avait disparu. Il n'y aurait pas de retrouvailles maladroites, de QUAND PARLE L'AMOUR STOP LA VOIX DE TOUS LES DIEUX STOP GRISE LE CIEL DE SES HARMONIES STOP.

Ce ne fut qu'en regagnant d'un air abattu le magasin photo que je remarquai un caddie au comptoir d'échanges. Il dépassait dans l'allée et il était vide — comme le sien, je l'aurais juré — à l'exception d'un article, un petit paquet plastique d'Embuscaché^{TM}, kit invisible, feuilles d'automne.

Intriguée, je ramassai le paquet. Il contenait de fausses feuilles en nylon crissant. Au dos, je lus : « Embuscaché^{TM}, feuilles d'automne, reproduction synthétique en 3D. Appliquez-les à votre tenue à l'aide

54

de la colle1pec™ et vous disparaîtrez instantanément dans les bois, même aux yeux des animaux les plus perspicaces. Embuscaché™ est le rêve de tous les chasseurs. »

« Ne me dis pas que tu viens de te découvrir une passion pour la chasse au cerf, lança papa derrière moi en humant l'air. Quelle est cette atroce odeur ? De l'eau de Cologne pour homme, sans aucun doute. Quelle sève acide. Je t'avais perdue. Je craignais que tu n'aies disparu dans ce grand trou noir qu'on appelle les toilettes publiques. »

Je jetai le paquet dans le caddie.

« Je croyais avoir vu quelqu'un.

— Ah bon ? Maintenant, dis-moi quelle est ta réaction à l'écoute des termes suivants. Colonial. Dellahay. Bois. Patio. Cinq pièces. Résistant au soleil, au vent, au Jugement dernier. Excellent rapport qualité-prix, à peine 299 $. Sans oublier le slogan Dellahay sur les jolies petites étiquettes : "L'ameublement de jardin n'est pas de l'ameublement. C'est un état d'esprit." » Papa sourit en me passant le bras autour des épaules pour m'entraîner doucement vers le rayon jardin. « Je te donne dix mille dollars si tu parviens à m'expliquer ce que ça veut dire. »

Papa et moi quittâmes Wal-Mart avec des meubles de jardin, une machine à café et un poisson rouge en liberté conditionnelle (qu'il eut du mal à supporter : il termina ventre en l'air au bout d'une journée à peine), et pourtant, des semaines plus tard, alors que les « improbables » et « hautement incertains » avaient pris le pas dans ma tête, je ne pouvais renoncer à l'idée que c'était vraiment lui, mon sombre et instable Heathcliff. Jour après jour, il parcourait tous les Wal-Mart des États-Unis à ma recherche dans des millions de rayons déserts.

LA MAISON AUX SEPT PIGNONS

Bien sûr, l'idée de résidence permanente (une définition que je donnais à tout endroit que papa et moi aurions occupé plus de quatre-vingt-dix jours, le laps de temps où une blatte américaine peut rester sans manger) n'était pour moi qu'un rêve, un pays de cocagne, ou encore l'espoir, pour un Soviétique, de s'offrir une Cadillac Coupé DeVille neuve avec habitacle bleu ciel lors du sinistre hiver 1985.

À de nombreuses reprises, je désignai New York ou Miami sur notre carte Rand-McNally. « Ou Charleston. Pourquoi ne peux-tu pas enseigner la résolution des conflits à l'université de Caroline du Sud, un endroit civilisé *pour une fois* ? » Le visage plaqué contre la vitre, étranglée par la ceinture de sécurité, j'avais le regard trouble à force de voir les champs de maïs se rembobiner comme un film, et je rêvais du jour où nous nous poserions quelque part comme deux grains de poussière.

Mais vu ses refus réitérés au fil des ans — il profitait d'ailleurs de ces occasions pour tourner mes sentiments en ridicule (« Comment peux-tu détester les voyages ? Cela dépasse mon entendement. Comment ma fille peut-elle préférer être réduite à la bêtise et à la banalité d'un cendrier en terre cuite, d'un papier peint à fleurs, de cette publicité, oui, celle-là, Big Soda, Quatre-vingt-dix-neuf *cents* ? À partir de maintenant, voilà comment je vais t'appeler : Big Soda ») —, j'avais cessé, au cours de nos échanges d'autoroute sur l'*Odyssée* (Homère, période hellénistique) ou *Les raisins de la colère* (Steinbeck, 1939), de faire même allusion à certains thèmes littéraires tels que le foyer, la patrie ou la terre natale. Ce fut donc en

grande fanfare que papa m'annonça par-dessus une tourte à la rhubarbe, dans un Quick Stop Diner aux abords de Lomaine, Kansas
(« Ding dong, la sorcière est morte ! » chantonna-t-il d'un air facé-
tieux comme dans *Le Magicien d'Oz*, si bien que la serveuse lui
décocha un regard inquiet), que pour mon année de terminale, du
moins les sept mois et dix-neuf jours qu'elle durerait, nous habite-
rions un seul et même endroit : Stockton, Caroline du Nord.

Bizarrement, je connaissais cet endroit, car, quelques années plus
tôt, j'avais lu le dossier du magazine *Ventures* sur « Les cinquante
meilleures villes où passer sa retraite », et que Stockton (53 339
habitants), perdue dans les Appalaches, sans doute enchantée de
son surnom (la Florence du Sud) y était classée trente-neuvième,
mais aussi parce que cette ville de montagne était un endroit clé du
fascinant rapport du FBI sur les fugitifs de Jacksonville, *Fuyards*
(Pillars, 2004), l'histoire véridique des Trois Bandits qui s'étaient
évadés de la prison d'État de Floride et avaient passé vingt-deux
ans dans le parc national de Great Smoky Mountain. Ils avaient
parcouru les milliers de sentiers qui sillonnaient ses contreforts
entre la Caroline du Nord et le Tennessee en se nourrissant de
cerfs, de lapins, de putois et des détritus des campeurs du week-
end, et seraient restés libres (« Le parc est si vaste qu'une horde
d'éléphants roses pourrait s'y cacher », écrivait l'ex-agent secret
Janet Pillars), si l'un d'eux n'avait cédé au besoin irrépressible
d'aller faire un tour au centre commercial du coin. Par un après-
midi de l'automne 2002, Billy « Le Trou » Pikes traîna dans la galerie
marchande de West Stockton, Dinglebrook Arcade, s'offrit quelques
belles chemises ainsi qu'une pizza calzone avant d'être reconnu par
un caissier de Cinnabon. Deux des Trois Bandits furent capturés,
tandis que le dernier, connu sous le nom d'« Ed Le Débraillé »,
continua de vivre en liberté quelque part dans les montagnes.

Papa, à propos de Stockton : « Une ville de montagne pas plus
morne qu'une autre, où je toucherai un salaire ridicule à l'université de Caroline du Nord, et d'où tu t'assureras une place à Harvard.

— Génialissime ! » m'écriai-je.

Le mois d'août précédant notre arrivée, alors que nous logions à
l'appart'hôtel Atlantic Waters de Portsmouth, Maine, papa était en
contact avec une certaine Miss Dianne L. Seasons, agent immobilier

en chef à l'agence Sherwig de Stockton, qui disposait d'un impressionnant portefeuille de maisons à vendre et à louer. Une fois par semaine, Dianne envoyait à papa des photos des Propriétés Sherwig sur papier glacé accompagnées d'un commentaire sur papier à en-tête Sherwig attaché avec un trombone : « Une adorable oasis de montagne ! » « Tout le charme du Sud ! » « Exquise et très originale, l'une de mes préférées ! »

Papa, qui adorait abuser de la patience des vendeurs prêts à fermer boutique comme un chat sauvage joue avec un gnou blessé, différait sa décision et répondait aux appels nocturnes de Dianne (« Je voulais juste savoir ce que vous pensiez du 52 Primrose ! ») avec une indécision toute mélancolique et moult soupirs, si bien que les commentaires de Dianne se firent de plus en plus frénétiques : « Ne passera pas l'été ! » « Va partir comme un petit pain ! »

Papa finit par mettre un terme aux souffrances de Dianne en optant pour l'une des plus chic Propriétés Sherwig, le 24 Armor Street, entièrement meublé, première sur la liste des favoris.

J'étais stupéfaite. Avec son statut de professeur invité en provenance de l'école d'État Hicksburg ou de l'université du Kansas à Petal, papa n'avait certainement pas d'économies suffisantes (*Federal Forum* lui payait quelque dérisoires 150 $ par article), d'ailleurs presque toutes les maisons que nous avions habitées, les 19 Wilson Street et autres 4 Clover Circle, étaient de minuscules bicoques sans charme. Or papa venait de choisir une VASTE MAISON TUDOR 5 CH. MEUBLÉE AVEC UN LUXE ROYAL, qui ressemblait, tout du moins sur les photos en papier glacé de Dianne, à un énorme chameau de Bactriane au repos. (Papa et moi devions bientôt découvrir que le photographe de Sherwig avait pris grand soin de dissimuler que le chameau de Bactriane perdait ses poils. La plupart des gouttières se détachaient et les poutres qui décoraient la façade s'effondrèrent dès le premier trimestre.)

Dans les minutes qui suivirent notre arrivée au 24 Armor Street, papa revêtit comme à son habitude le costume de Leonard Bernstein pour diriger l'orchestre des employés de *Déménagement de Velours*, à croire que les quatre compères n'étaient pas Larry, Roge, Stu et Greg, qui rêvaient juste de finir de bonne heure pour aller boire une bière, mais des sections de cuivres, vents, cordes et percussions.

Je fis ma propre visite de la maison et du jardin. Non seulement le manoir 5 CH. avait un PARADIS POUR CUISINIER EN GRANIT, RÉFRIGÉ-RATEUR ENCASTRÉ ET PLACARDS SUR MESURE EN PIN DE PREMIÈRE QUALITÉ, mais aussi une CHAMBRE PRINCIPALE AVEC BAIGNOIRE EN MARBRE, un BASSIN ENCHANTEUR ET LE RÊVE DE TOUT AMATEUR DE LIVRES.

« Papa, comment on va payer cet endroit ?

— Ne t'inquiète pas pour ça — excusez-moi, pouvez-vous trans-porter ce carton dans l'autre sens ? Regardez la flèche et ce mot, "Haut". Oui, il signifie précisément cela : "Haut".

— C'est au-dessus de nos moyens.

— Bien sûr que non — je vous dis et je vous le redis, ce carton va dans le salon, pas ici, non, ne le lâchez pas, il contient des objets fragiles — j'ai fait quelques économies l'année dernière, ma chérie. — Pas ici ! Voyez-vous, ma fille et moi avons un code. Si vous observez les cartons, vous découvrirez des *mots* au marqueur indé-lébile, or ces mots correspondent à une pièce particulière de la maison. C'est ça ! Bravo, vous avez gagné une médaille ! »

Chargé d'un immense carton, Cordes passa lourdement devant nous en direction du PARADIS POUR CUISINIER.

« Il faut qu'on parte, papa. Il faut qu'on aille au 52 Primrose.

— Ne dis pas de bêtises. J'ai obtenu un bon prix de Miss Four Seasons — oui, ceci va au sous-sol dans mon bureau, et attention, il y a des papillons dans ce carton, ne le traînez pas par terre. Vous ne savez pas lire ? Oui, manipulez-le avec précaution. »

Cuivres descendit maladroitement l'escalier avec l'immense car-ton étiqueté FRAGILE PAPILLONS.

« Bon, maintenant, va te détendre et savoure...

— Papa, c'est beaucoup trop d'argent.

— Je comprends ton point de vue, ma chérie, et en effet, c'est sans doute... » Les yeux de papa dérivèrent vers l'immense lustre de cuivre suspendu au plafond de trois mètres, reproduction inver-sée de l'éruption de 1815 du mont Tambora (voir *L'Indonésie et l'Anneau de feu*, Priest, 1978). « C'est un peu plus luxueux que ce dont nous avons l'habitude, mais pourquoi pas ? Nous allons passer toute une année ici, n'est-ce pas ? Cela signera notre dernière chapitre, si j'ose dire, avant ton départ pour le vaste monde. Je voulais que cet endroit soit mémorable. »

Il ajusta ses lunettes et baissa les yeux vers un carton ouvert étiqueté DRAPS, comme Jean Peters qui regarde dans la fontaine de Trevi avant de faire un vœu et de jeter une pièce.

Je soupirai. Il était évident que papa voulait faire *une grande affaire** de cette année-là, mon année de terminale (d'où le chameau de Bactriane et autres dépenses somptuaires du style *Mon oncle d'Amérique* que je décrirai bientôt). Et pourtant, lui aussi avait peur (d'où le coup d'œil morose au carton DRAPS). L'une des raisons, c'est qu'il refusait de penser que j'allais le quitter à la fin de l'année. Je n'avais pas particulièrement envie d'y penser non plus. C'était un sujet difficile à aborder entre nous. Quitter papa, c'était comme démembrer les vieilles comédies musicales américaines, séparer Rodgers de Hart, George de Ira, Cole de Porter.

Une autre raison pour laquelle, selon moi, papa n'avait pas le moral, et peut-être la plus importante, c'est que notre séjour d'une année dans un seul et même endroit constituerait un paragraphe indéniablement monotone du chapitre 12 « Enseignement et voyages à travers les États-Unis » de sa biographie mentale, jusque-là passionnante.

« Vis toujours ta vie avec ta biographie en tête, adorait-il dire. Bien entendu, elle ne sera publiée que si tu as ta sublime excuse, mais au moins, tu vivras dans la grandeur. » Il était douloureusement évident que papa espérait voir sa biographie posthume surpasser *Kissinger, l'homme* (Jones, 1982) et même *Dr. Rythme : vivre avec Bing* (Grant, 1981) pour s'approcher du Nouveau Testament ou du Coran.

Même s'il ne l'avouait jamais, cela sautait aux yeux qu'il adorait être en mouvement, en transit, au milieu de. Il trouvait les arrêts, les haltes, les points, les terminus inintéressants, et même ennuyeux. Peu lui importait de rester trop peu de temps dans une université pour connaître le nom de ses étudiants, si bien qu'il devait, afin de leur attribuer des notes cohérentes à la fin du trimestre, les affubler de surnoms tels que Monsieur Questions, Tête de Têtard, Sourire Colgate ou À Ma Gauche.

Parfois, je craignais que papa juge qu'avoir une fille était un cul-de-sac, une voie sans issue. Quand il était d'humeur bourbon, je me demandais parfois s'il n'avait pas envie de nous abandonner, l'Amérique et moi, pour retourner dans l'ex-Zaïre, entre-temps rebaptisé République démocratique du Congo (*démocratique*, en Afrique, était un mot purement rhétorique, comme le mot *respect* dans les banlieues) pour incarner un personnage à la Che-plus-Trotsky-plus-Spartacus auprès des peuples luttant pour leur liberté. Dès que papa évoquait les quatre mois bénis passés dans le bassin du fleuve Congo en 1985, où il avait rencontré les gens les plus « gentils, travailleurs et sincères » de toute sa vie, il adoptait une attitude étonnamment béate. On aurait dit une vieille star du cinéma muet sous des lumières et des objectifs flous, comme couverts de beurre.

Je le soupçonnais de vouloir en secret repartir en Afrique pour y mener une révolution bien organisée et stabiliser seul la RDC (après avoir repoussé les forces alliées Hutu) avant de s'envoler vers d'autres pays qui attendaient leur sauveur telles des jeunes filles indigènes ligotées à une voie de chemin de fer (Angola, Cameroun, Tchad). Quand j'exprimais ces soupçons, il riait, bien sûr, mais je trouvais toujours ce rire trop réservé ; il sonnait étrangement creux, et je me demandais souvent si, en lançant ma ligne au hasard, je ne venais pas d'attraper le plus étonnant et le plus gros de tous les poissons. C'était le secret de papa, aussi méconnu qu'une créature du fond des mers jamais photographiée ni répertoriée : il voulait devenir un héros, une effigie de la liberté sur drapeau de soie, tout en couleurs vives, voire imprimée sur cent mille T-shirts ; papa avec un béret marxiste, des yeux prêts au martyre et une vieille moustache (voir *L'iconographie des héros*, Gorky, 1978).

Il éprouvait aussi une surprenante délectation infantile au moment où il plantait une nouvelle punaise sur la carte Rand-McNally, à me décrire notre prochain lieu de résidence dans un riff exubérant de pseudo-informations, sa version du Gangsta Rap : « Prochain arrêt Speers, Dakota du Sud, terre natale du faisan de Colchide, du furet aux pieds noirs, des *badlands*, de la forêt des Collines noires, du mémorial de Crazy Horse, capitale : Pierre, grande métropole ; Sioux Falls, rivières : Moreau, Cheyenne, White, James... »

« Tu prends la chambre d'en haut, m'annonça-t-il tout en surveillant Percussions et Vents qui transportaient une lourde caisse dans le jardin en direction du seuil à pignons de la VASTE CHAMBRE DE MAÎTRE. Prends même toute l'aile. N'est-ce pas agréable, ma chérie, d'avoir une "aile" à toi ? Pourquoi ne vivrait-on pas un peu comme Kubla Khan ? Une surprise t'attend là-haut. Je pense qu'elle te fera plaisir. Pour ça, j'ai dû soudoyer une femme de ménage, un agent immobilier, deux vendeurs de meubles, un chef des opérations chez UPS — écoutez bien, oui, c'est à vous que je parle, si vous pouviez descendre aider votre congénère à déballer les cartons dans mon bureau, ce serait plus utile. C'est à croire qu'il est tombé dans un terrier de lapin. »

Au fil des années, les surprises de papa, petites et grandes, avaient toujours été savantes, telle l'*Encyclopédie du monde physique*, 1999, traduite du français et introuvable aux États-Unis. (« Tous les prix Nobel en ont une », prétendait-il.)

Mais comme je poussai la porte à l'étage et pénétrai dans la grande chambre aux murs bleus ornés de peintures à l'huile sur des thèmes pastoraux, avec d'immenses fenêtres en ogive cloquées de rideaux bouffants, je découvris non pas une édition rare et clandestine de *Wie schafft man ein Meisterwerk*, ou *Comment réussir votre grand œuvre* (Lint, Steggertt, Cue, 1993) mais, dans un coin près de la fenêtre, ma vieille table Citizen Kane. C'était bien lui, ce bureau éléphantesque en noyer imitation Renaissance que je possédais huit ans plus tôt au 142 Tellwood Street à Wayne, Oklahoma.

Papa l'avait acheté lors de la liquidation du domaine de Lord et Lady Hillier à la sortie de Tulsa, où l'astucieuse Sauterelle Pattie « Bonnes Affaires » Lupine, antiquaire de son état, l'avait traîné par un dimanche après-midi étouffant. Allez savoir pourquoi, quand papa avait vu ce bureau (et les cinq gros bras nécessaires pour le hisser sur l'estrade), il me vit, moi, rien que moi, y présider (alors que je n'avais que huit ans et ne faisais que la moitié de sa longueur, même les bras écartés). Il le paya une somme monstrueuse à jamais tenue secrète et déclara en agitant les bras que c'était le « Bureau de Bleue », un bureau « digne de ma *Vigile de la Sainte-Agnès* qui y couchera un jour toutes ses grandes idées ». Une semaine plus tard, deux chèques de papa furent rejetés, le premier dans une épicerie, le second à la librairie de l'université. Je pensai en mon for intérieur que c'était parce qu'il avait acheté ce bureau « à prix d'or », d'après « Bonnes Affaires », même si papa prétendait qu'il s'était juste trompé dans ses comptes. « J'ai mal placé une virgule », expliqua-t-il.

La triste chute de cette histoire, c'est que je ne pus finalement coucher mes grandes idées qu'à Wayne, car nous fûmes incapables d'emporter le bureau à Sluder, Floride, à cause des déménageurs (l'entreprise à la publicité mensongère « Nous transportons tout ce que vous voulez » ne put le charger dans le camion). Je versai des larmes féroces et traitai papa de chien quand nous dûmes le laisser, à croire que ce n'était pas simplement un bureau trop grand aux pieds sculptés, avec sept tiroirs qui nécessitaient sept clés différentes, mais un poney noir que j'abandonnais au fond d'une écurie.

Je dévalai l'escalier telle Scarlett O'Hara pour retrouver papa au sous-sol en train d'ouvrir avec précaution le carton FRAGILE PAPILLONS qui contenait les spécimens de ma mère — les six vitrines sur lesquelles elle travaillait juste avant sa mort. Sitôt arrivé dans une nouvelle maison, il passait des heures à les accrocher, toujours dans son bureau, toujours face à sa table, ces trente-deux mannequins figés dans un défilé de mode éternel. Voilà pourquoi il détestait que les Sauterelles — et toute autre personne, d'ailleurs — fouinent dans son bureau, car l'attrait le plus fort des lépidoptères n'était pas leur couleur, ni la surprenante fourrure de l'antenne du Polyphème d'Amérique, ni le malaise que l'on ressentait face à ces créatures qui, ayant un jour zigzagué follement dans les airs, étaient désormais clouées à l'intérieur d'une vitrine, leurs ailes sauvagement tendues, le corps épinglé à un bout de papier. Leur attrait, c'est qu'elles contenaient un peu de ma mère. Comme l'avait un jour dit papa, on la retrouvait mieux dans ces créatures que dans tout portrait photographique (Support visuel 4.0). Quant à moi, je leur attribuais une étrange propriété adhésive, tant il était difficile d'en détourner le regard.

« Qu'en dis-tu ? demanda-t-il d'un ton joyeux en examinant, sourcils froncés, les angles d'une vitrine.

— Il est parfait.

— N'est-ce pas ? L'endroit idéal pour remplir un dossier de can-

Support visuel 4.0

didature qui fera trembler dans son pantalon à pinces n'importe quel prof de Harvard à la barbe grisonnante.

— Mais combien ça t'a coûté de le racheter, sans compter le transport ? »

Il me jeta un coup d'œil.

« On ne t'a jamais dit que c'est impoli de demander le prix d'un cadeau ?

— Combien ? En tout. »

Il me dévisagea.

« Six cents dollars », dit-il avec un soupir résigné.

Reposant la vitrine dans le carton, il me serra l'épaule puis m'abandonna pour crier dans l'escalier aux Cuivres et aux Vents d'accélérer le tempo de leur dernière symphonie.

Il mentait. Je le savais, déjà parce qu'il avait détourné les yeux en prononçant « six cents ». Or, Fritz Rudolph Scheizer, médecin de son état, écrit dans *Le comportement des créatures rationnelles* (1998) qu'il est tout à fait exact qu'une personne détourne les yeux lorsqu'elle ment. Mais aussi parce qu'en examinant le dessous du bureau, j'avais découvert la petite étiquette encore entortillée autour du pied le plus lointain (17 000 $).

Je me précipitai dans l'entrée où papa examinait une autre caisse, LIVRES BIBLIOTHÈQUE. J'étais ahurie, un peu furieuse aussi. Papa et moi avions depuis longtemps conclu le pacte du voyageur, un accord consistant à toujours dire la vérité, « même si c'est une effroyable bête puante ». Au fil des années, en d'innombrables occasions, un papa ordinaire aurait concocté plus d'une histoire tordue pour préserver la légende parentale — les parents sont asexués et moralement aussi irréprochables que Macaron le Glouton (voir *Rue Sésame*) — par exemple, quand il disparut pendant vingt-quatre heures et arbora, à son retour, l'expression lasse mais heureuse du jeune cow-boy qui a réussi à murmurer à l'oreille d'un ombrageux Palomino. Mais si j'exigeais la vérité (car, parfois, je préférais ne rien demander), il ne se dérobait jamais — au risque que je le voie tel qu'il pouvait aussi être : rustre, grossier, plein de faiblesses.

Je devais le confronter à son mensonge. Sinon, celui-ci risquait de me ronger (voir *Pluie acide sur gargouilles*, Eliot, 1999, p. 513). Je courus à l'étage, arrachai l'étiquette du bureau et la gardai dans ma poche le reste de la journée, attendant le moment de lui asséner cet échec et mat.

Mais juste avant que nous sortions dîner à l'Outback Steak House, tandis qu'il était dans ma chambre en train d'admirer ledit bureau, il avait l'air si absurdement joyeux et fier (« Je suis *fort* », disait-il en se frottant les mains avec entrain tel Dick van Dyke [voir *Mary Poppins*]. « Tu es prête à rencontrer saint Pierre, ma chérie ? »). Je fus obligée d'en conclure que lui reprocher cette extravagance bien intentionnée, le mettre dans l'embarras, était inutile et cruel — autant annoncer à Blanche Dubois (voir *Un tramway nommé désir*) qu'elle a les bras mous, les cheveux secs et qu'elle danse la polka bien trop près de la lampe.

Il valait mieux se taire.

LA DAME EN BLANC

Nous étions au rayon surgelés de Fat Kat Foods quand je vis Hannah Schneider pour la première fois, deux jours après notre arrivée à Stockton.

J'attendais près du caddie que papa choisisse un parfum de glace.

« La plus grande contribution de l'Amérique au monde n'a pas été la bombe atomique, le fondamentalisme, les usines à maigrir ou Elvis, ni même l'observation assez fine que les hommes préfèrent les blondes, mais la perfection atteinte en matière de crèmes glacées. » Papa adorait faire des commentaires devant la porte ouverte du congélateur en étudiant chaque parfum de Ben & Jerry, sans prêter la moindre attention aux autres clients qui lui tournaient autour comme des mouches dans le vain espoir qu'il s'en aille.

Alors qu'il examinait chaque pot en carton sur les étagères à la manière d'un chercheur qui recrée de l'ADN à partir d'une racine de cheveux, je remarquai une femme tout au bout de l'allée.

Elle était brune et fine comme une cravache. Avec sa tenue de deuil — tailleur et talons aiguilles noirs dignes des années quatre-vingt (davantage dagues que chaussures), elle paraissait déplacée, un peu pâle dans les néons et les mélopées plaintives de Fat Kat Foods. Mais, rien qu'à la voir étudier un paquet de petits pois surgelés, il était évident qu'elle aimait paraître déplacée, tel un obus glissé dans une toile de Norman Rockwell ou une autruche au milieu des bisons. Elle exsudait ce mélange de satisfaction et d'estime de soi d'une belle femme qui a l'habitude qu'on l'admire, et j'eus aussitôt envie de la haïr.

Depuis longtemps, j'avais décidé de mépriser toute personne qui se croyait l'objet de n'importe quel PLAN D'ENSEMBLE, TRAVELLING, PLAN AMÉRICAIN, GROS PLAN ET PLAN SERRÉ, sans doute parce que je ne concevais pas de figurer dans un story-board, fût-ce le mien. Et pourtant, je ne pouvais m'empêcher (tout comme l'individu qui la regardait avec une bouche en forme de O, un plat surgelé light à la main) d'avoir envie de crier : « Silence sur le plateau ! On tourne ! » car, même à cette distance, elle était superbe et étrange — comme disait papa quand il était d'humeur bourbon, citant Keats : « La Beauté, c'est la vérité ; la vérité, c'est la Beauté ; sur la terre. Voilà tout ce que vous savez, tout ce que vous avez besoin de savoir. »

Elle remit les petits pois dans le congélateur et se dirigea vers nous.

« Chocolat avec pépites de cacao ou guimauve et sauce caramel ? » me demanda papa.

Ses talons martelaient le sol. En m'interdisant de la regarder, je feignis vaguement d'examiner le contenu nutritionnel des glaces à l'eau.

Papa ne l'avait pas vue.

« Évidemment, il y a toujours celle aux morceaux de gâteau fondant, disait-il. Oh, regarde, ça doit être nouveau, même si je ne suis pas très convaincu par l'association de la guimauve et de, comment appellent-ils ça, un ingrédient du diable ? Cela semble un peu tarabiscoté. »

Au passage, elle jeta un coup d'œil à papa, les yeux toujours braqués sur le congélateur. Et elle me sourit.

Elle avait un visage élégamment découpé et romantique qui prenait aussi bien l'ombre que la lumière, même très crues. Elle était plus âgée que je ne l'aurais cru, presque la quarantaine. Mais le plus incroyable chez cette femme, c'était son petit air Sunset Boulevard, ce parfum des productions RKO que je n'avais jamais rencontrés dans la vie, seulement à la télévision, quand papa et moi regardions *Jezebel* jusque très tard. Dans son caddie autant que dans ses pas réguliers comme un métronome (elle était à présent derrière le présentoir de chips), on décelait les habitudes de la Paramount, whisky sec et petits baisers en l'air au Ciro's. J'eus le sentiment que, lorsqu'elle ouvrait la bouche, ce n'était pas pour parler la langue friable de la modernité, mais pour user de termes moelleux tels que *preux*, *Gotha* et *digne* (et peut-être quelque *ring-a-ding-ding* en hommage à Sinatra), et lorsqu'elle s'intéressait à une personne, qu'elle l'acceptait en son sein, elle plaçait au-dessus de tout certains traits de personnalité presque tombés en désuétude — caractère, réputation, probité et classe.

Non qu'elle ne fût pas réelle. Elle était bien réelle. Elle avait quelques mèches détachées et des poussières blanches sur sa jupe. Mais je pressentais qu'un jour, quelque part, elle avait joué les premiers rôles. Et son regard confiant, presque agressif, me donna la certitude qu'elle envisageait un come-back.

« Je penche pour chocolat au lait et caramel. Qu'est-ce que tu en dis ? Bleue ? »

Si son importance dans ma vie s'était limitée à cette unique et brève apparition à la Hitchcock, je pense que je me serais malgré tout souvenue d'elle, toutefois sans la précision de cette nuit par 35° C où j'avais vu pour la première fois *Autant en emporte le vent* au drive-in Lancelot Dreamsweep, et que papa avait trouvé nécessaire de faire d'incessants commentaires sur les constellations visibles (« Il y a Andromède »), non seulement pendant que Scarlett affronte Sherman mais aussi quand elle tombe malade à cause de la carotte, sans oublier le moment où Rhett lui annonce qu'il s'en fout éperdument.

Mais, grâce à un coup de pouce du destin, je la revis à peine vingt-quatre heures plus tard, cette fois dans un rôle parlant.

La rentrée avait lieu trois jours plus tard et, faisant honneur à son nouveau credo « Lâcher du lest », papa insista pour passer l'après-midi dans la galerie marchande Blue Crest au rayon adolescents de Stickley, où il me pressa d'essayer plusieurs tenues en sollicitant l'expertise d'une certaine Miss Camille Luthers (voir « Retriever à poil bouclé », *Dictionnaire des chiens*, vol. 1). Camille, vendeuse en chef du rayon adolescents, non seulement travaillait là depuis huit ans, mais savait aussi très bien quelles créations Stickley étaient *de rigueur** cette saison grâce à sa très chère fille qui avait mon âge et se prénommait Cannelle.

Miss Luthers, à propos d'un pantalon vert comme ceux de l'armée de libération de Mao, taille 2 : « Il te va à la perfection. » Elle pressa avec enthousiasme le cintre contre ma taille et m'observa dans la glace en penchant la tête, comme si elle écoutait un son aigu. « Il va parfaitement à Cannelle aussi. Je viens de lui en offrir un, et elle ne le quitte pas. Plus moyen de le lui faire enlever. »

Miss Luthers, à propos d'une chemise blanche de forme carrée comme celles des bolcheviques quand ils avaient envahi le Palais d'Hiver, taille 0 : « Ça aussi, c'est fait pour toi. Cannelle a la même dans chaque coloris. Elle fait à peu près ton poids. Une taille de guêpe. Tout le monde croit qu'elle est anorexique, mais pas du tout. Alors qu'elle a plein de camarades folles de jalousie qui se nourrissent uniquement de fruits et de bagels pour réussir à entrer dans une taille 12. »

Quand nous quittâmes le rayon adolescents de Stickley avec presque toute la garde-robe de Cannelle la Rebelle, ce fut pour gagner Surely Shoos sur Mercy Avenue dans Stockton Nord, un tuyau de Miss Luthers.

« Je pense que c'est tout à fait dans le style de Cannelle, dit papa en saisissant une grosse chaussure noire à talon compensé.

— Non, décrétai-je.

— Tant mieux. Je peux affirmer avec certitude que Chanel se retournerait dans sa tombe.

— Humphrey Bogart a porté des talons compensés pendant tout le tournage de *Casablanca* », annonça quelqu'un derrière nous.

En faisant volte-face, je m'attendis à voir une mère tourner autour de papa comme un vautour qui a repéré une charogne, mais pas du tout.

C'était la dame de Fat Kat Foods.

Elle portait un jean moulant, une veste en tweed cintrée et de grandes lunettes noires sur la tête. Ses cheveux bruns retombaient en mèches éparses autour de sa figure.

« Il n'était ni Einstein ni Truman, continua-t-elle. Pourtant, je pense que, sans lui, l'Histoire n'aurait pas été la même. Surtout s'il avait dû *lever* les yeux vers Ingrid Bergman pour lui dire : "À ton bonheur, mon petit." »

Elle avait une merveilleuse voix rauque.

« Vous n'êtes pas d'ici, n'est-ce pas ? » demanda-t-elle à papa.

Il la regarda d'un air absent.

La rencontre de papa et d'une belle femme était toujours une curieuse expérience de chimie dépourvue d'imagination. Le plus souvent, elle n'aboutissait à rien. Parfois, ils donnaient *l'impression* de réagir avec vigueur en produisant tout à coup de la chaleur, de la lumière et du gaz. Mais cela ne débouchait jamais sur un résultat concret comme du plastique ou du verre, juste sur une affreuse odeur de souffre.

« Non, répondit papa. En effet.

— Vous venez d'emménager ?

— Oui, répondit-il avec un sourire comme une feuille de vigne trop petite pour dissimuler son désir de mettre fin à la conversation.

— Et qu'est-ce que vous pensez de Stockton ?

— Splendide. »

Je ne comprenais pas pourquoi il se montrait si glacial. En général, papa ne détestait pas qu'une Sauterelle le courtise. Et il était très capable de l'encourager en ouvrant les fenêtres, en allumant toutes les lumières et en se lançant dans un discours improvisé sur Gorbatchev, le contrôle des armements, l'abc de la Guerre de Sécession (des notions aussi insaisissables, pour une Sauterelle, qu'une goutte de pluie), tout en lâchant quelques allusions à l'impressionnant ouvrage qu'il était en train d'écrire, *La poigne de fer*.

Je me demandai si elle était trop attirante ou trop grande pour lui (elle faisait presque sa taille), à moins que son commentaire à la volée sur Bogart n'ait caressé papa dans le mauvais sens du poil. L'une de ses bêtes noires, c'était qu'on veuille lui apprendre quelque chose qu'il savait déjà, or papa et moi connaissions cette anecdote. Sur la route entre Little Rock et Portland, j'avais lu à haute voix le très instructif *Voyous, nains, grandes oreilles et dents longues : portrait réel des stars d'Hollywood* (Rivette, 1981), et, *Autres points de vue, 32 pièces : ma vie de femme de chambre chez L. B. Mayer* (Hart, 1961). Entre San Diego et Salt Lake City, j'avais également parcouru d'innombrables biographies, autorisées ou non, de gens célèbres, dont celles de Howard Hughes, Bette Davis, Frank Sinatra, Cary Grant et le hautement mémorable *Les avatars du Christ : Jésus en celluloïd entre 1912 et 1988, ou pourquoi Hollywood devrait cesser de représenter le fils de Dieu à l'écran* (Hatcher, 1989).

« Et votre fille, reprit-elle en me souriant, à quelle école est-elle inscrite ? »

J'ouvris la bouche, mais papa prit la parole.

« L'école St-Gallway. »

Il me dévisageait avec son air de « Prends-moi en stop, par pitié », qui devint bientôt « Déclenche l'ouverture du parachute », puis « Si tu veux bien lui faire le coup du lapin ». D'habitude, il réservait ces expressions aux Sauterelles difformes, avec un mauvais sens de l'orientation (myopie extrême) ou une aile détraquée (tic facial), qui le poursuivaient avec frénésie.

« J'enseigne là-bas, dit-elle en me tendant la main. Hannah Schneider.

— Bleue van Meer.

— Quel nom adorable. »

Elle lança un regard à papa.

« Gareth, dit-il au bout de quelques instants.

— Ravie de faire votre connaissance. »

Avec l'assurance effrontée de celles qui sont passées de starlette à comédienne talentueuse (en ayant par la même occasion fait exploser le box-office), Hannah Schneider apprit à papa qu'elle y assurait depuis trois ans le cours « Introduction au cinéma », un enseignement facultatif ouvert à tous les élèves. Elle déclara aussi d'autorité que St-Gallway était un endroit « très spécial ».

« Je crois que c'est l'heure d'y aller, dit papa en se tournant vers moi. Tu as ta leçon de piano, n'est-ce pas ? »

(Je n'avais jamais pris, et ne prendrais jamais de leçon de piano.)

Mais, à ma grande surprise, Hannah Schneider ne se tut pas, à croire que papa et moi étions des journalistes de *Confidential* qui attendions depuis six mois de l'interviewer. Et pourtant, son attitude n'avait rien de hautain ni de dominateur : elle croyait dur comme fer que la personne en face d'elle était profondément intéressée par ce qu'elle disait, voilà tout. Ce qui était le cas. Elle nous demanda d'où nous venions (« Ohio », fulmina papa), en quelle classe j'entrais (« Terminale », ragea papa), comment nous trouvions notre nouvelle maison (« Amusante », bouillonna papa) et

71

expliqua qu'elle était elle-même arrivée trois ans plus tôt de San Francisco (« Époustouflant », pétilla papa). Il n'avait d'autre choix que de dire un mot gentil.

« Nous nous verrons peut-être au prochain match de l'équipe de football locale », dit-il en agitant la main pour la congédier (un signe qui voulait dire « Certainement pas de sitôt », mais pouvait aussi être pris pour « À plus tard »), avant de me pousser en direction de la sortie. (Papa n'avait jamais assisté à un match de l'équipe de football locale, et n'avait nulle intention de le faire. Il considérait la plupart des sports de contact, de même que les mugissements et aboiements des spectateurs comme « gênants », « très déplacés », « de tristes manifestations de notre ascendance australopithèque ». « Je ne doute pas que nous ayons tous un australopithèque en nous, mais je préfère que le mien reste bien au fond de sa grotte à tailla-der ses carcasses de mammouth avec ses outils de pierre. »)

« Dieu merci, nous en sommes sortis vivants, dit papa en mettant le contact.

— Qu'est-ce que c'était que ça ?

— Tu l'as deviné aussi bien que moi. Comme je t'ai déjà expliqué, ces vieilles féministes américaines qui se vantent d'être ouvertes, de donner de leur personne, n'ont rien de la femme moderne et fasci-nante qu'elles s'imaginent être. Ce sont des sondes spatiales Magel-lan qui cherchent un homme à mettre à tout jamais sur orbite. »

Papa adorait comparer les femmes à des objets spatiaux (sondes éclair, orbiteurs, satellites, véhicules lunaires) et les hommes aux objets involontaires de leurs missions (planètes, lunes, comètes, astéroïdes). Évidemment, papa se voyait comme une planète si lointaine qu'elle n'avait jamais reçu qu'une seule visite — la fruc-tueuse mais brève mission *Natasha*.

« Je parlais de toi, dis-je. Tu as été impoli.

— Impoli ?

— Oui. Elle était gentille. Je l'ai trouvée intéressante.

— On n'est pas "intéressant" quand on viole ta sphère privée, qu'on t'atterrit dessus sans autorisation, puis qu'on prend la liberté d'émettre des signaux radar qui se répercutent à ta surface et recréent ton relief en images panoramiques pour les retransmettre ensuite en continu dans l'espace.

— Et Vera Strauss, alors ?

— Qui ça ?

— Vera P. Strauss.

— La vétérinaire ?

— La caissière de la file express de Hearty Health Foods.

— Ah oui. Elle voulait devenir vétérinaire. Je m'en souviens.

— Elle nous a abordés en plein milieu de ton…

— Dîner d'anniversaire. Au Wilber Steak. Oui, je sais.

— Au *Wilson* Steakhouse à Meade.

— Eh bien, je…

— Tu lui as proposé de venir prendre le dessert avec nous et on a dû supporter ses histoires atroces pendant trois heures.

— Sur son pauvre frère qui avait subi une psychochirurgie, oui, je m'en souviens, et je m'en suis excusé auprès de toi. Comment pouvais-je savoir qu'elle était candidate aux électrochocs et qu'on aurait dû appeler les gens qui arrivent à la fin du *Tramway nommé Désir* pour embarquer cette femme ?

— À l'époque, je ne t'ai pas entendu te lamenter sur ses images panoramiques.

— Un point pour toi. Mais je me souviens que Vera, c'est très clair dans mon esprit, avait une qualité rare. Que cette qualité rare se soit finalement révélée comparable à celle de Sylvia Plath, ce n'est pas ma faute. Au moins, elle était extraordinaire sur un plan. Elle nous a offert une vision crue et sans limite de la folie. Mais cette femme-là, cette… je ne me souviens même pas de son nom.

— Hannah Schneider.

— Eh bien, oui, elle était…

— Quoi ?

— Banale.

— Tu es dingue.

— Je n'ai pas passé six heures à t'interroger avec les fiches "Cent coudées au-dessus du lycée" pour que tu emploies le mot "dingue" à tout bout de champ…

— Tu es *outré**, dis-je en croisant les bras et en regardant par la vitre les rues animées de l'après-midi. Et Hannah Schneider était », je cherchai quelques mots bien choisis pour décoiffer papa, « avenante. Et pourtant, abstruse.

73

— Hum ?

— Tu sais, elle est passée près de nous au supermarché hier soir.

— Qui ça ?

— Hannah. »

Il me décrocha un regard surpris.

« Cette femme était à Fat Kat Foods ? »

Je hochai la tête.

« Elle est passée juste à côté de nous. »

Il garda le silence un moment, puis poussa un soupir.

« Eh bien, j'espère simplement que ce n'est pas l'une de ces sondes Galilée défectueuses. Je ne pense pas que je suis prêt à supporter un nouveau crash. Comment s'appelait-elle ? Celle de Cocorro...

— Betina Mendejo.

— Oui, Bettina, avec cette adorable petite fille asthmatique de quatre ans.

— Elle avait une fille de dix-neuf ans qui faisait des études de diététique.

— Bien sûr, dit papa en hochant la tête. Ça me revient, maintenant. »

LE MEILLEUR DES MONDES

Papa prétendait avoir entendu parler de St-Gallway par un collègue de l'école d'État Hicksburg et, pendant un an au moins, la
brochure d'admission 2001-2004 sur papier glacé au titre aguicheur
Savoirs supérieurs, Terres supérieures avait voyagé dans un carton à
l'arrière de notre Volvo (en compagnie de cinq exemplaires de *Federal Forum*, vol. 10, n° 5, 1998, contenant l'article de papa : « *Nächtlich* : Mythes populaires de la lutte pour la liberté »).

La brochure affichait une rhétorique classique et alambiquée
dégoulinant d'adjectifs ; des photos ensoleillées de grands arbres
d'automne, d'enseignants aux gentilles têtes de souris et d'élèves
souriants arpentant le campus avec de gros livres qu'ils tenaient
comme des bouquets de roses. Dans le lointain, dominant cette
scène (et apparemment s'ennuyant à mourir), des montagnes d'une
sinistre couleur prune et un ciel bleu mélancolique. « Nos locaux
ne laissent rien à désirer », couinait la page 14. Bien sûr, il y avait
des terrains de football si lisses qu'on les aurait crus en linoléum,
une cafétéria à baies vitrées et lustres en fer forgé, un immense
complexe sportif qui ressemblait au Pentagone. La minuscule chapelle en pierre tentait de se démarquer des imposants bâtiments
Tudor se dressant au-dessus des pelouses qui portaient les noms de
Hanover Hall, Elton House, Barrow et Vauxhall. Leurs façades rappelaient la figure de ces vieux présidents américains : teint gris,
front lourd, sourire figé, port de tête buté.

Le fascicule proposait aussi un commentaire délicieusement
excentrique sur Horatio Mills Gallway, le self-made-man qui avait

fait fortune dans l'industrie du papier puis fondé cette école en 1910, non selon des principes altruistes tels que le devoir citoyen ou le maintien des bourses d'études, mais par un désir mégalomaniaque de voir le terme « saint » accolé à son nom. Il avait ainsi jugé qu'une école privée était le meilleur moyen de parvenir à ses fins.

J'adorais le passage « Que sont les Gallwayiens devenus ? », un paragraphe flamboyant rédigé par le directeur, Bill Havermeyer (un bon vieux colosse à la Robert Mitchum), détaillant les exploits inégalables d'anciens élèves. Au lieu des vantardises caractéristiques des prétentieuses écoles privées — résultats stratosphériques aux examens d'entrée à l'université, nombre d'anciens élèves ayant intégré la Ivy League —, St-Gallway se targuait d'exploits un peu différents, plus extraordinaires encore : « Nous avons dans tout le pays le plus grand nombre de diplômés devenus des artistes aux performances révolutionnaires ; [...] sur les cinquante dernières années, 7,27 % des diplômés de Gallway se sont inscrits au bureau des brevets et des marques ; un sur dix devient inventeur ; 24,3 % des Gallwayiens sont des poètes reconnus ; 10 % étudieront les costumes et le maquillage de scène ; 1,2 % l'art des marionnettes ; ... 17,2 % résideront un temps à Florence ; 1,8 % à Moscou ; 0,2 % à Taipei. » « 1 Gallwayien sur 2 031 figure au *Livre Guinness des records*. Wan Young, promotion 1982, détient le record du plus long contre-ut... »

Tandis que papa et moi remontions pour la première fois à vive allure l'allée de l'école dans la Volvo (la bien nommée Horatio Way, d'après le célèbre compagnon d'Hamlet, un chemin étroit qui vous promenait à travers une forêt de pins minces comme des aiguilles avant de vous abandonner au centre du campus), je me surpris à retenir mon souffle, étonnamment intimidée. Sur notre gauche, plongeait une pelouse vert Renoir qui plissait et vallonnait à tel point que l'on aurait pu craindre qu'elle ne s'envole, s'il n'y avait pas eu des chênes pour la clouer au sol (« La Pelouse, louait la brochure, entretenue d'une main experte par notre habile concierge, Quasimodo, dont certains disent qu'il serait le tout premier Gallwayien... »). À notre droite, massif et imperturbable, se dressait Hanover Hall, prêt, comme George Washington sur le tableau, à traverser le fleuve Delaware pris dans la glace. Au-delà d'une cour carrée et pavée entourée de bouleaux, jaillissait un élégant amphithéâtre de verre et d'acier, monumental et néanmoins élégant : le Love Auditorium.

Nous étions là pour affaires. Papa et moi venions, d'une part faire la visite d'admission avec le gourou Mirtha Grazeley (une vieille dame vêtue de soie fuchsia qui nous fit zigzaguer comme un vieux papillon de nuit autour du campus : « Dites-moi, nous n'avons pas encore vu la galerie d'art, n'est-ce pas ? Oh mon Dieu, j'allais oublier la cafétéria. Et la girouette en forme de cheval au sommet d'Elton, je ne sais pas si vous vous en souvenez, est apparue en photo l'an dernier dans *Le Mensuel de l'architecture du Sud*. »), d'autre part nous concilier la directrice des études, chargée de traduire en notation St-Gallway les résultats obtenus à mon précédent lycée de façon à déterminer mon classement. Papa aborda cette tâche avec le sérieux de Reagan rencontrant Gorbatchev pour le traité de réduction des armements nucléaires.

« Laisse-moi parler, contente-toi d'avoir l'air érudit. »

Notre cible, Miss Lacey Ronin-Smith, était retirée dans le clocher de Hanover, comparable à une tour de conte de fées. Cette dame était toute en nerfs, avec une voix piquante comme du sel et des cheveux strictement ternes. Âgée d'une soixantaine d'années, elle assurait la direction des études de St-Gallway depuis trente et un ans et, au vu des photos posées sur son bureau, elle aimait le patchwork, les randonnées pédestres avec ses amies, et un petit chien d'appartement qui avait davantage de poils noirs et gras qu'une vieille rock star.

« Ce que vous avez entre les mains est une copie officielle du dossier de Bleue, dit papa.

— Je vois », répondit Miss Ronin-Smith.

Ses lèvres fines, qui même au repos donnaient l'impression de sucer un citron vert, tremblèrent légèrement aux commissures, un signe de contrariété.

« Le lycée dont vient Bleue, Lamego High à Lamego, dans l'Ohio, est l'une des écoles les plus dynamiques du pays. Je veux m'assurer que son travail sera reconnu ici à sa juste valeur.

— Bien entendu, dit Ronin-Smith.

— Naturellement, certains élèves vont se sentir menacés, surtout ceux qui espèrent devenir major ou deuxième de la promotion. Nous ne voulons vexer personne. Cependant, ce n'est que justice que Bleue retrouve la place qu'elle avait lorsque mon travail nous a obligés à déménager. Elle était major... »

Lacey décrocha alors à papa un regard bureaucratique : plein de regret, un soupçon de triomphe.

« Je suis désolée de vous décevoir, Mr. van Meer, mais je dois vous informer que la politique de St-Gallway est très claire à ce sujet. Un nouvel élève, quel que soit le niveau de ses notes, ne peut prétendre à...

— Mon Dieu », dit brusquement papa. Les sourcils haussés, la bouche dessinant un sourire béat, il imita sur son siège l'inclinaison précise de la tour de Pise. Je réalisai, avec horreur, qu'il arborait son expression *Mais bien sûr que si, le père Noël existe*. J'avais envie de me blottir sous ma chaise. « C'est un diplôme très impressionnant que vous avez là. Puis-je vous demander de quoi il s'agit ?

— Euh... pardon ? » grinça Ronin-Smith (à croire que papa venait de désigner un mille-pattes en promenade sur le mur derrière elle), qui se retourna pour jeter un coup d'œil à l'immense diplôme calligraffité couleur crème avec cachet doré, à côté d'une photo de son chien en Mötley Crüe avec nœud papillon et chapeau haut de forme. « Oh, il s'agit d'un prix d'excellence pour direction d'études et délibérations d'examens. »

Papa parut en avoir le souffle coupé.

« J'ai l'impression que vous seriez très utile aux Nations unies.

— Oh, je vous en prie », minauda Miss Ronin-Smith en secouant la tête et en lâchant un petit sourire de regret qui révéla des dents jaunes et tordues, tandis que la rougeur commençait à envahir son cou. « C'est peu probable. »

Une demi-heure plus tard, après que papa l'eut suffisamment courtisée (il avait la foi d'un évangéliste redoutable. Avec lui, ma rédemption était assurée), nous redescendions l'escalier en colimaçon qui menait à son bureau.

« Plus qu'une seule andouille sur ton chemin, murmura-t-il avec une sincère jubilation. Une petite tarentule nommée Radley Clifton. On la connaît, cette espèce-là. Je parie qu'en trois semaines, après une bonne dissertation sur le relativisme, il sera dans les choux. »

Quand, à 7 h 45 le lendemain matin, papa me déposa devant Hanover, sans savoir pourquoi, je me sentais bêtement nerveuse. J'étais aussi accoutumée aux rentrées scolaires que Jane Goodall à ses chimpanzés de Tanzanie au bout de cinq ans dans la jungle. Et pourtant, mon chemisier en lin semblait deux tailles trop grandes (ses manches courtes dépassaient de mes épaules comme des serviettes de table amidonnées), ma jupe à carreaux rouges et blancs avait l'air raide et mes cheveux (sur lesquels je comptais d'habitude pour ne pas me ridiculiser) avaient décidé d'imiter une salade frisée : j'incarnais à moi seule une table dans un restaurant de grillades.

« "Elle marche tout en beauté comme la nuit", me cria papa par la vitre ouverte alors que je descendais de voiture. "Des climats sans nuage et des cieux étoilés ; Et le plus pur de la clarté comme de l'ombre, Se rassemble dans son aspect et dans ses yeux". Mets-les tous au tapis, ma fille ! Montre-leur ce que veut dire *cultivé* ! »

Je fis un petit signe de tête et claquai la portière (sans accorder la moindre attention à la dame aux cheveux couleur Fanta orange qui s'était arrêtée sur les marches pour écouter le sermon d'adieu de mon papa-Luther King). Le rassemblement de tous les élèves était prévu pour 8 h 45. Ainsi, quand j'eus repéré mon casier au deuxième étage de Hanover, récupéré mes livres (jetant au passage un sourire amical à la prof qui entrait et sortait de sa salle chargée de photocopies, tel un soldat qui, à son réveil, s'est rendu compte qu'il n'avait pas assez préparé l'offensive du jour), je m'avançai sur le chemin qui menait au Love Auditorium. J'avais toujours une avance digne d'une débile mentale, et l'amphithéâtre était vide, à l'exception d'un tout petit élève assis dans les premiers rangs faisant mine d'être absorbé par ce qui, de toute évidence, était un cahier à spirale vierge.

La partie réservée aux terminales se trouvait au fond. Je pris place sur le siège qui m'avait été assigné par Ronin-Smith et comptai les minutes avant l'arrivée assourdissante des élèves, les « Ça va », « T'as passé de bonnes vacances ? », l'odeur de shampooing, de dentifrice et de chaussures en cuir neuves, cette effrayante énergie cinétique que dégage la jeunesse en nombre, si bien que le sol se met à vibrer, les murs à bourdonner et qu'il suffirait, se dit-on, pour exploiter cette énergie, de la canaliser en quelques circuits en parallèle vers une centrale électrique pour éclairer toute la côte Est de façon sûre et économique.

Je dois avouer un vieux truc : tout le monde peut acquérir une parfaite maîtrise de soi, non en faisant mine d'être absorbé par ce qui, de toute évidence, est un cahier à spirale vierge ; non en essayant de se convaincre qu'on est une rock star, une vedette du cinéma, un top model, un magnat, Bond, une Bond Girl, la reine Elizabeth, Elizabeth Bennet ou Eliza Doolittle qui a décidé de rester incognito au bal de l'ambassadeur ; non en s'imaginant être un membre de la famille Vanderbilt miraculeusement retrouvé, ou encore en inclinant le menton à un angle situé entre quinze et quarante-cinq degrés pour ressembler à Grace Kelly jeune. En théorie, ces méthodes fonctionnent, mais en pratique, elles vous lâchent et vous vous retrouvez tout nu, avec, à vos pieds, la serviette tachée de votre confiance.

Au lieu de ça, tout le monde peut acquérir une fière dignité de deux manières :

1. En se changeant les idées avec un livre ou une pièce de théâtre
2. En récitant Keats

J'avais découvert cette technique très tôt dans la vie, à l'âge de sept ans, alors que je fréquentais l'école élémentaire de Sparte. Quand je ne pus échapper au récit détaillé de la formidable soirée qu'Eleanor Slagg avait passée chez une amie, je sortis un livre de mon sac, *Mein Kampf* (Hitler, 1925), que j'avais pris au hasard dans la bibliothèque de papa, je plongeai la tête entre les deux pans de la couverture et, avec la sévérité du chancelier allemand, je m'obligeai à lire jusqu'à ce que les mots déclenchent un *Blitzkrieg* contre les paroles d'Eleanor et que ces dernières capitulent face à cet *Anschluss*.

« Bienvenue », dit le proviseur Havermeyer dans son micro. Bill était bâti comme un cactus Saguaro resté trop longtemps sans eau, si bien que ses vêtements — la veste marine, la chemise bleue, la ceinture en cuir avec une immense boucle en argent qui représentait le siège d'Alamo ou la bataille de Little Bighorn — semblaient desséchés, décolorés et aussi poussiéreux que son visage. Il arpentait lentement l'estrade comme s'il jouait avec le cliquetis imaginaire de ses éperons. Et il tenait amoureusement le micro sans fil — son Stetson à lui.

« C'est parti », murmura le Mozart hyperactif assis à côté de moi qui tapotait *Les noces de Figaro* (1786) sur le siège entre ses jambes. J'étais coincée entre Amadeus et un gosse à l'air triste, le portrait craché de Sal Mineo (voir *La fureur de vivre*).

« Pour ceux d'entre vous qui ne connaissent pas les sages paroles de Dixon, poursuivi Bill, les nouveaux parmi vous qui ont la chance de les entendre pour la première fois, Dixon était mon grand-père, grand-pa Havermeyer, et il aimait les jeunes gens qui écoutent et apprennent de leurs aînés. Quand j'étais petit, il me prenait à part pour me dire : "Fils, n'aie pas peur du changement. Le changement, c'est bien." »

Havermeyer n'était sans doute pas le premier proviseur à souffrir de l'effet crooner. D'innombrables directeurs, surtout de sexe masculin, confondaient le sol glissant d'une cafétéria mal éclairée ou l'acoustique médiocre d'un auditorium de lycée avec la Copa Room aux murs rubis de Kansas City, et les élèves avec un public acquis ayant acheté des mois à l'avance sa place à 100 $ pièce. Tragiquement, il pensait pouvoir chanter faux *Stranger in the Night* et fredonner *The Best Is Yet to Come* en oubliant les paroles sans pour autant nuire à sa réputation de président du conseil d'administration. Il se prenait pour *The Voice*, un Sinattrape-cœurs.

Alors qu'en réalité, il était ridiculisé, moqué et singé.

« Eh, qu'est-ce que tu lis ? » entendis-je derrière moi.

Je ne pensais pas que ces mots me fussent adressés jusqu'à ce qu'ils soient répétés tout près de mon épaule droite. Malgré tout, je ne quittai pas des yeux la vieille pièce de théâtre que je tenais à la main, page 27 : « Est-ce que Brick aime coucher avec toi ? »

« Ohé, mademoiselle ou madame ? » Il se pencha encore plus près, imprimant un souffle chaud sur mon cou. « Tu parles anglais ? »

Près de lui, une fille gloussa.

« Parlay vou fronsai ? Sprekenzee doyche ? »

Selon papa, dans les circonstances où il est difficile de fuir, on tombe toujours sur ce qu'il appelait « un Oscar Shapeley » (*New York*

Miami), cet individu répugnant mais mystérieusement convaincu que son discours est fascinant et son sex-appeal irrésistible.

« Parlate italiano ? Ohé ? »

Le dialogue de *La chatte sur un toit brûlant* (Williams, 1955) trembla sous mes yeux. « Un de ces monstres sans cou a jeté dessus une galette chaude, pleine de beurre. Leurs grosses petites têtes s'enfoncent jusqu'au menton dans leurs gros petits corps... » Margaret, la Chatte, n'aurait pas supporté un tel harcèlement. Elle aurait croisé les jambes sous son petit jupon en lançant une réplique aiguë et véhémente, et tout le monde dans la pièce, y compris Grand-Père, se serait étranglé avec le glaçon de son cocktail.

« Qu'est-ce qu'on doit faire pour attirer son attention ? »

Je n'avais d'autre choix que de me retourner.

« Pardon ? »

Il me souriait. Alors que je m'attendais à un monstre sans cou, à ma grande surprise, je découvris un *Bonsoir Lune* (Brown, 1947). Les Bonsoir Lune ont des yeux duveteux, des paupières ombragées, un sourire en forme de hamac et une attitude assoupie un peu éthérée que la plupart des gens n'adoptent que quelques minutes avant le sommeil, tandis que les Bonsoir Lune l'affichent tout au long de la journée, jusque tard dans la soirée. Les Bonsoir Lune peuvent être mâles ou femelles, et ils sont universellement adulés. Même les professeurs les vénèrent. Dès qu'ils posent une question, ils se tournent vers les Bonsoir Lune et, bien qu'ils n'obtiennent qu'un résultat souvent somnolent et incorrect, les professeurs disent « Oh, parfait » et entortillent les mots comme un bout de fil de fer jusqu'à les transformer en bonne réponse.

« Désolé, dit-il. Je ne voulais pas te déranger. »

Il était blond, et pas de ce blond scandinave si blanc qu'on a envie de le teindre en le plongeant dans quelque chose ; il portait une belle chemise blanche et une veste marine. Sa cravate à rayures rouges et bleues était desserrée et un peu de travers.

« Alors, t'es qui ? Une actrice célèbre ? Tu te destines à Broadway ?

— Oh non, je...

— Je m'appelle Charles Loren », dit-il, comme s'il me révélait un secret.

Papa était partisan d'un contact visuel franc, mais ce qu'il ne précisait jamais, c'est que regarder une personne de près droit dans les yeux est quasiment impossible. Il faut choisir un œil, le droit ou le gauche, ou bien faire des allers et retours, ou alors se contenter d'un point entre les yeux. Quant à moi, j'avais toujours jugé cet endroit triste et vulnérable, trop broussailleux et doté d'un angle improbable, même si c'était celui que David avait visé avec sa pierre pour tuer Goliath.

« Je sais comment tu t'appelles, dit-il. Bleue quelque chose. Ne me dis pas...

— Mais diable, quel est ce chahut là-bas au fond ? »

Charles se redressa aussitôt sur son siège. Je me retournai.

Une femme trapue aux cheveux orange acide — celle qui avait décoché un regard noir à papa en train de déclamer du Byron — avait remplacé Havermeyer sur l'estrade de l'auditorium. Vêtue d'un tailleur navet qui luttait aussi dur qu'un haltérophile pour rester boutonné, elle me regardait fixement, bras croisés et jambes plantées dans le sol comme sur le diagramme 11.23, « Guerrier turc de la deuxième croisade », qui illustrait l'un des textes favoris de papa, *Pour l'amour de Dieu : histoire des guerres de religion et des persécutions* (Murgg, 1981). Et elle n'était pas la seule à me dévisager. L'auditorium s'était tu. Toutes les têtes étaient tournées vers moi comme une troupe de Turcs seldjoukides qui ont repéré un chrétien solitaire ayant pris un raccourci par leur camp pour atteindre Jérusalem.

« Vous semblez nouvelle », dit-elle dans le micro. Sa voix avait le timbre amplifié de pieds qui traînent sur un trottoir. « Permettez-moi de vous révéler un petit secret. Comment vous appelez-vous ? »

J'espérais que ce serait une question rhétorique à laquelle je puisse me dispenser de répondre, mais elle attendait.

« Bleue. »

Elle fit une grimace.

« Quoi ? Qu'est-ce qu'elle a dit ?

— Elle a dit Bleue, dit quelqu'un.

— Bleue ? Eh bien, Bleue, dans cette école, quand une personne monte sur l'estrade, on fait preuve de respect à son égard. On l'écoute. »

Inutile de préciser que je n'avais pas l'habitude d'être regardée, en tout cas par une école tout entière. Jane Goodall effectuait ses observations de façon solitaire, toujours cachée derrière un feuillage épais, ce qui la rendait, avec son short kaki et sa chemise en lin, totalement invisible depuis la canopée de bambou. Mon cœur eut des ratés alors que je dévisageais à mon tour les auteurs des regards. Lentement, ils se détachèrent de moi comme des jaunes d'œuf le long d'un mur.

« J'étais en train d'expliquer qu'il y a des changements importants en ce qui concerne le délai pendant lequel vous pouvez modifier vos inscriptions, et je ne ferai d'exception pour personne. Je me moque du nombre de boîtes de chocolats Godiva que vous m'apporterez, c'est à vous que je parle, Maxwell. Je vous demande de prendre votre décision en temps et en heure au sujet du contrôle continu, et je ne reviendrai pas là-dessus.

— Désolé, me souffla Charles. J'aurais dû te prévenir. Eva Brewster, faut faire profil bas avec elle. On l'appelle Evita, car c'est une situation un peu dictatoriale. Même si, techniquement, elle n'est que secrétaire. »

La dame — Eva Brewster — nous envoya tous en classe.

« Dis-moi. Je voulais te demander quelque chose. Hé, attends une seconde ! »

Je passai en trombe devant Mozart, me faufilant dans la rangée jusqu'à l'allée. Charles réussit à me suivre.

« Attends ! lança-t-il en souriant. Putain, t'adores les cours, toi, tu dois être du genre à avoir A dans toutes les matières. Comme t'es nouvelle, quelques amis et moi, on a pensé que… » Il fallait croire qu'il me parlait, même si son regard flottait déjà dans l'escalier en direction de la SORTIE. Les Bonsoir Lune ont des yeux en hélium : ils décollent toujours très vite. « On espérait que tu déjeunes avec nous. On a chopé un passe pour sortir du campus. Alors ne va pas à la cafét. Retrouve-nous au Scratch à midi et quart, souffla-t-il en mettant la tête à quelques centimètres de moi. Et sois pas en retard, sinon y aura des conséquences. Compris ? » Il me fit un clin d'œil et s'éclipsa.

Je restai un instant dans l'allée, incapable de bouger, jusqu'à ce que des élèves commencent à pousser mon sac à dos, m'obligeant à monter les marches. J'ignorais comment Charles connaissait mon nom. En revanche, je savais très bien pourquoi il déroulait le tapis rouge devant moi : ses amis et lui espéraient que j'intègre leur groupe de travail. J'avais un lourd passif d'invitations de ce genre, lancées aussi bien par le « Champion de football aux yeux en amande qui serait père d'ici la terminale » que par la « Rita Hayworth de supermarché ». Auparavant, quand on me proposait de me joindre à un groupe de travail, j'étais toute émoustillée, et tandis que je pénétrais dans le salon avec mes bristols, surligneurs, stylos rouges et manuels supplémentaires, j'étais aussi euphorique qu'une choriste à qui on a demandé de remplacer la prima donna. Même papa était excité. Alors qu'il me conduisait chez Brad, Jeb ou Sheena, il marmonnait que c'était une merveilleuse occasion, une occasion qui allait me permettre de déployer mes ailes, telle Dorothy Parker, pour finalement prendre la tête de la Table ronde à l'Algonquin.

Mais une fois qu'il m'avait déposée, je ne tardais pas à comprendre que ce n'était pas mon esprit mordant qu'on appréciait. Si le salon de Carla était le *Cercle vicieux* de Mrs. Parker, alors moi, j'étais le serveur que tous ignorent jusqu'à ce qu'ils aient envie d'un autre scotch, ou qu'il y ait un souci avec le repas. Allez savoir comment, quelqu'un s'était rendu compte que j'étais une « pauvre fille » (un « cardigan » à la Coventry Academy), et on me demandait de m'occuper d'une question sur deux, voire de toutes les questions au programme.

« Laisse-lui celle-ci. Ça te dérange pas, hein, Bleue ? »

Le point de non-retour eut lieu chez Leroy. En plein milieu d'un salon envahi de dalmatiens en porcelaine miniature, je fondis en larmes — même si j'ignore pourquoi ce fut précisément là, d'autant que Leroy, Jessica et Schyler ne m'avaient attribué qu'une question sur quatre. Ils s'écrièrent avec des voix aiguës et mielleuses : « Eh, qu'est-ce qui t'arrive ? », si bien que trois vrais dalmatiens se précipitèrent dans le salon en aboyant et que la mère de Leroy arriva de la cuisine avec ses gants de vaisselle roses en criant : « Leroy, je t'avais dit de ne pas les énerver ! » Je rentrai en courant chez moi, à près de dix kilomètres. Leroy ne me rendit jamais mes livres.

« Comment tu connais Charles ? me demanda Sal Mineo, qui se trouvait à ma hauteur comme j'atteignais les portes vitrées.

— Je ne le connais pas.

— Eh bien, t'as de la chance, parce que tout le monde veut le connaître.

— Et pourquoi ? »

Sal eut l'air inquiet, puis haussa les épaules et dit d'une petite voix qui suintait le regret :

« Il a du sang royal. »

Avant que je puisse lui demander ce que ça signifiait, il descendit les marches en ciment et disparut dans la foule. Les Sal Mineo avaient toujours une voix molle et des répliques aussi vagues que la limite d'un pull angora. Leurs yeux étaient différents aussi, ils avaient des glandes lacrymales plus grandes et un nerf optique supplémentaire. Je songeai à lui courir après pour lui expliquer que, avant la fin du film, on aurait reconnu en lui un personnage sensible et émotif qui incarnait les pertes et les blessures de sa génération, mais que, s'il ne se méfiait pas, il serait descendu par un flic à la gâchette facile, à moins qu'il ne comprenne ce qu'il représentait et qui il était vraiment.

Mais j'avais repéré sa majesté : le prince Charles, avec un sac à dos sur l'épaule et un sourire joueur, traversait rapidement la cour en direction d'une grande fille brune vêtue d'un long manteau de laine marron. Il se glissa derrière elle et lui passa un bras autour du cou en faisant « Ah ! ». Elle cria, puis, quand il sauta face à elle, se mit à rire. De ces rires en carillon qui donnent un coup de couteau au matin et fendent le brouhaha fatigué des élèves, ces rires qui laissent penser que leur auteur n'a jamais connu l'embarras ni la gêne, et que, même s'il connaît un jour la peine, celle-ci restera splendide. De toute évidence, c'était sa divine petite amie, celle avec qui il formait un couple *Lagon Bleu* bronzé, les cheveux rejetés en arrière (il y en avait un dans chaque lycée), menaçant de déstabiliser la chaste communauté éducative par leurs regards lourds échangés dans les couloirs.

Les autres élèves les observaient avec émerveillement, comme s'ils étaient des haricots à germination rapide dans un bocal aux parois couvertes de buée. Les professeurs — quelques-uns en tout cas — passaient des nuits à haïr leur jeunesse étrangement adulte comme ces gardénias qui fleurissent en janvier, leur beauté à la fois étonnante et pathétique comme une course de chevaux, et leur amour, à ce détail près que tout le monde savait, à part eux, qu'il ne durerait pas. Je m'interdis de les regarder (si vous avez vu un exemple de *Lagon Bleu*, vous les avez tous vus) tandis que je me dirigeais vers Hanover, mais en ouvrant la porte sur le flanc du bâtiment, je jetai un coup d'œil nonchalant dans leur direction et je me rendis compte, stupéfaite, que j'avais commis une énorme erreur d'appréciation.

Charles se tenait maintenant à une distance respectable (même s'il continuait à ressembler à un chaton devant une ficelle) et elle lui parlait en fronçant les sourcils comme un prof (une expression que tout professeur digne de ce nom maîtrisait ; celle de papa transformait aussitôt son front en vieille chips ridée). Ce n'était pas une élève. En fait, je me demandai même comment, vu son attitude, j'avais pu la prendre pour une élève. Une main sur la hanche, le menton incliné comme si elle essayait de repérer un faucon qui tournoyait au-dessus des Communs, elle portait des bottes de cuir marron en forme d'Italie et plantait un talon dans l'asphalte pour écraser une cigarette invisible.

C'était Hannah Schneider.

Quand papa était d'humeur bourbon, il portait un toast de cinq minutes à ce bon vieux Benno Ohnesorg, abattu par la police de Berlin lors d'une manifestation étudiante en 1967. Alors âgé de dix-neuf ans, papa se trouvait tout près de lui : « Il marchait sur mon lacet quand il est tombé. Et ma vie, ces choses insignifiantes auxquelles j'avais consacré du temps pour rien : mes notes, ma réputation, ma petite amie, tout ça s'est figé quand j'ai vu ses yeux morts. » Puis papa se taisait et poussait un soupir (ou plutôt une exhalation herculéenne qui aurait pu servir à jouer de la cornemuse). Je percevais une odeur d'alcool, cette étrange odeur chaude que, petite, je prenais pour le parfum des poètes romantiques ou celui des généraux d'Amérique latine du dix-neuvième siècle dont papa adorait dire qu'ils « surfaient sur des vagues de révolutions et de putschs ».

« Cela a été, pour ainsi dire, mon moment bolchevique. Celui où j'ai décidé d'envahir le Palais d'Hiver. Avec un peu de chance, toi aussi, tu auras ton moment. »

Et de temps à autre, après Benno, papa poursuivait sur l'un de ses thèmes favoris, l'histoire de sa vie, mais uniquement s'il n'avait pas de cours à préparer ou qu'il n'était pas en train de lire un nouveau livre sur la guerre écrit par une connaissance de Harvard. (Qu'il disséquait comme un légiste passionné en espérant trouver la preuve du crime : « La voilà, ma chérie ! La certitude que Lou Swann est un bandit ! Un faussaire ! Écoute ce fumier ! "Pour réussir, les révolutions ont besoin d'une force armée bien visible de façon à déclencher la panique ; la violence doit ensuite gagner en puissance pour se muer en guerre civile totale." Ce débile ne reconnaîtrait pas une guerre civile si elle lui mordait le cul ! »)

« Chacun est responsable du rythme où seront tournées les pages de son autobiographie, disait papa en se grattant pensivement la mâchoire et en arrangeant le col mou de sa chemise en batiste. Même si tu as ta sublime excuse, celle-ci peut être aussi monotone que le Nebraska, et ce sera ta faute. Alors, si tu sens qu'elle se limite à des kilomètres de champs de maïs, débrouille-toi pour croire à autre chose qu'en toi-même, à une cause qui, de préférence, ne sentira pas l'hypocrisie, et fonce. Ce n'est pas pour rien qu'on imprime la tête de Che Guevara sur les T-shirts, et qu'on continue à évoquer les Nightwatchmen alors que cela fait vingt ans que l'on n'a pas eu de preuve de leur existence.

« Mais surtout, surtout, ma chérie, n'essaie jamais de modifier la structure narrative d'une histoire autre que la tienne, ce que tu seras sans doute tentée de faire, à l'école ou dans la vie, à la vue de ces pauvres hères qui prennent bêtement des tangentes dangereuses et font des digressions fatales dont ils n'ont probablement aucune chance de s'extirper. Résiste à la tentation. Consacre ton énergie à ta propre histoire. Travaille-la. Améliore-la. Développe son ampleur, sa profondeur, l'universalité de ses thèmes. Je me moque de savoir quels sont ces thèmes — c'est à toi de les découvrir et de les défendre — à condition que, au minimum, y figure le courage. Qu'il y ait des tripes. *Mut*, en allemand. Les autres, ma chérie, laisse-les à leurs *novellas*, à leurs petites histoires bourrées de clichés et de coïncidences, parfois pimentées du tournemain de l'étrange, du quotidien douloureux ou du grotesque. Quelques-uns, ceux qui sont nés dans la misère et destinés à mourir dans la misère, s'inventeront même une tragédie grecque. Mais toi, mon

Épouse du repos, tu n'écriras rien de moins que l'épopée de ta vie. Entre toutes, ton histoire demeurera.

— Comment tu le sais ? demandais-je toujours, d'une voix qui semblait si minuscule et si hésitante comparée à celle de papa.

— Je le sais, voilà tout », répondait-il, puis il fermait les yeux, indiquant ainsi qu'il n'avait plus envie de parler.

Et le seul bruit qui subsistait dans la pièce était celui du glaçon en train de fondre dans son verre.

LES LIAISONS DANGEREUSES

Que Charles connaisse Hannah Schneider, voilà qui me faisait envie, mais je décidai malgré tout de ne pas les rejoindre au Scratch.

J'ignorais totalement ce qu'était le Scratch, et je n'avais pas le temps de m'en préoccuper. Car j'étais tout de même inscrite à six cours d'université avancés (« suffisant pour couler toute une flotte de USS machin chose », avait déclaré papa), et je n'avais qu'une heure de libre au déjeuner. Mes professeurs se révélèrent intelligents, méthodiques et modernes (et non « poussiéreux comme un vieux grenier », l'expression de papa pour désigner Mrs. Roper de Meadow-brook, qui terminait chaque phrase en apothéose : « Où est votre traduction de l'*Énéide* passée ? ») La plupart avaient un vocabulaire tout à fait honorable (Miss Simpson du cours d'anglais avancé utilisa *ersatz* dès le premier quart d'heure) et l'une d'entre elles, en l'occurrence Miss Martine Filobeque, professeur de français avancé, arborait en permanence une moue boudeuse qui risquait de se muer en menace sérieuse au fil de l'année. « La moue persistante, un trait toujours associé au professeur de sexe féminin, est le signe d'une colère professorale à dimension variable, disait papa. Je songerais sérieusement à des fleurs ou des bonbons — n'importe quoi, pourvu qu'elle t'associe avec le positif en ce monde, et non le négatif. »

Mes pairs n'étaient pas non plus des potiches ni des imbéciles (de la *pasta*, les appelait papa à l'école Sage Day). Quand je levai la main en cours d'anglais avancé pour répondre à une question de Miss Simpson sur les thèmes principaux de *Homme invisible, pour qui chantes-tu ?* (Ellison, 1952) (qui apparaissait sur les listes de lectures d'été avec la même fréquence que la corruption au Cameroun), à ma grande surprise, je ne fus pas assez rapide : Radley Clifton, le grassouillet au menton raboté, agitait déjà sa main potelée. Sa réponse eut beau n'être ni intelligente ni originale, elle ne fut pas non plus bête ou calibanesque, et je compris, alors que Miss Simpson distribuait un programme de dix-neuf pages rien que pour le premier trimestre, que St-Gallway ne serait peut-être pas le jeu d'enfant ni le triomphe facile que je m'étais imaginé. Si je voulais être major de la promotion (et je crois que je le voulais vraiment, même si parfois, ce que désirait papa franchissait de façon éhontée la frontière de ce que je désirais sans s'arrêter à la douane), il fallait que je lance une campagne avec la férocité d'Attila le Hun. « On ne peut être qu'une seule fois major de son lycée, déclarait papa, tout comme on n'a qu'un corps, qu'une vie, et donc qu'une seule chance d'atteindre l'immortalité. »

Je ne répondis pas à la lettre que je reçus le lendemain, même si je la relus vingt fois, y compris pendant le cours d'introduction à la physique avancée de Miss Gershon : « Des boulets de canon aux ondes lumineuses : histoire de la physique ». Quand il était tombé sur Lucy, la doyenne des hominidés, en 1974, le paléoanthropologue Donald Johanson avait sans doute ressenti ce que j'éprouvai lorsque l'enveloppe crème tomba à mes pieds comme j'ouvrai la porte de mon casier.

Je ne savais pas en quoi consistait ma découverte : une trouvaille (qui changerait l'histoire à jamais) ou un canular.

Bleue,
Mais que s'est-il passé ? Tu as raté une délicieuse pomme de terre au four avec brocoli et cheddar au Wendy's. Il faut croire que tu as décidé de ne pas faire ta fille facile. D'accord, j'accepte. Une autre chance ? Tu m'emplis d'expectative (je plaisante).
Même endroit. Même heure.

Charles

J'ignorai tout autant les deux lettres que je découvris dans mon casier le lendemain, un mercredi : la première dans une enveloppe crème, la seconde avec une écriture pointue sur papier vert céleri orné d'un blason aux initiales entrelacées : JCW.

Bleue,

Je suis blessé. Eh bien, j'y serai à nouveau demain. Chaque jour. Jusqu'à la fin des temps. Donne un peu d'espoir à l'homme que je suis.

Charles

Chère Bleue,

Apparemment, Charles a tout foiré, alors je tente une intervention des familles. Tu le trouves sans doute cinglé. Je ne peux pas t'en vouloir. En réalité, c'est notre amie Hannah qui nous a parlé de toi et qui nous a suggéré de te rencontrer. Comme aucun de nous n'a de cours en commun avec toi, il faut qu'on se retrouve après l'école. Vendredi à 15 h 45, rends-toi au premier étage de Barrow House, salle 208, et attends-nous. Ne sois pas en retard ! On MEURT d'envie de te connaître et d'entendre parler de l'Ohio !!!

Bisous
Jade Churchill Whitestone

Ces lettres auraient charmé toute nouvelle élève ordinaire. Au bout d'un ou deux jours de résistance verbeuse, telle une vierge naïve du dix-huitième siècle, la fille se serait glissée sur la pointe des pieds dans le sombre Scratch en mordant d'excitation sa lèvre inférieure cerise pour y attendre Charles, l'aristocrate en perruque qui l'aurait conduite (jupe-culotte retroussée) à sa perte.

Mais j'étais une implacable nonne. Je restai de glace.

Non, j'exagère. Je n'avais jamais reçu de lettre d'un inconnu (pour être tout à fait précise, je n'avais jamais reçu de lettre de quelqu'un d'autre que papa), or, il y a une indéniable excitation à se trouver face à une enveloppe mystérieuse. Papa avait un jour dit que les lettres manuscrites (désormais assimilables au triton crêté sur la liste des espèces menacées) étaient l'un des rares objets qui recèlent de la magie en ce monde : « Même l'idiot ou le faible, ceux dont on supporte à peine la présence, sont tolérables dans une lettre, et peuvent même y devenir modérément amusants. »

92

Pourtant, ces lettres me semblaient étranges et peu sincères, trop « Madame de Merteuil au Vicomte de Valmont, Château de », exagérément « Paris, 4 août 17... ».

Non que je me sois crue un pion dans leur petit jeu de séduction. Pas à ce point. Mais je savais ce que signifie connaître ou ne pas connaître les gens. Il est compliqué et dangereux d'introduire une nouvelle venue dans *le petit salon**. Le nombre de sièges y est limité et, inévitablement, un membre plus ancien devra laisser sa place (un terrible signe de disgrâce, la perspective de finir en *grande dame manquée**).

Pour sa propre tranquillité, il vaut mieux ignorer la nouvelle venue et, si jamais son passé est un peu opaque, la fuir (tout en lançant quelques sous-entendus sur sa naissance illégitime), sauf si quelqu'un, une mère dotée d'un titre de noblesse, une tante ayant quelque influence (que tout le monde appelle affectueusement *Madame Titi*), a le temps et le pouvoir de présenter la nouvelle et de l'introduire en réarrangeant chacun à une place sinon confortable (quand bien même toutes ces grandes perruques se cognent les unes contre les autres), tout du moins supportable jusqu'à la prochaine révolution.

Encore plus étrange était le lien avec Hannah Schneider. Elle n'avait aucune légitimité pour devenir *ma* Madame Titi.

Je me demandai si, à Surely Shoos, j'avais eu l'air particulièrement triste ou déprimé. Moi qui pensais exsuder « une vive intelligence », expression dont un collègue de papa, le malentendant Dr. Ordinote, m'affubla le soir où il vint partager nos côtelettes à Archer, Missouri. Il complimenta papa sur sa fille « au pouvoir et au flair épatants ».

« Si tout le monde avait une enfant comme elle, Gareth, dit-il en haussant les sourcils alors qu'il trafiquait le bouton de sa prothèse auditive, le monde tournerait un peu plus vite. »

À moins que, pendant leur échange de dix minutes, Hannah Schneider n'ait conçu des vues romantiques sur mon père, et pensé que la discrète fille que j'étais allait lui servir de marchepied ambulant pour parvenir à ses fins.

Telle avait été la machination de Sheila Crane à Pritchardsville, Géorgie, qui n'avait pourtant vu papa que vingt secondes au spectacle de l'école élémentaire Court (elle avait déchiré son ticket) avant de décider qu'il était son homme. Suite au spectacle, Miss Crane, qui travaillait à temps partiel à l'infirmerie de l'école, prit l'habitude de se matérialiser près de la balançoire pendant la récréation avec une boîte de chocolats à la menthe en criant mon nom. Dès que je passais près d'elle, elle me tendait un chocolat comme si elle voulait attirer un chien errant.

« Tu peux me raconter quelque chose sur ton papa ? Par exemple, disait-elle d'un ton détaché alors que ses yeux me foraient comme une perceuse électrique, qu'est-ce qu'il aime ? »

En général, je me contentais de la regarder, d'attraper le chocolat et de disparaître comme par enchantement, mais un jour, je répondis : « Karl Marx. » Elle écarquilla les yeux de frayeur.

« Il est homochequechuel ? »

La révolution est une combustion lente, elle ne surgit qu'après plusieurs décennies d'oppression et de pauvreté, mais son déclenchement est souvent provoqué par un malentendu.

D'après un texte historique peu connu que papa affectionnait, *Les faits perdus** (Manneurs, 1952), la prise de la Bastille n'aurait jamais eu lieu si, devant la prison, un manifestant, par ailleurs cultivateur d'orge appelé Pierre Fromande, n'avait pas vu un gardien le montrer du doigt en le traitant de *bricon** (« imbécile »).

Le matin du 14 juillet 1789, Pierre était furieux. Il avait eu des mots avec sa voluptueuse femme, Marie-Chantal, qui se laissait courtiser *sans scrupule** par l'un de leurs ouvriers agricoles, Louis-Belge. Quand Pierre entendit l'insulte, et sans avoir conscience que le gardien avait le torse trapu à la *Roquefort** de Louis-Belge, il perdit la tête et chargea en hurlant : « *C'est tout fini** ! » La foule en délire suivit, croyant qu'il parlait du règne de Louis XVI, alors qu'en l'occurrence Pierre faisait allusion à Marie-Chantal en train de hurler de plaisir dans les champs d'orge, Louis-Belge couché sur elle. En réalité, Pierre avait mal compris les paroles de ce gardien bien intentionné, qui le désignait simplement en disant : « *Votre bouton** » : quand il s'était habillé ce matin-là, Pierre avait oublié de fermer le troisième bouton de sa chemise.

D'après Manneurs, presque tous les événements historiques ont été déclenchés dans des circonstances similaires, y compris la Révo-

94

lution américaine (la fameuse émeute de la Tea Party de Boston en 1773 n'était en fait qu'un simple bizutage d'étudiants) et la Première Guerre mondiale (Gavrilo Princip, à la fin d'une journée de beuverie avec ses potes de *La Main Noire*, tira quelques coups en l'air pour s'amuser juste au moment où l'archiduc Ferdinand passait dans son véhicule royal) (p. 199, p. 243). Hiroshima ne relevait pas davantage d'une décision. Quand Truman avait annoncé à son cabinet : « Je fonce », il ne faisait pas, comme on le crut, référence à l'invasion japonaise, mais formulait tout simplement à voix haute son désir de piquer une tête dans la piscine de la Maison-Blanche.

Ma révolution n'en fut pas moins due au hasard.

Ce vendredi-là, après le déjeuner, était offert un cocktail « Faites connaissance avec votre école ». Les élèves se mêlaient aux enseignants sur la terrasse en pierre devant la cafétéria Harper Racey, tout en se délectant d'une luxueuse sélection de sorbets français distribués au compte-gouttes par le chef Christian Gordon. Des élèves empressés (parmi lesquels Radley Clifton, dont le ventre dépassait de la chemise partiellement sortie de son pantalon) papillonnaient autour des dirigeants de Gallway (sans aucun doute ceux qui décidaient du classement de fin d'année. « De nos jours, lécher les culs est contre-productif, affirmait papa. Et faire jouer son réseau d'amis, terriblement démodé. »). Après de modestes saluts à quelques-uns de mes profs (et un sourire à une Miss Filobeque seule sous un sapin ciguë, qui en retour, se contenta d'une moue), je me dirigeai vers mon prochain cours, histoire de l'art avancée à Elton House, et j'attendis dans la salle vide.

Au bout de dix minutes, Mr. Archer surgit avec un pot de sorbet à la mangue et son cartable biodégradable AMI DE LA TERRE (voir « Rainette arboricole aux yeux rouges », *L'univers des ranidés : des princes grenouilles aux têtards*, Showa, 1998). Son front était tellement couvert de sueur qu'on aurait dit un verre de thé glacé.

« Voudriez-vous bien m'aider à installer le projecteur ? » me demanda-t-il. (Mr. Archer, en tant qu'AMI DE LA TERRE, était ENNEMI DES APPAREILS.)

J'acceptai et, comme je finissais de charger les cent douze diapositives, les élèves commencèrent à arriver, la plupart léchant leurs babines réjouies, des pots de glace à la main.

« Merci de votre aide, Babs, me dit Mr. Archer avec un sourire en posant ses longs doigts collants sur son bureau. Aujourd'hui, nous terminons Lascaux et nous passons à la riche tradition artistique qui a émergé dans la région composant désormais le sud de l'Irak. James, voulez-vous bien vous charger des lumières ? »

Contrairement à Pierre Fromande, j'avais très bien entendu. Et contrairement aux membres du cabinet Truman, j'avais très bien compris ce qu'il voulait dire. Bien sûr, il était déjà arrivé que des professeurs m'attribuent des pseudonymes : Betsy, Barbara, « Vous dans le coin », « Rouge, non je plaisante ». Entre douze et quatorze ans, je croyais d'ailleurs que mon nom était maudit, et que les enseignants murmuraient entre eux que « Bleue » avait les propriétés d'un stylo bille en haute altitude : si jamais ils le prononçaient, celui-ci leur laisserait des taches bleu foncé indélébiles.

Lottie Bergoney, institutrice à Pocus, Indiana, avait même appelé papa pour lui suggérer de me rebaptiser.

« Tu ne vas pas en croire tes oreilles », avait-il prononcé en mettant la main sur le combiné tout en me faisant signe d'aller écouter sur l'autre poste.

« Je vais être franche avec vous, Mr. van Meer. Ce nom n'est pas sain. Les autres enfants se moquent d'elle. Ils l'appellent Marine. Quelques petits malins la traitent même de Cobalt. Et aussi de *cordon bleu**. Vous devriez peut-être songer à des alternatives.

— Auriez-vous des idées, Miss Bergie ?

— Bien sûr ! Je ne sais pas pour vous, mais moi, j'ai toujours adoré Daphné. »

Peut-être était-ce le choix de Mr. Archer — Babs, le surnom d'une femme remuante qui ne portait pas de soutien-gorge pendant son cours de tennis ; ou peut-être était-ce la confiance avec laquelle il l'avait prononcé, sans trace d'incertitude ni d'hésitation.

Tout à coup, assise à ma place, je me sentis oppressée. Dans le même temps, j'avais envie de bondir de ma chaise pour hurler : « C'est Bleue, espèce de connard ! »

Je me contentai de fouiller dans mon sac à dos et d'en sortir les trois lettres glissées sous le protège-cahier de mon agenda. Je relus la première, puis, avec la lucidité qui avait envahi Robespierre se prélassant dans un bain quand *liberté, égalité, fraternité** surgit à son

96

esprit — tels trois gros navires marchands regagnant le port —, je sus ce que j'allais faire.

Après les cours, j'appelai papa à l'université depuis la cabine téléphonique de Hanover Hall. Je lui laissai un message expliquant que je restais à l'école jusqu'à 16 h 45 : j'avais rendez-vous avec Miss Simpson, ma professeur d'anglais avancé, pour discuter de ses *Grandes Espérances* en matière de dissertations. À 15 h 40, après m'être assurée dans les toilettes au rez-de-chaussée de Hanover Hall que je ne m'étais pas assise sur un chewing-gum ou du chocolat, que je n'avais pas posé une main tachée d'encre sur ma figure, y laissant par mégarde une mosaïque d'empreintes digitales (comme cela m'était déjà arrivé), je me dirigeai, avec toute l'assurance dont j'étais capable, vers Barrow. Je frappai à la porte de la salle 208 et fus accueillie par quelques voix mornes et nullement étonnées qui dirent : « C'est ouvert. »

J'ouvris lentement la porte. Quatre jeunes au teint farineux étaient assis à des bureaux disposés au milieu de la salle, et aucun ne souriait. Les autres tables avaient été repoussées contre les murs.

« Salut », dis-je.

Ils me jetèrent un regard maussade.

« Je m'appelle Bleue.

— Tu viens pour la confrérie de la démonologie de Donjons et Dragons ? demanda un gamin à la voix aussi fluette que l'air qui s'échappe d'un pneu crevé. Il y a une règle du jeu en rab. On est en train de choisir nos rôles pour l'année.

— Je suis le Maître du Donjon, précisa rapidement l'autre gamin.

— Jade ? » demandai-je avec espoir en me tournant vers l'une des filles. Mon intuition n'avait rien d'extraordinaire : vêtue d'une longue robe noire aux manches étroites qui se terminaient en un V médiéval sur ses mains, la fille avait les cheveux couleur épinards en boîte.

« Lizzie, dit-elle en plissant les yeux d'un air soupçonneux.

— Tu connais Hannah Schneider ? demandai-je.

— La prof de cinéma ?

97

— Qu'est-ce qu'elle veut ? demanda l'autre fille au Maître du Donjon.

— Excusez-moi », dis-je.

En m'accrochant à mon sourire crispé comme une catholique fervente à son rosaire, je quittai la salle 208 et dévalai le couloir, puis l'escalier.

Le moment qui suit la découverte d'une duperie ou d'une escroquerie est toujours pénible, surtout lorsqu'on se targue d'être un individu intuitif et observateur. En attendant papa sur les marches de Hanover, je relus quinze fois la lettre de Jade, persuadée que je m'étais trompée de jour, d'heure ou d'endroit, à moins qu'*elle* se soit trompée ; peut-être qu'elle avait écrit cette lettre en regardant *Sur les quais* et qu'elle avait été distraite par le pathos de Brando ramassant le minuscule gant blanc d'Eva Marie Saint pour le serrer dans sa grosse main, mais je compris bientôt que la lettre regorgeait de sarcasmes (surtout la dernière phrase), ce que je n'avais pas vu sur-le-champ.

C'était en fait un gros canular.

Jamais rébellion n'avait été aussi mal préparée et n'était à ce point retombée comme un soufflé, sauf peut-être le « soulèvement du Gran Horizontes Tropicoco » à La Havane en 1980 qui, d'après papa, se composait de musiciens d'orchestre au chômage et de choristes d'El Loro Bonito, et s'était terminé en trois minutes. (« Les amourettes adolescentes durent plus longtemps », faisait-il remarquer.) Et plus j'attendais mon père, plus je me sentais ridicule. Je faisais semblant de ne pas envier les élèves bienheureux qui s'engouffraient avec leurs immenses sacs à dos dans la voiture de leurs parents, ou les grands types avec des chemises en désordre qui traversaient la Pelouse en criant, la lanière de leur sac lancée sur leurs épaules osseuses comme des chaussures de tennis sur des lignes téléphoniques.

À 17 h 10, alors que je faisais mes devoirs de physique avancée sur mes genoux, toujours aucune trace de papa. Les pelouses, les toits de Barrow et d'Elton, et même les allées, avaient pris ce vernis des photos de la Grande Dépression et, à part quelques professeurs qui se dirigeaient vers le parking des enseignants (tels des mineurs de fond rentrant chez eux d'un pas lourd), tout était triste et silencieux sur fond de chênes qui s'éventaient d'un geste las comme des belles du Vieux Sud tandis qu'un contremaître sifflait au loin dans les champs.

« Bleue ? »

À ma grande horreur, Hannah Schneider descendait les marches derrière moi.

« Qu'est-ce que tu fais ici à cette heure ?

— Oh, dis-je avec le sourire le plus joyeux que je pus trouver. Mon père a été retenu à la fac. »

Il était très important de paraître heureuse et choyée : les professeurs redoutaient les enfants délaissés par leurs parents après les cours comme des bagages sans surveillance dans un hall d'aéroport.

« Tu ne conduis pas ? demanda-t-elle en s'arrêtant à ma hauteur.

— Pas encore. Je sais conduire. Mais je n'ai pas mon permis. »

(Papa n'en voyait pas l'intérêt : « Quoi ? Pour que tu passes ta dernière année avant la fac à traîner en ville comme un requin nourrice sur un récif guettant les guppys ? Il n'en est pas question. Et pourquoi ne pas porter un blouson de motard, tant que tu y es ? De toute façon, ne préfères-tu pas être véhiculée ? »)

Hannah acquiesça. Elle portait une longue jupe noire et un cardigan jaune déboutonné. Si, à la fin de la journée, les cheveux de la plupart des professeurs ressemblaient à de vieilles plantes sur un rebord de fenêtre, ceux de Hannah — sombres, avec un soupçon de rouille rehaussé par les dernières lueurs du jour — s'affichaient avec provocation sur ses épaules comme Lauren Bacall dans une embrasure de porte. Il était étrange qu'un professeur soit si regardable et si addictif. Hannah Schneider incarnait à elle seule *Les feux de l'amour* : on s'attendait constamment à un coup de salaud.

« Dans ce cas, Jade devra passer te chercher, dit-elle d'un ton égal. C'est aussi bien. La maison est difficile à trouver. Dimanche. Vers 2 heures, 2 heures et demie. Tu aimes la cuisine thaï ? demanda-t-elle sans attendre ma réponse. Ils viennent chez moi tous les dimanches et, à partir de maintenant, jusqu'à la fin de l'année, tu es notre invitée d'honneur. Tu vas apprendre à les connaître. Peu à peu. Ce sont des enfants merveilleux. Charles est adorable et si doux, même si les autres peuvent être difficiles. Comme tout le monde, ils détestent le changement. Mais dans la vie, tout ce qui est bon est appris. S'ils te mènent la vie dure, n'oublie pas que ce n'est pas toi qui es en cause, mais eux. Il faut juste qu'ils grandissent. »

Elle me fit un sourire de femme d'intérieur dans une publicité (gosse, moquette tachée) et chassa une mouche invisible. « Tu aimes tes cours ? Tu t'adaptes bien ? » Elle parlait vite et, sans que je sache pourquoi, mon cœur bondissait, tout excité, comme si j'étais la petite orpheline Annie, et elle, ce merveilleux personnage incarné par Anne Reinking dont papa disait qu'elle avait des jambes spectaculaires.

« D'accord, dis-je en me levant.

— Parfait, dit-elle en se frottant les mains comme un grand couturier qui admire sa collection d'automne. Je récupérerai ton adresse au secrétariat et je la donnerai à Jade. »

À cet instant, je remarquai papa dans la Volvo garée le long du trottoir. Il nous observait sans doute, même si je ne distinguais pas son visage, juste sa silhouette au volant. Les chênes et le ciel jaunâtre se reflétaient sur le pare-brise.

« Ce doit être ton chauffeur, dit Hannah en suivant mon regard. À dimanche ? »

Je hochai la tête. Le bras légèrement posé sur mes épaules — elle sentait la mine de plomb, le savon et, assez bizarrement, une boutique de fringues vintage —, elle s'approcha de la voiture et fit signe à papa avant de poursuivre son chemin vers le parking des enseignants.

« Tu es terriblement en retard, dis-je en claquant la portière.

— Je m'excuse, dit papa. Je quittais le bureau quand le plus consternant des étudiants m'a pris en otage avec les questions les plus stupides…

— Eh bien, ça a fait très mauvaise impression. Je suis passée pour l'un de ces enfants livrés à eux-mêmes après l'école auxquels on consacre des émissions spéciales.

— Ne te rabaisse pas. Tu es plutôt du genre classique du théâtre retransmis à la télévision, répliqua-t-il en mettant le contact et en jetant un coup d'œil dans le rétroviseur. Et ça, si je ne me trompe pas, c'était la fouineuse du magasin de chaussures ? »

Je hochai la tête.

« Qu'est-ce qu'elle voulait, cette fois ?

— Rien. Juste me saluer. »

Je comptais bien lui dire la vérité. Je n'avais de toute façon pas le choix si, le dimanche suivant, je voulais m'éclipser avec une « Suzy bêtasse » une « invertébrée », une « lobotomisée postpubère qui s'imagine qu'un Khmer rouge, c'est du rouge à lèvres, et la guérilla une rivalité entre grands singes », mais nous étions déjà en train de filer devant le gymnase Bartleby et le terrain de foot où des garçons torse nu bondissaient comme des truites pour frapper un ballon avec la tête. Au moment où nous contournions la chapelle, Hannah Schneider apparut devant nos yeux en train de déverrouiller une vieille Subaru rouge dont l'une des portières était aussi cabossée qu'une canette de Coca usagée. Elle chassa les cheveux de son front et nous sourit, de ce sourire mystérieux et reconnaissable entre mille des femmes au foyer adultères, des joueurs de poker en train de bluffer, des escrocs sur les photos de police, et à cette seconde, je décidai de garder secrète son invitation, de la serrer bien fort dans ma main pour ne la lâcher qu'au dernier instant.

Papa, à propos d'un plan clandestin bien préparé : « L'esprit humain ne peut rien concevoir de plus fou. »

MADAME BOVARY

Papa aimait beaucoup un poème qu'il connaissait par cœur : « Ma bien-aimée » ou encore « Mein Liebling » en allemand, par le défunt poète Schubert Koenig Bonhoeffer (1862-1937). Bonhoeffer était infirme, sourd et borgne, mais papa prétendait qu'il était davantage à même d'appréhender la nature du monde que la plupart des individus en possession de tous leurs sens.

Allez savoir pourquoi, peut-être sans raison, ce poème me faisait toujours penser à Hannah.

> *« Où se trouve l'âme de ma bien-aimée ? »*
> *Quelque part cependant elle doit bien être*
> *Elle ne gît en des mots ou des promesses,*
> *Changeante comme l'or son âme peut être.*

> *« Elle est dans les yeux, dit le grand poète,*
> *Car c'est bien là que l'âme se perd. »*
> *Mais regardez ses yeux ; ils scintillent*
> *Aux nouvelles du ciel comme de l'enfer.*

> *J'ai jadis cru que ses lèvres grenat*
> *Signaient son âme comme la neige l'hiver,*
> *Mais elles sourient aux histoires tristes,*
> *Ce qu'elles annoncent alors, je m'y perds.*

J'ai pensé que ses doigts et ses mains fines,
Sur ses genoux, étaient comme des colombes,
Mais parfois au toucher, froides comme la glace,
Au contraire tout un monde elles incarnent.

Mais quand elle me fait un signe d'adieu,
Ma bien-aimée, je ne le supporte pas,
Elle disparaît dès que j'atteins la route,
Fenêtres désertes, foyer aux abois.

Parfois j'aimerais comprendre sa démarche,
Comme les marins une carte annotée,
Trouver les instructions de ses regards,
Dire, « tes rêves deviendront réalité ».

Qu'une vie si lumineuse est étrange !
Même Dieu d'elle aurait fini par douter,
Et moi, je reste dans la perplexité,
Et la pénombre de ma bien-aimée.

Le dîner chez Hannah était une tradition très chic qui avait lieu presque chaque dimanche depuis trois ans. Charles et les autres attendaient ces moments avec impatience (rien que l'adresse était charmante : 100, chemin des Saules), un peu comme ces héritières de New York fines comme des branches de céleri et leurs Don Juan-betteraves de série B attendaient avec impatience de se frotter les uns aux autres dans le bouillonnant Stork Club, certains samedis soir de 1943 (voir *Oublier Casablanca : le Stork Club, Xanadu de l'élite new-yorkaise, 1929-1965*, Riser, 1981).

« Je ne sais plus comment ça a commencé exactement, mais tous les cinq, on s'entendait bien avec elle, me raconta Jade. Il faut dire que c'est une femme incroyable, ça se voit. On était en troisième, et on suivait son cours sur le cinéma. Après l'école, on passait des heures dans sa salle à parler de tout et de rien — de la vie, du sexe, de *Forrest Gump*. Et puis, les dîners et le reste ont commencé. Elle nous a invités à un repas cubain et on a passé la soirée à rigoler comme des bossus. À propos de quoi, je ne sais plus, mais c'était insensé. Bien sûr, il ne fallait pas que ça se sache. Et ça continue. Havermeyer n'aime pas que les relations enseignants-élèves dépassent le stade du tutorat ou de l'entraînement sportif. Il a très peur des nuances de gris, si tu vois ce que je veux dire. Or, c'est tout Hannah, ça. Une nuance de gris. »

Bien sûr, je n'appris pas tout cela lors du premier après-midi. En fait, je ne savais même plus comment je m'appelais, dans la voiture à côté de Jade, cette fille troublante qui, à peine deux jours plus tôt, m'avait vicieusement envoyée à la guilde de démonologie.

Tout d'abord, je crus qu'elle me posait un nouveau lapin : à 15 h 30, il n'y avait toujours aucune trace d'elle ni de quiconque. Le matin, j'avais laissé entendre à papa que j'aurais sans doute une séance de travail plus tard dans l'après-midi (il avait froncé les sourcils, s'étonnant que je veuille à nouveau m'adonner à une telle torture), mais au final, je n'eus pas besoin de lui fournir d'explications plus détaillées : ayant oublié un livre important sur Hô Chi Minh dans son bureau, il était parti à l'université, puis il m'avait appelée pour me dire qu'il terminait sur place son dernier article pour *Forum*, « Les effets des idéologies de fer » ou quelque chose dans le genre, et qu'il rentrerait à l'heure du dîner. J'étais dans la cuisine face à mon sandwich au poulet, résignée à un après-midi d'*Absalon, Absalon !*, *l'édition revue et corrigée* (Faulkner, 1990) quand j'entendis le klaxon insistant d'une voiture dans l'allée.

« Je suis épouvantablement en retard. Désolée », cria une fille par la vitre tintée à peine entrebâillée d'une Mercedes noire échouée comme une baleine devant la porte. Je ne la voyais pas, je n'apercevais que ses yeux d'une couleur indéterminée et quelques cheveux blond plage. « T'es prête ? Sinon, je dois filer sans toi. Il y a une circulation atroce. »

En toute hâte, j'attrapai les clés de la maison et le premier livre que je trouvais, l'un des préférés de papa, *La fin de la guerre civile* (Agner, 1955) pour arracher une page tout à la fin. Je griffonnai un mot laconique (Séance de travail, *Ulysse*) que je laissai sur la table ronde de l'entrée sans même prendre la peine de signer : « Baisers, Christabel ». Et l'instant d'après, j'étais dans l'orque de Mercedes, incrédule, mal à l'aise, voire franchement paniquée quand je jetai un coup d'œil frénétique au compteur qui frémissait en direction des cent trente à l'heure, la main manucurée de Jade paresseusement posée sur le volant, ses cheveux blonds rassemblés en un chignon strict, les lanières de ses sandales dessinant des XXX sur ses jambes. Les candélabres de ses boucles d'oreille heurtaient son cou chaque fois qu'elle détournait les yeux de l'autoroute pour poser sur moi un regard de « tolérance en train de fondre comme neige au soleil ». (Ce fut ainsi que papa décrivit son humeur le jour où il attendit la Sauterelle Shelby Hollow qui se refaisait une beauté au salon Ma Pouliche : faux ongles, balayage créatif sur un côté de la tête et séance de pédicure « aux petits oignons ».)

« Ouais », lâcha Jade en caressant le devant de son kimono vert perroquet chargé de broderies (elle avait dû croire que j'admirais en silence sa tenue), « Jefferson, ma mère, l'a reçu en cadeau pour s'être occupée de Hirofumi Kodaka, un homme d'affaires japonais super-friqué, pendant trois longues nuits au Ritz en 1982. Il souffrait du décalage horaire et il ne parlait pas un mot d'anglais, elle a donc joué la traductrice vingt-quatre heures sur vingt-quatre, si tu vois ce que je veux dire — dégage de là, putain ! » s'écria-t-elle en se couchant sur le klaxon. Nous nous rabattîmes devant une humble Oldsmobile grise conduite par une vieille dame pas plus haute qu'une tasse à café. Jade tordit le cou pour lui lancer un regard assassin, puis détourna la tête. « Eh, va crever au cimetière, vieille peau ! »

Avant de foncer sur la sortie 19.

« Au fait, dit-elle en me décochant un regard. Pourquoi t'es pas venue ?

— Hein ? réussis-je à dire.

— T'étais pas là. On t'a attendue.

— Oh, eh bien, je suis allée à la salle 208...

— 208 ? reprit-elle avec une grimace. C'était 308. »

Je n'étais pas dupe.

« Tu as écrit 208, répliquai-je calmement.

— Non. 308. Je m'en souviens très bien. T'as tout foutu en l'air. On avait un gâteau couvert de glaçage, des bougies et tout le tralala », ajouta-t-elle d'un air distrait (je me préparais à entendre parler de danseuses du ventre, chevauchées à dos d'éléphant et autres derviches tourneurs) mais, à mon grand soulagement, elle se pencha et déclara d'un ton hautain : « Oh, j'adore Dara & the Narcodollars », et mit *beaucoup* plus fort le CD du groupe de heavy metal dont le chanteur semblait avoir été encorné par un taureau à Pampelune.

Nous continuâmes notre route sans qu'un mot ne circule entre nous. (Elle était apparemment résolue à me secouer comme un coude qu'on vient de se cogner.) Elle regardait sa montre, grimaçait, soufflait, maudissait les feux rouges, les panneaux routiers, les voitures qui respectaient les limitations de vitesse devant nous, tout en admirant ses yeux bleus dans le rétroviseur et en chassant des débris de mascara sur ses joues. Elle se tapota une première fois les lèvres avec du brillant rose, puis une seconde, si bien qu'il se mit à dégouliner au coin de sa bouche — un détail que je n'eus pas le courage de lui signaler. Apparemment, aller chez Hannah mettait cette fille dans un tel état d'agitation et d'anxiété que j'en étais à me demander si, au bout du défilé nauséeux de bois, pâturages, chemins de terre sans nom, étables pareilles à des boîtes à chaussures et chevaux squelettiques qui attendaient près d'une barrière, je n'allais pas atteindre, plutôt qu'une maison, une porte noire ceinte d'un cordon de velours gardée par un homme avec une écritoire qui me dévisagerait et, après avoir vérifié que je ne connaissais ni Frank (Sinatra) ni Errol (Flynn) ni Sammy (Davis) (ni aucun autre dieu du divertissement), me décréterait indigne d'entrer, et par conséquent, de vivre.

Enfin, tout au bout d'une allée de gravier sinueuse, apparut à flanc de colline une maison un peu gauche, telle une amante timide flanquée d'excroissances qui constituaient un immense *faux pas**. À peine avions-nous garé la voiture près des autres et sonné à la porte que Hannah nous ouvrit sur des effluves de Nina Simone, d'épices orientales et de parfum — eau de quelque chose française —, le visage aussi rayonnant que la lampe du salon. Une meute de six ou sept chiens de race et de taille différentes rampait nerveusement derrière elle.

« Voilà Bleue, dit Jade d'un ton morne.

— Bien entendu », répondit Hannah en souriant.

Elle était pieds nus, elle portait de gros bracelets dorés et un caftan africain de batik orange et jaune. Ses cheveux bruns étaient

106

rassemblés en une parfaite queue de cheval. « La dame qui tombe à pic. »

À ma grande surprise, elle me prit dans ses bras. Ce fut une étreinte épique, héroïque, tentaculaire — superproduction, dix mille figurants (par opposition à brève, granuleuse, de série B). Quand elle me libéra enfin, ce fut pour m'attraper la main et la serrer comme ces gens dans les aéroports que l'on n'a pas vus depuis des années et à qui on demande comment s'est passé leur voyage. Elle me plaqua contre elle, son bras autour de ma taille. Elle était étonnamment mince.

« Bleue, voici Fagan, Brody, qui n'a que trois pattes, mais ça ne l'empêche pas de faire les poubelles, Fang, Peabody, Stallone, le chihuahua avec une moitié de queue — le reste a été sectionné par une portière de voiture — et Old Bastard. Surtout ne le regarde pas fixement. » Elle parlait d'un lévrier rachitique qui avait les yeux rouges d'un vieux guichetier de péage à minuit. Les autres chiens lancèrent un regard sceptique à Hannah, comme si elle leur présentait un esprit frappeur. « Les chats sont quelque part, reprit-elle. Lana et Turner, les deux persans, et dans le bureau, il y a notre inséparable, Lennon. Je lui cherche désespérément une Yoko Ono, mais on reçoit peu d'oiseaux au refuge. Tu veux un thé oolong ?

— Avec plaisir.

— Oh, mais tu n'as pas encore rencontré les autres, je crois ? »

Quittant des yeux le chihuahua marron et noir venu renifler mes chaussures, je les découvris. Tout comme Jade qui, affalée sur un canapé en chocolat à moitié fondu, avait allumé une cigarette (et me visait comme si c'était une fléchette), ils me dévisageaient avec des yeux si fixes, des corps si raides, qu'ils auraient pu composer la série de tableaux que papa et moi avions admirée à la galerie des maîtres du dix-neuvième siècle de Chalk House, dans la banlieue d'Atlanta. Il y avait là une fille maigre aux cheveux bruns entortillés comme une algue, qui se tenait les genoux sur le banc de piano (*Portrait de paysanne*, pastel sur papier) ; un tout petit gars avec des lunettes à la Benjamin Franklin, genre indien, près d'un chien galeux, Fang (*Maître avec chien courant*, Angleterre, huile sur toile) et un garçon, immense celui-là, bâti comme une armoire à glace, adossé à une bibliothèque, les bras et les chevilles croisés, des cheveux noirs cassants sur le front (*Le vieux moulin*, artiste inconnu). Le seul que je reconnus, c'était Charles dans le fauteuil en cuir (*Le joyeux berger*, cadre doré). Il me fit un sourire encourageant, mais je doutais que cela signifie grand-chose ; il semblait distribuer ses sourires comme un type déguisé en poulet qui donne des bons pour un repas gratuit.

« Et si vous vous présentiez ? » proposa joyeusement Hannah.

Ils déclinèrent chacun leur identité avec une politesse minimale.

« Jade.

— On se connaît, dit Charles.

— Leulah, dit la Paysanne.

— Milton, dit le Vieux Moulin.

— Nigel Creech, ravi de faire ta connaissance », dit le Maître au chien courant en affichant un sourire qui s'évanouit aussitôt comme l'étincelle d'un briquet hors d'usage.

Si toutes les histoires ont leur âge d'or, quelque part entre le début et la fin, j'imagine que les dimanches des deux premiers trimestres chez Hannah furent un âge d'or, selon la définition d'une héroïne chère à papa, l'illustre Norma Desmond évoquant le cinéma muet : « Nous n'avions nul besoin de dialogues. Nous avions des visages. »

J'aime penser que c'était le cas de ces dimanches chez Hannah (Support visuel 8.0). (Pardonnez mon piètre rendu de Charles et de Jade. Ils sont bien mieux en vrai.)

Charles était le plus beau (dans un style opposé à celui d'Andreo) : cheveux d'or et tempérament de mercure. Non seulement il était la vedette des stades de Gallway, excellant à la fois à la course de haies et au saut en hauteur, mais aussi son Travolta. Il n'était pas rare de le voir passer d'un cours à l'autre en dansant à travers le campus, non seulement avec les belles du lycée mais aussi les moins gâtées physiquement. Il pouvait faire tourbillonner une fille jusqu'à la salle des profs tandis qu'une autre s'avançait vers lui en dansant la rumba, puis descendre en sa compagnie le couloir en pachanga. (Et ce, sans jamais écraser le moindre pied.)

Jade incarnait la beauté terrifiante (voir « Aigle ravisseur », *Magnifiques oiseaux de proie*, George, 1993). Quand elle déboulait dans une

Support visuel 8.0

salle de classe, les filles se dispersaient comme des écureuils. (Tout aussi effrayés, les garçons faisaient le mort.) Elle était d'un blond brutal (« décolorée jusqu'au cerveau », avais-je entendu dire Beth Price en cours d'anglais avancé), mesurait plus d'un mètre soixante-dix (« un fil de fer »), arpentait les couloirs en minijupe avec ses livres dans un sac en cuir noir (« Putain, tu paries que c'est un Donna Karan ? ») et ce que je prenais pour une expression grave et triste, mais que la plupart considéraient comme de la suffisance. À cause de ses attitudes de forteresse — difficile d'accès, comme tout château digne de ce nom —, les filles jugeaient sa présence menaçante, voire immorale. Dans le gymnase Bartleby, on pouvait voir la dernière campagne des Défenseuses de l'Image Corporelle, trois membres rassemblés autour de Miss Sturds (*Vogue* plastifiés et couvertures de *Maxim* légendés « Impossible d'avoir des cuisses comme ça et de marcher » ou bien « Photo entièrement retouchée »), et pourtant, quand Jade passait en mangeant un Snickers, elle était la preuve sur pattes de cette réalité dérangeante : on pouvait *vraiment* avoir des cuisses comme ça et marcher. En sa présence, on devait admettre ce que bien peu étaient prêts à reconnaître : il y en a qui gagnent *vraiment* au *Trivial Pursuit, édition des Dieux*, on n'y peut rien, autant l'accepter tout de suite et se contenter de trois parts de camembert au *Trivial Pursuit, édition Quidam*.

Nigel était un code secret (voir « Espace négatif », *Cours d'art*, Trey, 1973, p. 29). Au premier regard (tout comme au deuxième et au troisième), il était banal. Son visage — voire son corps — ressemblait à une boutonnière : petit, étroit, plat. Il ne mesurait pas plus d'un mètre soixante-cinq, il avait un visage poupin, des cheveux châtains, des traits potelés et roses comme des pieds de bébé (ni rehaussés ni gâchés par ses lunettes métalliques). À l'école, il mettait de fines cravates orange vif en forme de langue, une déclaration de mode qui, je le crois, était un effort pour obliger les gens à le remarquer, un peu comme on allume des feux de détresse. Et pourtant, quand on l'observait de près, l'ordinaire se muait en extraordinaire : il se rongeait les ongles à tel point qu'on aurait dit des punaises ; il parlait par à-coups étouffés (des guppys ternes qui filaient dans un aquarium) ; dans une assemblée, son sourire évoquait une ampoule électrique sur le point de rendre l'âme (il scintillait faiblement, clignotait, puis manquait de s'éteindre) ; et un seul de ses cheveux (un jour retrouvé sur ma jupe après m'être assise à côté de lui) miroitait de toutes les couleurs de l'arc-en-ciel, y compris le violet.

Il y avait aussi Milton, sombre et trapu, avec un grand corps mou comme un fauteuil qu'on affectionne mais qui a besoin d'être refait (voir « Ours brun américain », *Carnivores terrestres*, Richards, 1982). Il avait dix-huit ans, mais il en paraissait trente. Son visage aux traits brouillés, à la grosse bouche et aux yeux marron et ses cheveux bouclés châtains donnaient le sentiment d'avoir été beaux, comme si, étrangement, il n'était déjà plus ce qu'il avait été. Il possédait une caractéristique orsonwellesienne, voire gérardepardieusienne : on sentait que sa grande carcasse un peu lourde contenait un génie obscur ; et, même après une douche de vingt minutes, il puait toujours la cigarette. Il avait passé la plus grande partie de sa vie en Alabama, dans une ville qui s'appelait Combat, et il en gardait un accent du Sud si épais et si gluant qu'on aurait pu le découper pour l'étaler sur des petits pains. Comme tous les gens mystérieux, il avait un talon d'Achille : un grand tatouage sur le bras droit. Il refusait d'en parler, se donnait beaucoup de mal pour le cacher — ne retirait jamais sa chemise, portait toujours des manches longues — et si, en cours de gym, un crétin lui demandait ce que ça représentait, soit il lui décochait un regard, genre : « T'es une rediffusion du *Juste Prix*, toi ? », soit il répliquait avec son accent de mélasse : « 'Cupe-toi de ton cul, gars. »

Enfin il y avait cette délicate créature (voir *Juliette*, J. W. Waterhouse, 1898), Leulah Maloney, à la peau nacrée, aux bras maigres comme des pattes d'oiseau et aux longs cheveux bruns qu'elle portait toujours en tresse, comme ces cordons que tiraient les aristocrates du dix-neuvième pour appeler un serviteur. Elle avait une étrange beauté démodée, un visage fait pour les pendentifs ou les camées — cet air romantique dont je rêvais quand papa et moi découvrions le sort de Gloriana dans *La reine des fées* (Spenser, 1596) ou discutions de l'amour de Dante pour Beatrice Portinari. (« Sais-tu combien il est difficile de trouver une femme qui ressemble à Beatrice, de nos jours ? me disait papa. Il paraît moins improbable de courir à la vitesse de la lumière. »)

Quelque temps auparavant, au moment le plus inattendu, j'avais vu Leulah vêtue d'une robe longue (blanche ou bleu diaphane) traverser la Pelouse sous une averse en tenant bien haut son petit visage d'époque, alors que tout le monde courait en criant, un livre de classe ou une *Gallway Gazette* détrempée sur la tête. Je l'avais aperçue un autre jour accroupie dans les buissons près d'Elton House, apparemment fascinée par un bout d'écorce ou un bulbe de tulipe — et je n'avais pu m'empêcher de penser qu'un tel comportement féerique était calculé et très irritant. Papa avait eu une terrible aventure de quelques jours avec une femme du nom de Birch Peterson à Okush, Nouveau-Mexique. Birch, née aux abords de l'Ontario dans une « fantastique » communauté d'amour libre du nom de Verve, nous supplia, papa et moi, de marcher sous la pluie comme si de rien n'était, de bénir les moustiques et de manger du tofu. Quand elle vint dîner, elle prononça une prière avant que nous « consumions », une supplique qui dura un quart d'heure, où elle demanda à « Dielle » de bénir les moisissures et les mollusques.

« Le mot Dieu est intrinsèquement masculin, déclara Birch. Alors je l'ai féminisé en Dielle. Dielle incarne le pouvoir androgyne toutpuissant. »

J'en conclus d'abord que Leulah — tous l'appelaient Lu —, avec ses robes arachnéennes, ses cheveux d'osier, ses sautillements gracieux partout sauf dans les allées, avait comme Birch un corps en soja et un esprit en spiruline, puis je compris qu'en fait on lui avait jeté un sort, un charme si puissant que ses comportements étranges seraient à jamais irréfléchis, inconsidérés et impromptus, qu'elle ne se demanderait jamais ce que les gens pensaient d'elle ou de quoi elle avait l'air, si bien que toute la cruauté du royaume (« Elle est périmée. Elle a vraiment passé la date limite de consommation », souffla Lucille Hunter en cours d'anglais avancé) se dissolvait miraculeusement avant d'atteindre ses oreilles.

Beaucoup ayant déjà été dit sur le visage éminent de Hannah, je ne m'étendrai pas sur le sujet, si ce n'est pour préciser qu'à la différence d'autres Hélène de Troie, incapables d'assumer leur magnificence ou leurs talons aiguilles vertigineux (et donc tantôt courbées d'un air gêné, tantôt dominant leur monde d'un air hautain), Hannah portait les siens jour et nuit sans même se rendre compte qu'elle avait des chaussures. Avec elle, on comprenait à quel point la beauté était épuisante, et à quel point on pouvait être las après une journée passée face à des inconnus qui vous regardent sucrer votre café à l'aspartame ou choisir la boîte de myrtilles la moins cabossée.

« Allons, allons, dit Hannah sans trace de fausse modestie quand, un dimanche, Charles lui dit à quel point elle était belle en T-shirt noir et treillis. Je ne suis qu'une vieille dame usée. »

Il y avait aussi la question de son nom.

Certes, il roulait sur la langue avec plus d'agilité et d'élégance que, par exemple, Juan San Sebastián Orillos-Marípon (le nom digne d'un exercice de prononciation de l'assistant de papa à Dodson-Miner), et pourtant je ne pouvais m'empêcher de le trouver criminel. La personne qui l'avait appelée ainsi — sa mère, son père, allez savoir — était douloureusement détachée de la réalité car, même bébé, Hannah n'avait pu ressembler à un troll, or Hannah, c'était justement un patronyme de petit troll. (J'admets mon manque d'impartialité à ce sujet : « Dieu merci, cette chose est incarcérée dans sa poussette. Sinon, les gens paniqueraient en craignant une *Guerre des Mondes* », dit un jour papa en découvrant un bébé heureux et pourtant atrocement fripé dans la travée d'un Office Depot. La mère surgit en disant : « Je vois que vous avez fait la connaissance de ma petite Hannah. ») Quitte à avoir un nom banal, elle aurait dû s'appeler Edith, Nadia ou Ingrid, tout du moins Elizabeth ou Catherine. Mais sa pantoufle de vair, le nom qui lui aurait vraiment convenu, était plutôt à chercher du côté de Comtesse Saskia Lepinska, Anna-Maria d'Aubergette, voire Agnès de Scudge ou Ursula de Pologne (« sur de belles femmes, les noms finissent par perdre de leur laideur », disait papa).

« Hannah Schneider » lui allait comme un jean délavé Jordache six tailles trop grandes. D'ailleurs, un jour, assez bizarrement, alors que Nigel prononçait ce nom pendant le dîner, j'aurais juré percevoir un drôle de silence, comme si, pendant une fraction de seconde, elle ignorait totalement de qui il parlait.

Du coup, je me demandais si, peut-être à un niveau inconscient, Hannah Schneider, elle non plus, n'aimait pas « Hannah Schneider ». Peut-être elle aussi aurait-elle aimé s'appeler Angelique von Heisenstagg.

Beaucoup de gens rêvent d'être une petite souris. Ils aspirent à tous ses avantages : elle est presque invisible, et pourtant, au courant de tous les secrets et échanges sournois. Mais après avoir été, les six ou sept premiers dimanches chez Hannah, une petite souris, je soutiens que le mépris dont on est l'objet devient assez vite pesant. (En fait, on pourrait même dire qu'une souris suscite davantage d'attention que moi, car il y a toujours quelqu'un pour saisir un balai et la chasser avec obstination dans la pièce, or je n'avais même pas droit à cela — à moins de compter les quelques tentatives de Hannah pour m'imposer dans la conversation, que je trouvais encore plus gênantes que le dédain des autres.)

Bien entendu, ce premier dimanche se résuma à une terrible humiliation, pire sous bien des aspects que la séance de travail chez Leroy, car *au moins*, Leroy et les autres avaient *souhaité* ma présence (même si c'était uniquement pour les hisser, telle une bête de somme, sur la colline abrupte qui menait à la classe de quatrième), mais ceux-ci — Charles, Jade et les autres — exprimèrent très clairement que ma présence était entièrement l'idée de Hannah, pas la leur.

« Tu sais ce que je déteste ? me lança Nigel d'un ton aimable alors que je l'aidais à débarrasser la table après le dîner.

— Quoi ? dis-je, espérant enfin engager une conversation.

— Les timides », me répondit-il, sans qu'il y ait le moindre doute sur l'identité de la personne à l'origine de cette remarque : j'étais restée totalement muette pendant tout le dîner, y compris le dessert et, la seule fois où Hannah m'avait posé une question (« Tu arrives directement de l'Ohio ? »), j'avais été si décontenancée que ma voix avait trébuché sur le trottoir de mes dents. Quelques minutes plus tard, alors que je faisais mine d'être fascinée par le livre de poche que Hannah avait glissé près du lecteur CD, *La cuisine sans produits industriels* (Chiobi, 1984), j'entendis Milton et Jade dans la cuisine. Milton lui demandait — d'un ton apparemment sérieux — si je parlais anglais.

Elle rit. « Ça doit être l'une de ces Russes à marier qu'on choisit sur catalogue. Mais Hannah s'est vraiment fait rouler. Je me demande quelles sont les conditions d'annulation. J'espère qu'au moins on peut la renvoyer sans frais de port. »

Quelques minutes plus tard, Jade me ramenait chez moi en conduisant comme une dératée (Hannah avait dû payer le salaire minimum) tandis que je regardais par la vitre en me disant que ça avait été la soirée la plus atroce de ma vie. Bien entendu, je ne parlerais plus jamais à ces imbéciles, ces demeurés (« des adolescents ordinaires et lâches », aurait dit papa). Et je n'accepterais plus jamais rien de cette sadique de Hannah Schneider ; car c'était elle qui m'avait poussé dans la fosse aux serpents pour ensuite me laisser me débattre avec un joli sourire tandis qu'elle parlait de devoirs à la maison ou de la fac de cinquième catégorie où ces sombres crétins espéraient se faire admettre, pour enfin, après le dîner, allumer une impardonnable cigarette qu'elle tenait dans sa main manucurée comme une élégante théière, à croire que tout était parfait en ce monde.

Mais à ma grande surprise, le mardi suivant, alors que je passais rapidement devant elle dans Hanover Hall, elle me lança : « À ce week-end ? » au milieu d'une foule d'élèves. Ma réaction fut celle d'un cerf pris dans les phares d'une voiture, et le dimanche, Jade apparut dans mon allée, cette fois à 14 h 15, la vitre *entièrement* baissée.

« Tu viens ? » me cria-t-elle.

J'étais aussi affaiblie qu'une vierge dont le sang vient d'être aspiré par un vampire. J'annonçai à papa que j'avais complètement oublié mon groupe de travail et, avant qu'il ne puisse protester, je l'embrassai sur la joue en lui assurant que c'était un événement orchestré par Gallway, puis je filai.

Avec embarras — et, un mois plus tard, résignation —, je repris mon rôle de petite souris, à peine tolérée, muette, car en vérité, tout bien réfléchi (chose que je ne pourrais jamais avouer à papa), être rejetée chez Hannah était infiniment plus excitant qu'être l'objet de toutes les attentions chez les van Meer.

Enveloppée comme un splendide cadeau dans un caftan de batik émeraude, un sari violet et or ou une robe d'intérieur couleur des blés tout droit sortie de *Peyton Place* (pour cette dernière comparaison, il fallait toutefois oublier la cigarette à la hanche), chaque dimanche après-midi, Hannah tenait salon, au sens classique du terme. Aujourd'hui encore, je ne comprends pas comment elle pouvait préparer ces dîners extravagants dans sa minuscule cuisine aux murs moutarde — côtelettes d'agneau à la turque (« sauce à la menthe »), steak thaï (« aux pommes de terre infusées dans le gingembre »), soupe de nouilles au bœuf (« une vraie Pho ») mais aussi, avec un succès moindre, une oie (« sauce aux airelles et carottes frites à la sauge »).

Dès qu'elle cuisinait, toute la maison se mettait à mijoter dans un fumet de bougie, de vin, de bois, de parfum et d'animal humide. Nous picorions les restes de nos devoirs. Puis la porte de la cuisine s'ouvrait, et elle s'avançait, telle *La naissance de Vénus*, vêtue d'un tablier rouge taché de sauce à la menthe, avec la prestance et la grâce chaloupée de Katharine Hepburn, pieds nus (si *ça*, c'étaient des orteils, ce que vous avez, vous autres, ça s'appelle autrement), les lobes d'oreille scintillant, en prononçant les mots avec un léger tremblement sur la dernière syllabe (le même mot, quand *vous* le prononciez, retombait à plat).

« Comment ça va ? Vous avez fini, j'espère ? » disait-elle d'une voix toujoursunpeurauque.

Elle portait un plateau d'argent jusqu'à la table basse toute bossue, donnant au passage un coup de pied dans un livre de poche ayant perdu sa couverture (*La femme libérée* d'Ari So) : du *gruyère** et du cheddar anglais fermier présentés comme des danseuses de Busby Berkeley, avec une théière de thé oolong. Quand elle apparaissait, les chats et les chiens surgissaient de leurs ombres de saloon pour former une bande autour d'elle et, lorsqu'elle repartait dans un souffle à la cuisine (où ils n'avaient pas le droit de pénétrer quand elle s'y affairait), ils erraient comme des cow-boys ahuris et désœuvrés, car sans bagarre en perspective.

Je trouvais sa maison (« L'Arche de Noé », comme l'appelait Charles) fascinante mais schizophrène. Le fond de sa personnalité, tout en bois, était classique et charmant, voire un peu vieillot (c'était une cabane en rondins avec un étage datant de la fin des années quarante qui possédait une cheminée en pierre et des plafonds ornés de poutres). Et pourtant, on percevait aussi une tout autre facette, prête à surgir dès qu'on tournait le dos, un tempérament fruste, grossier, voire gênant de vulgarité (ainsi des extensions en aluminium qu'elle avait fait construire l'année précédente).

Chaque pièce regorgeait de vieux meubles dépareillés (des rayures mariées à de l'écossais, de l'orange fiancé à du rose, un cachemire qui faisait son coming out d'un placard) disposés n'importe comment dans n'importe quelle pièce, à tel point que, si l'on avait pris un Polaroid, le cliché aurait présenté une forte ressemblance avec *Les demoiselles d'Avignon*. Au lieu de femmes cubiques et étranges, les formes angulaires auraient été le fait des bibliothèques penchées (que Hannah utilisait non pour y ranger des livres, mais des plantes, des cendriers orientaux et sa collection de baguettes chinoises, avec cependant quelques exceptions : *Sur la route* [Kerouac, 1957], *Changez votre cerveau* [Leary, 1988], *Guerriers modernes* [Chute, 1989], un recueil de chansons de Bob Dylan et *Queenie* [1985], de Michael Korda), son fauteuil en cuir cloqué, son samovar près du porte-chapeaux sans chapeau, la petite table qui n'avait rien de petit.

Chez Hannah, il n'y avait pas que les meubles qui paraissaient vieux et pauvres. À mon grand étonnement, je me rendis compte que, malgré son apparence parfaite — même en y regardant de près, on distinguait à peine un cil déplacé —, certains de ses vêtements avaient une allure fatiguée, quoiqu'il fallût, pour le voir, être assis juste à côté d'elle et qu'elle soit tournée selon un angle précis. Mais alors, la lumière ricochait sur les centaines de petites bourres de sa jupe en laine, ou, quand elle saisissait son verre de vin avec un rire masculin, on percevait une très légère odeur de naphtaline nichée en ce palais du vide.

Nombre de ses habits semblaient avoir découché ou pris un vol de nuit, ainsi du tailleur crème et jaune canari style Chanel à l'ourlet usé, de son pull blanc en cachemire aux coudes ajourés et à la taille distendue, ou encore du chemisier argenté avec sa rose précautionneusement accrochée au col, qui avaient l'apparence d'éternels seconds après trois jours de marathon de danse pendant la Grande Dépression (voir *On achève bien les chevaux*).

En de nombreuses occasions, j'avais entendu les autres faire référence aux « fonds secrets » de Hannah, mais je jugeai ces suppositions inexactes, et j'en conclus que sa fréquentation des boutiques d'occasion avait plutôt à voir avec une difficile situation financière. Alors qu'un jour je la regardais préparer une « selle d'agneau avec feuilles de thé et compote de rose cerise », je l'imaginai en train de tituber, tel un personnage de dessin animé, ivre et les yeux bandés, au bord des dangereuses falaises de la banqueroute et de la ruine. (Même papa, quand il était d'humeur bourbon, se plaignait du salaire des profs : « Et on se demande pourquoi les Américains sont incapables de localiser le Sri Lanka sur une carte ! Je suis désolé de devoir le dire, mais il n'y a pas de graisse pour les rouages de l'éducation américaine ! *No dinero ! Kein Geld !* »)

En réalité, ce n'était pas une question d'argent. Un jour où Hannah était dehors avec les chiens, Jade et Nigel se moquèrent de l'immense roue de chariot à la peinture écaillée qui était apparue contre le flanc du garage, semblable à un gros ouvrier en train de fumer une cigarette à la pause. Il lui manquait la moitié des rayons, et Hannah avait annoncé qu'elle comptait la transformer en table basse.

« St-Gallway ne doit pas la payer assez », fis-je doucement remarquer.

Jade se tourna vers moi.

« *Quoi* ? » s'écria-t-elle, comme si c'était une insulte.

Je déglutis.

« Elle devrait peut-être demander une augmentation. »

Nigel retint un rire. Les autres semblèrent tout simplement m'ignorer, mais il se produisit alors quelque chose d'inattendu : Milton leva les yeux de son livre de chimie.

« Mais non », dit-il avec un sourire. Je sentis mon cœur toussoter et caler ; le sang envahit mes joues. « Hannah adore les trucs genre dépôts-ventes et les décharges. Tous ces machins que tu vois ? Elle les a dénichés dans des endroits bizarres, des campings, des parkings. Elle est capable de s'arrêter en plein milieu de la route, avec les autres voitures qui klaxonnent comme des malades, juste pour voler au secours d'un fauteuil abandonné. Les animaux aussi, ils viennent d'un refuge. Et un jour, l'an dernier, alors que j'étais avec elle, elle a pris un auto-stoppeur vraiment bizarre : crâne rasé, que des muscles, un vrai skin. Sur sa nuque, il y avait écrit : "Tue ou tu seras tué". Je lui ai demandé pourquoi elle faisait ça, et elle m'a dit qu'il fallait être gentil avec lui. Que, peut-être, personne n'avait

118

jamais fait preuve de bonté à son égard. Et elle ne se trompait pas. Le type a été doux comme un agneau, il a souri sur tout le trajet. Quand on l'a laissé au Homard Rouge, il a même crié : "Dieu vous garde !" Hannah avait illuminé sa journée ». Milton haussa les épaules et retourna à sa chimie en concluant : « C'est tout Hannah, ça. »

C'était aussi une femme étonnamment débrouillarde et dégourdie, qui ne se plaignait jamais. En quelques minutes, elle vous réparait n'importe quel joint, tuyau, trou, fuite, une chasse d'eau paresseuse, un bruit de plomberie à l'aube, une porte de garage déréglée au comportement erratique. Ses talents de bricoleuse reléguaient papa au rang de grand-mère gâtifiante. Un dimanche, émerveillée, je vis Hannah réparer sa sonnette encastrée avec des gants d'électricien, un tournevis et un voltmètre — un coup d'œil à *Monsieur Répar'tout, guide pour refaire l'électricité de la maison* (Thurber, 2002) suffit pour comprendre que ce n'est pas la plus simple des opérations. Une autre fois, après le dîner, elle disparut à la cave pour régler son compte au témoin fantasque du chauffe-eau : « Le conduit est plein d'air », soupira-t-elle.

Elle était aussi une montagnarde chevronnée. Non qu'elle s'en vantât, se contentant de déclarer qu'elle « aimait bien partir camper ». Mais on devinait ça à son attirail digne d'un bûcheron canadien : gourdes et mousquetons partout dans la maison, couteaux suisses dans le tiroir des prospectus et des vieilles piles ; et au garage, de grosses chaussures de randonnée (aux semelles sérieusement élimées), des sacs de couchage mangés aux mites, des cordes d'escalade, des raquettes, des piquets de tente, des crèmes solaires encroûtées, une trousse de premier secours (vide, à l'exception de ciseaux émoussés et de gaze jaunie). « Qu'est-ce que c'est que ces trucs ? demanda Nigel en fronçant les sourcils devant ce qui ressemblait à deux pièges pour animaux sur un tas de bois. — Des crampons », répondit Hannah et, tandis qu'il continuait à les regarder d'un air perplexe : « Pour ne pas glisser en montagne. »

Un soir, lors d'un dîner, elle admit, un peu comme une note en bas de page, qu'adolescente elle avait sauvé la vie d'un homme alors qu'elle était partie camper.

« Où ça ? » demanda Jade.

Elle hésita avant de répondre :

« Les Adirondacks. »

Je dois reconnaître que je faillis bondir de mon siège pour m'écrier : « Moi aussi, j'ai sauvé une vie ! Mon jardinier blessé ! »

Fort heureusement, je fis preuve de tact. Papa et moi détestions les gens capables d'interrompre une conversation passionnante pour caser leur ridicule petite histoire. (Papa les appelait des « Et moi », accompagnant ladite expression d'un lent clin d'œil, signe chez lui d'une aversion marquée.)

« Il s'était blessé à la hanche dans une chute. »

Elle dit ça lentement, posément, comme si elle était en pleine partie de scrabble et qu'elle se concentrait sur ses lettres pour trouver un mot intelligent.

« C'était au milieu de nulle part. J'ai perdu mon sang-froid. Je ne savais pas quoi faire. Alors je me suis mise à courir. Sans m'arrêter. Par bonheur, j'ai croisé des campeurs avec une radio, et on nous a envoyé des secours. Après ça, j'ai pris une décision : ne plus jamais me retrouver démunie.

— Et l'homme s'en est sorti ? » demanda Leulah.

Hannah acquiesça.

« Il a dû être opéré. Mais il s'en est sorti. »

Bien sûr, les questions que nous posâmes ensuite sur cet étrange accident — « qui c'était ? » demanda Charles — revinrent à tailler un diamant avec un cure-dents.

« Bon, bon, dit Hannah en riant alors qu'elle attrapait l'assiette de Leulah. Je crois que ça suffit pour ce soir. » Puis elle donna un coup de genou dans la porte à battant (un peu agressif, trouvai-je) et disparut dans la cuisine.

Nous commencions en général à dîner vers 17 h 30. Hannah éteignait les lumières et la musique (Nat King Cole suppliant qu'on l'emmène sur la lune, Peggy Lee affirmant que vous n'êtes rien si personne ne vous aime) et allumait les grandes bougies rouges au centre de la table.

Nos conversations n'auraient pas impressionné papa (pas le moindre débat sur Castro, Pol Pot ou les Khmers rouges, même si, parfois, Hannah abordait le sujet du matérialisme : « Il est difficile, aux États-Unis, de séparer bonheur et consommation »). Mais surtout, Hannah, menton dans la main, les yeux sombres comme deux grottes, était experte dans l'art d'écouter. Le dîner aurait duré deux ou trois heures, voire davantage, si je n'avais dû rentrer pour 8 heures. (« Trop de Joyce nuit à la santé, disait papa. À force, cela devient indigeste. »)

Décrire cette singulière qualité de Hannah (celle qui, je le crois, caractérise le mieux son profil ténébreux) est impossible, car elle ne s'exprime pas avec des mots.

Cette   était juste sa façon d'être.

Pourtant cette   n'avait rien de prémédité, de condescendant ni de forcé (voir chapitre 9, « Faites en sorte que vos ados vous trouvent branché », *Être l'ami de ses enfants*, Howards, 2000).

De toute évidence, être capable de simplement
était un don très sous-estimé en Occident. Comme papa adorait le faire remarquer, aux États-Unis, à part les gagnants du loto, tous les vainqueurs ont une voix stridente qui surpasse le raclement des autres, ce qui aboutit à un pays terriblement bruyant, si bruyant que, le plus souvent, on n'y discerne aucun sens — uniquement « un bruit blanc à travers toute la nation ». Si bien que lorsqu'on rencontrait quelqu'un capable d'écouter, ravi de se contenter de   , la différence était si étonnante que l'on prenait conscience, seul dans son coin, que, jusqu'à présent, toute personne censée vous écouter, en réalité, ne vous écoutait pas. Elle se contentait de jeter un coup d'œil discret à son reflet dans le miroir un peu à gauche de votre tête en pensant à ce qu'elle ferait plus tard dans la soirée, ou décidait qu'à l'instant où vous vous tairiez, elle raconterait sa dysenterie sur une côte du Bangladesh, de façon à montrer l'individu qu'elle était sous un jour aventurier et expérimenté (pour ne pas dire hautement désirable).

Hannah finissait par ouvrir la bouche, non pour nous dicter notre conduite, bien sûr, mais pour poser certaines questions pertinentes à la simplicité souvent comique (l'une d'elles, je m'en souviens, fut : « Eh bien, qu'en penses-tu ? »). Ensuite, tandis que Charles débarrassait, Lana et Turner lui sautaient sur les genoux, formant des bracelets autour de ses poignets avec leur queue, Jade montait la musique

(Mel Tormé annonçait qu'il vous avait dans la peau), et on se sentait débarrassé d'une pesante solitude. Aussi stupide que cela puisse paraître, on avait l'impression d'avoir obtenu une réponse.

C'est à cette qualité, je pense, qu'elle devait son aura. C'était grâce à elle, par exemple, que Jade, qui parlait parfois de devenir journaliste, travaillait en free lance à la *Gallway Gazette* alors même qu'elle détestait Hillary Leech, la rédactrice en chef qui lisait le *New Yorker* avant chaque cours (avec des gloussements exaspérants quand elle parcourait les « Potins de la ville »). Grâce à elle que Charles transportait parfois un manuel de dix centimètres d'épaisseur, *Comment devenir un Hitchcock* (Lerner, 1999), que j'avais feuilleté en douce un dimanche pour découvrir sur la première page : « À mon maître du suspense, affectueusement, Hannah ». Grâce à elle que Leulah donnait des cours de soutien scientifique chaque mardi après-midi à des enfants de l'école élémentaire Elmview, que Nigel lisait les *Annales des examens de la carrière diplomatique* (éd. 2001) et que Milton s'était inscrit l'été précédent à un cours de théâtre de l'université de Caroline du Nord, *Introduction à Shakespeare : Le corps comme outil artistique* — des choses concrètes destinées à les faire mûrir et à les rendre plus humains, dont je ne pouvais m'empêcher de penser qu'ils découlaient des suggestions de Hannah, même si, avec sa   , tous pensaient sans doute que l'idée venait d'eux.

Je ne fus pas davantage imperméable à ce style d'inspiration. Début octobre, Hannah s'était arrangée avec Evita pour que j'abandonne le cours de français avancé de Miss Filobeque et ses tristes tenues vestimentaires afin de suivre, en compagnie d'élèves de troisième, le cours de dessin débutant avec Mr. Victor Moats, un décadent à la Dalí. (Ce que je fis sans en souffler mot à papa.) Moats était le prof préféré de Hannah à Gallway.

« J'adore Victor, tout simplement, disait-elle en se mordant la lèvre inférieure. Il est merveilleux. Nigel suit l'un de ses cours. Il n'est pas merveilleux ? Je le trouve merveilleux. Vraiment. »

Or, Victor était *vraiment* merveilleux. Il portait des chemises en faux daim magenta grand teint ou sienne brûlé et, sous les lampes de la salle d'arts plastiques, ses cheveux prenaient la couleur des rues dans un film noir, des richelieus de Humphrey Bogart, des feux de la rampe et du goudron.

Hannah m'avait aussi offert un carnet de croquis et cinq plumes à encre enveloppés dans un papier kraft usagé qu'elle avait déposé dans ma boîte aux lettres à l'école. (Elle ne parlait jamais de ce qu'elle faisait. Elle faisait les choses, voilà tout.) À l'intérieur du carnet, elle avait écrit (son écriture était une parfaite extension d'elle-même : élégante, avec de mystérieuses courbes sur les *n* et les *h*) : « Pour ta période Bleue. Hannah. »

Parfois, en cours, je sortais mon carnet et je dessinais en douce, par exemple les mains batraciennes de Mr. Archer. Même si je n'avais rien d'un Greco méconnu, j'adorais m'imaginer en artiste percluse de rhumatismes, une Toulouse-Lautrec concentrée sur le bras d'une danseuse de french cancan, et non en l'insignifiante Bleue van Meer, qui passerait peut-être à la postérité pour avoir fiévreusement pris en note chaque syllabe prononcée par un professeur (y compris les « hum » et les « euh », au cas où cela serait demandé au prochain contrôle).

Dans ses passionnants mémoires, *Demain sera un grand jour* (1973), Florence « Freddie Bagarre » Frankerberg, une actrice ayant joué des rôles de servante dans les années quarante, et dont la seule gloire était d'être apparue à Broadway en compagnie d'Al Jolson dans *Sortez vos mouchoirs* (elle avait également fréquenté Gemini Cervenka et Oona O'Neill), écrivait au chapitre 1 que, le samedi soir, le Stork Club était une « oasis de divertissement très privé » et que, malgré la Seconde Guerre mondiale qui se déployait au-dessus de l'Atlantique comme un télégramme chargé de mauvaises nouvelles, lorsqu'on était « assis sur les confortables banquettes vêtue d'une robe neuve », on avait le sentiment que « rien ne pouvait vous arriver », protégée qu'on était par « tout cet argent et ces visons » (p. 22-23). Cependant, Freddie Bagarre révélait au chapitre 2 que le très chic Stork Club était « aussi salaud que Rudolph Valentino avec une dame qui se refusait à lui » (p. 41). Elle racontait que tous les clients, de Gable à Grable en passant par Hemingway et Hayworth, étaient si inquiets de savoir où allait les placer le propriétaire, Sherman Billingsley, et s'ils seraient admis au sein de la Cub Room, la salle plus privée encore, qu'on aurait pu utiliser l'espace entre le cou et les épaules des gens comme casse-noix (p. 49). Freddie annonçait au chapitre 7 qu'en plus d'une occasion elle avait entendu des directeurs de studio dire qu'ils seraient prêts à « mettre une balle dans une jolie poulette » pour s'assurer à jamais la banquette de la si convoitée table 25, le Cercle Royal, avec vue parfaite sur le bar et l'entrée (p. 91).

Je dois mentionner que les tensions étaient aussi fortes chez Hannah, même si je me demandais souvent pourquoi, comme Freddie Bagarre, j'étais la seule à m'en rendre compte. Parfois, j'avais l'impression que Hannah était J. J. Hunsecker, le célèbre éditorialiste du *Grand Chantage,* et les autres le minable et fuyant agent publicitaire Sidney Falco, tous luttant pour devenir son ami de cœur, son play-boy en pyjama, son rêve *de luxe**.

Je me souviens de ces quelques occasions où Charles travaillait à une chronologie du Troisième Reich ou une dissertation sur l'effondrement de l'URSS pour son cours avancé d'histoire européenne. Il jetait son stylo à travers la pièce. « Je n'arriverai jamais à faire ce putain de devoir ! Rien à foutre de Hitler ! Rien à foutre de Churchill, de Staline et de cette saloperie d'armée Rouge ! » Hannah courait alors à l'étage chercher un manuel d'histoire ou bien l'*Encyclopaedia Britannica,* et quand elle revenait, pendant une heure, leurs têtes brune et dorée restaient blotties l'une contre l'autre sous la lampe de bureau comme deux pigeons frigorifiés, jusqu'à trouver en quel mois l'Allemagne avait envahi la Pologne et la date précise de la chute du mur de Berlin (septembre 1939, 9 novembre 1989). Un jour, je voulus les aider en évoquant le manuel d'histoire de 1 200 pages que papa mettait toujours en tête de sa liste de lectures obligatoires, le bien connu *L'histoire, c'est le pouvoir* d'Hermin-Lewishon (1990), mais Charles me regarda comme si j'étais invisible et Hannah, qui feuilletait l'*Encyclopaedia Britannica*, était apparemment capable, quand elle lisait, de ne pas remarquer une guerre civile entre sandinistes et contras soutenus par les États-Unis. En revanche, je voyais pendant ces interludes que Jade, Lu, Nigel et Milton cessaient de travailler et, à en juger par leurs incessants coups d'œil, ils avaient une conscience aiguë de Hannah et de Charles, peut-être même un peu de jalousie, comme, au zoo, une bande de lions affamés envers celui qu'on nourrit à la main.

Franchement, j'étais peu intéressée par leur comportement en sa compagnie. Avec moi, ils se montraient agacés et distants ; en revanche, ils semblaient souvent confondre l'attention de Hannah avec la caméra de Cecil B. DeMille et deux lampes à arc sur le tournage de la scène principale de *Sous le plus grand chapiteau du monde*. Il suffisait qu'elle pose une question à Milton, le félicite pour un B+ en espagnol, et il renonçait à son accent de l'Alabama volontairement appuyé pour faire ses débuts sur scène, tel un audacieux petit Mickey Rooney qui prenait la pose, soupirait et faisait la moue ou la grimace, comme le vétéran de vaudeville qu'il incarnait déjà à six ans.

« J'ai passé la nuit à réviser, jamais travaillé aussi dur », disait-il, les yeux scrutant le visage de Hannah en quête d'un compliment, comme un épagneul qui rapporte un canard à son maître. Leulah et Jade ne dédaignaient pas non plus se transformer en *Shirley Aviatrice* ou *Boucles d'Or*. (Je détestais tout particulièrement que Hannah fasse allusion à la beauté de Jade, qui se muait alors en une adorable petite fille digne d'*Hôtel à vendre*.)

Ces numéros de claquettes survoltés n'étaient rien comparé aux moments où Hannah braquait les feux de la rampe sur moi, par exemple le dimanche où elle annonça que j'étais devenue première de l'école, et donc en bonne passe de finir major de la promotion. (Lacey Ronin-Smith avait annoncé ce *coup d'État** au rassemblement du matin. J'avais évincé Radley Clifton, qui régnait sans conteste depuis trois ans, et qui pensait apparemment que, ses deux frères Byron et Robert ayant été majors, lui, Radley, le Rasant Arasé, détenait ce titre de droit divin. En me croisant dans Barrow, il avait les yeux plissés et les lèvres crispées ; il priait sans doute pour que je sois accusée de tricherie et virée.)

« Ton père doit être fier de toi, dit Hannah. Moi, en tout cas, je le suis. Je vais te dire une chose. Tu vas pouvoir faire ce que tu veux de ta vie. Je le pense vraiment. Tout ce que tu voudras. Devenir une spécialiste des fusées, si tu en as envie. Car tu as cette qualité rare à laquelle tout le monde aspire : l'intelligence mâtinée de sensibilité. Que cela ne t'effraie pas. Souviens-toi de cette phrase — bon sang, de qui elle est, déjà ? : "Le bonheur est un chien qui se dore au soleil. Nous ne sommes pas sur terre pour être heureux, mais pour vivre des événements incroyables." »

Il s'agissait de l'une des citations favorites de papa (Coleridge), et il aurait dit qu'elle l'avait massacrée : « Si l'on utilise ses propres mots, ce n'est plus une citation, n'est-ce pas ? » Elle ne souriait pas en disant ça, elle avait tout au contraire un ton solennel, comme si elle parlait de la mort (voir *J'y penserai demain*, Pepper, 2000). (Le ton de Franklin D. Roosevelt déclarant la guerre au Japon dans son discours historique de 1941 à la radio, piste 21 sur les *Grands discours des temps modernes*, 3 CD, collection de papa.)

Dans les meilleurs jours, je les encombrais, ou j'étais leur *bête noire**; ainsi, selon la troisième loi du mouvement de Newton (« Tout corps A exerçant une force sur un corps B subit une force d'intensité égale, mais de sens opposé, exercée par le corps B »), tous les cinq se muaient en criminels à la Baby Face Nelson ou en pickpockets comme le grand-père dans *Fossettes*, voire en *Poison* ou bien en *Dracula*, plus à même de refléter leur expression. Cependant, la plupart du temps, je m'arrangeais pour ne pas attirer l'attention sur ma personne. Je ne rêvais pas particulièrement de la table 25 du Cercle Royal, je préférais incarner la jolie fille admise après une longue attente sur le trottoir, et j'étais très satisfaite de passer une soirée d'esbroufe, et non toute une décennie, à la peu désirable table 2, trop près de l'orchestre, sans vue sur l'entrée.

Face à leurs numéros de vieilles comédies musicales, Hannah demeurait impassible. Elle était tout en sourires diplomatiques et aimables « C'est merveilleux, mes chéris » et, dans ces moments-là, je me demandais si je n'avais pas commis une erreur d'analyse et si je n'étais pas, pour citer papa — qui ne se ménageait pas les rares fois où il reconnaissait s'être trompé (accompagnant la déclaration d'un regard contrit en direction du sol) : « Un baudet aveugle. »

Car tout de même, elle était bizarre dès qu'on parlait d'elle. Nos tentatives pour connaître des détails de sa vie, directement ou non, n'aboutissaient jamais. On croit que personne ne peut entièrement se cacher quand on lui pose une question à brûle-pourpoint, que tout le monde fait au moins un geste révélateur (une grande bouffée d'air, un regard fuyant), ce que l'on peut alors interpréter comme un obs-

126

cur secret, grâce à *Psychopathologie de la vie quotidienne* de Freud (1901) ou *Le Moi et le Ça* (1923). Mais Hannah disait, comme si de rien n'était : « J'ai vécu pas très loin de Chicago, puis pendant deux ans à San Francisco. Je ne suis pas si intéressante que ça, vous savez. »

Ou alors, elle haussait les épaules.

« Je suis... une prof. J'aimerais pouvoir raconter quelque chose de plus intéressant. »

« Mais tu ne travailles qu'à temps partiel, lui dit un jour Nigel. Qu'est-ce que tu fais, le reste du temps ?

— Je l'ignore. J'aimerais bien savoir comment file le temps. »

Et elle avait ri sans répondre davantage.

Il y avait aussi ce nom mystérieux : Valerio. C'était le surnom mythique et un peu ironique du Cyrano secret de Hannah, son Darcy avec cape et dague, son *Oh Capitaine ! Mon Capitaine !* Les autres l'évoquaient très souvent et, un jour, je trouvai enfin le courage de leur demander de quoi ou de qui il s'agissait. Le sujet les passionnait au point qu'ils en oublièrent de m'ignorer. Avec enthousiasme, ils me racontèrent un incident étrange. Deux ans plus tôt, alors qu'ils étaient en seconde, Leulah avait oublié un manuel d'algèbre chez Hannah. Quand, le lendemain, elle vint le récupérer avec ses parents, tandis que Hannah montait le chercher à l'étage, Lu était allée boire un verre d'eau à la cuisine. Elle avait alors remarqué, près du téléphone, un petit calepin jaune. Sur la première page, Hannah avait griffonné ce mot étrange.

« Elle avait écrit *Valerio* partout », dit Lu avec feu. Cette dernière avait une drôle de façon de froncer le nez, si bien qu'on aurait dit une minuscule chaussette en bouchon. « Genre un million de fois. C'était un peu inquiétant, comme ce tueur psychopathe qui écrit frénétiquement au moment où *Les experts* débarquent chez lui. À croire qu'elle avait écrit ça machinalement pendant qu'elle était au téléphone. Moi aussi, je fais des trucs de ce genre, alors ça ne m'a pas étonnée. Jusqu'à ce qu'elle entre. Elle s'est jetée sur le calepin en le serrant contre elle pour que je ne puisse pas le voir. Et elle ne l'a pas lâché jusqu'à ce que la voiture redémarre. Je ne l'avais jamais vue se comporter aussi bizarrement. »

Bizarre, en effet. Je pris la liberté de chercher ce nom dans l'ouvrage de l'étymologiste de Cambridge Louis Bertman, *Les mots, leur origine et leur pertinence* (1921). Valerio était un patronyme italien fréquent qui signifiait « courageux et fort », issu du romain *Valerius*, lui-même issu du verbe latin *valere* « être en bonne santé, vigoureux ». C'était aussi le nom de plusieurs saints mineurs des quatrième et cinquième siècles.

Je leur demandai pourquoi ils n'avaient pas tout simplement posé la question à Hannah.

« On peut pas, répondit Milton.

— Pourquoi ?

— On l'a déjà fait, lâcha Jade d'un ton irrité en exhalant une bouffée de cigarette. L'an dernier. Et son visage a pris une teinte très curieuse. Presque violette.

— Comme si on l'avait frappée à la tête avec une batte de base-ball, ajouta Nigel.

— Je ne sais pas si c'était de la tristesse ou de la colère, reprit Jade. Elle est restée bouche bée, puis elle a disparu dans la cuisine. Et quand elle en est ressortie au bout de cinq minutes, Nigel s'est excusé. Elle a dit d'une voix faussement détachée "oh, ce n'est rien", sauf qu'elle n'aimait pas qu'on fouine ou qu'on dise des choses dans son dos. Que c'était blessant.

— N'importe quoi, dit Nigel.

— Ce n'était pas n'importe quoi, dit Charles d'un ton furieux.

— En tout cas, on recommencera pas. On ne veut pas lui causer une autre attaque.

— Peut-être que c'est son Rosebud », conclus-je au bout d'un instant.

Alors qu'en général, aucun d'eux ne réagissait quand j'ouvrais la bouche, cette fois, tous tournèrent la tête vers moi, presque d'un seul mouvement.

« Son quoi ? demanda Jade.

— Tu as vu *Citizen Kane* ? demandai-je.

— Bien sûr, dit Nigel, intéressé.

— Eh bien, Rosebud, c'est ce que Kane, le personnage principal, recherche toute sa vie. C'est ce qu'il veut à tout prix retrouver. Ce désir ardent, solitaire et douloureux d'une époque plus simple et plus heureuse. Ce sont ses derniers mots avant de mourir.

« — Et pourquoi il ne l'a pas tout simplement commandé sur Internet ? » demanda Jade d'un air dégoûté.

Jade (qui, même si elle était parfois très terre à terre, avait aussi le sens du dramatique) adorait lancer toutes sortes d'idées excitantes sur le mystère Hannah dès que cette dernière avait quitté la pièce. Certains jours, *Hannah Schneider* était un pseudonyme. D'autres fois, Hannah était un témoin sous protection fédérale car elle avait osé dénoncer le tsar du crime, Dimitri « Caviar » Molotov, des Molotov d'Howard Beach, et qu'elle était à l'origine de sa condamnation pour fraude sous seize chefs d'inculpation. Ou encore, Hannah appartenait à la famille Ben Laden : « Ils sont aussi nombreux que les Coppola. » Un jour que Jade avait regardé *Les nuits avec mon ennemi* sur TNT à minuit, elle déclara à Leulah que Hannah se cachait à Stockton pour fuir son ex-mari, un malade mental qui la battait. (Bien entendu, Hannah avait les cheveux teints et portait des lentilles de contact colorées.)

« C'est pour ça qu'elle ne sort presque jamais et qu'elle paie tout en liquide. Elle a peur qu'il retrouve sa trace par une carte de crédit.

— Elle ne paie pas tout en liquide, dit Charles.

— Parfois, si.

— Tout le monde paie *parfois* en liquide sur cette planète. »

Je me pliai à ces folles spéculations, et j'en inventai même quelques-unes, sans toutefois y croire vraiment.

Papa, à propos des doubles vies : « On peut s'amuser à penser qu'elles sont aussi répandues que l'illettrisme, le syndrome de la fatigue chronique ou n'importe quel malaise culturel en couverture du *Time* et de *Newsweek*, mais hélas, la plupart des quidams ne sont que des quidams, sans part d'ombre, sans dada, sans face cachée de la lune. Autant déclarer tout de suite que Baudelaire est incompréhensible. Car, vois-tu, je n'inclus pas l'adultère, qui n'est pas caché, mais un *cliché*. »

J'en conclus dans mon coin que Hannah Schneider était un accident, une négligence du destin. (Lequel était débordé : la fortune et le karma étaient tête en l'air, et on ne pouvait compter sur le sort.) Par erreur, le destin avait mis une personne exceptionnelle, d'une beauté époustouflante, dans une petite ville de montagne où la grandeur était comme un arbre affaibli qui tombe dans la forêt sans que personne ne s'en émeuve. À Paris ou Hong-Kong, quelqu'un qui s'appelait Chase. H. Niderhann, avec l'élégance d'une pomme de terre au four et une voix comme un raclement de gorge, vivait la vie de Hannah, une vie d'opérette, de soleil et de lacs, de week-ends au Kenya (prononcer Quinya) et de robes qui faisaient « cheeeeeeee » sur le sol.

Je décidai de prendre les choses en main (voir *Emma*, Austen, 1816).

C'était le mois d'octobre. Papa fréquentait une femme sans importance du nom de Kitty (une Sauterelle que je n'avais pas encore eu le plaisir de chasser de notre moustiquaire). Pourquoi passait-il du temps avec un chat de gouttière alors qu'il pouvait s'offrir un persan ? (Cette vision me venait sans doute du goût prononcé de Hannah pour les chansons de Peggy Lee, toujours à se lamenter sur sa *Crazy Moon*, et de Sarah Vaughan, qui pleurnichait sans cesse au sujet de son *Lover Man*.)

J'agis avec une véhémence inhabituelle, par un mercredi après-midi pluvieux où je décidai de mettre à l'œuvre mon plan à l'eau de rose. Je dis à papa qu'on me ramènerait de l'école, puis demandai à Hannah de me reconduire chez moi. Je la fis patienter dans la voiture avec une excuse bidon (« Attends, j'ai un livre formidable pour toi »), et je courus arracher papa au dernier tome de Patrick Kleinman publié par les presses universitaires de Yale, *Chronique du collectivisme* (2004), afin qu'il vienne lui parler.

Il obtempéra.

Contrairement à chez Sinatra, il n'y eut pas de monde suspendu à une corde, pas de *Tendre piège*, pas de fin de nuit jazzy et certainement pas la moindre étincelle entre eux. Papa et Hannah échangèrent des politesses dénuées de tout romantisme. Je crois même qu'il dit : « Oui, j'étais sérieux quand je parlais de ces matches de football. Bleue et moi, nous vous verrons là-bas », dans un effort pour combler le silence.

« Parfait, dit Hannah. Vous aimez donc le football ?

— Oui, dit papa.

— Tu n'avais pas un livre à me prêter ? » me demanda Hannah.

Quelques minutes plus tard, elle repartait avec mon exemplaire de *L'amour aux temps du choléra* (García Márquez, 1985).

« Aussi touché que je sois par tes efforts pour jouer les Cupidon, ma chérie, à l'avenir, je t'en prie, laisse-moi à mes chevauchées de cow-boy solitaire au coucher du soleil », m'annonça papa en rentrant dans la maison.

Ce soir-là, je ne parvins pas à dormir. Même si je n'avais rien dit à Hannah et qu'elle ne m'avait rien dit non plus à ce sujet, une thèse irréfutable flottait dans mon esprit, la seule explication possible au fait qu'elle m'invite à ses soirées du dimanche et qu'elle m'impose aux autres avec une telle conviction (aussi résolue à les faire céder qu'une femme au foyer armée d'un ouvre-boîte) : elle était amoureuse de papa. Je ne pouvais m'être trompée, en tout cas pas à Surely Shoos, où ses yeux avaient voleté d'un air inquiet sur le visage de mon père comme des dragons verts (famille des papilionidés) sur une fleur. Bien sûr, elle m'avait souri à Fat Kat Foods, mais c'était papa qu'elle voulait. Papa qu'elle désirait charmer.

Pourtant, je me trompais.

En me retournant dans mon lit, j'analysai chaque regard de Hannah, chaque mot, sourire, hoquet, raclement de gorge et déglutition jusqu'à être si perdue que je finis, allongée sur le flanc gauche, par regarder fixement les rideaux bleu et blanc gonflés par le vent qui dissimulaient une nuit en train de se dissoudre douloureusement. (Mendelshon Peet écrivait dans *À couteaux tirés* [1932] : « L'esprit humain, faible et branlant, n'est pas fait pour appréhender les grands espaces. »)

Je finis par m'endormir.

« Peu de gens comprennent qu'il est inutile de courir après les réponses aux questions majeures de la vie, déclara papa un jour où il était d'humeur bourbon. Elles ont l'esprit volage et elles sont terriblement fantasques. Mais si tu fais preuve de patience, si tu ne les presses pas, le jour où elles seront prêtes, elles te sauteront à la figure. Et ne t'étonne pas si, juste après, tu restes coite tandis que des oiseaux gazouillants de dessin animé pépient dans ta tête. »

Il ne croyait pas si bien dire.

PYGMALION

Le célèbre conquistador Hernando Núñez de Valvida (*La Serpiente Negra*) commençait ainsi son journal du 20 avril 1521 (date à laquelle il aurait massacré deux cents Aztèques) : « *La gloria es un millón de ojos asustados* », ce qui signifie à peu près : « La gloire, c'est un million de regards terrifiés ».

Cette phrase ne signifia rien pour moi jusqu'à ce que je les fréquente.

Si les Aztèques éprouvaient de la crainte pour Hernando et ses écuyers, les élèves de St-Gallway (y compris quelques professeurs) éprouvaient pour Charles, Jade, Lu, Milton et Nigel une sainte terreur, pour ne pas dire une peur panique.

Comme toute bonne société qui se respecte, ils avaient un nom : Le Sang Bleu.

Chaque jour, chaque heure (peut-être même chaque minute), on chuchotait cette élégante expression dans les salles de classe, les couloirs, les labos et les salles des casiers avec des gémissements agacés ou jaloux.

« Ce matin, Le Sang Bleu est entré dans le Scratch comme s'il faisait un défilé de mode, déclara Donnamara Chase, assise à deux rangs du mien en cours d'anglais avancé. Puis ils se sont mis dans un coin, et ils ont fait : "Beurk !" à tous ceux qui passaient. Pour finir, Sam Christenson, vous voyez, la fille de seconde qui ressemble à un mec ? Eh bien, elle a craqué au début du cours de chimie. On a dû la transporter à l'infirmerie et tout ce qu'elle a réussi à dire, c'est qu'ils se sont moqués de ses chaussures. Elle a des mocassins Aerosol en daim rose pointure quarante-deux. C'est pas un crime, quand même ! »

Bien sûr, au collège Coventry ou au lycée Greenside aussi, il y avait des élèves populaires, des VIP qui défilaient dans les couloirs comme un cortège de limousines, avec un langage bien à eux pour mieux intimider les autres, tels de fiers guerriers de la tribu Zaxoto en Côte d'Ivoire (à Braden Country, j'étais une « mondo nuglo », allez savoir ce que ça voulait dire), mais rien de comparable à la mythologie du Sang Bleu, d'un prestige à vous déclencher une crise d'asthme. C'était sans doute leur beauté divine (Charles et Jade étaient les Gary Cooper et Grace Kelly de notre époque), leur côté magique (Nigel était si petit que ça en devenait à la mode, Milton si grand que ça devenait en vogue), leur psychédélique confiance en eux (et voici Lu qui traverse la Pelouse avec sa robe à l'envers) mais aussi, plus singulièrement, à cause de certaines rumeurs dignes des tabloïds, un peu de ci et de ça, et puis, Hannah Schneider. Hannah était étonnamment discrète ; elle n'assurait qu'un seul cours à St-Gallway, « Introduction au cinéma », dans un bâtiment courtaud à l'extrémité du campus qui s'appelait Loomis, connu pour blanchir des dons d'argent avec des cours du genre « Introduction au business de la mode » ou « Ébénisterie ». Et puis, pour citer Mae West dans l'ouvrage épuisé *T'es juste content de me sauter* (Paulson, 1962) : « Tant qu'on n'a pas provoqué un scandale sexuel, on n'est rien. »

Quinze jours après mon premier dîner chez Hannah, j'entendis deux filles de terminale dire des vacheries pendant l'étude dans la grande salle de la bibliothèque Donald E. Crush, surveillée par Mr. Frank Fletcher, un type chauve passionné de mots croisés qui, par ailleurs, assurait le cours d'éducation routière. Eliaya et Georgia Hatchett étaient de vraies jumelles. Avec leurs cheveux frisés auburn, leur charpente lourde, leur ventre plein de tourte au mouton et leur teint caverneux, on aurait dit des portraits à l'huile du même Henry VIII réalisés par deux artistes différents (voir *Les figures de la tyrannie*, Clare, 1922, p. 322).

« Je ne comprends pas qu'elle soit prof dans cette école, disait Eliaya. Elle est complètement tarée.

— De qui tu parles ? demanda Georgia, qui examinait distraitement les photos dans *L'Hebdo des VIP* en tirant un peu la langue.

133

— D'après toi ? De Hannah Schneider, évidemment. » Eliaya repoussa sa chaise et, de ses doigts boudinés, tapota la couverture du livre posé sur ses genoux, *Histoire illustrée du cinéma* (Jenoah, éd. 2002). (J'en conclus qu'elle suivait le cours de Hannah.) «Aujourd'hui, elle n'avait rien préparé. Elle a disparu un quart d'heure, mais elle a été incapable de trouver le DVD qu'on devait regarder, *Charlot Vagabond*, alors elle est revenue avec cette fumisterie d'*Apocalypse Now*. Trois heures de vulgarité. Papa et maman seraient furieux. Hannah était du genre lunaire. Elle planait. Elle met le film en route sans même s'interroger sur sa classification, on regarde les vingt premières minutes, la cloche sonne, Jamie Century lui demande quand on verra la suite, et elle répond demain. Ça, pour changer le programme, elle change le programme. Je parie que d'ici la fin de l'année, elle nous aura passé *Gorge profonde*. C'est lamentable.

— Ton diagnostic ?

— Elle est dingo. J'espère qu'elle va pas nous refaire le coup de *Bowling for Columbine*. »

Georgia soupira :

«De toute façon, elle couche avec Charles depuis des années, c'est un secret pour personne...

— Ça, ça se voit comme le nez au milieu de la figure. »

Georgia se pencha vers sa sœur. (Pour entendre ce qu'elle disait, je devais rester totalement immobile.)

«Tu penses vraiment que Le Sang Bleu joue à *Caligula* le week-end ? Je me demande s'il faut croire Cindy Willard.

— Bien sûr, répondit Eliaya. Maman dit que le sang royal ne se mêle qu'au sang royal.

— Il faut dire..., fit Georgia en hochant la tête avec un rire plein de dents, ce qui produisit le bruit d'un tabouret en bois qu'on traîne par terre, que c'est comme ça qu'ils évitent la dégénérescence de leurs gènes. »

Malheureusement, comme le soulignait papa, il y a rarement de la fumée sans feu (lui-même ne détestait pas jeter un coup d'œil aux tabloïds quand il faisait la queue à la caisse du supermarché : « "Ratés de la chirurgie esthétique chez les stars". Ce titre a un petit côté fascinant. ») et, je l'admets, depuis que j'avais vu Hannah et

134

Charles ensemble le jour de la rentrée, je soupçonnais bel et bien entre eux quelque chose de chaud et d'humide (même si j'avais conclu, après un ou deux dimanches que, si Charles était très certainement amoureux d'elle, l'attitude de Hannah envers lui demeurait doucement platonique). Et j'avais beau ignorer ce que Le Sang Bleu faisait le week-end (et il en serait ainsi jusqu'à la mi-octobre), je savais qu'ils étaient soucieux de la supériorité de leur race.

J'incarnais, évidemment, leur dégénérescence.

Mon admission dans leur cercle magique se fit avec la douceur du Débarquement en Normandie. Bien sûr, nous eûmes des confrontations, mais pendant tout septembre et début octobre, j'avais beau les voir sans cesse se pavaner à travers le campus, je conservai la position d'une journaliste réduite au silence, horrifiée par la terreur qu'ils inspiraient (« si, un jour, je vois Jade clochardisée, lépreuse et blessée dans le caniveau, je rendrai service à l'humanité en lui roulant dessus avec ma voiture », jura Beth Price, de mon cours d'anglais avancé), et je ne les fréquentais que chez Hannah.

De toute évidence, le scénario de ces premières soirées fut plus qu'humiliant. Je me sentais, comme dans un reality show intitulé *Coup de foudre*, la célibataire grassouillette à qui personne n'a envie d'offrir un verre. Alors un dîner, inutile d'y penser. Je passais la soirée dans l'une des vieilles méridiennes de Hannah avec un chien, faisant mine d'être absorbée par un devoir pour mon cours avancé d'histoire de l'art tandis que tous les cinq disaient à voix basse combien ils étaient « pétés », « rincés » le vendredi soir en ces endroits mystérieux qu'ils appelaient « Le Pourpre » ou « À l'Aveugle ». Quand Hannah revenait de la cuisine, ils me lançaient des sourires dégoulinants comme des sardines à l'huile. Milton faisait un clin d'œil, attrapait lascivement son genou et disait : « Alors, Bleue, ça roule ? T'es bien calme dans ton coin. » « Elle est timide », faisait remarquer Nigel, pince-sans-rire. Ou alors Jade, qui s'habillait toujours comme une star en train de monter les marches de Cannes : « *J'adore* ta chemise. Je veux la même. Il faut *absolument* que tu me dises où tu l'as achetée ! » Charles souriait comme un invité dans un talk-show à faible audience et Lu ne disait pas un mot. Dès qu'on prononçait mon nom, elle regardait ses pieds.

Hannah avait dû sentir que nous étions dans une impasse car, peu de temps après, elle lança une contre-attaque :

« Jade, et si tu emmenais Bleue avec toi au Conscience ? Ça pourrait lui plaire. Quand est-ce que tu y retournes ?

— Sais pas », dit d'un ton maussade une Jade couchée sur le ventre au milieu du salon pour lire l'*Anthologie de la poésie* (Ferguson, Salter, Stallworthy, Norton éd., 1996).

« Tu n'avais pas dit que tu y allais cette semaine ? insista Hannah. Tu pourrais peut-être lui trouver un rendez-vous ?

— Peut-être », fit-elle sans lever les yeux.

J'oubliai cette conversation jusqu'au vendredi après-midi, un jour gris et usé jusqu'à la corde. Après mon dernier cours, histoire mondiale avancée avec Mr. Carlos Sandborn (lequel mettait tellement de gel sur ses cheveux qu'on aurait dit qu'il venait de faire des longueurs à la piscine), je montai au deuxième étage de Hanover et découvris Jade et Leulah devant mon casier : Jade dans une robe à la *Diamants sur canapé*, Leulah en chemisier blanc et jupe. Les bras plaqués le long du corps comme pour une répétition de chorale, cette dernière avait l'air assez aimable, mais Jade ressemblait à une élève qui attend qu'on lui amène un vieux gaga en fauteuil roulant dans une maison de retraite pour qu'elle lui lise *Les garennes de Watership Down* d'une voix monocorde, et valide ainsi à temps son module d'assistance aux personnes âgées, et par là même son diplôme.

« On va se faire coiffer, manucurer et épiler les sourcils. Tu nous accompagnes, m'annonça Jade, une main sur la hanche.

— Oh », fis-je en acquiesçant alors que je cherchais les bons chiffres sur mon cadenas, incapable de trouver le code, car je me contentais de tourner frénétiquement dans un sens, puis dans l'autre.

« Prête ?

— Tout de suite ? demandai-je.

— Bien sûr, tout de suite.

— Je ne peux pas, dis-je. On m'attend.

— On t'attend ? Qui ça ?

— Mon père. »

Quatre filles de seconde étaient accrochées, comme un sac en plastique sur la berge d'une rivière, au tableau d'affichage des cours d'allemand. De toute évidence, elles nous écoutaient.

« Oh non, soupira Jade. Tu vas pas encore nous ressortir ton papa superman ! D'ailleurs, faudrait quand même que tu nous dises son vrai nom et à quoi il ressemble sans son masque et sa cape. » (Le dimanche précédent, j'avais commis la grosse erreur d'évoquer papa. Je m'étais sans doute aventurée à le décrire comme « brillant » et « l'un des plus éminents critiques actuels de notre culture américaine », une citation exacte de la double page que lui avait consacrée *TAP-SIM*, le trimestriel de l'Institut des sciences politiques américaines [voir « *Docteur Oui* », Printemps 1987, vol. XXIV, n° 9]. Il faut dire que Hannah m'avait demandé son métier, ce qu'il faisait « dans la vie » et, dès qu'on abordait le sujet papa, il m'était impossible d'échapper à un discours vantard, fanfaron et plein de suffisance.)

« Elle rigole, dit Lu. Allez, viens, on va bien s'amuser. »

J'attrapai mes livres et je sortis pour annoncer à papa que mon groupe de travail sur *Ulysse* avait décidé de se réunir une heure ou deux, mais que je serais rentrée pour dîner. Il fronça les sourcils en apercevant Jade et Lu sur les marches de Hanover. « Ces deux tartelettes pensent vraiment qu'elles sont capables de lire Joyce ? Bonne chance à elles. Il ne te reste plus qu'à espérer un miracle. »

Je voyais bien qu'il avait envie de refuser, mais qu'il ne voulait pas faire d'esclandre.

« Bon, conclut-il avec un soupir et un regard plein de pitié en faisant démarrer la Volvo. Eh bien, à plus tard, ma chérie. »

Comme nous nous dirigions vers le parking des élèves, j'entendis des critiques dithyrambiques à son sujet.

« Putain ! s'exclama Jade en me lançant un regard étonnamment respectueux. Ton père est *magnifico*. Tu as dit qu'il était brillant, mais tu n'as pas précisé qu'il était du genre George Clooney. Si ce n'était pas ton père, je te demanderais de me brancher sur lui.

— Il ressemble à… comment il s'appelle déjà ? Le père dans *La mélodie du bonheur* », dit Lu.

Honnêtement, c'était parfois fatigant de supporter les compliments unanimes que papa attirait en quelques minutes. Bien entendu, j'étais la première à bondir de ma chaise pour lui jeter des fleurs en criant : « Bravo, mon gars, bravo ! » mais parfois, je ne pouvais que le comparer à une diva qu'on couvre d'éloges, même le jour où elle est trop paresseuse pour atteindre les notes les plus hautes, oublie un costume, ou encore cligne des yeux après sa mort sur scène. Une chose en lui suscitait l'adhésion, quelle que soit sa performance. Quand je croisais la conseillère Ronin-Smith dans Hanover Hall, elle donnait l'impression de ne jamais s'être remise des instants que papa avait passés dans son bureau. Elle ne me disait pas : « Comment vont vos études ? » mais « Comment va votre père, ma chérie ? » La seule femme qui ne s'était pas enquise de lui *ad nauseam* après leur rencontre s'appelait Hannah Schneider.

« C'est vrai, il a quelque chose de Von Trapp, dit pensivement Jade avec un signe de tête. J'ai toujours eu un faible pour ce type. Et ta mère, elle est où ?

— Elle est morte », dis-je d'une voix lugubre et dramatique. Et pour la première fois, je savourai leur silence stupéfait.

Elles m'emmenèrent au Conscience, avec ses murs bordeaux et ses sofas zébrés, situé face à la bibliothèque municipale, en plein centre de Stockton, où Jaire (prononcer JAY-REE), qui portait des bottes en alligator, me fit des mèches cuivrées et une coupe pour que je n'aie plus l'air « de m'être arrangé les cheveux moi-même avec des ciseaux à ongles ». À ma grande surprise, Jade insista pour m'offrir ces soins, d'une grande nouveauté pour moi, grâce à sa mère Jefferson, qui lui avait laissé sa carte American Express Centurion « en cas d'urgence » avant de filer pour six semaines à Aspen avec son nouveau « coup de cœur », Tanner, moniteur de ski, « un type aux lèvres génétiquement gercées ».

« Si tu réussis à faire quelque chose de ce paillasson, je t'offre mille dollars », avait dit Jade à ma coiffeuse.

Toujours financée par Jefferson, au cours des deux semaines qui suivirent, l'ophtalmologue Stephen J. Henshaw, aux yeux de renard polaire mais avec un méchant rhume de cerveau, me fournit un stock de lentilles de contact jetables pour six mois, et j'eus droit à des vêtements, des chaussures et des sous-vêtements choisis par Jade et Lu, non au rayon adolescents de Stickley, mais au Bodywear Vanity Fair sur Main Street, dans la Rouge Boutique d'Elm, chez

138

Natalia sur Cherry, et même au Frederick's de Hollywood (« pour une soirée coquine, je te conseille de mettre ça », fit Jade en me lançant un accessoire qui ressemblait à un harnais pour parachute, mais rose). Les ultimes *coups de grâce** à mon apparence de souris grise se composèrent de fond de teint hydratant, de brillant à lèvres au thym et à la myrte, d'ombres à paupières de jour (scintillante) et de nuit (sombre) choisies d'après mon teint au rayon cosmétique de Stickley, et d'un quart d'heure de maquillage par Millicent, une fille chewing-gumée avec un front poudré et une blouse impeccable. (Qui plaça avec art tout le spectre des couleurs pastel sur mes paupières.)

« Tu es une déesse, me dit Lu en souriant dans le miroir portatif de Millicent.

— Qui l'eut cru ? » plaisanta Jade.

Je ne ressemblais plus à une chouette contrite, mais à un appétissant gâteau (Support visuel 9.0).

Devant cette transformation, papa ressentit ce que Van Gogh aurait ressenti si, par un chaud après-midi, il s'était promené dans une boutique souvenir de Sarasota pour y découvrir, près du présentoir de casquettes et de bibelots en coquillage, « Bon souvenir de la plage », ses chers tournesols imprimés sur une face de serviette soldée 9,99 $.

« On dirait que tes cheveux flamboient, ma chérie. Or, les cheveux ne sont pas censés flamboyer. Le feu flamboie, de même que les tours d'horloge illuminées, les phares, l'enfer, peut-être. Mais pas les cheveux humains. »

Par miracle, mis à part quelques ronchonnements et « hum ! », presque toute son indignation s'évanouit assez vite. Son aventure avec Kitty, ou, comme elle se présentait sur notre répondeur, « Chatte », y était sans doute pour beaucoup. (Je ne l'avais jamais vue, mais je suivais les gros titres : « Kitty tombe en pâmoison dans un restaurant italien suite aux réflexions de papa sur la nature humaine », « Kitty supplie papa de lui pardonner d'avoir renversé son White Russian sur la manchette de son tweed irlandais », « Kitty prépare son quarantième anniversaire et fait allusion aux cloches du mariage. ») Bizarrement, papa semblait avoir accepté l'idée que

Support visuel 9.0

son œuvre d'art soit transformée en pur produit commercial. Il semblait même n'en nourrir aucune rancœur.

« Tu es contente de toi ? Tu te sens prête ? Tu les trouves intéressantes, ces filles de ton groupe de travail sur *Ulysse* qui, cela n'a rien de surprenant, passent davantage de temps à arpenter les centres commerciaux et à se décolorer les cheveux qu'à suivre le trajet de Stephen Dedalus ? »

(Je ne détrompai jamais vraiment papa sur les dimanches après-midi soi-disant consacrés à cet ouvrage himalayen. Par bonheur, il n'appréciait pas particulièrement Joyce — les jeux de mots à l'excès l'ennuyaient, tout comme le latin — mais, afin d'éviter les questions les plus simples, je lui disais régulièrement qu'en raison de la faiblesse pathologique de mes coéquipiers nous n'en étions encore qu'au camp de base, chapitre un, « Télémaque ».)

« Ils sont assez forts, en fait, dis-je. L'autre jour, l'un d'eux a utilisé le mot "obséquieux" dans une conversation.

— Ne fais pas ta maligne. Ce sont des êtres doués de pensée ?

— Oui.

— Pas des lemmings ? Pas des bouillottes ? Pas des crétins, des têtes de nœud, des néo-nazis ? Ni des anarchistes ni des antéchrists ? Ni de jeunes endormis qui s'imaginent être les premiers "zincompris" de l'humanité ? C'est triste, mais la jeunesse américaine est aussi creuse qu'un coussin en mousse de polyuréthane.

— Papa. Ça suffit.

— Tu es sûre ? Méfie-toi des plantes toxiques.

— Oui.

— Dans ce cas. » Il fronça les sourcils tandis que je me hissais sur la pointe des pieds pour embrasser sa joue rugueuse avant de me diriger vers la porte. C'était dimanche, et Jade avait le coude posé sur le klaxon. « Passe un bon moment avec tes *copains*, dit-il en soupirant de façon un peu exagérée, sans que j'y accorde la moindre importance. Comme dit ton cher Joyce : "Si les autres ont leur Will, Anne a la manière." »

En quelques occasions, Jade, Lu et moi partîmes d'un éclat de rire, par exemple le jour où elles m'invitèrent à m'encanailler au centre

141

commercial et qu'une bande de débiles à qui on voyait le caleçon nous suivit dans le Blue Crest Mall avec un sourire idiot (« C'est bien ce que je craignais : des rascasses », fit Jade en les observant depuis le rayon chouchous de chez Boucles et Babioles) ou quand Jade débattit des secrètes dimensions du cierge de Nigel (« Vu sa taille, ça doit être un concentré de puissance ! » ; « Oh, mon Dieu », dit Lu en mettant une main devant sa bouche) ou bien encore, un jour où nous allions chez Hannah, quand, Jade et moi, nous grattâmes « une croûte » (elle nommait ainsi tout « mâle moche de plus de quarante ans ») qui avait eu le culot de zigzaguer devant elle dans une Volkswagen. (Pour l'imiter, je baissai ma vitre afin de sortir la main, et mes cheveux — désormais d'une fascinante couleur bornite, élément chimique numéro 29 — flottèrent dans le vent.)

Dans ces moments-là, je pensais : « Peut-être que ce sont de vraies amies, peut-être qu'un jour, à trois heures du matin, après un dîner, je leur avouerai la supériorité du sexe sur la tourte à la rhubarbe, et qu'on se téléphonera pour parler de la communauté de mobile homes pour retraités à Tuskawalla, de notre mal au dos et de nos maris au crâne chauve comme une carapace de tortue », mais juste après ça, leurs sourires disparaissaient comme les supports visuels d'un tableau d'affichage où il manque une punaise. Elles me lançaient alors un regard énervé, à croire que je venais de leur jouer un sale tour.

Elles étaient chargées de me ramener chez moi. Depuis la banquette arrière, je m'efforçais de deviner la conversation en lisant sur leurs lèvres, car le CD de heavy metal m'écorchait les oreilles (je décodais vaguement des mots comme « à plus », « hyper chaud, le type », mais je savais très bien que, n'ayant rien dit de renversant — il faut préciser que j'étais aussi détendue qu'une robe à smocks —, elles me déposeraient comme un sac de linge sale et repartiraient dans la nuit chuchotante avec son ciel prune et ses montagnes noires aux aguets par-dessus la cime des pins. Dans un endroit tenu secret, elles allaient rejoindre Charles, Nigel et Black, le surnom de Milton, pour se faire peloter, et pousser des voitures par-dessus des falaises, vêtues de blousons en cuir aux armes de T-BIRD ou de PINK LADY).

« Astalouégo », jetait Jade dans ma direction tout en se remettant du rouge à lèvres, un œil sur le rétroviseur. Je claquais la portière et hissais mon sac à dos sur l'épaule.

Leulah faisait un geste de la main.

« À dimanche », disait-elle gentiment.

Je rentrai chez moi d'un pas lourd, tel un vétéran qui aurait souhaité que la guerre dure plus longtemps.

« Mais pourquoi as-tu jugé indispensable de faire des achats dans un magasin qui s'appelle "Bronzer aux Bahamas" ? » me cria papa de la cuisine en revenant de son rendez-vous avec Kitty. Il apparut dans l'embrasure du salon avec le sac en plastique orange que j'avais jeté par terre dans l'entrée, comme s'il tenait un hérisson mort.

« Bronzage de Bali », dis-je d'un ton morne sans lever la tête du livre que j'avais prestement attrapé sur une étagère, *La mutinerie sud-américaine de Joven* (Gonzales, 1989).

Papa acquiesça et décida sagement de ne pas pousser plus loin son enquête.

Il y eut un tournant décisif. (Et je suis sûre que Hannah en fut responsable, même si son rôle, ce qu'elle leur avait forcément lancé ou offert — un ultimatum, un pot-de-vin ou une de ses suggestions —, ne fut jamais éclairci.)

Le premier vendredi d'octobre, lors de ma sixième heure de cours, par une journée fraîche et limpide qui scintillait comme une voiture propre, Mr. Moats, notre professeur de dessin, nous pria d'aller avec nos crayons et nos croquis « à la recherche de nos montres molles ! », ouvrant grand la porte comme s'il libérait des mustangs et faisant un geste de toréador, si bien que, pendant quatre secondes, il ressembla à un danseur de flamenco en pantalon moulant vert olive. Lentement, paresseusement, nous flottâmes en direction de la sortie pour nous disperser sur le campus avec nos feuilles géantes. Incapable de trouver un sujet, j'errai un quart d'heure avant de porter mon choix sur un paquet décoloré de M&Ms sous un lit d'aiguilles de pin derrière Elton. Assise sur le muret en ciment, j'étais en train de tracer timidement mes premiers traits quand j'entendis une démarche traînante dans l'allée. Au lieu de passer près de moi, la personne s'arrêta.

« Salut, toi », fit-il.

C'était Milton. Il avait les mains dans les poches, et ses cheveux longs dansaient le mambo sur son front.

143

« Salut », dis-je, sans qu'il réponde ou sourie. Il se contenta de s'incliner vers mon carnet à dessin pour inspecter mes traits de crayon comme un professeur se délecte de votre prose par-dessus votre épaule lors d'un devoir sur table.

« Qu'est-ce que tu fais dehors ? demandai-je.

— Oh, je suis malade, dit-il en souriant. Je vais à l'infirmerie, et puis je rentre chez moi. »

Une précision : si Charles était le Casanova de St-Gallway, populaire parmi les filles, les garçons et les pom-pom girls, Milton, avais-je appris, était le modèle du chic et du bizarre. En anglais avancé, Macon Campins, une fille qui dessinait à l'encre indélébile sur ses paumes des motifs en forme de tatouages au henné, prétendait être follement amoureuse de lui et, avant le début du cours — marqué par l'apparition d'une Miss Simpson énervée qui marmonnait de plus en plus fort : « Pas de toner, rien que des ramettes de papier, même pas d'agrafes, dans cette école, non, dans ce pays, non, dans le monde entier, tout part à vau-l'eau » —, Macon discutait du mystérieux tatouage de Milton avec sa meilleure amie, Engella Grand : « Je crois qu'il l'a fait lui-même. J'ai bien regardé son bras quand il a remonté sa manche en cours de biologie. Et je suis presque sûre que ça représente une immense marée noire. Comme c'est sexy... »

Moi aussi, je percevais en Milton quelque chose de secret et de sexuel qui me mettait en état d'ébriété dès que je me trouvais seule en sa compagnie. Un jour où je rinçais les assiettes avant de charger le lave-vaisselle de Hannah, il surgit avec sept verres à eau dans ses grosses mains et, comme il se penchait vers moi pour les poser au milieu de l'évier, mon menton frôla son épaule. Qui était humide et chaude comme une serre. Je crus défaillir. « Désolé, Bleue », dit-il en s'écartant. Dès qu'il prononçait mon nom, ce qui arrivait souvent (si souvent que ça frisait la moquerie), on aurait dit qu'il jouait au yo-yo avec, ou qu'il l'étirait comme un bout d'élastique : Bleuuuuuuue.

« Tu es prise ce soir, Bleue ? me demanda-t-il.

— Oui », répondis-je, même s'il n'eut pas l'air d'écouter ma réponse. (Je pense qu'ils avaient tous compris que, sauf si Hannah dépêchait un prétendant, personne ne sonnait jamais à ma porte, et ils n'avaient pas tort.)

« On va chez Jade, si tu veux venir. Je lui dirai de passer te chercher. Ça risque d'être chaud. Faudra que tu tiennes le choc. »

Puis il s'éloigna dans l'allée.

« Je croyais que t'étais malade », dis-je à voix basse, mais il m'entendit, car il se retourna, revint sur ses pas et me fit un clin d'œil en déclarant : « Je me sens déjà mieux. »

Puis il se mit à siffler et, resserrant le nœud de sa cravate écossaise verte et bleue comme s'il allait à un entretien d'embauche, il ouvrit les portes à l'arrière d'Elton pour disparaître dans le bâtiment.

Jade habitait une monstrueuse demeure de trente-cinq pièces, un Tara version kitsch (qu'elle surnommait la pièce montée) perchée au sommet d'une colline dans un bled « parsemé de mobile homes et de gens sans molaires » plus connu sous le nom de Trash (109 hab.).

« La première fois qu'on la voit, on la trouve vulgaire », dit-elle joyeusement en poussant la lourde porte d'entrée. (Depuis que Jade était passée me chercher, elle ressemblait à un lutin tant elle était gaie, si bien que je me demandai quel genre de marché elle avait conclu avec Hannah. Il devait au moins lui garantir l'immortalité.)

« Alors voilà, dit-elle en resserrant le décolleté de sa robe en soie noire et blanche pour cacher son soutien-gorge jaune électrique. J'ai suggéré à Jefferson qu'elle mette à l'entrée des sacs hygiéniques comme dans les avions. Mais elle n'en a pas encore trouvé. Non, tu n'hallucines pas, c'est bien Cassiopée. Dans la salle à manger, il y a la Petite Ourse, et Hercule à la cuisine. Jefferson rêvait d'avoir au plafond les constellations de l'hémisphère Nord. Il faut dire qu'à l'époque où elle faisait décorer la maison, elle fréquentait ce type, Timber, un astrologue qui lisait dans les rêves, et le temps que Timber la largue et qu'elle se dégote Gibbs, un Anglais qui détestait ces saloperies de lumières clignotantes — "Mais comment tu vas changer les ampoules, putain ?" —, c'était trop tard. Les électriciens avaient déjà fini la couronne boréale et la moitié de Pégase. »

L'entrée, blanc sur blanc sur blanc, avait un sol en marbre si glissant qu'on aurait pu y réaliser sans difficulté des triples saltos et des doubles boucles piquées. Je regardai Cassiopée scintiller sur le plafond bleu ciel, lequel fredonnait la note acide des rayons surgelés. D'ailleurs, il faisait glacial.

« Non, tu n'es pas en train d'attraper froid. Vivre dans une atmosphère fraîche interrompt, et parfois même inverse le processus de vieillissement, c'est pour ça que Jefferson interdit que le thermostat dépasse cinq degrés dans la maison. » Jade jeta les clés de la voiture sur la grosse colonne corinthienne près de la porte, où se trouvait déjà de la monnaie, un coupe-ongles et des brochures pour un cours de méditation au « Centre Suwanee pour la vie intérieure ». « Toi, je ne sais pas, mais moi, il me faut un cocktail. Il n'y a encore personne, les autres sont en retard, ces connards, alors je vais te faire visiter. »

Jade nous prépara des mudslingers, la première boisson alcoolisée de ma vie — doux, mais qui vous arrachait la gorge d'une façon fascinante. Nous commençâmes la visite guidée. La maison était décorée et sale comme un asile de nuit. Sous les constellations étincelantes (la plupart avec des étoiles éteintes, des supernovas et des naines blanches), presque toutes les pièces se ressemblaient, malgré les noms très précis que leur attribuait Jade (la salle de jeu, le musée, l'atelier de dessin). Ainsi, on pouvait admirer dans la salle impériale un vaaaaase persan et quelques grands portraits d'un « type du dix-huitième, monsieur-truc-muche-ou-machin-chose » ; mais aussi un chemisier en soie bleue taché sur l'accoudoir d'un sofa, une basket à l'envers sous un tabouret et, sur une table basse dorée, d'horribles boules de coton qui avaient servi à retirer du vernis à ongles rouge sang et gisaient à présent en une grappe misérable et solidaire.

Elle me montra la salle de télévision (« trois mille chaînes, mais pas une de potable »), la salle des jouets qui contenait un cheval cabré grandeur nature récupéré sur un manège (« Je te présente Mange-Tout ») et la salle Shanghai, vide à l'exception d'un grand bouddha en bronze et d'une douzaine de cartons. « Hannah apprécie qu'on se débarrasse de ses biens matériels. Je passe mon temps à apporter des trucs aux magasins de charité. Tu devrais songer à faire pareil. » Au sous-sol, protégée par la constellation des Gémeaux, se trouvait la salle Jefferson (« où ma mère rend hommage à son âââââââge d'or »). C'était une pièce équipée d'un écran aussi grand que dans un drive-in, avec une moquette couleur travers de porc et des murs lambrissés où étaient affichées une trentaine de publicités pour des marques comme le parfum Oh !, les sous-vêtements en Soie Glissante™, les Bottes de Sept Lieues, et Paradis Orange light^R, parmi divers autres produits moins connus. Sur chaque affiche, une femme aux cheveux carotte et au sourire en banane évoluait sur le fil entre l'extase et la folie (voir chapitre 4, « Jim Jones », *Don Juan de Mania,* Lerner, 1963).

« C'est ma mère, Jefferson. Tu peux l'appeler Jeff. »

Jade fronça les sourcils en promenant les yeux sur les publicités pour les Vita Vitamines où Jeff, munie de bracelets en éponge bleue, faisait un plongeon au-dessus de VITA VITAMINES, LA VOIE VERS UNE VIE MEILLEURE.

« Elle a eu ses deux minutes de célébrité à New York en 1978. Tu vois la façon dont sa coiffure s'incurve vers le haut pour se terminer juste sous l'œil ? C'est elle qui a lancé la mode. Quand elle est sortie comme ça, tout le monde est devenu dingue. On a appelé ça la guimauve à la carotte. Elle était amie avec Andy Warhol, aussi. Je crois même qu'elle avait le droit de le voir sans perruque. Oh, attends. »

Elle s'approcha de la table placée sous une affiche pour les saucisses épicées Sir Albert (« Si c'est bon pour les nobles, c'est bon pour vous ») et attrapa une photo encadrée de Jefferson, apparemment récente.

« C'est son portrait pour les cartes de Noël de l'an dernier. »

La dame avait fort progressé dans la quarantaine et de toute évidence, à sa grande panique, ne pouvait revenir sur ses pas. Elle conservait son sourire en banane, mais cette dernière s'écrasait sur les bords, et ses cheveux ne contenaient plus assez d'énergie cinétique pour une guimauve à la carotte : ils frisaient sur sa tête comme des iris Red Zinger. (Si papa l'avait rencontrée, il n'aurait pas hésité à la traiter de « Barbarella sur le retour ». Ou alors, il aurait sorti l'une des remarques acidulées qu'il réservait aux femmes consacrant presque toute leur semaine à vouloir arrêter la fuite du temps, comme si le temps était un troupeau d'étalons : « un M&Ms rouge qui fond dans la main » ou « une tarte à la fraise moisie ».)

Jade me regardait intensément, les bras croisés et les yeux plissés.

« Elle est très jolie, dis-je.

— Ouais, jolie comme Hitler. »

Après notre tour, nous nous retirâmes dans le Salon Pourpre « où Jefferson apprend vraiment à connaître ses petits amis, si tu vois ce que je veux dire. Évite le canapé cachemire près de la cheminée ». Les autres n'étaient toujours pas arrivés et, après avoir à nouveau confectionné des mudslingers et mis un disque de Louis Armstrong sur le vieux gramophone, Jade finit par s'asseoir, même si ses yeux voletaient dans la pièce comme deux canaris. Elle regarda l'heure une quatrième fois, puis une cinquième.

« Ça fait combien de temps que tu habites ici ? » demandai-je, espérant instaurer une complicité afin que les autres, à leur arrivée, assistent à notre duo favori, « Just Two Little Girls from Little Rock », avec Jade en Marilyn plus maigre et plus méchante donnant la réplique à une Jane Russell indéniablement plus plate. Mais, à ma grande déception, nous n'étions visiblement pas près de devenir amies intimes.

« Trois ans, dit-elle d'un ton distrait. Mais où ils sont passés, putain ? Je déteste que les gens soient en retard. Black, cet *escroc*, m'avait promis d'être là à sept heures, se plaignit-elle, non à moi, mais au plafond. Je vais le castrer. » (Orion, sous laquelle nous étions assises, avait plusieurs ampoules cassées, si bien qu'il était sans tête ni jambes. Il ne lui restait qu'une ceinture.)

Ils arrivèrent affublés d'accessoires — colliers de perles en plastique et couronnes de fast-food. Charles portait une vieille veste d'escrime, Milton un blazer marine en veloutine. Nigel se laissa aller dans le canapé en cuir et posa les pieds sur la table basse, Leulah envoya des baisers pour saluer Jade quand je dus me contenter d'un sourire, puis elle glissa vers le bar, les yeux vitreux et rouges. Milton s'approcha d'une boîte sur le bureau dans un coin de la pièce et en sortit un cigare.

« Jade, où est le coupe-cigare ? » demanda-t-il en le humant.

Elle tira sur sa cigarette et lui lança un regard noir. « Tu as dit que tu serais à l'heure, or tu es en retard. Je te haïrai jusqu'à ta mort. Tiroir du haut. »

Il émit un gloussement étouffé, comme s'il avait la tête sous un oreiller, et je compris que j'avais envie qu'il me dise quelque chose du genre « Ravi que tu aies pu venir » ou bien « Salut, Bleuuuuuuue », mais il n'en fit rien. J'étais invisible à ses yeux.

« Bleue, qu'est-ce que tu dirais d'un dirty martini ? me proposa Leulah.

— Ou autre chose, renchérit Jade.

— Un Shirley Temple, suggéra Nigel avec un sourire narquois.

— Un cosmo ? lança Leulah.

— Il y a aussi du lait au frigo, dit Nigel, pince-sans-rire.

— Un... un dirty martini serait parfait. Merci. Avec trois olives, je vous prie. »

« Avec trois olives, je vous prie » était une réplique d'Eleanor Curd, l'héroïne aux yeux émeraude qui faisait frissonner les hommes de désir dans *Le retour aux cascades* (DeMurgh, 1990), un livre chapardé au fond du sac en cuir doré de la Sauterelle Rita Cleary quand j'avais douze ans. (« Où est passé mon bouquin ? » répéta-t-elle à papa pendant des jours comme une folle évadée de l'asile. Elle avait inspecté nos canapés, tapis et placards, parfois même à quatre pattes, désespérée à l'idée de ne jamais connaître le sort réservé à Eleanor : retrouverait-elle Sir Damien, ou resteraient-ils séparés parce qu'il croyait qu'elle croyait qu'il croyait avoir engrossé une sale commère ?)

Sitôt que Leulah m'eut tendu mon martini, je fus oubliée comme la ligne bis sur le standard d'une grande entreprise.

« Alors comme ça, Hannah avait un rendez-vous galant ce soir ? lança Nigel.

— Mais non, dit Charles en souriant, même s'il se raidit de façon presque imperceptible, comme s'il y avait un dard sur son siège.

— Mais si, dit Nigel. Je l'ai vue après les cours. Elle était en rouge.

— Ça alors », fit Jade en exhalant une bouffée.

Ils continuèrent à parler de Hannah. Jade répéta ce qu'elle m'avait dit sur les boutiques de charité et ces « porcs de *bourgeois** », des termes qui me stupéfièrent (je n'avais pas entendu cette expression depuis que papa et moi avions lu, en traversant l'Illinois, *Trips à l'acide : désillusions de la contre-culture des années soixante* d'Angus Hubbard [1989]), même si j'ignorais à qui elle faisait référence, incapable que j'étais de me concentrer sur la conversation, tout à coup comparable à la petite ligne cruellement floue en bas du tableau de test oculaire. Je ne me reconnaissais pas. J'étais un tourbillon de poussière interstellaire, un brouillard de matière noire, un parfait exemple de relativité générale.

Je me levai pour tenter d'atteindre la porte, mais j'avais l'impression de demander à mes jambes de faire le tour de l'univers pour le mesurer.

« Mon Dieu, surgit la voix de Jade, allez savoir d'où. Qu'est-ce qu'elle a ? »

Le sol me transmettait des ondes sur diverses fréquences.

« Qu'est-ce que tu lui as fait boire ? demanda Milton.

— Rien. Un mudslinger.

— Je t'avais dit de lui filer du lait…, fit Nigel.

— Je lui ai donné un martini », ajouta Leulah.

Tout à coup, j'observais les étoiles couchée par terre.

« Elle va mourir ? demanda Jade.

— On devrait l'emmener à l'hôpital, dit Charles.

— Ou appeler Hannah, fit Lu.

— Tout va bien », dit Milton en se penchant sur moi. Ses cheveux noirs en vrilles ressemblaient à des tentacules de poulpe. « Laissons-la cuver. »

Un tsunami de nausée envahit mon estomac, à la mesure de l'eau noire qui s'engouffra dans la grande salle bordeaux du *Titanic*, scène racontée par Herbert J. D. Lascowitz dans l'une des autobiographies préférées de papa, *Tête de salaud et jambes de lâche* (1943). À l'âge de quatre-vingt-dix-sept ans, il confessa enfin son geste diabolique à bord du paquebot légendaire : il avait étranglé puis déshabillé une inconnue afin de lui voler ses vêtements et de se faire passer pour une femme enceinte, s'assurant ainsi une place dans l'un des deux canots de sauvetage restants. Je tentai de rouler sur le côté pour me relever, mais le tapis et le canapé chavirèrent et, comme un éclair frappant à quelques centimètres de mes pieds, je vomis. À la manière d'un personnage de dessin animé, je vomis sur la table, le tapis et le canapé cachemire près de la cheminée, les sandales Dior en cuir noir de Jade et le livre posé en évidence sur la table basse, *Bénis soient les téléobjectifs : photos de stars dans leur jardin* (Miller, 2002). Il y avait même de petites éclaboussures très reconnaissables sur les revers du pantalon de Nigel.

Tous me dévisageaient.

Et là, à ma grande honte, mes souvenirs plongent dans le néant (voir figure 12, « Falaise de plaque tectonique », *Relief océanique*, Boss, 1977). Je me rappelle quelques phrases (« Et si sa famille portait plainte ? »), ainsi que des yeux qui m'observaient comme si je venais de tomber dans un puits.

Mais ce n'est pas très grave, car le dimanche suivant chez Hannah, où ils m'appelaient déjà Haut-le-Cœur, Dégueulette, Gerbeuse ou encore Olives, chacun y alla de sa prose pour me raconter ce qui s'était passé. D'après Leulah, j'avais perdu connaissance sur la Pelouse Sud. Jade prétendait que j'avais marmonné une phrase en espagnol : « *El perro que no camina, no encuentra hueso* », autrement dit : « Un chien qui ne marche pas ne trouve pas d'os », puis que mes yeux s'étaient révulsés, et qu'elle avait cru que j'allais mourir. Milton me dit que je m'étais « foutue à poil ». Nigel affirma que j'avais « fait la fête comme Tommy Lee pendant la tournée "Theater of Pain" de Mötley Crüe ». Charles roula des yeux à l'énoncé de ces versions, ces « travestissements grotesques de la réalité ». Il déclara que je m'étais approchée de Jade et que nous avions fidèlement rejoué son film préféré, le chef-d'œuvre culte du réalisateur français fétichiste Luc-Shallot de la Nuit, *Les salopes vampires et lesbiennes de Cherbourg** (Prod. Petit Oiseau, 1971).

« Il y a des types qui rêvent de ce spectacle toute leur vie, alors merci, Dégueulette. Vraiment, merci. »

« Apparemment, vous vous êtes bien amusés, conclut Hannah avec un sourire et des yeux pétillants tandis qu'elle sirotait un verre de vin. Je ne veux pas en savoir plus. Cela ne sied pas aux oreilles d'un professeur. »

Je reste à jamais incapable de savoir quelle version je préfère.

Suite à mes surnoms, tout changea.

Papa prétendait que ma mère, cette femme qui, « quand elle entrait dans une pièce, coupait le souffle à tout le monde », était toujours d'humeur égale, quels que soient l'endroit où elle se trouvait et la personne à qui elle parlait. Parfois, papa ignorait si elle bavardait avec sa « meilleure amie d'enfance à New York ou un démarcheur par téléphone, tant elle faisait preuve du même enthousiasme ».

« Croyez-moi, je serais enchantée d'un nettoyage de moquette — votre produit a de toute évidence l'air formidable — mais je dois vous avouer que nous n'avons pas de moquette. » « Elle était capable de s'excuser pendant des heures », concluait papa.

Par conséquent, je trahis ma mère car, je dois l'admettre, une fois amie avec eux, quand Milton, juste après le rassemblement du matin, hurlait « Dégueulette ! » et que tous les élèves se figeaient sur place, comme s'ils s'apprêtaient à effectuer un exercice de secourisme, je devins différente. Non que, en une nuit, je me sois métamorphosée en fille mal embouchée et tyrannique qui vient de débuter dans la chorale et se retrouve catapultée première chanteuse ; néanmoins, mon arpentage nonchalant des couloirs de Hanover entre la troisième et la quatrième heure de cours avec Jade Whitestone (« Je suis claquée », soupirait-elle en crochetant le coude autour de mon cou comme Gene Kelly autour d'un réverbère dans *Chantons sous la pluie*) était un moment d'anthologie pour les paparazzi. Je crus alors comprendre ce que Hammond Brown, l'acteur de *Happy Streets*, le succès de 1928 à Broadway (plus connu dans les années folles sous le surnom de « Menton »), voulait dire quand il expliquait que « le regard du public est doux comme la soie » (*Ovation*, 1952, p. 269).

Ainsi, quand, après les cours, papa venait me chercher et que nous avions une dispute au sujet de mes cheveux « en guirlande de Noël » ou d'une dissertation un peu osée — « Tupac : Portrait d'un poète moderne romantique », pour laquelle j'avais obtenu un B moqueur (« La terminale n'est pas le bon moment pour te transformer en bohème révolutionnaire »), il se produisit quelque chose d'étrange. Avant mon amitié avec Le Sang Bleu, comme je battais en retraite dans ma chambre après une altercation avec papa, je me sentais toujours floue : je ne savais plus où commençait et où s'achevait mon corps. À présent, je continuais à percevoir ma silhouette — une fine ligne noire tout à fait respectable.

Miss Gershon, du cours de physique avancée, sentit elle aussi le changement, quoique à un niveau subconscient. Ainsi, à mon arrivée à St-Gallway, quand je levais la main pour poser une question, elle mettait du temps à me remarquer : je me fondais dans la masse des paillasses, des fenêtres et du portrait de James Joule. Désormais, au bout de trois, peut-être quatre secondes, ses yeux s'amarraient à moi. « Oui, Bleue ? » Idem avec Mr. Archer — qui avait cessé tout délire sur mon nom. « Bleue », disait-il, non d'une voix chevrotante ou gênée, mais avec une foi intense (comme lorsqu'il évoquait Léonard de Vinci). Et, le regard de Mr. Moats, quand il s'approchait de mon chevalet pour examiner mon croquis, glissait presque toujours du dessin à ma figure, comme si j'étais plus intéressante que mes quelques traits tremblotants sur du papier.

Même Sal Mineo remarqua la différence. Elle était donc bien réelle.

« Méfie-toi », me souffla-t-il pendant le rassemblement du matin.

Je jetai un coup d'œil à son profil en fer forgé et à son regard terne de veau.

« Je suis heureux pour toi », dit-il sans quitter des yeux l'estrade où Havermeyer, Eva Brewster et Hilary Leech dévoilaient la nouvelle maquette de la *Gallway Gazette* : « Couverture en couleur et publicités », disait Eva. Sal déglutit, et sa pomme d'Adam, comprimée dans son cou comme un ressort métallique de vieux canapé, tremblota, monta et descendit. « Ils ne savent faire que du mal aux autres.

— De quoi tu parles ? » demandai-je, agacée par ses paroles ambiguës, mais il ne répondit pas et, quand Evita prononça la fin du rassemblement, il disparut dans l'allée comme un roitelet quitte un lampadaire.

Eliaya et Georgia Hatchett, les jumelles de l'étude en bibli, ces grandes critiques sociales de notre temps (Nigel et Jade, qui étaient avec elles en espagnol, les appelaient Blanc Bonnet et Bonnet Blanc), se mirent à dire toutes sortes de saloperies sur mon affiliation au Sang Bleu. Depuis toujours, elles déblatéraient sur Jade et les autres en tartinant tout le monde de leur voix pâteuse depuis le fond de la salle, près de la fontaine d'eau et des nouveautés de la bibliothécaire Hambone, d'où montait leur grésillement de pommes de terre poêlées.

Le plus souvent, je les ignorais, même quand les mots « bleu » et « chut, elle va t'entendre » sifflaient dans ma direction comme deux vipères du Gabon. Mais lorsque j'avais fini mon travail, je demandais à Mr. Fletcher l'autorisation de me rendre aux toilettes et me glissais dans la rangée 500, puis dans la section 900, « biographies », plus dense, où je comblais les trous avec les ouvrages des 600 afin de ne pas être repérée. (Miss Hambone, si vous me lisez, acceptez mes excuses pour avoir, deux fois par semaine, pris le volumineux *Faune d'Afrique* de H. Gibbons [1989] dans la section 650 pour le ranger juste au-dessus de *Très chère maman* [Crawford, 1978] et *Célébrité : ma vie avec Cary Grant* [Drake, 1989]. Non, vous n'étiez pas folle.)

« Alors comme ça, tu ne veux pas entendre la cerise sur le gâteau, le scoop, le joyau de la couronne, plus fort que la vidéo de Paris Hilton, que les abdos de Madonna *après** le Hatha yoga », elle prit une petite bouffée d'air et déglutit, « que Ted Dawson *après** ses implants capillaires, que Jennifer Lopez *avant** Gigli, que Ben *avant** J-Lo mais *après** sa cure pour addiction au jeu, que Matt *après**…

— Tu te prends pour un poète visionnaire ou quoi ? demanda Bonnet Blanc en levant les yeux de *Celebrity Hebdo*. J'y crois pas.

— Très bien, Elena Topolos.

— Elena Topolos ?

— Une fille de troisième très brune qui ferait bien de s'épiler la moustache. Elle m'a dit que la Bleue est une autiste. Et aussi qu'à cause d'elle, on vient de perdre un homme.

— Hein ?

— Muscle Bandé. Il est dingue d'elle. Tout le monde le sait. Les membres de l'équipe de foot l'appellent Aphrodite, mais il s'en fout. Lui et Bleue ont un cours en commun, et on l'a vu fouiller dans la corbeille pour récupérer un papier qu'elle avait jeté, uniquement parce qu'elle l'avait touché.

— Et alors ?

— Il lui a demandé d'être son cavalier à la fête de Noël.

— QUOI ? » s'égosilla Bonnet Blanc.

Mr. Fletcher leva les yeux du *Vrai défi des amateurs de mots-croisés* (Albo, 2002) et lança un regard désapprobateur à Bonnet Blanc et Blanc Bonnet. Elles restèrent de marbre.

« Il reste trois mois avant la fête, dit Bonnet Blanc en grimaçant. Ce soir-là, c'est un véritable carnage dans l'école. Les filles tombent enceintes, se font choper avec de l'herbe et se massacrent les cheveux — du coup, on se rend compte que c'était leur seul atout, d'autant qu'elles ont des oreilles affreuses. C'est bien trop tôt pour demander ça ! Il a pété les plombs ou quoi ? »

Bonnet Blanc acquiesça.

« Il est accro. Lonny, son ex, est furieuse. Elle a juré de lancer un djihad contre le cul de la Bleue avant la fin de l'année.

— Ouille... »

Papa adorait la loi empirique selon laquelle « parfois, même les imbéciles ont raison », mais je fus malgré tout surprise quand, le lendemain, alors que je récupérais des livres dans mon casier, un garçon de mon cours de physique avancée passa devant moi non pas une fois, mais trois, sourcils froncés, apparemment absorbé par le livre immense qu'il tenait entre ses mains, et dans lequel, au deuxième passage, je reconnus notre manuel, *Fondamentaux de physique* (Rarreh & Cherish, 2004). Je crus qu'il attendait Allison Vaughn, la discrète et pourtant populaire fille de terminale dont le casier était voisin du mien, une fille au pâle sourire et aux cheveux lissés, mais, lorsque je claquai la porte de mon casier, il se tenait derrière moi.

« Salut, dit-il. Je m'appelle Zach.

— Bleue », fis-je dans un spasme.

Il était grand, bronzé et terriblement américain : un menton carré, de grandes dents bien droites, et des yeux d'un bleu jacuzzi ridicule. Je savais un peu, grâce aux bavardages en TP, qu'il était timide, assez drôle (ma partenaire, Krista, négligeait systématiquement nos expériences pour rire bêtement à tout ce qu'il disait) et capitaine de l'équipe de foot. Il avait pour partenaire Lonny ; sa soi-disant ex, co-capitaine des pom-pom girls de Gallway, une fille avec des cheveux platine très fins, un bronzage artificiel et une aptitude certaine à casser le matériel. Chambres à brouillard, potentiomètres, baguettes électrostatiques et pinces crocodiles, rien ne lui résistait. Le lundi, quand nous inscrivions nos résultats au tableau blanc, Miss Gershon dénigrait systématiquement ceux de Lonny et de Zach, qui insultaient la science moderne en discréditant la constante de Planck, en sapant la loi de Boyle et en faisant passer la théorie de la relativité de $E = mc^2$ à $E = mc^5$. D'après Bonnet Blanc et Blanc Bonnet, Lonny et

155

Zach avaient commencé à sortir ensemble en sixième, et depuis quelques années s'adonnaient à du « sexe lionesque » le samedi soir dans la suite 222 « lune de mieeeeeelle » du Dynasty Motel sur Pike Avenue.

Bien sûr, il était beau, mais, comme l'avait un jour dit papa, certaines personnes naissent à la mauvaise époque — non à cause de leur intellect, mais parce qu'un trait de leur visage correspond davantage à la période victorienne qu'à la leur. Or, ce garçon était né vingt ans trop tard. Il avait d'épais cheveux bruns comme une soucoupe volante au-dessus des yeux — le genre à inspirer les filles pour leur robe de bal et à être inscrit au country club. Peut-être avait-il un diamant caché derrière l'oreille, un gant à paillettes, et une bonne chanson à condition d'être aidé par trois synthétiseurs, mais personne ne le saurait jamais, parce que les gens nés dans la mauvaise décennie ne faisaient jamais rien de leur vie, ils se contentaient de flotter dans l'oubli (voir *Reposez en paix,* Milli Vanilli).

« J'espérais que tu m'aiderais, dit-il en observant ses chaussures. J'ai un gros problème. »

Sans comprendre pourquoi, j'étais terrorisée.

« Hein ?

— Il y a une fille…, soupira-t-il en accrochant les pouces à la boucle de sa ceinture. Elle me plaît. Ouais, beaucoup. » Il avait l'air gêné, le menton baissé, les yeux fixés sur moi. « Je ne lui ai jamais parlé. Jamais dit un mot. En temps normal, ça me poserait pas de problème, en temps normal, j'irais la voir, je lui offrirais d'aller manger une pizza… ou voir un film… Mais là… Elle me démonte. »

Il passa la main droite dans sa chevelure absurdement démêlée, comme s'il faisait de la pub pour un shampooing. Sa main gauche serrait toujours notre manuel de physique, qui, pour une mystérieuse raison, était ouvert à la page 123, celle du grand diagramme d'une boule plasma. Je pouvais lire, à l'envers, autour de son bras : « Le plasma est le quatrième état de la matière. »

« Alors je me suis dit, reprit-il avec un haussement d'épaules. Que ça doit pas arriver. Si on n'est même pas capable de parler à quelqu'un, comment on peut… il faut avoir confiance en la personne, c'est le plus important. Mais…, s'interrompit-il en fronçant les sour-

156

cils, son regard filant jusqu'à la SORTIE, chaque fois que je la vois, je me sens, je me sens... »

Je ne pensais pas qu'il allait continuer mais, tout à coup, il fit un grand sourire.

« Putain. Tellement bien. »

Son sourire délicat comme un bouquet de bal lui éclairait le visage.

C'était à moi de parler. Je sentais des mots coincés dans ma gorge — conseils, commentaires, une remarque cinglante tirée d'une comédie tordue —, mais ils s'aggloméraient puis disparaissaient comme du céleri dans un broyeur d'évier.

« Je... je », commençai-je.

Je sentais son haleine à la menthe sur mon front tandis qu'il m'observait de ses yeux de piscine gonflable pour enfant (bleu-vert avec des traces jaunâtres). À croire que j'étais un chef-d'œuvre encrassé dans un grenier, et qu'il cherchait à deviner mon auteur d'après l'utilisation des couleurs, des ombres, et la direction des coups de pinceau.

« Gerbeuse ? »

Je me retournai. Nigel avançait pas à pas vers nous, visiblement amusé.

« Je ne peux rien pour toi, alors si tu veux bien m'excuser... », lâchai-je abruptement, et je me glissai le long de son épaule et du manuel de physique. Je ne me retournai pas, ni en rejoignant Nigel à hauteur du tableau d'allemand, ni à la SORTIE. Il était sans doute toujours dans le couloir, désemparé comme un présentateur de JT dont le téléprompteur vient de tomber en panne.

« Qu'est-ce qu'il voulait, le Chippendale ? » me demanda Nigel en descendant l'escalier.

Je haussai les épaules.

« Va savoir. Je n'ai pas compris où il voulait en venir.

— T'es vraiment atroce », rit Nigel — un bruit de crissement de pneu — avant de passer son bras sous le mien. Nous étions Dorothy et le Lion Peureux dans *Le magicien d'Oz*.

De toute évidence, quelques petits mois plus tôt, j'aurais été stupéfaite, voire transcendée à l'idée que cet *El Dorado* m'aborde avec un long discours sur *Une fille*. («Toutes les histoires du monde se résument à une fille», disait papa avec une pointe de regret en regardant *Le prince noir*, le documentaire primé sur l'enfance de Hitler.) Par le passé, j'avais eu moult désirs secrets en voyant un *El Dorado* traverser une foule d'élèves qui retenaient leur souffle, ou bien parcourir, tel un cow-boy solitaire, un terrain de foot désert — comme ce bon vieux Howie Easton de Clearwood Day, avec son menton creux et son trou du bonheur, qui aurait pu siffler *Der Ring des Nibelungen* de Wagner (1848-1874) s'il l'avait voulu (mais il ne le voulait pas). J'espérais, rien qu'une fois, chevaucher dans le désert avec lui, être, à la place de Kaytee Jones aux yeux d'Hawaïenne ou de Priscilla Pastor Owensby aux jambes infinies comme une autoroute, son Appaloosa favori.

Mais tout avait changé. À présent, j'avais les cheveux cuivrés et des lèvres collantes à la myrte, et, comme l'avait énoncé Jade le dimanche précédent chez Hannah : «Les types du genre Zach Soderberg sont mignons, c'est sûr, mais ils ont aussi peu de goût qu'un cracker sans sel. Quand tu en attrapes un, tu espères que ça sera Luke Wilson. Même Johnny Depp, avec ses costumes ahurissants aux cérémonies officielles, tu t'en contenterais. Mais, au final, tu te retrouves avec un cracker sans sel.

— Qui est-ce ? demanda Hannah.

— Un garçon de mon cours de physique, répondis-je.

— Un terminale très en vue, précisa Lu.

— Tu verrais sa crinière, fit Nigel. À mon avis, il s'est fait faire des implants capillaires.

— Eh bien, il s'accroche à la mauvaise branche. Parce que Dégueulette mouille déjà pour quelqu'un», annonça Jade avec un regard triomphant vers Milton.

Qui, à mon grand soulagement, coupait son poulet rôti danois au tournesol et sa galette de patates douces, et ne remarqua rien.

«Alors comme ça, Bleue brise les cœurs, dit Hannah en me faisant un clin d'œil. Ce n'est pas trop tôt.»

Je m'interrogeais sur Hannah.

Et je me sentais coupable, car les autres avaient en elle la confiance que l'on accorde à un vieux cheval, ou celle d'un enfant qui attrape une main pour traverser la rue.

Et pourtant, suite au piège que j'avais tendu à mon père, certains soirs, je me surprenais à décrocher de la conversation. J'observais la pièce comme un vagabond qui presse le nez contre une vitre. Je me demandais pourquoi elle s'intéressait tant à ma vie, à mon bonheur, à ma coupe de cheveux (« Adorable », déclarait-elle. « On dirait une fille paumée des années vingt », prétendait papa) ; pourquoi *nous* l'intéressions. Je m'interrogeais sur ses amis, sur la raison pour laquelle elle n'était pas mariée et n'avait fait aucune de ce que papa appelait les « conneries domestiques » (un 4 x 4, des gosses), ce « scénario de sitcom auquel tout le monde s'accroche pour donner un sens à sa vie avec rires en boîte ».

Chez elle, il n'y avait pas de photos. À l'école, je ne l'avais jamais vue parler à d'autres adultes, à part Eva Brewster, et encore, une seule fois. Certes, je la vénérais — surtout dans les moments où elle effectuait, pieds nus en plein milieu du salon, une petite danse idiote avec son verre de vin sur l'un de ses morceaux préférés, et que les chiens se mettaient à ressembler à des fans de Janis Joplin devant leur idole en train de chanter *Bobby McGee* (« Dans le temps, j'ai fait partie d'un groupe, dit-elle d'un air timide en se mordant la lèvre. J'étais chanteuse. Et j'avais les cheveux teints en rouge ») ; il n'empêche que me revenait sans cesse en tête l'ouvrage de l'éminent neurophysicien et criminologue, Donald McMather, *Comportements sociaux et cumulo-nimbus* (1998).

« Un adulte à l'intérêt marqué pour les jeunes ne peut être totalement sincère ni équilibré, écrivait-il page 424, dans le chapitre 22 intitulé "Le charme des enfants". Une attitude de ce genre dissimule souvent un dessein noir. »

LA MYSTÉRIEUSE AFFAIRE DE STYLES

J'appartenais au Sang Bleu depuis trois ou quatre semaines quand Jade s'en prit à mon absence de vie sexuelle avec la puissance d'un tank Sherman.

Non que j'aie jugé cette agression très sérieuse. Dans ce cas, j'aurais sans doute détalé comme les éléphants d'Hannibal à la bataille de Zama en 202 avant J.-C. (J'avais douze ans quand papa m'avait tendu sans un mot quelques ouvrages à lire et à méditer, dont *Culture de la honte et univers de l'ombre* par C. Allen [1993], *À mi-chemin entre les puritains et le Brésil : une sexualité saine* [Mier, 1990], sans oublier le terrifiant *Tout ce que vous ignorez sur la traite des Blanches* de Paul D. Russell [1996].)

« T'as jamais baisé, hein, Dégueulette ? » me lança un soir Jade en tapotant la cendre de sa cigarette dans le vaaaase bleu fêlé, telle une psy de cinéma qui, avec ses ongles en lames de rasoir et ses yeux plissés, espère que je vais lui confesser un crime.

La question retomba mollement comme le drapeau national quand il n'y a pas un souffle d'air. Évidemment, le Sang Bleu, y compris Nigel et Lu, voyait le sexe comme une charmante petite ville à traverser en flèche pour arriver à temps Quelque Part (je n'avais pas bien compris quelle était leur destination finale). Aussi-tôt, Andreo Verduga (en train de tailler des buissons torse nu) me vint à l'esprit, et je me demandai s'il était possible d'inventer en un instant une aventure torride à l'arrière de son pick-up (sur un tas d'herbe coupée, roulant sur des bulbes de tulipe, nos cheveux se prenant dans la tondeuse à gazon) mais je préférai m'abstenir.

« Les vierges communiquent leur manque de perspicacité et d'expérience avec la subtilité et le panache des vendeurs de bibles », écrivait l'humoriste britannique Brinkly Starnes dans *Une aventure à la Harlequin* (1989).

À mon silence, Jade répondit d'un hochement de tête entendu. « Bon, il va falloir s'occuper de ça », soupira-t-elle.

Suite à ce pénible aveu, chaque vendredi soir, papa m'ayant autorisé à dormir chez elle (« Cette Jade est l'une des *aficionados* de Joyce ? »), Jade, Leulah et moi, dans les tenues de soirée que Jefferson mettait en 1954, faisions une heure de voiture jusqu'à un bar de bord de route à Redville, juste après la frontière de la Caroline du Sud.

Le bar s'appelait le Saloon du Cheval Aveugle (OON VAL VEUG annonçait son néon rose agonisant), un endroit morne que tous les cinq fréquentaient depuis « des années » selon Jade, et qui avait la forme d'un énorme cake calciné (rectangulaire, noir, sans fenêtres) étalé sur une chaussée en biscuits imbibés. Avec des cartes d'identité grossièrement contrefaites (j'étais Roxanne Kaye Loomis, vingt-deux ans, yeux marron, un mètre soixante-huit, Vierge, donneuse d'organes et je faisais des études d'ingénieur option chimie à l'université de Clemson : « Dis que tu es branchée ingénierie, m'avait expliqué Jade. Les gens ne comprennent pas, et ça a l'air tellement chiant que personne ne te posera de questions »), nous passions devant le videur, un grand Black qui nous dévisageait comme si on appartenait au spectacle de *Disney on Ice* et qu'on avait oublié d'enlever nos costumes. L'endroit regorgeait de musique country et d'hommes de 40-50 ans en chemise à carreaux qui s'accrochaient à leur bière comme à un parapet. La plupart regardaient, bouche bée, l'un des quatre écrans suspendus au plafond qui diffusaient un match de base-ball ou les infos locales. Des femmes en petits cercles resserrés bavardaient en triturant leurs cheveux comme si elles essayaient d'arranger un bouquet de fleurs défraîchies. Elles nous décochaient des regards noirs, surtout à Jade (voir « Chien de chasse grondant », *La vie dans les Appalaches*, Hester, 1974, p. 32).

« Bon, maintenant, il faut trouver l'heureux élu de Bleue », décrétait Jade en scrutant la salle dans ses moindres recoins, en position de défense près du juke-box et du barman qui servait à boire avec des gestes musclés comme un GI qui vient de débarquer à Saigon, jusqu'aux bancs de bois, tout au fond, où attendaient des filles au front si brûlant et si gras qu'on aurait pu y faire cuire un œuf.

« Je ne vois rien qui ressemble à Black, disais-je.

— Dans ce cas, tu devrais peut-être attendre le grand amour, dit Leulah. Ou Milton. »

Jade et Lu plaisantaient sans cesse sur le fait que « j'en pinçais dur pour Black », que je voulais à tout prix faire un « Black Jack », « la Black à deux dos », des allégations que je réfutais, mais qui étaient pourtant vraies.

« Tu connais l'expression "ne chie jamais là où tu manges" ? lança Jade. Putain, que vous êtes défaitistes. Le mignon au bout du bar, là, qui parle à ce moustique porteur de la malaria. Avec des lunettes en écaille. Tu sais ce que ça signifie, des lunettes en écaille ?

— Non.

— Arrête de tirer sur ta robe, on dirait que t'as cinq ans. C'est la marque des intellos. On n'est jamais trop loin de la civilisation si, au bar, il y a un type avec des lunettes en écaille. Il est parfait pour toi. Je meurs de soif.

— Moi aussi, renchéris-je.

— J'y vais, fit Leulah. Qu'est-ce que vous voulez ?

— On n'a pas roulé jusqu'à cette ville de merde pour se payer nous-mêmes à boire, annonça Jade. Bleue ? Mes cigarettes, s'il te plaît. »

Je les attrapai dans mon sac et les lui tendis.

Son paquet de Marlboro Light était l'instrument (*boleadoras*) avec lequel elle prenait au piège les hommes sans méfiance (*cimarron*). (La matière préférée de Jade — la seule où elle excellait — était l'espagnol.) Elle arpentait la salle (*estancias*) puis jetait son dévolu sur un type rustre et baraqué un peu à l'écart (*vaca perdida*, vache égarée). Elle s'approchait alors et, sans mouvement brusque de la tête ou des mains, lui tapait légèrement sur l'épaule en jetant :

« T'as du feu, *hombre* ? »

Là, il y avait deux scénarios possibles :

1. Il s'exécutait avec empressement.
2. Il n'avait pas de feu et se lançait dans une quête frénétique.

162

« Steve, t'as un briquet ? Et toi, Arnie ? Henshaw ? Du feu. Oui, des allumettes, ça ira. McMundy ? Une clope, tu sais si Marcie en a une ? Va lui demander. Oui. Et Jeff ? Non ? Je vais voir le barman. »

Mais dans le cas numéro deux, le temps que le *cimarron* revienne avec le briquet, Jade était déjà en quête d'une autre vache égarée. Le type restait alors immobile une minute, parfois cinq, voire dix, dans son dos, en se mordillant la lèvre inférieure, le regard fixe, meuglant parfois un douloureux « Excuse-moi » en direction de ses omoplates ou de son épaule.

Au bout d'un moment, elle remarquait enfin sa présence.

« Hein ? Ah oui, gracias, *chiquito*. »

Et, si elle se sentait en terrain conquis, elle lui posait deux questions :

1. Dis-moi, *cavron*, tu te vois où dans vingt ans ?
2. C'est quoi ta position préférée ?

Le plus souvent, il était incapable de parler sans réfléchir mais, lorsqu'il répondait sans hésiter à la question numéro deux par : « Moi, c'est chef des ventes et du marketing adjoint chez Axel Group et j'aurai une promotion dans quelques mois », Jade n'avait d'autre choix que de l'abattre et de le faire aussitôt cuire (*asado*).

« Dommage, on n'a plus rien à se dire. Dégage, *muchacho*. »

La plupart du temps, il restait sans réaction et se contentait de la regarder avec des yeux rouges et stupides.

« ¡*Vamos !* » criait-elle alors. Et, tout en nous mordant la lèvre inférieure pour ne pas rire, Leulah et moi lui emboîtions le pas à travers la salle (*pampas*) peuplée de bras, d'épaules, de cheveux longs et de verres de bière, jusqu'aux toilettes pour DAMES. Jade chassait du coude la douzaine de *muchachas* qui faisait la queue en déclarant que j'étais enceinte et que j'allais vomir.

« C'est ça, ouais !

— Et pourquoi elle est si maigre, si elle est enceinte ?

— Et pourquoi elle picole, d'abord ? On dit pas que l'alcool, ça donne des prémas ?

— Arrêtez de vous torturer le cerveau, *putas* », disait Jade.

163

On urinait chacune à notre tour en riant dans la cabine handi-capés.

Parfois, si le type allumait la cigarette de Jade avec prestance, elle entamait *vraiment* une conversation, même si, vu le volume de la musique, celle-ci consistait surtout à ce que Jade pose d'autres questions et que le type réponde en meuglant « Heu » comme s'il était prisonnier d'une pièce de Beckett.

À l'occasion, l'un de ses potes posait un regard lourd sur Leulah, et un jour, un type sans doute daltonien, plus poilu qu'un bobtail, posa son regard sur *moi*. Jade acquiesça d'un air excité en tirant sur son lobe d'oreille (le signal pour « c'est bon ») mais, quand le type approcha sa tête broussailleuse pour me demander ce que je pensais de Leisure City, en Floride, sans que je comprenne pourquoi, je fus incapable de répondre. (« "Bien", c'est chiant. Ne réponds jamais "Bien", Dégueulette. Trouve autre chose. Et d'accord, ton père est sublime, mais si tu le glisses encore une fois dans la conversation, je t'arrache la langue. ») Après un trop long silence, je lançai : « Pas grand-chose. »

Pour tout dire, j'étais terrifiée par l'angle de son corps, sa confiance en son haleine houblonnée, son menton qui, sous le volume de ses poils, avait l'air d'un cône en sucre, et son regard, à croire qu'il voulait soulever mon capot pour m'inspecter le carburateur. « Pas grand-chose » n'était pas la réponse qu'il attendait, car il eut un sourire forcé et se tourna vers le capot de Leulah.

Parfois, comme je jetais un coup d'œil en direction de la porte où, quelques minutes plus tôt, Jade inspectait un taureau Angus en se demandant si ça valait le coup de l'ajouter à son troupeau, je m'apercevais qu'elle avait disparu. Elle n'était pas au juke-box, ni aux côtés de la fille qui montrait son pendentif en or à une amie — « Il me l'a offert, c'est chou, non ? » (on aurait dit un ongle couvert de dorure). Elle n'était pas non plus dans le couloir humide d'haleine le long des banquettes et des flippers, ni près de l'homme pétrifié au bar, apparemment hypnotisé par les sous-titres pour malentendants : « Une tragédie dans le comté de Burns ce soir, trois morts dans un braquage. Notre envoyé spécial, Cherry Jeffries, est sur place. » La première fois, je me figeai d'horreur (j'avais lu trop jeune *Fille disparue, fille perdue* [1982] d'Eileen Crown, et j'en gardais une impression épouvantable) et aussitôt, j'alertai Leulah (qui, sous ses airs guindés et classiques, pouvait être assez aguicheuse avec son sourire en bouquet de fleurs, sa grosse tresse enroulée autour de sa main et sa voix de petite fille, si bien que les hommes se penchaient sur elle comme de gros parasols qui cherchent à masquer le soleil).

« Où est Jade ? demandai-je. Je ne la vois plus.

— Par là », répondit-elle négligemment sans détourner les yeux d'un certain Luke vêtu d'un T-shirt blanc moulant comme du cellophane avec des bras comme des tuyaux de vidange. Avec des mots qui n'excédaient jamais deux syllabes, il lui racontait comment il avait été viré de West Point pour bizutage.

« Mais je ne la vois nulle part, dis-je nerveusement en scrutant la salle.

— Elle est aux toilettes.

— Elle va bien ?

— Mais oui. » Leulah ne quittait pas Luke des yeux. À croire que c'était Dickens ou Mark Twain.

Je me faufilai vers les toilettes pour dames.

« Jade ? »

L'endroit était aussi sombre et visqueux qu'un aquarium sans entretien. Un grouillement de filles en débardeur moulant et pantalon serré se remaquillaient autour du miroir, ou se passaient les doigts dans leurs cheveux raides comme des pailles en plastique. Un rouleau de papier toilette gisait par terre en vrac, et le sèche-mains ronflait, même si personne ne se séchait les mains.

« Jade ? Jade ? Tu es là ? »

Je m'accroupis et repérai ses escarpins vert métallique dans la cabine pour handicapés.

« Jade ? Tu vas bien ?

— Qu'est-ce qui se passe ? Mais qu'est-ce qu'il y a, putain ? »

Elle déverrouilla la porte, qui heurta la paroi, et sortit d'un pas décidé. Derrière elle, entre la cuvette et le distributeur de papier, j'aperçus un homme de quarante-cinq ans dont la grosse barbe brune découpait son visage en ces formes irrégulières que les élèves de maternelle collent sur les vitres de leur classe. Il portait une veste en jean aux manches trop courtes et semblait en mesure d'obéir à des ordres du genre « Amène-toi ! » et « Descends-les tous ! ». Sa ceinture défaite pendait comme un serpent à sonnette.

« Oh, je, je..., bégayai-je. Je...

— T'es en train de crever ? »

Dans la lumière, son visage était vert pâle et lisse comme la peau d'un phoque. De fins cheveux dorés dessinaient des points d'interrogation et d'exclamation sur ses tempes.

« Non.

— Tu vas crever bientôt ?

— Non.

— Alors pourquoi tu viens m'emmerder ? Je suis ta mère ou quoi, bordel ? »

Elle tourna les talons, claqua la porte et remit le loquet.

« Quelle salope, commenta une Hispanique qui se remettait du crayon autour de la bouche, la lèvre supérieure tendue sur ses dents comme du film alimentaire sur un reste de repas. C'est ton amie ? »

Un peu abasourdie, je hochai la tête.

« Merde, envoie-la se faire foutre ! »

Parfois, à mon infinie horreur, Leulah disparaissait elle aussi quinze ou vingt minutes chez les DAMES (la Beatrice de Dante avait beaucoup évolué en sept siècles, tout comme l'Annabel Lee de Poe). Ensuite, Jade et elle affichaient des expressions satisfaites et hautaines, comme si, dans la cabine pour handicapés, elles avaient découvert le dernier chiffre de pi, l'assassin de Kennedy ou le chaînon manquant. (Vu la tête des types qu'elles y emmenaient, c'était peut-être le cas.)

« Il faudrait que Bleue essaie, dit un jour Leulah sur le chemin du retour.

— Pas question, rétorqua Jade. Il faut être pro pour ça. »

Évidemment, j'avais envie de leur demander ce qu'elles s'imaginaient faire, mais je voyais bien qu'elles s'en tapaient, de ce que Robard Neverovich, le Russe ayant travaillé comme bénévole dans plus de deux cent trente-quatre abris pour fugueuses, avait écrit dans *Tue-moi* (1999) et son récit de voyage en Thaïlande où il était parti enquêter sur l'industrie du porno pédophile : *Tout, tout de suite* (2003). Visiblement, Jade et Leulah allaient très bien, merci

166

pour elles, et n'avaient nul besoin des conseils d'une fille qui « fermait toutes les écoutilles quand un type s'apprêtait à lui tomber dessus comme un ouragan », « ne saurait pas quoi faire d'un mec, même avec un manuel illustré et un CD interactif ». Et pourtant, malgré mes craintes quand l'une d'elles, disparaissait, après coup, au retour, dans la Mercedes, quand elles hurlaient de rire à propos d'une « croûte » emmenée chez les DAMES qui était ressorti comme un fou de la cabine pour handicapés en braillant : « Cammie ! » ou « Ashley ! » (les noms inscrits sur leurs fausses cartes d'identité) pour finalement se faire éjecter par le videur comme un sac de patates ; quand Jade zigzaguait à toute allure entre les semi-remorques et que Leulah criait sans raison, la tête renversée, les cheveux tout autour du repose-tête, les bras tendus vers le toit ouvrant, à croire qu'elle voulait attraper les minuscules étoiles dans le ciel comme des peluches sur un vêtement, je me disais que c'étaient des filles incroyables, courageuses, et qu'à ma connaissance personne n'avait jamais rien écrit à ce sujet.

Je doutais d'ailleurs de pouvoir écrire sur elles, moi le « boulet de tous les bars et clubs », car elles paraissaient vivre dans un monde très différent du mien — un monde hilarant, sans conséquences, ni horribles néons, ni surfaces collantes, ni trous dans la moquette, un monde dont elles avaient la *maîtrise*.

Un soir, cependant, tout changea.

« C'est le Grand Soir, Gerbeuse, déclara Jade. Celui du chambardement. »

C'était le premier vendredi de novembre, et Jade avait mis un temps considérable à choisir ma tenue : escarpins avec talons de dix centimètres, deux pointures de trop, couverts de mauvaises intentions ; robe en lamé or qui plissait sur moi comme un Sharpei (voir « Pieds bandés de femme traditionnelle », *Histoire de la Chine*, Ming, 1961, p. 214 ; « Darcel », *Des souvenirs en or massif*, LaVitte, 1989, p. 29).

Ce fut l'une des rares occasions où, au Cheval Aveugle, quelqu'un m'aborda vraiment — Larry, un type d'une trentaine d'années aussi baraqué qu'un tonneau de bière. On pouvait le trouver séduisant, à condition de le voir comme une sculpture inachevée de Michel-Ange. Il y avait en effet quelques remarquables détails sur son nez fin et ses lèvres pleines, voire ses grandes mains bien taillées, mais le reste — épaules, torse, jambes — était encore pris dans un bloc de marbre brut, et le resterait jusqu'à nouvel ordre. Il m'avait offert une Amstel Light et me racontait comment il avait arrêté de fumer, la chose la plus difficile qu'il ait vécue.

« Les patches, c'est le meilleur truc que la science a inventé. On devrait les utiliser pour tout. Toi, je sais pas, mais moi, je veux bien manger et boire par patch. Les jours où t'as pas le temps, au lieu d'un hamburger, tu mets un patch, et une demi-heure plus tard, c'est bon. On pourrait aussi baiser par patch. Ça économiserait beaucoup de temps et d'énergie. Comment tu t'appelles ?

— Roxanne Kaye Loomis.

— Et tu fais quoi, Roxanne ?

— Étudiante en ingénierie à l'université de Clemson. Je suis de Dukers, Caroline du Nord. Et donneuse d'organes. »

Larry acquiesça et prit une longue gorgée de bière en inclinant son corps lourd vers moi pour que sa grosse cuisse appuie contre ma jambe. Je fis un petit pas dans la seule direction possible, mais heurtai le dos d'une fille aux cheveux blonds épineux.

« Tu pourrais t'excuser ! » fit-elle.

J'essayai de repartir dans l'autre sens mais rencontrai la statue Larry. J'étais un berlingot coincé dans une gorge.

« Dis-moi, tu te vois où dans vingt ans ? » avançai-je.

Il ne répondit pas. En fait, on aurait dit qu'il avait perdu l'usage de la parole. Il perdait rapidement de l'altitude, aussi. C'était comme l'après-midi où papa et moi avions garé le break Volvo au bout de la piste d'atterrissage de Luton, Texas, pour passer une heure assis sur le capot avec des sandwiches au fromage pimenté à regarder les avions atterrir. C'était comme nager dans les grands fonds sous une baleine bleue de trente mètres de long. Mais, à la différence des jets privés, Airbus et autres 747, Larry se crasha. Ses lèvres heurtèrent mes dents et sa langue sauta dans ma bouche comme un têtard qui s'échappe d'un bocal. Il posa une main sur ma poitrine en pressant mon sein droit comme un citron sur une sole.

« Bleue ?

Je m'arrachai à lui. Leulah et Jade étaient à mes côtés.

« On se barre de ce bouge », annonça Jade.

Larry cria (avec un manque d'enthousiasme patent : « Roxy, attends une minute ! »), mais je partis sans me retourner et les suivis jusqu'à la voiture.

« Où on va ?

— Voir Hannah, déclara Jade. Dis-moi, Dégueulette, c'est quoi ce goût de chiotte ? Ce type était atroce, putain ! »

Lu lui lançait des regards inquiets. Sa robe de soirée Bellmondo verte bâillait manifestement au décolleté.

« Je ne crois pas que ce soit une bonne idée. »

Jade fit la grimace.

« Et pourquoi ?

— J'ai peur qu'elle nous voie », dit Lu.

Jade attrapa sa ceinture de sécurité.

« On va prendre une autre bagnole. Celle du mec de Jefferson. Son abominable Toyota est garée dans mon allée.

— Qu'est-ce qui se passe ? demandai-je.

— On risque de croiser Charles, continua Jade sans daigner me répondre en lançant un coup d'œil à Lu comme elle mettait le contact. Avec une tenue camouflage et des lunettes à infrarouge. »

Lu fit signe que non.

« Il est avec Black. Ils ont rencard avec deux filles. Des secondes. »

Jade se retourna (avec une expression triomphalement compatissante) pour voir si j'avais entendu, puis quitta le parking à vive allure et prit la direction de Stockton. La nuit était froide, le ciel strié de minces nuages huileux. Je tirai le lamé or sur mes genoux en regardant les voitures qui allaient en sens inverse et l'étrange profil en parenthèse de Lu quand les feux arrière éclairaient ses pommettes. Toutes deux ne disaient pas un mot. Il flottait dans l'habitacle un silence d'adultes fatigués, de couple marié qui revient d'un dîner et n'a pas envie de parler d'un convive ayant trop bu ni d'avouer à quel point ils n'ont pas envie de rentrer ensemble, mais avec une personne neuve, une personne dont ils ne connaîtraient pas chaque tache de rousseur.

Quarante minutes plus tard, Jade disparaissait chez elle pour récupérer les clés de la Toyota : « Une seconde », et à son retour, toujours perchée sur ses escarpins rouges et branlants et dans sa robe d'oiseau de feu (on aurait dit qu'elle avait fait les poubelles après l'anniversaire d'une petite fille riche et scotché sur sa robe les bouts de papier cadeau les plus excentriques), elle transportait un pack de six Heineken, deux sachets de chips géants et des réglisses en spaghetti dont l'un pendait déjà de sa bouche. À son épaule était accrochée une immense paire de jumelles.

« On va chez Hannah ? » demandai-je, toujours perdue. Sans répondre, Jade lança les victuailles sur la banquette de la vieille Toyota blanche près du garage. Leulah, qui semblait furieuse (ses lèvres étaient tendues comme les deux bords d'un porte-monnaie en tissu), traversa l'allée sans un mot, s'installa à l'avant et claqua la portière.

« Merde, fit Jade en jetant un coup d'œil à sa montre. On va être en retard. »

Quelques minutes plus tard, la Toyota filait vers le nord, alors que Hannah habitait au sud. Je savais qu'il était inutile de demander quelle était notre destination : toutes deux respectaient un silence de tranchée, un silence si profond qu'il aurait été trop difficile et fatigant de s'en extraire. Leulah regardait fixement la route, la ligne blanche qui bégayait, les paillettes rouges des voitures. Jade restait fidèle à elle-même, à ce détail près, alors qu'elle mâchait un fil de réglisse (elle les mangeait à la chaîne : « Passes-en-moi un autre », demanda-t-elle trois fois avant que je glisse le paquet près du frein à main), qu'elle n'arrêtait pas de tripoter la radio.

Nous roulâmes une demi-heure avant de prendre la sortie 42 — Cottonwood — pour foncer à tombeau ouvert sur la deux voies déserte jusqu'à une aire de repos pour routiers. Sur notre gauche se dressait une station-service fermée, devant nous des semi-remorques échoués comme des baleines mortes, et de l'autre côté, un sinistre restaurant en forme de A couvert de bois au flanc d'une colline nue. STUCKEY, annonçaient les lettres jaunes au-dessus de l'entrée. Jade fit passer la Toyota entre les camions.

« Tu as vu sa voiture ? » lança-t-elle.

Leulah fit signe que non.

« Il est déjà deux heures et demie. Peut-être qu'elle n'est pas venue.

— Si, elle est venue. »

Nous fîmes le tour du parking jusqu'à ce que Leulah tapote la vitre.

« Là », dit-elle en désignant la Subaru rouge de Hannah prise en sandwich entre un pick-up blanc et une camionnette.

Jade tourna dans l'allée suivante, puis recula entre un tas d'aiguilles de pin et la route. Leulah enleva sa ceinture de sécurité et croisa les bras tandis que Jade attrapait joyeusement un nouveau lacet noir, en mordillait un bout et enroulait rapidement l'autre autour de sa main comme un boxeur avant d'enfiler ses gants. La Subaru de Hannah était face à nous, deux rangées plus loin. De l'autre côté du parking, sur la colline, le restaurant volontairement aveuglé (ses trois fenêtres à l'arrière étaient barricadées) perdait ses cheveux (sa toiture tombait en ruine). On n'y voyait guère par les fenêtres — à peine quelques rayons de couleurs lasses et une rangée de lampes vertes comme des douches couvertes de moisi. Inutile d'y entrer pour savoir que les cartes du menu étaient collantes, les tables couvertes de miettes, les serveuses revêches et la clientèle rougeaude. Et qu'il fallait secouer la salière — pleine de grains de riz qui ressemblaient à des asticots — comme un malade pour lui soutirer un peu de sel. (« S'ils ne sont même pas capables d'avoir du sel, je me demande comment ils s'imaginent faire du poulet *caccia-tore* », aurait dit papa en tenant la carte à distance respectable de son visage, de crainte qu'elle ne s'anime brusquement.)

Je me raclai la gorge en me penchant vers elles, un code pour qu'elles m'expliquent ce que nous trafiquions près de ce bouge pour camionneurs (un endroit que papa et moi aurions à tout prix évité : nous étions capables de faire un détour de trente kilomètres pour ne pas rompre le pain avec « ces hommes et ces femmes qui, si on plisse un peu les yeux, ressemblent à un gros tas de pneus »), mais je compris, à leur silence (Lu elle aussi glissait de la réglisse dans sa bouche, puis la mâchait de façon lascive), qu'elles ne pouvaient mettre de mots sur la situation, car ceux-ci auraient donné une réalité à la scène, et elles se seraient senties trop coupables.

Pendant dix minutes, le seul bruit fut le claquement occasionnel de la porte d'entrée — un routier au ventre lourd qui entrait affamé et repartait rassasié, et le sifflement furibond de l'autoroute. À tra-

171

vers les arbres noirs qui bordaient le parking, on distinguait un pont où filait une interminable salve de voitures, leurs étincelles rouges et blanches fusant dans la nuit.

« Comment il va être, celui-là ? » demanda Jade d'un ton narquois en observant par les jumelles.

Lu haussa les épaules en mâchant son bout de réglisse.

« Sais pas.

— Gros ou maigre ?

— Maigre.

— Cette fois, je parie sur un porc.

— Elle n'aime pas les porcs.

— Mais si. C'est son caviar Beluga. Elle se les garde pour les grandes occasions. Oh, fit Jade en cognant les jumelles contre le pare-brise. Oh putain. Merde…

— Quoi ? Un gamin ? »

Jade avait la bouche grande ouverte. Ses lèvres bougeaient, mais aucun son ne s'en échappait. Elle poussa un lourd soupir.

« Vous avez vu *Diamants sur canapé* ?

— Bien sûr que non, rétorqua ironiquement Lu en s'appuyant sur le tableau de bord pour mieux voir les deux individus qui sortaient du restaurant.

— Eh bien », sans lâcher les jumelles, la main droite de Jade plongea dans le paquet de chips et prit une grosse bouchée, « c'est l'affreux Doc. Mais en plus vieux. Je devrais être ravie que ça ne soit pas Rusty Trawler, mais là, je me demande. » Elle se rassit, déglutit et, d'un air sinistre, tendit les jumelles à Lu. « Rusty, au moins, il a des dents. »

Après un coup d'œil rapide (une expression révoltée envahit son visage), Lu me passa les jumelles. Je pris une bouffée d'air et les pressai contre mes yeux : Hannah Schneider quittait le restaurant en compagnie d'un homme.

« J'ai toujours détesté Doc », murmura Lu.

Je n'avais jamais vu Hannah habillée comme ça. « Peinturlurée » aurait-on dit à la Coventry Academy. Vêtue d'un manteau de fourrure noire — sans doute du lapin, vu le design ado (il y avait un pompon accroché à la fermeture à glissière) — avec des anneaux en or et un rouge à lèvres qui lui carbonisait la bouche. Ses cheveux

172

rebiquaient sur ses épaules et ses hauts escarpins blancs pointaient hors de son jean moulant à revers. Et quand je déplaçai les jumelles sur son compagnon, j'eus un brusque sentiment de malaise, parce qu'à côté de Hannah, il paraissait tout ratatiné. Son visage était sillonné de rides comme un dessin à l'ardoise magique. Il allait sur ses soixante-dix ans, les avait peut-être même franchis, il était plus petit qu'elle et cassant comme un bord de trottoir. Ses épaules formaient un angle parfaitement droit, à croire qu'il avait enfilé l'une de ces couvertures écossaises avec lesquelles on protège les tableaux. Ses cheveux assez épais recouvraient son front (le seul trait vaguement plaisant en lui), mais ils buvaient toute la lumière et verdirent sous le projecteur, avant de prendre la teinte gris oxydé d'un rayon de bicyclette. Quand il se précipita sur les marches pour la suivre — tout en avançant à grands pas, Hannah ouvrit la fermeture à glissière d'un étrange sac en fourrure rose pour sortir ses clés de voiture —, ses jambes maigres partirent de côté comme deux fils à linge rétractables.

« Dégueulette, tu veux bien nous laisser regarder ? »

Je tendis les jumelles à Jade. Qui les saisit en se mordant la lèvre.

« J'espère qu'il a pris du Viagra », ronchonna-t-elle.

Lu plongea dans son siège et se fit toute petite alors qu'ils montaient dans la voiture de Hannah.

« T'es débile, elle peut même pas nous voir », fit Jade d'un air irrité. Pourtant, elle aussi s'immobilisa et attendit que la Subaru quitte sa place de parking puis disparaisse derrière un semi-remorque avant de mettre le contact.

« Où ils vont ? demandai-je, même si je n'avais guère envie de le savoir.

— Dans un hôtel pouilleux. Elle va le laisser la baiser pendant trente à quarante-cinq minutes, puis le virer. Je m'étonne toujours qu'elle ne leur dévore pas la tête comme une mante religieuse. »

Nous suivîmes la Subaru (à une distance courtoise) sur cinq à six kilomètres et atteignîmes ce que je pensai être Cottonwood, le genre de petite ville maigrichonne que papa et moi avions traversé un million de fois, un endroit pâle et mal nourri qui survivait, allez savoir comment, grâce à sa station-service, ses motels et son McDo. Des parkings barraient le bord de la route comme des cicatrices.

Au bout d'un quart d'heure, Hannah mit son clignotant et tourna à gauche vers le Country Style Motor Lodge, un bâtiment blanc en demi-cercle au milieu de nulle part qui ressemblait à un dentier égaré. Quelques érables boudeurs masquaient la route, tandis que d'autres se penchaient vers la réception comme pour imiter les clients inclinés au-dessus du comptoir. Jade arriva trente secondes après Hannah et s'arrêta sur la droite, près d'une berline grise, tandis que Hannah faisait halte à la réception et disparaissait dans le bâtiment. Deux ou trois minutes plus tard, quand elle reparut, l'expression de son visage sous la lumière gluante de l'auvent me fit peur. Je ne la vis que quelques instants (et de loin) mais j'eus la sensation d'une télévision éteinte — qui ne passait même pas un feuilleton braillard, le film d'un procès ou une fade rediffusion de western, mais ne montrait que du néant. Elle remonta dans la Subaru, démarra et passa lentement devant nous.

« Merde, s'écria Lu en plongeant dans son siège.

— C'est bon, lâcha Jade. Tu serais nulle, comme tueur à gages. »

La voiture s'arrêta à l'extrémité gauche du bâtiment. Doc sortit de la voiture les mains dans les poches, Hannah avec un petit air sinistre. Elle ouvrit la porte, et ils s'engouffrèrent dans la chambre.

« La 22 », annonça Jade, qui tenait toujours les jumelles.

Hannah avait dû aussitôt tirer les rideaux car, lorsqu'une lampe s'alluma, un tissu couleur cheddar orange masquait la fenêtre sans le moindre interstice.

« Elle le connaît ? » demandai-je. Ce qui était plus un vague espoir qu'une véritable question.

Jade secoua la tête et se tourna vers moi.

« Nan. Charles et Milton ont découvert son petit manège l'an dernier. Un soir qu'ils étaient de sortie, ils ont voulu lui rendre visite, mais ils ont croisé sa voiture en chemin et ils l'ont suivie jusqu'ici. Elle arrive chez Stuckey à 2 heures moins le quart. Elle dîne, puis elle en embarque un. Tous les premiers vendredis du mois. C'est le seul rendez-vous qu'elle respecte.

— Qu'est-ce que tu veux dire par là ?

— Tu sais bien, elle est pas du genre organisée. Sauf pour ça.

— Et... elle ne sait pas que vous savez ?

174

— Oh non, répliqua-t-elle en me bombardant le visage du regard. Et t'avise pas d'aller lui raconter.

— Mais non, la rassurai-je en jetant un coup d'œil à Lu, qui, aussi raide que sur la chaise électrique, n'avait pas l'air d'écouter. Et qu'est-ce qui se passe maintenant ?

— Un taxi va arriver. Le type sortira de la chambre à moitié rhabillé, parfois même avec sa chemise en boule à la main ou sans chaussettes. Et il clopinera jusqu'au taxi. Sans doute pour retourner chez Stuckey, où il reprendra son camion et repartira va savoir où. Hannah passe la nuit ici.

— Comment tu le sais ?

— En général, Charles reste jusqu'au bout. »

Je n'avais pas particulièrement envie d'en savoir davantage. Nous gardâmes le silence, même lorsque Jade approcha la voiture pour mieux voir la chambre 22, le motif à feuilles safari des rideaux tirés et la voiture cabossée de Hannah. Le parking semblait en état de guerre. Nous étions stationnées loin chez nous, à plusieurs océans de là, inquiètes de tout ce que nous ne pouvions pas voir. Leulah était en état de choc, le dos raide comme un mât, les yeux magnétisés par la porte. Jade incarnait notre sergent bourru, fatigué et parfaitement conscient qu'aucune parole ne nous réconforterait. Alors, elle se contenta d'incliner son fauteuil et de mettre la radio en mangeant des chips par poignées. Moi aussi, je vivais mon Vietnam. J'étais le soldat craintif qui finit par mourir sans héroïsme d'une blessure qu'il s'est lui-même infligée en faisant gicler le sang comme du jus de raisin. J'aurais donné ma main gauche pour me trouver ailleurs. Mon rêve le plus fou consistait à être aux côtés de papa, vêtue de mon pyjama imprimé de nuages, en train de mettre des notes aux devoirs de ses étudiants, y compris du fumiste qui avait choisi une énorme police de caractères pour atteindre les vingt à vingt-cinq pages requises.

Je me souvins de ce que papa avait déclaré un jour, quand j'avais sept ans, à la fête foraine de Choke, Indiana, après un tour de train fantôme où j'avais eu si peur que je n'avais pas ôté une seule fois les mains de mes yeux, ni par conséquent aperçu le moindre spectre. Au lieu de se moquer de ma lâcheté, papa m'avait observée en hochant la tête d'un air pensif, comme si je lui offrais tout à coup

175

un nouveau point de vue sur la réforme de l'aide sociale. « Parfois, il est plus courageux de ne pas regarder. Parfois, ce qui fait mal, c'est de savoir : loin d'éclaircir, cela *ennoircit*. Savoir identifier les situations et s'y préparer est extraordinairement courageux. De certaines misères humaines, seul le bitume, éventuellement les arbres, devraient être témoins. »

« Fais-moi promettre que je n'en arriverai jamais là, dit Lu d'une petite voix.

— Quoi ? dit Jade d'une voix monocorde, les yeux comme découpés dans du papier.

— Quand je serai vieille, ajouta Lu d'une voix tellement frêle qu'on aurait pu la briser. Promets-moi que je serai mariée avec des enfants. Ou célèbre. Mais pas ça... »

Sa phrase resta en suspens comme une grenade qui refuse d'exploser.

Nous ne prononçâmes plus un mot et, à 4 h 03, les lumières de la chambre 22 s'éteignirent. Nous vîmes l'homme sortir tout habillé (même si je remarquai qu'il n'avait pas enfoncé le talon dans ses chaussures) pour prendre le taxi Blue Bird couvert de rouille (1-800-BLUE-BIRD) qui ronronnait près de la réception.

Exactement comme l'avait dit papa (s'il avait été dans la voiture, il aurait relevé le menton et haussé un sourcil, un geste qui signifiait « Ne doute jamais de moi » et « Je te l'avais bien dit »), le seul témoin de cette scène aurait dû être le néon CHAMBRES LIBRES, les maigres arbres asthmatiques qui caressaient la colonne vertébrale du toit, et le ciel, cette contusion rougeâtre qui s'éclaircissait trop lentement au-dessus de nos têtes.

Jade nous ramena à la maison.

Partie 2

MOBY DICK

Deux semaines après la nuit où nous avions suivi Hannah (« sur-
veillé », aurait dit l'inspecteur en chef Ranulph Curry dans *La vanité
d'une licorne* [Lavelle, 1901]), Nigel découvrit une invitation dans la
corbeille de son bureau, cette minuscule pièce qui jouxtait le salon,
peuplée d'atlas mondiaux et de quelques plantes suspendues qui
survivaient péniblement à la curieuse vision qu'avait Hannah des
besoins de l'espèce végétale (éclairage vingt-quatre heures sur vingt-
quatre, engrais périodique).
C'était une invitation élégante imprimée en relief sur un épais
papier crème.

Le refuge pour animaux de Burns

vous invite à sa fête caritative annuelle
en faveur des animaux abandonnés

Samedi 22 novembre à partir de vingt heures
100, chemin des Saules

40 $ par personne

RSVP

Déguisement obligatoire. De préférence masqué.

« Moi, je dis qu'on devrait y aller, déclara Nigel chez Jade le vendredi suivant.

— Je suis d'accord, lança Leulah.

— Impossible, rétorqua Charles. Vous n'êtes pas invités.

— Un détail mineur », répliqua Nigel.

Malgré la mise en garde de Charles, le dimanche suivant, en plein dîner, Nigel sortit l'invitation de sa poche et, sans un mot, la posa effrontément près du plat de côtes de veau.

Tout à coup, ce fut à se dévorer les ongles (voir *Duel à Sioux Falls : un western de Dan Mohave*, Éditions Lone Star, Bendley, 1992). Depuis ma visite à Cottonwood, j'avais déjà envie de me ronger les ongles à chaque dîner. J'étais incapable de regarder Hannah dans les yeux, de sourire gaiement, de discuter tranquillement de nos dissertations, des examens de fin de trimestre ou du goût prononcé de Mr. Moat pour les belles chemises, sans voir Doc, ses jambes en accordéon et son visage comme un bout de bois rongé par une attaque de termites, et l'atroce baiser hollywoodien qui, certes, s'était déroulé hors champ, mais n'en restait pas moins terrible. (Un peu comme si on avait réuni *Gilda* et *Cocoon*.)

Bien sûr, quand je pensais à Jade et Lu dans les toilettes pour handicapés, je ressentais un malaise similaire. Mais avec Hannah, c'était pire. Car, comme disait papa, ce qui différencie une révolution productive d'une révolution ratée, c'est le moment où elle survient dans l'histoire (voir van Meer, « Le fantasme de l'industrialisation », *Federal Forum*, vol. 23, n° 9). Jade et Lu étaient encore des pays en voie de développement. Par conséquent, il ne fallait pas s'étonner qu'elles aient des infrastructures dépassées et un piètre indice de progrès social. Malheureusement, Hannah était bien plus avancée. À ce stade, elle aurait dû posséder une économie stable et solide basée sur le libre-échange — et, ces points-là n'ayant pas abouti, c'était mal parti pour sa démocratie. Elle risquait de devoir combattre à jamais « une corruption et des scandales qui ruineraient sa crédibilité en tant qu'État indépendant ».

Milton alla ouvrir la fenêtre. Un courant d'air s'engouffra dans la salle à manger comme un chiot joyeux, si bien que ma serviette en papier quitta mes genoux et que les flammes des bougies s'agitèrent comme des ballerines en folie. Je n'arrivais pas à croire qu'il fasse une chose pareille, qu'il se comporte comme un mari jaloux qui présente à sa femme un bouton de manchette accusateur.

Hannah n'avait pas bronché.

Elle sembla même ne pas avoir remarqué l'invitation, tant elle était occupée à découper sa côte de veau en morceaux de taille identique avec un sourire gracieux comme un sac à main. Son chemisier en satin vert d'eau (l'un des rares articles de sa garde-robe qui ne ressemblait pas à un réfugié politique) formait une peau langoureuse et iridescente qui bougeait et respirait comme elle.

Le malaise se prolongea pendant une éternité. Je rêvais de tendre le bras par-dessus ma côte de veau en direction des épinards sautés pour m'emparer de l'objet du délit et le dissimuler sous ma cuisse telle une voleuse, mais, en toute honnêteté, je n'avais pas assez d'aplomb pour cet exploit digne de sir Thomas More ou de Jeanne d'Arc. Nigel ne quittait pas Hannah des yeux et, avec sa façon de se terrer derrière ses lunettes qui réfléchissaient la flamme des bougies — jusqu'à ce qu'il tourne la tête, lesdits yeux surgissant alors comme deux scarabées dans le sable, avec son dos si droit, son air si important malgré sa petite taille, il ressemblait au Napoléon du tableau peu flatteur illustrant la couverture d'un manuel de première année qu'utilisait papa, *Dominer l'espèce humaine* (Howards & Path, 1994). (On l'aurait cru capable de réussir un *coup d'État** même en dormant, cet individu qui n'avait aucun scrupule à être en guerre contre toutes les puissances européennes réunies.)

« Je ne vous en avais pas parlé, dit tout à coup Hannah, parce que vous auriez voulu venir. Or, c'est impossible. J'ai invité Eva Brewster, ce qui rend votre présence inimaginable si je tiens à garder mon boulot. »

Elle réagissait non seulement de façon étonnante (quoique un peu décevante. J'avais l'impression d'attendre en vain le matador tout en buvant de l'Anis del Toro dans les tribunes, comme chez Hemingway), mais aussi avec une finesse remarquable, parvenant à faire comme si de rien n'était, alors qu'elle avait l'invitation sous les yeux.

« Et pourquoi tu as invité Eva Brewster ? lui demanda Leulah.

— Elle a appris que j'organisais une soirée caritative, et elle m'a demandé si elle pouvait venir. Comment refuser ? Par ailleurs, Nigel, je n'apprécie pas que tu fouilles dans mes affaires. Merci d'avoir la politesse de respecter mon intimité. »

Personne ne dit rien. C'était à Nigel de s'expliquer, de trouver une vague excuse, de faire une plaisanterie vaseuse sur sa main leste ou une allusion à *L'éducation cool*, chapitre 21, « L'adolescent et les joies de la cleptomanie », en s'appuyant sur de surprenantes statistiques pour affirmer que les jeunes passent souvent par une période d' « appropriation » et de « détournement » (Mill, 2000), mais que, dans soixante pour cent des cas, « ils la délaissent par la suite, tout comme le maquillage gothique et le skate-board » (p. 183).

Nigel se contenta d'attraper la dernière côte de veau.

Le repas prit fin. Nous débarrassâmes la table, nous réunîmes nos livres et lançâmes des petits bonsoirs dans la nuit tout à coup devenue pénible. Appuyée contre le chambranle, Hannah dit, comme chaque fois : « Soyez prudents sur la route ! », mais ce petit quelque chose dans le timbre de sa voix, cette flamme digne d'un feu de camp, avait disparu. Tandis que Jade faisait démarrer la voiture, je me retournai pour la regarder, immobile sous le porche, son chemisier vert aussi ridé que la surface d'une piscine dans la lumière dorée.

« Je me sens nulle », dis-je.

Jade renchérit :

« Ouais, vraiment minable.

— Je me demande si elle va lui pardonner.

— Bien sûr. Elle le connaît par cœur. Nigel ne possède pas le gène du sentiment. Certaines personnes n'ont pas d'appendice ou pas assez de globules rouges, lui, il n'a pas de sentiments. On a dû lui faire un scanner du cerveau quand il était petit, et à l'emplacement des émotions, le pauvre, il a un grand trou. Et pour ne rien arranger, il est gay. Tout le monde a beau être tolérant, ouvert et tutti quanti, il n'empêche, au lycée, ça doit pas être facile tous les jours.

— Il est gay ? répétai-je, stupéfaite.

— Allô, ici la terre, Dégueulette ! » Elle me regarda comme si j'étais un accroc dans ses collants. « Tu sais, des fois je me demande si t'es vraiment là, tu vois ce que je veux dire. T'as vu un médecin pour vérifier que t'as bien tout le nécessaire dans la tête ? Parce que parfois, vraiment, j'ai des doutes, Haut-le-Cœur. »

L'angoisse, le malheur, l'affliction, la culpabilité, la sensation d'être ridicule et pitoyable, tout ce qui faisait le pain quotidien des temps jadis et des Russes a tristement perdu de son pouvoir en cette époque moderne où tout évolue à la vitesse de la lumière.

Il suffit de consulter l'édition 2002 de *Statistiques et comparaisons parlantes entre les époques,* chapitre « Deuil », de R. Stanbury. On y apprend que se sentir brisé, misérable, triste et désespéré n'est plus à la mode ; d'ailleurs, de tels sentiments archaïques seront bientôt redécouverts avec joie, un peu comme le jitterbug, le jazz ou la java. Ainsi, en 1802, un veuf américain attendait en moyenne 18,9 années avant de se remarier, alors qu'en 2001, il ne restait veuf que 8,24 mois. (Et dans l'aperçu « par État », on constate que cette moyenne chute même à 3,6 mois en Californie.)

Bien entendu, papa mettait un point d'honneur à lutter contre cette « anesthésie culturelle », ce « repassage des sentiments humains qui ne laisse qu'une surface lisse, sans le moindre faux pli », et il s'était arrangé pour faire de moi une personne perspicace et sensible capable de différencier, même sous les aspects les plus banals, le bon du mauvais, ainsi que chaque nuance séparant ces deux extrêmes. Entre Muders, Ohio et Paducah, État de Washington, il s'était assuré que je connaissais par cœur, non pas un ou deux, mais tous *Les chants de l'innocence et de l'expérience* de Blake, si bien que je ne pouvais regarder une mouche tourner autour d'un hamburger sans gémir : « Ne suis-je pas, Comme toi mouche ? Ou n'es-tu pas, Comme moi homme ? »

Pourtant, en compagnie du Sang Bleu, je faisais mine de ne connaître par cœur qu'un millier de chansons de R&B sirupeux, et surtout aucun Blake, mis à part ce gars de première avec les mains dans les poches qui donnait toujours l'impression de vouloir frapper quelqu'un, puis je me contentais d'émettre un « Hi ! » strident à la vue d'une mouche. Bien entendu, si papa m'avait vue me comporter ainsi, il aurait dénoncé ce « conformisme à vous retourner l'estomac », voire crié au « déshonneur des van Meer ». (Il oubliait souvent qu'il était orphelin.) Mais moi, je trouvais excitant et romantique de me laisser entraîner dans « les collines boisées de saules et parmi les champs » sans me soucier de savoir où ils me mèneraient (voir *La dame de Shalott*, Tennyson, 1842).

Voilà pourquoi je ne fis aucune objection, en ce maudit samedi soir du 22 novembre, quand Jade surgit dans le Salon Pourpre avec une perruque noire et un tailleur-pantalon blanc bouffant. Ses énormes épaulettes formaient des promontoires comparables aux blanches falaises de Douvres, et elle s'était dessiné des sourcils en *duomo* à coup de crayon terre de Sienne.

« Devinez qui je suis. »

Charles se tourna vers elle.

« Dame Edna.

— Je ne sors jamais avant de ressembler à Joan Crawford, la star de cinéma. Tu veux *La fille d'à côté* ? Alors va à côté. »

Elle rejeta la tête en arrière et partit d'un éclat de rire scélérat, puis s'affala sur le canapé en cuir et exhiba ses pieds sanglés de grosses chaussures noires comme des canots pneumatiques.

« Devine où je vais.

— Au diable », répondit Charles.

Elle se redressa d'un coup de rein. Une mèche de perruque collait à son rouge à lèvres.

« Le refuge pour animaux de Burns vous invite à sa...

— Certainement pas.

— "faiiite" caritative...

— Impossible.

— RSVP.

— En aucun cas.

— Forte probabilité de sexe hardcore.

— Non.

— Moi, j'y vais », annonça Leulah.

Incapables de nous mettre d'accord sur un déguisement collectif, Charles devint Jack l'Éventreur (Leulah et moi l'inondâmes de sauce barbecue pour imiter le sang), Leulah une soubrette française (avec

184

un carré Hermès en soie décoré de motifs équestres directement issu de la collection de foulards soigneusement pliés dans la commode de Jefferson), Milton, qui refusa de se déguiser, était notre Plan B (son étrange sens de l'humour dès qu'il avait fumé de l'herbe), Nigel un Antonio Banderas en Zorro (il avait découpé aux ciseaux à ongles des petits trous autour des faux brillants en zzzzzzzzzzzzz du loup de Jeff, dont elle se servait pour dormir), Jade était Anita Ekberg dans *La Dolce Vita* avec un chat en peluche (collé à son bandeau grâce à du scotch double face) et moi, une très improbable Pussy Galore, avec perruque rouge ébouriffée et combinaison extra-large en nylon vert (voir « Martien numéro 14 », *Portrait des petits hommes verts : croquis d'extra-terrestres d'après des témoignages visuels*, Diller, 1989, p. 15).

Nous étions ivres. Dehors, l'air était souple et vibrant comme une danseuse après son numéro d'ouverture. Vêtus de nos costumes, nous dévalâmes la pelouse nocturne en riant pour un rien.

Jade, dans une robe de chambre en forme de coquillage, croustillante de crinoline, jabots et rubans, hurla en se laissant rouler sur la pente.

« Qu'est-ce que vous foutez ? protesta Charles. Ça commençait à huit heures, et il est déjà neuf heures et demie !

— Allez, viens, Dégueulette ! » me cria Jade.

Je croisai mes bras sur ma poitrine et me laissai rouler à mon tour.

« Où tu es ? »

Je tournoyais. L'herbe me piquait et je perdis ma perruque. J'apercevais comme des étoiles filantes entre deux visions d'un sol terne. Parvenue en bas, je fus frappée par le calme. Jade était étendue à quelques mètres, le visage bleu et sérieux. Il est vrai qu'observer les étoiles rend le visage bleu et sérieux. Papa avait d'ailleurs plusieurs théories pour expliquer ce phénomène, qui presque toutes ramenaient à l'insécurité humaine et à la prise de conscience de notre absolue petitesse dès que nous nous comparons à des entités aussi insondables que les galaxies Spirale, Spirale Barrée, Elliptique et Irrégulière.

Mais à cet instant, je n'avais aucune théorie de papa en tête. Le ciel noir ponctué de lumières frimait comme Mozart à cinq ans. Nos voix frappaient l'air avec des mots bancals et peu assurés, et bientôt Milton dévala à son tour les ténèbres, les mocassins de Nigel me frôlèrent la tête, et Leulah s'effondra près de moi dans un bruit de tasse de thé (« Cling ! »). Son carré de soie avait quitté ses cheveux pour me couvrir le cou et le menton. Quand je respirais, il faisait des bulles comme un étang où se noie une créature.

« Espèces de crétins ! nous hurla Charles. Le temps qu'on arrive, ça sera fini ! Il faut y aller !

— Ta gueule, nazi ! lança Jade.

— Tu crois que Hannah sera en colère ? demanda Leulah.

— Sans doute.

— Elle va nous tuer », dit Milton. Il n'était qu'à quelques mètres de nous, et il respirait aussi fort qu'un dragon.

« Hannah ragnagna », conclut Jade.

Tant bien que mal, nous nous relevâmes et gravîmes la pente jusqu'à la Mercedes, où nous attendait un Charles boudeur enveloppé dans une cape en plastique taille douze ans ayant appartenu à Jade pour ne pas tacher de sauce le siège du conducteur. Comme j'étais la plus petite et que Jade avait décrété que nous ne prendrions qu'une voiture, je me muai en ceinture de sécurité étirée sur Nigel, Jade et Leulah, qui dessinait des pieds de bébé avec son poing sur la vitre embuée. Je me concentrai sur la veilleuse, mes grosses chaussures blanches contre la poignée de la portière, le nuage de fumée autour de la tête de Milton à l'avant, où il tirait sur un joint aussi épais qu'un bâton de rouge à lèvres.

« Ça va foutre la merde, dit-il, qu'on se pointe comme ça. On peut encore changer nos plans.

— Arrête d'être chiant, fit Jade en lui arrachant le joint des doigts. Si on voit Evita, on se planque, c'est tout. On fait carpette. Ça sera marrant.

— Il n'y aura pas Perón, dit Nigel.

— Et pourquoi ?

— Hannah ne l'a pas invitée. Elle mentait. Elle a juste dit ça pour avoir une bonne raison de nous empêcher de venir.

— T'es complètement parano, toi ! »

Nigel haussa les épaules.

« Je suis sûr qu'elle mentait. Je veux bien qu'on me coupe la tête si

Eva Brewster est là. Si on évoque la fête devant elle lundi prochain, je suis sûr qu'elle ne saura pas de quoi on parle.

— Tu es l'Antéchrist ! déclara Jade en se cognant la tête contre la vitre. Aïe.

— T'en veux ? me proposa Leulah en me tendant le joint.

— Merci », dis-je.

Plutôt que de protester, j'avais appris à imiter le comportement malicieux du ciel et de la terre sous l'influence de la picole, gobette, goutte et autres carburants, grog, antigel, poison, camphre, vitriol (Le Tremblement, Le Piqué Surgi de Nulle Part, Le Navire en Perdition, L'Imitation d'un Tremblement de Terre). Je faisais mine d'engloutir par lampées surhumaines le contenu de la flasque en argent de Milton, gravée à ses initiales et remplie de son arsenic préféré, le Wild Turkey, qu'ils se passaient dans le Salon Pourpre comme un calumet de la paix.

Ainsi, au milieu de la soirée et à l'insu des autres, contrairement aux apparences, je ne levais pas le coude avec les plus alcoolisés d'entre eux. « Regardez, Gerbeuse est perdue dans ses rêves », avait un jour dit Nigel en me voyant les yeux dans le vague sur le canapé. Loin d'être dans mes rêves, je cherchais activement un moyen discret de me débarrasser de la dernière potion de Leulah, qu'elle appelait « La Griffe », une mixture trompeusement limpide qui vous carbonisait l'œsophage, voire tout le système digestif. L'un de mes scénarios favoris consistait à sortir seule pour « prendre l'air » et, sous le porche éteint, à vider furtivement mon verre dans la gueule d'un lion en bronze, ultime cadeau d'Andy Warhol à Jefferson en janvier 1987, un mois avant son décès suite à une opération de la vésicule. Bien sûr, j'aurais pu me débarrasser du breuvage sur l'herbe, mais j'éprouvais une satisfaction intense à le donner aux lions, qui, dociles, me regardaient la gueule béante comme s'ils espéraient que cette substance les achèverait. Je priais pour que Jeff ne décide jamais de déplacer ces monstrueuses bêtes : en les déracinant, elle risquerait d'être submergée par un raz-de-marée de picole, gobette, goutte et autres carburant, grog, antigel, poison, camphre, vitriol…

Près d'une heure plus tard, la voiture remontait l'allée de Hannah. Charles manœuvra d'une main experte la Mercedes entre les murs de voitures qui bordaient le chemin. Je n'en revenais pas qu'il conduise aussi bien, vu son état (voir « Fluides inconnus », chapitre 4, « Localisation d'une panne de moteur », *Mécanique automobile*, Pont, 1997).

« Ne la raye pas, dit Jade. Si tu la rayes, ma mère me tue.

— Hannah connaît plus de gens qu'on pensait, dit Leulah.

— Merde, fit Milton.

— Parfait, dit Jade en frappant dans ses mains. Génial ! On va se perdre dans la foule. J'espère juste ne pas croiser Hannah.

— Tu as peur de voir Hannah ? s'écria Charles. Dans ce cas, autant partir tout de suite, parce que laisse-moi te dire, tu vas la voir !

— Toi, regarde la route. Tout va bien se passer, souffla Jade. C'est juste que...

— *Quoi ?* » Charles écrasa la pédale du frein.

Nous fûmes ballottés comme des enfants dans un bus.

« Ce n'est qu'une fête. On ne va rien faire d'extraordinaire. Hannah ne s'en formalisera pas vraiment. D'accord ? »

Anxiété, doute et hésitation venaient de surgir dans la voix de Jade, et ils rendaient sa gaieté brusquement nerveuse.

« Mouais, fit Leulah.

— Non, dit Nigel.

— Ça peut être l'un comme l'autre, dit Milton.

— Bon, faut prendre une décision, putain ! protesta Charles.

— Laissons Haut-le-Cœur décider, déclara Jade. C'est elle la plus raisonnable. »

Jusqu'à ce jour, j'ignore pourquoi et comment j'ai prononcé ces mots. Peut-être s'agissait-il d'une des rares fois où on laisse parler le destin à sa place, lequel surgit de temps en temps pour s'assurer, avec la cruauté des sergents instructeurs, dictateurs et autres bureaucrates que, loin de choisir la voie de la simplicité fraîchement goudronnée et ponctuée de panneaux routiers et d'érables, on emprunte le sombre chemin plein d'épines qu'il a tracé pour vous.

« On y va », déclarai-je.

Hannah étant une aigrette neigeuse, une réception organisée par ses soins ne pouvait consister qu'en flûtes de champagne, porte-cigarettes, quatuor à cordes, couples dansant la joue délicatement posée sur une épaule, quelques paumes moites et autres intrigues adultérines derrière des haies de lauriers et de roses grandiflora — le genre de soirée élégante et discrète que les Larrabee pouvaient organiser en toute tranquillité, et la douce *Sabrina* observer depuis son arbre.

Pourtant, à l'approche de la maison, nous découvrîmes des traces animales, végétales et minérales. Milton suggéra de passer par les bois pour l'aborder par-derrière et entrer par le patio, qui contenait une piscine en forme de haricot que Hannah n'utilisait jamais.

« Il est encore temps de laisser tomber », dit Jade.

Nous nous garâmes derrière une camionnette et, dans la nuit, à la limite des pins, nous observâmes, dans la lumière diffuse d'une quinzaine de torches, les quelque cinquante ou soixante personnes qui occupaient le patio de Hannah. Tous portaient des costumes étranges (un croque-mort, un alligator, un diable, un équipage de *Star Trek*), et ces gens masqués sirotaient leur boisson à la paille dans des gobelets bleus ou rouges, tandis que d'autres mangeaient des bretzels et des biscuits apéritif en essayant de couvrir de leur voix une musique à vous hacher les tympans.

« Qui sont tous ces gens ? demanda Charles, sourcils froncés.

— Je ne reconnais personne, dit Jade.

— Sans doute des amis de Hannah, dit Leulah.

— Vous la voyez, vous ?

— Non.

— Même si elle est là, on ne pourra pas la reconnaître. Tout le monde porte un masque, fit remarquer Milton.

— Je me les gèle, dit Jade.

— On aurait dû se masquer, dit Milton. C'était dit sur l'invitation.

— Et où est-ce qu'on va trouver des masques maintenant, putain ? demanda Charles.

— Perón est là, dit Lu.

— Où ça ?

— La femme au halo brillant.

— Ce n'est pas elle.

— Sérieusement, dit Jade mal à l'aise. Qu'est-ce qu'on fout ici ?

— Bon, passez la nuit là si vous en avez envie, dit Nigel, moi, je vais

189

m'amuser. » Il avait gardé ses lunettes sous son masque de Zorro, si bien qu'on aurait dit un raton laveur version intello. « Qui vient avec moi ? »

Pour une mystérieuse raison, il me regardait.

« On va danser ? Qu'est-ce que t'en dis, ma vieille ? » J'ajustai ma perruque.

Nous descendîmes tous deux de voiture — un raton laveur ringard accompagné d'une carotte aux couleurs inversées — et nous nous dirigeâmes vers le patio.

Qui était bondé. Quatre hommes déguisés en rats et une sirène dont la moitié du visage était couverte de paillettes bleues jouaient au volley dans la piscine avec force éclats de rire. Nous décidâmes d'entrer dans la maison (voir « Remonter le fleuve Zambèze en crue », *Quêtes*, 1992, p. 212), et nous nous glissâmes entre le canapé écossais et un pirate en grande conversation avec le diable qui, sans prêter attention à son grand dos en sueur, recula sur les pieds de deux individus bien plus petits.

Pendant vingt minutes, nous nous contentâmes de siroter une vodka dans des gobelets rouges en observant la foule — nous ne reconnûmes personne — qui rampait, glissait et se dandinait dans des costumes allant du minimal à l'inconcevable.

« J'ai besoin d'un flingue ! » cria Nigel.

Je lui fis signe de répéter et, cette fois, je compris :

« C'est complètement dingue ! »

J'acquiesçai. Hannah, Eva Brewster et les animaux étaient invisibles, il n'y avait là que des oiseaux sans grâce, des sumotoris adipeux, des reptiles aux velcros défaits, une reine qui avait retiré sa couronne et la mâchouillait d'un air distrait en promenant son regard dans la pièce, sans doute à la recherche d'un roi ou d'un as pour un flush royal.

Si papa avait été présent, il aurait sans aucun doute déclaré que ces adultes étaient en train de « renoncer péniblement à toute dignité », ce qui était un peu triste et dérangeant, car « ils cherchaient tous quelque chose qu'ils ne reconnaîtraient pas, quand bien même ça leur tomberait dessus ». Papa avait en général un jugement sévère sur le comportement d'autrui. Et pourtant, quand je vis une Wonder Woman de quarante-cinq ans trébucher sur la pile bien nette des magazines *Traveler* de Hannah, je me dis que le passage à l'âge adulte n'était qu'une imposture, un bus censé vous emmener loin de la ville, et que vous attendez avec une telle impatience que, lorsqu'il arrive, vous ne le voyez même pas.

« Quelle langue ils parlent ? » hurla Nigel à mon oreille.

Je suivis son regard en direction d'un astronaute qui, à quelques mètres de là, serrait dans ses mains son casque pressurisé. Cet homme trapu dont la ligne capillaire formait un sigma (Σ) était en grande conversation avec un gorille.

« Je crois que c'est du grec », dis-je, étonnée. (« La langue des Titans, des Oracles, η γλώσσα των ηρώων », disait papa. (Apparemment, cette dernière partie signifiait « La langue des Héros ».) Papa adorait montrer qu'il était doué pour les langues étrangères. Il prétendait en parler couramment douze mais, chez lui, couramment se limitait souvent à « oui », « non », plus quelques phrases pour impressionner son monde. Il adorait également faire certains traits d'esprit sur les Américains et leur manque d'aptitude pour les langues étrangères : « Les Américains devraient tenir leur langue avant de s'attaquer à celle des autres. »)

« Je me demande qui c'est », dis-je à Nigel. Le gorille retira son masque. Apparut une petite Chinoise qui hocha la tête et répondit dans une langue gutturale soumettant la bouche à une break dance frénétique. Je n'étais plus sûre d'avoir entendu du grec. Je me penchai.

« Bois Savannah, dit Nigel en me comprimant le bras.

— Hein ? criai-je.

— Je vois Hannah. »

Il m'attrapa la main et me poussa entre deux Elvis.

« D'où venez-vous ? demandait l'Elvis *Aloha from Hawaii*.

— De Reno », répondit un *Elvis on Tour* en sueur qui tenait un gobelet bleu.

« Elle est montée », me glissa Nigel à l'oreille en nous faisant passer entre Sodome et Gomorrhe, les deux criminels Leopold et Loeb, puis Tarzan et Jane, qui venaient de se rejoindre dans cette jungle et discutaient en se tripotant le costume. Je ne comprenais pas pourquoi Nigel voulait absolument trouver Hannah. En tout cas, au milieu de l'escalier, je ne vis qu'un ex-T Rex de six tonnes qui avait ouvert son déguisement et trônait sur sa tête en caoutchouc.

« Merde.

— Mais pourquoi tu veux la retrouver ? criai-je. Je croyais que… »

Et, à l'instant où je me tournais pour balayer du regard les perruques et les masques, je la vis.

Son visage était dissimulé sous le rebord d'un haut-de-forme (on ne distinguait qu'un éclat blanc de menton et une bouche rouge) mais je ne doutais pas un instant que ce fût elle, car Hannah produisait une réaction tout en huile et vinaigre dès qu'elle s'incorporait à un milieu, une atmosphère, une situation données. Les jeunes, les vieux, les beaux et les sans originalité constituaient une foule homogène, tandis que Hannah était toujours à part, différente, comme entourée d'un mince trait noir, ou alors avec une flèche « VOUS ÊTES ICI » pour indiquer « ELLE EST LÀ ». Peut-être à cause de la relation particulière qu'elle entretenait avec l'incandescence, son visage exerçait une force gravitationnelle sur cinquante pour cent de la lumière dans une pièce.

Vêtue d'un smoking, elle montait l'escalier vers nous en compagnie d'un homme à qui elle tenait la main gauche comme si c'était un objet de prix, un bijou qu'elle ne pouvait se permettre de perdre.

Nigel l'avait repérée, lui aussi.

« Elle est déguisée en quoi ? me demanda-t-il.

— Marlene Dietrich, *Cœurs brûlés*, 1930. Il faut qu'on se cache. »

Mais il secoua la tête et me retint par le poignet. Coincée derrière un cheik qui attendait que les toilettes de l'étage se libèrent et plusieurs touristes (polaroids et chemises hawaïennes), je ne pus que m'arc-bouter.

La vue de son compagnon me réconforta un peu. D'accord, elle était avec Doc trois semaines plus tôt, mais là, elle venait de monter en grade : elle se promenait bras dessus bras dessous avec rien de moins que Hemingway (voir *Les patriarches américains, 1821-1990*, Park, 1992). Même si le type avait les cheveux gris, un ventre rappelant Montgomery, Alabama (un estomac en forme d'énorme sac à billets, alors que le reste du corps, qui ignore cette partie grossière et vulgaire, demeure parfaitement mince et soigné), il dégageait

192

quelque chose de satisfaisant et d'impressionnant. Vêtu d'un uniforme de l'armée Rouge (il incarnait sans doute Mao Zedong) on aurait dit un président, et son visage, loin d'avoir une beauté terne, était appétissant : riche, luisant et rosé comme un gigot dans un dîner de gala. De toute évidence, il était un peu amoureux d'elle. Papa disait toujours que l'amour ne se voit pas aux paroles, aux actes ou au cœur (« le plus surestimé de tous nos organes »), mais aux yeux (« L'essentiel passe par les yeux »). Or les yeux de cet homme ne pouvaient s'empêcher de suivre chaque courbe du visage de Hannah.

En observant son étrange profil coincé entre la mâchoire et l'épaule de ce type, je me demandai ce qu'elle lui disait. Peut-être cherchait-elle à l'impressionner en récitant pi jusqu'à la soixante-cinquième décimale. Secrètement, j'aurais trouvé ça grisant, un garçon qui me murmure à l'oreille 3,14159265... À moins que ce ne fût le sonnet 116 de Shakespeare, le préféré de papa (« S'il existe dans la langue anglaise d'authentiques mots d'amour, voici ce que devraient dire les gens réellement épris, au lieu du rebattu "Je t'aime" que n'importe quel quidam peut proférer ») : « Je ne veux à l'union de deux âmes sincères admettre empêchement. »

En tout cas, l'homme était hypnotisé. On avait l'impression qu'il rêvait d'être saupoudré d'herbes aromatiques, découpé et nappé de sauce par Hannah.

Ils étaient désormais à trois marches de nous, et passaient juste à côté de la pom-pom girl et d'une femme en Liza Minnelli adossée au mur, avec sur les yeux un maquillage aussi épais que des feuilles pourries qui obstruent une gouttière.

C'est alors qu'elle nous vit.

Son regard dérapa, il y eut une brève interruption de sourire, un accroc à un pull pris dans une branche. Il ne nous restait plus qu'à être nous-mêmes, un sourire minable sur le visage tel un badge « BONJOUR, JE M'APPELLE... ». Elle attendit d'être à notre hauteur pour lancer :

« Vous devriez avoir honte.

— Salut », lança joyeusement Nigel, comme si elle avait dit « Ravie de vous voir ».

À ma grande horreur, il tendait la main au type, qui tourna vers nous d'un air étonné sa grande tête à bajoues.

« Nigel Creech. »

L'homme haussa ses sourcils blancs et inclina la tête avec un sourire débonnaire. « Smoke », répondit-il.

Il avait les yeux d'un bleu crépon et, surprise, l'air assez perspicace. Papa prétendait qu'on juge l'intelligence d'une personne au rythme où ses yeux scrutent votre visage lors de la première rencontre. S'ils esquissent péniblement un box step ou tendent à faire tapisserie entre vos sourcils, la personne a un « QI de caribou », mais, s'ils valsent de vos yeux à vos chaussures, sans nervosité, avec une curiosité saine et affirmée, alors la personne dispose d'un « flair honorable ». Or, les yeux de Smoke dansèrent la macumba entre Nigel et moi, puis revinrent sur Nigel, et j'eus l'impression qu'en un instant, il avait compris notre situation. Je ne pouvais que l'aimer. Des rides plaisantes formaient comme une parenthèse autour de sa bouche.

« Vous êtes là pour le week-end ? » demanda Nigel.

Smoke jeta un coup d'œil à Hannah avant de répondre.

« Oui, Hannah a eu la gentillesse de me faire visiter les environs.

— Et d'où venez-vous ? »

Smoke semblait accepter la curiosité agressive de Nigel. À nouveau, il regarda Hannah.

« De Virginie-Occidentale. »

C'était insupportable. Hannah ne disait pas un mot. Je voyais bien qu'elle était furieuse : le rouge avait envahi ses joues et son front. Elle fit un petit sourire presque timide (contrairement à Nigel, je la voyais de pied en cap, avec ses manches à revers trop longs débordant sur la canne serrée dans sa main), puis elle comprima le biceps de Smoke en guise de signal, car il sourit à nouveau et dit d'une voix d'ours : « Ravi d'avoir fait votre connaissance. À plus tard. »

Ils continuèrent à gravir l'escalier en passant devant le cheik, les touristes (« trop peu de gens se rendent compte que la chaise électrique n'est pas une si mauvaise façon de mourir », prétendait l'un d'eux) et une strip-teaseuse en minuscule robe argentée et bottes blanches.

Sur le palier, ils prirent le couloir et disparurent.

194

« Putain, fit Nigel en souriant.

— Qu'est-ce qui t'a pris ? » demandai-je.

J'avais envie de lui arracher son sourire.

« Hein ?

— Comment tu as pu faire ça ? »

Il haussa les épaules.

« Je voulais savoir qui était son petit ami. Ça aurait pu être Valerio ».

Doc faisait do-si-do dans ma tête.

« Je ne suis pas sûre que Valerio existe.

— Eh bien, poupée, tu es peut-être athée, mais moi, j'ai la foi. Allons prendre l'air », conclut-il en m'attrapant par la main pour me tirer dans l'escalier. Nous passâmes devant Tarzan et Jane (Jane appuyée contre le mur, Tarzan plaqué contre elle) pour gagner le patio.

Jade et les autres s'étaient joints à la foule, qui n'avait pas minci et bourdonnait comme une véranda où une ménagère vient de frapper un nid de guêpes à coup de balai. Allongées sur une chaise longue, Leulah et Jade bavardaient avec deux hommes qui avaient relevé leurs masques mous et protubérants. (Ronald Reagan, Donald Trump, Clark Gable ou toute autre célébrité de plus de cinquante ans avec d'immenses oreilles.) Je ne vis pas Milton (Black était capable d'apparaître et de disparaître avec la rapidité d'un orage), en revanche, Charles se tenait près du barbecue où il flirtait avec une femme en costume de lion dont elle caressait machinalement la crinière enroulée autour de son cou chaque fois que Charles ouvrait la bouche. Abraham Lincoln heurta un lièvre, qui bouscula une table de pique-nique, faisant jaillir dans les airs, tel un feu d'artifice, un saladier de laitue flétrie. Du rock pulsait à tue-tête depuis les baffles installés près des plantes suspendues. La guitare électrique, le rugissement du chanteur, les cris et les rires, la lune en faucille au-dessus des pins sur la droite, tout ceci donnait une étrange et suffocante violence. Peut-être parce que j'avais un peu bu et que mes pensées se mouvaient avec la lenteur de bulles dans une lampe à lave, j'avais en tout cas l'impression que cette foule était capable de se soulever, de piller et de violer, de provoquer une « révolution qui partirait comme un coup de feu et s'achèverait le lendemain avec la légèreté d'un foulard en soie glissant sur le cou fripé d'une vieille dame — comme toutes les rébellions reposant sur l'émotion et non sur la planification » (voir *Les derniers longs feux de l'été : étude sur la rébellion de Novgorod, URSS,* août 1965 », van Meer, revue *SINE,* printemps 1985).

La lumière tranchante des torches faisait ressortir les masques et transformait les costumes, même les plus innocents, à l'image de ce mignon petit chat noir et de cet ange en tutu, en croque-morts aux yeux enfoncés et menton en poignard.

Tout à coup, mon cœur s'arrêta de battre.

Adossé au mur de brique, occupé à surveiller la foule, se tenait un homme en cape noire à capuche et masque doré au nez crochu. Pas un seul centimètre carré d'humain n'était visible. Il s'agissait du costume de l'horrible Brighella, ce scélérat lascif de la Commedia dell'arte que l'on porte au carnaval de Venise ou à Mardi gras. Mais le plus inquiétant, ce qui chassa de ma vue tous les autres monstres présents, n'était pas l'aspect démoniaque de ce masque, dont les yeux ressemblaient à deux blessures par balle, c'est qu'il s'agissait du déguisement de papa. À Erie, Louisiane, la Sauterelle Karen Sawyer l'avait obligé à participer à son défilé de mode Halloween au profit de l'équipe de base-ball. À cet effet, elle lui avait ramené un costume d'un voyage à La Nouvelle-Orléans. (« Je me fais des idées, ou j'ai l'air vigoureusement absurde ? » avait demandé papa en endossant pour la première fois la cape en velours.) Or, cette silhouette à l'autre bout du patio, aussi grande que celle de papa, à tel point qu'elle surgissait de la foule comme un crucifix, portait un costume identique, y compris les reflets bronze du masque, le nez couvert de cloques, la capuche bordée de satin et les boutons en minuscules yeux de poisson. L'homme ne bougeait pas. Il semblait me regarder. Je vis comme des cendres dans ses yeux.

« Dégueulette ?

— Je…, il y a mon père », réussis-je à dire. Tandis que mon cœur ballottait dans ma poitrine, je me frayai un chemin au milieu des Pierrafeu et d'une fée rougeaude en repoussant des épaules et des dos couverts de guirlandes, des coudes et des queues en fourrure qui me donnaient des bourrades dans le ventre. Le fil de fer d'une aile d'ange m'entailla la joue. « Je…, excusez-moi ». Je bousculai une chenille. « Va te faire foutre ! » cria-t-elle, ses yeux injectés de sang me décochant des flammes. Je reçus un coup et tombai sur le sol en brique, tout à coup prisonnière des baskets, bas résille et autres gobelets en plastique.

Quelques secondes plus tard, Nigel s'accroupissait près de moi.

« Quelle salope ! J'ai failli crier "Baston !" mais je ne pense pas que tu veuilles en arriver là.

— Le type, dis-je.

— Hein ?

— Debout contre le mur. Un grand type. Tu… tu le vois ?

— Qui ça ?

— Un type avec un masque au long nez. »

Nigel me regarda d'un air ahuri, puis se redressa. Je vis pivoter ses Adidas rouges. Il se pencha vers moi.

« Je ne vois rien. »

J'eus l'impression que ma tête se séparait de mon cou. Je clignai des yeux. Nigel m'aida à me relever.

« Allez, viens, ma fille. Tout doucement. »

Accrochée à son épaule, je tendis ma tête entourée de ma perruque orange et du halo à la recherche de Brighella pour m'assurer que j'étais simplement ivre, que j'avais cru à l'impossible, que je dramatisais, et je ne vis contre le mur que plusieurs Cléopâtre, le visage aplati, en sueur, irisé comme une flaque d'huile dans un parking : « Haaaaaaaaarveeeeeeeeeeeey ! » hurla l'une d'elles en désignant quelqu'un dans la foule.

« Faut qu'on se tire d'ici, sinon on va se faire piétiner », me dit Nigel. Il resserra son étreinte sur mon poignet. Je pensais qu'il allait m'emmener dans le jardin, mais il m'entraîna à l'intérieur.

« J'ai une idée », dit-il avec un sourire.

La règle voulait que la porte de la chambre de Hannah reste fermée.

Charles m'avait un jour expliqué qu'elle faisait toute une histoire à ce sujet, qu'elle détestait que des gens s'immiscent dans son « espace intime » et, à mon grand étonnement, depuis trois ans qu'ils la connaissaient, aucun d'eux n'y avait mis les pieds ou jeté davantage qu'un coup d'œil furtif.

S'il n'y avait pas eu l'alcool et mon état catatonique après avoir pris Brighella pour papa, si Nigel ne m'avait pas traînée dans l'escalier encombré de hippies et d'hommes des cavernes, et qu'il n'avait pas commencé par frapper trois fois à la porte, jamais, même en mille ans de dynastie Ming, je n'aurais accepté. J'avais beau trouver que ce n'était pas correct d'inspecter la chambre de Hannah, je me dis aussi, tout en retirant mes chaussures (« pas de traces sur la moquette », m'avait intimé Nigel alors qu'il verrouillait la porte derrière nous), qu'elle ne s'en formaliserait peut-être pas vraiment, que c'était juste pour une fois. Et puis, elle attisait notre curiosité, elle nous envoûtait. Si elle n'avait pas tant cultivé son *air de mystère**, rechignant à répondre aux questions même les plus banales, peut-être ne nous serions-nous pas introduits dans sa chambre, peut-être aurions-nous rejoint notre voiture et serions-nous rentrés. (Papa disait toujours que les criminels rationalisent leurs comportements aberrants par des explications tordues. C'était tout à fait ma logique à cet instant.)

« Je vais te chercher à boire », dit Nigel en m'installant sur le lit, puis en allumant la lampe de chevet. Il disparut dans la salle de bains et revint avec un verre d'eau. Une fois à l'écart de la musique et de la foule cruelle, je me rendis compte, un peu étonnée, que j'étais plus lucide que je ne l'aurais cru et, après quelques gorgées d'eau et plusieurs bouffées d'air, tandis que je découvrais l'austérité de la chambre de Hannah, je repris mes esprits et éprouvai ce tiraillement bien connu, dans les cercles de paléontologie, sous le nom de « fièvre des fouilles » — un enthousiasme débordant et infatigable à découvrir l'histoire de la vie. (Mary et Louis Leakey avaient dû le ressentir en arpentant pour la première fois les alentours des gorges d'Oldupai, dans les plaines du Serengeti à l'est de la Tanzanie, un endroit qui allait devenir l'un des sites archéologiques les plus importants du monde.)

Les murs étaient beiges, sans tableau ni photo. Sous le lit, le tapis affichait un vert conventionnel. Comparé au reste de la maison regorgeant d'animaux, de poils de chat, de tentures orientales, de meubles estropiés et de la collection complète du *National Geogra-*

phic depuis 1982, l'austérité de cette pièce paraissait bizarre et, je le sentais, lourde de sens (« La chambre est le reflet du caractère », écrivait sir Montgomery Finkle dans *Détails sanglants* en 1953). Quelques meubles modestes — une commode, une chaise en bois, une coiffeuse — étaient relégués dans les coins de la pièce, comme par punition. Le lit, assez grand, bien net (même s'il plissait là où j'étais assise), n'avait rien de douillet et se limitait à une couverture rugueuse couleur riz complet. La table de nuit accueillait une lampe et un livre de poche usagé, *Yi-King, Le livre des mutations*. (« Il n'y a rien de plus irritant que ces Américains à la recherche de leur tao intime », disait papa.) En me levant, je remarquai une légère odeur dans l'air, comme un invité tape-à-l'œil qui refuse de partir : une eau de Cologne musquée et masculine, le genre de substance sirupeuse dont un gigolo de Miami s'asperge le cou — un cou qu'il a épais comme un tronc d'arbre.

Nigel observait, lui aussi. Il avait rempoché son masque de Zorro et arborait une expression discrète, presque révérencieuse, comme s'il venait de pénétrer dans un monastère et ne voulait pas déranger les moines en prière. Il se glissa jusqu'au placard de Hannah et fit lentement coulisser la porte.

Je m'apprêtais à le rejoindre — le placard était rempli de vête- ments, et quand il tira sur un cordon pour allumer la lumière, un escarpin noir tomba d'une étagère couverte de boîtes à chaussures et de sacs en plastique — lorsque je remarquai quelque chose que je n'avais jamais vu dans cette maison : trois photos encadrées sur la commode. Elles étaient alignées comme des suspects à une séance d'identification. Je m'avançai sur la pointe des pieds, et je découvris bientôt qu'elles n'étaient pas la preuve d'une espèce disparue (un ex-petit ami) ni d'une époque préhistorique (une sinistre période gothique) comme je l'espérais.

Chacune représentait — la première en noir et blanc, les deux autres en couleurs des années soixante-dix (marron patte d'éph', bordeaux $M * A * S * H$) —, une fille qui devait être Hannah entre les âges de neuf mois et six ans. Et pourtant, le bébé avec une simple houppette en sucre sur sa tête chauve en forme de petit gâteau, le jeune enfant qui ne portait qu'une couche, ne ressem- blaient pas à Hannah. Pas du tout. Le premier avait l'air d'un oncle alcoolique, corpulent et rougeaud : en clignant des yeux, on aurait pu croire qu'il avait perdu connaissance dans son berceau après l'ingestion d'une trop grande quantité de whisky. Même les yeux étaient différents. Hannah avait des yeux marron en amande, ceux-ci étaient certes marron, mais ronds comme des billes. Peut-être n'était-ce pas Hannah sur les photos, peut-être s'agissait-il d'une sœur bien-aimée, et pourtant, quand on y regardait de plus près, surtout la photo prise à six ans sur un fier poney ébouriffé comme Walt Whitman, la ressemblance était frappante : la bouche parfaite, les deux lèvres jointes comme les pièces d'un puzzle, cette expression intense et secrète tandis qu'elle baissait les yeux sur les rênes fermement tenues dans ses petits poings.

Nigel était toujours devant la penderie — apparemment en train d'essayer des chaussures. Je me glissai dans la salle de bains adjacente et j'allumai la lumière. En termes de décoration, ce n'était qu'un prolongement de la chambre, d'une austérité et d'une nudité de cellule : sol en carrelage blanc, serviettes blanches soigneusement pliées, lavabo et miroir sans trace d'eau ni tache. Une phrase tirée du livre de poche que la Sauterelle Amy Steinman avait laissé chez nous, *Perdues dans le noir*, du docteur P. C. Mailey (1979), me revint en mémoire. Le livre décrivait dans une prose au souffle rauque « les signes irréfutables de la dépression chez la femme seule », notamment « un espace vide, comme une torture qu'elle s'inflige » (p. 87). « Une femme déprimée vit soit dans des conditions sordides, soit dans un espace strict et minimaliste qui ne rappelle en rien ses goûts ou sa personnalité. En revanche, dans les autres pièces, elle peut très bien exhiber des "bibelots" de façon à paraître normale et heureuse aux yeux de ses amis » (p. 88).

Je trouvai cet univers décourageant. Pourtant, en m'agenouillant devant le placard sous le lavabo, je fis une découverte, toutefois sans l'incrédulité joyeuse que Mary Leakey avait ressentie en 1959 quand elle trébucha sur Zinjanthropus, plus connu sous le nom de « Zinj ».

Un panier rose contenait une collection de médicaments qui reléguait tout ce que Judy Garland avait avalé dans ses jours de gloire à quelques tubes de Smarties. Je dénombrai dix-neuf flacons orange (barbituriques, amphétamines ? Seconal, Phénobarbital, Dexedrine ? — Marilyn et Elvis auraient bondi de joie) ; malheureusement, je ne pus savoir ce qu'ils contenaient : ils n'avaient pas la moindre étiquette, ni la moindre trace de colle suggérant que celle-ci avait été arrachée. Les bouchons de sécurité comportaient un morceau de scotch bleu, rouge, vert ou jaune.

Je m'emparai d'un grand flacon et secouai les petits comprimés bleus, chacun gravé d'un minuscule 50. J'avais envie de le voler afin, une fois rentrée, de chercher ce qu'il contenait, sur internet ou dans l'*Encyclopédie de médecine* de dix kilos que possédait papa (Baker & Ash, 2000). Mais... Et si Hannah souffrait d'une maladie secrète en phase terminale et que seul ce traitement la maintenait en vie ? Et si je lui dérobais un remède vital, et que le lendemain, privée de la dose nécessaire, elle tombait dans le coma comme Sunny von Bulow, faisant de moi un Claus sournois ? Et si je devais embaucher le célèbre avocat pénaliste Alan Dershowitz, qui discuterait de mon cas avec sa bande d'ennuyeux stagiaires en mangeant des spaghettis et des crevettes au gingembre tout en prononçant des discours lyriques sur la relativité du degré d'innocence et de culpabilité, ma vie désormais entre leurs mains comme une marionnette mal ficelée ?

Je regardai à nouveau le flacon.

« Bleue, viens voir ! »

Nigel avait disparu derrière des sacs de vêtements. Il faisait partie de ces fouilleurs passionnés et désordonnés qui détériorent un site sans le moindre scrupule ; il avait descendu de l'étagère au moins dix boîtes à chaussures, désormais éparpillées par terre. De vieux pulls en coton gisaient entre du papier de soie et des sacs, une ceinture couverte de brillants, des boîtes à bijoux, une chaussure bordeaux pétrifiée de sueur. Il portait autour du cou un collier de fausses perles roses.

« Je suis Hannah Schneider et je suis *mystérieuse* », annonça-t-il d'une voix de vamp en lançant le bout du collier par-dessus son épaule comme Isadora Duncan, mère de la danse moderne (voir *Ceci est rouge, et moi aussi*, Hillson, 1965).

« Qu'est-ce que tu fais ? dis-je en gloussant.

— Du lèche-vitrines.

— Il faut ranger tout ça. Elle va s'apercevoir qu'on est venus ici. Elle risque d'arriver et...

— Regarde », dit-il tout excité comme il déposait un coffret sculpté

201

entre mes mains. En se mordant la lèvre inférieure, il souleva le couvercle. À l'intérieur, scintillait une machette en argent de près de cinquante centimètres comme celles que les rebelles utilisaient pour couper les bras des enfants en Sierra Leone. « À la poursuite du diamant vert », van Meer, *Le Trimestriel diplomatique*, juin 2001). Je restai sans voix. « Elle a également toute une collection de couteaux, reprit-il. Elle doit aimer les trucs SM. Et j'ai trouvé une photo, aussi. »

Il récupéra la machette d'un geste joyeux (tel le gérant enthousiaste d'une boutique de prêt sur gages), la lança sur le tapis et, après avoir inspecté une autre boîte à chaussures, me tendit une photo carrée et jaunie.

« Il faut croire qu'elle aimait bien Liz Taylor dans sa jeunesse, dit-il d'un ton rêveur. Ça fait très *Grand National*. »

C'était une photo de Hannah âgée de onze ou douze ans. Il s'agissait d'un portrait en gros plan, si bien qu'on ne voyait pas le contexte, mais Hannah faisait un grand sourire (franchement, je ne l'avais jamais vue si heureuse). Elle avait le bras enroulé comme un boa autour du cou d'une fille épanouie, sans doute assez belle, qui avait malheureusement détourné la tête de l'objectif et fermé les yeux à l'instant du déclic, si bien que l'on ne distinguait que l'antichambre de son visage (une joue, un bout de front royal, une rumeur de cils) et peut-être un peu du salon (un nez aussi élégant qu'une piste de ski). Elles portaient toutes deux le même uniforme scolaire (chemisier blanc et veste marine avec un lion doré sur la poche de poitrine de Hannah). C'était l'un de ces clichés qui semblent davantage capturer une tranche de vie qu'une image — leurs cheveux en queue de cheval étaient pleins d'électricité statique, formant comme des toiles d'araignée dans le vent. On entendait presque leurs rires mêlés.

Et pourtant, cette photo avait quelque chose de sinistre. Je ne pus m'empêcher de penser à Holloway Barnes et Eleanor Tilden, ces fillettes qui avaient assassiné leurs parents en 1964 à Honolulu, comme le racontait Arthur Lewis dans *Petites filles* (1988). Holloway avait tué les parents d'Eleanor dans leur sommeil à coups de pioche et Eleanor ceux de Holloway à coups de fusil, leur tirant en pleine tête comme si elle voulait gagner un panda en peluche au stand de foire. Le cahier illustré du livre contenait une photo des

202

filles semblable à celle-ci, toutes deux en uniforme d'école catholique, leurs bras entrecroisés en bretzels, un sourire violent crocheté sur leur visage tel un hameçon.

« Je me demande qui est l'autre, dit Nigel en poussant un soupir plein de nostalgie. Des filles si belles devraient mourir. Tout de suite.

— Hannah a une sœur ? »

Il haussa les épaules.

« Sais pas. »

Je revins aux trois photos encadrées sur la commode.

« C'est quoi ? » demanda-t-il en s'approchant dans mon dos.

Je plaçai la photo à côté des cadres pour les comparer.

« Ce n'est pas la même personne.

— Hein ?

— Sur ces photos. Ce n'est pas Hannah.

— Ce ne sont pas des photos de Hannah bébé ?

— Elle n'a pas la même tête. »

Il se pencha en acquiesçant.

« Peut-être que c'est une cousine obèse. »

Je retournai la photo de Hannah et de la fille blonde. Une date était écrite dans un coin au stylo bleu : 1973.

« Attends, murmura tout à coup Nigel, une main posée sur les perles autour de son cou, les yeux écarquillés. Oh merde, écoute. »

Au rez-de-chaussée, la musique qui, jusque-là, battait avec la régularité d'un cœur en parfaite santé, s'était arrêtée pour laisser place à un silence absolu.

Je m'approchai de la porte, l'ouvris et jetai un coup d'œil dans le couloir.

Il était désert.

« Partons », dis-je.

Avec un petit cri, Nigel bondit vers la penderie pour replier les pulls et assortir les couvercles aux boîtes à chaussures. J'eus envie de dérober la photo de Hannah et de son amie, mais Howard Carter avait-il pioché dans les trésors de la tombe de Toutankhamon ? Donald Johanson avait-il empoché un bout de Lucy, l'hominidée âgée de 3,18 millions d'années ? À regret, je rendis la photo à Nigel, qui la glissa dans une boîte Evan Picone, puis se hissa sur la pointe des pieds pour la ranger sur l'étagère. Nous éteignîmes toutes les lumières, attrapâmes nos chaussures, jetâmes un dernier coup d'œil pour vérifier que nous n'avions rien oublié (« tout voleur laisse sa carte de visite, car l'ego humain a besoin de reconnaissance comme un junkie a besoin de drogue », écrivait l'inspecteur Clark Green dans *Empreintes* [Stipple, 1979]). Puis nous refermâmes la porte avant de nous ruer dans le couloir.

L'escalier était vide et, dans le tourbillon de la foule au rez-de-chaussée, un oiseau en sueur avec ses plumes tout de guingois lâcha un « oooooooh » hystérique qui fendit le brouhaha comme une épée dans un scène de combat. Un Charlot vint à son secours. « Respire ! Respire, putain, Amy ! » Abasourdis, Nigel et moi échangeâmes un regard, puis nous quittâmes l'escalier pour nous noyer dans une marée de jambes, de masques en plastique, de queues, de baguettes, de perruques, qui tous se précipitaient vers la porte du patio.

« Arrêtez de pousser ! cria quelqu'un. Arrêtez de pousser, bordel !

— Je l'ai vu, annonça un pingouin.

— La police ? gémit une fée. Pourquoi elle n'est pas là ? Quelqu'un a appelé police-secours ?

— Hé, fit Nigel en attrapant par l'épaule un triton qui poussait devant nous. Qu'est-ce qui se passe ?

— Il y a un mort. »

SCÈNES DE LA VIE PRIVÉE

À l'âge de sept ans, papa avait failli se noyer dans le lac de Brienz. Or, il affirmait que c'était l'expérience la plus lumineuse de sa vie, juste après le jour où il vit mourir Benno Ohnesorg.

En éternel compétiteur, papa essayait de battre à la nage un certain Hendrik Salzmann, douze ans, lui aussi pensionnaire du *Waisenhaus* de Zurich. Papa avait beau avoir fait preuve « d'une endurance obstinée et d'une constitution athlétique » en dépassant avec force éclaboussures un Hendrik épuisé, trente ou quarante mètres au-delà de la zone de baignade autorisée, il se sentit tout à coup trop fatigué pour se mouvoir davantage.

D'un vert scintillant, le rivage flottait loin derrière lui. « Il semblait me dire adieu », déclara papa. À l'instant où il sombrait dans les ténèbres glouloutantes, bras et jambes lourds comme des pierres, une fois la panique initiale passée, « qui se résumait finalement à la surprise que c'était donc ça, la fin », papa avait ressenti ce que l'on appelle le « syndrome de Socrate » : un sentiment de calme absolu dans les instants qui précèdent la mort. Papa ferma les yeux, et pourtant, il ne vit ni tunnel, ni lumière aveuglante, ni même se dérouler le film de sa courte vie dickensienne, encore moins un homme en toge blanche, barbu et souriant. Il vit des sucreries.

« Des truffes au chocolat, de la marmelade, disait papa, des biscuits, de la pâte d'amandes. Je sentais leur odeur. Je me suis vraiment vu sombrer, non pas dans mon tombeau liquide, mais au *Café Conditorei*. »

Papa jurait aussi qu'il avait entendu, quelque part dans les profondeurs, la cinquième symphonie de Beethoven qu'une nonne bien aimée, Fräulein Uta (la première Sauterelle de l'histoire, *der erste Maikäfer in der Geschichte*), jouait le samedi soir dans sa chambre. Et quand il fut arraché à cette euphorie mielleuse par rien de moins que Hendrik Salzmann (mû par un second souffle), il voulut d'abord, à l'en croire, regagner l'eau noire pour ses douceurs et l'Allegro Presto.

Papa, à propos de la mort : « Lorsque notre heure est venue — bien sûr, personne ne sait quand il sera appelé —, rien ne sert de pleurnicher. Je t'en prie. Il faut partir comme un guerrier, même si tu as mené ta lutte sur le terrain de la biologie, de la neurologie, des origines du soleil ou des insectes et de la Croix-Rouge, comme ta mère. Dois-je te rappeler comment est mort Che Guevara ? C'était un homme profondément imparfait — ses opinions prochinoises et procommunistes étaient étriquées, au mieux naïves. Et pourtant. » Papa se redressait alors sur sa chaise et se penchait, ses yeux noisette tout à coup immenses derrière ses lunettes, sa voix s'élevant avant de plonger profondément : « Le 9 octobre 1967, lorsqu'un traître indiqua à des agents de la CIA la localisation du campement des guérilleros de Guevara, et que, si gravement blessé qu'il ne pouvait tenir debout, celui-ci se rendit à l'armée bolivienne, puis que René Barrientos ordonna son exécution, quand un officier à foie jaune tira la courte paille et, tremblant si fort que des témoins crurent qu'il allait avoir une attaque, pénétra dans l'école sans fenêtres pour loger une balle dans la tête de Guevara, assassiner l'homme qui se battait pour ses convictions, l'homme qui parlait de "Liberté" et de "Justice" sans une once de sarcasme, Guevara, sachant ce qui l'attendait, se tourna vers l'officier... » Et là, papa faisait face à un individu imaginaire sur sa gauche. « Et là, ma chérie, il n'avait pas peur, et, sans une goutte de sueur, sans la moindre hésitation dans la voix, il dit : "Tire, lâche. Tout ce que tu vas faire, c'est tuer un homme." »

Puis Papa me regardait fixement.

« Puissions-nous, toi et moi atteindre une telle sérénité. »

Quand Hannah nous parla de Smoke Harvey avec une voix rauque et des cercles gris autour des yeux (comme si quelque chose venait de se renverser en elle), chaque détail constituant une brique rose dans la reconstitution de sa vie foisonnante comme une plantation, je m'interrogeai sur la sérénité de Smoke. J'essayai d'imaginer ce qui l'avait attiré au moment où il se noyait : si ce n'était l'amour des sucreries et de Beethoven comme papa, alors les cigares cubains ou bien les mains de poupée de sa première épouse (« elle était si petite qu'elle n'arrivait pas à l'entourer de ses bras », dit Hannah), un verre de Johnnie Walker avec glaçons (sans doute un Label Bleu, puisque Hannah avait dit qu'il aimait « les choses raffinées »), tout ce qui pouvait l'aider à renoncer, au point culminant de sa vie, à soixante-huit années vécues avec force et vigueur (« verve » et « entrain », avait dit Hannah), dans une piscine, ivre et déguisé en Mao Zedong, pour couler jusqu'à un sol de béton deux mètres quarante plus bas sans que personne ne s'en aperçoive.

Il s'appelait en réalité Smoke Wyannoch Harvey. Personne ne le connaissait, mis à part les habitants de Findley, Virginie-Occidentale, ou ceux qui l'avaient employé comme chargé de porte-feuille quand il travaillait chez DBA LLC, ou encore ceux qui avaient déniché dans le bac de soldes à quatre-vingts pour cent de réduction son ouvrage intitulé *La trahison Dolorosa* (1999), ou ceux qui avaient survolé les deux articles consacrés à sa mort dans *The Stockton Observer* des 24 et 28 novembre (voir « Un Virginien se noie dans une piscine », « La noyade de ce week-end jugée acciden-telle », nouvelles locales, respectivement pages 2B et 5B).

C'était, bien entendu, l'homme grisonnant et distingué que Nigel et moi avions croisé dans l'escalier en compagnie de Hannah, l'homme que j'avais tout de suite aimé (Support visuel 12.0).

À l'annonce de sa mort, Nigel et moi nous étions faufilés jusqu'à une fenêtre donnant sur le patio. Mais nous ne vîmes que le dos des gens, qui tous regardaient dans la même direction, comme s'ils assis-taient à une représentation du *Roi Lear* en plein air. La plupart avaient en partie émergé de leur costume, si bien qu'on aurait dit des mutants. Le sol était jonché de goupillons à pipe ayant servi d'antennes, et de perruques qui gisaient telles des méduses échouées.

Une sirène d'ambulance déchira la nuit. Une lumière rouge fila sur la pelouse. La foule se replia dans le salon.

Support visuel 12.0

« Dès que tout le monde sera calmé, ça ira très vite », déclara sur le seuil un policier blond qui mâchait un chewing-gum. Vu la façon dont il se retenait au montant et posait un pied sur le porte-parapluie de Hannah, dont il clignait lentement des yeux, on comprenait que son corps était présent, mais que son esprit se trouvait encore à la table de billard en feutre rouge où il venait de rater un coup facile, ou bien avec sa femme dans leur lit à dossier inclinable.

J'étais sous le choc, la bouche en O : je me demandais qui était mort, je voulais m'assurer que ce n'était ni Milton, ni Jade, ni aucun d'eux (pourquoi pas la chenille vénéneuse ?). En revanche, Nigel se mua en véritable chef scout. Il me prit par la main et me fit traverser la pièce en enjambant des hippies qui s'étaient assis par terre pour se faire des massages de contrition. Il éjecta une Jane de la salle de bains (elle avait perdu son Tarzan) et, verrouillant la porte derrière nous, m'ordonna de boire de l'eau.

« Il ne faudrait pas qu'un pied plat exige un test d'alcoolémie », dit-il d'un ton inquiet. J'étais frappée par sa réaction. Papa disait toujours qu'une situation d'urgence provoque en chacun de nous des changements fondamentaux. Or, si la plupart des gens se liqué-fiaient, Nigel, au contraire, gagnait en densité et devenait une version plus forte de lui-même. « Je vais chercher les autres, dit-il à une vitesse proche d'un lancer de roquette. Il faut qu'on se trouve une bonne raison d'être ici, parce qu'ils vont boucler les lieux du crime, et aussi noter nos noms et adresses, ajouta-t-il en ouvrant la porte. Et j'ai pas envie d'être viré de l'école à cause d'un plouc qui tient pas l'alcool et qui ne savait même pas nager. »

Certains ont le don de devenir, sinon la star de tout thriller, film d'action, histoire d'amour ou western spaghetti, tout du moins un second rôle, ou une apparition mémorable qui leur vaut l'estime des critiques et un bouche à oreille flatteur.

Il ne fallait donc pas s'étonner que Jade soit devenue un témoin involontaire. Elle discutait dehors avec Ronald Reagan qui, dans un désir alcoolisé de faire le malin, se laissa glisser dans la piscine chauffée et, alors qu'il nageait le dos crawlé dans son costume bleu, évitant les quatre rats qui jouaient à Marco Polo, tenta de trouver en quoi Jade était déguisée (« Pam Anderson ! Ginger Lynn ! »), puis donna involontairement un coup de pied dans une masse sombre et immergée.

« Qu'est-ce que… ? » s'écria Ronald.

« Un homme sans connaissance ! Appelez police-secours ! Qui sait faire du bouche-à-bouche ? Trouvez un médecin, bordel ! » préten-dait avoir crié Jade, alors que Milton, qui revenait dans le patio après avoir fini son joint dans les bois, déclara qu'elle était restée sans un geste et sans un mot jusqu'à ce que l'ancien acteur, aidé par un rat, sorte la baleine de l'eau. Puis que, assise sur la chaise longue, elle s'était contentée de regarder la scène en se rongeant les ongles pen-dant que les gens murmuraient : « Oh merde ! » Un homme en cos-tume de zèbre avait tenté de le ranimer.

Jade avait attendu d'être interrogée par la police dans le patio en compagnie de l'ex-président et autres premiers rôles. En revanche, Nigel avait regagné la salle de bains en compagnie de Charles, Mil-ton et Lu. Charles et Lu donnaient l'impression d'avoir survécu à la guerre de 1812, mais Milton était égal à lui-même, mou et voûté, un vague sourire sur le visage.

« Qui est mort ? demandai-je.

— Un type très grand, répondit Leulah, assise sur le rebord de la baignoire, les yeux dans le vide. Et il est vraiment mort. Il y a un mort par terre dans le patio de Hannah. Dégoulinant d'eau. D'une affreuse couleur d'huile de baleine. » Elle posa une main sur son ventre. « Je crois que je vais vomir.

— La vie, la mort, soupira Nigel. C'est tellement hollywoodien, tout ça.

— Quelqu'un a vu Hannah ? » demanda négligemment Charles.

Tout cela était effroyable. Même s'il s'agit d'un accident, ce n'est jamais bon que quelqu'un meure chez vous pendant une fête, qu'il « quitte ce monde scandaleux » (comme adorait le dire papa) sur vos terres, dans votre piscine en forme de haricot. Personne ne répondit. Derrière la porte fermée, quelques mots surgissaient du brouhaha comme des têtards (« Ouah ! », « Sheila ! », « Tu le connaissais ? », « Hé, qu'est-ce qui se passe ? ») et, par la fenêtre ouverte près de la baignoire, les radios des voitures de police sifflaient en continu des bruits incompréhensibles.

« J'aurais proposé qu'on se tire d'ici, déclara Nigel en se glissant derrière le rideau de douche pour jeter un coup d'œil par la fenêtre, comme s'il risquait de recevoir une balle. Je ne pense pas qu'ils aient mis un véhicule de police au bout de l'allée. Mais comme on ne peut pas laisser Jade, on va devoir prendre le risque de se soumettre aux procédures de police.

— On va quand même pas fuir une scène de crime ! fit Charles d'un ton énervé, tout à coup très rouge. T'es dingue ou quoi ? » Il était de toute évidence inquiet pour Hannah. Dès que, dans le Salon Pourpre, Jade ou Nigel jouaient aux devinettes sur ce qu'elle faisait le week-end (et s'ils allaient jusqu'à murmurer « Cottonwood »), j'avais remarqué que Charles devenait aussi colérique et bougon qu'un dictateur latino-américain. En quelques secondes, tout son corps — jusqu'au visage et aux mains — pouvait prendre une teinte punch tropical.

Comme d'habitude, Milton ne dit rien. Adossé aux serviettes bordeaux, il se contenta de glousser.

« Ça ne serait pas très grave, répliqua Nigel. Une noyade, c'est évident. On voit à la peau si c'est un accident ou un crime, or il y a un fort taux de noyades dues à l'alcool. Un type bourré qui tombe à l'eau ? Qui se fout en l'air tout seul ? Et qui y reste ? Qu'est-ce que tu peux faire contre ça ? Il est seul responsable. Et ça arrive tout le temps. Les garde-côtes repêchent sans arrêt dans l'océan des connards qui ont bu trop de rhum-Coca.

— Comment tu sais ça ? » demandai-je, même si j'avais lu quelque chose de similaire dans *Meurtre au Havre* (Monalie, 1992).

« Ma mère est fan de polars, annonça-t-il fièrement. Elle serait capable de faire sa propre autopsie. »

Après avoir décrété que nous n'étions pas ostensiblement ivres (une mort avait l'effet de six tasses de café et d'un plongeon dans la mer de Béring), nous retournâmes au salon. Un nouveau policier avait pris les choses en main, l'inspecteur Donnie Lee, dont les traits bouffis et décentrés faisaient penser à un vase raté sur un tour de potier. Il essayait d'aligner les gens (« en ordre, messieurs dames »), avec la patience d'un animateur de croisière qui organise une excursion à terre. Peu à peu, la foule se mit en cercle autour de la pièce.

« Laissez-moi passer le premier, dit Nigel. Et pas un mot. Je vous livre le conseil de ma mère. Quoi qu'il arrive, donne l'impression de vivre une expérience transcendantale. »

L'inspecteur Donnie Lee baignait dans l'eau de Cologne (un messager qui le précédait de loin, ce qui permettait de prévoir son arrivée) ; aussi, quand il atteignit Nigel, nota son nom, son numéro de téléphone et lui demanda : « Quel âge as-tu, fiston ? », Nigel était-il prêt pour la curée.

« Dix-sept ans, monsieur l'inspecteur.

— Hum.

— Je vous jure, Miss Schneider ignorait tout de notre présence ce soir. Mes amis et moi avons cru que ce serait amusant de voir à quoi ressemblait une fête d'adultes. Pour se faire une idée. Et, permettez-moi de le préciser, en aucun cas pour absorber des substances illicites. Je suis baptiste, je dirige mon groupe de prière depuis deux

211

ans, et ma religion m'interdit tout alcool. L'abstinence me convient parfaitement, monsieur l'inspecteur. »

Je jugeai son numéro affecté mais, à ma grande surprise, Nigel s'en sortit comme Vanessa Redgrave dans *Mary, reine d'Écosse*. L'inspecteur Donnie Lee, son front d'argile tout à coup couvert de grosses rides (à croire que des mains invisibles le retravaillaient pour le transformer en pot ou en cendrier), se contenta de tapoter son Bic bleu au bout mâchonné sur le bord de son calepin.

« À partir de maintenant, les gosses, je vous ai à l'œil. Je ne veux plus jamais vous revoir dans ce genre d'endroit. Suis-je bien clair ? »

Sans attendre nos « bien sûr, monsieur l'inspecteur, absolument, monsieur l'inspecteur », il se mit à prendre les coordonnées d'une Marilyn geignarde dans une minuscule robe à la *Sept ans de réflexion* avec une horrible tache marron.

« Combien de temps ça va durer ? J'ai une baby-sitter qui m'attend.

— Madame, si vous voulez bien pour le moment faire preuve de patience... »

Nigel sourit. « Rien de tel qu'un pot de miel bien placé pour attirer les mouches », souffla-t-il.

L'inspecteur Lee retint tout le monde jusqu'à cinq heures du matin. Quand nous eûmes enfin le droit de partir, nous découvrîmes un petit matin tuberculeux et bleu : ciel blafard, herbe trempée de sueur, brise fraîche qui sifflait dans les arbres. Sur la pelouse, des plumes rouges se coursaient sous le ruban de police « interdiction de franchir cette limite » ou allaient taquiner un masque de Hulk qui faisait le mort.

Nous suivîmes la procession fatiguée jusqu'aux voitures, longeant un petit groupe qui tenait absolument à voir quelque chose (une fée, un gorille et un golfeur blond frappé par l'éclair), deux véhicules de police et l'ambulance vide, dont le conducteur, des valises sous les yeux, fumait une cigarette. Une Néfertiti plaqué or marmonnait en titubant dans l'allée sur des talons argentés comme des pics à glace : « C'est une responsabilitééééééé d'avoir une pisciiiiine. À la seconde où je me suis levéééééééé, j'ai eu un pressentiment, je suis sérieuuuuuuuuuuuse. »

Dans un silence lourd, nous montâmes en voiture et attendîmes Jade encore un quart d'heure.

« J'ai fait une déposition, annonça-t-elle fièrement en s'installant sur la banquette arrière, m'écrasant contre Nigel alors qu'elle refermait la portière. C'était exactement comme à la télé, sauf que le flic n'était ni beau ni bronzé.

— Ah bon ? » fit Nigel.

Jade attendit que nos yeux soient tous tournés vers elle.

— Le lieutenant Arnold Trask était un porc.

— Tu as vu le type mort ? demanda Milton depuis le siège avant.

— J'ai tout vu. Qu'est-ce que vous voulez savoir ? D'abord, ce que j'ai trouvé vraiment bizarre, c'est qu'il était bleu. Je ne plaisante pas. Et ses bras et ses jambes étaient mous. D'habitude, ce n'est pas comme ça, vous voyez ce que je veux dire ? Et puis, il était gonflé comme un matelas pneumatique. À croire qu'on lui avait soufflé dans les bronches...

— Si tu n'arrêtes pas tout de suite, je vais me sentir mal, dit Leulah.

— Hein ?

— Tu as vu Hannah ? demanda Charles en mettant le contact.

— Bien sûr, dit Jade en hochant la tête. C'était ça le plus dur. Quand ils l'ont amenée dehors, elle s'est mise à hurler comme une folle. L'un des policiers a dû la faire rentrer. C'était comme de regarder une émission sur une mère qui n'a pas obtenu la garde de ses enfants. Après, je ne l'ai plus revue. Quelqu'un a dit que l'ambulancier lui avait donné un sédatif et qu'elle était partie se reposer. »

Dans la lumière pâle et bleutée du matin, des centaines d'arbres nus s'agglutinaient le long de la glissière de sécurité comme pour nous saluer et présenter leurs condoléances. Je vis Charles serrer les dents lorsqu'il prit l'autoroute en direction de chez Jade. Ses joues paraissaient creuses, comme entaillées au couteau. Je pensai alors à papa et à ces moments terribles où il sombrait dans une humeur bourbon avec *Le grand mensonge blanc* (Moon, 1969) ou *Le silence de E. B. Carlson* (1987) à califourchon sur son genou en velours côtelé. Il évoquait alors ce dont il ne parlait jamais, la mort de ma mère. « C'est ma faute, disait-il », non à moi, mais à mon épaule ou à ma jambe. « C'est une honte, ma chérie. J'aurais dû être là. » (Même lui, qui se faisait une fierté de ne jamais esquiver, préférait, comme beaucoup de gens, s'adresser à un morceau de corps quand il était saoul ou triste.)

Je détestais le visage de papa dans ces moments-là car, pour moi, ce visage constituait la seule chose solide et immuable en ce monde, aussi permanente que les têtes sculptées dans la roche volcanique de l'île de Pâques (s'il devait n'en rester qu'un au bout de neuf siècles, ce serait papa). Un bref instant, dans la cuisine ou un coin obscur de son bureau, je le découvrais fragile, plus petit, assurément plus humain, mais malheureux, seul et aussi frêle que les pages d'une Bible de motel.

Bien sûr, il s'en sortait toujours avec panache. Juste après, il se moquait de son apitoiement et prétendait que l'homme est le pire ennemi de lui-même. Et quand il se levait, il était redevenu papa, mon papa, mon *Homme de l'année*, mon *Homme qui voulut être roi*. Et pourtant, c'était terriblement contagieux, car, par la suite, je me sentais mal pendant des heures. Voilà ce que font aux gens les morts accidentelles, elles rendent leur fond des mers irrégulier et dangereux, créent des courants qui se croisent et se heurtent pour donner naissance à des vagues, certes petites, mais instables en surface. (Dans les cas les plus dangereux, elles provoquent un tourbillon durable, où même les meilleurs nageurs peuvent se noyer.)

Ce dimanche-là, il n'y eut pas de dîner chez Hannah.

Je passai la fin du week-end dans une humeur marécageuse : après-midi de travail suffocant, tête lessivée par la mort et par Hannah. Je détestais les gens qui s'adonnent à ce que papa appelait « le deuil compatissant » (tout le monde est toujours prêt pour une veillée mortuaire, du moment qu'il ne s'agit ni de son propre enfant tué dans un accident de voiture, ni de son mari poignardé par un pauvre type qui cherchait du crack) ; et pourtant, quand je lus le bref article sur Smoke Harvey dans *The Stockton Observer* et que j'examinai sa photo (un horrible cliché pris à Noël : smoking, sourire et front scintillant comme du chrome), je ne pus m'empêcher d'éprouver, sinon un sentiment de manque ou de tristesse, tout du moins, l'impression d'un échange raté, comme en voyage, lorsqu'on voit un individu fascinant endormi dans un camion sur le siège du passager, tel un cirrus secret qui passe sur la vitre.

« Alors dis-moi, dit sèchement papa en pliant un coin du *Wall Street Journal*. Comment allaient tes hooligans joyciens ? Tu ne m'en as pas parlé à ton retour. Vous avez atteint Calypso ? »

Blottie sur le canapé près de la fenêtre, j'essayais de ne plus penser à la fête en me distrayant avec un classique de la littérature pour filles, *Une nuit d'amour* (Zev, 2002), dissimulé dans un grand *Ainsi parlait Zarathoustra* (Nietzsche, 1883-1885) pour satisfaire papa.

« Ils vont bien, dis-je en essayant de prendre un air blasé. Et comment allait Kitty ? »

Papa avait rendez-vous avec elle la veille au soir, et le fait qu'à mon retour leurs verres de vin sales se trouvaient encore dans l'évier (sans oublier, sur le comptoir, une bouteille de cabernet vide) me fit conclure que j'avais eu une illusion d'optique en croyant voir chez Hannah le costume menaçant de papa, ce costume dont il disait qu'il le faisait ressembler « au rejeton de Marie-Antoinette et d'un Alien ». (Kitty mettait du rouge à lèvres cuivré et, d'après l'échantillon que j'avais trouvé derrière le canapé de la bibliothèque, elle maltraitait ses cheveux à l'eau oxygénée. Il était couleur pages jaunes.)

Papa eut l'air confondu par ma question.

« Comment répondre à cela ? Voyons voir. Eh bien, disons qu'elle était aussi gaie que d'habitude. »

Si j'avais le sentiment de traverser les Everglades, je n'osais concevoir dans quel marécage sombre gisait Hannah quand elle se réveilla en pleine nuit dans son étrange chambre nue en pensant à Smoke Harvey, l'homme dont elle avait serré le bras dans l'escalier comme une adolescente écervelée, un homme qui, à présent, était mort.

Cependant, je fus légèrement rassurée le lundi quand Milton me rejoignit à mon casier après les cours. Il m'annonça que Charles était allé la voir le dimanche.

« Comment va-t-elle ?

— Ça va. Charles a dit qu'elle était encore sous le choc, mais que ce n'est pas trop grave. »

Il s'éclaircit la gorge et plongea ses mains dans ses poches avec la lenteur d'un bœuf en plein soleil. Jade lui avait sans doute récemment glissé : « Haut-le-Cœur est folle de toi. » Je l'entendais dire : « Vraiment *gaga*, du genre *dingo* », car ces derniers temps, quand il me regardait, un petit sourire mesquin flottait sur son visage, et ses yeux me tournaient autour comme des mouches fatiguées. Je n'avais aucun espoir, je ne rêvais pas qu'il puisse éprouver pour moi le même sentiment, qui n'était d'ailleurs ni du désir ni de l'amour (« Juliette et Roméo sont des charlots, on n'est réellement "amoureux" que lorsqu'on s'est lavé les dents au moins trois cents fois à côté de l'être aimé », disait papa), juste un courant électrique. Je le voyais traverser nonchalamment la Pelouse, et j'avais l'impression d'être frappée par l'éclair. Je le croisais au Scratch où il me disait : « Salut, Dégueulette », et je me muais en ampoule dans un circuit monté en série. Je n'aurais pas été surprise si, dans Elton, quand il passait près de ma salle d'histoire de l'art sur le chemin de l'infirmerie (il était toujours sur le point de contracter la rougeole ou les oreillons), mes cheveux s'étaient dressés sur ma tête.

« Elle veut qu'on dîne ensemble ce soir, dit-il. Elle souhaite parler des événements. Tu peux te libérer à cinq heures ? »

J'acquiesçai.

« Il va falloir que j'invente quelque chose pour mon père. »

Il plissa les yeux.

« À quel chapitre on en est ?

— Protée. »

Il éclata de rire et s'éloigna. Son rire était une grosse bulle surgissant d'un bourbier : un gargouillis, et puis plus rien.

Charles ne s'était pas trompé. Hannah avait la pêche.

Tout du moins, quand Jade, Leulah et moi fûmes escortées dans la salle du restaurant par le maître d'hôtel, et que nous la vîmes seule à une table ronde, elle semblait avoir la pêche.

Elle avait déjà invité les autres au Hyacinth Terrace. Elle les y emmenait pour des occasions spéciales — anniversaires, jours fériés, réussite exceptionnelle à un devoir. Ce restaurant s'efforçait, avec la ferveur d'un médecin urgentiste, de ressusciter l'Angleterre victorienne en un « grisant voyage culinaire qui mêle avec art tradition et modernité » (voir www.hyacinthterracewnc.net). Perchée à flanc de la Marengo Mountain, la maison rénovée verte et rose avait l'allure d'un amazone à épaulette jaune dépressif : un perroquet qui rêve de regagner son habitat naturel. Quand on entrait, on ne voyait nullement Stockton s'étendre par les immenses baies déployées en éventail, mais cette célèbre fumée que crachaient les cheminées encrassées de la vieille usine à papier d'Horatio Mills Gallway, à quarante kilomètres à l'est (désormais Parcel Supply Corp.), une fumée qui aimait tout particulièrement chevaucher le perpétuel vent d'ouest et étouffait ainsi la vallée de Stockton comme un amoureux larmoyant dans une étreinte humide.

Il était tôt, environ 17 h 15, et Hannah était seule dans le restaurant, à l'exception d'un vieux couple qui dînait près d'une fenêtre. Un chandelier doré à cinq étages trônait au centre de la salle comme une duchesse cul par-dessus tête qui exhibe sans honte, pour un public ravi, ses bottines et son jupon à froufrou.

« Bonjour, dit Hannah comme nous approchions de la table.

— Les garçons seront là dans dix minutes, annonça Jade en s'asseyant. Ils devaient attendre la fin de l'entraînement de Charles. »

Hannah acquiesça. Elle portait un pull noir à col roulé, une jupe en laine grise et l'expression soigneusement amidonnée d'une candidate aux élections avant de monter sur le plateau pour un débat télévisé : gestes nerveux (petit reniflement, vérification des dents d'un coup de langue, lissage de jupe), tentative de conversation (« Comment s'est passée l'école ? ») sans suite (« Parfait »). Je compris qu'elle se préparait à nous dire quelque chose de très spécial, et l'inquiétude monta en moi quand je la vis pincer les lèvres et sourire à son verre de vin, comme si elle répétait mentalement un discours d'accueil cordial et pourtant menaçant destiné à son adversaire.

Je ne savais que faire. Je fis mine d'être hypnotisée par l'immense carte où les plats flottaient dans une écriture tout en fioritures : *Soupe de panais écrasés avec infusion de truffe noire et haricots nains.*

Mes craintes se confirmèrent quand Charles apparut avec les autres, même si Hannah attendit, pour commencer son discours, que le serveur maigrichon ait pris la commande et détalé comme un cerf quand retentissent des coups de fusil.

« Si notre amitié doit se poursuivre, attaqua-t-elle d'une voix tendue, le dos raide, rejetant ses cheveux sur ses épaules d'un geste très officiel, et hier, à certains moments, j'ai vraiment douté que ce soit possible — à l'avenir, quand je vous dis de ne pas faire quelque chose, *ne le faites pas*. »

Elle nous dévisagea tour à tour, laissant ses mots se promener autour des assiettes colibri, des ronds de serviette en bois, de la bouteille de pinot noir et du vase central en verre où des roses jaunes tendaient le cou comme des poussins tout juste éclos qui attendent la béquée.

« Est-ce bien clair ? »

J'acquiesçai.

« Oui, dit Charles.

— Oui, dit Leulah.

— Hum, fit Nigel.

— Votre attitude de samedi est inexcusable. Je suis blessée. Profondément. Au-delà des événements tragiques qui ont eu lieu, je ne comprends toujours pas votre comportement. Que vous m'ayez fait courir un tel risque, que vous m'ayez à ce point manqué de respect. Car, laissez-moi vous le dire, le seul point positif de cette soirée, c'est qu'Eva Brewster n'est finalement pas venue parce que son fox-terrier était malade. Sans ce putain de fox-terrier, à l'heure qu'il est, je serais virée. Vous en êtes conscients ? *Nous* serions virés, car si Eva avait vu chez moi n'importe lequel d'entre vous, il aurait également été exclu de l'école. Je vous le garantis. D'autant que vous ne vous êtes certainement pas contentés d'un cocktail sans alcool. Je n'aurais rien pu faire pour vous. Tout ce pour quoi vous travaillez, l'université, tout aurait été compromis. Et pour quoi ? Une blague que vous trouviez drôle ? Eh bien, ce n'était pas drôle. C'était ignoble. »

Elle parlait trop fort. Son « putain » détonnait aussi, car Hannah ne prononçait jamais de gros mots. Et pourtant, le personnel de Hyacinth Terrace n'eut pas le moindre regard surpris, pas le moindre haussement de sourcils. Tous avaient l'attitude d'une grand-mère fredonnante qui refuse d'admettre que le prix du lait a augmenté de six cents pour cent depuis son époque, trop occupés qu'ils étaient à dresser des tables. À l'autre bout de la salle, un jeune homme à tête de navet, dans un smoking trop grand, s'avança vers le piano, s'installa et se mit à jouer du Cole Porter.

Hannah prit une profonde inspiration.

« Depuis que je connais chacun de vous, je vous ai traités en adultes. En égaux et en amis. Je n'en reviens toujours pas que vous ayez manifesté un tel mépris pour notre amitié.

— Nous sommes désolés », dit Charles d'une petite voix que je ne lui connaissais pas.

Elle se tourna vers lui en joignant ses longs doigts manucurés dans une parfaite architecture « voici l'église, voici le clocher ».

« Je sais que vous êtes désolés, Charles. Ce n'est pas la question. Quand on devient adulte — et à ce qu'il semble, il vous reste du chemin à parcourir —, on apprend que les choses ne rentrent pas dans l'ordre simplement parce qu'on est désolé. Être désolé, c'est stupide. Un ami à moi est mort. Et... et je suis bouleversée... »

Le soliloque lugubre de Hannah se poursuivit pendant l'entrée et une bonne partie du plat. Et quand nos antilopes de serveurs bondirent pour placer entre nos mains la carte des desserts, nous ressemblions à un groupe de dissidents dans l'URSS de 1930 après une année de goulag en Sibérie et autres rudes terres arctiques. Les épaules de Leulah s'étaient affaissées, si bien qu'elle semblait sur le point de s'effondrer. Jade regardait fixement son assiette colibri. Charles semblait pâteux et malheureux. Une expression sinistre avait torpillé Milton, qui était en train de plonger sous la table. Et, même si Nigel ne montrait aucun signe de tristesse ou de regret, je remarquai qu'il avait laissé la moitié de son carré d'agneau des collines et n'avait pas touché ses pommes de terre fouettées au poireau.

Quant à moi, j'étais suspendue aux lèvres de Hannah, et j'éprouvais une tristesse renouvelée chaque fois qu'elle me regardait sans cacher sa terrible déception et sa désillusion. Car sa terrible déception et sa désillusion ne me paraissaient pas si sévères quand elle regardait les autres, même si j'étais pourtant certaine de ne pas être un exemple de la « théorie de l'arrogance » selon papa — nous croyons tous incarner le désir et/ou la haine dans le film de l'autre.

Parfois, apparemment affolée, Hannah perdait le fil de sa pensée et s'arrêtait net dans un silence implacable et aride qui s'étendait à perte de vue. Le restaurant — avec ses scintillements et ses cliquetis, ses serviettes bien pliées et ses fourchettes resplendissantes (vous pouviez, comme dans un miroir, y distinguer les aliments microscopiques logés entre vos dents), sa duchesse douairière qui rêvait qu'on la décroche de sa patère pour danser un quadrille avec un prétendant de la bonne société — semblait indifférent, aussi désespéré qu'une nouvelle de Hemingway qui regorge de conversations étriquées, d'espoirs vains entre des rafales de mots, de voix voluptueuses comme des souverains. Peut-être parce que, dans mon histoire, il y avait un discret petit rectangle rouge sur les années 1987-1992, avec l'inscription NATASHA ALICIA BRIDGES VAN MEER, MÈRE, je sentais en tout cas, plus que jamais, que les gens se voient une première fois et une dernière fois. Or j'étais convaincue qu'il s'agissait là d'un exemple de dernière fois. Nous allions tous devoir nous dire adieu et, comme terminus, cet endroit clinquant en valait bien un autre.

Le seul détail qui m'empêchait de me liquéfier sur la carte des desserts, c'était la chambre de Hannah. Cette pièce ne pouvait que la caractériser, et me donnait un point de vue différent sur chacun de ses mots et de ses regards, chaque crissement de sa voix. Je savais que, pour une prof, son attitude était critiquable : Hannah, qui buvait seule toute une bouteille de vin, illustrait parfaitement sa détresse. Même ses cheveux paraissaient épuisés, si bien qu'ils finirent par s'immobiliser sur ses épaules. Mais c'était plus fort que moi : j'étais la fille de mon père, et par conséquent portée sur la bibliographie. Le contour de ses yeux avait l'air gris, comme si on l'avait noirci avec un crayon à dessin[1] de Mr. Moat. Elle se tenait droite comme un I[2]. Et lorsqu'elle ne nous réprimandait pas, elle soupirait en frottant le pied de son verre à vin entre le pouce et l'index comme une ménagère de pub qui constate la présence de poussière[3]. Je sentais que parmi ces détails singuliers, sa collection

1. Cette pâleur était le signe d'une insomnie manifeste, de la mélancolie ou de cette maladie secrète justifiant la pharmacie dans son placard de salle de bains.
2. Une attitude qui rappelait la chaise à dos droit dans le coin de sa chambre.
3. L'expression fatiguée et songeuse de Hannah laissait un étrange blanc à remplir, si bien que je doutai de mes premières hypothèses : et si elle était bien cette fillette aux yeux ronds des trois photos encadrées sur la commode ? Mais pourquoi exposait-elle donc ces clichés ? L'absence de ses parents donnait à penser qu'elle n'était pas dans les termes les plus cordiaux avec eux. Et pourtant, papa disait qu'il est trop facile de conclure à des relations heureuses grâce à des photos pour preuve de sentiments profonds, et que, si une personne se sent si peu sûre de ses sentiments qu'elle a sans cesse besoin de se rappeler le « bon vieux temps », alors « ses sentiments ne sont si profonds que ça ». Pour la petite histoire, il n'y avait aucun cliché de moi encadré à la maison, et la seule photo de classe que papa avait jamais achetée datait de l'école primaire de Sparte où l'on me voyait assise, les

de couteaux, ses murs vierges, ses boîtes à chaussures et son dessus-de-lit en chaume, gisait la solution de l'énigme Hannah : ses personnages principaux et, surtout, ses thèmes majeurs. Peut-être fallait-il la déchiffrer comme du Faulkner et lire avec attention ses mots douloureux (sans sauter de phrases et en annotant le texte), y compris ses étranges digressions (bal masqué) et improbabilités (Cottonwood). Enfin, j'atteindrais la dernière page et je découvrirais de quoi il en retournait. Peut-être pourrais-je alors rédiger son commentaire de texte.

« Tu peux nous parler du type qui est mort ? demanda tout à coup Leulah sans la regarder dans les yeux. Je ne veux pas faire ma fouineuse, et je comprendrais que tu n'aies pas envie d'aborder le sujet. Mais je dormirais sans doute mieux si j'en savais un peu sur lui. Qui il était. »

Au lieu de répondre d'une voix blanche que, au vu de notre trahison cavalière, cette curiosité était déplacée, que tout ça ne nous regardait pas, après un regard pensif à la carte des desserts (ses yeux s'arrêtèrent quelque part entre le sorbet aux fruits de la passion et les petits fours), Hannah vida son verre de vin et commença un étonnant et captivant récit de *La vie de Smoke Wyannoch Harvey*.

« Je l'ai rencontré à Chicago », commença-t-elle en s'éclaircissant la voix alors que le serveur bondissait pour remplir son verre avec ce qui restait dans la bouteille. « Le gâteau au chocolat Valhalla avec la…

— Glace au chocolat blanc et sauce caramel ? gazouilla-t-il.

— Pour tout le monde. Et puis-je voir votre carte de cognacs ?

— Bien sûr, madame. »

Il fit une révérence et se retira dans sa prairie couleur pêche faite de tables rondes et de chaises dorées.

« Mon Dieu, cela fait bien longtemps », reprit Hannah. Elle saisit sa cuillère à dessert et lui fit faire des sauts périlleux entre ses

---

genoux comme collés à la glu, sur un décor qui ressemblait à Yosemite, vêtue d'une blouse rose, l'œil paresseux. « Un grand classique, dit papa. Que je reçoive une facture de 69,95 $ pour des photos de différentes tailles où ma fille semble avoir reçu un grand coup sur la tête, cela montre simplement que nous ne sommes que des pièces sur une chaîne de montage qui traverse tout le pays. Il faut payer, se taire ou être mis au rebut. »

doigts. « C'était un homme remarquable. Très drôle. Généreux à l'excès. Un grand conteur. Tout le monde appréciait sa compagnie. Quand Smoke — Dubs, en fait, tous les gens qui comptaient pour lui l'appelaient Dubs —, quand Dubs racontait une histoire, on riait tellement qu'on en avait mal au ventre. À en mourir.

— Les gens qui savent raconter des histoires sont fabuleux, renchérit Leulah avec enthousiasme en se redressant sur sa chaise.

— Sa maison sortait tout droit d'*Autant en emporte le vent*. Immense, avec des colonnes, une longue barrière blanche et de grands magnolias. Elle datait de dix-huit cent quelque chose. Elle se trouve au sud de la Virginie-Occidentale, près de Findley. Il l'avait baptisée Moorgate. Je... je ne sais plus pourquoi.

— Es-tu déjà allée à Moorgate ? » demanda Leulah, fébrile.

Hannah acquiesça.

« Des centaines de fois. C'était une plantation de tabac de deux cents hectares, même si Smoke n'en possédait que cent vingt. Un endroit hanté. Cette maison a une terrible histoire, même si je ne m'en souviens plus très bien. Quelque chose en rapport avec l'esclavage... »

Elle inclina la tête comme si elle cherchait dans ses souvenirs, et nous nous penchâmes vers elle comme des enfants pendant une leçon d'histoire.

« Peu de temps avant la guerre de Sécession. C'est Dubs qui m'a raconté ça. Je crois que la superbe fille du maître, la belle du comté, était amoureuse d'un esclave dont elle est tombée enceinte. Juste après l'accouchement, le maître a ordonné que les serviteurs emmènent le nourrisson à la cave et le jettent dans la chaudière. Alors, parfois, les soirs d'orage ou les nuits d'été, quand les grillons chantent — Smoke a bel et bien parlé de grillons —, depuis la cuisine, on entend un bébé geindre dans la cave. Entre les murs. Et il y a un saule pleureur dans le jardin qui, paraît-il, servait aux châtiments corporels. Gravées dans son écorce, on trouve les initiales de cette fille et de l'esclave qu'elle a aimé. Dorothy Ellen, la première femme de Dubs, détestait cet arbre, elle le trouvait malfaisant. Elle était très croyante. Pourtant, Smoke a refusé de le faire abattre. Il disait que cela ne sert à rien de fuir la réalité. Qu'on ne peut pas l'effacer. Qu'on en subit à jamais les conséquences, qu'on en garde les cicatrices. Que c'est comme ça qu'on tire des leçons et qu'on peut s'améliorer.

— Un vieux saule, dit Nigel.

— Smoke avait le sens de la postérité. Vous voyez ce que je veux dire ? »

Elle me lança un regard intense, et j'acquiesçai par automatisme. Or, je voyais *vraiment* de quoi elle parlait. Léonard de Vinci, Martin Luther King, Gengis Khan, Abraham Lincoln et Bette Davis : à la lecture de leur biographie, on comprenait que, à l'âge d'un mois déjà, alors qu'ils gazouillaient dans un berceau au milieu de nulle part, ils avaient le sens de la postérité. Comme certains sont doués pour le base-ball, le calcul mental, le stock-car et le hula hoop, eux étaient doués pour la postérité, avec une tendance à attraper froid, à être impopulaire, voire handicapé (ainsi le pied-bot de lord Byron et le sévère bégaiement de Maugham), ce qui les poussait à un exil mental. De là, ils entamaient leurs rêves : l'anatomie humaine, les droits civiques, la conquête de l'Asie, l'abolition de l'esclavage ou l'incarnation (en quatre ans seulement) de *Jezebel*, *Femmes marquées*, *La vipère* et *La vieille fille*.

« Il a l'air très séduisant, déclara Jade.

— *Avait* l'air, la reprit négligemment Nigel.

— Et vous étiez… », demanda Charles, qui laissa la phrase filer jusqu'à une chambre de motel avec draps en papier de verre et proverbial matelas grinçant.

« *Amis*, dit Hannah. J'étais trop grande pour lui. Il aimait les femmes poupées, les petites choses en porcelaine. Ses épouses successives, Dorothy Ellen, Clarisse et cette pauvre Janice, toutes mesuraient moins d'un mètre cinquante. » Elle gloussa comme une petite fille — un son bienheureux —, soupira et posa la tête sur une main, si bien que, tout à coup, elle se mit à ressembler à ces inconnues que l'on découvre parfois dans une biographie insignifiante sur une photo en noir et blanc légendée « fête à Cuernavaca, fin des années soixante-dix ». (Non pas *sa* biographie, mais celle du corpulent prix Nobel à ses côtés ; et pourtant, ses yeux noirs étaient si saisissants, ses cheveux si brillants et son expression si sévère qu'elle nous poussait à nous interroger sur elle, et qu'on refusait de lire plus avant si elle ne devait plus réapparaître.)

223

Elle continua à parler de Smoke Harvey pendant le gâteau au chocolat Valhalla et la sélection de fromages fermiers anglais qu'elle avait commandés ensuite, sur deux interprétations au piano de *I Could Have Danced All Night*. On aurait dit l'urne grecque de Keats sous un robinet qui coule, déborde, mais qu'on ne peut arrêter.

Quand le serveur lui rendit sa carte de crédit, elle parlait toujours. Honnêtement, je commençais à être un peu nerveuse. Comme avait dit papa après son premier rendez-vous avec la Sauterelle Betina Mendejo à Cocorro, Californie (Betina avait réussi à déballer tout son linge sale au Tortilla Mexicana, lui racontant comment son ex-mari, Jake, lui avait tout volé, y compris sa fierté et son ego), une phrase mémorable : « Il est assez comique de constater que l'on finit par dire tout ce que l'on ne voulait pas dire, souvent sans même s'en rendre compte. »

« Quelqu'un a envie de terminer la sélection de fromages fermiers anglais ? demanda Nigel en attendant une seconde avant d'attraper le dernier morceau.

— Tout est de ma faute, dit Hannah.

— Mais non », répliqua Charles.

Elle ne l'entendit pas. Sa peau suintait la rougeur.

« C'est moi qui l'ai fait venir. Cela faisait des années que nous ne nous étions pas vus. Bien sûr, nous avions échangé quelques coups de fil, mais il était très occupé. Je tenais à sa présence à cette fête. Richard, avec qui je travaille au refuge, avait invité des amis du monde entier — il a travaillé comme coopérant pendant treize ans, et il est resté en contact avec beaucoup de gens. Une fête internationale. Ça promettait d'être amusant. Et puis, je sentais que Smoke avait besoin de prendre l'air. L'une de ses filles, Ada, venait de divorcer. Et une autre, Shirley, avait accouché d'un bébé qu'elle avait baptisé Chrysanthème. Vous imaginez, appeler quelqu'un Chrysanthème ? Il hurlait dans le téléphone. Cela a été notre dernière conversation.

— Qu'est-ce qu'il faisait dans la vie ? demanda tranquillement Jade.

— Il était banquier, dit Nigel, mais il a aussi écrit un livre, c'est bien ça ? *La trahison du diable* ou quelque chose d'approchant. »

Cette fois encore, Hannah parut ne pas entendre.

« Notre dernière conversation aura porté sur les chrysanthèmes », dit-elle en direction de la nappe.

La pénombre qui s'était immiscée par la fenêtre en éventail avait apaisé la salle, les chaises dorées et le papier peint à fleur de lys. Même le chandelier douairière se détendait un peu, comme une famille qui, enfin débarrassée d'un invité snob, peut se laisser aller sur les sièges, manger avec les doigts et retirer des chaussures raides et inconfortables. Le jeune pianiste jouait *Why Can't a Woman Be More Like a Man*, l'un des thèmes favoris de papa.

« Certaines personnes sont fragiles comme... comme... des papillons, et tellement sensibles qu'il faut faire attention à ne pas les briser, reprit-elle. Parce qu'on peut *vraiment* les briser. »

Hannah me regarda à nouveau. De minuscules étincelles dansaient dans ses yeux, et je tentai un sourire rassurant, mais à grand-peine, car je voyais bien qu'elle était ivre. Ses paupières s'abaissaient comme un store fatigué sur une fenêtre, et elle avait des difficultés à ordonner ses mots, si bien qu'ils se bousculaient, se cognaient et se marchaient dessus dans sa bouche.

« À force de vivre dans un pays, dit-elle, un endroit privilégié, avec un confort sans limite, on finit par se croire meilleur que tout le monde. On s'imagine faire partie d'un putain de cercle, on croit qu'on peut piétiner les gens pour acquérir de nouveaux avantages. » Elle regardait Jade, à présent, et parlait comme si elle mordait dans une barre au chocolat. « Il faut des années pour modifier ce... conditionnement. J'ai essayé toute ma vie, et pourtant je continue à exploiter les gens. Je suis un monstre. "Ce qu'un homme déteste, c'est justement ce que l'on voit le plus souvent en lui." J'ai oublié qui a écrit ça... »

Sa voix se tut, et ses yeux larmoyants dérivèrent vers le centre de la table pour danser autour du bouquet de roses. Nous échangions des coups d'œil inquiets et nous retenions notre souffle dans un malaise partagé — comme lorsque, dans un restaurant, entre une personne saoule et sale qui se met à hurler, à travers ses chicots, qu'elle œuvre pour Dieu. C'était comme si Hannah prenait l'eau et que son personnage, d'habitude si méticuleux et si contenu, se mettait à fuir. Je ne l'avais jamais vue parler ou se comporter de cette manière, et je pense qu'il en était de même pour les autres : ils la dévisageaient d'un air écœuré et pourtant fasciné, comme s'ils voyaient des crocodiles en train de s'accoupler sur la chaîne *Nature*.

Elle se mordillait la lèvre inférieure, et il y avait un petit fronce-ment visible entre ses sourcils. Je craignais qu'elle ne nous annonce qu'elle partait vivre dans un kibboutz ou au Vietnam pour devenir une beatnik fumeuse de hasch (nous demandant au passage de l'ap-peler « Hanoi Hannah »). Ou alors, qu'elle se fâche et nous reproche d'être comme nos parents, odieux et ringards. Mais encore plus effrayante était l'éventualité qu'elle se mette à pleurer. Ses yeux étaient comme des flaques troubles qui abritent des êtres luisants et pourtant invisibles. Il n'y a presque rien de plus pénible que la vision d'un adulte qui pleure — je ne parle pas de la larme solitaire pendant une pub pour des communications longue distance, du sanglot res-pectable lors d'un enterrement, mais des pleurs qu'on répand assis par terre dans la salle de bains, un recoin du bureau, ou bien le garage, tandis que les doigts appuient frénétiquement sur les pau-pières à la recherche de la touche ÉCHAP ou ENTRÉE.

Mais Hannah ne fondit pas en larmes. Elle redressa la tête et observa la salle d'un air confus telle une personne qui se réveille dans une gare routière avec, sur le front, la trace des coutures et du bouton de sa manche. Elle renifla et déclara :

« Putain, on s'en va. »

Pendant une semaine, peut-être un peu plus, j'eus l'impression que Smoke Wyannoch Harvey, 68 ans, était, d'une certaine manière, encore en vie.

Hannah l'avait ranimé, tout comme Frankenstein avait animé son monstre, par une avalanche de détails ; ainsi, dans nos têtes (même celle du terriblement pragmatique Nigel), Smoke n'était-il pas vrai-ment mort, mais plutôt hors champ, prisonnier quelque part.

Jade, Leulah, Charles et Milton se trouvaient dans le patio au moment où Smoke chancelait vers la mort (Nigel et moi nous contentâmes de dire aux autres que nous nous « amusions à l'inté-rieur », ce qui, techniquement, n'était pas faux). Et ils étaient har-celés par les « Si seulement ».

« Si seulement j'avais fait attention », disait Lu.

« Si seulement je n'étais pas allé finir ce joint », disait Milton.

« Si seulement je n'avais pas dragué cette Lacey Laurels de Spartanburg, diplômée de Spartan option merchandising de mode », disait Charles.

« Oh, je vous en suppliiiiiiiiie », disait Jade en roulant des yeux, si bien que toutes les filles de troisième et de seconde en train de faire la queue pour un chocolat chaud à deux dollars se retournèrent. Elles semblaient craindre son regard comme des petits mammifères qui tremblent à la pensée d'un aigle doré.

« C'est *moi* qui étais là. Est-ce si difficile de remarquer une personne en costume vert gisant sur le ventre au fond d'une piscine ? J'aurais pu le sauver, une bonne action qui m'aurait assurément offert le paradis. Alors que, là, je vais souffrir à jamais de stress post-traumatique. Il est possible que je ne m'en remette pas. Pendant des années et des années. Et qu'à l'âge de trente ans, il faille m'interner dans un asile aux murs verts où je me traînerai en robe de chambre miteuse, les jambes pleines de poils parce qu'ils n'autorisent pas les rasoirs, au cas où on ressentirait le besoin de se glisser dans la salle de bains commune pour s'ouvrir les poignets. »

Ce dimanche-là, je retrouvai avec soulagement Hannah fidèle à elle-même, virevoltant dans sa maison, vêtue d'une robe d'intérieur à motif floral rouge et blanche.

« Bleue ! s'écria-t-elle joyeusement quand Jade et moi franchîmes le seuil de la porte. Comme c'est bon de te voir. Tu vas bien ? »

Sans commentaire sur, ni excuse pour, son attitude alcoolisée à Hyacinth Terrace, ce qui n'était pas plus mal (je doutais un peu qu'elle nous doive des excuses). Papa disait que certaines personnes ont parfois besoin, pour maintenir leur équilibre mental, de « faire leur Tchekhov » : il fallait parfois qu'elles boivent trop, si bien que leur voix s'éraillait et que leur bouche mollissait, et qu'elles souriaient délibérément à leur tristesse comme devant une source d'eau chaude. « On dit que, une fois l'an, Einstein pétait les plombs en se saoulant au *Hefeweizen*, au point de se baigner à poil à trois heures du matin dans le lac Carnegie. C'est tout à fait compréhensible, quand on porte le poids du monde sur ses épaules : dans son cas, la réunification du temps et de l'espace. On conçoit son épuisement. »

La mort de Smoke Harvey — toute mort, en fait — était une raison valable pour qu'une bouche façonne péniblement des mots, pour que les yeux soient aussi longs à cligner qu'un vieillard avec une canne à descendre un escalier — surtout si, après coup, la personne redevenait propre comme un sou neuf, telle Hannah. Elle mit le couvert avec Milton, se glissa dans la cuisine afin de retirer du fourneau une bouilloire sifflante et surgit dans la salle à manger pour plier d'un geste vif les serviettes de table en élégants éventails de geisha, avec un sourire éclatant comme un verre au vin d'honneur d'un mariage.

Et pourtant, j'eus besoin de tout mon zèle pour me convaincre que Hannah était toute « la la la la la lère », et que nos dîners redeviendraient aussi légers qu'à l'ère pré-Cottonwood et pré-fête costumée. À moins que ce soit le contraire : peut-être Hannah s'efforçait-elle de donner une apparence chic et joyeuse, mais que cela revenait à embellir une cellule — en dépit des rideaux ou de la descente de lit au pied de la couchette, ça reste une prison.

The Stockton Observer venait de publier un second article sur Smoke Harvey, où il confirmait ses premières hypothèses, à savoir qu'il s'agissait d'une mort accidentelle. Il n'y avait « nulle trace de coup », mais un « taux d'alcoolémie de 2,3 g, près de trois fois la limite légale en Caroline du Nord, fixée à 0,8 g ». Apparemment, Harvey était tombé dans la piscine et, trop saoul pour appeler au secours, s'était noyé en moins de dix minutes. Hannah nous avait si longuement parlé de lui à Hyacinth Terrace, et elle était de si bonne humeur à présent, que je n'aurais jamais cru que Nigel remettrait le sujet sur le tapis.

« Vous savez combien de verres Smoke a dû prendre pour atteindre un taux pareil ? nous demanda-t-il en tapotant le bout de son crayon contre son menton. On parle d'un homme qui pesait combien ? Cent vingt kilos ? Eh bien, à peu près dix verres par heure.

— Peut-être qu'il a bu plein de petits coups ? lança Jade.

— J'aurais bien aimé que l'article donne plus de détails sur l'autopsie. »

Hannah fit le tour de la table basse où elle venait de déposer un plateau de thé oolong.

« *— Pour l'amour du ciel, taisez-vous !* »

Il y eut un long silence.

Il m'est difficile de décrire à quel point, en cet instant, sa voix était étrange et déconcertante. Elle n'était ni furieuse (même s'il y avait sans doute de la colère dans ses mots), ni exaspérée, ni lasse, ni embêtée, tout simplement *étrange* (en étirant le « an » pour faire un « aaaaaaaaaaaaaaan »).

Sans rien dire d'autre, tête baissée, ses cheveux retombant vivement sur ses tempes comme un rideau lorsqu'un tour de magie s'est mal passé, elle disparut dans la cuisine.

Nous nous regardâmes.

Abasourdi, Nigel secoua la tête.

« D'abord elle se bourre la gueule à Hyacinth Terrace, et ensuite elle... ?

— T'es vraiment un connard, siffla Charles entre ses dents.

— Parlez moins fort, dit Milton.

— Attendez, dit Nigel d'un ton tout excité. Elle a réagi exactement comme le jour où je lui ai posé des questions sur Valerio, vous vous souvenez ?

— C'est encore son Rosebud, dit Jade. Smoke Harvey est un Rosebud. Hannah a donc deux Rosebud...

— Ça suffit, les fleurs, ironisa Nigel.

— Fermez vos gueules, dit Charles, furieux. Vous... »

La porte fit un grand bruit et Hannah réapparut avec un plat d'aloyau.

« Hannah, je suis désolé, déclara Nigel. Je n'aurais jamais dû parler de ça. Parfois, dans le feu de l'action, je ne réfléchis pas à la façon dont mes paroles peuvent blesser. Excuse-moi. »

Je jugeai sa voix un peu creuse et blanche, mais il s'en sortit avec les honneurs.

« C'est bon », dit Hannah. Puis elle retrouva le sourire, et nous nous raccrochâmes à ce câble d'espoir. (Nous n'aurions pas été surpris qu'elle lance, telle une Ava Gardner : « Quand je perds ma patience, mon cher, je suis incapable de remettre la main dessus », le doigt en l'air comme si elle tenait un martini invisible.) Mais elle se contenta d'écarter les cheveux sur le front de Nigel en disant : « Tu as besoin d'aller chez le coiffeur. »

Nous n'évoquâmes plus jamais Smoke Wyannoch Harvey, 68 ans. Ainsi prit fin cette résurrection digne de Lazare, alimentée par le monologue alcoolisé au Hyacinth Terrace, nos « si seulement » et autres « j'aurais dû ». Par empathie avec Hannah (qui, disait Jade, « doit se sentir responsable, comme après un accident de voiture »), avec tact, nous rendîmes ce grand homme — que j'aimais imaginer en héros grec moderne, un Achille ou un Ajax d'avant la folie (« Dubs a vécu mille vies », avait dit Hannah en tournant avec dextérité sa cuillère comme un bâton de majorette, telle Katharine Hepburn dans *L'impossible M. Bébé*) — à ce lieu inconnu où vont les gens quand ils meurent, au silence et à une suite, après que le mot FIN se fut affiché en lettres cursives par-dessus des rues en noir et blanc et des visages follement heureux pressés l'un contre l'autre sur fond sonore de cordes grinçantes.

Nous le rendîmes à ce monde-là.

FEMMES AMOUREUSES

Je souhaite apporter une petite correction au célèbre incipit de Léon Tolstoï : « Les familles heureuses se ressemblent ; les familles malheureuses sont chacune malheureuses à leur façon. *Mais quand approche Noël, les familles heureuses peuvent tout à coup devenir malheureuses et les familles malheureuses, à leur grande inquiétude, heureuses.* »

La période des fêtes constituait toujours un moment particulier chez les van Meer.

Depuis mon enfance, à chaque dîner du mois de décembre, pendant que papa et moi cuisinions nos spaghettis bolognaise favoris (traditionnellement en compagnie de J. Chase Lamberton, *Désir politique* [1980] ou des 750 pages d'*Intelligentsia* de L. L. MacCaulay [1991]), il adorait que je lui raconte, avec moult détails, comment ma dernière école en date abordait les fêtes. Il y avait eu Mr. Pike et sa tristement célèbre bûche de Noël à Brimmsdale, Texas ; la boutique secrète du père Noël qui proposait des bougies torsadées en arc-en-ciel et de ridicules boîtes à bijoux dans la cafétéria de Sluder, Floride ; l'atelier du père Noël vandalisé par des retraités aigris à Lamego, Ohio ; et un récital épouvantable à Boatley, Illinois, « L'histoire du petit Jésus : une comédie musicale de Mrs. Harding », qui, pour de mystérieuses raisons, m'amusa autant que Stan Laurel dans un film à deux bobines de la Metro en 1918. En quelques minutes, papa se tordait de rire.

« Pour l'amour du ciel, dit-il entre deux rugissements, je me demande pourquoi aucun producteur n'exploite ce potentiel pour en faire un film d'horreur qu'il intitulerait *Le cauchemar du Noël américain* ou quelque chose dans le genre. Sans oublier les énormes débouchés commerciaux d'une suite et de diverses adaptations télévisuelles. Il pourrait les appeler *Saint-Nicolas ressuscité : la nativité suprême*, ou alors *Le renne du père Noël va en enfer*, avec comme bande-annonce cette inquiétante injonction : "Ne restez pas chez vous pour Noël".

— Papa, c'est une période de fête.

— À laquelle je dois participer en injectant de l'argent dans l'économie américaine afin d'acquérir des articles dont je n'ai nul besoin, de surcroît bien trop coûteux pour moi — et dont les composants plastique lâcheront au bout de quelques semaines, rendant le tout hors d'usage —, ce qui creusera dans mon compte un déficit éléphantesque, provoquera chez moi une anxiété extrême et des insomnies, mais, heureusement, participera à la croissance économique, fera remonter des taux d'intérêt en chute libre et créera des emplois, dont la plupart n'ont rien d'indispensable, dans la mesure où ces tâches pourraient très bien être exécutées plus vite, pour moins cher, et avec plus de précision sur une chaîne de montage à Taïwan. »

Pourtant, mon *Avare* ne se montra ni critique ni disert sur « la malédiction du consumérisme américain », « ces entreprises gloutonnes aux bénéfices aussi grands que le Botswana » (il ne fit pas la moindre petite allusion à l'une de ses théories préférées, « le rêve américain en toc »), quand je lui décrivis les moyens déployés par St-Gallway en vue des fêtes. Toutes les fenêtres (y compris celles de Loomis, le bâtiment honni de Hannah) étaient décorées de rameaux de sapin épais et rugueux comme une moustache de bûcheron. On avait suspendu à des pointes d'acier, tels des pamphlets de Luther, de grandes couronnes sur les portes en bois d'Elton, Barrow et Vauxhall. Il y avait un sapin de Noël grand comme Goliath et, autour des grilles de Horatio Way, de petites lumières blanches clignotant comme des lucioles prises de folie. Un squelettique mais loyal chandelier à sept branches en cuivre clignotait au bout du couloir du premier étage de Barrow afin de contrer le prosélytisme chrétien de Gallway (nous devions cette courageuse ligne de défense au professeur du cours avancé d'histoire mondiale, Mr. Carlos Sandborn).

Enfin, des clochettes grosses comme des balles de golf pendaient aux poignées de portes de Hanover, tintant joyeusement chaque fois qu'un élève passait précipitamment pour cause de retard.

Dans l'emportement des festivités de l'école, je réussis à oublier un peu le malaise des semaines précédentes et à faire mine de ne rien voir, comme si j'ignorais une gigantesque pile de courrier en retard (qui, quand je m'y attaquerais, finalement trop tard, m'apprendrait ma faillite). De toute façon, à en croire papa, les fêtes de fin d'année en Amérique étaient le moment d'un « déni digne du coma », l'occasion de « faire comme si les travailleurs pauvres, la famine omniprésente, le chômage et le sida étaient aussi exotiques que des tartelettes aux fruits hors saison ». Ce n'était donc pas entièrement ma faute si j'avais un peu oublié Cottonwood, la fête costumée, Smoke et le comportement inhabituel de Hannah, éclipsés, ces dernières semaines, par un nuage envahissant, à savoir la collecte de vieux vêtements par Perón (l'élève qui apportait le plus de sacs-poubelle pleins remportait le ticket d'or Brewster, dix points supplémentaires à l'examen final de son choix : « Sacs-poubelle renforcés avec attache, rugissait-elle pendant le rassemblement du matin, 150 litres ! ») et merveille des merveilles, le grand projet du président du conseil des élèves, Maxwell Stuart, un bal de Noël rebaptisé « Cabaret de Maxwell Stuart ».

L'amour n'était pas non plus étranger à cela.

Même si, par malheur, ce n'était pas celui que j'espérais.

La première semaine de décembre, à l'étude en bibli, un garçon de troisième entra et s'approcha du comptoir où Mr. Fletcher faisait ses mots croisés.

« Le proviseur Havermeyer veut vous voir tout de suite, annonça-t-il. C'est urgent. »

Visiblement mécontent de devoir délaisser le *Défi aux experts en mots croisés* (Pullen, 2003), Mr. Fletcher fut entraîné hors de la bibliothèque, puis sur la colline de Hanover.

« Ça y est ! s'écria Blanc Bonnet. Linda, la femme de Fletcher, a fait une tentative de suicide parce que Frank préfère ses mots croisés à l'acte sexuel. C'est un appel au secours ! »

— Évidemment ! » rétorqua Bonnet Blanc.

Une minute plus tard, Floss Cameron-Crisp, Mario Gariazzo, Derek Pleats et un type de première dont j'ignorais le nom (avec sa bouche baveuse et son expression alerte, on aurait dit un chien de Pavlov) débarquèrent en transportant un lecteur CD, un micro et un trépied, ainsi qu'un bouquet de roses rouges et un étui à trompette. Ils entreprirent de pousser contre le mur les tables disposées à l'entrée de la salle, près des nouveautés choisies par la bibliothé-caire, Miss Hambone, ce qui impliquait de déplacer Sibley « Petit Nez » Hemmings.

« Mais je n'ai pas envie de bouger », déclara-t-elle en fronçant son nez retroussé et parfaitement symétrique qui, d'après Bonnet Blanc et Blanc Bonnet, avait été spécialement dessiné pour elle par un chirurgien esthétique d'Atlanta ayant remodelé de nombreux visages de présentateurs de CNN, et même d'une actrice des *Feux de l'amour*. « C'est à vous de vous déplacer. Comment osez-vous me donner des ordres ? Hé, laissez ça ! »

Sans se gêner, Floss et Mario avaient attrapé le bureau de Sibley où s'étalaient ses effets personnels — son sac en daim, un exem-plaire d'*Orgueil et préjugés* (non lu), deux magazines de mode (lus) — et le portèrent jusqu'au mur. Derek Pleats, un membre du Jazz Band Pain & Confiture (j'étais avec lui en cours de physique avan-cée), attendait avec sa trompette en faisant des gammes. Floss se mit à rouler le tapis jaune moutarde noir de crasse, et Mario se pencha sur le lecteur CD pour ajuster le son.

« Excusez-moi, dit Blanc Bonnet en s'approchant de Floss puis en croisant les bras, mais qu'est-ce que vous préparez ? Un putsch, genre prendre le contrôle de l'école ?

— Parce que autant vous le dire tout de suite, renchérit Bonnet Blanc en fonçant sur Floss puis en croisant les bras, ça ne marchera pas. Pour lancer un mouvement, il faut s'y prendre mieux que ça, surtout que Hambone est à son bureau et qu'elle ne mettra pas long-temps à appeler la direction.

— Si vous voulez faire une annonce, je vous suggère d'attendre le rassemblement du matin, un moment où toute l'école sera captive.

— Ouais. Ce sera le moment idéal pour exposer vos requêtes.

— Et l'administration saura que vous êtes une force avec laquelle il faut compter.

— Comme ça, ils ne pourront pas vous ignorer. »

Sans répondre aux récriminations de Bonnet Blanc et Blanc Bonnet, Floss et Mario coincèrent le tapis avec quelques chaises. Derek Pleats astiquait sa trompette avec un chiffon pourpre, et le chien de Pavlov, langue pendante, vérifiait le micro et l'ampli : « Test, test, un, deux, trois. » Satisfait, il fit signe aux autres, et tous quatre se rapprochèrent avec des murmures et des hochements de tête surexcités (Derek Pleats faisant des exercices d'assouplissement pour les doigts). Finalement, Floss attrapa le bouquet et, sans un mot, me le tendit.

« Mon Dieu », fit Blanc Bonnet.

Je restai avec les fleurs dans les mains, l'air stupéfait, tandis que Floss tournait les talons et disparaissait par les portes de la bibliothèque.

« Tu ne regardes pas la carte ? » me lança Blanc Bonnet.

Je déchirai la petite enveloppe crème et lus ces mots qui semblaient écrits d'une main féminine :

LET'S GROOVE

« Qu'est-ce qu'il y a dessus ? demanda Bonnet Blanc en s'avançant.

— C'est une lettre de chantage », répliqua Sibley.

Tous les élèves de l'étude — Blanc Bonnet, Bonnet Blanc, Petit Nez, Jason Pledge à la tête chevaline, Mickey « Prise de Tête » Gibson et Point Richardson — se précipitèrent vers ma table. L'air vexé, Petit Nez attrapa la carte et la lut avec une moue méprisante, comme s'il s'agissait d'un verdict. Elle la passa à Prise de Tête, qui me sourit et la passa à Jason Pledge, qui la passa à Blanc Bonnet et Bonnet Blanc, qui se penchèrent dessus comme si c'était un message codé de la Seconde Guerre mondiale encrypté par une machine allemande.

« Trop bizarre, dit Blanc Bonnet.

— Totalement... »

Tout à coup, elles se turent. En levant les yeux, je découvris Zach Soderberg courbé sur moi comme un rhododendron dans le vent, ses cheveux dégringolant dangereusement de son front. J'avais l'impression de ne pas l'avoir vu pendant des années, sans doute parce que, depuis le jour où il m'avait parlé d'*Une fille*, à chaque cours de physique avancée, je m'efforçais d'avoir l'air furieusement occupé. J'avais enrôlé Laura Elms pour les TP jusqu'à la fin de l'année, avec la promesse de lui écrire tous ses devoirs sans jamais utiliser les mêmes mots ni les mêmes tournures de phrase que moi (je risquais l'exclusion temporaire pour tricherie), mais en respectant son vocabulaire restreint, son esprit dépourvu de logique et sa syntaxe lourde. Ne voulant plus faire équipe avec son ex, Lonny, Zach s'était allié avec mon ancienne partenaire, Krista Jibsen, qui ne faisait jamais ses devoirs parce qu'elle travaillait pour financer une opération destinée à réduire la taille de ses seins. Krista avait trois petits boulots, le premier aux Soieries de Lucy, le deuxième au Monde des Beignets et le dernier au rayon plein air de chez Sears, des tâches ingrates au salaire minimum qui, le croyait-elle, complétaient utilement ses études sur l'énergie et la matière. Nous étions au courant dès qu'un collègue était en retard, nouveau, malade, cleptomane, mou, ou allait se branler dans le stock, et nous savions aussi que l'un de ses supérieurs (en l'occurrence, si je me souviens bien, un pauvre chef de service de Sears) voulait quitter sa femme par amour pour elle.

Floss mit le lecteur CD en marche. Un son robotique de disco seventies jaillit des haut-parleurs. À mon infinie horreur, les yeux fixés sur moi (comme s'il distinguait son reflet sur mon visage, et ainsi contrôlait son rythme et la hauteur de son lancer de jambe), Zach fit deux pas en avant, deux pas en arrière et cogna les genoux, suivi par les autres garçons.

« *Let this groove. Get you to move. It's alright. Alright*, chantèrent-ils en chœur avec des voix de fausset sur Earth, Wind & Fire. *Let this groove. Set in your shoes. So stand up, alright ! Alright !* »

Floss et les garçons haussaient les épaules, claquaient des doigts et dansaient *Let's groove* avec une telle concentration qu'on voyait quasiment le clip défiler dans leur tête comme un téléscripteur à la bourse (coup de pied avant gauche, toucher le dos à gauche, coup à gauche, pas à gauche, coup de pied avant droit, genou droit). « *I'll be there, after a while, if you want my looove. We can boogie on down !*

On down ! Boogie on down ! » Derek jouait une mélodie basique à la trompette. Zach chantait, avec de temps en temps un pas de côté et un coup d'épaule. Sa voix était sincère, mais épouvantable. Blanc Bonnet couinait comme un jouet de bébé.

Un groupe d'élèves de seconde et de première grossissait aux portes de la bibliothèque. Bouche bée, tout le monde admirait ce Boys' Band. Mr. Fletcher réapparut avec Havermeyer. Miss Jessica Hambone, la bibliothécaire qui avait eu quatre maris et ressemblait à Joan Collins dans ses dernières années, avait surgi de son bureau et se tenait maintenant près du comptoir de la réserve. De toute évidence, elle était venue pour faire taire le chahut, car le chahut, les alertes d'incendie et le déjeuner étaient les seules raisons qui la faisaient sortir de son bureau, où on disait qu'elle passait la journée à commander des décorations de Pâques par lots entiers et des bijoux clinquants sur www.qvc.com. Mais, contrairement à son habitude, elle ne se précipita pas sur les lieux du crime en agitant les bras avec son expression favorite : « Jeunes gens, ceci est une bibliothèque, pas un gymnase », fusant de sa bouche comme un petit poisson, et son fard à paupière vert métallique (complété par des boucles d'oreille à clip Aube Enchantée et un bracelet Monde de Rêve Galaxy) brillant sous les néons pour lui donner son proverbial regard d'iguane. Miss Hambone resta muette, la main sur la poitrine et la bouche grande ouverte, soulignée comme le contour d'un cadavre dessiné à la craie sur une scène de crime, et incurvée par un léger sourire glycine.

Les garçons dansaient avec application derrière Zach, qui fit un tour complet sur lui-même. La main gauche de Miss Hambone sursauta.

Enfin la musique se tut, et tous s'immobilisèrent.

Pendant quelques instants, ce fut le silence, puis tous — le groupe à la porte, Miss Hambone et les élèves en étude (à l'exception de Petit Nez) — partirent dans des applaudissements assourdissants.

« Oh, mon Dieu, fit Blanc Bonnet.

— J'arrive pas à y croire », fit Bonnet Blanc.

J'applaudissais en souriant, tandis que tous me regardaient d'un air ahuri, à croire que j'étais un agroglyphe. Je souris en voyant Miss Hambone se tamponner les yeux avec la manche en dentelle de son

237

chemisier rococo. Je souris en voyant Mr. Fletcher aussi heureux que s'il venait de terminer une grille de mots croisés particulièrement éreintante, avec des défis herculéens tels que « Entre la trêve et le rêve ». Je souris même en voyant Blanc Bonnet et Bonnet Blanc me regarder d'un air à la fois incrédule et intimidé (voir Rosemary à la fin de *Rosemary's Baby* quand les vieux crient : « Gloire à Satan ! »).

« Bleue van Meer », dit Zach, qui s'éclaircit la voix en s'approchant de ma table. Les néons formaient un halo fluorescent autour de ses cheveux, si bien qu'on aurait dit un Jésus peint à la main sur les murs humides d'une église à l'odeur de *gruyère**. « Acceptes-tu d'être ma cavalière au bal de Noël ? »

Je fis un signe de tête, et Zach ne remarqua ni ma réticence ni mon expression horrifiée. Un sourire aussi large qu'une Cadillac emplit son visage, à croire que je venais d'accepter de lui payer « caaaaaash », comme disait papa, une Sedona beige métallisé Pontiac Grand Prix avec tous les équipements deux mille dollars au-dessus du prix affiché, à condition d'en repartir au volant. Il ne remarqua pas non plus — ni personne d'ailleurs — que j'étais en pleine détresse, comme dans *Une petite ville sans histoire*, une détresse qui s'intensifia lorsque Zach quitta la bibliothèque avec ses Temptations, un sourire de satisfaction béate sur le visage (papa décrivait une expression similaire chez les Zwambee du Cameroun lorsqu'ils venaient de féconder leur dixième épouse).

« Tu crois qu'ils ont couché ensemble ? » demanda Bonnet Blanc en plissant les yeux. Elle se tenait avec sa sœur à quelques mètres de moi.

« S'ils avaient couché, tu penses qu'il lui ferait un numéro comme ça ? Tout le monde sait qu'à la seconde où tu baises avec un mec, tu passes des gros titres à la nécro. Et là, il vient de faire son Justin Timberlake *sous nos yeux*.

— Elle doit être atroce au lit. Du genre l'éternelle bonne copine.

— Pour être l'éternelle bonne copine d'un mec, il faut six strip-teaseuses de Las Vegas et une laisse !

— Peut-être que sa mère travaillait au Crazy Horse. »

Elles éclatèrent d'un rire perçant, et ne se calmèrent même pas quand je me retournai pour leur décocher un regard noir.

Papa et moi avions assisté à la représentation d'*Une petite ville sans histoire* (Wilder, 1938), sous une pluie torrentielle, à l'université de l'Oklahoma à Flitch (l'un de ses étudiants faisait ses débuts sur scène dans le rôle du Régisseur). Si l'interprétation n'était pas sans défauts (il semblait notamment y avoir des omissions dans le texte) et si papa trouva le « carpe diem » trop sirupeux (« Réveille-moi s'il y a un meurtre », dit-il en piquant du nez), je fus plus qu'émue quand Emily Webb, interprétée par une fille minuscule aux cheveux comme des étincelles sur une voie ferrée, comprit qu'elle était invisible aux yeux de tous et devait par conséquent dire adieu à Grover's Corners. Mon cas était un peu différent. Moi aussi, je me sentais invisible, et pourtant tout le monde me voyait. Et si jamais Zach Soderberg, avec ses cheveux carrés comme une cheminée, incarnait Grover's Corners, alors je *voulais* quitter à jamais cette putain de ville.

Cette triste impression culmina plus tard dans la journée, quand, en me rendant à mon cours avancé de maths dans Hanover, je croisai Milton main dans la main avec Joalie Stuart, une fille de seconde si menue qu'elle aurait pu tenir dans une valise ou se promener sur un poney Shetland. Elle avait un rire en hochet pour bébé, et pourtant, ce petit bonbon gélifié vous écorchait les oreilles, même si vous faisiez tout autre chose à des années-lumière de là. Jade m'avait annoncé que Joalie et Black formaient désormais le couple parfait à la Newman-Woodward. « Rien ne peut les séparer », avait-elle dit avec un grand sourire.

« Salut, Gerbeuse », lança Milton au passage.

Il me sourit, et Joalie l'imita. Elle portait un pull bleu ciel et un serre-tête en velours marron comme un ver géant entortillé derrière ses oreilles.

Je ne m'étais jamais vraiment préoccupée des relations amoureuses (papa les jugeait grotesques avant vingt et un ans, et à mes vingt et un ans, il trouverait que c'était un détail, du pinaillage, une histoire de trajet en bus ou de distributeur de banque dans une ville inconnue : « Nous verrons ça sur le moment », disait-il en balayant le sujet d'un revers de la main), mais en croisant Milton et Joalie, qui tous deux souriaient d'un air confiant, même si, à cinq mètres, on avait l'impression d'un gorille promenant un yorkshire, je perçus le désir enfoui en moi de vivre un amour réciproque. Or, ce problème mathématique déclencha instantanément un calcul dans ma tête qui, tandis que, depuis le premier rang, je regardais Miss Thermopolis affronter au tableau une équation récalcitrante, aboutit à un résultat dérangeant.

C'est sans doute pour cette raison que, après plusieurs années de prise de risques, certaines misaient tout sur un Zach Soderberg, cette cafétéria humaine : carré, avec des néons si forts qu'il ne subsiste pas un millimètre de mystère, ni le moindre secret (y compris sous les chaises en plastique ou derrière les distributeurs), le seul miasme étant éventuellement un peu de moisi sur une vieille tarte. Ce type était tout en épinards à la crème et en hot dogs rances. Malgré tous les efforts, on ne pouvait créer la moindre ombre inquiétante sur ses murs.

C'était juste un *Après-midi de chien* où l'amour et ses proches cousins — le désir, le béguin, l'envie, le « je l'ai dans la peau » (qui tous souffraient de distraction chronique ou d'hyperactivité) — étaient de sortie, en chaleur, et terrorisaient le voisinage. Ce jour-là, papa m'avait déposée à la maison avant de repartir à l'université pour une réunion, et j'avais commencé mes devoirs depuis cinq minutes quand le téléphone sonna. Je décrochai, mais il n'y avait personne au bout du fil. Une demi-heure plus tard, quand il sonna à nouveau, je mis le répondeur.

« Gareth, c'est moi. Kitty. Il faut que je te parle. » Clic.

Moins de trois quarts d'heure plus tard, elle rappelait. Elle avait la voix aussi stérile et cratéreuse que la lune, tout comme Shelby Hollow, et Jessie Rose Rubiman avant elle, sans oublier Berkley Sternberg, cette vieille Berkley qui utilisait *L'art de vivre sans culpabiliser* (Drew, 1999) et *Prenez le contrôle de votre vie* (Nozzer, 2004) comme dessous de pot pour ses violettes du Cap.

« Je... je sais que tu n'aimes pas que je t'appelle, mais il faut vraiment que je te parle, Gareth. J'ai le sentiment que tu es chez toi et que tu ne veux pas répondre. Décroche. »

Elle attendit.

Dans ces moments-là, je les imaginais à l'autre bout de la ligne, debout dans leur cuisine aux murs jaunis, à entortiller le fil du téléphone autour de leur index jusqu'à ce qu'il rougisse. Je me demandai pourquoi elles ne pensaient jamais que c'était *moi* qui les écoutais, et non papa. Si l'une d'elles avait un jour prononcé mon nom, j'aurais décroché le téléphone et tenté de la consoler en lui expliquant que papa était l'une de ces théories que l'on n'a jamais pu vérifier ni démontrer en toute certitude. Et quand bien même on posséderait le génie nécessaire pour résoudre l'équation de cet homme, nos chances étaient si infinitésimales que, si pénible que ce fût, nos tentatives ne faisaient que renforcer notre sentiment d'impuissance (voir chapitre 53, « Supercorde et M-Théorie, ou la Théorie du Mystère, la Théorie du Tout », *Incongruités*, V. Close, 1988).

« Bon, appelle-moi quand tu pourras. Je suis chez moi, mais si je ne réponds pas, tu peux me joindre sur mon portable. Je vais peut-être sortir. J'ai besoin d'œufs. D'un autre côté, je vais peut-être me faire des tacos. Bon. Oublie ce message. À bientôt. »

Dans une remarque finement observée, semble-t-il, Socrate déclare : « Plus l'amour se consume au début, plus sa fin est glaciale. » Si l'on en croyait ces mots, leur sens premier — car je suis sûre que papa ne mentait jamais, qu'il ne feignait jamais des sentiments autres que la tiédeur, la mollesse et l'indifférence — alors, toutes les aventures de papa auraient dû se terminer sous un soleil étincelant d'une belle couleur rose. Elles auraient dû ressembler à un match de polo. Ou à une belle journée de pique-nique.

Je ne crois pas que papa ait bien compris lui-même, quand il subissait ces sanglots avec gêne et regret. Lorsqu'il rentra ce soir-là, il fit comme à son habitude. Il écouta les messages (en baissant le volume quand il comprit qui avait appelé) et les effaça.

« As-tu dîné, Christabel ? » demanda-t-il.

Il savait que j'avais entendu les messages, mais, tel l'empereur Claude en 54 avant J.-C., qui eut vent de la rumeur romaine disant qu'Agrippine, sa chère femme, avait prévu de l'empoisonner avec des champignons que lui apporterait son eunuque préféré, pour une mystérieuse raison, papa décida d'ignorer ces signes de fin imminente (voir *Vies des douze Césars*, Suétone, 121 av. J.-C.).

Il ne tira jamais le moindre enseignement de ses erreurs.

Deux semaines plus tard, le soir du cabaret de Maxwell, j'étais retenue contre ma volonté chez Zach Soderberg. Je portais une robe de soirée noire appartenant à Jefferson Whitestone, dont Jade m'assura qu'elle avait été créée spécialement pour sa mère par Valentino, mais que, lorsqu'ils s'étaient disputé l'affection d'un « barman au torse nu du studio 54 qui répondait au nom de Gibb », de rage, Jeff avait arraché l'étiquette, ce qui rendit la robe amnésique. (« Voilà comment chutent les empires », avait dit Jade en poussant un soupir théâtral tandis que Leulah et elle la resserraient aux emmanchures et à la taille avec des épingles pour dissimuler toute ressemblance avec un gilet de sauvetage. « Crois-moi. Tu commences à fricoter avec un Nemrod, et c'est la fin de ta civilisation. Mais il faut dire que tu n'as pas eu le choix. Il t'a invitée devant toute l'école, alors qu'est-ce que tu pouvais dire, à part que tu serais ravie d'être sa dragée ? Je suis désolée pour toi. Devoir passer la soirée avec Bon de Réduction... » Car elles l'avaient ainsi rebaptisé, ce qui convenait parfaitement à ce garçon tout en code barre, prix cassés, remise de 5 $ sur présentation du ticket de caisse.)

« Prenez un bonbon, me dit Roger, le père de Zach, en me tendant un plat de chocolats farineux.

— Arrête de l'embêter, dit Patsy, la mère de Zach, en le chassant d'un geste de la main.

— Vous aimez les chocolats ? Forcément. Tout le monde aime les chocolats.

— Roger ! protesta Patsy. Une fille ne peut pas manger avant un bal, elle a la pétoche ! C'est plus tard qu'elle aura la dalle ! Zach, assure-toi qu'elle grignote quelque chose là-bas.

— Oui », dit Zach en rougissant comme une bonne sœur.

Il haussa les sourcils et me décocha un sourire contrit tandis que Patsy posait un genou sur la moquette d'une épaisseur de neige et clignait des yeux en nous observant par le viseur du Nikon.

En cachette de Patsy, Roge avait surgi sur ma gauche et me tendait à nouveau le plat de céramique.

« Allez-y », mima-t-il avec sa bouche en me faisant un clin d'œil.

Roge, dans son pull en coton jaune et son pantalon kaki — au pli aussi précis qu'un fuseau horaire —, aurait fait un très convaincant dealer de came, poudre d'ange, afghan, cactus, aigle noir.

242

J'obéis et saisis un chocolat. Qui commença à fondre dans ma main.

« Roger ! » protesta Patsy (ce qui creusa deux fossettes dans ses joues) alors qu'elle prenait un seizième cliché, Zach et moi sur le canapé à motif floral, nos genoux formant un parfait angle droit.

Patsy était une « fan de photos » autoproclamée. Dans la pièce, toutes les surfaces planes abritaient, tel un millier de feuilles humides dans la lueur d'un réverbère, des photos encadrées de Zach avec un sourire tordu, de Bethany-Louise avec ses oreilles comme des anses, sans oublier Roge quand il avait encore des rouflaquettes et Patsy à l'époque où ses cheveux, plus roux, étaient ramenés en un chignon comme un gâteau à l'amaretto couvert de rubans. La seule surface vierge — la table basse — contenait une partie interrompu de Parcheesi.

« J'espère que Zach ne vous a pas mise dans l'embarras avec son numéro, déclara Patsy.

— Pas du tout.

— Il s'est entraîné comme un fou. Il était si nerveux ! Il a empêché Bethany-Louise de dormir à force de monter et descendre l'escalier.

— Maman ! protesta Zach.

— Il savait que c'était risqué, dit Roge. Mais je lui ai dit de jouer le tout pour le tout.

— C'est de famille ! dit Patsy en désignant Roge de la tête. Vous auriez vu celui-ci quand il m'a demandée en mariage.

— Parfois, c'est plus fort que vous.

— Heureusement, mon Dieu !

— Maman, il faut qu'on y aille, dit Zach.

— D'accord, d'accord. Juste une dernière, près de la fenêtre.

— Maman !

— Une seule. Il y a une lumière fantastique ! Une seule. Promis !!! »

Je n'avais jamais franchi le seuil d'une maison qui débordait de ! et encore moins de !!! J'ignorais même l'existence de ces nids regorgeant de bonne volonté, de ces bulles d'étreintes et de câlins, sauf en pensée, quand je comparais ma famille complexe à celle d'en face, apparemment bienheureuse.

Une heure plus tôt, alors que Zach et moi remontions l'allée, j'avais découvert sa maison en bois dont la façade était aussi chargée qu'un club sandwich servi au ciel sur des cure-dents. Vêtue d'un chemisier vert scarabée, Patsy avait dévalé les marches avant même que Zach ait garé la voiture. (« Tu as dit qu'elle était belle, tu n'as pas dit "à tomber" !!! Zach nous cache tout ! » s'exclama-t-elle. Elle parlait toujours comme ça, même quand elle n'accueillait pas d'invités.)

Patsy était jolie (malgré les dix kilos gagnés depuis l'époque amaretto), et son visage large et rond rappelait un gâteau à la vanille couronné d'une cerise qu'on a amoureusement placé dans une belle vitrine. Roge était beau, mais à l'exact opposé de papa. Roge (« Il y a assez d'essence dans la voiture, Zachary, je viens de faire le plein, mon garçon ») étincelait comme une applique de salle de bains dernier cri sur un carrelage « Alpine White ». Il avait des yeux bleus si pétillants, une peau si claire, qu'on s'attendait presque à y voir son reflet quand on le dévisageait.

Après le vingt-deuxième cliché (Patsy avait fait sien le mot « foetoe »), Zach et moi eûmes enfin l'autorisation de partir. Nous nous dirigions vers l'entrée beige immaculée quand Roge me glissa en douce une serviette en tissu remplie de chocolats qu'il souhaitait visiblement me voir emporter.

« Une seconde, dit Zach. Je voudrais montrer le Turner à Bleue. Je suis sûre qu'elle va aimer.

— Bien sûr ! dit Patsy en tapant dans ses mains.

— Juste une seconde », me promit-il.

Je le suivis à regret dans l'escalier.

Il faut dire que Zach avait été parfait quand il était venu me chercher en Toyota. Il avait serré la main de papa (et, d'après les apparences, il n'avait pas une poignée de main « assimilable à un gant de toilette mouillé », le cauchemar de mon père), l'avait appelé monsieur, avait évoqué la magnifique soirée en perspective et demandé à papa quelle profession il exerçait. Papa s'était contenté de l'examiner de pied en cap avant de répondre d'un ton si sec que même Mussolini aurait eu peur : « Vraiment ? J'enseigne la guerre civile. » Un autre père aurait pris Zach en pitié, il se serait souvenu de sa propre timidité d'adolescent, et il aurait fait preuve de compréhension en tentant de mettre le gamin à l'aise. Mais papa avait au contraire décidé de le mettre plus bas que terre, d'en faire moins qu'un homme, tout simplement parce que Zach n'avait pas su, d'instinct, quelle profession exerçait mon père. Papa avait beau être au courant que le lectorat de *Federal Forum* ne dépassait pas 0,3 % de la population américaine, et que, par conséquent, seule une poignée d'individus avait lu ses articles ou vu sa romantique *foe-toe* (une Sauterelle l'aurait qualifiée de « farouche » ou de « fière ») en noir et blanc dans la rubrique « Collaborateurs de renom », papa détestait qu'on lui rappelle que sa personne et ses efforts en matière d'éducation des masses n'étaient pas aussi célèbres que, par exemple, Sylvester Stallone après *Rocky*.

Et pourtant, Zach conserva l'entrain d'un personnage de dessin animé.

« Minuit, avait décrété papa alors que nous partions. Sans faute.

— Vous avez ma parole, Mr. van Meer ! »

À cet instant, papa ne cherchait même plus à dissimuler son expression « Je-n'y-crois-pas-une-seconde », que je fis mine de ne pas remarquer, même si elle devint rapidement « Voici-l'hiver-de-notre-déplaisir » et enfin « Achevez-cette-vieille-tête-grise-si-vous-le-devez ».

« Ton père est gentil », dit Zach en mettant le contact. (Papa était un nombre infini de choses, mais en aucun cas gentil version mains moites et fleur bleue.)

Je suivis Zach dans un couloir étouffant et moquetté qu'il partageait avec sa sœur, à en juger par les carcasses qui jonchaient le sol (une puanteur de chaussettes de sport tyrannisait un parfum à la pêche, une eau de Cologne rivalisait avec les exhalaisons d'un sweat-shirt mou menaçant d'aller le dire à maman). Nous passâmes devant ce qui était très probablement la chambre de Bethany-Louise, aux murs rose gencive, où gisaient des tas de vêtements (voir « Mont McKinley », *Almanach des plus beaux sites*, éd. 2000), puis devant une seconde chambre où, par la porte entrouverte, j'aperçus des murs bleus, des trophées et le poster d'une blonde trop bronzée en bikini (sans grand effort, je pouvais visualiser, sous le matelas, un catalogue *Victoria's Secret* aux pages collées).

Au bout du couloir, Zach s'arrêta devant un petit tableau pas plus grand qu'un hublot, éclairé par un spot oblique fixé au mur.

« Mon père est pasteur à la Première Église Baptiste. L'an dernier, à un sermon qu'il avait intitulé "Les quatorze espoirs", était présent un type de Washington. Ce type, qui s'appelait Cecil Roloff, a été tellement enthousiasmé qu'il a dit à mon père qu'il lui avait changé la vie. Et une semaine plus tard, le tableau arrivait par UPS. C'est un vrai. Tu connais Turner, le peintre ? »

Bien évidemment, je connaissais le « Roi de la Lumière » — ainsi surnommait-on J. M. W. Turner (1775-1851) —, ayant lu les huit cents pages de la biographie classée X, uniquement publiée en Europe, d'Alejandro Penzance : *Un artiste pauvre et décati né en Angleterre* (1974).

« Il s'appelle *Pêcheurs en mer* », reprit Zach.

Je contournai lestement le short de gym vert plastique gisant au sol pour me pencher sur le tableau. C'était sans doute un vrai, même s'il n'avait rien d'une « orgie de lumière » où l'artiste « baisait les conventions et attrapait la peinture par les couilles ». Ainsi Penzance caractérisait-il l'œuvre floue, voire abstraite, de Turner (Introduction, p. viii). Il s'agissait d'une huile sombre en gris et verts marron qui représentait un frêle esquif en pleine tempête. Le tableau figurait des vagues comme des langues, un bateau semblable à une boîte d'allumettes et une petite lune blême presque acrophobe qui jetait un coup d'œil inquiet depuis les nuages.

« Et pourquoi est-il accroché là ? » demandai-je.

Il eut un rire timide.

« Ma mère voulait le mettre près de ses enfants. Elle dit que c'est bon de dormir près de l'art.

— Utilisation intéressante de la lumière, dis-je. Il rappelle *L'incendie de la chambre des lords et des communes*. Surtout le ciel. Même si la palette est très différente.

— Ce que je préfère, ce sont les nuages », déglutit Zach, qui devait avoir une cuillère à soupe coincée dans la gorge. « Tu sais quoi ?

— Quoi ?

— Tu me fais penser à ce bateau. »

J'observai Zach. Son visage avait la cruauté d'une tranche de pain de mie sans croûte recouverte de beurre de cacahuète (sans compter qu'il était allé chez le coiffeur, si bien que ses cheveux en panama ne retombaient plus aussi bas sur son front), et pourtant, cette remarque me le rendit, tout simplement, insupportable. Il venait de me réduire à une embarcation gouvernée par quelques points jaunes et marron — mal gouvernée, de surcroît, à en juger par la vague huileuse et vengeresse prête à s'abattre : dans quelques secondes, le bateau allait sombrer, et la tache marron à l'horizon, ce navire qui passait par là, ne viendrait pas de sitôt secourir les points.

Papa aussi détestait que les gens se prennent pour sa Pythie. Voilà pourquoi nombre de ses collègues d'université passaient du statut de pairs anonymes et inoffensifs à celui d'animaux qu'il traitait d' « hérésies » et de « *bêtes noires** » : ils avaient fait l'erreur de réduire papa, de l'abréger, de le tasser dans une coquille de noix, de le diluer, de lui expliquer qui il était (en ayant tout faux).

Quatre ans plus tôt, à l'ouverture du symposium mondial de l'école supérieure Dodson-Miner, papa avait fait un discours de quarante-neuf minutes intitulé « Modèles de la haine et trafic d'organes », une conférence qu'il affectionnait tout particulièrement, d'autant qu'il s'était rendu en 1995 à Houston pour interviewer la moustachue Sletnik Patrutzka ayant cédé un rein en échange de sa liberté. (En larmes, Sletnik nous avait montré sa cicatrice. « Elle me fait encore mal », avait-elle affirmé.) Juste après l'intervention de papa, le doyen Rodney Byrd s'était glissé sur l'estrade comme un cafard qu'on vient de chasser, puis avait tamponné sa bouche molle avec un mouchoir en déclarant : « Merci, docteur van Meer, pour votre enthousiaste vision de la Russie postcommuniste. Il est rare que nous ayons un véritable émigré russe sur le campus. » Il avait dit ça comme si papa était un individu mystérieux et invisible, un insaisissable Salinger. « Nous sommes ravis de passer le semestre en votre compagnie. Si quelqu'un a des questions sur *Guerre et Paix*, je crois qu'il tient son homme. » (Le discours de papa parlait *exclusivement* du trafic d'organes en Europe de l'Ouest, et il n'avait jamais mis les pieds en Russie. Il avait beau maîtriser plusieurs langues, papa ne connaissait pas un mot de russe, à l'exception de : « На бога надейся, а сам не плошай », qui signifiait : « Faites confiance à Dieu, mais verrouillez votre voiture », un proverbe russe bien connu.)

« Être mal compris, disait papa, être informé de vive voix que l'on se résume à quelques mots suspendus au hasard sur une corde à linge comme des sous-vêtements tachés : il y a de quoi révulser même une personne qui ne doute pas d'elle. »

247

Il n'y avait pas un bruit dans ce couloir claustrophobique, à l'exception du souffle de Zach, qui résonnait aussi fort que dans un coquillage. Partout sur moi, je sentais son regard qui parcourait les plis de la robe noire de Jefferson, laquelle n'était pas sans rappeler un champignon renversé, à condition de plisser les yeux. Le tissu aux reflets métalliques menaçait de m'abandonner d'un coup, comme du papier aluminium posé sur un poulet froid.

« Bleue ? »

Je commis la grave erreur de le regarder. Son visage — et, sous le spot du Turner, ses cils aussi absurdement longs que ceux d'une vache de Jersey — plongeait vers moi, dérivant comme le Gondwana, cette masse de terre géante qui se rapprocha du pôle Sud il y a deux cents millions d'années.

Il rêvait d'une secousse sismique entre nous, il rêvait que nous nous heurtions, et que, de la lave en fusion, naisse un volcan incontrôlable et violent. C'était l'un de ces moments torrides que je n'avais jamais connus qu'en rêve, ma tête dans le *cul-de-sac** des bras d'Andreo Verduga, mes lèvres sur son eau de Cologne alcoolisée au terminus de son cou. Alors que je regardais le visage de Zach flotter entre désir et timidité, attendant avec patience que le feu passe au vert (même s'il n'y avait strictement personne au carrefour), on aurait pu croire que j'allais fuir, courir me mettre l'abri, ou encore rester stoïque et penser à Milton (puis passer la soirée dans un *Never never Land* secret à imaginer que c'était *Black* qui avait fait la connaissance de papa, et les parents de *Black* qui sautillaient dans leur salon), mais, étrangement, je pensai à Hannah Schneider.

Je l'avais aperçue à l'école ce jour-là, après ma sixième heure de cours. Elle était vêtue d'une robe en laine noire à manches longues et d'un manteau noir cintré, et elle avançait péniblement dans l'allée en direction de Hanover, chargée d'un sac de toile beige, tête baissée. Si Hannah avait toujours été mince, sa silhouette, en particulier ses épaules, semblait inhabituellement voûtée et maigre, voire bossue, comme si elle venait de se prendre un coup de massue.

Et là, dans mon engluement avec Zach, j'eus l'impression d'être encore au Kansas, comme la Dorothy du *Magicien d'Oz*. Que Hannah ait été intime avec Doc au point de compter le nombre de poils gris sur son menton m'horrifiait. Comment avait-elle pu supporter ses mains, ses épaules en forme de rocking-chair, et, le lendemain matin, le ciel stérile comme un sol d'hôpital ? C'était quoi, son problème ? Car elle en avait un. Mais j'avais été trop préoccupée par moi-même, Black et le nombre de ses éternuements, par Jade, Lu, Nigel et mes cheveux, pour m'en soucier. (« La principale obsession de l'Américaine moyenne est, aussi incroyable que cela puisse paraître, sa chevelure — frange, permanente, défrisement, pointes fourchues —, au mépris de tout le reste, y compris le divorce, les assassinats et la guerre nucléaire », écrivait le professeur Michael Espiland dans *Frappez avant d'entrer* [1993]). Qu'était-il arrivé à Hannah pour qu'elle descende délibérément dans les entrailles de Cottonwood tel Dante en enfer ? Pourquoi était-elle entrée dans un tel schéma de répétition qui la détruisait, à un rythme qui devenait alarmant avec la mort de son ami Smoke Harvey, l'alcool, les gros mots, sa maigreur, si bien qu'elle finissait par ressembler à un corbeau affamé ? La misère devient vite envahissante, sauf si on l'endigue tout de suite. Ce raisonnement vaut aussi pour la malchance, d'après Irma Stenpluck, auteur de *Manque de crédibilité* (1988), qui explique, page 329, qu'il suffit d'une petite mésaventure pour se transformer en un « navire en perdition au milieu de l'Atlantique ». Peut-être cela ne nous regardait-il pas, mais peut-être aussi Hannah espérait-elle depuis longtemps que nous cesserions de faire preuve d'égocentrisme pour lui poser des questions, non par curiosité malsaine, mais parce qu'elle était notre amie, et que, visiblement, elle tombait en loques.

Tout à coup, dans ce couloir, près du Turner et de Zach toujours penché au bord du canyon de son baiser, je me détestai.

« Tu penses à quelque chose », observa-t-il finement. Ce type était Carl Jung, voire Freud, ma parole.

« On y va », dis-je d'un ton sec en faisant un petit pas en arrière.

Il sourit. Il était incroyable : il ne connaissait ni la colère ni la contrariété, un peu comme ces Indiens, les Mohawks et les Hupas, qui n'avaient pas de mot pour la couleur rouge.

« Tu n'as pas envie de savoir pourquoi tu ressembles à ce bateau ? » demanda-t-il.

Je haussai les épaules, et ma robe soupira.

« C'est parce que la lune brille juste au-dessus de lui, alors qu'elle n'illumine aucune autre partie du tableau. Là. Sur le côté. C'est la seule chose incandescente », dit-il, à moins que ce ne fût toute autre explication cliché qui crachait tellement de lave, de roche, de cendre et de gaz brûlant que je jugeai prudent de m'en éloigner. J'avais d'ailleurs déjà tourné les talons pour reprendre l'escalier. En bas, je trouvai Patsy et Roge à l'endroit où je les avais laissés, tels deux caddies abandonnés au rayon biscuits.

« Incroyable, non ? » s'exclama Patsy.

Ils agitèrent la main tandis que Zach et moi montions dans la Toyota. Et leur visage afficha un sourire comme un feu d'artifice quand je répondis à leur salut en criant par la vitre baissée : « Merci ! À bientôt ! » Il était étrange que des gens comme Zach, Roge et Patsy naviguent en ce monde. Ils étaient aux Hannah Schneider et Gareth van Meer ce que les pâquerettes sont aux orchidées. Exactement le genre de personnes sans consistance que papa détestait, qu'il traitait de con-con (ou — son terme le plus méprisant — de « gens gentils ») s'il se retrouvait derrière eux à la caisse du supermarché et qu'il écoutait leur conversation insupportable d'inanité.

Et pourtant — j'ignore ce qui me prit —, tout en rêvant à l'instant où je me débarrasserais de Zach au cabaret (Jade et les autres seraient là, ainsi que Black et Joalie, laquelle souffrirait, espérais-je, d'une soudaine et terrible infection de la peau ayant résisté aux suppliques répétées des divers remèdes disponibles sans ordonnance), je m'interrogeais sur l'entrain de ce type. J'avais fui son baiser imminent avec la même terreur qu'une invasion de criquets, et pourtant il continuait à me sourire en me demandant d'un ton joyeux si j'avais assez de place pour mes jambes.

Plus incroyable encore, au moment où nous quittions l'allée pour prendre la route vers la droite, je jetai un coup d'œil en direction de la colline boisée où se dressait la maison, et je vis Roge et Patsy toujours au même endroit, et toujours enlacés. On apercevait le chemisier vert de Patsy derrière les arbres fins comme des allumettes. Et sans jamais pouvoir l'avouer à papa, je me demandai, l'espace d'un instant, alors que Zach réglait l'autoradio sur une station pop, en quoi c'était horrible d'avoir une famille comme ça, un père pétillant, un fils aux yeux si bleus qu'on s'attendait presque à voir des moineaux les traverser, et une mère qui regardait le dernier endroit où elle avait vu son enfant comme un chien à l'entrée d'un supermarché ne quitte pas des yeux les doubles portes automatiques.

« Tu as hâte d'être au bal ? » demanda Zach.

J'acquiesçai.

LE CAMBRIOLEUR DE SHADY HILL

Le cabaret de Noël se tenait dans la cafétéria Harper Racey 2005 qui, sous la poigne de fer du président du conseil des élèves, Maxwell, s'était transformée en discothèque étouffante style Versailles avec faux vases de Sèvres sur les tables basses, pâtisseries et fromages français, guirlandes dorées et grands tableaux grossièrement peints de dames perchées sur des balançoires au-dessus de l'exposition « Notre univers à travers le temps » (les photos de classe de Gallway de 1910 à nos jours), censés évoquer la joyeuse et vive *Escarpolette* de Fragonard (vers 1767), mais rappelant plutôt *Le cri* de Munch (vers 1893).

Plus de la moitié du corps enseignant de Gallway, convoqué à des fins de surveillance, était présent — on aurait dit des Ringards Malabars en pingouins. Havermeyer se tenait aux côtés de Gloria, son épouse pâle et décharnée, entièrement vêtue de velours noir. (Gloria apparaissait rarement en public. On racontait qu'elle sortait peu de chez elle, préférant grignoter de la guimauve en lisant les romans d'amour de Circe Kensington, un auteur apprécié par de nombreuses Sauterelles, si bien que je finis par connaître son titre le plus populaire, *Les joyaux de la couronne de Rochester* [1990].) Il y avait aussi Mr. Archer, aux yeux globuleux, cramponné au rebord de fenêtre, dans un costume marine aussi net qu'une invitation sous enveloppe, et Miss Thermopolis qui discutait avec Mr. Butters tout en orange et rouge hawaïens. (Elle avait mis sur ses cheveux une mousse de coiffage qui leur donnait l'apparence du lichen.) Le prof préféré de Hannah, Mr. Moats, était lui aussi présent, presque aussi grand que

252

l'embrasure où il se tenait en veste bleu de Prusse et pantalon écossais. (Son visage incarnait une véritable catastrophe : son nez, sa grosse bouche, son menton et la plus grande partie de ses joues s'étaient réfugiés dans la partie inférieure de son visage, tels les passagers d'un navire en perdition qui tentent d'échapper aux flots.)

Jade et les autres avaient juré (sur une tripotée de tombes de grands-parents) qu'ils seraient là à 9 heures, or il était 10 heures et demie et ils n'étaient visibles nulle part, y compris Milton. Hannah aussi aurait dû être là — « Eva Brewster m'a demandé de faire une apparition » —, mais elle aussi demeurait introuvable. J'étais donc en pleine Zachville, capitale des paumes moites, des gestes maladroits, du bras de travers, de l'haleine Calcutta, du fredonnement aussi pénible qu'une vibration électrique dans les murs, une mer de taches de rousseur sous l'oreille gauche, des rivières de sueur sur les tempes jusque dans la petite rigole du cou.

La piste de danse était bondée. Juste à notre droite, l'ex-petite amie de Zach, Lonny Felix, dansait avec son cavalier, Clifford Wells, au visage tout en pointes et traits délicats, qui était plus petit qu'elle. Il ne pesait pas non plus très lourd. Chaque fois qu'elle lui commandait un mouvement (« Fais-moi plonger », ordonnait-elle), il serrait les dents comme s'il craignait de la lâcher. Elle semblait apprécier de projeter comme une tornade ses coudes et ses épineux cheveux blonds décolorés contre mon visage chaque fois que je tournoyais avec Zach et me retrouvais face au buffet (où Perón faisait des crêpes au Nutella, inhabituellement élégante dans un costume *Rhapsody in Blue* à manches bouffantes), et Zach face aux fenêtres.

Maxwell, en Barnum hystérique avec veste de velours cramoisie et canne, ignorait complètement sa cavalière, Kimmie Kaczynski (une triste sirène en satin vert ayant perdu tout espoir de charmer son marin) et dirigeait avec délice, par-dessus les numéros annexes, son orchestre de monstres, le larmoyant et épuisé Jazz Band Pain & Confiture.

« Excuse-moi », fit une voix derrière moi.

C'était Jade, mon preux chevalier. Mais je vis tout de suite qu'il y avait un problème. Donnamara Chase, dans sa lourde robe rose Liberty Bell, et Trucker, son cavalier qui se léchait les lèvres, sans oublier Sandy Quincewood, Joshua Cuthbert et Dinky, ce piège vivant qui serrait le cou de la pauvre captive Brett Carlson, avaient tous cessé de danser pour la regarder.

Je compris pourquoi.

Jade était vêtue d'une robe en soie couleur mandarine dont le décolleté plongeait comme un parachutiste sans parachute. Elle était ivre, elle ne portait ni soutien-gorge ni chaussures, et elle avait beau nous regarder, Zach et moi, une main sur les hanches, son geste d'intimidation habituel, on avait l'impression qu'elle cherchait surtout à rester debout. Elle tenait à la main une paire de talons aiguilles noirs.

« Excuse-moi, Bon de Réduc... », dit-elle en faisant une embardée. J'étais terrifiée à l'idée qu'elle s'écroule. « Il faut que je t'emprunte Haut-le-Cœur une minute.

— Ça va ? » lui demanda Zach.

Je la saisis rapidement par le bras et, avec un sourire forcé, je la tirai derrière moi, pas trop fort quand même, pour éviter de la presser comme un agrume sur la piste de danse.

« Je suis désolée d'être en retard. Qu'est-ce que je peux trouver comme excuse ? J'ai été prise dans les embouteillages. »

Je réussis à l'éloigner de nos chaperons en la poussant vers un groupe de troisièmes qui dégustaient du *gâteau au chocolat et aux noisettes** et des fromages français. (« Celui-là a un goût de chiotte », dit l'un d'eux.)

Mon cœur battait la chamade. Dans quelques minutes, quelques secondes même, elle serait repérée par Evita et placée sous mandat de dépôt, ou, en termes gallwayiens « traduite en conseil de discipline », avec à la clé une exclusion temporaire, un travail d'intérêt général le samedi matin auprès de vieux bonshommes qui baveraient tandis qu'elle leur servait de la soupe tiède aux légumes, voire un renvoi définitif. Je commençai à tricoter une excuse dans ma tête — une pilule mise dans son 7-Up par un schizo boutonneux, puisque j'avais toute une bibliographie sur le sujet, ou pourquoi pas, tout bonnement l'incrédulité (« *Dans le doute, fais mine de ne rien comprendre*, chantonnait papa dans ma tête. *Personne ne peut t'en vouloir d'avoir un QI de misère.* ») Mais nous atteignîmes le buffet, les toilettes, puis les portes en bois sans être repérées. (Mr. Moats, si vous lisez ceci, je suis sûre que je vous avez vues.

Merci d'avoir simplement remplacé votre expression d'ennui pro-fond par un délicieux soupir cynique, rien de plus. Si vous ne voyez pas de quoi je parle, oubliez ce qui est écrit plus haut.)

Je l'attirai dans le patio en brique, avec ses causeuses en fer forgé (« Eh, tu me fais *mal* »), où s'abandonnaient les vrais couples de Gallway.

Après un coup d'œil par-dessus mon épaule pour m'assurer que personne ne nous suivait, j'entraînai Jade sur la pelouse et les allées de gravier en passant sous les projecteurs orange où s'étirèrent nos ombres. Je ne la lâchai qu'à Hanover, sombre et désert, où les fenêtres noires, l'escalier en bois, un devoir d'algèbre plié qui mar-monnait par terre dans son sommeil, étaient lavés par la nuit, d'un bleu et d'un gris uniformes.

« T'es *dingue* ou quoi ? m'écriai-je.

— Quoi ?

— Comment tu peux te pointer *comme ça* ?

— Arrête de crier, Haut-le-Cœur. Mon cœur.

— Je... Tu veux te faire virer ou quoi ?

— Va te faire foutre, gloussa-t-elle. Ta robe est même pas belle.

— Où sont les autres ? Où est Hannah ? »

Elle fit la grimace.

« Chez elle. Ils font une tarte aux pommes et ils regardent *Entre ciel et terre*. Oui, t'as bien compris. Ils t'ont laissée tomber. Ils se sont dit que cette soirée allait être nulle. Je suis la seule à t'être fidèle. Tu peux me remercier. Je prends le cash, les chèques, MasterCard, Visa. Mais pas American Express.

— Jade.

— Les autres sont des traîtres. Parmi nous. "Toua aussi mon fisse." Et, au cas où ça t'intéresse, Black et sa pétunia sont en train de passer à l'acte dans un motel de merde. Il est tellement amoureux que j'ai envie de le tuer. Cette fille, c'est une Yoko Ono, elle va avoir raison de nous...

— Reprends-toi.

— Mais ça va, putain de bordel ! Viens faire un tour. On va aller dans un bar où les hommes ressemblent à des hommes et où les femmes sont poilues. On va chercher des sourires de bière.

— Il faut que tu rentres chez toi. Maintenant.

— Moi, je pensais plutôt au Brésil. Haut-le-Cœur ?

— Quoi ?

— Je crois que je vais vomir. »

Elle avait l'air vraiment mal. Ses lèvres se fondaient dans la pâleur de son visage et, une main sur la gorge, elle me regardait avec d'immenses yeux de hibou.

Je lui pris le bras pour la diriger vers de jeunes sapins subitement condamnés sur notre droite, mais elle émit le cri bref et aigu d'un gamin qui refuse une dernière bouchée de chou-fleur ou la ceinture de sécurité, s'arracha à mon étreinte, monta l'escalier et pénétra dans Hanover. Je pensais que les portes seraient fermées à clé, mais non. Elle disparut à l'intérieur du bâtiment.

Je la trouvai dans les toilettes de Mirtha Grazeley, à genoux, en train de vomir.

« Je déteste dégueuler. Je préférerais mourir. Achève-moi, tu veux bien ? Achève-moi. Je t'en supplie. »

Pendant un écœurant quart d'heure, je lui tins les cheveux.

« Ça va mieux », dit-elle enfin en s'essuyant les yeux et la bouche.

Après s'être rincé le visage dans le lavabo, elle s'affala sur le ventre dans un canapé du bureau de Mirtha.

« On devrait rentrer, dis-je.

— Une seconde. »

Dans le silence, sans lumière, sous les projecteurs verts de la pelouse M. Bella Chancery qui s'immisçaient par les fenêtres, on se serait cru au fond de l'océan. L'ombre des arbres nus s'entortillait sur le parquet comme des algues et des salicornes. Du sable, voire du zooplancton, tapissait les fenêtres, et l'halogène ressemblait à une éponge. Jade soupira en se retournant sur le dos, les cheveux collés aux joues.

« Il faut qu'on se tire d'ici, dis-je.

— Tu l'aimes bien.

— Qui ça ?

— Bon de Réduction.

— Autant que la pollution sonore.

— Tu vas te tirer avec lui.

— Bien sûr.

— Tu vas te prendre un pied d'enfer et profiter de tous ses bons d'achat. Sérieusement. Je sens bien ce genre de choses. Je suis voyante.

— Tais-toi.

— Gerbeuse ?

— Quoi.

— Je déteste les autres.

— Qui ça ?

— Leulah. Charles. Je les déteste. Toi, je t'aime. Tu es la seule qui soit bien. Les autres sont des tarés. Et par-dessus tout, je déteste Hannah. Elle est abominable !

— Arrête.

— Non, c'est vrai. Je ne dis rien, parce que c'est facile et amusant d'aller là-bas, qu'elle nous fasse à dîner et qu'on la regarde se comporter comme si elle était saint François d'Assise, putain. Mais au fond de moi, je sens qu'elle est dingue, voire salope. »

J'attendis quelques instants, le temps pour un requin-tisserand d'approcher un banc de sardines, afin que ce mot — salope — se dissipe et se dissolve comme de l'encre de seiche.

« Il est courant de ressentir parfois de l'antipathie pour des individus qui nous sont familiers. C'est le principe de Derwid-Loeverhastel. Il en est question dans *Sous l'associati…*

— Que David Hasselhoff aille se faille foutre, dit-elle en se redressant sur un coude, les yeux plissés. Je déteste cette femme, insista-t-elle en fronçant les sourcils. Tu l'aimes bien, toi ?

— Évidemment.

— Pourquoi ?

— C'est quelqu'un de génial. »

Jade eut comme un râle.

« Pas si génial que ça. Je ne sais pas si t'es au courant, mais elle l'a tué, ce type.

— Qui ça ? »

Bien sûr, j'avais compris qu'elle parlait de Smoke Harvey, mais je feignis l'ignorance et me contentai de poser la question la plus élémentaire avec toute la réserve de Ranulph (prononcez « Ralf ») Curry, l'inspecteur en chef de Roger Pope Lavelle dans les trois chefs-d'œuvre glaciaux écrits entre 1901 et 1911, sa décennie d'inspiration, une œuvre qui resterait à jamais dans l'ombre des

257

ouvrages plus lumineux de sir Arthur Conan Doyle. C'était ainsi que procédait Curry lorsqu'il interrogeait les témoins, spectateurs ou suspects et, plus souvent qu'à son tour, il aboutissait à la découverte d'un détail permettant la résolution de l'énigme. « Tss, tss, Horace, disait Curry à la p. 1017 de *La vanité d'une licorne* (1901). C'est une grave erreur dans le travail de détection que d'ajouter sa propre voix au flux des autres. Plus on parle, moins on entend. »

« Ce Smoke, reprit Jade. *Dubs*. Elle l'a tué. J'en suis sûre.

— Comment tu le sais ?

— Tu te souviens que j'étais là quand on lui a annoncé la nouvelle ? » Elle se tut, m'observa en clignant des yeux, puis se tourna vers la faible lumière de la pièce. « Tu n'as pas vu son numéro, toi. C'était surjoué. C'est vraiment la plus mauvaise actrice de la planète. Si elle était comédienne, elle n'apparaîtrait même pas dans des séries B, elle passerait dans les D ou les E. Je pense qu'elle serait même pas assez bonne pour du porno. Alors qu'elle s'imagine qu'elle va passer à l'*Actor's studio*, genre la semaine prochaine. Elle en faisait mille fois trop, elle a crié comme une folle en voyant le cadavre. Un instant, j'ai cru qu'elle hurlait : "Le dingo a mangé mon bébé !" comme dans *Un cri dans la nuit*. »

Elle quitta le canapé et se dirigea vers la kitchenette derrière le bureau de Mirtha, où elle ouvrit la porte du petit réfrigérateur. Comme elle s'accroupissait dans le rectangle de lumière dorée, sa robe devint transparente, et dans ces rayons X, je vis combien elle était mince, combien ses épaules n'avaient pas plus de consistance qu'un cintre.

« Il y a du lait de poule, dit-elle. Tu en veux ?

— Non.

— Des tonnes. Trois bouteilles pleines.

— Mirtha a sans doute vérifié ce qui restait avant de partir. Pas la peine d'avoir des ennuis pour ça. »

Jade se redressa avec une bouteille et ferma la porte d'un coup de pied.

« Tout le monde sait que Mirtha Grazeley est aussi dingue que le chapelier fou. Qui la croira si elle va croasser qu'on lui a volé quelque chose ? Et puis, en général, les gens ne sont pas méthodiques à ce point. Ce n'est pas ce que tu as dit l'autre *soir**, "celui qui a l'air fou l'est vraiment", ou un truc comme ça ? » Elle ouvrit l'un des placards et en sortit deux verres. « Je sais que Hannah s'est débarrassée de ce type comme je sais que ma mère est le monstre du Loch Ness. Ou le yeti. Je ne sais pas lequel, mais un gros monstre, ça c'est sûr.

— Et quel serait son mobile ? » demandai-je. (« Je veille aussi, disait Curry, à ce que le témoin ne change pas de sujet, ne tourne pas autour du pot, ne s'attarde pas sur un détail de loquet ou de chaudière. »)

« Les monstres n'ont pas besoin de mobile. C'est pour ça que ce sont des monstres.

— Je parlais de Hannah. »

Elle me lança un regard exaspéré.

« Tu ne veux pas comprendre, hein ? De nos jours, personne n'a besoin de mobile. On cherche des mobiles et des trucs comme ça quand on a peur, genre du chaos. Les mobiles, c'est comme les sabots en bois, c'est passé de mode. En réalité, il y a des gens qui aiment tuer, un point c'est tout, comme d'autres craquent pour un moniteur de ski couvert de grains de beauté, à croire que Dieu l'a aspergé de grains de poivre, ou pour une juriste aux bras tatoués.

— Et pourquoi lui ?

— Qui ça ?

— Smoke Harvey. Pourquoi lui et pas moi, par exemple ? »

Elle émit une onomatopée sarcastique en me tendant le verre et se rassit.

« Je sais pas si tu t'en es aperçue, mais Hannah est dingue de toi. À croire que t'es sa fille prodigue enfin retrouvée, putain ! On te connaissait avant même que t'apparaisses. C'est trop bizarre. »

Mon cœur s'arrêta de battre.

« Qu'est-ce que tu racontes ? »

Jade eut une moue dédaigneuse.

« Tu l'as bien rencontrée au magasin de chaussures, non ? »

J'acquiesçai.

« Eh bien, juste après ça, peut-être le jour même, elle a commencé à parler de Bleue, cette fille incroyable et merveilleuse, elle a dit qu'on devait devenir ses amis ou, genre, mourir. À croire que t'étais le Jugement dernier. Et depuis, ça n'a pas changé. Dès que t'es pas là, elle n'arrête pas de demander : "Où est Bleue, vous n'avez pas vu

Bleue ?" Bleue par-ci, Bleue par-là, Bleue bordel. Mais y a pas que toi. Elle fait plein de fixations. Sur les animaux, les meubles. Ou les types de Cottonwood. Hannah baise comme d'autres serrent des mains. Et Charles... Elle l'a détruit, et elle s'en rend même pas compte. Elle considère qu'elle nous fait le grand honneur d'être notre amie, qu'elle nous éduque ou je sais pas quoi... »

Je déglutis.

« Il s'est vraiment passé quelque chose entre Charles et Hannah ?

— Allô la *terre* ? Bien sûr. J'en suis certaine à, allez, quatre-vingt-dix pour cent. Charles en parlera jamais, même pas à Black, parce qu'elle lui a fait subir un lavage de cerveau. Mais l'an dernier, un jour où Lu et moi on passait le chercher, il était comme j'ai jamais vu personne de ma vie. Il avait le visage ravagé. » Elle me fit une démonstration. « Il avait piqué une crise et tout cassé chez lui. Il avait jeté des tableaux par terre, s'était même attaqué au papier peint... il y avait carrément des pans déchirés au mur. On l'a trouvé en larmes recroquevillé près de la télé. Il y avait aussi un couteau par terre, on a eu peur qu'il veuille se suicider ou un truc dans le genre...

— Mais il n'a pas essayé ? » demandai-je promptement.

Elle fit signe que non.

« Je pense qu'il pétait les plombs parce que Hannah lui avait annoncé qu'ils devaient rompre. Peut-être que ça s'est passé juste une fois. C'était peut-être un faux pas, je ne pense pas qu'elle avait prévu de baiser avec lui, mais c'est sûr, il s'est passé quelque chose, parce que, depuis, il n'est plus le même. Tu l'aurais vu l'an dernier, et l'année d'avant. Il était incroyable. Tout le monde l'aimait. Maintenant, c'est un naze. »

Jade but une grande gorgée de lait de poule. L'obscurité durcissait son profil, si bien que son visage ressemblait à ces énormes masques décoratifs en jade que papa et moi avions admirés dans la salle olmèque du Muséum d'histoire naturelle d'Artesia, Nouveau-Mexique. « Le peuple olmèque était une civilisation singulièrement artistique et profondément intriguée par le visage humain, déclaraient pompeusement les explications que papa lut sur le mur. Ils jugeaient que la voix ment, mais que le visage n'est jamais fourbe. »

« Si tu penses vraiment ça de Hannah, réussis-je à dire, comment peux-tu continuer à la fréquenter ?

— Je sais, c'est bizarre. » D'un air songeur elle pinçait les lèvres d'un côté de la bouche. « Ça doit être comme le crack, soupira-t-elle en attrapant ses tibias. Ou la glace à la menthe avec des pépites de chocolat.

— C'est-à-dire ? » demandai-je puisqu'elle ne s'expliqua pas aussitôt.

Elle inclina la tête.

« Imagine que t'adores la glace à la menthe avec des pépites de chocolat. C'est ton parfum préféré entre tous, depuis toujours. Mais un jour, t'entends Hannah déblatérer pendant des heures sur le beurre de pécan. Le beurre de pécan ceci, le beurre de pécan cela, du coup, tu te mets à commander tout le temps du beurre de pécan. Tu te rends compte que tu *préfères* le beurre de pécan. Que t'aimais ça depuis toujours, mais que tu ne le savais pas. » Elle se tut un moment. « Et tu ne manges plus jamais de glace à la menthe avec des pépites de chocolat. »

Je crus me noyer au milieu des flotteurs, des bittes d'amarrage et de l'étoile de mer au plafond, mais je me retins en me souvenant de ne pas croire tout ce que disait Jade, et même de ne croire à *rien* de ce qu'elle disait. Tout ce qu'elle affirmait, qu'elle soit ivre ou sobre, n'était que piège, sables mouvants, trompe-l'œil, mirage causé par un choc des températures.

J'avais fait l'erreur de prendre ses paroles pour argent comptant le jour où elle m'avoua qu'elle « haïssait » sa mère et « mourait d'envie » d'aller vivre avec son père, juge à Atlanta, un type « bien » (même s'il était parti quatre ans plus tôt avec une femme que Jade appelait « Marcy l'Andouille », dont on ignorait tout, mis à part qu'elle était juriste et qu'elle avait les bras tatoués). Or, un quart d'heure plus tard, j'avais vu Jade s'emparer du téléphone pour appeler, dans le Colorado, sa mère enchantée d'être ensevelie sous une avalanche d'amour avec son moniteur de ski.

« Tu rentres quand ? Je déteste que Morella s'occupe de moi. J'ai besoin de toi pour mon développement affectif, s'était lamentée Jade avant de remarquer ma présence et de me hurler : Mais qu'est-ce que tu fous là, putain ? » en me claquant la porte au nez.

261

Quoique adorable (en particulier ce geste bien à elle, cette façon de souffler négligemment sur ses cheveux pour les chasser de son visage qui n'avait rien à envier au charme d'Audrey Hepburn) et dotée de toutes les qualités enviables d'un coûteux manteau de vison : élégante, déraisonnable et incommode, où qu'elle s'étale, les sofas ou les gens (mais toujours d'une qualité irréprochable, même défaite, comme à présent), Jade n'en restait pas moins quelqu'un dont la personnalité incarnait le pire cauchemar des mathématiciens contemporains. Elle n'était ni solide, ni plate. Elle ne possédait pas la moindre symétrie. La trigonométrie, l'algèbre et les statistiques se révélaient inopérantes sur elle. Son graphique en secteur constituait un cafouillis de parts arbitraires, et son graphique combiné figurait la crête des Alpes. Mais si on décidait de la classer dans la théorie du chaos — tout comme les effets papillon, les prédictions météorologiques, les fractales, les diagrammes de bifurcation et autres machins bidules —, elle apparaissait sous la forme d'un triangle parfaitement équilatéral, voire d'un carré.

Elle était désormais couchée par terre, ses pieds sales au-dessus de la tête, en pleine démonstration d'un exercice de Pilate qui « entraîne un afflux de sang dans la colonne vertébrale » (ce qui, allez savoir comment, se traduisait par une espérance de vie accrue). Je vidai mon verre de lait de poule.

« Sa salle de cours », murmura-t-elle d'un ton excité. Puis elle reposa ses jambes minces sur la moquette avec la soudaineté d'une guillotine. « Si on allait y jeter un coup d'œil ? On peut raisonnablement penser qu'elle a caché les preuves dans sa salle.

— Quelles preuves ?

— Je te l'ai dit. Du meurtre. Elle l'a tué, ce Smoke. »

Je pris une grande bouffée d'air.

« Les criminels cachent les preuves là où on a le moins de chances de les trouver, non ? Or, qui penserait à aller regarder dans sa salle ?

— Nous.

— Si on trouve quelque chose, comme ça, on saura. Non pas que ça signifie quoi que ce soit. Il faut lui laisser le bénéfice du doute : peut-être que ce Smoke l'avait bien cherché. Peut-être qu'il exterminait les bébés phoques.

— Jade.

262

— Et si on ne trouve rien... Eh bien, pas vu pas pris.

— On ne peut pas entrer dans sa salle.

— Et pourquoi ?

— Pour plein de raisons. Un, on pourrait être prises en flagrant délit et virées de l'école. Deux, ça n'a pas de sens de...

— Putain ! m'interrompit-elle. Et si, pour une fois, tu oubliais ton parfait cursus scolaire et que tu t'éclatais un peu ? T'es chiante, merde ! » Elle avait l'air furieux, et pourtant, la colère disparut aussitôt de son visage. Elle s'assit avec une chenille en guise de sourire. « Réfléchis un peu, Olives. On a une cause plus noble. On est des infiltrées. On pourrait faire la une des journaux. Devenir les idoles de l'Amérique. »

Je la dévisageai.

« "Une fois de plus sur la brèche, mes amis", déclarai-je, comme dans Shakespeare.

— O.K. Maintenant, aide-moi à retrouver mes chaussures. »

Dix minutes plus tard, nous dévalions le couloir. Le parquet d'Hanover était comme un vieil accordéon qui produisait à chacun de nos pas des sons discordants. Nous ouvrîmes la porte, nous dégringolâmes l'escalier qui sonnait creux, sortîmes dans le froid et filâmes par les allées en nous faufilant devant la cour et le Love Auditorium. Des stalactites d'ombre se dressaient tout autour de nous, si bien que Jade et moi étions comme deux écolières du dix-neuvième siècle pourchassées par Dracula, tremblantes, les bras crochetés pour mieux nous serrer l'une contre l'autre. Quand nous nous mîmes à courir, ses cheveux balayèrent mon épaule nue et mon visage.

Papa avait un jour déclaré (un peu déprimé, trouvai-je alors) que les écoles américaines seraient bien plus efficaces si leurs cours avaient lieu la nuit plutôt qu'en plein jour, par exemple entre huit heures du soir et quatre ou cinq heures du matin. En courant dans l'obscurité, je compris ce qu'il voulait dire. Ces briques rouges bien dessinées, ces salles de classe ensoleillées, ces cours carrées : un tel environnement faisait croire aux jeunes que la connaissance et la vie étaient limpides, lumineuses et nettes. Or, papa prétendait qu'un élève serait infiniment mieux préparé au monde moderne s'il étudiait le tableau périodique des éléments, *Madame Bovary* ou la reproduction du tournesol parmi les ombres tapies sur les murs de la classe, les silhouettes de doigts et de stylos s'étirant jusqu'au sol, les hululements gastriques de radiateurs invisibles et le visage du prof, non pas lisse, discret et délicatement pastel dans une fin d'après-midi dorée, mais tel un serpent, une gargouille ou un cyclope dans ce noir d'encre et la faible lueur d'une bougie. L'étudiant comprendrait « tout et rien », disait papa, s'il n'y avait derrière les fenêtres qu'un lampadaire assailli par des papillons de nuit dans ces ténèbres réticentes et impitoyables, comme le sont toujours les ténèbres.

Sur notre gauche, les branches de deux grands sapins se heurtèrent, ce qui produisit un bruit de prothèses en folie.

« Il y a quelqu'un ! » souffla Jade.

Nous dévalâmes la pelouse, passant devant Graydon silencieux, puis le bas du Love Auditorium et Hypocrite's Alley, où les salles de musique aux longues fenêtres étaient désertes et aveugles comme un Œdipe aux yeux crevés.

« J'ai peur, souffla Jade en resserrant son étreinte autour de mon poignet.

— Je suis terrifiée. Et je me gèle.

— Tu as vu *L'école de l'enfer* ?

— Non.

— Ce film où le tueur en série est un prof de travaux manuels.

— Ah.

— Cours de cuisine 203. Il transforme les élèves en soufflés. Hallucinant, non ?

— J'ai marché sur un truc, je crois que ça a traversé ma chaussure.

— Faut se dépêcher, Dégueulette. Si on nous attrape, on est cuites. »

Elle bondit sur les marches de Loomis et tira de toutes ses forces sur les portes qui exhibaient l'affiche d'un spectacle de Mr. Crisp, *La cantatrice chauve* (Ionesco, 1950). Mais elles étaient fermées.

« Il va falloir trouver un autre moyen, murmura-t-elle d'un ton excité. Une fenêtre. Ou le toit. Je me demande s'il y a une cheminée. On va jouer au père Noël, Dégueulette. Au père Noël. »

Elle me prit la main. Inspirées par les monte-en-l'air et autres assassins de cinéma, nous fîmes le tour du bâtiment en marchant sur les broussailles et les aiguilles de pin pour essayer les fenêtres. Jade finit par entrouvrir celle de la salle d'éducation routière de Mr. Fletcher. Elle se faufila par l'interstice et atterrit sur un pied. Quant à moi, je m'égratignai le tibia gauche contre le loquet et filai mon bas, puis je m'affalai sur la moquette en me cognant la tête au radiateur. (Au mur, une affiche représentait un enfant avec des bretelles et une ceinture de sécurité qui disait : « Attention aux angles morts, sur la route comme dans la vie ! »)

« Allez, viens, limace », me chuchota Jade en disparaissant par la porte.

La salle de Hannah, la 102, se trouvait tout au bout d'un couloir en forme de canal dentaire. Une affiche de *Casablanca* était scotchée sur la porte. C'était la première fois que je pénétrais dans sa salle, et je la trouvai étonnamment lumineuse : un projecteur blanc crème l'éclairait par les vitres et passait aux rayons X les vingt-cinq ou trente tables et chaises, projetant au sol leurs ombres étirées et squelettiques. Jade était déjà perchée, jambes croisées, sur le tabouret du grand bureau, un ou deux tiroirs ouverts. Elle feuilletait un manuel.

« T'as pas encore trouvé d'arme fumante ? » demandai-je.

Comme elle ne répondait pas, je remontai la rangée de bureaux pour examiner les affiches de cinéma au mur (Support visuel 14.0).

Elles étaient treize en tout. Peut-être grâce au lait de poule, je compris au bout d'une minute à peine ce qu'il y avait de bizarre : non pas le fait qu'il s'agissait de films américains dans leur version espagnole, italienne ou française, mais parce que les affiches étaient accrochées à intervalles très réguliers de dix centimètres, droites comme des soldats, avec une précision que l'on apprenait à ne jamais espérer des vieilles illustrations sur les murs d'une classe, même en sciences ou en maths. (En m'approchant de *Il Caso Thomas Crown* pour soulever le cadre, je découvris, autour du clou, de petits traits de crayon, preuve que Hannah avait tout mesuré avec minutie.)

Toutes sauf deux (*Per un Pugno di Dollari*, *Fronte del Porto*) représentaient un baiser. On découvrait ainsi Rhett et Scarlett, évidemment ; Fred qui tenait Holly et Le Chat sous la pluie (*Collazione da*

Support visuel 14.0

Tiffany), mais il y avait aussi *Historia del Amor* avec Ryan O'Neal et Ali MacGraw ; Charlton Heston qui serrait Janet Leigh à tel point que sa tête formait un angle inconfortable dans *La soif du mal* ; quant à Burt Lancaster et Deborah Kerr, ils avaient plein de sable dans le maillot. De façon assez surprenante, je remarquai aussi — et j'étais persuadée que ce n'était pas le fait de mon imagination — que Hannah aurait pu incarner toutes ces femmes qu'on embrassait jusqu'à la nuit des temps. Elle avait leurs os de porcelaine, leur profil en épingle à cheveu ou en chemin des douaniers, leurs cheveux qui butaient avant de retomber sur leurs épaules.

Je n'avais jamais perçu Hannah comme une écervelée qui cherche à s'entourer d'un bouquet de passion inavouée (ce qu'il ne faut jamais faire, selon papa). Qu'elle exhibe si méticuleusement ces « Bientôt à l'affiche » ayant sombré dans l'oubli m'attrista un peu.

« On trouve toujours dans une chambre de femme un objet ou un détail qui la caractérise, disait papa. Pour ta mère, bien sûr, c'était les papillons. Vu l'extrême soin qu'elle accordait à leur conservation et à leur exposition, on savait combien ils comptaient pour elle, mais de surcroît chacun constituait un petit éclairage permanent sur la femme complexe qu'elle était. Prends la superbe Reine de la Forêt. Elle illustre le port majestueux de ta mère et sa farouche vénération du monde naturel. La Mère des Perles ? Son instinct maternel, sa compréhension du relativisme moral. Natasha ne voyait pas le monde en noir et blanc, mais comme il est réellement : un paysage résolument peu lumineux. Le Mechanitis Mimic ? Elle était capable d'imiter les plus grands, de Norma Shearer à Gene Kelly. Ces insectes la montraient telle qu'elle était — pleine de gloire, mais fragile à s'en briser le cœur. Grâce à ces spécimens, on esquisse, sinon son portrait précis, tout du moins, un croquis assez juste de son âme. »

Je ne sais pas pourquoi, à cet instant, je pensai aux papillons, peut-être parce que ces affiches semblaient être le détail qui caractérisait Hannah « sans fard ». Peut-être que Burt Lancaster et Deborah Kerr remplissant leurs maillots de sable signifiaient son ardeur de vivre couplée à une passion pour la mer, l'origine de tout, et *Bella di giorno* avec Catherine Deneuve, dont on ne voyait pas la bouche, son besoin d'ambiguïté, de secrets, Cottonwood.

« Oh, mon Dieu », s'exclama Jade derrière moi. Puis elle me lança un gros livre de poche qui alla cogner contre la fenêtre.

« Qu'est-ce qu'il y a ? »

Sans un mot, elle désigna le livre par terre en soufflant exagérément fort. Je le ramassai.

La couverture grise comportait la photo d'un homme avec un titre orange : *Un merle qui chante au cœur de la nuit : une biographie de Charles Milles Manson* (Ivys, 1985). Le livre était très usagé.

« Et alors ? interrogeai-je.

— Tu ne sais pas qui est Charles Manson ?

— Bien sûr que si.

— Pourquoi elle a ce livre ?

— Beaucoup de gens l'ont. C'est sa biographie officielle. »

Je n'avais pas envie de lui révéler que moi aussi, je possédais ce livre, et que papa l'avait même mis au programme de son cours à l'université de l'Utah à Rockwell, *Séminaire sur les rebelles politiques*. L'auteur, Jay Burne Ivys, un Anglais, avait interrogé pendant des heures la « famille » Manson, qui, dans ses plus belles années, comptait au moins cent douze membres. Les parties II et III étaient très détaillées. On y découvrait les origines et les codes de l'idéologie de Manson, les activités quotidiennes de la secte, sa hiérarchie (la partie I, quant à elle, comportait une fastidieuse analyse psychanalytique de l'enfance difficile de Manson, que papa, peu admirateur de Freud, jugeait moins convaincante). Il traitait de ce livre, ainsi que du *Zapata* de Miguel Nelson (1989), pendant deux, voire trois cours sur « Résistance ou fanatisme ? » : « Cinquante-neuf personnes ayant croisé Charles Manson dans les années où il habitait Haight-Ashbury ont déclaré qu'il avait des yeux magnétiques et une voix vibrante comme personne, rugissait papa dans le micro. Cinquante-neuf personnes *différentes*. À quoi faisaient-elles référence ? À cette chose insaisissable : le charisme. Charles Manson en avait. Zapata aussi. Et Che Guevara. Qui d'autre, à part eux ? Lucifer. Vous naissez avec ce petit *je ne sais quoi** et l'Histoire montre que vous pouvez convaincre, avec assez peu d'effort, des gens ordinaires de prendre les armes et de se battre pour votre cause, quelle qu'elle soit ; la nature de cette cause n'a en fait que très peu d'importance. Si vous le leur demandez — si vous leur donnez quelque chose en quoi ils peuvent croire — ils tueront, donneront leur vie, vous appelleront Jésus. Je vous vois rire. Il n'empêche que, aujourd'hui encore, Charles Manson reçoit plus de courrier que n'importe quel autre détenu de tout le système pénitentiaire américain, quelque soixante mille lettres par an. Son CD, *Lie*, se vend toujours très bien sur Amazon.com. Or, qu'est-ce que cela nous apprend ? Laissez-moi reformuler ma question. Qu'est-ce que cela nous apprend sur *nous* ? »

« Elle n'a que ce livre, Haut-le-Cœur, dit Jade d'une voix nerveuse. Regarde. »

Je m'approchai du bureau. Le tiroir ouvert contenait une pile de DVD, parmi lesquels *Les fous du roi*, *Voyage au bout de l'enfer*, *L'histoire officielle*, mais pas de livres.

« Je l'ai trouvé tout au fond. Caché. »

Je le feuilletai. Peut-être était-ce dû à la lumière crue de la salle, qui disséquait tout, y compris Jade (par terre, son ombre émaciée semblait ramper vers la porte) ; en tout cas, ma nuque se couvrit de frissons quand j'aperçus le nom au crayon, presque effacé, dans un coin supérieur de la page de titre : *Hannah Schneider*.

« Ça ne signifie rien », dis-je en me rendant compte, avec surprise, que j'essayai de m'en convaincre moi-même.

Jade écarquilla les yeux.

« Tu crois qu'elle veut nous tuer ? souffla-t-elle.

— Arrête.

— Sérieusement. On est des cibles, puisqu'on est des bourgeois. »

Je fronçai les sourcils.

« C'est quoi, ton problème avec ce mot ?

— C'est un mot de Hannah. Tu n'as jamais remarqué qu'elle traite tout le monde de cochon de bourgeois quand elle est saoule ?

— Elle plaisante, c'est tout. Même mon père blague là-dessus parfois. »

Mais Jade, dont les dents formaient un minuscule mur de briques, me prit le livre des mains et se mit à tourner furieusement les pages jusqu'aux photos en noir et blanc du cahier central. Qu'elle inclina vers la lumière. « Charles appelait Susan Atkins "Sexy Sadie", lut-elle lentement. Regarde comme cette femme est bizarre. Ces yeux. Honnêtement, on dirait ceux de Hannah…

— Ça suffit, dis-je en lui arrachant le livre des mains. Qu'est-ce qui te prend ?

— Qu'est-ce qui te prend, toi ? » Ses yeux s'étaient réduits à deux fentes. Parfois, Jade vous jetait un regard si froid qu'elle semblait être le propriétaire d'une plantation de sucre en 1780, et vous, l'esclave marqué au fer rouge qu'on exhibe sur une estrade à des enchères antiguaises, un esclave qui n'a pas revu sa famille depuis un an et ne la reverra sans doute jamais. « Il te manque, ton Bon de Réduction, c'est ça ? Tu veux avoir plein de petits réducs ? »

J'étais sur le point de me lancer dans une dispute, qui se serait soldée par ma fuite, sans doute en larmes, tandis qu'elle rirait et se moquerait de moi. Mais l'expression terrifiée de son visage me fit tourner la tête en direction des fenêtres.

Quelqu'un s'avançait en direction de Loomis, une silhouette lourde vêtue d'une robe protubérante couleur meurtrissure.

« C'est Charles Manson, gémit Jade. En drag queen.

— Non, dis-je. Le dictateur. »

Avec horreur, nous regardâmes Eva Brewster s'approcher des portes de Loomis, puis tirer sur les poignées et s'avancer jusqu'au pin géant sur la pelouse en mettant sa main en visière pour scruter les fenêtres.

« Merde ! » fit Jade.

Nous bondîmes vers le coin le plus sombre près de l'étagère (juste en dessous de Cary et Grace dans *Caccia al ladro*).

« Bleue ! » appela Eva.

Qu'Evita Perón prononce votre nom suffisait à vous comprimer le cœur. Le mien s'écrasa comme une pieuvre jetée sur le pont d'un bateau.

« *Bleue !* »

Nous la vîmes s'approcher de la fenêtre. Ce n'était pas la femme la plus séduisante au monde : elle avait un cou aussi épais qu'une bouche d'incendie, des cheveux semblables à de la matière isolante d'un hideux jaune orangé, et pourtant ses yeux, je m'en étais un jour aperçue à Hanover, étaient étonnamment beaux — deux éternuements dans le silence morne de son visage —, grands, bien écartés, d'un bleu pâle qui tirait discrètement sur le violet. Quand elle fronça les sourcils et pressa le front contre la vitre, on aurait dit l'un de ces escargots qui vivent sur les vitres des aquariums. Pétrifiée, je retenais mon souffle. Jade avait les ongles plantés dans mon genou droit, et pourtant, cette silhouette bouffie et bleutée flanquée de grosses boucles d'oreilles en pommes de pin ne semblait ni furieuse ni prête à en découdre. Elle avait plutôt l'air déçu, comme si elle s'était approchée dans l'espoir de voir enfin un Barkudia Insularis, ce lézard sans membres, le Salinger de l'élite reptilienne, caché depuis quatre-vingt-sept ans, qui refuserait toujours de quitter le rocher humide dans son bocal, quand bien même elle crierait, frapperait à la vitre, agiterait des objets scintillants ou actionnerait son flash.

« Bleue ! appela-t-elle à nouveau, plus fort en tendant le cou pour jeter un coup d'œil par-dessus son épaule. *Bleue !* »

Elle marmonna quelques mots, puis disparut au coin du bâtiment pour aller voir de l'autre côté. Tétanisées, Jade et moi, le menton scellé à nos genoux, écoutâmes des pas résonner dans le couloir en linoléum de nos rêves les plus terrifiants.

Les minutes s'écoulèrent sans autre chose que le silence et, de temps en temps, un bruit de toux, de reniflement ou de raclement de gorge émanant d'une salle de classe. Au bout de cinq minutes, je me faufilai devant Jade (solidifiée en position fœtale) pour gagner la fenêtre, d'où je jetai un coup d'œil. Elle était toujours là, cette fois sur les marches de Loomis.

Avec quelqu'un d'autre, par exemple un personnage à la Thomas Hardy doté d'une silhouette semblable à celle de Hannah, le spectacle aurait été grisant. Ses cheveux aériens gonflaient sur son front, et le vent s'était emparé de sa robe, la transformant en veuve sauvage et secrète qui scrute la mer, un fantôme magnifique qui s'arrête un instant avant de reprendre, le long des amarres, sa triste quête de pauvres reliques de son amour, *La fille perdue*, *La tragédie d'une vagabonde*. Mais ce n'était qu'Eva Brewster : bien réelle et costaude, avec un cou en goulot de bouteille, des bras en carafe et des jambes en bouchon de liège. Elle tira sur sa robe, grogna dans l'obscurité, lança un dernier regard appuyé vers les fenêtres (pendant une atroce seconde, je crus qu'elle m'avait vue), puis tourna les talons, regagna rapidement l'allée, et disparut.

« Elle est partie, annonçai-je.

271

— Tu en es sûre ?

— Ouais. »

Jade releva la tête et mit une main sur sa poitrine.

« Je vais avoir une attaque, dit-elle.

— Mais non.

— C'est très possible. Ma famille a toujours eu des problèmes cardiaques. Ça nous prend comme ça. D'un coup.

— Tu vas très bien.

— Je me sens oppressée. Là. C'est comme ça que tu te retrouves à faire de l'ambroisie pulmonaire. »

Je regardai par la fenêtre. À l'endroit où l'allée contournait le Love Auditorium, un arbre solitaire montait la garde sur son gros tronc noir, ses branches tremblantes et minces recourbées en de minuscules mains, comme s'il soutenait péniblement le ciel.

« C'était vraiment bizarre, non ? grimaça Jade. Pourquoi elle t'a appelée, toi — pourquoi pas moi ? »

Je haussai les épaules pour me donner l'air détaché, mais je me sentais mal. Peut-être avais-je en fait la constitution vaporeuse d'une femme de l'époque victorienne qui perd connaissance en entendant le mot « cuisse », peut-être avais-je lu de trop près L'idiot* (Petrand, 1920) où le héros, Byron Berintaux, un type insupportable et bon pour l'asile, voyait dans chaque fauteuil la Mort qui lui faisait un signe enthousiaste. Peut-être avais-je tout simplement vu trop de ténèbres en une seule soirée. « La nuit n'est bonne ni pour le cerveau, ni pour le système nerveux, déclarait Carl Brocanda dans Effets logiques (1999). Des études montrent que les neurones se ratatinent de trente-huit pour cent chez les individus qui vivent dans des endroits mal éclairés et, chez les prisonniers qui passent quarante-huit heures sans voir la lumière du jour, l'influx nerveux est ralenti de quarante-sept pour cent. »

En tout cas, il nous fallut ramper hors du bâtiment, nous glisser le long de la cafétéria encore éclairée mais désormais silencieuse (quelques professeurs traînaient sous le patio, dont Miss Thermopolis, telle une braise prête à s'éteindre près des portes), et quitter St-Gallway sur les chapeaux de roue sans croiser Eva Brewster, puis rugir devant Jiffy's, le Dollar Depot, Dippity's, le Salon Esthétique* de Pike Avenue, pour que je me rende compte que j'avais oublié de remettre le *Merle* dans le bureau de Hannah. Dans la hâte, la confusion et l'obscurité, je ne savais plus ce que je faisais.

« Pourquoi t'as gardé le bouquin ? me lança Jade en s'engageant dans le drive-in d'un Burger King. Elle va se rendre compte qu'il a disparu. J'espère qu'elle ne met pas de poudre à empreintes partout. Qu'est-ce que tu veux comme menu ? Dépêche-toi, je meurs de faim. »

Nous mangeâmes nos Whoppers dans la lumière acide du parking, presque sans un mot. Pour moi, Jade était de ces gens qui lancent des accusations en l'air, sourient quand celles-ci retombent sur la tête de tout le monde, et, une fois la fête terminée, rentrent tranquillement chez eux. Elle avait l'air satisfait, voire régénéré, tandis qu'elle se goinfrait de frites et faisait signe à une croûte qui regagnait son pick-up avec un plateau de Coca, et pourtant, au fond de moi, avec la netteté d'un battement de cœur quand on prend le temps de l'écouter, je me sentais épuisée, au bout du rouleau. Comme le privé Peter Ackman (qui avait un faible pour le whisky et l'opium) disait à la fin de *Mauvais tour* (Chide, 1954) : « Bien failli me prendre un coup de flingue là où je pense et cracher du métal. » J'observai la couverture écornée du livre, où, malgré l'encre délavée et les plis, ressortaient les yeux noirs de Charles Manson.

« Ce sont donc les yeux du Diable, avait un jour dit papa d'un air pensif en examinant son exemplaire. Comment pourrait-il ne pas te voir ? »

DOUX OISEAU DE JEUNESSE

Avec la régularité d'une horloge, papa racontait toujours la même anecdote quand il invitait un collègue à dîner. Nous avions rarement un convive à notre table, cela ne se produisait que dans une ville sur deux ou trois. En général, papa supportait mal les ululements chez ses collègues à l'école supérieure de lettres et de sciences Hattiesburg, les gesticulations de gorilles à Cheswick, et les professeurs de l'université de l'Oklahoma à Flitch qui passaient leur temps à s'épouiller, à se nourrir ou à faire respecter leur territoire, à l'exclusion de tout le reste (papa vouait à ces dos d'argent — ainsi surnommait-il les titulaires de plus de soixante-cinq ans avec des pellicules plein les cheveux, des chaussures à semelles de caoutchouc et des lunettes carrées qui leur faisaient les yeux globuleux — un mépris tout particulier).

Pourtant, sous les chênes sauvages, il rencontrait parfois l'un de ses semblables (sinon de sa classe ou de son ordre, du moins de la même famille), un congénère descendu de son arbre et capable de se déplacer sur deux membres.

Bien entendu, cet individu n'était jamais aussi raffiné ni cultivé que papa, ni aussi beau. (Il avait le plus souvent un visage plat, un front proéminent et une arcade sourcilière comme un auvent.) Mais papa conviait avec joie chez les van Meer ce conférencier étonnamment développé; et, par une soirée tranquille du samedi ou du dimanche, apparaissait Mark Hill, le gros professeur de linguistique aux yeux de figues, les mains durablement enfoncées dans les poches rapiécées de sa veste informe, à moins que ce ne

274

fût le professeur associé d'anglais Lee Sanjay Song, avec son teint de coing et un embouteillage de dents. Et, quelque part entre les spaghettis et le tiramisu, papa lui racontait les aventures de Tobias Jones le Maudit.

C'était l'histoire vraie d'un type pâle et nerveux que papa avait connu à La Havane, où il travaillait pour l'OPAI (Organización Panamericana de Ayuda Internacional) lors d'un été 1983 bouillonnant et imbibé de rhum. Cet Anglais du Yorkshire perdit, en une seule terrible semaine du mois d'août, son passeport, son portefeuille, sa femme, sa jambe droite et sa dignité — dans cet ordre. (Parfois, pour provoquer des cris de stupéfaction encore plus intenses chez son auditoire, papa concentrait la tragédie sur vingt-quatre heures.)

Papa ne s'intéressant guère aux détails physiques, sa description du malchanceux était décevante, mais je réussissais quand même à m'imaginer, malgré son portrait peu éclairant, un homme grand, à la peau blanche, avec des jambes en bâton de craie (*la* jambe, après son accident avec la Packard), des cheveux maïs, une montre à gousset en or qu'il attrapait sans cesse dans sa main moite pour y jeter un coup d'œil stupéfait, une propension à soupirer, à porter des boutons de manchette, à faire des stations trop longues devant le ventilateur en métal chromé (le seul de la pièce) et à renverser du *café con leche* sur son pantalon.

Notre invité écoutait avec une attention soutenue papa faire le récit de cette semaine placée sous une très mauvaise étoile, en commençant par un Tobias qui montrait sa nouvelle chemise en lin fleurie à ses collègues de l'OPAI tandis qu'une bande de *gente de guarandabia* mettait à sac son bungalow de Comodoro Neptuno, et il terminait, sept jours plus tard, avec Tobias prostré dans un lit défoncé de l'*hospital Julio Trigo*, désormais privé de jambe droite et suicidaire (l'infirmière de service avait réussi à l'arracher au rebord de la fenêtre).

« Nous ignorons ce qu'il est advenu de lui », concluait papa sur une gorgée de vin songeuse. Le professeur de psychologie Alfonso Rigollo regardait alors le bord de la table d'un air malheureux. Et, dès qu'il avait murmuré « ça alors » ou « sacré coup dur », papa le lançait dans une discussion sur la prédestination, l'inconstance de l'amour des femmes, et la question de savoir si Tobias aurait pu être canonisé, bien qu'il eût attenté à sa vie et ne fît montre d'aucune bonne action à son crédit. (D'après papa, Tobias avait accompli l'un des trois miracles requis pour la sanctification : en 1979, il avait réussi à convaincre Adalia, aux yeux océan, de l'épouser.)

Et, en moins de vingt minutes, papa amenait la conversation sur la raison pour laquelle il avait évoqué Tobias Jones, à savoir l'un de ses thèmes favoris : « la théorie de la détermination ». Car sa conclusion (qu'il énonçait avec une intensité digne de Christopher Plummer murmurant « et tout le reste est silence ») consistait à décréter que Tobias n'était pas, comme on aurait pu le penser, victime du destin, mais de lui-même, de sa « tête au teint cireux ».

« Nous sommes face à une question simple, disait papa. Le destin d'un individu est-il déterminé par les vicissitudes de l'existence ou par le libre-arbitre ? Je penche quant à moi pour le libre-arbitre, car tout ce à quoi nous croyons, tout ce à quoi nous songeons, nos peurs ou nos rêves, a une influence sur le monde réel. Plus nous pensons à la chute, à la ruine, plus nous avons de chances qu'elle se produise. Inversement, plus nous pensons à la victoire, plus nous avons de chances d'y parvenir. »

À ce moment-là, papa se taisait pour accroître l'effet dramatique, et il observait le paysage répétitif de marguerites sur le mur, ou le motif de têtes de chevaux et cravaches sur le papier peint jauni de la salle à manger. Papa adorait les points de suspension et autres silences, il adorait sentir les regards angoissés scruter son visage avec la frénésie des armées mongoles pillant Pékin en 1215.

« De toute évidence, reprenait-il avec un lent sourire, il s'agit d'un concept récemment abâtardi dans la culture occidentale par tous ces béni-oui-oui pleurnichards, ces fans de l'épanouissement personnel et ces Téléthons qui vous supplient de promettre de l'argent en échange de quarante-deux heures de cassettes de méditation à écouter dans les embouteillages. Et pourtant, la technique de la visualisation n'a pas toujours été prise à la légère, elle remonte même à l'époque de la fondation de l'empire bouddhiste maurya vers 320 avant J.-C. Tous les grands hommes de l'histoire ont compris son importance. Nicolas Machiavel avait refilé le tuyau à Laurent de Médicis, même s'il nommait ça "prouesse" et "vision". Jules César le comprit aussi — il se vit conquérir la Gaule des années avant de passer à l'action. Qui d'autre ? Hadrien, sans doute Léonard de Vinci, mais aussi Ernest Shackleton — oh, j'oubliais Miyamoto Musashi. Jetez un coup d'œil à son *Livre des cinq anneaux*. Et les membres de *Nächtlich*, les Nightwatchmen, bien sûr. Même l'individu le plus fringant des États-Unis, Archibald Leach, qui a grandi dans un cirque, et plus connu sous le nom de Cary Grant, l'avait compris. Il est cité dans ce petit livre, comment s'appelle-t-il déjà...

— *Le haut du panier : comment les héros de Hollywood ont eu leur heure de gloire*, pépiai-je.

— Oui, reprenait-il. "Je me suis conduit comme si j'étais la personne que je voulais être, jusqu'à ce que je la devienne. Ou alors, qu'elle devienne ce que j'étais." Au bout du compte, un homme devient ce à quoi il croit, qu'il soit grand ou petit. C'est pourquoi certains sont victimes de rhumes ou de catastrophes, tandis que d'autres dansent sur les flots. »

Papa pensait bien sûr être de ceux qui dansent sur les flots, car, dans l'heure suivante, il expliquait longuement son hypothèse — la nécessité d'une discipline et d'une bonne image de soi, de réfréner les émotions et les sentiments, et les modes d'un changement calmement orchestré. (J'avais si souvent assisté à son numéro en coulisses que j'aurais très bien pu le remplacer, sauf que papa ne ratait jamais une seule représentation.) Mais ses concerts avaient beau être doux et lumineux, ses mélodies n'avaient rien de révolutionnaire. En réalité, papa se contentait de résumer *La grimace**, un drôle de petit bouquin sur le pouvoir publié en France en 1824 par un auteur anonyme. Et il picorait, comme une cerise sur un gâteau, le reste de ses idées dans *La trajectoire de Napoléon* de H. H. Hill (1908), *Par-delà le bien et le mal* (Nietzsche, 1886), *Le prince* (Machiavel, 1515), *L'histoire, c'est le pouvoir*, (Hermin-Lewishon, 1990), et des travaux obscurs comme ceux d'Aashir Alhayed, *Vers une contre-utopie* (1973) et *L'escroquerie* (1989) de Hank Powers. Il faisait même des emprunts à quelques fables d'Ésope et de La Fontaine.

Le temps que je serve le café, notre invité, bouche bée, n'était plus qu'un puits de silence révérencieux. Ses yeux formaient deux pleines lunes. (En 1400 avant J.-C., papa aurait pu être couronné roi des Juifs et ainsi montrer le chemin de la terre promise.)

« Merci, docteur van Meer, disait au moment du départ le professeur en secouant vigoureusement la main de papa. Cela a été un, un grand plaisir. Tout ce dont vous avez parlé, c'était très, très intéressant. Je suis honoré. » Puis il se tournait vers moi en clignant des yeux, l'air étonné, comme s'il me voyait pour la première fois. « Cela a été un grand privilège de vous rencontrer. J'espère vous revoir bientôt. »

Mais je ne le revoyais jamais, pas plus que les autres. Pour ces professeurs, une invitation chez les van Meer s'assimilait à la naissance, à la mort ou au bal de fin d'études : un événement unique, malgré les promesses enthousiastes de rendez-vous criées dans la nuit crissant de grillons tandis que le chargé de cours en « formes poétiques et narratives » rejoignait sa voiture d'un pas lourd, tout étourdi. Et, dans les semaines suivantes, ledit congénère se retirait dans les couloirs en béton de l'université d'Oklahoma à Flitch, de Petal, de Jesulah ou de Roane, pour ne plus jamais en ressortir.

Un jour, je demandai pourquoi à papa.

« Je ne pense pas que la présence de cet homme m'ait titillé au point que j'aie envie de réitérer mon numéro. Il n'avait ni charisme, ni richesse, ni énergie, dit-il en levant à peine la tête d'*Instabilité sociale et trafic de stupéfiants* de Christopher Hare (2001).

Assez fréquemment, je m'interrogeais sur Tobias le Maudit, par exemple lorsque Jade me ramena chez moi après le cabaret de Noël. Dès qu'il se produisait un événement étrange, même le plus insignifiant, je repensais à cette histoire, craignant qu'un coup du destin me transforme en Tobias — que ma peur et ma nervosité déclenchent une terrible spirale de malheur et de misère, et que je déçoive terriblement papa, car j'apporterais alors la preuve que j'avais négligé chaque étape de sa chère théorie de la détermination, sans oublier son annexe sur les situations d'urgence. (« Très peu d'individus sont capables de penser et de ressentir dans la commotion du moment présent. Mais essaie quand même », m'ordonnait-il, tel Carl von Clausewitz.)

En remontant l'allée éclairée jusqu'à mon porche, je ne rêvais que d'oublier Eva Brewster, Charles Manson, tout ce que Jade m'avait

278

raconté sur Hannah, de me fondre dans mon lit et, le lendemain matin, de lire, recroquevillée près de papa, *La chronique du collectivisme*, peut-être même de l'aider à déchiffrer une dissertation d'étudiant sur les futures méthodes de guerre ou bien le laisser déclamer *La Terre vaine* (T.S. Eliot, 1922). En général, dans ces moments-là, il m'insupportait : il mettait trop de grandiloquence dans son imitation de John Barrymore (voir « *Grand Hôtel*, Baron Felix von Geigern »). Mais cette fois, cela paraissait le remède idéal à ma mélancolie.

Quand j'ouvris la porte et m'avançai dans l'entrée, j'aperçus de la lumière dans la bibliothèque. Je glissai en vitesse le *Merle* dans mon sac à dos, affalé au pied de l'escalier depuis le vendredi après-midi, et filai dans le couloir pour aller voir papa. Il était installé dans son fauteuil en cuir rouge avec une tasse de thé Earl Grey, penché sur un bloc-notes, sans doute en train de préparer un nouveau cours ou un article pour *Federal Forum*. Ses pattes de mouche couvraient toute la page.

« Salut », dis-je.

Il leva la tête.

« Tu sais quelle heure il est ? » demanda-t-il d'un ton affable.

Je fis signe que non alors qu'il regardait sa montre.

« 1 h 22, déclara-t-il.

— Oh, je suis désolée. J'ai…

— Qui t'a ramenée ?

— Jade.

— Et où est ce couillon de base ?

— Euh… je ne sais pas.

— Et ton manteau ?

— Oh… Je l'ai laissé. Je l'ai oublié à…

— Et pour l'amour du ciel qu'est-ce que tu as à la jambe ? »

Je baissai les yeux. Le sang avait formé une croûte autour de ma blessure au tibia, et mon collant avait profité de l'occasion pour filer « à l'est, jeune homme » en faisant le tour de ma jambe pour achever sa quête quelque part dans ma chaussure.

« Je me suis égratignée. »

Papa retira lentement ses lunettes et les posa sur la table.

« Bon, nous y sommes, dit-il.

— Pardon ?

— *Finito. Kaput.* Suffit les mensonges. Je n'en tolérerai pas un de plus.

— De quoi tu parles ? »

Il me regarda d'un air aussi calme que la mer Morte.

« Depuis le début, tu me mens à propos de ce groupe de travail. Or, il se trouve que dans le feu de l'action, l'imagination dont tu as fait preuve s'est malheureusement révélée un peu défaillante. *Ulysse*, ma chère, est un choix peu plausible pour un groupe de travail dans le secondaire, même composé de surdoués. Tu aurais mieux fait de prendre Dickens, fit-il en haussant les épaules. Ou Austen. Puisque tu gardes un silence ahuri, je poursuis. Tes retours à la maison à n'importe quelle heure. Tes courses à travers la ville comme un chien errant. Les fêtes alcoolisées dont, certes, je n'ai pas la preuve, mais auxquelles on peut conclure sans grande difficulté, vu les innombrables récits de jeunes révoltés qui saturent les ondes, et ces peu attirants cercles noirs autour de tes yeux. Chaque fois que tu quittais cette maison aussi légère qu'un grain de riz soufflé au chocolat, uniquement vêtue de ce que les libres-penseurs qualifie-raient unanimement de Kleenex, je n'ai rien dit, parce que j'ai consi-déré — à tort, semble-t-il — que, vu ton niveau d'éducation, tu finirais par te rendre compte que ce petit jeu de "je te tiens par la barbichette", que ces soi-disant amis, ces *potes* avec qui tu as choisi de *traîner*, ne sont qu'une perte de temps, que leur opinion d'eux-mêmes et du monde est, pour le moins, éculée. Mais tu sembles souffrir d'un grave cas d'aveuglement. Et d'un manque de discerne-ment. Par conséquent, il me faut intervenir, pour ton bien.

— Papa... »

Il secoua la tête.

« Je viens d'accepter un poste à l'université du Wyoming pour le semestre prochain. Dans une ville du nom de Fort Peck. L'un des meilleurs salaires que l'on m'ait offert depuis des années. Juste après tes examens de la semaine prochaine, nous entamerons le mouve-ment. Tu peux appeler le bureau des admissions de Harvard lundi pour leur signaler ton changement d'adresse.

— Quoi ?

— Tu as très bien entendu.

280

— Tu... tu ne peux pas faire ça. »

Cette protestation surgit comme un cri perçant, un gémissement frissonnant. Il m'en coûte de le reconnaître, mais j'étais au bord des larmes.

« C'est justement là où je veux en venir. Si nous avions eu cette conversation il y a trois ou quatre mois, la même situation t'aurait conduite à citer Hamlet : "Ah ! pourquoi cette masse trop solide, cette chair, ne peut-elle se dissoudre, se fondre et s'écouler comme l'onde ?" Mais cette ville t'a abêtie comme la télévision abêtit les Américains. Elle a fait de toi une vulgaire portion de choucroute.

— Je ne partirai pas. »

Il tourna pensivement le bouchon de son stylo.

« Ma chère, je devine fort bien le mélodrame qui va suivre. Après m'avoir annoncé que tu vas vivre chez le marchand de glaces, tu monteras dans ta chambre sangloter dans ton oreiller que lavieesttropinjuste, tu jetteras des objets à travers la pièce — je te suggère des chaussettes, nous sommes en location —, demain, tu refuseras de me parler, dans une semaine, tu seras entrée dans un schéma de réponses monosyllabiques. Avec tes *compagnons* dignes de Peter Pan, tu me compareras à la mafia russe, dont l'existence a pour unique dessein de briser tes chances de bonheur. Cette attitude durera sans doute jusqu'à ce que l'on se *tire d'ici*. Mais au bout de trois jours à Fort Peck, tu retrouveras l'usage de la parole, quoique avec des roulements d'yeux et autres grimaces. Et dans un an, tu me remercieras. Tu me diras que c'est la meilleure chose que j'aie jamais faite. Je pensais que te faire lire *Les annales du temps* nous éviterait un tel marasme. *Scio me nihil scire.* Mais si tu insistes pour que nous traversions tous deux ce marécage, je suggère que tu passes à l'action. J'ai un cours à écrire sur la guerre froide et quatorze dissertations à noter, toutes rédigées par des étudiants sans une once d'ironie. »

Il se tut, son visage buriné à la lumière dorée de la lampe, suprêmement arrogant, sans un soupçon de regret (voir « Picasso jouissant du beau temps dans le sud de la France », *Respecter le diable*, Hearst, 1984, p. 210). Il attendait que je me retire, que je batte en retraite comme l'un de ses étudiants aux mâchoires tombantes qui surgissaient pendant les heures de permanence et interrompaient ses recherches pour lui poser une question tordue sur le vrai et le faux.

J'avais envie de le tuer. J'avais envie de frapper sa « masse trop solide » avec un tisonnier (tout objet pointu et rigide aurait convenu) pour que son visage buriné soit déformé par la peur et que sa bouche troque ses parfaites sonates pour piano contre un « ahhhhhhh ! » à vous déchirer l'âme, le genre de cri que l'on relate dans les chroniques moites des supplices du Moyen Âge ou de l'Ancien Testament. Des larmes bouillonnantes avaient commencé leur exode en moi, et progressaient vers mes yeux.

« Je... je ne partirai pas. Pars tout seul. Tu n'as qu'à retourner au Congo. »

Rien ne prouvait qu'il m'eût entendue. Son cours sur l'abc du reaganisme captait à nouveau toute son attention. Tête baissée, lunettes sur le nez, il affichait un implacable sourire. Je cherchai une réplique pour le terrasser — une théorie, une citation obscure qui le désarçonnerait et transformerait ses yeux en pièces de vingt-cinq *cents*. Mais, comme trop souvent, sur le moment, je ne trouvai rien. Je me contentai de rester les bras ballants comme deux ailes de poulet.

Les instants suivants s'écoulèrent dans une brume coupée de la réalité. Je compris ce que décrivent les condamnés entièrement vêtus d'orange quand une enthousiaste journaliste au ridicule maquillage bronze leur demande comment ils ont pu, *eux*, qui ont l'air d'êtres humains *normaux*, arracher si brutalement la vie à un individu sans défense. Un peu étourdis, ces assassins évoquent alors la lucidité qui s'est emparée d'eux en ce jour fatal, cette lumière comme un drap de coton, cette anesthésie éveillée qui leur a permis, pour la première fois d'une vie par ailleurs paisible, d'ignorer la prudence et la discrétion, de snober le bon sens, de mépriser le souci de soi et de franchir le seuil de l'hésitation.

Je quittai la bibliothèque et pris le couloir, puis je sortis en refermant la porte de la maison le plus doucement possible pour que le Prince des Ténèbres n'entende pas. Je restai deux ou trois minutes sous la véranda à regarder fixement les arbres nus et la lumière des fenêtres qui dessinait un patchwork sur la pelouse.

Je me mis à courir. Comme les talons de Jefferson me gênaient, je les retirai et les mis en bandoulière sur mon épaule. Je dévalai l'allée, puis la rue avec ses voitures vides, ses parterres de fleurs jonchés de pommes de pin et de tiges mortes, ses nids-de-poule, ses boîtes aux lettres et ses branches tombées qui enserraient les trottoirs, ainsi que les flaques de lumière verdâtres projetées par les réverbères.

Notre maison, le 24 Armor Street, était tapie dans un quartier boisé de Stockton appelé Maple Grove. Même si Maple Grove n'avait rien d'une résidence orsonwellesienne à la Pearl Estates (où nous habitions à Flitch) avec des maisons blanches identiques alignées comme des dents après traitement orthodontique et une grille semblable à une actrice vieillissante (outrancière, usée, capricieuse), le quartier se vantait tout de même de posséder son propre hôtel de ville, sa police, son code postal et ce panneau peu accueillant : « Vous pénétrez dans Maple Grove, élégante communauté résidentielle privée ».

Pour en sortir à partir de notre rue, le plus simple était de prendre vers le sud à travers les bois et les quelque vingt-deux élégants jardins résidentiels privés. Je me faufilai en pleurant et en hoquetant le long des maisons d'un calme olympien, avachies dans leurs pelouses lisses comme des éléphants endormis sur une patinoire. Je traversai une barricade d'épicéas bleus, franchis un récif de pins et dévalai une colline, jusqu'à être déversée sans cérémonie, comme de l'eau dans un caniveau, sur Orlando Avenue, la réponse de Stockton au Sunset Strip d'Hollywood.

J'étais sans projet, sans idée, sans ressource. En à peine un quart d'heure de fugue, de séparation avec son unique parent, on est frappé par la vastitude de toutes choses, la férocité orageuse du monde, et la fragilité de son propre navire. Sans réfléchir, je traversai la rue jusqu'à la station-service BP et ouvris la porte de la boutique. Qui tinta gaiement en guise de bonjour. Larson, le veilleur de nuit, se tenait dans sa bulle à l'épreuve des balles, un stylo à la main, et discutait avec l'une de ses petites amies scotchée à la vitre comme un désodorisant. Je plongeai dans le premier rayon.

Il se trouvait que « Bonjour, je m'appelle Larson » était un jeune homme dont papa raffolait comme un cafard du Surinam raffole des déjections de chauve-souris. Il aurait à jamais dix-huit ans, un visage de membre du Club des Cinq avec taches de rousseur et sourire éblouissant, d'épaisses pattes de cheveux bruns comme une plante en pleine croissance et un corps dégingandé toujours en mouvement, à croire qu'il était commandé par un ventriloque sous speed (voir chapitre 2, *Charlie McCarthy, Les marionnettes qui ont changé notre vie*, Mesh, 1958). Papa trouvait Larson merveilleux. C'était tout papa, ça : il enseignait les origines de la guerre civile à des merlans frits qu'il digérait à peine, puis il achetait des pastilles aromatisées contre les maux d'estomac à un jeune homme et, fasciné, voyait en lui un dauphin capable de faire des cabrioles sur commande. « Voilà un jeune homme talentueux, disait papa. J'échangerais volontiers tous les Joyeux, Dormeur, et Prof de mes cours pour un garçon de son espèce. Il a ce petit quelque chose. C'est si rare. »

« Mais c'est la fille à son papa ? s'exclama Larson dans l'interphone. Pas encore au lit à cette heure ? »

Sous les néons de la boutique, je me sentis stupide. J'avais mal aux pieds, je portai une robe qui ressemblait à un marshmallow oublié sur le barbecue, et mon visage (dont je voyais le reflet dans les vitres) se désintégrait à vue d'œil pour former un mélange instable de grosses larmes et de maquillage (voir *Radon 221, questions de radioactivité*, Johnson, 1981, p. 120). Sans oublier mon collier en aiguilles de pin.

« Tu pourrais venir dire bonjour ! Qu'est-ce que tu fabriques à une heure pareille ? »

Je m'approchai à regret de la vitre. Larson portait un jean et un T-shirt où était écrit J'AI LE BLUES, et il souriait. C'était tout Larson, ça : quelqu'un qui souriait tout le temps. Il avait aussi de beaux yeux, ce qui expliquait sans doute la foule de filles en glace noisettes et beurre de cacahuète toujours en train de se liquéfier dans sa boutique. Même quand on se contentait de payer de l'essence au guichet, ses yeux, couleur de chocolat au lait ou de boue, vous enrobaient, à vous donner l'impression qu'il vous voyait dans l'intimité — toute nue, en train de prononcer des paroles humiliantes dans votre sommeil ou, pire, avec votre fantasme le plus stupide, celui où vous remontiez un tapis rouge vêtue d'une robe longue en perles sur laquelle tout le monde prenait soin de ne pas marcher.

« Laisse-moi deviner. Une histoire de petit copain. »

— Euh, je me suis disputée avec mon père, répondis-je dans un froissement de feuille d'aluminium.

— Ah ouais ? Tiens, je l'ai vu l'autre jour. Il est passé avec sa petite amie.

— Ils ont rompu. »

Il fit un signe de tête.

« Eh, Diamanta, va lui chercher un granité.

— Quoi ? lança Diamanta avec une expression amère.

— Un grand. Le parfum qu'elle voudra. Sur mon compte. »

Diamanta, en chemise rose brillante et minijupe en jean scintillante, maigre comme un pic à brochette, avait une peau de parchemin si blanche que, sous une lumière plus crue encore, on aurait pu voir de fines veines bleues affleurer sur ses bras et ses jambes. D'un air furieux, elle écarta sa botte noire à talon compensé du présentoir de cartes de vœux et, tout en paillettes, s'éloigna dans l'allée.

« Eh oui, dit Larson en secouant la tête. Les vieux... Ils peuvent être durs. Quand j'avais quatorze ans, mon père a disparu. Y m'a rien laissé que des godillots et son abonnement à *People*. C'est pas des bobards. Pendant deux ans, j'ai passé mon temps à regarder par-dessus mon épaule, je le cherchais partout. Je croyais le voir traverser la rue, ou bien dans un bus, que je suivais jusqu'à l'autre bout de la ville pour attendre, comme un crétin, de le voir descendre. Mais le type qui apparaissait, c'était le vieux d'un autre. Pas le mien. Et au final, quel cadeau il m'a fait ? Le plus beau cadeau possible. Tu veux savoir pourquoi ? »

J'acquiesçai. Il se pencha vers moi en posant les coudes sur le rebord.

« Pasque grâce à lui, j'suis capable de jouer *Le roi Laire*. »

« Quel parfum ? lança Diamanta près de la machine à granités.

— Quel parfum ? » me demanda Larson. Sans ciller, il me récita la liste comme un commissaire-priseur qui préside à une vente de bétail : « Roobtbeer, Bubble-Gum bleu, 7-Up, 7-Up Tropical, Raisin-Melon, Crystallat, Banana split, Code Rouge, Combat live...

— Rootbeer, ça ira très bien. Merci.

— La dame aux pieds nus voudrait un Rootbeer, dit-il dans l'interphone.

— Tu as dit le roi quoi ? »

Il sourit, exhibant deux incisives tordues cachées l'une derrière l'autre comme si elles avaient le trac.

« Laire. Un personnage de Shakespeare. Contrairement à ce qu'on dit, il faut souffrir, il faut connaître la trahison. Sans ça, on n'a aucune force. On peut pas tenir le rôle pendant les cinq actes. Ou faire deux représentations par jour. Ou relier le point A au point Z du personnage qu'on interprète. On peut pas atteindre le dénouement, faire croire en l'intrigue — tout ça. Tu vois ce que je veux dire ? Faut se faire avoir. Faut se faire jeter, baiser. Comme ça, t'as un vécu. Ça fait un putain de mal de chien, ça c'est sûr. C'est dur. On n'est pas sûr d'avoir envie de continuer à vivre. Mais ça donne ce qu'ils appellent une ré-zone-ance émotive. Et quand t'as la ré-zone-ance émotive et que t'es sur scène, eh bien, les gens te quittent plus des yeux. T'as déjà regardé la tête du public pendant un bon film ? Intense. Diamanta ?

— Ça sort pas, cria-t-elle.

— Éteins la machine, rallume-la et recommence.

— Où est le bouton ?

— Sur le côté. Le rouge.

— C'est mal barré », dit-elle.

Je le dévisageai. Papa avait raison. Ce type avait vraiment quelque chose de fascinant. Son physique anachronique, la façon dont ses sourcils dansaient la polka quand il parlait, sa langue accidentée, avec des mots qui tombaient de sa bouche comme des pierres pointues et blessantes. Sans oublier les milliers de taches de rousseur dont il était saupoudré, comme si on l'avait plongé dans de la colle, puis dans de fins confettis iridescents.

« Tu comprends, dit-il en écarquillant les yeux et en se penchant vers moi. Si t'as pas souffert, tu peux jouer que pour toi. Tu toucheras jamais les autres. Tu seras peut-être bon pour des pubs de dentifrice ou de pommade anti-hémorroïdes, des trucs comme ça. Mais rien d'autre. Tu deviendras jamais une légende vivante. Or, c'est pas ça qu'on cherche ? »

Diamanta me mit le granité géant entre les mains et reprit sa place près des cartes de vœux.

« Maintenant, dit Larson en frappant dans ses mains, tu vas nous dire comment tu t'appelles.

— Bleue.

— Bon, Bleue. T'es venue frapper à ma porte. Alors qu'est-ce qu'on fait maintenant ? »

Mon regard alla de Larson à Diamanta, puis revint vers Larson.

« Qu'est-ce que tu veux dire ? » demandai-je.

Il haussa les épaules.

« Tu te pointes par une nuit d'orage. À... », il jeta un coup d'œil à sa montre, « 2 h 06 du matin. » Il baissa les yeux vers mes pieds. « Sans chaussures. C'est ce qu'on appelle une entrée dramatique. Le début d'une scène. »

Il me regardait fixement, l'air aussi grave que Sun Yat Sen.

« Faut que tu nous expliques si on est dans une comédie, un mélo-drame, une intrigue ou ce qu'on appelle le théâtre de l'absurde. Tu peux pas nous laisser comme ça sur scène sans dialogue. »

Je sentis le calme de la boutique m'envahir, tout comme le bour-donnement régulier du réfrigérateur des bières. Je vis là où je voulais aller, à qui j'avais envie de parler, tout comme je voyais les vitrines, le présentoir de chewing-gum et de piles, les anneaux aux oreilles de Diamanta.

« C'est une intrigue, déclarai-je. Je me demandais si je pourrais t'emprunter ta voiture. »

RIRE DANS LA NUIT

Hannah portait une robe d'intérieur comme du papier de verre avec un ourlet effiloché, si bien que des fils faisaient du hula hoop autour de ses tibias quand elle ouvrit la porte. Son visage était aussi nu qu'un mur juste plâtré, mais il était évident qu'elle ne dormait pas quand j'avais sonné. Ses cheveux reposaient sereinement le long de ses joues. Ses yeux noirs brillants auscultèrent mon visage, ma robe, le pick-up de Larson avant de revenir à mon visage — le tout en quelques secondes.

« Quelle surprise, fit-elle d'une voix rauque. Bleue.

— Désolée de te réveiller », dis-je.

C'était le genre de chose à dire quand on débarquait chez quelqu'un à 2 h 45 du matin.

« Non, non, je n'étais pas couchée. »

Elle me sourit, mais ce n'était pas un vrai sourire, plutôt un découpage dans du carton. J'en conclus aussitôt que j'avais commis une erreur en venant chez elle. Mais elle me passa un bras autour des épaules en disant : « Entre, bon sang, il fait glacial. »

Je n'étais jamais venue qu'en compagnie de Jade et des autres, tandis que Louis Armstrong coassait tel un crapaud et que l'atmosphère embaumait la carotte. Et tout à coup, ce lieu me parut étouffant, aussi perdu et sombre que le cockpit d'un avion écrasé il y a fort longtemps. Les chiens m'observaient cachés derrière ses jambes nues, telle une armée des ombres squelettique progressant lentement vers mes pieds. Dans le salon, la lampe au cou d'oie éclairait des papiers sur le bureau, des factures et quelques magazines.

288

« Et si je te faisais un thé ? » offrit-elle.

J'acquiesçai. Après m'avoir à nouveau serrée contre elle, elle disparut dans la cuisine. Je m'installai sur le vieux fauteuil écossais près de la chaîne stéréo. L'un des chiens, Brody, qui n'avait que trois pattes et une tête de capitaine sénile, aboya d'un air dégoûté, puis boitilla vers moi pour poser sa truffe froide et humide contre ma main, comme s'il me transmettait un secret. Des casseroles toussèrent derrière la porte de la cuisine, un robinet murmura, un tiroir gémit. J'essayai de me concentrer sur ces sons domestiques, car je me sentais mal à l'aise. Quand Hannah m'avait ouvert, je m'étais attendue à la trouver en peignoir éponge, les cheveux comme un nid de frelons, les yeux lourds, avec un « Mon Dieu, qu'est-ce qui se passe ? ». À moins qu'elle n'ait pris mon coup de sonnette pour celui d'un bandit de grand chemin à éperons rêvant d'une soupe de gruau et d'une dame chaude, ou d'un ex-petit ami blême avec un tatouage sur les phalanges : V-A-L-ER-IO.

En tout cas, je ne m'attendais pas à la raideur de toit en bardeaux avec laquelle elle m'avait accueillie, ce bonjour a minima, ce soupçon de crispation — comme si tout ce que j'avais dit dans la soirée avait été enregistré, et que Hannah était au courant de nos commérages, plaisanteries et *tête-à-tête**, y compris les accusations lancées par Jade sur ses liens avec Manson, sans oublier les miennes, lorsque la réalité de Cottonwood avait heurté celle de Zach Soderberg et que j'étais restée temporairement au tapis. J'avais roulé jusqu'à chez elle (à 60 km/h, à peine capable de m'engager sur l'autoroute, affolée à l'idée de dépasser un camion ou ce qui ressemblait à une haie de tulipiers), parce que j'étais furieuse contre papa et que je n'avais aucun autre endroit où aller ; mais aussi parce que j'espérais que voir Hannah me ferait oublier le reste, rendrait tout ridicule et caduque, un peu comme la simple observation scientifique d'un stourne mystérieux (*Aplonis marvornata*) suffit à le sortir de la liste des espèces disparues pour le placer dans l'inquiétante, mais tout de même plus encourageante, liste des espèces en voie de disparition.

Et pourtant, voir Hannah ne faisait qu'aggraver la situation.

Papa disait que lorsqu'on se représente mentalement les gens, on se trompe souvent, parce qu'on ne se souvient jamais d'eux comme ils sont vraiment, avec autant d'incohérences que de cheveux (un chiffre compris entre 100 000 et 200 000). L'esprit prend des raccourcis paresseux et réduit la personne à ses caractéristiques dominantes — son pessimisme, son côté angoissé (parfois, quand l'esprit est vraiment très paresseux, il la classe dans la catégorie « gentil » ou « méchant »). On commet ainsi l'erreur de les juger à partir de la vision que l'on a d'eux et on risque, lors d'une rencontre ultérieure, d'être dangereusement surpris.

Un soupir de la porte de la cuisine annonça le retour de Hannah. Elle portait un plateau avec une part de tarte aux pommes qui menaçait de s'effondrer, une bouteille de vin, un verre et une théière.

« Mettons un peu de lumière », dit-elle en repoussant de son pied nu un *National Geographic*, un programme TV et le courrier pour poser le plateau sur la table basse. Quand elle alluma la lampe jaune près d'un cendrier rempli tels des vers de terre morts, je fus, tout comme le mobilier, éclaboussée par une épaisse lumière.

« Je suis désolée de te déranger, dis-je.

— Bleue, je t'en prie. Je serai toujours là pour toi. Tu le sais. » Elle prononça ces mots et, certes, le sens était là, mais on avait l'impression qu'il attrapait sa valise pour se carapater vers la sortie. « Je suis désolée de ne pas être… dans mon assiette. La nuit a été longue », reprit-elle avec un soupir en m'attrapant la main. « Je suis vraiment contente que tu sois là. J'ai bien besoin d'un peu de compagnie. Tu peux dormir dans la chambre d'amis, si tu veux, comme ça, tu n'auras pas à rentrer en pleine nuit. Maintenant, raconte-moi tout. »

Je déglutis nerveusement, sans savoir par où commencer.

« Je me suis disputée avec mon père », déclarai-je. À ma grande surprise, au moment où elle attrapait une serviette en papier et, en se mordillant un peu la lèvre, la pliait en un triangle isocèle, le téléphone sonna. On aurait dit des cris humains — Hannah possédait un téléphone chevrotant des années soixante, sans doute acheté un dollar dans un vide-grenier — et ce bruit fit battre mon cœur contre mes côtes, comme si un drame allait se jouer (voir Gloria Swanson, *Sables mouvants*).

« Mon Dieu, murmura-t-elle, visiblement ennuyée. Attends. »

Elle disparut dans la cuisine. La sonnerie cessa.

Je tendis l'oreille, mais il n'y avait rien à entendre, juste le silence et le bruit métallique du collier des chiens qui levaient la tête du sol.

Elle revint presque aussitôt avec le petit sourire timide d'un enfant qu'on oblige à s'avancer sur scène.

« C'était Jade », dit-elle en s'asseyant sur le canapé.

Puis, avec une concentration de secrétaire, elle se pencha sur la théière, souleva le couvercle, examina les sachets et les toucha du bout du doigt comme des poissons morts.

« J'ai cru comprendre que vous vous êtes bien amusées toutes les deux, ce soir ? » lança-t-elle. Elle me servit le thé en m'observant du coin de l'œil et me tendit une tasse J'♥ LES LIMACES (sans réagir quand quelques gouttes d'eau bouillante coulèrent le long de sa jambe) puis, comme si je l'avais suppliée toute la nuit de poser pour un portrait à l'huile, elle s'étendit sur le canapé, son verre de vin rouge à la main, ses pieds nus glissés sous les coussins (Support visuel 16.0).

Support visuel 16.0

« Nous avons eu une terrible dispute, Jade et moi. Elle est partie furieuse, annonça-t-elle d'une voix étrangement professorale, comme si elle expliquait le mécanisme de la photosynthèse. Je ne sais même plus à quel propos. Quelque chose d'anodin. » Elle inclina la tête en direction du plafond. « Les inscriptions en fac, je crois. Je lui ai dit qu'elle devait s'en occuper, sinon ça risquait d'être trop tard. Elle est partie en vrille. »

Elle but une gorgée de vin, et moi mon thé oolong avec un pincement de culpabilité. De toute évidence, Hannah savait ce que Jade avait dit d'elle — peut-être s'était-elle confessée au téléphone (elle ne serait jamais quelqu'un de confiance, un requin des affaires ni un escroc, tant elle avait besoin de se justifier auprès de sa victime). Ou alors, vu leur différend, Hannah se doutait de ce que Jade avait dit. Mais le plus étonnant, c'est que Hannah semblait contrariée. Papa disait toujours que les gens sur la défensive font des gestes bien particuliers, or Hannah fronçait les sourcils en passant le pouce sur le bord de son verre tandis que ses yeux allaient de mon visage au verre, s'arrêtaient sur la tarte aux pommes (désormais écrasée comme si on avait marché dessus) puis revenaient au verre.

Je ne pouvais m'empêcher de l'observer (son bras gauche formait un boa constrictor autour de sa hanche) tel un enquêteur qui examine des empreintes sur un lit à baldaquin pour découvrir la vérité — tout du moins une trace de vérité. Je savais que c'était absurde : on ne peut déduire la folie, la culpabilité ou l'amour d'un réseau de taches de rousseur, pas plus qu'avec un faisceau de lampe de poche dans le creux d'une clavicule —, mais c'était plus fort que moi. Je ne pouvais oublier certaines hypothèses lancées par Jade. Hannah aurait-elle noyé cet homme à dessein ? Avait-elle couché avec Charles ? Y avait-il un amour perdu quelque part dans sa géographie personnelle, sa lointaine banlieue — Valerio ? En effet, même quand elle était d'humeur maussade et distraite, comme à présent, Hannah faisait toujours la une et reléguait les sujets moins intéressants (papa, Fort Peck) en page 10. Disparus : papa, Fort Peck (mon rêve qu'il aille jouer au Che en République démocratique du Congo). Apparue : Hannah Schneider sur son canapé comme un objet scintillant rejeté sur une plage, le visage perlé de sueur, les doigts jouant nerveusement avec la couture de sa robe d'intérieur.

« Alors comme ça, tu n'es pas venue au bal ? » la sondai-je d'une voix peu convaincante.

Ma question la sortit de sa torpeur. De toute évidence, elle avait oublié la raison de ma présence chez elle, pourquoi je m'étais pointée dans un pick-up Chevy Colorado quatre portes orange crépusculaire sans prévenir et sans chaussures. Non que cela m'attristât. J'avais l'habitude que papa soit le sujet principal, le centre d'intérêt, le plan A, alors que Hannah, après que j'eus simplement mentionné ma dispute avec lui, se contente de le reléguer au rang des non-événements, cela m'émerveillait, tout simplement.

« On n'a pas vu le temps passer. On a fait une tarte. Mais Jade y est allée, non ? Elle est partie comme une furie en disant qu'elle allait te retrouver. »

J'acquiesçai.

« Elle est étrange, parfois, Jade. Elle peut dire des choses qui sont… comment dirais-je… effrayantes.

— Je ne crois pas qu'elle les pense vraiment », suggérai-je calmement.

Hannah inclina la tête.

« Tu crois ?

— Parfois, on parle uniquement pour combler le silence. Pour faire réagir ou pour provoquer. Un peu comme un exercice. De l'aérobic verbal. De la cardio loquace. Il y a plein de raisons à ça. Les mots sont très rarement utilisés dans leur sens dénotatif », déclarai-je. Mais les arguments de papa issus de « Modes de discours et muscles du langage » n'accrochaient pas Hannah. Elle n'y prêtait aucune attention. Son regard était blotti quelque part entre le piano et un coin obscur de la pièce. Puis, avec un grognement (qui fit apparaître sur son front des rides que je n'avais encore jamais remarquées), elle tendit le bras par-dessus le canapé, ouvrit le tiroir de la table basse et y attrapa un paquet de Camel à moitié vide. Elle tapota le paquet pour en sortir une cigarette, la fit tourner nerveusement entre ses doigts et me regarda d'un air anxieux, comme si j'étais une robe en solde, la dernière à sa taille.

« Bien sûr, tu as dû t'en rendre compte, reprit-elle. Tu es quelqu'un d'instinctif, rien ne t'échappe. » Elle s'interrompit. « Quoique. Non. Elle ne t'a rien dit. Tu sais, je pense qu'elle est jalouse. Tu parles de ton père avec tant d'amour. Ça doit être dur pour elle.

— Et pourquoi ?

— Tu sais quelque chose sur Jade ? Tu connais son histoire ? »
Je secouai la tête.

Hannah hocha la tête et poussa un nouveau soupir. Elle sortit une pochette d'allumettes du tiroir et alluma vivement la cigarette.

« Si je te raconte ça, tu dois me promettre de ne rien dire à personne. Mais je pense que c'est important que tu le saches. Sinon, des soirs comme celui-là, quand elle se met dans une telle colère… Elle était ivre, non ? »

Lentement, je hochai la tête.

« En des circonstances comme ça, comme ce soir, je comprends que tu te sentes… », Hannah réfléchit en se mordant la lèvre, comme si elle ne savait pas quel plat prendre au menu, « perdue. Perturbée, même. Moi, ce serait le cas. Mais si tu connais la vérité, tu pourras replacer les choses dans leur contexte. Peut-être pas sur le moment. On ne comprend pas quelque chose quand on a le nez dessus. C'est comme regarder un tableau à deux centimètres de distance. Nous sommes tous…, comment dit-on…, hypermétropes, quelque chose comme ça, mais ensuite… » En réalité, elle parlait à elle-même. « Tout devient clair. Après coup. »

Elle marqua une pause. Les yeux plissés, elle contemplait le bout incandescent de sa cigarette et les oreilles fatiguées de Old Bastard qui l'avait rejointe. Il lui lécha la rotule puis sauta sur le tapis, aussi las qu'une amourette à la fin de l'été.

« Où veux-tu en venir ? » demandai-je doucement.

Un sourire timide, voire malicieux, envahit son visage. Mais peut-être me trompais-je. Chaque fois qu'elle tournait la tête, la lumière jaune de la lampe inondait ses pommettes et sa bouche, mais quand elle me faisait face, je ne voyais plus rien.

« Il ne faut dire à personne ce que je vais te raconter, dit-elle sévèrement. Même à ton père. Promets-le-moi. »

J'eus l'impression de recevoir un coup de couteau dans la poitrine.

« Et pourquoi ?

— Il est du genre papa poule, non ? »

Pour être papa poule, ça, il l'était.

« Ça le perturberait, dit-elle d'un air dégoûté. À quoi bon ? »

Je me sentais effrayée. Je fus prise de vertiges, comme si je m'étais injectée la peur à même le bras. Je rembobinai les six dernières minutes afin de comprendre comment nous en étions arrivées là. J'étais venue avec l'intention de faire un numéro improvisé sur papa, puis j'avais été repoussée en coulisse, tandis que, sur scène, l'artiste confirmée s'apprêtait à se lancer dans un monologue — sinistre, apparemment. Papa disait toujours qu'il faut éviter les confidences ferventes des autres. « Raconte que tu dois sortir, me conseillait-il, que tu as mal digéré quelque chose, que tu fais un malaise, que ton père a la scarlatine, que tu sens la fin du monde approcher et que tu dois filer à l'épicerie acheter de l'eau en bouteille et des masques à gaz. Ou alors, simule une attaque. N'importe quoi, ma chérie, pour te débarrasser de l'intimité que l'on veut couler sur toi comme une dalle en béton. »

« Tu garderas le secret, n'est-ce pas ? » me demanda-t-elle.

Pour la petite histoire, j'avais vraiment envie de lui dire que papa était atteint de la variole et que je devais me précipiter à son chevet pour recueillir ses dernières paroles humbles et sincères. Mais je me contentai de hocher la tête, cette immuable réponse humaine quand quelqu'un se propose de nous révéler un secret.

« Elle a fugué à l'âge de treize ans », annonça-t-elle. Puis elle se tut un instant, le temps que ces mots se posent quelque part à l'autre bout de la pièce, dans la pénombre. « D'après ce que je sais, elle a été élevée en petite fille riche et gâtée. Son père lui donnait tout ce qu'elle voulait. Mais c'était un homme de la pire espèce — sa fortune lui venait du pétrole, et il avait sur les mains le sang et la souffrance de milliers de gens. Quant à sa mère... » Hannah haussa les épaules avec un tremblement exagéré. « Je ne sais pas si tu as déjà eu l'honneur de la rencontrer, mais elle est du genre à ne même pas prendre la peine de s'habiller. Elle traîne toute la journée en peignoir. Bref, Jade avait une amie — c'est elle qui m'a raconté ça —, une fille belle et fragile. Elles étaient comme deux sœurs. Elle pouvait se confier à elle, tout lui dire — le genre d'amie dont on rêve mais qu'on n'a jamais. C'est incroyable, j'ai oublié son nom. Comment s'appelait-elle, déjà ? Un prénom élégant. En tout cas, dit-elle en faisant tomber la cendre de sa cigarette, Jade s'est révélée une enfant à problèmes. Elle a été prise trois ou quatre fois en flagrant délit de vol. Elle devait être envoyée en maison de correction, alors elle a fugué. Elle est allée jusqu'à San Francisco. Tu imagines ? Jade ? D'Atlanta à San

Francisco — elle vivait à Atlanta avant le divorce de ses parents. À quatre mille kilomètres de là. Elle a été prise en stop par des camionneurs ou des familles qu'elle rencontrait sur les aires de repos. Et finalement, la police l'a arrêtée dans un drugstore — le Lord Drugstore, je crois. Avec un nom pareil… » Hannah sourit et exhala de la fumée qui forma des volutes. « En tout cas, elle dit que ces six jours ont changé le cours de sa vie. »

Elle se tut un moment. Lesté par cette histoire, le salon parut s'enfoncer de quelques centimètres dans le sol.

Quand Hannah reprit, d'une voix étrangement implacable, en progressant péniblement à travers les mots, ma tête éteignit les lumières et rembobina la bande : je vis Jade dans une aube granuleuse (jean moulant, maigreur de parapluie) marcher d'un pas décidé dans les mauvaises herbes jonchées de détritus le long de l'autoroute — au Texas ou au Nouveau-Mexique —, ses cheveux dorés dans la lueur des phares, son visage rougi par les feux arrière des voitures. Mais comme je passai en trombe dans mon semi-remorque mental, je m'aperçus avec surprise que ce n'était pas Jade, juste une fille qui lui ressemblait. Parce qu'« être prise en stop par des camionneurs » n'était pas le genre de Jade, pas plus que le fait d'avoir une « amie belle et fragile ». Papa disait qu'il faut un rare esprit révolutionnaire pour renoncer à « sa maison et sa famille, quelque pénibles en soient les conditions de vie, pour se lancer dans l'inconnu ». Certes, Jade se glissait parfois dans la cabine handicapés avec des *hombres* qui empruntaient leur apparence aux criminels des avis de recherche, tellement ivre que sa tête pendait sur ses épaules comme une goutte de colle, mais prendre un tel risque, partir comme ça sans savoir où elle allait atterrir, ni même si elle atteindrait l'autre rive, paraissait incroyable. Bien sûr, on ne pouvait jamais balayer l'histoire d'une personne d'un revers de la main, ni la ridiculiser : « Ne considère jamais que tu connais quelqu'un, et tout ce dont il est capable », me disait papa.

« Leulah a une histoire similaire, reprit Hannah. Elle s'est enfuie avec son prof de maths à l'âge de treize ans, elle aussi. Elle dit qu'il était beau et passionné. Il approchait de la trentaine. Un Méditerranéen. Turc, je crois. Elle se croyait amoureuse. Ils sont allés jusque… où ça, déjà ? Jusqu'en Floride, je crois, où finalement, on a arrêté le type. » Hannah aspira une longue bouffée de cigarette et laissa la fumée s'échapper de sa bouche en reprenant la parole. « Avant St-Gallway, Leulah fréquentait une école de Caroline du Sud. Charles, lui, a presque toujours été pupille de la nation. Sa mère était junkie et prostituée. Un grand classique. Pas de père. Il a fini par être adopté. Nigel aussi. Ses parents sont dans une prison texane pour le meurtre d'un policier. Je ne sais plus pourquoi ils ont fait ça. »

Hannah releva le menton et observa la fumée de cigarette tapie au-dessus de la lampe. Laquelle semblait terriblement effrayée — tout comme moi, d'ailleurs. Je m'étais mise à craindre sa voix qui balançait ces secrets avec impatience, comme des palets dans un jeu qui l'ennuie.

« C'est drôle, tout de même », reprit-elle (elle avait dû percevoir mon inquiétude, car sa voix s'était adoucie, ses bords abrupts comme estompés au doigt…), « l'instant où notre existence bascule. Enfant, on croit que notre vie, nos succès, dépendent de nos parents, de notre prospérité, de notre université, de notre premier boulot et de notre premier salaire. » Ses lèvres se recourbèrent en un rire avant que j'entende le son. (Elle était très mal doublée.) « Mais pas du tout. Même si c'est difficile à croire, la vie se décide en quelques secondes qui surgissent sans prévenir. Et les décisions que tu prends pendant ces quelques secondes déterminent toute la suite. Certains appuient sur la détente et font tout péter. D'autres s'enfuient. Tu ne peux pas savoir ce que tu feras tant que tu n'y es pas. Quand le moment vient, Bleue, n'aie pas peur. Fais ce que tu dois faire. »

Hannah se redressa, posa ses pieds nus sur le tapis et regarda fixement ses mains, chacune sur une cuisse, aussi inutiles que les brouillons de papa jetés à la poubelle. Une mèche de cheveux cachait son œil gauche, ce qui lui donnait un air de pirate, mais elle ne prit pas la peine de la remettre derrière son oreille.

Mon cœur tentait une sortie par ma bouche. Je ne savais pas s'il fallait que je reste là à écouter ces terribles confessions, ou si je devais me lever, me glisser jusqu'à la porte, l'ouvrir avec la force de Scipion l'Africain mettant Carthage à sac, courir vers le pick-up et démarrer dans cette nuit saccagée en projetant du gravier, mes pneus gémissant comme des prisonniers. Mais où irais-je ? Chez papa, pour y être désormais réduite au deuxième prénom d'un président que tout le monde a oublié, ou à une journée où il ne s'est rien produit d'important, à part quelques missionnaires catholiques atteignant l'Amazonie et un petit soulèvement dans l'Est ?

« Milton, reprit Hannah en caressant ce nom avec sa voix. Il a fait partie d'un gang. J'ai oublié comment il s'appelait, quelque chose avec "nuit"...

— Mil*ton* ? » répétai-je. Je le vis aussitôt adossé à un entrepôt (il était toujours adossé à quelque chose), avec des barbelés, des rangers, l'un de ces effrayants foulards rouges ou noirs noué sur la tête, le regard dur, la peau couleur flingue.

« Oui, Mil*ton*, m'imita-t-elle. Il est plus vieux qu'on ne le croit. Il a vingt et un ans. Surtout, ne lui dis pas que tu le sais. Il a perdu quelques années, des trous noirs, il ne sait plus ce qui s'est passé. Il vivait dans la rue. Il faisait des bêtises. Mais je comprends. Quand on ne croit en rien, on a l'impression de sombrer, alors on se raccroche à n'importe quelle idée. Même la plus folle. Jusqu'à ce que l'une d'elles nous remette à flot.

— C'était en Alabama ? » demandai-je.

Elle acquiesça.

« Ça doit être là qu'il s'est fait faire ce tatouage », dis-je.

Je l'avais vu, ce tatouage, et le jour où il me l'avait montré était devenu un clip que je me repassais en boucle. Nous étions tous les deux dans le Salon Pourpre, Jade et les autres confectionnaient des brownies à l'herbe dans la cuisine, et Milton se préparait un verre en faisant tomber des glaçons dans son verre comme s'il comptait des ducats. Il avait remonté les manches longues de son T-shirt Nine Inch Nails, et sur son biceps droit, j'aperçus des orteils noirs. « Tu veux le voir ? » m'avait-il proposé tout à coup. Puis il s'était approché de moi, son whisky à la main, et s'était assis lourdement, si bien que son dos avait heurté mon genou gauche et que le canapé avait tressailli. Ses yeux marron rivés aux miens, il avait remonté la manche, leeeeeentement — ravi de mon air captivé — pour révéler, non pas la tache grossière qui faisait murmurer tout St-Gallway, mais une fille angélique et rondelette de la taille d'une canette de bière. Elle faisait un clin d'œil de grand-père libidineux, un genou potelé en l'air, l'autre jambe très droite comme figée dans un saut

298

périlleux. « Et voilà, avait dit Milton de sa voix traînante. Miss America. » Avant que je ne puisse dire un mot, trouver une réplique, il s'était levé, avait baissé sa manche et quitté la pièce.

« Eh oui, dit abruptement Hannah en tapotant à nouveau son paquet pour en sortir une cigarette. Ils ont vécu toutes sortes de choses, de vrais tremblements de terre, à l'âge de douze ou treize ans, des choses dont la plupart des gens ne se remettraient jamais. » Elle alluma sa cigarette d'un geste vif et jeta les allumettes sur la table basse. « Tu t'es déjà intéressée aux disparus ? »

J'avais bien remarqué qu'à hauteur de Milton Hannah avait failli tomber en panne de carburant. Autant elle avait démarré dans un magnifique roadster avec l'histoire de Jade, autant, en arrivant à Milton, elle ne pilotait plus qu'une vieille guimbarde rouillée qui hoquetait sur l'autoroute, tous feux de détresse allumés. Elle semblait éprouver un certain remords à me lester du poids de ses confessions. Son visage avait l'air figé entre deux phrases, tandis que son esprit songeait aux mots qu'elle venait de prononcer, les auscultait pour percevoir un infime battement de cœur dans l'espoir qu'ils n'aient pas tout détruit.

Mais cette nouvelle question parut la relancer. Elle me dévisagea d'un air farouche (son regard agrippé au mien, refusant de s'en décrocher), avec une expression qui me rappela papa en train d'éplucher des manuels sur la révolution et les affaires étrangères à la recherche de cette superbe fleur qui, transplantée dans son cours, étourdirait, intimiderait et ferait « fondre ces petites merdes sur leur chaise pour ne laisser que des taches sur la moquette ». Son air militant durcissait alors ses traits, à tel point que, si j'avais été aveugle, et que j'avais dû tâter son visage pour le reconnaître, je l'aurais pris pour un mur de pierre.

« Ce sont tous des disparus, dit Hannah. Ils sont tous tombés dans les failles du plafond ou du sol. Ce sont des fugueurs, des orphelins, qui ont été kidnappés, tués, et qui ont disparu des fichiers. Au bout d'un an, la police cesse les recherches. Ils ne laissent qu'un nom qui, lui aussi, finit par être oublié. "Aperçue pour la dernière fois le 8 novembre 1982, à la fin de son service à Arby, Richmond, Virginie. Elle est partie dans une Mazda bleue 626 de 1988 retrouvée ensuite au bord de la route, dans ce qui ressemblait à une mise en scène d'accident." »

Hannah replongea dans le silence et ses souvenirs. Or, certains souvenirs sont des tourbières, des marécages, des fosses. Et si la plupart des gens évitent ces contrées boueuses, non répertoriées sur les cartes, et totalement inhabitées (car ils comprennent à juste titre qu'ils risquent d'y sombrer à jamais), Hannah semblait avoir choisi de s'y risquer discrètement. Et son regard gisait par terre, sans vie. La lueur de la lampe était éclipsée par sa tête, et un mince ruban de lumière soulignait son profil.

« De qui tu parles ? » demandai-je le plus gentiment possible. Noah Fishpost, dans son passionnant ouvrage sur les aventures de la psychiatrie moderne, *Méditations sur Andromède* (2001), expliquait qu'il faut être aussi peu intrusif que possible quand on interroge un patient, car la vérité et les secrets sont comme des grues, ces animaux dotés d'une taille majestueuse, mais proverbialement timides et peureux. Si on fait trop de bruit, ils disparaissent dans le ciel et on ne les revoit plus jamais.

Elle secoua la tête. « Quand j'étais petite, je les collectionnais. J'apprenais des listes par cœur. J'en connaissais des centaines. Cette fille de quatorze ans disparue le 19 octobre 1994 en rentrant de l'école. Aperçue pour la dernière fois près d'une cabine téléphonique entre 14 h 30 et 14 h 45 au croisement de Lennox et de Hill. Ou celle qui a été vue pour la dernière fois par sa famille dans leur résidence de Cedar Springs, Colorado. Vers 3 heures du matin, on a remarqué que la télévision était toujours allumée dans sa chambre, mais qu'elle avait disparu. »

Mes bras se couvrirent de chair de poule.

« C'est sans doute pour ça que je les ai trouvés. Ou qu'ils m'ont trouvée. Je ne sais même plus. Je craignais qu'eux aussi disparaissent dans une faille. »

Elle redressa enfin les yeux et je vis, à ma grande horreur, qu'elle avait le visage rouge. Des larmes géantes manquaient de déborder.

« Et puis tu es arrivée », conclut-elle.

J'étais incapable de respirer. *Cours au pick-up*, m'ordonnai-je. *Prends l'autoroute en direction du Mexique*, parce que le Mexique, c'était là où se rendait tout fugitif (même s'il ne l'atteignait jamais, car il succombait toujours à une mort brutale à quelques mètres de la frontière). Ou, à défaut du Mexique, Hollywood, parce que Hollywood, c'était là où se rendait quiconque voulait repartir à zéro et devenir une star de cinéma (voir *La vengeance de Stella Verslanken*, Botando, 2001).

« Quand je t'ai aperçue dans ce magasin, en septembre, j'ai vu quelqu'un de seul. » Elle se tut un instant, comme pour laisser ces mots se reposer à la manière d'ouvriers assis au bord d'un trottoir. « Et je me suis dit que je pouvais t'aider. »

J'avais l'impression d'être une respiration sifflante. J'étais une quinte de toux, un grincement de lit, quelque chose d'humiliant, le bord effiloché d'une vieille culotte. Mais à l'instant où j'allais ficeler deux excuses puériles pour me précipiter hors de chez elle et ne jamais revenir (« la chose la plus terrible qui puisse arriver à tout homme, femme ou enfant, c'est la pitié », écrivait Carol Malher dans l'excellent et maintes fois primé *Colombes de couleur* [1987]), je jetai un coup d'œil à Hannah et je fus frappée de stupeur.

Sa colère, sa contrariété, son énervement — quel que soit le nom de l'humeur où elle était embourbée depuis mon arrivée, quand le téléphone s'était mis à hurler, quand elle m'avait fait promettre le secret —, même sa mélancolie soudaine, avaient disparu. Elle affichait désormais une sérénité dérangeante (voir « *Lac de Lucerne* », *Traité sur la Suisse*, Porter, 2000, p. 159).

Certes, elle avait allumé une nouvelle cigarette, et la fumée s'enchevêtrait entre ses doigts. Elle avait aussi soufflé sur ses cheveux pour qu'ils partent, atteints de mal de mer, dans un sens puis dans l'autre par-dessus son front. Mais son visage arborait sans gêne l'expression soulagée et satisfaite de quelqu'un qui vient de boucler un travail ou de réaliser une prouesse. Elle faisait penser à un manuel scolaire qu'on referme d'un coup sec, à une porte verrouillée, à des lumières qu'on éteint, ou alors, après un salut, au milieu d'une pluie d'applaudissements, à de lourds rideaux rouges qui se referment.

Les mots de Jade martelaient dans ma tête : « C'est vraiment la plus mauvaise actrice de la planète. Si elle était comédienne, elle n'apparaîtrait même pas dans des séries B, elle passerait dans les D ou les E. »

301

« Mais bon, reprit Hannah, qui est-ce que ça intéresse, la raison de tout ça ? N'y pense plus. Dans dix ans, c'est là que tu décideras. Quand tu auras pris le monde d'assaut. Tu es fatiguée ? » Elle demanda ça rapidement et, de toute évidence, se moquait de ma réponse, car elle bâilla dans son poing, se leva et s'étira d'une façon royale et paresseuse comme son persan blanc — Lana ou Turner, je ne savais pas lequel — qui, avec un miaulement et un coup de queue annonciateur, surgit tranquillement de l'ombre sous le banc du piano.

LA BELLE AU BOIS DORMANT
ET AUTRES CONTES

Je n'arrivais pas à dormir.

Seule dans ce lit étrange aux draps raides, tandis que l'aube pâle s'infiltrait par les rideaux et que le plafonnier me surveillait tel un œil géant, les histoires du Sang Bleu sortirent des bois comme des nyctalopes au crépuscule (voir « Zorille », « Musaraigne », « Gerboise », « Loutre » et « Zorro petites oreilles », *Encyclopédie du vivant*, 4ᵉ éd.). Hormis ma lecture attentive de *Jane Eyre* (Brontë, 1847) et de *Rebecca* (Du Maurier, 1938), j'avais peu d'expérience en matière de part d'ombre. Même si j'avais toujours secrètement aimé les frissons de mélancolie, les cercles cendrés sous les yeux, les silences égarés, la découverte de leur souffrance (si j'acceptais de croire Hannah) me tourmentait.

Car j'avais connu Wilson Gnut au collège de Luton, Texas, un garçon à la beauté tranquille dont le père s'était pendu un soir de Noël. Et pourtant, le plus dur pour Wilson n'était pas le suicide de son père, mais la façon dont on le traita ensuite à l'école. Les autres n'étaient pas méchants avec lui — au contraire, tout le monde se montrait servile. On lui tenait la porte, on lui proposait de lui faire ses devoirs, on le laissait doubler tout le monde aux fontaines d'eau, distributeurs et autres remises de tenues de sport. Sous cette bienveillance, se dissimulait l'idée communément partagée que, avec la mort de son père, une porte secrète s'était ouverte devant Wilson, d'où pouvait surgir n'importe quoi — un suicide, bien sûr, mais aussi des choses terrifiantes comme la nécrophilie, la polyorphelina, la moranoutan, voire la zoofixée.

303

Avec le calme d'une Jane Goodall à son poste d'observation dans la forêt tanzanienne, je fis une typologie des regards lancés à Wilson par les élèves, les parents et le corps enseignant. Il y avait le coup d'œil soulagé « drôlement content de pas être à sa place » (jeté en douce à un tiers compatissant après un sourire affable à Wilson), le regard désolé « il ne s'en remettra jamais » (en direction du sol et/ou des environs de Wilson), les yeux dans le vide « ce type finira aussi tordu qu'une patte arrière de cabot » (plongeant dans les yeux marron de Wilson) et l'air incrédule (bouche grande ouverte, yeux dans le vague, attitude générale végétative, dans le dos de Wilson tranquillement assis à sa place).

Il y avait aussi des gestes, le petit sifflement détaché (lancé après l'école, depuis la voiture, par des élèves que leurs parents venaient chercher et qui remarquaient Wilson en train d'attendre sa mère aux cheveux fins et au rire de chèvre, avec son éternel collier de perles, un sifflement accompagné de l'une de ces trois remarques : « que c'est triste », « je n'arrive pas à imaginer ce qu'il vit » ou le paranoïaque : « papa, il ne va pas se suicider, hein ? »). Il y avait aussi le doigt pointé c'est-celui-qui, ou encore le doigt c'est-celui-qui pointé dans une direction opposée à Wilson Gnut (le comble de la subtilité texane) et, pire que tout, le geste brusque (des élèves, quand Wilson Gnut les frôlait, touchait une poignée de porte ou le devoir distribué en classe, comme si le malheur de Wilson Gnut était une maladie transmissible par les mains, les coudes ou le bout des doigts).

Au final — et c'était ça, la vraie tragédie —, Wilson Gnut finit par croire que tout le monde avait raison. Il se persuada qu'une porte secrète s'était ouverte devant lui, d'où pouvait surgir n'importe quoi. Ce n'était pas sa faute, bien sûr : si tout le monde affirme qu'on est un mauvais chien de chasse, ou un cow-boy sans bottes avec une chemise en coton minable, on finit par le croire. Wilson cessa de mener les matches de basket à la pause-déjeuner et disparut des jeux Olympiques de l'Esprit. Et même après ça, en de nombreuses occasions, j'entendis des élèves bien intentionnés lui demander s'il voulait les accompagner au KFC après l'école ; Wilson évitait tout contact visuel en marmonnant : « Non, merci » avant de filer au bout du couloir.

J'en conclus, avec le même émerveillement que Jane Goodall découvrant l'emploi des outils par les chimpanzés pour déterrer les termites, que le rétablissement de Wilson était empêché non par la tragédie qu'il avait vécue, mais par la connaissance que les autres avaient de cette tragédie. L'humain peut supporter à peu près n'importe quoi (voir *Das unglaubliche Leben des Wolfgang Becker*, Becker, 1953). Même papa avouait son admiration, lui qui n'admirait jamais rien, pour « ce que le corps humain est capable d'endurer ».

Après cette constatation, s'il était d'humeur bourbon et se sentait une âme d'acteur, papa faisait son Brando en colonel Kurtz.

« Il faut avoir des hommes qui soient moraux, grommelait papa en tournant lentement sa tête vers moi, écartant les yeux pour incarner à la fois le génie et la folie, et capables en même temps d'utiliser leur instinct primordial, leur instinct de tuer, sans sentiment, sans passion, sans jugement... » Il haussait les sourcils et me regardait fixement quand il disait « jugement » : « Car c'est par le jugement qu'on est vaincu. »

Bien sûr, il me fallait sonder la profondeur des paroles de Hannah, sans oublier Hannah elle-même. J'étais certaine qu'elle avait mis en scène ces histoires en y ajoutant des faux palmiers (imprécision de lieu), une série d'accessoires (verre de vin, cigarettes à la chaîne), une machine à vent (qui rendait le tout plus romantique), des interruptions publicitaires (lourds coups d'œil vers le plafond ou le sol) — et ces ajouts me firent penser aux affiches de cinéma pleines d'amour alangui qui encombraient sa salle de classe. Bien sûr, sous la pression, plus d'un escroc était capable d'inventer une histoire avec moult détails, références astucieusement croisées, pointes d'ironie et coup du destin, le tout sans ciller. Et pourtant, si une telle machination était plausible, elle ne correspondait pas à Hannah Schneider. Les petits malins et autres filous concoctaient des fictions élaborées pour échapper à la prison. Mais pourquoi Hannah aurait-elle attribué un passé tragique à chaque membre du Sang Bleu, les poussant ainsi brutalement dehors pour fermer la porte et les laisser sous la pluie ? Ses révélations devaient bien contenir un fond de vérité, même si on ne pouvait oublier cet éclairage à la Hannah, ni le maquillage qui couvrait la peau de ces Blancs jouant aux sauvages.

Sur ces pensées, alors que le matin envahissait les fenêtres et que les rideaux légers se gonflaient d'air, je m'endormis.

Rien de tel qu'une matinée gaie et lumineuse pour chasser les démons de la nuit. (Contrairement à la croyance populaire, le mal-être, les idées noires et la culpabilité ont peu d'aplomb. Ils fuient en général face au bien-être et à un esprit clair.)

Je me réveillai dans la minuscule chambre d'amis de Hannah aux murs campanule et me glissai hors du lit. J'ouvris le mince rideau blanc. La pelouse frémit d'excitation. Le ciel bleu rayonnait. Des feuilles marron *en pointe** faisaient dans l'allée des *glissades** et des *grands jetés**. Sur la mangeoire à oiseaux pourrissante de Hannah (aussi peu entretenue qu'une maison pleine d'amiante et de peinture au plomb), deux gros cardinaux déjeunaient en compagnie d'une mésange noire.

Je descendis et trouvai Hannah, habillée, lisant le journal.

« Te voilà, dit-elle joyeusement. Tu as bien dormi ? »

Elle me prêta des vêtements, un vieux pantalon en velours gris qui, dit-elle, avait rétréci au lavage, des chaussures noires et un cardigan rose pâle avec de petites perles autour du cou.

« Tu peux les garder, dit-elle avec un sourire. Ils te vont si bien. »

Vingt minutes plus tard, elle m'escortait au volant de sa Subaru jusqu'à la station BP, où je laissai le pick-up et les clés de Larson à Big Red, qui avait des doigts comme des carottes et assurait le service du matin.

Hannah me proposa d'aller grignoter quelque chose avant de me ramener chez moi. Nous nous arrêtâmes au Pancake Haven sur Orlando. Une serveuse prit notre commande. Le restaurant respirait la simplicité : fenêtres carrées, moquette marron usée qui bégayait « Pancake Haven » jusqu'aux toilettes, clients tranquillement assis devant leur assiette. S'il existait en ce monde de l'ombre et du désespoir, ils attendaient poliment que tout le monde ait fini son petit déjeuner.

« Est-ce que Charles… est amoureux de toi ? » demandai-je tout à coup. Je n'arrivais pas à croire que cette question ait été si facile à poser.

306

Hannah ne réagit pas de façon outragée, mais amusée.

« Qui t'a raconté une chose pareille ? Jade ? Moi qui pensais lui avoir justement expliqué ça, hier soir : son besoin de tout exagérer, de monter les gens les uns contre les autres, de rendre les choses plus exotiques que dans la réalité. Ils le font tous. Je ne sais pas pourquoi, dit-elle en soupirant. Ils m'ont aussi inventé un prince charmant… Comment il s'appelle déjà ? Victor ? Venezia ? Comme dans *Braveheart*. Ça commence par un V…

— Valerio ? suggérai-je tranquillement.

— C'est ça ! » Elle éclata de rire, d'un rire si fort et si sexy qu'un homme en flanelle orange à la table voisine lui lança un regard plein d'espoir. « Crois-moi, si mon preux chevalier traînait par ici…

— Valerio, c'est ça ? —, je lui courrais après. Et quand je l'aurais rattrapé, je lui donnerais un coup de massue, je le chargerais sur mon épaule, je le ramènerais dans ma caverne et je lui ferais son affaire. » Sans cesser de rire, elle ouvrit son porte-monnaie en cuir et me tendit trois pièces de vingt-cinq *cents*. « Maintenant, va appeler ton père. »

J'utilisai le téléphone près du distributeur de cigarettes. Papa répondit à la première sonnerie.

« Bonj…

— *Mais où diable es-tu ?*

— Au restaurant avec Hannah Schneider.

— Tu vas bien ? »

Je dois l'avouer, l'anxiété dans sa voix était grisante.

« Bien sûr. Je prends un café.

— Ah bon ? Moi, je prends un avis de recherche en guise de petit déjeuner. Vue pour la dernière fois ? Vers 2 heures et demie du matin. Comment était-elle habillée ? Difficile à dire. Je suis ravi que tu appelles. Tu vas pouvoir me dire si c'était une robe que tu portais hier soir, ou bien un sac-poubelle ?

— Je serai à la maison dans une heure.

— Ravi que tu daignes à nouveau m'honorer de ta présence.

— Mais je ne pars pas à Fort Peck.

— Euh, nous allons en discuter. »

307

Et là, j'eus une idée, comme Alfred Nobel eut l'idée d'une arme qui mettrai fin à la guerre (voir chapitre 1, « Dynamite », *Les faux pas de l'histoire*, June, 1992).

« "Quand on a peur, on fuit" », citai-je.

Il hésita, juste une seconde.

« Remarque pertinente. Il faut en discuter. D'un côté, j'ai vraiment besoin de ton aide pour ces pitoyables dissertations d'étudiants. Si je dois faire une concession, je veux bien échanger Fort Peck contre trois ou quatre heures de ton temps.

— Papa ?

— Oui ? »

Sans savoir pourquoi, je fus tout à coup incapable de parler.

« Ne me dis pas que tu t'es fait tatouer "J'ai vécu l'enfer" sur la poitrine, dit-il.

— Non.

— Tu as un piercing ?

— Non.

— Tu veux entrer dans une secte. Une troupe d'intégristes qui pratique la polygamie et se fait appeler *L'Angoisse du Mâle*.

— Non.

— Tu es lesbienne et tu veux ma bénédiction avant de demander en mariage une coach de hockey sur gazon.

— Non, papa.

— Dieu merci. Les amours saphiques, quoique aussi naturelles et anciennes que les océans, sont hélas toujours considérées par l'Amérique profonde comme une mode, au même titre que ces régimes à base de melon ou les tailleurs-pantalons. Tu ne te faciliterais pas la vie. M'avoir comme père n'est déjà pas un cadeau, il serait d'autant plus ardu de te charger d'un second fardeau.

— Papa, je t'aime. »

Il y eut un silence.

Je me sentais ridicule, non seulement parce que lorsqu'on prononce ce genre de mots, c'est pour qu'ils vous reviennent comme un boomerang, mais aussi parce que la veille, je m'étais comportée comme une cruche, une débile, un personnage de *Pour l'amour de Benji* ou de *Lassie rentre à la maison*. Mais surtout parce que je savais très bien que papa détestait ces mots, tout comme il détestait les hommes politiques américains, les cadres d'entreprise qui parlaient de « synergie » et de « stratégies immédiatement opérationnelles » dans le *Wall Street Journal*, la pauvreté dans le tiers monde, les génocides, les jeux télévisés, les stars de cinéma, *E.T.* et, pour la petite histoire, les Smarties.

« Moi aussi, je t'aime, ma chérie, dit-il enfin. Je pensais que tu t'en étais rendue compte. Mais ce n'est pas surprenant. Ce que la vie offre de plus évident, de plus énorme, par exemple les éléphants et les rhinocéros blancs qui mâchonnent des feuilles et autres brindilles dans leur mare de boue, passe souvent inaperçu. Et sais-tu pourquoi ? »

Il s'agissait là d'une question rhétorique à la van Meer, suivie d'un silence lourd de sens à la van Meer. Je me contentai donc d'attendre, le combiné contre le menton. J'avais déjà entendu papa user de ces procédés oratoires, les rares fois où j'avais assisté à une conférence dans un grand amphi aux murs moquettés et aux néons bourdonnants. La dernière fois, c'était à l'école Cheswick, sur les guerres civiles, et j'avais été figée d'horreur. Sans aucun doute, pensai-je à l'instant où papa fronçait les sourcils pour capter l'attention (avec parfois les gestes démonstratifs d'un Marc Antoine devenu fou ou d'un Henry VIII frénétique), l'embarrassante vérité sautait aux yeux : il rêvait d'être Richard Burton. Mais en regardant autour de moi, j'avais remarqué que tous les étudiants (même celui du troisième rang qui arborait sur la nuque un symbole anarchiste) se comportaient comme des papillons de nuit qui tournoient autour du réverbère papa.

« L'Amérique dort, explosait papa. Vous avez déjà entendu cette phrase. Peut-être dans la bouche d'un sans-abri qui puait autant que des toilettes publiques, si bien que vous avez retenu votre respiration en faisant mine de le prendre pour une boîte aux lettres. Et pourtant, n'avait-il pas raison ? L'Amérique hibernerait-elle ? Se taperait-elle un somme, une petite sieste ? Notre pays regorge de possibilités infinies, dit-on. C'est vrai, à condition d'être P-DG ! L'an dernier, la rémunération moyenne d'un P-DG a augmenté de vingt-six pour cent, tandis que le salaire des cols bleus a péniblement progressé de trois pour cent. Le plus gros chèque ? Celui de Mr. Stuart Burnes, directeur général de Remco Integrated Technologies. Et combien

Bob a-t-il gagné ? Cent seize virgule quatre millions de dollars pour un an de travail ! »

Et là, papa croisait les bras, l'air fasciné.

« Et qu'a-t-il fait, Stu, pour justifier de tels émoluments, un revenu qui suffirait à nourrir le Soudan ? Malheureusement, pas grand-chose. La société n'a tout simplement pas fait de bénéfices au dernier trimestre. Et les actions ont perdu dix-neuf pour cent. Et pourtant, les membres du conseil d'administration ont accepté de payer l'équipage de son yacht de trente mètres, ainsi que les frais de conservation chez Christie's de sa collection de mille quatre cents tableaux impressionnistes. »

À cet instant, papa inclina la tête comme s'il percevait une petite musique dans le lointain.

« Cela s'appelle l'appât du gain. Est-ce là une bonne chose ? Faut-il écouter ces hommes à bretelles ? Pour bon nombre d'entre vous qui venez me voir pendant mes heures de permanence, cette situation est inévitable : non que vous soyez défaitistes, mais résignés, convaincus que l'on ne peut rien face à de telles iniquités. C'est l'Amérique, où il faut amasser le plus d'argent possible avant de mourir d'une crise cardiaque. Mais voulons-nous que nos vies se résument à des primes, à "toujours plus d'argent" ? Vous allez me prendre pour un utopiste. Pourtant, je ne crois pas en être un. Je considère que nous aspirons à une vie qui ait davantage de sens. Alors, que faut-il faire ? La révolution ? »

Papa demandait ça à une fille châtain en T-shirt rose au premier rang. Qui acquiesçait avec appréhension.

« Avez-vous perdu la *tête* ? »

Aussitôt, la fille devint dix tons plus pâle que son T-shirt.

« Vous avez peut-être entendu parler de ces imbéciles qui ont combattu le gouvernement américain dans les années soixante et soixante-dix. La Nouvelle Gauche Communiste, les Weathermen, les étudiants du Bla-bla-bla-personne-ne-vous-prend-au-sérieux. Pour moi, ils sont pires que Stu, parce qu'ils ont brisé, non la monogamie, mais tout espoir de contestation productive ou d'opposition constructive. En raison de leur importance trompeuse et de leur violence ad hoc, on cueille désormais toute personne qui exprime son mécontentement avec la facilité d'une fleur poivron.

« Je considère que nous devrions nous inspirer du plus grand mouvement américain de notre époque — une révolution en soi, qui lutte noblement contre le temps et la gravité, une révolution à qui l'on doit la forme de vie extraterrestre la plus répandue sur terre : la chirurgie esthétique. Tout à fait, messieurs dames. L'Amérique a besoin d'une opération de chirurgie esthétique. Pas d'un soulèvement de masse, ni d'un changement brutal, mais d'une paupière refaite par-ci, d'un sein redessiné par-là, d'une liposuccion bien ciblée. Une petite incision derrière l'oreille, on tire, on fait tenir le tout avec des agrafes — la clé, c'est la discrétion — et *voilà**, tout le monde s'extasie ! Élasticité retrouvée, affaissement disparu. Les rieurs comprendront mieux en lisant pour mardi l'article de Littleton dans *Anatomie du matérialisme* : "Les Nightwatchmen et le principe mythique du changement rationnel", ainsi que "Répression des pouvoirs impérialistes" d'Eidelstein. Sans oublier ma maigre contribution "Rencontres secrètes : les avantages d'une guerre civile silencieuse". N'oubliez pas. Nous ferons un quiz de culture populaire. »

Puis, quand papa, avec un sourire satisfait, refermait sa vieille serviette en cuir remplie de feuilles couvertes de pattes de mouche (placées sur le bureau pour la forme, car il ne les consultait jamais) et sortait de sa poche un mouchoir en lin pour se tamponner délicatement le front (nous avions traversé le désert Andamo du Nevada en plein mois de juillet, et il n'avait jamais eu besoin de s'essuyer ainsi les tempes), alors, les étudiants se ranimaient. Ils affichaient des sourires béats et quittaient la salle de conférence avec une expression ahurie. Quelques-uns commençaient à feuilleter le livre de Littleton.

Papa répondit enfin à sa propre question, la voix grave et éraillée dans le combiné :

« Nous vivons dans un aveuglement invincible quant à la vérité et à la nature réelle des choses. »

PARIS EST UNE FÊTE

L'illustre et regretté Horace Lloyd Swithin (1844-1917), essayiste britannique, conférencier, satiriste et chroniqueur de son époque, écrit dans l'autobiographique *Rendez-vous, 1890-1901* (1902) qu'« en voyage à l'étranger, on ne découvre pas tant les merveilles cachées de ce monde que les merveilles cachées de nos compagnons de voyage. Ceux-ci peuvent se révéler un paysage époustouflant, une vue morne, ou bien un relief si dangereux qu'il convient de renoncer et de rentrer chez soi ».

Pendant la semaine des examens, je ne vis pas Hannah, et n'aperçus Jade et les autres qu'une ou deux fois avant les épreuves. « À l'année prochaine, Olives », me lança Milton en me croisant devant le Scratch. (Quand il me fit un clin d'œil, je crus détecter des rides sur son front, lesquelles attestaient son âge avancé, mais je préférais ne pas y regarder de trop près.) Charles, je le savais, partait dix jours en Floride, Jade allait à Atlanta, Lu dans le Colorado, Nigel chez ses grands-parents — dans le Missouri, je crois. Je m'étais donc résignée à des vacances de Noël paisibles en compagnie de papa et de la critique récemment parue du système judiciaire américain, *Chevaucher la foudre* (2004) par Rikeland Gestault. Mais après mon dernier examen (histoire de l'art avancée), papa m'annonça une surprise.

« Un cadeau en avance pour ton diplôme de fin d'année. Une dernière *Abenteuer* — aventure, devrais-je dire — avant que tu sois enfin débarrassée de moi. D'ici peu de temps, tu parleras de ton père

312

comme d'un… comment disent-ils déjà, dans ce film mièvre avec le vieillard loufoque ? Un vieux gâteux. »

En réalité, l'un de ses amis de Harvard, le docteur Michael Servo Kouropoulos (que papa surnommait avec affection « Baba au Rhum* » et que j'imaginai donc comme un gâteau spongieux imbibé d'alcool), le suppliait depuis quelque temps de lui rendre visite à Paris, où il enseignait depuis huit ans les lettres grecques à la Sorbonne.

« Il nous propose de loger chez lui. Nous allons accepter son invitation. J'ai cru comprendre qu'il possédait un appartement digne d'un palace quelque part sur les quais de Seine. Il vient d'une famille qui croule sous l'argent. Import-export. Mais je me suis dit qu'il serait agréable de passer d'abord quelques nuits à l'hôtel, histoire de goûter vraiment à *la vie parisienne**. J'ai réservé au Ritz.

— Au *Ritz* ?

— Une suite *au sixième étage**. Cela semble très excitant.

— Papa…

— Je voulais la suite Coco Chanel, mais elle était prise. J'imagine bien que tout le monde veut la Coco Chanel.

— Mais…

— Pas un mot sur le prix. Je t'ai déjà dit que j'avais fait des économies pour nous autoriser quelques folies. »

J'étais étonnée par ce luxe, bien sûr, mais plus encore par le zèle puéril qui s'était emparé de papa, un effet Gene Kelly que je ne lui avais plus vu depuis le jour où la Sauterelle Tamara Sotto à Pritchard, Géorgie, l'avait convié au *Monster Mash*, cette bataille de poids lourds où il était impossible d'obtenir une place à moins de connaître personnellement un camionneur. (« Tu crois que si je glisse un billet de cinquante dollars à l'un d'eux, il me laissera m'installer au volant ? » avait lancé papa.) D'autant que j'avais récemment découvert (grâce à une feuille froissée qui me lançait des regards attristés depuis la poubelle de la cuisine) que *Federal Forum* avait refusé son dernier article intitulé « Le Quatrième Reich », un affront qui, en d'autres temps, l'aurait fait bougonner pendant des jours, ou bien aurait déclenché une diatribe contre la stérilité de toute voix critique dans les forums des médias américains, qu'ils soient populaires ou obscurs.

Au contraire, papa n'était que *Singin' in the rain*, *Gotta Dance*, *Good Mornin'*. Deux jours avant notre départ, il revint à la maison les bras chargés de guides (notamment *Paris pour le voyageur distingué** [Bertraux, 2000]), de conseils de shopping, de valises de l'armée suisse, de kits de toilette, de minuscules lampes de lecture, de protège-cous gonflables, de chaussettes d'avion Bug Snuggle, de deux marques différentes de bouchons d'oreille (EarPlane et Air-Silence), de foulards en soie (« Toute Parisienne en possède un, dans l'espoir d'être prise pour un personnage de Doisneau », déclara papa), de guides linguistiques, sans oublier l'abominable *Cent heures de conversation* par La Salle (« Devenez bilingue en cinq jours, proclamait l'emballage. Soyez la vedette de tous les dîners en ville. »)

Avec la fébrilité « qu'on ressent à l'instant où l'on se sépare de son bagage en se raccrochant au maigre espoir de le retrouver trois mille kilomètres plus loin », le soir du 20 décembre, papa et moi embarquâmes sur un vol Air France à l'aéroport Hartsfield d'Atlanta, et nous posâmes sans encombre à Paris Charles-de-Gaulle dans l'après-midi froid et pluvieux du 21 décembre (voir *Repérages, 1890-1897*, Swithin, 1898, p. 11).

Nous ne devions pas retrouver Baba au Rhum avant le 26 décembre (il rendait visite à sa famille dans le sud de la France). Nous passâmes donc nos cinq premiers jours à Paris tous les deux, comme au bon vieux temps de la Volvo, ne parlant que l'un à l'autre, ce dont nous ne nous rendions même plus compte.

Nous découvrîmes les *crêpes** et le *coq au vin**. Le soir, nous dînions dans des restaurants chics avec vue sur la ville, où des hommes aux yeux brillants papillonnaient autour de femmes comme des oiseaux en cage qui cherchaient désespérément un trou par lequel s'échapper. Après le dîner, papa et moi fréquentions des clubs de jazz tels que Le Caveau de la Huchette, une grotte enfumée où il fallait rester muet, immobile et vigilant comme un chien de chasse pendant que les trois jazzmen (si transpirants qu'on les aurait crus badigeonnés d'huile) claquaient, faisaient des riffs et tordaient les sons en fermant les yeux, leurs doigts se déplaçant comme des tarentules sur les clés et les cordes, le tout pendant plus de trois heures et demie. D'après notre serveuse, c'était le lieu préféré de Jim Morrison, et d'ailleurs, il s'injectait de l'héroïne dans le coin obscur où papa et moi étions justement assis.

« Nous aimerions échanger avec cette table là-bas, *s'il vous plaît** », rétorqua papa.

Malgré ce cadre enthousiasmant, je pensais sans cesse à Stockton, à cette fameuse nuit chez Hannah et aux étranges histoires qu'elle m'avait révélées. Comme l'écrivait Swithin dans *État de fait : 1901-1903* (1904) : « Lorsqu'un homme est quelque part, il songe à un autre lieu. Lorsqu'il danse avec une femme, il ne peut s'empêcher de rêver à l'épaule nue d'une autre ; n'être jamais satisfait, n'avoir jamais le corps et l'esprit réunis en un même endroit est la malédiction de la race humaine ! » (p. 513).

C'était vrai. J'avais beau être ravie (surtout quand papa ignorait la trace d'éclair au chocolat au coin de sa bouche, ou débitait une phrase en un français « impeccable », mais ne rencontrait que des regards perplexes), je ne trouvais pas le sommeil, tant je m'inquiétais pour eux. C'est affreux à admettre, mais la seule attitude possible consistait à ne pas me laisser attendrir par les révélations de Hannah. Et pourtant, je les voyais sous un tout autre éclairage, une lumière crue qui les transformait en des gamins des rues chantant et dansant le « Consider yourself » de *Oliver !* que papa et moi avions regardé en mangeant du pop-corn salé par une triste soirée dans le Wyoming.

Après de telles nuits, je serrais plus fort encore le bras de papa quand nous traversions les Champs-Élysées en courant, et je riais plus fort encore à ses commentaires sur les gros Américains en kaki quand un gros Américain en kaki demandait à la caissière de la *pâtisserie** où se trouvaient les toilettes. Je commençai à me comporter comme un grand malade, scrutant sans cesse le visage de papa, au bord des larmes quand je remarquais les petites rides qui fleurissaient autour de ses yeux, la tache noire dans son iris gauche ou les bords effilochés de sa veste en velours — une conséquence directe de mon enfance, où je le tirais sans cesse par la manche. Je remerciais Dieu pour ces détails touchants, ces choses que personne d'autre ne remarquait, parce que, malgré leur fragilité de toiles d'araignées ou de fil à coudre, elles me protégeaient, *moi*, contrairement aux autres.

Je pensais sans doute plus à eux que je ne le croyais, car ils commencèrent à faire des apparitions tel Hitchcock dans ses films. Je vis plusieurs fois Jade. Elle promenait un prétentieux carlin rue

Danton — cheveux couleur des blés, rouge à lèvres virulent, chewing-gum et jean : tout à fait Jade. Charles était le mince et triste garçon blond qui se confondait avec le comptoir au Café Ciseaux, où il buvait un *café**, et Milton, le pauvre hère du métro Odéon, muni d'un sac de couchage et d'une flûte à bec sur laquelle, de ses doigts noueux, il jouait un abominable chant de Noël — un triste refrain à quatre notes —, les pieds froids, la peau pesante comme un jean mouillé.

Même Hannah fit une brève apparition au cours du seul incident que papa n'avait pas prévu (tout du moins, à ma connaissance). Il y eut une alerte à la bombe au petit matin du 26 décembre. Les alarmes de l'hôtel se mirent à hurler, les couloirs s'éclairèrent, et toutes les personnes présentes dans l'hôtel, les employés comme les clients — en peignoir, tête nue, torse dénudé dans le vent —, furent déversées sur la place Vendôme comme un velouté de pommes de terre en boîte. L'efficacité tranquille caractérisant le personnel du Ritz se révéla être un charme qui n'opérait que lorsque les employés étaient *à l'intérieur* de l'hôtel. Crachés dans la nuit, leur carrosse redevenu citrouille, ils se transformaient en individus grelottants aux yeux rouges et au nez coulant, les cheveux balayés par le vent.

Bien entendu, papa trouva cet intermède très excitant et, comme nous attendions l'arrivée des pompiers (« Je suis sûr que nous allons passer sur France 2 », spéculait-il avec jubilation face à un chasseur au teint cireux vêtu d'un pyjama en soie couleur petit pois), j'aperçus Hannah. Elle était bien plus vieille, mais toujours aussi mince, d'une beauté corrodée. Elle avait remonté les manches de son pyjama comme un routier.

« Que se passe-t-il ? demanda-t-elle.

— *Eh**, fit le chasseur effrayé. *Je ne sais pas, madame**.

— Qu'est-ce que ça veut dire, *tu ne sais pas** ?

— *Je ne sais pas**.

— Mais quelqu'un sait-il quelque chose ici ? Ou êtes-vous uniquement des grenouilles perchées sur des nénuphars ? »

(À la grande déception de papa, l'« alerte à la bombe » se révéla n'être qu'un dysfonctionnement électrique, et le lendemain matin, le jour de notre départ, papa et moi trouvâmes un petit déjeuner gratuit dans notre suite avec une carte où l'hôtel s'excusait en lettres dorées *pour le dérangement**.)

Par l'après-midi venteux du 26 décembre, nous saluâmes le Ritz et transportâmes nos bagages à travers la ville jusqu'à l'appartement de Baba au Rhum, un six-pièces qui occupait les deux derniers étages d'un immeuble du dix-septième en pierre de taille sur l'île Saint-Louis.

« Pas mal, hein ? dit Servo. Quand elles étaient petites, les filles adoraient ce bon vieux *cabanon*. Leurs amis français voulaient tous venir le week-end, et ensuite, plus moyen de les faire partir. Alors, vous aimez Paris ?

— C'est ex...

— Elektra n'aime pas Paris. Elle préfère Monte-Carlo. Je la comprends. Les touristes nous rendent la vie dure, à nous autres, les vrais Parisiens, tandis que Monte-Carlo est un parc à thème où l'on paie son ticket d'entrée, combien, Socr... ? Un ou deux millions ? J'ai passé la matinée au téléphone avec Elektra. Elle m'a annoncé : "Papa, papa, ils veulent m'embaucher à l'ambassade." Le salaire qu'on lui offre, j'en suis tombé de ma chaise. Elle a dix-neuf ans à peine, mais il faut dire qu'elle a sauté trois classes. À Yale, ils sont fous d'elle. Psyche, c'est pareil. Elle est en première année. Et ils veulent tous qu'elle fasse une carrière dans la mode, elle a été top model l'été dernier. Elle a gagné suffisamment d'argent pour acheter Manhattan, et... comment il s'appelle déjà, ah oui, Calvin Klein, le type des sous-vêtements. Eh bien, il est tombé amoureux d'elle. À neuf ans, elle écrivait aussi bien que Balzac. Ses professeurs pleuraient en lisant ses devoirs, ils me disaient, "c'est une poète". Car on naît poète, on ne le devient pas. Et on dit qu'il y en a combien ? Un par siècle. »

Le docteur Michael Servo Kouropoulos était un Grec sérieusement bronzé, un individu avec beaucoup d'opinions, d'anecdotes et une profusion de mentons. Il était trop gros, il avait entre soixante-cinq et soixante-dix ans, des cheveux aussi blancs qu'un mouton et des yeux qui roulaient comme des dés. Il suait, souffrait d'un étrange tic qui consistait à se frapper la poitrine puis à la frotter en un mouvement circulaire, liait toutes ses phrases par un « mmmm » qui montait du ventre, et considérait les conversations sans rapport avec sa famille comme des demeures infestées de termites qu'il fallait traiter d'urgence avec une nouvelle histoire sur Elektra ou Psyche. Il marchait vite, malgré le boitement qui voilait son pas et la canne en bois qui, posée contre un comptoir pendant qu'il commandait *un pain au chocolat**, tombait par terre avec fracas, heurtant parfois le tibia ou le pied de quelqu'un. (« Mmmm ? Oh, mon Dieu, *excusez-moi**. »)

« Il a toujours boité, me dit papa. Même quand nous étions à Harvard. »

Il manifesta également une profonde aversion pour les photos. La première fois que je sortis l'appareil jetable de mon sac à dos, le docteur Kouropoulos mit une main sur son visage et refusa de la retirer. « Mmmm, non, je ne suis pas photogénique. » La deuxième fois, il disparut pendant dix minutes aux toilettes. « Excusez-moi, je déteste interrompre le travail du photographe, mais la nature… est exigeante. » La troisième, il s'excusa avec cette fable rebattue que beaucoup adorent raconter sur les Masai, ce qui leur permet de valoriser leur expérience et leur *savoir-faire** en matière de cultures primitives : « Ils disent que ça vole l'âme. Je préfère ne pas prendre le risque. » (Cette pseudo-information était péniblement datée. Papa, qui avait passé un certain temps dans la Vallée du grand Rift, déclarait que la majorité des Masai de moins de soixante-quinze ans se laissaient voler leur âme pour cinq dollars autant de fois que vous le souhaitiez.)

Je demandai à papa quel était le problème de cet homme.

« Je ne sais pas trop. Mais je ne serais pas surpris qu'il soit recherché pour fraude fiscale. »

Imaginer que papa ait choisi de passer, de son plein gré, cinq minutes en compagnie de cet homme, a fortiori six jours, était inconcevable. Ils n'étaient pas amis. Ils semblaient même se haïr.

Les repas avec Baba au Rhum n'étaient pas un moment joyeux, mais un long calvaire. Une fois qu'il avait rongé son os de bœuf braisé ou d'épaule d'agneau, il était si sale que je me prenais à regretter qu'il n'ait pas pris la précaution gauche et pourtant judicieuse de nouer une serviette autour de son cou. Ses mains se comportaient comme de gros chats gris effarouchés : elles faisaient des bonds d'un mètre sur la table pour s'emparer du sel ou de la bouteille de vin. (Il se servait en premier, puis, à regret, pensait à papa.)

Pourtant, le plus pénible n'était pas ses manières à table, mais sa repartie. Dès l'entrée, parfois même avant, papa et Servo s'engageaient dans une étrange surenchère verbale à coups de cornes, une joute très fréquente chez l'orignal ou le scarabée à dents de sabre.

D'après ce que je compris, cela venait d'une mesquine insinuation de Servo : certes, papa avait procréé *un* génie (« À notre retour, mon petit doigt me dit que nous allons trouver de bonnes nouvelles de Harvard », dévoila pompeusement papa au cours du dessert chez Lapérouse), mais lui, le docteur Servo Kouropoulos, professeur de *littérature ancienne**, en avait fait *deux* (« Psyche est retenue par la Nasa pour la mission lunaire V en 2014. J'aimerais vous en dire plus, mais c'est top secret. J'ai ordre, pour sa sécurité et celle d'une superpuissance mondiale sur le déclin, mmmm… »).

Suite à ces épuisants combats oraux, papa montra des signes de tension. Du moins, jusqu'à ce qu'il découvre le talon d'Achille de Servo, un fils cadet bien mal nommé Atlas, qui était non seulement incapable de porter le monde sur ses épaules, mais aussi de terminer sa première année à la Rio Grande Universidad de Cuervo, au Mexique. Papa réussit à faire avouer à Servo que le pauvre garçon était à la dérive quelque part en Amérique du Sud.

Je faisais de mon mieux pour ignorer ces ridicules escarmouches, et je mangeais le plus délicatement possible en agitant des drapeaux blancs sous forme de longs regards désolés aux serveurs exaspérés et aux habitués grincheux dans notre voisinage immédiat. Il me fallut attendre une accalmie pour venir en aide à papa.

« Nous cultivons le beau dans la simplicité, et les choses de l'esprit sans manquer de fermeté », déclarai-je avec toute la gravité possible après l'hommage de trois quarts d'heure consacré par Servo à ce fils de milliardaire (Servo ne pouvait donner de nom) qui, en 1996, était tombé follement amoureux d'une Elektra toute bronzée âgée de douze ans construisant sur la plage de Cannes des châteaux de sable avec un sens du design moderne et une vision artistique dignes de Mies van der Rohe. Le célibataire le plus convoité du monde était tellement habité par Elektra que Servo avait envisagé de faire intervenir la police pour éviter que l'homme et son yacht de cent vingt mètres (avec salle de gym Pilate et piste d'atterrissage pour hélicoptère), qu'il envisageait de rebaptiser Elektra, restent à distance respectueuse (trois cents mètres au moins) de sa fascinante fille.

Les mains posées sur les genoux, j'inclinai la tête et lançai un puissant regard d'omniscience, celui des colombes que Noé avait lâchées du pont de son Arche et qui revenaient le bec chargé de rameaux.

« Ainsi parle Thucydide dans *La guerre du Péloponnèse*, Livre deux », murmurai-je.

Les yeux de Baba au Rhum jaillirent de leur orbite.

Au bout de trois jours à ce rythme, je déduisis de l'air défait de papa qu'il en arrivait à la même conclusion que moi, à savoir qu'il fallait trouver un autre point de chute car, même si ces deux-là avaient à Harvard des pantalons pattes d'éléphant et des rouflaquettes, nous étions désormais à l'époque des « oh », des cheveux bien coupés et des pantalons cigarette. Être *bons amis** à Harvard à la fin des années soixante-dix, avec chemises en étamine, sabots et bretelles à clip, ça ne voulait pas dire être *bons amis** encore aujourd'hui, à l'ère des chemises minimalistes en coton mélangé, du collagène et des kits mains libres.

Mais je me trompais. Papa semblait avoir subi un complet lavage de cerveau (voir article « Hearst, Patty », *Almanach des rebelles et des insurgés*, Skye, 1987), car il m'annonça joyeusement qu'il allait passer la journée avec Servo à la Sorbonne, où il y avait peut-être un poste de sciences politiques à pourvoir : de quoi s'occuper intelligemment pendant que je serais pensionnaire à Harvard. Et comme je risquais de m'ennuyer pendant cette journée de frayage universitaire, je fus invitée à aller me divertir dans mon coin. Papa me tendit trois cents euros, sa Mastercard, une clé de l'appartement, ainsi que les numéros de fixe et de portable de Servo écrits sur un bout de papier à carreaux. Nous avions rendez-vous à 19 h 30 au Georges, le restaurant situé au sommet du Centre Pompidou.

« Tu vas vivre une véritable aventure, me dit papa avec un enthousiasme feint. Balzac n'a-t-il pas écrit dans *Les illusions perdues* qu'il faut être seul pour découvrir Paris ? » (Balzac n'a jamais rien écrit de tel.)

Au début, je fus soulagée d'être débarrassée d'eux. Que papa et Baba au Rhum restent donc ensemble s'ils en avaient envie. Mais après avoir erré dans les rues et le musée d'Orsay pendant six heures en me gavant de *croissants** et de *tartes** tout en me fantasmant en jeune duchesse incognito (« Le voyageur doué ne peut que ressembler à une haute personnalité en déplacement, note Swithin dans *Possessions*, 1910 [1911]. Il a beau être, chez lui, un mari grossier, un triste financier en costume gris, une fois en terre étrangère, il peut revêtir la majesté à laquelle il aspire »), j'avais des ampoules aux pieds, des nausées, je me sentais vidée et pleine de démangeaisons. Je décidai de rentrer chez Servo dans l'intention (plus que ravie) d'en profiter pour inspecter les possessions de Baba au Rhum, espérant trouver quelques foe-toes au fond d'un tiroir à chaussettes qui révéleraient que ses filles n'étaient pas les déesses à la beauté ciselée que décrivait leur père, mais de flasques mortelles boutonneuses aux petits yeux ternes et à la grande bouche tordue comme un bâton de réglisse.

À force de marcher, j'étais arrivée à Pigalle. Je m'engouffrai dans le premier métro venu, changeai à Concorde et montai les marches de la station Saint-Paul, où je croisai un couple qui descendait rapidement. Me figeant sur place, je les suivis du regard. La femme, petite, sombre, sévère, qui ne semblait jamais lever les pieds du sol, avait des cheveux bruns au carré et un manteau vert bouteille. L'homme, bien plus grand qu'elle, portait un jean et une veste en daim, et quand elle lui glissa quelques mots — en français, apparemment — il éclata d'un rire fort mais suprêmement léthargique, le son inimitable d'une personne qui prend un bain de soleil dans un hamac. Il plongea la main dans sa poche à la recherche d'un ticket.

Andreo Verduga.

Je dus murmurer ce nom, car une vieille dame avec un foulard à fleurs qui encadrait son visage ridé me lança un regard de mépris. Le souffle coupé, je me précipitai dans l'escalier et heurtai un homme qui tentait de sortir avec une poussette vide. Andreo et la femme franchissaient déjà les portillons et s'avançaient lentement en direction des quais. Je les aurais suivis, si je n'avais pas commis cette erreur : n'ayant pas de ticket, je sautai par-dessus les portillons, comme j'avais vu tant de Parisiens le faire les jours précédents. Malheureusement, j'avais à peine tourné le coin que je me retrouvai face à une rangée de contrôleurs. Je vis à travers leurs épaules le couple s'arrêter sur le quai, Andreo dos à moi, Manteau Vert face à lui, buvant ses paroles, sans doute quelque chose comme OUI STOP JE COMPRENDS STOP, puis le métro surgit, les portes s'ouvrirent dans un chuintement et Andreo laissa poliment Manteau Vert passer devant lui. Au moment où il montait dans la rame, je l'aperçus une dernière fois de profil.

Les portes claquèrent, le métro hoqueta, et la rame disparut. Les contrôleurs étaient en train de me dresser un P.-V.

Je rentrai chez Servo hébétée. Ça ne pouvait pas être lui. Je faisais comme Jade, je rendais les choses plus exotiques qu'elles n'étaient. Je *croyais* avoir aperçu, tandis qu'il ouvrait sa veste en dévalant l'escalier, une lourde montre en argent à son poignet, alors qu'Andreo le Jardinier, Andreo le Blessé, Andreo à l'anglais hésitant ne pouvait posséder un bijou pareil, à moins qu'au cours des trois années où je ne l'avais pas vu (si l'on excluait l'apparition au Wal-Mart), il ne fût devenu un entrepreneur à succès ou qu'il n'eût hérité la fortune d'un lointain parent de Lima. Et pourtant, ce visage au couteau, cette silhouette floue, cette eau de Cologne musclée qui flottait dans l'air comme celle de ces hommes pompeux et bronzés qui paradent sur des yachts n'étaient pas dénués de réalité. À moins que je n'aie croisé son *Doppelgänger*. Car j'avais tout de même aussi cru apercevoir Jade et les autres à travers la ville. Or, Allison Smithson-Caldona, dans une étude implacable sur les doubles et les répétitions intitulée *Le paradoxe des jumeaux et les horloges atomiques* (1999), essaie de démontrer de façon scientifique la théorie quelque peu mystique affirmant que nous avons tous un jumeau. Elle réussit à le confirmer pour trois personnes sur vingt-cinq, toutes nationalités ou origines confondues (p. 250).

En arrivant enfin chez Servo, à ma grande surprise, je les entendis tous les deux dans le salon qui jouxtait l'entrée obscure. Enfin la pomme de discorde, pensai-je. Ils se chamaillaient comme deux marionnettes.

« C'est une idée totalement hystérique, disait papa.

— Tu ne mesures pas les implications ! disait Servo.

— Arrête, on dirait un... un...

322

« — Oh toi, bien content, n'est-ce pas, de te cacher derrière ton pupitre de conférencier !

— ... un ado bourré d'hormones ! Va prendre une douche froide ! »

Ils avaient dû entendre la porte (même si j'avais essayé de la refermer sans bruit), car leurs voix s'interrompirent comme si une énorme hache venait de s'abattre sur leurs mots. Une seconde plus tard, la tête de papa se matérialisait dans l'embrasure.

« Ma chérie, dit-il en souriant. Comment s'est passée ta promenade ?

— Très bien. »

La tête ronde et blême de Servo jaillit près du coude gauche de papa. Ses yeux brillants parcoururent mon visage comme deux roulettes. Il ne dit pas un mot, mais ses lèvres tressautaient sous le coup d'un énervement palpable, à croire qu'un enfant tirait sur des nœuds invisibles au coin de sa bouche.

« Je vais me reposer, dis-je ostensiblement. Je suis épuisée. »

Je me débarrassai de mon manteau, balançai mon sac à dos par terre et, avec un sourire nonchalant, pris l'escalier. Je prévoyais de retirer mes chaussures pour redescendre en douce et écouter la dispute qu'ils poursuivraient avec force sifflements furieux et autres étincelles (pas en grec ni toute autre langue incompréhensible, espérai-je) ; mais quand je m'exécutai, immobile comme une statue en chaussettes sur la dernière marche, je les entendis, dans la cuisine, se chamailler sur un sujet aussi futile que la différence entre l'absinthe et l'anisette.

Ce soir-là, nous décidâmes de ne pas aller au Georges. Il pleuvait, et nous mangeâmes un reste de poulet en regardant Canal Plus et en jouant au Scrabble. Papa se consuma de fierté quand je remportai deux parties d'affilée, avec comme *coups de** Gracey les mots Hologramme et Monoculaire, face à un Servo qui vira au cramoisi (il ne voulut pas démordre de l'idée que le dictionnaire se trompait, et que Licence s'écrivait License). Il marmonna quelque chose sur Elektra qui dirigeait le club de rhétorique à Yale et sur la grippe dont il n'était pas totalement remis.

323

Je n'avais toujours pas réussi à voir papa seule à seul. Même à minuit, ni l'un ni l'autre ne montrait le moindre signe de fatigue et, malheureusement, pas la moindre amertume résiduelle. Baba semblait aux anges dans son immense fauteuil rouge, *sans** ses chaussures ni ses chaussettes, ses gros pieds cramoisis posés sur le coussin en velours grenat devant lui comme des travers de porc servis à un roi. J'eus recours à mon regard « Un peu de pain-une croûte-une miette » à la Emily Dickinson mais papa, haussant les sourcils par-dessus sa rangée de lettres, ne sembla pas comprendre. J'utilisai donc un « Tigre mourant geignait de soif », et comme cela aussi passait inaperçu, je me résolus à « Un jour ! Au secours ! Un autre jour ! ».

Au bout d'un long moment, papa dit qu'il passerait me voir dans ma chambre.

« À propos de quoi vous vous disputiez quand je suis rentrée ? demandai-je quand il entra seul dans ma chambre.

— J'aurais préféré que tu n'entendes pas ça, répondit-il en enfouissant les mains dans ses poches et en regardant par la fenêtre la pluie qui semblait pianoter sur le toit. Servo et moi avons un lourd passif entre nous, un objet égaré, si l'on peut dire. Or, nous nous accusons mutuellement de cette perte.

— Et pourquoi tu lui as dit qu'il se comportait comme un ado bourré d'hormones ? »

Papa sembla mal à l'aise.

« Ai-je dit vraiment cela ? »

J'acquiesçai.

« Et qu'ai-je dit d'autre ?

— C'est à peu près tout ce que j'ai entendu. »

Papa poussa un soupir.

« Le problème de Servo... J'imagine que tout le monde a un problème. En tout cas, le problème de Servo, c'est que pour lui tout revient à une compétition olympique. Il éprouve une immense satisfaction à piéger les autres, à les placer dans les situations les plus inconfortables, puis à les regarder se débattre. Or, cet idiot s'est mis en tête que je devais me remarier. Naturellement, je lui ai dit que c'était ridicule, que ça ne le regardait pas, que le monde ne se résumait pas à...

— Et lui, il est marié ?

— Pas depuis des années. D'ailleurs, j'ignore ce qu'il est advenu de Sophie.

— Elle est internée dans un asile.

— Oh non, dit papa en souriant. Quand il est sous contrôle, quand on le maintient dans un cadre, il est inoffensif. Parfois même, ingénieux.

— Eh bien, moi, je ne l'aime pas », annonçai-je.

J'utilisais rarement, voire jamais, ce genre de réplique cinglante. Il faut pour cela une expression décidée et plein d'expérience, genre c'est-comme-ça-et-pas-autrement (voir Charlton Heston dans *Les Dix Commandements*). Mais parfois, même sans raison valable pour justifier de ses sentiments, quand il ne s'agit que d'une impression, il faut tout de même exprimer son opinion.

Papa s'assit près de moi sur le lit.

« Je suppose que je ne peux qu'être de ton avis. À force d'avaler des couleuvres, on finit par avoir une indigestion. Moi-même, je suis un peu furieux. Ce matin, je suis parti comme un imbécile à la Sorbonne avec mon attaché-case rempli de notes, d'articles et de CV. Or, il n'y avait aucun poste à pourvoir. Juste un professeur de latin qui avait demandé un congé de trois mois à l'automne. Puis j'ai découvert la véritable raison de notre présence là-bas : Servo a passé une heure à vouloir me convaincre d'inviter à dîner une certaine Florence aux R gutturaux, une *femme** spécialiste de Simone de Beauvoir — quel sujet cauchemardesque — qui met encore plus d'eye-liner que Rudolph Valentino. Je suis resté coincé plusieurs heures dans la crypte de son bureau. Je n'en suis pas reparti amoureux, mais avec un cancer du poumon. Cette femme fumait comme une locomotive à vapeur.

— Je ne crois pas qu'il ait des enfants, dis-je tout bas. Peut-être seulement le garçon de la forêt colombienne. Je pense qu'il a inventé les deux filles. »

Papa fronça les sourcils.

« Mais Servo a des enfants !

— Tu les as déjà vus ? »

Il réfléchit.

« Non.

325

— Tu as vu des photos ? »

Il inclina la tête.

« Non.

— C'est parce qu'ils sont tout droits sortis de son imagination débridée. »

Papa éclata de rire.

J'avais envie de lui raconter mon propre incident, Andreo Verduga en veste de daim et montre en argent m'échappant dans le métro, mon amende, mais je me tus. Car je me rendis compte que cette anecdote était saugrenue et, à l'idée de raconter ça avec sérieux, je me sentais stupide, voire ridicule. « Il est mignon et sain de croire en secret au prince charmant, mais exposer cette théorie en public nous fait passer de mignon à méprisable, de sain à dangereusement détaché de la réalité », écrivait Albert Pooley dans *Le prince consort et la laitière* (1981, p. 233).

« On peut rentrer chez nous ? » demandai-je calmement.

À ma grande surprise, papa acquiesça.

« Après ma dispute avec Servo, j'allais te le proposer. Nous avons assez vu *la vie en rose**, tu ne crois pas ? Personnellement, je préfère la vie comme elle est vraiment, dit-il en souriant. *En noir**. »

Papa et moi dîmes adieu à Servo deux jours avant la date prévue de notre retour. Car, à mon grand étonnement, papa s'était vraiment arrangé avec la compagnie aérienne pour changer les billets d'avion. Il avait l'air fatigué, les yeux injectés de sang, le soupir au bord des lèvres. Et, pour la première fois, il n'avait pas grand-chose à dire. En guise de salut à Baba au Rhum, il ne réussit à lâcher qu'un « merci, à bientôt » avant de monter dans le taxi.

Moi, au contraire, je pris mon temps.

« La prochaine fois, j'espère bien rencontrer Psyche et Elektra », dis-je en le regardant droit dans ses yeux perforés. Je me sentais presque désolée pour lui : ses cheveux blancs et raides retombaient sur sa tête comme une plante privée d'eau et de lumière. De minuscules veines rouges prenaient racine autour de son nez. Si Servo avait joué dans une pièce primée au prix Pulitzer, il aurait interprété un personnage pitoyablement tragique vêtu de costumes bronze et de chaussures en alligator, l'homme qui adore tout ce qu'il ne faut pas adorer, si bien que la vie finit par le mettre à genoux.

« La vraie vie est si souvent celle que l'on ne mène pas », conclus-je en me tournant vers le taxi. Mais il se contenta de cligner des yeux, un sourire nerveux et narquois sur le visage.

« Mmmm, eh bien, ma chère, bon voyage de retour. »

Pendant le trajet vers l'aéroport, papa ne dit pas un mot. Il posa la tête contre la vitre et regarda les rues défiler avec mélancolie — une posture si inhabituelle chez lui que je sortis discrètement l'appareil jetable de mon sac et, tandis que le chauffeur pestait contre les piétons qui traversaient devant nous, je pris cette photo, la dernière de la pellicule.

On dit que, lorsque les gens ignorent qu'on les photographie, ils apparaissent sous leur vrai jour. Papa ignorait que je prenais ce cliché, et en effet, il apparut comme il n'était jamais : calme, triste, un peu perdu (Support visuel 18.0).

Support visuel 18.0

327

« Quel que soit l'endroit où il se trouve, quelle que soit la beauté des paysages qu'il découvre, des tours du Taj Mahal aux déserts de Sibérie, l'individu parvient souvent à la malheureuse conclusion, en général allongé sur son lit tandis qu'il observe le plafond en chaume d'une chambre minable en Indochine », écrit Swithin dans son ultime ouvrage publié à titre posthume, *Quelque part, 1917* (1918), « qu'il ne se débarrassera jamais de la fièvre implacable et sirupeuse que l'on appelle "chez-soi". Au bout de soixante-treize années d'angoisse, j'ai cependant trouvé un traitement. Il consiste à rentrer chez soi, à serrer les dents et, si difficile que soit cet exercice, à déterminer, sans fioriture, les coordonnées exactes de ce "chez-soi", sa latitude et sa longitude précises. Alors, et alors seulement, l'on cesse de se retourner et l'on découvre des paysages spectaculaires. »

Partie 3

HOWL ET AUTRES POÈMES

Dès mon retour à St-Gallway pour le deuxième trimestre, je remarquai — toute l'école remarqua — que Hannah (« Elle a passé les vacances en HP, ou quoi ? » lança Blanc Bonnet pendant l'heure d'étude en bibli) s'était coupé les cheveux.

Car Hannah, loin d'avoir une coupe années cinquante *chic** ou *gamine**, comme disent les magazines de mode (voir Jean Seberg dans *Bonjour tristesse*), avait désormais des mèches asymétriques, sans le moindre style. Et, comme Jade s'en aperçut au dîner du dimanche soir, il y avait même un trou derrière son oreille droite.

« Mais qu'est-ce que c'est que ça ? lança Jade.

— Quoi ? demanda Hannah en se retournant d'un coup.

— Il y a... tu as un trou dans les cheveux ! On voit ton crâne !

— Vraiment ?

— Tu t'es coupé les cheveux toute seule ? » demanda Lu.

Hannah hésita avant de répondre, l'air gêné :

« Oui, je sais, c'est un peu bizarre, ça... change, fit-elle en se touchant la nuque. Mais il était tard. J'avais envie de tenter quelque chose. »

Le profond masochisme et le dégoût de soi-même qu'éprouve une femme capable d'attenter volontairement à son apparence sont des concepts discutés dans *La conspiration de Belzébuth* (1992), un ouvrage rageur de la protoféministe Susan Shorts, que j'avais un jour aperçu dans le sac fourre-tout de Mrs. Joanna Perry, ma prof de physique de sixième à Wheaton Hill. Pour mieux comprendre Mrs. Perry et ses sautes d'humeur, je m'en étais procuré un exemplaire. Au chapitre 5, Shorts affirme que, depuis l'an 1010 avant J.-C., toutes les femmes qui ont tenté, en vain, de conquérir leur indépendance ont fini par retourner leur fureur contre leur corps, la seule chose sur laquelle elles pouvaient directement « exercer un pouvoir », à cause du « complot masculin fomenté depuis le début de l'humanité, depuis le jour où l'homme s'est dressé sur ses grosses pattes velues et qu'il a compris qu'il était plus grand que cette pauvre femelle », peste Shorts (p. 41). De nombreuses femmes, y compris Jeanne d'Arc et la comtesse Alexandra di Whippa « se sont sauvagement coupé les cheveux » et entaillées avec « des pinces et des couteaux » (p. 42-43). Les plus radicales se sont même marqué le ventre au fer rouge, « aux grands désespoir et écœurement de leur mari » (p. 44). À la page 69, Shorts déclare que « si une femme s'en prend à son apparence, c'est parce qu'elle se vit comme un simple pion dans un projet qui la dépasse, ce complot contre lequel elle ne peut rien ».

Mais bien sûr, à la première lecture, on ne trouve jamais la faille d'un texte féministe, ou alors on la dénonce sur un mode exagérément dramatique. À l'époque, je me contentai donc d'en conclure qu'au cours de sa vie d'adulte, une femme éprouve toujours le besoin de modifier radicalement son apparence, histoire de savoir à quoi elle ressemble sans atours.

Papa, renonçant à *comprendre pourquoi les femmes font ce qu'elles font* : « Autant essayer de réduire l'univers à la taille d'un ongle. »

Et pourtant, en regardant Hannah découper délicatement son poulet (ses cheveux aussi fiers, sur sa tête, qu'un chapeau que l'on met pour aller à l'église), j'eus tout à coup l'étrange impression de l'avoir déjà vue. Cette coupe de cheveux la dénudait, la vulnérabilisait à tel point qu'on avait mal pour elle, et, obscurément, ses pommettes sculptées, son cou, me rappelaient quelque chose. Je l'avais déjà vue. Sans doute pas en personne (en aucun cas elle ne pouvait être une ancienne Sauterelle, sa magnifique chevelure n'aurait pu suffire à camoufler leurs grimaces simiesques) ; c'était un sentiment plus nébuleux, comme si j'avais aperçu sa photo dans le journal, ou dans une biographie au rabais que papa et moi aurions lue ensemble.

Elle s'aperçut très vite que je la dévisageais (Hannah faisait partie de ces gens qui traquent chaque regard) et, lentement, tout en prenant une élégante bouchée, elle me sourit. Charles parlait de Fort Lauderdale — « Putain, c'était chaud de rester bloqué six heures à l'aéroport » (comme d'habitude, il racontait une histoire sans queue ni tête à Hannah, et uniquement à Hannah, à croire qu'ils étaient seuls à table) — et sa coupe de cheveux amplifia son sourire. Cette coupe avait sur son visage l'effet d'un cul de bouteille de Coca sur les yeux : il les grossit (insistez sur SSSSSSSSSSSSS). Je lui rendis son sourire et passai le reste du dîner le nez dans mon assiette, à m'engueuler en silence d'une voix de dictateur (Augusto Pinochet ordonnant la torture d'un opposant politique), pour avoir regardé Hannah de la sorte.

C'était impoli.

« Hannah va faire une dépression », annonça calmement Jade le vendredi suivant. Elle portait une robe années trente à perles noires et franges, et pinçait les cordes d'une immense harpe dorée tout en tenant un martini. Le bois de l'instrument disparaissait sous une poussière aussi épaisse que la couche de graisse dans une poêle où l'on vient de faire frire du bacon.

« Vous pouvez me croire.

— Tu dis ça depuis le début de l'année, dit Milton.

— Bâillement, lâcha Nigel.

— En fait, je suis assez d'accord, déclara solennellement Leulah. Cette coupe de cheveux est inquiétante.

— Enfin ! s'écria Jade. J'en ai converti un ! *Un !* qui renchérit à *deux ? Deux ?* oui ? non ? Adjugé vendu pour un pathétique *un !*

— Sérieusement, reprit Lu. Elle fait peut-être *vraiment* une dépression nerveuse.

— Vos gueules », fit Charles.

Il était 23 heures. Vautrés sur les canapés en cuir du Salon Pourpre, nous sirotions la dernière invention de Leulah, une mixture baptisée « Le Cafard » : un mélange de sucre, d'orange et de Jack Daniel's. Je n'avais pas prononcé plus de vingt mots de toute la soirée. Bien sûr, j'étais ravie de les revoir (et aussi soulagée que, lorsque Jade était passée me chercher dans la Mercedes, papa se soit contenté de dire : « À plus tard, ma chérie », avec un sourire comme un marque-page, qui garderait ma place intacte jusqu'à mon retour), et pourtant, dans le Salon Pourpre, quelque chose avait changé.

Avant, je m'amusais à ces soirées. N'avais-je pas toujours ri en renversant de la « Griffe » ou du « Cafard » sur mes genoux, n'avais-je pas toujours lancé des mots d'esprit qui fusaient à travers la pièce ? Ou du moins, si je ne lançais pas des mots d'esprit (les van Meer n'avaient pas beaucoup d'humour), n'y avais-je pas toujours dérivé comme sur un matelas pneumatique, une paire de lunettes noires sur le nez, l'air impassible, avec Simon et Garfunkel qui chantaient « Woo woo woo » ? Ou du moins, si je n'y dérivais pas comme sur un matelas pneumatique avec des lunettes noires, l'air impassible (les van Meer n'étaient pas doués pour le poker), n'avais-je pas toujours été, du moins dans le Salon Pourpre, une biker rebelle aux cheveux en bataille qui partait à la recherche de la véritable Amérique jusqu'à La Nouvelle-Orléans, et fréquentait des cow-boys, des putes, des beaufs, des gens qui ne sont ni blancs ni noirs ? Ou du moins, si je n'étais pas une biker rebelle (les van Meer n'étaient pas de nature très hédoniste), n'avais-je pas toujours porté une chemise à rayures en criant en français, avec un accent américain mâtiné d'allemand : « *New York Herald Tribune !* », mes yeux dégoulinant d'eye-liner, prête à prendre la fuite avec un petit malfrat ?

En Amérique, un jeune qui se cherche doit se choisir un clan. Un clan provocateur ou bagarreur, car c'est dans la lutte qu'on finit par se trouver, comme papa et moi avions fini par trouver, sur notre atlas Rand-McNally, des villes aussi minuscules que Howard en Louisiane et Roane dans le New Jersey (et si, au bout du compte, votre quête n'aboutissait pas, on retrouvait un jour votre destin dans des sacs plastique).

Hannah m'a bien eue, pensai-je en posant la tête contre le canapé en cuir. J'avais décidé d'enfouir ce qu'elle m'avait dit dans un tombeau anonyme au milieu de nulle part (de ranger ça dans une boîte à chaussures pour m'en occuper par une journée pluvieuse, exactement comme son effrayante collection de couteaux), mais fatalement, quand on enterre quelqu'un de façon un peu précipitée, il se relève d'entre les morts. Ainsi, en regardant Jade tenir les cordes de la harpe comme un poil entre les branches d'une pince à épiler, je ne pouvais que la voir étreindre des camionneurs entre ses bras maigres (trois par État, ce qui, entre la Géorgie et la Californie, faisait un total de vingt-sept types noirs de cambouis, à savoir un tous les 172,82 km). Et quand une gorgée de « Cafard » coula sur le menton de Leulah, je vis, derrière son épaule, son prof de maths turc se déhancher jusqu'au rocher d'Anatolie. J'imaginai aussi Charles en nourrisson aux cheveux dorés babillant près d'une femme nue aux yeux caves, le sourire creux et maladif, étendue par terre, aussi desséchée qu'une crevette trop cuite. Et quand Milton (qui venait de rentrer du cinéma avec Joalie, laquelle avait passé les vacances de Noël à skier en famille à St Anton ; Joalie qui, hélas, n'avait pas chuté dans une crevasse de mille mètres de profondeur) plongea la main dans la poche de son jean pour en sortir un chewing-gum, je crus une fraction de seconde qu'il saisissait son cran d'arrêt comme un Shark dans *West Side Story*...

« Qu'est-ce qui t'arrive, Dégueulette ? me lança Jade d'un air soupçonneux. T'as passé la soirée à nous regarder comme si on était des zombies. T'as pas vu Zach pendant les vacances, au moins ? On pourrait croire qu'il a fait de toi une parfaite potiche.

— Excuse-moi, je pensais à Hannah, me justifiai-je.

— Eh bien, on devrait peut-être faire quelque chose au lieu de se contenter d'y penser. On pourrait au moins se débrouiller pour qu'elle arrête d'aller à Cottonwood. Imaginez, s'il lui arrive *vraiment* quelque chose ? Si elle pète *vraiment* les plombs ? Eh bien, on s'en voudra. On mettra des années à s'en remettre, on finira notre vie tout seul avec plein de chats ou on se fera renverser par une voiture. Ou alors, on vendra des pizzas dans un camion !

— Tu vas la fermer, oui ou merde ? s'écria Charles. J'en ai marre d'entendre les mêmes conneries tous les week-ends ! Vous êtes trop cons, putain ! »

Il posa violemment son verre sur le bar et quitta la pièce, les joues écarlates et les cheveux couleur de pin brut, ce bois si pâle et si tendre qu'on l'entaille rien qu'avec l'ongle du pouce. Quelques secondes plus tard — aucun d'entre nous ne disait un mot —, on entendit la porte d'entrée claquer et le moteur de sa voiture rugir dans l'allée.

« C'est moi qui délire, ou bien c'est clair que ça va mal finir ? » demanda Jade.

Vers 3 ou 4 heures du matin, je m'assoupis sur le canapé. Au bout d'une heure, quelqu'un me secoua.

« Tu viens faire un tour, ma vieille ? » me dit Nigel avec un sourire, ses lunettes pincées sur le bout du nez.

Je clignai des paupières.

« Bien sûr. »

La lumière bleutée donnait à la pièce un aspect velouté. Jade était en haut, Milton rentré chez lui (« chez lui », soupçonnais-je, signifiant sans doute un motel où il avait retrouvé Joalie) et Lu dormait profondément sur le canapé cachemire, ses longs cheveux éparpillés comme du lierre sur l'accoudoir. Je me frottai les yeux et, d'un pas lourd, le regard trouble, je suivis Nigel qui avait déjà disparu dans l'entrée. Je le rejoignis dans le Parloir, une pièce aux murs d'un rose honteux, avec un piano à queue qui bâillait, des palmiers rachitiques et des canapés qui ressemblaient à de gros biscuits à la farine complète, si bien qu'on craignait de s'asseoir dessus, de peur qu'ils ne s'émiettent.

« Mets ça, sinon tu vas avoir froid », me dit Nigel en attrapant un grand manteau de fourrure laissé pour mort sur le tabouret du piano. Le manteau s'échoua sur son bras comme une gracieuse secrétaire en pâmoison.

« Non, c'est bon. »

Il haussa les épaules et enfila le manteau (voir « Vison de Sibérie », *Encyclopédie du vivant*, 4e éd.). Puis, les sourcils froncés, il saisit sur une table basse un cygne en cristal aux yeux bleus qui nageait vers un grand cadre en argent. Le cadre ne contenait ni Jade, ni Jefferson, ni aucun autre membre souriant de la famille, juste l'encart en noir et blanc d'origine (FIRENZE, 20 x 25 cm).

« Ce pauvre blaireau qui s'est noyé, dit Nigel. Personne ne pense plus à lui, hein ?

— Qui ça ?

— Smoke Harvey.

— Ah.

— Voilà ce qui se passe quand on meurt. Tout le monde en fait une histoire, et puis tout le monde oublie.

— Sauf si on tue un homme d'État. Un sénateur, ou, ou... un policier. Dans ce cas, tout le monde s'en souvient.

— Vraiment ? fit Nigel d'un air intéressé en hochant la tête. Ouais. T'as sans doute raison », conclut-il d'un ton léger.

Même en observant Nigel — son visage rond comme une pièce de monnaie, ses ongles sauvagement rongés, ses lunettes à fine monture métallique tel un insecte aux ailes transparentes effrontément posé sur son nez —, on avait du mal à savoir ce qu'il pensait, pourquoi ses yeux pétillaient, et pourquoi il arborait un petit sourire qui évoquait une barrette à cheveux toute rose. Difficile de ne pas supposer qu'à cet instant il songeait à ses vrais parents, Mimi et George, Alice et John, ou encore Joan et Herman, enfermés dans une prison de haute sécurité. Et pourtant, Nigel ne semblait pas particulièrement sombre ou soucieux. Si jamais papa finissait un jour en prison (et quelques Sauterelles l'y auraient volontiers envoyé), je me transformerais sans doute en l'un de ces ados aux mâchoires serrées et aux dents grinçantes qui rêvent de tuer leurs camarades avec un plateau de cafétéria ou un stylo-bille. Dans l'art de positiver, Nigel était expert.

« Alors, qu'est-ce que tu penses de Charles ? soufflai-je.

— Mignon, mais pas mon genre.

— Mais non... Ce qui s'est passé entre Hannah et lui ?

— Hein ? Jade t'en a parlé ? »

J'acquiesçai.

« Je crois qu'il ne s'est rien passé, sauf qu'il est fou amoureux d'elle. Il a toujours été fou amoureux d'elle. Ça remonte à l'année de troisième. Je ne sais pas pourquoi, parce qu'il n'a vraiment aucun espoir. Eh, tu crois que je pourrais me faire passer pour Liz Taylor ? »

Il posa le cygne en verre et se mit à tourbillonner. Le vison gonfla autour de lui comme un sapin de Noël.

« Bien sûr. »

S'il était Liz, alors moi, j'étais Bo Derek en couverture de *Vanity Fair*.

Je lui remontai les lunettes avec un sourire.

« Bon, reprit-il, on part à la recherche du trésor. Le butin. Le magot. »

Il tourna les talons pour foncer vers la porte, traversa l'entrée et s'attaqua aux marches en marbre blanc. Il m'attendit sur le palier.

« En fait, je voulais te montrer quelque chose.

— Quoi ? »

Il posa un doigt sur ses lèvres. Nous étions à hauteur de la chambre de Jade, dont la porte était entrouverte, bien qu'elle fût plongée dans le noir et le silence. Il me fit signe de le suivre discrètement jusqu'à une chambre d'amis tout au bout du couloir moquetté.

Nigel appuya sur l'interrupteur près de la porte. En dépit de la moquette rose et des rideaux à fleurs, la pièce aurait rendu n'importe qui claustrophobe : on avait l'impression d'être à l'intérieur d'un poumon. Son odeur musquée était sans doute comparable à celle qu'évoquait Carlson Quay Meade, correspondant du *National Geographic*, dans *La découverte de Toutankhamon*, le récit de ses fouilles avec Howard Carter en 1923 dans la Vallée des Rois : « Je craignais un peu ce que nous allions découvrir dans cette inquiétante sépulture ; nous avions beau être saisis d'une indéniable excitation, je dus sortir mon mouchoir en lin et le placer sur mon visage pour supporter l'odeur écœurante, tandis que nous progressions dans ce triste tombeau » (Meade, 1924).

Nigel referma la porte derrière moi et s'appuya contre le lit.

« Alors voilà, dimanche dernier, Milton et moi on a débarqué en avance chez Hannah, dit-il d'une voix grave. Elle est partie chercher un truc à l'épicerie. Pendant que Milton faisait ses devoirs, je suis allé jeter un coup d'œil dans le garage. Et tu n'imagineras jamais ce que j'y ai trouvé. Déjà, il y a tout un attirail de camping. J'ai fouillé dans les cartons, aussi. La plupart sont remplis de tasses, de lampes, j'ai même trouvé une photo — il faut croire que Hannah a eu une période punk gratinée —, mais surtout, il y avait un immense carton qui contenait uniquement des cartes de randonnée, au moins mille. Certaines annotées au stylo rouge.

— Hannah a fait beaucoup de camping. Tu te souviens de ce qu'elle nous a raconté, du jour où elle a sauvé la vie de quelqu'un ? »

Il leva la main en faisant un signe de tête.

« O.K. O.K. Et ensuite, je suis tombé sur une chemise. Pleine d'articles de journaux. Des photocopies. Dont deux du *Stockton Observer*. Qui parlaient toutes de personnes disparues.

— Disparues ? »

Il acquiesça.

Je fus étonnée de voir combien ce mot me perturbait. De toute évidence, si Hannah ne s'était pas lancée dans ce terrible monologue sur les personnes disparues, si je n'avais pas dû supporter son énumération en pensant qu'elle était complètement folle, je n'aurais pas été troublée par ce que me racontait Nigel. Nous savions tous qu'à une certaine époque de sa vie, Hannah avait été une randonneuse émérite ; et, faute d'éléments concordants, la chemise de photocopies ne signifiait pas grand-chose. Papa, par exemple, se découvrait sans cesse un intérêt nouveau pour des sujets aussi divers que les brouillons d'Einstein sur la bombe atomique, l'anatomie du dollar de sable, certaines installations de musées, ou encore des rappeurs qui s'étaient fait mitrailler neuf fois. Mais papa ne se cantonnait jamais à une obsession. Certes, il avait une passion : si on mentionnait le Che ou Benno Ohnesorg, une lueur surgissait dans ses yeux. Mais il n'avait jamais récité une liste apprise par cœur d'une voix à la Bette Davis en tirant sur une cigarette, son regard filant dans la pièce comme un ballon de baudruche qui se vide de son air. Papa ne prenait pas la pose, il ne rentrait pas à la maison avec, dans les cheveux, un trou de la grosseur d'une balle de ping-pong. (« La vie procure quelques plaisirs absolus, l'un d'eux étant de s'asseoir dans un fauteuil pour se faire couper les cheveux par une femme aux doigts experts. ») Et papa n'avait jamais déclenché en moi une peur diffuse, une peur d'autant plus terrible qu'elle me glissait entre les doigts.

« J'ai gardé un des articles, si ça t'intéresse, dit Nigel.

— Tu l'as pris ?

— Juste une page.

— Mais...

— Quoi ?

— Elle va s'en rendre compte.

— Mais non, il y en avait au moins cinquante. Elle ne peut pas s'en apercevoir. Attends, je vais le chercher. Il est en bas dans mon sac. »

Nigel quitta la chambre (avant de disparaître, il roula des yeux avec délectation — une expression digne de Dracula dans un film muet) et revint une minute plus tard avec la page en question. En fait, il ne s'agissait pas d'un article, mais d'un passage de *Perdus à jamais : personnes disparues et autres événements troublants* de J. Finley et E. Diggs, publié par Foothill Press à Tupock, Tennessee, en 1992. Nigel s'assit sur le lit et s'emmaillota dans le vison pendant que je lisais.

96

Chapitre 4

Violet May Martinez

Ne crains rien, car je suis avec toi
Ne promène pas des regards inquiets, car je suis ton Dieu.

Isaïe 41,10.

Le 29 août 1985, Violet May Martinez, 15 ans, disparut sans laisser de trace. Elle avait été vue pour la dernière fois dans le parc national des Great Smoky Mountains entre Blindmans Bald et le parking de Burnt Creek.

Aujourd'hui encore, sa disparition demeure un mystère.

Par une matinée ensoleillée du 29 août 1985, Violet Martinez partit avec son groupe d'études bibliques de l'église baptiste de Besters, Caroline du Nord, pour une excursion dans le parc national des Great Smoky Mountains. Élève de seconde au lycée de Besters, Violet était considérée par ses camarades comme une fille pleine d'humour et extravertie. Elle avait par ailleurs été élue la fille la plus élégante de l'année.

Ce matin-là, son père, Roy Junior, la déposa à l'église. Violet était blonde et mesurait un mètre soixante. Elle portait un pull rose, un jean, un collier en or en forme de V et des Reebok blanches.

L'excursion était placée sous la responsabilité de Mr. Mike Higgis, un vétéran du Vietnam qui participait activement à la vie de la paroisse depuis dix-sept ans.

Violet s'assit à l'arrière du car avec Polly Elms, sa meilleure amie. Le car atteignit le parking de Burnt Creek à 12 h 30. Mike Higgis annonça qu'ils marcheraient jusqu'à Blindmans Bald, pour ensuite regagner le car à 15 h 30.

« *Sois attentif à ces choses !* dit-il, citant le livre de Job. *Considère encore les merveilles de Dieu !* »

Violet arriva au sommet en compagnie de Polly Elms et de Joel Hinley. Elle avait glissé un paquet de Virginia Slims dans la poche de son jean et fuma une cigarette jusqu'à ce que Mike Higgis lui demande de l'écraser. Elle posa pour des photos et grignota quelques fruits secs. Puis, prise d'une envie de redescendre, elle repartit avec Joel et deux amies. À un kilomètre et demi du parking, Violet se mit à presser le pas. Le groupe dut ralentir parce que Barbee Stuart avait une crampe. Violet ne s'arrêta pas.

« Elle nous a traités de limaces et elle est partie, déclara Joel. Au bout du sentier, elle s'est arrêtée pour allumer une nouvelle cigarette et elle nous a fait signe de la main. Puis elle a pris le virage et elle a disparu. »

Joel et les autres reprirent leur marche, pensant retrouver Violet devant le car. Mais à 15 h 35, quand Mike Higgis fit l'appel...

« Où est le reste ? demandai-je.

— C'est tout ce que j'ai.

— Toutes les photocopies concernaient des disparitions de ce genre ?

— C'est bizarre, non ? »

Je me contentai de hausser les épaules. Je ne savais plus si le secret que j'avais juré à Hannah concernait uniquement les histoires du Sang Bleu ou toute notre conversation nocturne. Je déclarai donc :

« C'est un sujet qui a toujours intéressé Hannah. Les disparitions.

— Ah bon ? »

Je mimai un bâillement et lui tendis la feuille.

« À ta place, je ne m'inquiéterais pas pour ça. »

Il haussa les épaules, visiblement déçu par ma réaction, et replia
la page. Dans l'intérêt de ma santé mentale, je priai pour qu'il en
reste là. Malheureusement, pendant les trois quarts d'heure où nous
arpentâmes la maison Whitestone, avec ses tables poussiéreuses et
ses fauteuils où personne ne s'asseyait jamais, Nigel ne cessa de
revenir sur le sujet (« Pauvre Violet, je me demande ce qui lui est
arrivé… », « Pourquoi Hannah garde-t-elle tous ces papiers ? », « En
quoi ça l'intéresse ? »). Je me persuadai qu'il faisait juste sa femme
fatale, sa Liz dans *La dernière fois que j'ai vu Paris*, jusqu'à ce que
son petit visage s'illumine sous une constellation — le Géant Hercule — qui scintillait au plafond de la cuisine, et que je découvre
son expression : il était vraiment inquiet (étonnamment sérieux
aussi, dans une acception du mot que l'on réservait d'ordinaire aux
dictionnaires encyclopédiques et aux vieux gorilles).

Nous regagnâmes le Salon Pourpre, et Nigel, après avoir retiré
ses lunettes, s'endormit aussitôt devant la cheminée en serrant le
vison contre lui, comme s'il craignait que la bête se carapate pendant son sommeil. Je retournai au canapé en cuir. Le matin formait
une tache de confiture rouge dans le ciel. Je n'avais pas envie de
dormir. À cause de Nigel (qui, à présent, ronflait), mon esprit tournait comme un chien après sa queue. Pourquoi Hannah était-elle
fascinée par les disparitions, ces vies brusquement interrompues
qui avaient un début, un milieu, mais pas de fin ? (« Une histoire
sans fin n'est pas une véritable histoire », prétendait papa.) Hannah
ne pouvait avoir elle-même disparu, mais peut-être que c'était le cas
de son frère ou de sa sœur, ou de l'une des filles sur les photos que
Nigel et moi avions vues dans sa chambre, ou encore de l'amant
mystérieux dont elle refusait de confirmer l'existence : Valerio. Il
devait bien y avoir un lien entre elle et ces gens, fût-il lointain et
brumeux : « On ne nourrit que rarement, voire jamais, de passion
pour un sujet sans rapport avec sa propre histoire », écrit le docteur
Josephson Wilheljen dans *Plus grand que le ciel* (1989).

342

Sans oublier cette très agaçante impression de déjà-vu — à croire que j'avais croisé Hannah quelque part, du temps où elle avait une coupe de cheveux à la Calimero —, une impression si persistante que, le lendemain matin, qui s'annonçait ensoleillé mais glacial, quand Leulah me déposa chez moi, je feuilletai les dernières biographies ajoutées à la bibliothèque de papa : *L'homme insaisissable : Andy Warhol, sa vie, son œuvre* (Benson, 1990), *Margaret Thatcher : une femme, un mythe* (Scott, 1999), *Mikhaïl Gorbatchev : le prince perdu de Moscou* (Vadivarich, 1999), en allant directement au cahier de photos. L'exercice se révéla vain, d'autant que mon impression, quoique obsédante, demeurait très vague ; je n'aurais pu jurer qu'elle s'appuyait sur une quelconque réalité, je craignais de confondre Hannah avec l'un des *garçons perdus* de *Peter Pan*, une pièce que papa et moi avions vue à l'université du Kentucky à Walnut Ridge. Un moment, je crus avoir trouvé ; mon cœur partit en vrille quand je vis une photo en noir et blanc de Hannah Schneider allongée sur une plage, vêtue d'un maillot de bain rétro avec des lunettes de soleil rondes, jusqu'à ce que je lise la légende : « Gene Tierney, Saint-Tropez, été 1955. » (J'avais bêtement ouvert *Je suis un évadé* [De Winter, 1979], une vieille biographie de Darryl Zanuck.)

Une autre fois, je descendis dans le bureau de papa pour taper « Schneider » et « Personne disparue » sur Internet. J'obtins près de cinq mille réponses. « Valerio » et « Personne disparue » en suscitaient trois cents.

« Qu'est-ce que tu fais ? demanda papa du haut des marches.

— Des recherches.

— Tu as déjeuné ?

— Non.

— Dans ce cas, ramène-toi. Nous avons reçu douze coupons de réduction pour le restaurant Lone Steer Steak House : dix pour cent sur les côtelettes, les Buffalo wings, les oignons en fusion et quelque chose qu'ils appellent — ils n'ont vraiment peur de rien — des "pommes de terre volcaniques au bacon", le tout à volonté. »

J'inspectai rapidement quelques pages sans rien trouver de passionnant ni même de pertinent — il ne s'agissait que de comptes rendus des activités du juge Howie Valerio, dans le comté de Shelburn ; ou du récit de la vie de Loggias Valerio, né en 1789 dans le Massachusetts —, puis j'éteignis le portable de papa.

« Ma chérie ?

— J'arrive. »

Jusqu'à ce que Jade passe me chercher le dimanche suivant, je n'eus pas une minute pour poursuivre mes recherches et, quand nous arrivâmes chez Hannah, je crus un instant — à mon grand soulagement — qu'elles seraient inutiles : avec une euphorie renouvelée, Hannah courait partout pieds nus, vêtue d'une robe d'intérieur noire, en souriant, faisant six choses à la fois et snobant toute ponctuation : « Bleue je te présente Ono oh le minuteur sonne mon Dieu les asperges. » (Ono était un minuscule oiseau vert et borgne, qui apparemment n'appréciait guère Lennon. Il gardait ses distances autant que la cage le permettait). Hannah avait même tenté de donner du style à sa coupe de cheveux en rabattant sur les trous les mèches les plus retorses. Tout allait donc bien — parfaitement bien, même —, et nous savourions nos steaks accompagnés d'asperges et d'épis de maïs (même Charles souriait et, quand il raconta l'une de ses histoires, il s'adressa à tout le monde, pas seulement à Hannah) lorsque soudain, elle annonça :

« 26 mars. Premier jour des vacances de printemps. Ce sera notre grand week-end. Notez-le dans vos agendas.

— Notre grand week-end de quoi ? demanda Charles.

— Notre week-end de camping.

— Qui a parlé de camping ? demanda Jade.

— Moi.

— Où ça ?

— Dans les Great Smokies. C'est à moins d'une heure de route. »

Je faillis m'étouffer avec mon steak. Nigel et moi échangeâmes un regard.

« Imaginez un peu, reprit vivement Hannah, les feux de camp, les histoires de fantômes, les panoramas grandioses, l'air pur...

— Les nouilles chinoises déshydratées, grommela Jade.

— On n'est pas obligés de manger des nouilles chinoises. On peut emporter ce qu'on veut.

— Quand même, ça a l'air nul.

— Ne sois pas aussi négative.

— Ma génération n'aime pas la nature. On préfère les boutiques.

— Eh bien, peut-être que tu devrais te montrer plus ambitieuse que ta génération.

— C'est sans danger ? lança Nigel, aussi désinvolte que possible.

— Bien sûr, dit Hannah. À partir du moment où vous ne faites pas n'importe quoi. J'y suis allée des milliers de fois. Je connais tous les sentiers. J'en reviens, d'ailleurs.

— Avec qui tu étais ? » demanda Charles.

Elle lui sourit.

« Avec moi-même. »

Nous la dévisageâmes. Nous étions tout de même en plein mois de janvier.

« Quand ça ?

— Pendant les vacances.

— Tu n'as pas gelé sur place ?

— Ça, on s'en fout, dit Jade. Mais tu ne t'es pas ennuyée ? Il n'y a rien à faire là-haut !

— Non, je ne me suis pas ennuyée.

— Et les ours ? reprit Jade. Et pire encore, les insectes. Je ne suis pas vraiment portée sur les insectes. Mais eux, ils m'adorent. Les insectes ont développé une véritable passion pour moi. Ils me traquent partout. De vrais fans.

— Quand on ira, au mois de mars, il n'y aura pas d'insectes. Mais au cas où, je t'aspergerai quand même de répulsif », répondit Hannah d'un ton très sérieux (voir « affiche de *Torrid Zone*, 1940 » dans *Un bouledogue dans le poulailler : la vie de James Cagney*, Taylor, 1982, p. 339).

En guise de réponse, Jade déplaça les épinards dans son assiette, à croire que sa fourchette était une pelleteuse.

« Pour l'amour du ciel, continua Hannah en fronçant les sourcils, qu'est-ce qui vous prend ? J'essaie d'organiser quelque chose d'agréable et d'un peu différent — vous n'avez pas lu ni aimé *Walden*, de Thoreau ? Vous ne l'avez pas étudié en cours ? À moins qu'on ne l'enseigne plus ? »

Elle me regarda. J'eus du mal à lui rendre son regard. Malgré ses efforts, sa coupe de cheveux continuait à me gêner. On aurait dit ces effets qu'employaient les cinéastes des années cinquante pour montrer que l'héroïne sort de l'asile ou qu'elle a été insultée par tout le village. Plus on la regardait, plus sa tête semblait flotter seule, comme Jimmy Stewart dans *Vertigo*, quand il sombre dans une dépression et que des couleurs psychédéliques, les roses et les verts de la folie, tourbillonnent derrière lui. Cette coupe de cheveux lui faisait des yeux exagérément grands, un cou plus pâle et des oreilles vulnérables comme deux escargots sans coquille. Peut-être que Jade avait raison ; peut-être que Hannah allait vraiment faire une dépression. Peut-être qu'elle était « lasse de subir le grand mensonge de l'homme » (voir *Belzébuth*, Shorts, 1992, p. 212). Ou, éventualité plus effrayante encore : elle avait trop lu *Un merle*, la biographie de Charles Manson. Même papa disait — et papa n'était ni superstitieux, ni timoré — qu'une dissection aussi explicite de l'œuvre du diable était déconseillée aux personnes « impressionnables, désorientées et un peu perdues ». C'est justement pour cette raison qu'il ne mettait plus ce texte au programme de ses cours.

« Vous voyez de quoi je parle, non ? »

Elle ne me quittait pas des yeux.

« "Je m'en allai dans les bois parce que je souhaitais vivre délibérément, commença-t-elle. Je voulais vivre profondément et sucer toute cette moelle de la vie, comprendre que si"…, qu'est-ce qui suit déjà ? Quelque chose avec "délibérément". »

Ses paroles retombèrent, inertes. Personne ne disait mot. Hannah gloussa, un son triste et moribond.

« Il faut que je le relise. »

LA MÉGÈRE APPRIVOISÉE

Dans *La communauté des vanités perdues* (1969), Leontyne Bennet dissèque avec talent la célèbre phrase de Virgile : « L'amour triomphe de tout. »

« Depuis des siècles, écrit-il page 559, nous nous trompons sur le sens de cette citation bien connue. Les masses acculturées se raccrochent désespérément à ces quelques mots pour exiger le droit de se peloter dans les jardins publics, de quitter leur femme, de tromper leur mari, ou pour expliquer un taux croissant de divorce et ces nuées de bâtards qui mendient aux stations de métro de Whitechapel et d'Aldgate — alors que, en fait, cette phrase si souvent évoquée ne contient ni joie ni encouragement. Le poète latin écrit "Amor vincit omnia", que l'on traduit par "L'amour triomphe de tout". Il n'a pas écrit "L'amour *libère* de tout", "L'amour *défait toutes les chaînes*". Là se situe la première raison de notre incompréhension flagrante. Triompher de : vaincre, battre, massacrer, réduire en purée, découper en petits morceaux. Rien de tout cela n'est très positif. "Triomphe *de tout*", c'est-à-dire aussi bien des choses déplaisantes, de la misère, des meurtres, des vols que du plaisir, de la paix, du bon sens, de la liberté et du libre arbitre. Les paroles de Virgile sont donc à entendre non comme une exhortation, mais comme un avertissement, un signal pour nous enjoindre à fuir, à nous esquiver, à échapper à tout prix à ce sentiment, sans quoi nous risquons de détruire tout ce que nous chérissons, y compris notre conscience du moi. »

347

Papa et moi nous étions toujours moqués des interprétations hasardeuses de Bennet (il ne se maria jamais et mourut en 1984 d'une cirrhose ; personne n'assista à ses funérailles, à part sa femme de ménage et son éditeur de chez Tyrolian Press). Pourtant, au mois de février, je compris la valeur des élucubrations de Leontyne Bennet, lesquelles s'étendaient sur plus de huit cents pages. Car c'était l'amour qui rendait Charles de plus en plus maussade, de plus en plus incohérent, qui le poussait à arpenter St-Gallway les cheveux en bataille, l'air éperdu (et j'aurais parié que ce n'était pas pour des questions métaphysiques). Au rassemblement du matin, il s'agitait sur son siège (heurtant souvent le mien) et, quand je me retournais pour lui sourire, il ne me voyait même pas ; il regardait l'estrade comme la veuve d'un marin observe la mer. (« Il m'emmerde », avait déclaré Jade.)

L'amour s'emparait également de moi, pour me plonger dans les affres de l'angoisse, avec la facilité d'un ouragan qui déracine une ferme. Il suffisait que Milton évoque « cette bonne vieille Jo » (comme il appelait à présent Joalie — un surnom qui sous-entendait le développement le plus dévastateur que puisse connaître une idylle lycéenne : comme de la super-glu, ça vous collait efficacement n'importe quel couple pendant des mois), pour que j'aie l'impression de mourir, à croire que mon cœur et mes poumons glissaient en même temps leur carte dans la pointeuse, puis quittaient l'usine et rentraient chez eux, tellement c'était insupportable de battre et de respirer si la vie devait se révéler aussi douloureuse.

Et puis, il y avait Zach Soderberg.

Je n'avais pas eu la moindre pensée pour lui, sinon trente secondes dans l'avion qui me ramenait de Paris, lorsqu'une hôtesse lasse avait renversé par mégarde un Bloody Mary sur un vieux monsieur de l'autre côté de l'allée. Au lieu de se plaindre, l'homme avait contracté son visage en un sourire et tamponné sa veste avec des serviettes en papier en déclarant, sans une once de sarcasme : « Ne vous en faites pas, mon petit. Cela arrive aux meilleurs d'entre nous. » J'avais lancé à Zach quelques sourires contrits en cours de physique avancée (sans attendre de voir s'il les rattrapait au vol ou s'il les laissait choir). Je suivais le conseil de papa : « Une histoire d'amour au dénouement vraiment poétique ne s'achève pas par des excuses, un pardon ou une enquête sur *Ce qui a mal tourné* — l'option saint-bernard, avec bave et paupières tombantes —, mais tout simplement dans un silence digne. » Un jour, cependant, juste après le déjeuner, alors que je claquais la porte de mon casier, je trouvai Zach derrière moi avec un sourire comme une tente : un côté droit, l'autre mou.

« Bonjour, Bleue », dit-il d'une voix raide comme des chaussures neuves.

Étonnamment, mon cœur se mit à sauter à la corde.

« Salut.

— Comment ça va ?

— Bien. »

Il fallait que je trouve quelque chose à dire, une excuse, une bonne raison de l'avoir laissé tomber au cabaret de Noël comme un gant qu'on égare en hiver.

« Zach, je suis désolée de…

— J'ai quelque chose pour toi », m'interrompit-il sans la moindre colère, d'une voix joyeusement officielle, tel un gérant de magasin sortant de son bureau pour m'annoncer que je devenais à compter de ce jour une cliente privilégiée. Il plongea la main dans sa poche arrière et me tendit une épaisse enveloppe bleue scellée jusque dans les angles. Mon nom y était écrit avec moult fioritures.

« Sens-toi libre d'en disposer à ta guise, m'annonça-t-il. Je viens de décrocher un petit boulot au magasin de photos, alors je suis à ta disposition pour tout renseignement sur les tirages. Tu peux faire des agrandissements, des posters, des plastifications. Ou choisir l'option carte de vœux. Ou encore les transformer en calendrier de bureau et en calendrier mural. Sans oublier les T-shirts imprimés, c'est très à la mode. On vient juste de rentrer des tailles bébé. Et n'oublie pas l'impression sur tissu. C'est très joli, aussi. D'une qualité bien supérieure à ce qu'on pourrait croire. On fabrique également des panneaux de différentes tailles, notamment en vinyle. »

Il hocha la tête, s'apprêtant à dire autre chose — il avait les lèvres entrouvertes comme une fenêtre — mais, très vite, il fronça les sourcils et se ravisa.

« À tout à l'heure, en cours de physique », dit-il en tournant les talons. Il fut aussitôt interpellé par une fille qui avait surgi une minute plus tôt — et qui nous surveillait de ses yeux en fentes tout en buvant à la fontaine. (Elle venait visiblement de traverser le désert de Gobi.) C'était Rebecca aux dents de chameau, une fille de première.

« Ton père prêche, ce week-end ? » lui demanda-t-elle.

D'un geste un peu irrité (tandis qu'ils poursuivaient leur conversation religieuse dans le couloir), j'ouvris la grande enveloppe pour y découvrir des foe-toes sur papier brillant de Zach et moi dans son salon, les épaules raides, un sourire irrégulier plaqué sur le visage.

À ma grande horreur, sur six d'entre elles, on apercevait la bretelle droite de mon soutien-gorge (tellement blanche qu'elle en devenait fluo si on la regardait juste après avoir fixé un autre point) mais, sur la dernière foe-toe, celle que Patsy avait prise devant la fenêtre baignée de soleil (le bras de Zach crispé autour de ma taille ; on aurait dit un support en métal, et moi une poupée de collection), on aurait cru que l'objectif avait été tartiné de beurre, si bien que le flanc gauche de Zach et mon flanc droit se fondaient et que nos sourires avaient la couleur blanche du ciel entre les arbres dénudés.

Honnêtement, je me reconnaissais à peine. En général, sur les photos, j'avais la raideur d'une cigogne ou l'air apeuré d'un furet, mais là, je paraissais ensorceleuse (avec une peau dorée et de curieux yeux verts). Et j'avais l'air détendu, un peu comme ces filles capables de hurler de joie en projetant du sable sur une plage des Caraïbes. Je semblais pouvoir m'abandonner, lâcher prise, me laisser flotter comme un ballon gonflé à l'hélium, un être que tout le monde, tous les gens coincés sur terre, regarderaient avec envie. (« Une femme aux neurones aussi rares que le panda géant », disait papa.)

Sans réfléchir, je me tournai vers Zach — peut-être pour le remercier, peut-être pour ajouter quelque chose — mais je m'aperçus qu'il avait disparu, et je restai à fixer le panneau SORTIE, ainsi que les élèves en chaussettes et chaussures sales qui se précipitaient vers l'escalier pour gagner leur salle de classe.

Une ou deux semaines plus tard, un mardi soir, vautrée sur mon lit, j'essayais péniblement de progresser à travers le champ de bataille d'*Henry V* pour mon cours d'anglais avancé lorsque j'entendis une voiture. Je m'approchai de la fenêtre et jetai un coup d'œil par l'interstice entre les rideaux. J'aperçus une berline blanche qui s'avançait d'un air inquiet, comme un animal qu'on vient de punir. Elle s'arrêta timidement devant l'entrée.

Papa était absent. Il était sorti dîner une heure plus tôt au Tijuana, un restaurant mexicain, avec le professeur Arnie Sanderson qui enseignait « Introduction à l'histoire du théâtre ». « Un bien triste jeune homme, avait déclaré papa, avec de drôles de petits boutons sur le visage, à croire qu'il a constamment la chair de poule. » Papa m'avait prévenue qu'il ne rentrerait pas avant 23 heures.

Les phares s'éteignirent. Le moteur se tut dans un hoquet. Au bout de quelques instants, la portière du conducteur s'ouvrit et une jambe blanche grosse comme un poteau surgit de la voiture. Puis la seconde apparut. (À première vue, on aurait dit que leur propriétaire rêvait de découvrir un tapis rouge ; mais quand la dame fut entièrement visible, je me rendis compte qu'elle ne cherchait qu'à se mouvoir dans son accoutrement, une veste cintrée rêvant de joindre les deux bouts, une jupe blanche comme un film plastique autour de ses jambes en bouquet de fleurs, des bas blancs et des talons aiguilles blancs excessivement hauts. Un énorme gâteau glacé.)

La dame referma la portière et, de façon assez comique, entreprit de chercher la serrure, puis la clé pour verrouiller sa voiture dans l'obscurité. Après avoir remis sa jupe en place (ce qui équivalait à enfiler une taie de traversin), elle se retourna et tenta de monter sans bruit les marches de notre véranda, ses cheveux bouffants couleur agrume oscillant sur sa tête comme un abat-jour dévissé. Au lieu d'appuyer sur la sonnette, elle attendit quelques instants à la porte, un index posé sur les dents tel un acteur qui cherche sa première réplique juste avant d'entrer en scène. Elle mit une main en visière et jeta un coup d'œil par la fenêtre du salon.

Bien sûr, je savais à quoi m'attendre. Juste avant notre départ pour Paris, il y avait eu toute une série d'appels anonymes (le silence faisant écho à mes « Allô ? », avant un clic qui signifiait que mon interlocutrice avait raccroché), puis un nouveau coup de téléphone quelques jours plus tôt. Avant elle, des nuées de Sauterelles avaient surgi dans des états, des humeurs et des couleurs aussi variés que les teintes d'une boîte de crayons (Terre de Sienne cœur brisé, Bleu azur enragé, etc.).

Toutes voulaient, à tout prix, rencontrer papa une dernière fois pour lui parler, l'acculer, le supplier (voire, dans le cas de Zula Pierce, l'estropier), bref, pour passer en appel. On aurait dit qu'elles comparaissaient devant une cour fédérale : les cheveux coincés derrière l'oreille, en tailleur strict et escarpins, avec un parfum discret et des boucles d'oreille en cuivre. La Sauterelle Jenna Parks avait même ajouté à cette tenue un lourd attaché-case, qu'elle posa sur ses genoux et ouvrit avec le clic caractéristique de tous les attachés-cases. Sans attendre, elle rendit à papa la serviette en papier où, en des jours plus heureux, il avait noté cette citation de Shakespeare : « Ton visage est de femme, et peint par la nature. De sa main même, maître-maîtresse de ma passion. » Elles s'efforçaient toujours d'ajouter à leur apparence une touche sexy (une bouche cramoisie, un soutien-gorge affriolant sous un chemisier vaguement transparent) pour aguicher papa, lui faire mesurer ce qu'il ratait.

S'il était à la maison, il les faisait entrer comme un médecin qui doit annoncer une mauvaise nouvelle à un patient cardiaque. Et, avant de refermer la porte de la bibliothèque, il me demandait (papa en docteur savant, moi en infirmière frivole) de préparer un thé Earl Grey.

« N'oublie pas la crème et le sucre », disait-il avec un clin d'œil, précision qui faisait jaillir un sourire d'espoir sur le visage blême de la Sauterelle.

Après avoir mis la bouilloire sur le feu, je m'approchais de la porte fermée pour écouter la déposition de la Sauterelle. Elle était incapable de manger, de dormir, de toucher et même de regarder un autre homme (« Y compris Pierce Brosnan, et pourtant, avant, je le trouvais merveilleux », avoua Connie Madison Parker). Papa prenait alors la parole d'une voix parfois à peine audible, puis la porte s'ouvrait et la Sauterelle quittait le tribunal, le chemisier un peu défait, les cheveux électrisés et — vision terrible entre toutes — le visage, naguère si soigneusement maquillé, désormais semblable à un test de Rorschach.

Elle filait à sa voiture, le front plissé comme une jupe, puis disparaissait au volant d'une Acura ou d'une Dodge Neon, tandis que papa, tout en soupirs las et résignés, s'installait confortablement dans son fauteuil avec le thé Earl Grey que je n'avais préparé que pour lui (ce qu'il savait depuis le début). Puis il s'attaquait à un cours sur la médiation dans le tiers-monde ou à un ouvrage sur les principes de la révolution.

Il y avait toujours un petit détail qui éveillait ma culpabilité : le nœud sale qui pendait de l'escarpin gauche de Lorraine Connelly, le bout de blazer en polyester grenat de Willa Johnson pris dans la portière de sa voiture, laquelle claqua d'un air terrorisé tandis qu'elle démarrait en trombe et tournait sans regarder dans Sandpiper Circle. Non que j'espérais voir papa finir sa vie avec la même Sauterelle. Je n'aimais guère l'idée de regarder *Sur les quais* avec une femme qui puerait l'abricot comme un désodorisant de restaurant (croisant et décroisant les jambes d'un air boudeur pendant que papa et moi repassions notre scène préférée, celle du gant, dix, voire douze fois), une femme à qui papa expliquerait le concept de son dernier cours (le transformationnisme, la starbuckisation) mais qui, ne saisissant pas un traître mot, ferait « hum hum » comme un présentateur télé. Et pourtant, je ne pouvais m'empêcher de ressentir de la honte quand elles fondaient en larmes (quoique ignorant si elles méritaient une telle empathie ; à part quelques questions sur mes petits copains ou sur ma mère, elles ne m'adressaient jamais la parole, et me regardaient comme une dose de plutonium potentiellement radioactive).

De toute évidence, ce n'était pas bien, ce que faisait papa : pousser des femmes parfaitement normales à se comporter comme dans *Les feux de l'amour*. Mais je me demandais si papa était le seul responsable. Il ne cachait jamais qu'il avait déjà connu l'amour de sa vie. Or, tout le monde sait qu'en ce domaine, *un*, est un maximum, même si certains individus gourmands refusent de l'admettre et penchent pour deux, voire pour trois. Tout le monde déteste les bourreaux des cœurs, les Casanova, les libertins, oubliant que certains libertins ne mesurent pas les conséquences de leurs actes (ils ne font que rechercher un peu de plaisir) ; et puis, s'il était à ce point épouvantable, pourquoi continuaient-elles à se précipiter vers sa véranda ? Pourquoi ne s'envolaient-elles pas dans la nuit d'été pour rendre l'âme en douceur à l'ombre des tulipiers ?

Si papa n'était pas là lorsqu'une Sauterelle se matérialisait, j'avais pour instruction de ne surtout pas la laisser entrer. « Dis-lui avec un sourire de s'en remettre à cette fabuleuse qualité humaine que les gens ont hélas oubliée : la fierté. À la Mr. Darcy. Tu peux aussi lui rappeler qu'on se sent toujours mieux le lendemain matin. Et si elle insiste, ce qui est probable — certaines sont de vrais pit-bulls devant un os —, eh bien, lâche le mot *police*. Il te suffit de prononcer ça, poliiiiice, et tu as toutes les chances de la voir détaler — et, si mes prières sont entendues, elle nous évitera désormais comme une âme chaste évite l'enfer. »

Plus qu'inquiète, je descendis sur la pointe des pieds (ce n'était pas simple de jouer les DRH pour papa) ; au moment où j'atteignais la porte d'entrée, elle sonna. Je regardai par l'œilleton, mais au même instant, elle se tourna vers le jardin. Je respirai un grand coup, j'allumai la lumière extérieure et j'ouvris la porte.

« Bonjour ! » lança-t-elle.

Je me figeai sur place. Devant moi, se tenait rien de moins qu'Evita Perón : Eva Brewster.

« Ravie de te voir, dit-elle. Où est-il ? »

J'avais le souffle coupé. Elle fit une grimace, lâcha un « ha ! », entrouvrit la porte, me poussa et entra.

« *Gareth, mon chéri, je suis là !* » s'écria-t-elle, les yeux au ciel, comme si elle espérait voir papa apparaître au plafond.

J'étais paralysée par la surprise. « Kitty », compris-je, était donc un surnom qu'elle avait exhumé pour partager un secret avec mon père. J'aurais dû le savoir — ou à défaut m'en douter. Ce n'était pas la première fois. Fuzz n'était autre que Sherry Piths. Lil' ou Squirts, Cassie Bermondsey. Magie Nocturne, Zula Pierce. Papa aimait les surnoms qui accrochent la langue. Il les prononçait avec un sourire qu'elles attribuaient souvent à l'amour, tout du moins à un intérêt qui finirait par se transformer en torrent d'affection. C'était peut-être comme ça que les appelait leur père quand elles avaient six ans, ou alors leur « nom d'artiste » (celui qu'elles auraient adopté à Hollywood, leur passeport pour l'univers de la Paramount).

« Tu vas me répondre, oui ou non ? Où est-il ?

« — À un dîner, dis-je en déglutissant. Avec un collègue.

— Ah. Lequel ?

— Le professeur Arnie Sanderson.

— Bien sûr. »

Elle émit un nouveau bruit boudeur et croisa les bras, ce qui fit grimacer sa veste, puis se dirigea vers la bibliothèque. Les jambes en coton, je la suivis. Elle s'approcha des blocs-notes de papa, soigneusement empilés sur la table près des étagères. Elle en feuilleta un.

« Miss Brewster ?

— Eva.

— Eva. »

Je m'avançai de quelques pas. Elle faisait à peu près quinze centimètres de plus que moi, et elle était massive comme un silo.

« Je... je suis désolée, mais je crois que vous ne devriez pas rester là. J'ai du travail. »

Elle rejeta la tête en arrière en éclatant de rire (voir « Le râle du requin », *Oiseaux et autres animaux*, Barde 1973, p. 244).

« Allons, dit-elle en me regardant, puis en jetant le bloc par terre. Un jour ou l'autre, il va bien falloir que tu te décoinces. Même si, avec lui, je comprends que ça ne soit pas une mince affaire. Je ne suis sans doute pas la première à qui il fait vivre un enfer. » Elle passa près de moi, sortit de la bibliothèque et prit le couloir en direction de la cuisine avec l'air d'un agent immobilier qui inspecte le papier peint, la moquette, les montants de porte et la ventilation pour déterminer un prix honnête. Je compris enfin : elle était saoule, même si ça ne se voyait presque pas. Elle dissimulait soigneusement toute trace d'ivresse, si bien que seuls ses yeux la trahissaient. Ils n'étaient pas rouges, mais gonflés (sans compter ses paupières, qui clignaient un peu trop lentement, et sa démarche, qui avait un petit côté lourd et mesuré, comme si à chaque pas, elle devait veiller à ne pas basculer telle une pancarte « à vendre » dans une rafale de vent). De temps en temps, un mot stagnait dans sa gorge jusqu'à ce qu'un autre l'expulse.

« Je jette juste un coup d'œil », marmonna-t-elle en passant sa grosse main manucurée sur le comptoir de la cuisine. Elle appuya sur le bouton lecture du répondeur (« Vous n'avez aucun nouveau message ») et plissa les yeux en découvrant, accrochées près du téléphone, les abominables citations au point de croix de la Saute-relle Dorthea Driser (« Aime ton prochain », « Par-dessus tout, sois fidèle à toi-même »).

« Tu étais au courant, non ? » demanda-t-elle.

J'acquiesçai.

« Il est bizarre. Tous ces secrets, tous ces mensonges. Si tu en enlèves un, tout l'édifice s'écroule, et tu peux y laisser ta peau. Il ment sans arrêt. Même quand il dit "ravi de te voir" et "prends soin de toi". » Elle inclina la tête comme si elle réfléchissait. « Tu sais, toi, pourquoi il est comme ça ? Qu'est-ce qui lui est arrivé dans son enfance ? Sa mère l'a laissé tomber sur la tête ? Il a eu une prothèse à la jambe, et tout le monde se moquait de lui à la pause déjeuner ? »

Elle ouvrit la porte qui menait à l'escalier du bureau de papa.

« Si tu pouvais m'éclairer, ça serait formidable, parce que je suis passablement déconcertée...

— Miss Brewster...

— J'en ai des insomnies... »

Elle se retint à la rampe.

« Je... je pense que mon père préférerait que vous l'attendiez ici. »

Elle descendit quand même l'escalier. Je l'entendis tâtonner autour de l'interrupteur, puis tirer sur la chaîne de la lampe verte de papa. Je me précipitai.

Quand j'atteignis le bureau, comme je le craignais, elle se tenait devant les papillons. Son nez touchait presque le verre de la troisième vitrine à partir de la fenêtre. Un petit nuage de buée s'était formé sur la femelle *Euchloron megaera*, le Sphinx Vert. Eva n'y était pour rien ; les papillons étaient la chose la plus fascinante du bureau. Non qu'il soit rare de voir des lépidoptères exposés dans des vitrines (« Bonnes Affaires » Lupine nous avait dit qu'elle en trouvait fréquemment dans les ventes par liquidation, et qu'on pouvait en acheter dans la rue à New York pour « quarante gros billets »), mais la plupart de ces spéci-mens étaient exotiques et rares — du jamais vu, à part dans les livres. Les trois Cassius Bleus exceptés (à côté du Voilier Lustré, on aurait dit trois orphelins autour de Rita Hayworth), ma mère avait acheté le reste dans des élevages d'Amérique du Sud, d'Afrique et d'Asie (aucun ne faisait preuve de la moindre cruauté envers les papillons, les laissant vivre leur vie puis mourir de leur belle mort avant de les ramasser. « Tu l'aurais entendue les interroger au téléphone sur les conditions de vie de leurs insectes ! On aurait cru qu'il était question d'adopter un enfant », disait papa). L'Ornithoptère de Cairns (schéma 4.8), l'Urania riphaeus (schéma 3.4) étaient si luminescents qu'ils semblaient irréels, conçus par le célèbre Sacha Lurin Kuznetsov, le fabriquant de jouets attitré des enfants du tsar Nicolas II. Avec des matériaux époustouflants — velours, soies, fourrures —, il vous confectionnait des ours en chinchilla et des maisons de poupées vingt-quatre carats avec une telle facilité qu'il aurait pu le faire en dormant (voir *Luxe impérial*, Lipnokov, 1965).

« Qu'est-ce que c'est que ça ? demanda Eva en tendant le menton vers la quatrième vitrine.

— Des papillons. »

Comme je me tenais juste derrière elle, je vis que sa veste en laine blanche était couverte de peluches grises. Une mèche de cheveux orange soufre formait un point d'interrogation sur son épaule gauche. Si nous avions été dans un film noir, j'aurais appuyé un pistolet entre ses omoplates à travers la poche de mon trench-coat et lâché entre mes dents : « Un seul geste et je te descends plus bas que terre. »

« Je n'aime pas ces machins, dit-elle. Ça me donne la chair de poule.

— Et comment vous avez rencontré mon père ? » demandai-je avec tout la légèreté que je pus trouver.

Elle m'observa en plissant les yeux. Ils avaient une couleur incroyable : d'un bleu violet extrêmement doux, et si pur qu'il semblait cruel de leur imposer cette scène.

« Il ne t'a pas raconté ? » lança-t-elle d'un ton soupçonneux.

Je fis un signe de tête.

« Je crois que si. Mais j'ai oublié. »

Elle s'éloigna des vitrines et se pencha sur le bureau de papa pour examiner son calendrier (arrêté en mai 1998) couvert de gribouillis.

« Je suis pourtant quelqu'un de très professionnel, contrairement à beaucoup d'enseignantes. Un père vient leur dire qu'il apprécie leur méthode pédagogique, et ça se termine par une petite aventure sordide. Je me tue pourtant à leur dire : vous le voyez entre midi et deux, mais un soir vous débarquez chez lui, comment vous imaginez que ça va se passer ? Et puis ton père est arrivé. Il ne trompait pas son monde. Une femme pas très maligne, à la rigueur. Mais moi ? Je savais que c'était un charlatan. C'est ça, le plus drôle, je le savais, et pourtant… tu vois ce que je veux dire ? Parce qu'il a aussi tellement de cœur. Je n'ai jamais été du genre romantique. Mais j'ai cru que je pouvais le sauver. Sauf qu'on ne peut pas sauver un charlatan. »

Du bout de ses ongles longs (vernis rose museau de chat), elle farfouillait dans le pot à stylos de papa. Elle en saisit un (son préféré, un Mont-Blanc en or dix-huit carats, cadeau d'adieu d'Amy Pinto, l'une des seules offrandes de Sauterelle qu'il ait appréciés). Elle le retourna entre ses doigts et le renifla comme un cigare. Puis elle le mit dans son sac.

« Vous ne pouvez pas faire ça, dis-je, horrifiée.

— À la télé, quand tu perds, tu reçois toujours un lot de consolation. »

J'en avais le souffle coupé.

« Peut-être que vous seriez plus à l'aise dans le salon, proposai-je. Il va rentrer », en jetant un coup d'œil à ma montre, je me rendis compte avec horreur qu'il n'était que 21 h 30, « d'ici quelques minutes. Je peux vous offrir un thé. Je pense qu'on a aussi des chocolats…

— M'offrir un thé ? Hum, comme c'est gentil. Un thé. C'est tout à fait ce qu'il dirait. » Elle me décocha un regard. « Prends garde, tu sais. Parce qu'un jour ou l'autre on finit par ressembler à ses parents. »

Elle se laissa aller dans le fauteuil de papa, ouvrit un tiroir du bureau et se mit à fouiller parmi les blocs-notes.

« Ça arrive sans que tu t'en aperçoives… "Rapports entre les politiques intérieure et extérieure des cités grecques à nos jours". » Elle fronça les sourcils. « Tu y comprends quelque chose, à ces bidules ? J'ai passé de bons moments avec cet homme, même si le plus souvent, selon moi, il se contentait de débiter un tas de conneries. "Méthodes quantitatives : le rôle des puissances extérieures dans le processus du maintien de la paix".

— Miss Brewster ?

— Oui ?

— Que... que comptez-vous faire ?

— J'improvise au fur et à mesure. D'où vous venez, au fait ? Il a toujours été très vague à ce sujet. Comme sur beaucoup d'autres choses, d'ailleurs...

— Je ne voudrais pas vous manquer de respect, mais il me semble que je suis en droit d'appeler la police. »

Elle jeta tout à coup les blocs-notes dans le tiroir et me dévisagea. Si ses yeux avaient été des cars de ramassage scolaire, j'aurais été écrasée. S'ils avaient été des armes à feu, j'aurais été abattue. Un instant, je pensai — stupidement — qu'elle avait peut-être une arme sur elle, et qu'elle risquait de s'en servir. « Tu crois vraiment que c'est une bonne idée ? demanda-t-elle.

— Non », reconnus-je.

Elle s'éclaircit la gorge.

« Cette pauvre Mirtha Grazeley, aussi dingue qu'un chien foudroyé, mais assez efficace au bureau des inscriptions, je dois le reconnaître. Elle est revenue lundi dernier pour le début du trimestre. Et, à son poste de travail, elle a découvert deux chaises déplacées, des coussins en désordre, et un litre de lait de poule disparu. Il semble aussi que quelqu'un ait été malade dans ses toilettes. Ce n'était pas joli joli. Je sais que ce n'est pas un travail de professionnels, car l'un des vandales a oublié ses souliers. Des escarpins noirs pointure 43 de marque Dolce & Gabbana. Peu de jeunes filles peuvent se permettre de porter des chaussures aussi onéreuses. J'ai donc centré mes recherches sur la progéniture de nos plus riches donateurs, par exemple ces juges d'Atlanta qui laissent leur enfant se promener en Mercedes. J'ai recoupé mes informations avec le registre des élèves présentes au bal, et j'ai obtenu une liste de suspects qui, bizarrement, n'est pas longue. Mais je ne suis pas idiote, vois-tu. Je ne suis pas du genre à vouloir briser l'avenir d'une élève. Ce serait trop terrible. D'après ce que je sais, cette Whitestone a déjà assez de problèmes comme ça. Elle risque même de ne pas obtenir son diplôme. »

Je restai sans voix. Le bourdonnement de la maison était perceptible. Quand j'étais petite, certaines de nos maisons bourdonnaient si fort que je m'imaginais une chorale de filles invisibles ayant élu domicile entre les murs, en robe grenat, la bouche ouverte en un O très sérieux, chantant nuit et jour.

« Et pourquoi vous m'appeliez ? me risquai-je à demander. Le soir du bal... »

Elle eut l'air surprise.

« Tu m'as entendue ? »

J'acquiesçai.

« Il me semblait bien vous avoir vues courir vers Loomis toutes les deux. » Elle émit un drôle de bruit et haussa les épaules. « Je voulais juste discuter le bout de gras. Parler de ton père. C'est un peu ce qu'on est en train de faire. Non qu'il reste grand-chose à en dire. C'est fini. Maintenant, je sais qui il est. Il se prend pour Dieu, mais ce n'est qu'un petit... »

Je crus qu'elle allait en rester à cette amorce de phrase cuisante : « Ce n'est qu'un petit... », mais elle conclut d'une voix douce :

« Un petit, un tout petit homme. »

Puis elle se tut en croisant les bras et se laissa aller dans le fauteuil de papa. Même s'il m'avait toujours dit de ne pas tenir compte des mots qui s'échappent de la bouche d'une personne courroucée, j'eus du mal à admettre ce qu'elle venait de dire. Traiter quelqu'un de petit, c'est cruel. Je me consolai avec l'idée que n'importe quel être humain est petit si on le place dans le grand ordre naturel, si on le compare au temps et à l'univers. Dans ce cas, même Shakespeare est petit, tout comme Van Gogh et Leonard Bernstein.

« Qui est-ce ? » demanda tout à coup Eva. Après toutes ces assertions détonnantes sur papa, alors qu'elle aurait dû triompher, sa voix semblait tout à coup voilée.

J'attendis qu'elle précise sa pensée, mais elle n'en fit rien.

« Je ne vois pas de quoi vous parlez.

— Tu n'es pas obligée de me révéler qui c'est, mais j'apprécierais que tu me le dises. »

Elle faisait de toute évidence allusion à la nouvelle petite amie de papa, or, il n'en avait pas. Tout du moins, pas à ma connaissance.

« Je ne pense pas qu'il fréquente quelqu'un, mais je peux lui poser la question, si vous voulez.

— Parfait, dit-elle en hochant la tête. Je te crois. Il est fort. Je ne me serais doutée de rien si je n'avais eu pour amie d'enfance Alice

Steady, qui tient la boutique de fleurs dans Orlando. "C'est quoi déjà, le nom du type avec qui tu sors ?" — Gareth. — Tiens donc. Je crois bien qu'il est venu chez moi. Une Volvo bleue ?" Il lui a acheté pour cent dollars de fleurs avec sa carte de crédit. Et il a refusé qu'Alice les livre gratuitement. C'est ça qui lui a mis la puce à l'oreille : pas d'adresse de livraison, pas de preuve, tu vois ? Je sais que les fleurs n'étaient pas pour lui, car il a demandé une petite carte pour écrire un message. Et vu ta tête, ce n'était pas pour toi non plus. Alice étant du genre romantique, elle affirme qu'un homme doit être amoureux pour dépenser cent dollars en lys orientaux. Pas des roses. N'importe quel petit merdeux peut acheter des roses. Mais des lys orientaux... Je suis la première à reconnaître que j'étais furieuse — je ne suis pas de ces gens qui prétendent ne pas avoir de sentiments. Puis il a cessé de répondre à mes appels, il a voulu me faire disparaître sous le tapis comme des miettes de pain. Non qu'il m'intéresse encore. Je fréquente un autre homme, désormais. Un opticien. Divorcé. Il faut croire que sa première femme était vraiment un mauvais coup. Gareth peut faire ce qu'il veut de sa vie. »

Elle sombra dans un silence ni épuisé ni songeur. Tout simplement, ses yeux venaient de se poser sur les papillons.

« Il aime vraiment ces machins », dit-elle.

Je suivis son regard jusqu'au mur.

« Pas vraiment.

— Ah bon ?

— Il les regarde à peine », répondis-je, car je voyais son idée surgir comme une ampoule s'allume dans la tête d'un personnage de BD.

Elle s'en approcha, et je fis de même. Je bredouillai que les fleurs étaient pour moi (« Papa n'arrête pas de parler de vous ! » m'écriai-je de façon assez pathétique), mais elle ne m'entendit pas.

Un rouge criard avait envahi sa nuque. Elle ouvrit les tiroirs du bureau et envoya valser les blocs-notes (qu'il classait par université et par date) dans les airs, où ils s'envolèrent comme d'immenses canaris effrayés.

Elle finit par trouver ce qu'elle cherchait — une règle en métal que papa utilisait pour ses diagrammes — et, à ma grande surprise, me repoussa violemment. Puis elle frappa le verre d'une vitrine. Mais comme la règle en aluminium refusait de jouer le jeu, Eva la jeta en lâchant un « putain de merde » et tenta de briser la vitrine avec son poing nu, puis son coude. Comme elle ne parvenait toujours pas à ses fins, elle se mit à gratter le verre avec ses ongles comme une folle s'escrime sur la pellicule argentée d'un ticket de jeu.

Toujours furieuse, elle promena le regard sur le bureau de papa. Je vis ses yeux s'arrêter sur la lampe verte (cadeau d'adieu de l'aimable doyen de l'université de l'Arkansas à Wilsonville). Elle s'en empara, arracha la prise et dressa la lampe au-dessus de sa tête. Puis, avec le lourd pied en cuivre, elle brisa la première vitrine.

À cet instant, je me précipitai sur elle en l'attrapant par les épaules et en criant : « Je vous en supplie ! », mais j'étais trop faible et, sans doute, trop abasourdie pour faire preuve d'une réelle efficacité. Elle me donna un coup de coude dans la mâchoire, je me tordis le cou et je tombai.

Une pluie de verre s'abattit sur le bureau de papa, la moquette, mes pieds et mes mains. Sur elle, aussi. De petits éclats brillaient dans ses cheveux et dans ses collants blancs opaques, où ils scintillaient comme des gouttes d'eau. Incapable de décrocher les vitrines du mur (papa utilisait des crochets spéciaux), elle déchira le papier et le carton brun qui renforçaient le cadre, arracha chaque papillon à son épingle et écrasa leurs ailes jusqu'à en faire des confettis puis, les yeux exorbités, le visage comme un papier défroissé, elle les lança dans la pièce tel un prêtre fou aspergeant tout le monde d'eau bénite.

Avec un grognement étouffé, elle mordit même dans un papillon, si bien que, l'espace d'un instant surréaliste, on aurait dit un gros chat roux tenant un merle dans sa gueule. (Dans les moments les plus étranges, on est frappé par les pensées les plus étranges, et, en voyant Eva avec un *Taygetis echo* entre les dents, je me souvins du jour où, entre la Louisiane et l'Arkansas, par plus de trente degrés, alors que la climatisation de la voiture était en panne, papa et moi apprenions un poème de Wallace Stevens, l'un de ses préférés, « Treize façons de regarder un merle ». « Dans vingt montagnes sous la neige. La seule chose en mouvement était l'œil du merle », déclamait-il à la route.)

Quand elle s'arrêta, quand elle s'immobilisa enfin, elle-même surprise par son geste, s'installa le plus pur des silences, le silence, imaginai-je, qui succède aux massacres et aux tempêtes. En tendant l'oreille, on aurait perçu le bruissement de la lune et le crissement de la terre tournant autour du soleil à la vitesse de trente kilomètres par seconde. Eva balbutia quelques excuses d'une voix pleine de soubresauts, à croire qu'on la chatouillait. Elle lâcha aussi quelques larmes, un bruit grave, suintant, gênant.

Quoique je doute qu'elle ait réellement pleuré. Moi aussi, dans mon état, je voulais juste me persuader que tout ça n'était qu'un cauchemar, ces éclats de verre et, sur ma chaussette jaune, le torse brun velu d'un papillon de nuit, peut-être l'Hépitiale de Scott, tel un morceau de cure-pipe.

Eva reposa la lampe sur le bureau de papa délicatement, comme on couche un bébé, passa devant moi en évitant mon regard, puis remonta l'escalier. Au bout de quelques instants, j'entendis la porte d'entrée claquer et sa voiture repartir en toussotant.

Avec une précision de samouraï, et la lucidité qui s'impose à vous après un épisode des plus bizarres, je décidai de tout nettoyer avant le retour de papa.

Je dénichai un tournevis dans le garage et, une par une, je décrochai les vitrines du mur. Je balayai le verre et les ailes, passai l'aspirateur sous le bureau de papa, le long des plinthes, sur les étagères et sur les marches. Je rangeai les blocs-notes dans leurs tiroirs respectifs, par université et par date, puis j'emportai dans ma chambre un carton de déménagement (FRAGILE PAPILLONS), où j'avais entassé tout ce qui était récupérable. Pas grand-chose : un peu de papier déchiré, une poignée d'ailes et un *Heliconius erato* miraculeusement sain et sauf, car il s'était caché derrière le meuble de rangement. J'essayai de poursuivre ma lecture de *Henry V* en attendant son retour, mais mes yeux butaient sur les mots. Je me contentai de regarder fixement la page.

Malgré ma joue droite brûlante, je ne doutais pas que papa ait le rôle du méchant dans le drame qui venait de se jouer. Bien sûr, j'étais furieuse contre Eva, mais j'étais tout aussi furieuse contre lui. Il l'avait bien cherché, sauf que, ce soir-là, il était sorti, et moi, son irréprochable descendante, j'avais dû subir cette scène à sa place. Je savais que c'était une pensée mélodramatique, mais je me surpris presque à regretter que Kitty ne m'ait pas tuée (ou tout au moins, momentanément plongée dans le coma), pour qu'à son retour, papa trouve par terre, dans son bureau, mon corps grisâtre et avachi comme un vieux canapé, le cou tordu à un angle qui indiquait que ma vie était partie faire un tour. Et papa, à genoux, aurait poussé des cris dignes du *Roi Lear* (« Non ! Nooooooon ! Dieu, ne me l'enlève pas ! Je ferai ce que tu veux ! »). À ce moment-là, j'aurais ouvert les yeux et, juste après un hoquet, je me serais lancée dans un incroyable discours sur l'humanité, la compassion, la fragile frontière entre gentillesse et pitié, la nécessité de l'amour (un thème sauvé du ridicule par les écrivains russes : « Tout ce que je comprends, c'est par l'amour que je le comprends », avec une touche d'Irving Berlin pour garder le rythme : « On dit que tomber amoureux, c'est merveilleux, merveilleux, dit-on »). Puis j'aurais conclu en demandant à papa de troquer la méthode de Jack Nicholson contre celle de Paul Newman. Papa aurait acquiescé, la tête baissée, l'air attristé. Ses cheveux auraient pris une teinte gris acier comme ceux d'Hécube, l'incarnation du chagrin.

Et les autres ? Les avait-il rendues aussi malheureuses qu'Eva Brewster ? Et Shelby Hollows, avec sa moustache décolorée ? Et Janice Elmeros, aux jambes piquantes comme des cactus sous ses robes d'été ? Et Rachel Groom et Isabelle Franks, qui ne venaient jamais sans un cadeau, tels des Rois mages modernes (papa interprétant le rôle du petit Jésus) : du pain de maïs, des muffins ou une poupée de paille au visage grimaçant (à croire qu'elle venait de manger un bonbon acide), en guise d'or, d'encens et de myrrhe ? Et combien d'heures Natalie Simms avait-elle passé à construire cette niche à oiseaux en bâtons de sucette ?

À minuit moins le quart, la Volvo bleue remonta lentement l'allée. J'entendis papa ouvrir la porte.

« Ma chérie, descends vite ! Tu vas rire toutes les larmes de ton corps ! »

(« Rire toutes les larmes de son corps » était un papaïsme particulièrement énervant, comme « un voyage au long four » et « être le pruneau de ses yeux ».)

« Le jeune Arnie Sanderson ne tient pas l'alcool ! Il est tombé, au sens propre, en plein milieu du restaurant alors qu'il allait aux toilettes. J'ai dû ramener ce bandit chez lui, une résidence universitaire digne des taudis de Calcutta. Un endroit à la moquette usée, avec des relents de lait caillé et des thésards qui se promènent pieds nus dans les couloirs, sachant que leurs orteils semblent abriter plus de faune et de flore exotiques que les îles Galápagos. J'ai dû le porter dans les escaliers. Trois volées de marches ! Tu te souviens du *Chouchou du professeur*, ce délicieux film avec Clark Gable et Doris que nous avons vu, où était-ce déjà, dans le Missouri ? Eh bien, j'ai vécu la même chose ce soir, malheureusement sans la joyeuse blonde. Je crois que j'ai bien mérité un verre. »

Il se tut.

« Tu es couchée ? »

Il monta l'escalier à toutes jambes, frappa doucement et ouvrit ma porte. Il portait encore son manteau. J'étais assise au bord de mon lit, bras croisés, face au mur.

« Que se passe-t-il ? »

Comme je lui racontais (en m'efforçant de ne pas m'effondrer, comme une poutre en équilibre instable qui peut lâcher à tout moment), papa se mua en l'une de ces enseignes qui ornent les vieilles devantures de coiffeur : il devint rouge en voyant le rouge sur ma joue, et blanc quand je l'escortai dans son bureau pour y rejouer la scène (avec quelques extraits de dialogue, la position exacte où je m'étais retrouvée à terre, et Eva qui traitait papa de « petit, tout petit homme »). De retour à l'étage, quand je lui montrai le carton qui contenait les restes des papillons, il reprit sa couleur rouge.

« Si j'avais imaginé, dit-il, qu'elle pouvait se transformer en Scylla — bien pire qu'une Charybde, je l'aurais tuée, cette idiote. » Il pressait un gant de toilette plein de glace sur ma joue. « Je vais réfléchir aux mesures à prendre.

— Comment l'as-tu rencontrée ? demandai-je d'un ton sinistre, sans le regarder.

— Bien sûr, j'ai déjà entendu des histoires similaires dans la bouche de certains collègues, j'ai vu des films, *Liaison fatale* représentant le summum…

— Papa ?! » hurlai-je.

Il sursauta, mais, au lieu de se fâcher, il se contenta de remonter le gant plein de glace et, tout en fronçant les sourcils d'un air préoccupé (il jouait l'infirmière dans *Pour qui sonne le glas*), il me caressa la joue du revers des doigts.

« Comment l'ai-je... ? eh bien, voyons, c'était fin septembre, dit-il en s'éclaircissant la gorge. Je suis retourné à ton école pour discuter de ton classement, tu te souviens ? Mais je me suis perdu. Le sergent-chef, cette cinglée de Ronin-Smith, m'avait donné rendez-vous ailleurs que dans son bureau parce qu'il était en travaux. Or, elle s'est trompée, et je me suis ridiculisé à frapper à Hanover 316, où un professeur d'histoire affreusement barbu essayait d'expliquer — sans grand succès, d'après l'expression assoupie de ses élèves — le pourquoi et le comment de la révolution industrielle. J'ai demandé mon chemin, et c'est là que j'ai fait connaissance avec la terrible Miss Brewster.

— Et ça a été le coup de foudre. »

Papa regardait fixement le carton par terre.

« Dire que tout ça n'aurait pas eu lieu si cette chèvre m'avait simplement dit "Barrow 316".

— Ce n'est pas drôle. »

Il secoua la tête.

« Je n'aurais pas dû te le cacher. Je m'en excuse. Mais j'étais très mal à l'aise de... », il retint son souffle tellement il était mal à l'aise, « d'avoir une relation avec quelqu'un de ton école. Je n'ai jamais voulu que ça prenne cette tournure. Au début, tout ça semblait assez bien parti.

— C'est ce que les Allemands ont dit en perdant la Seconde Guerre mondiale.

— J'en assume l'entière responsabilité. Je me suis comporté comme un connard.

— Et un menteur. Et un faux jeton. Elle t'a traité de menteur. Et elle avait raison...

— Oui.

— ... tu mens sur à peu près tout. Même en disant "ravi de te voir". »

Il se contenta de soupirer.

366

Je croisai les bras sans quitter le mur des yeux, mais je n'écartai pas la tête quand il pressa à nouveau le gant de toilette froid sur ma joue.

« Je crois, dit-il, que je vais appeler la police. Ou alors, me rendre chez elle avec une arme à feu obtenue de façon illégale.

— Tu ne peux pas appeler la police. Il n'y a rien que tu puisses faire. »

Il me lança un regard surpris.

« J'aurais cru que tu espérerais voir ce monstre derrière les barreaux.

— C'est juste une femme, papa. Et tu l'as mal traitée. Pourquoi as-tu cessé de répondre à ses appels ?

— Je suppose que je n'avais pas très envie de lui parler.

— Ne pas répondre à un coup de téléphone constitue l'une des tortures les plus raffinées de notre monde civilisé. Tu n'as pas lu : *Délit de fuite : la crise de l'Amérique célibataire* ?

— Je ne crois pas...

— Le moins que tu puisses faire maintenant, c'est la laisser tranquille. »

Il allait ajouter quelque chose, mais il s'interrompit.

« À qui envoyais-tu ces fleurs, au fait ?

— Hein ?

— Ces fleurs dont elle a parlé...

— À Janet Finnsbroke. L'une des directrices de mon département, qui est née à l'ère paléozoïque. Pour son cinquantième anniversaire de mariage. Je me suis dit que c'était la moindre des choses... », papa surprit mon regard, « non, je ne suis pas amoureux d'elle. Pour l'amour du ciel. »

Je fis mine de ne pas le remarquer, mais papa parut se dégonfler au bord de mon lit. Un regard humble errait sur son visage (assez surpris d'être là, d'ailleurs). Voir mon père comme ça, si différent du papa que je connaissais, m'emplit d'une pitié que je dissimulai soigneusement. Il me rappelait ces photos de président que le *New York Times* et autres quotidiens adoraient publier en gros titre pour montrer au pays à quoi ressemble leur dirigeant entre deux saluts bien organisés, deux petites phrases préparées à l'avance et poignées de main soigneusement répétées — des photos où le dirigeant en question ne semblait ni franc, ni digne, ni même dévoué, juste fragile et stupide. Et ces photos avaient beau être amusantes, elles étaient surtout effrayantes, quand on y réfléchissait, car elles nous rappelaient combien notre vie était fragile, combien elle tenait à peu de chose, si un tel individu avait notre destin entre les mains.

DÉLIVRANCE

J'en viens au moment décisif de mon récit.

Si je faisais un récit de l'histoire russe, je présenterais maintenant un témoignage prolétarien sur la révolution socialiste d'octobre 1917. Si c'était l'histoire de France, Marie-Antoinette sur l'échafaud. Une chronique de l'Amérique, ce serait l'assassinat d'Abraham Lincoln par John Wilkes Booth.

« Dans toute histoire, il y a de la violence, disait papa. Au cas où tu douterais de mes paroles, songe comme tu serais terrifiée si, à ta porte, une bête menaçante râlait et soufflait, et, avec cruauté, voire cynisme, abattait ta maison. Cela vaut tous les reportages sur CNN. Et pourtant, que serait le conte des trois petits cochons sans une telle méchanceté ? Nous n'en aurions jamais entendu parler, car il n'y a nul intérêt à relater le bonheur et la tranquillité au coin du feu, pas plus, d'ailleurs, qu'à l'entendre de la bouche d'un présentateur télé avec une couche de maquillage épaisse comme un pancake et des yeux plus colorés qu'une plume de coq. »

Non que je sous-entende que mon histoire arrive à la cheville de l'Histoire du monde (traitée à grand renfort de volumes de plus de mille pages écrits en tout petits caractères), ni de fables vieilles de trois siècles. Et pourtant, on ne peut que le constater, la violence, quoique officiellement bannie par nos cultures modernes occidentales et orientales, est partout, car toute culture, qu'elle soit moderne ou non, y a recours pour défendre ses intérêts. Dès qu'il y a changement, il y a violence.

Sans les événements relatés dans ce chapitre, jamais je ne vous aurais raconté mon histoire, car je n'aurais tout simplement rien eu à écrire. La vie à Stockton aurait poursuivi son bonhomme de chemin, aussi paisible et discrète que la vie en Suisse, et les quelques incidents étranges — Cottonwood, la mort de Smoke Harvey, ma conversation avec Hannah juste avant les vacances de Noël — auraient certes constitué quelques incidents inhabituels mais, au final, rien qui puisse forger un récit vraiment intéressant. Cela n'aurait été, avec un peu de recul, qu'une histoire sans intérêt.

Je ne peux m'empêcher de hâter le pas (un peu comme Violet Martinez dans les Great Smoky Mountains) et, vu mon impatience, je vais sauter comme une case de marelle les deux mois séparant la destruction des papillons par Eva de notre départ en camping, que Hannah maintint, malgré notre manque d'enthousiasme patent (« Je n'irai pas, même si tu me paies », avait promis Jade), pour le week-end du 26 mars, début des vacances de printemps.

« N'oubliez pas vos chaussures de marche », dit-elle.

St-Gallway avançait courageusement dans l'année scolaire (voir « La bataille de Stalingrad », chapitre 9 de *La grande guerre pour la patrie*, Stepnovich, 1989). À l'exception de Hannah, la plupart des enseignants étaient revenus des vacances de Noël joyeusement identiques, hormis quelques délicieuses petites améliorations : un pull rouge navajo (Mr. Archer), des chaussures neuves étincelantes (Mr. Moats), des cheveux violets qui l'obligeaient à assortir ses tenues comme s'il s'agissait d'un cachemire (Miss Gershon). Ces détails déclenchaient des spéculations en classe : qui avait offert ce pull à Mr. Archer, combien Mr. Moats devait être préoccupé par sa taille, puisque toutes ses chaussures avaient des semelles épaisses comme une plaquette de beurre, ou encore quelle tête Miss Gershon avait dû faire quand son coiffeur avait retiré la serviette en disant : « Ne vous inquiétez pas, la couleur prune est très accentuée parce que vos cheveux sont encore mouillés. »

Fidèles à eux-mêmes, les élèves de St-Gallway creusaient, stockaient, enterraient et engloutissaient des quantités considérables de nourritures spirituelles, tels des rongeurs, en dépit des scandales nationaux et autres événements mondiaux. (« Nous vivons un moment critique de l'histoire de notre nation, annonçait chaque matin Miss Sturds au rassemblement. Assurons-nous que, dans vingt ans, nous pourrons être fiers de nos actes. Lisez les journaux. Prenez parti. Ayez une opinion.») Le président du conseil des élèves, Maxwell Stuart, dévoila son projet de barbecue de printemps avec quadrilles, orchestre de bluegrass et concours d'épouvantails à l'effigie des profs. Mr. Carlos Sandborn, du cours d'histoire avancée, avait cessé de se mettre du gel dans les cheveux (qui, du coup, ne donnaient plus l'impression qu'il sortait de la piscine, mais qu'il venait de faire des loopings en avion à hélice). Mr. Frank Fletcher, le grand maître des mots croisés qui surveillait l'étude de deuxième heure, subissait les affres du divorce; Linda, sa femme, l'avait apparemment mis à la porte (quant à savoir si les grosses valises sous ses yeux étaient dues au divorce ou aux mots croisés, c'était une autre histoire), arguant leur totale incompatibilité.

« Sans doute qu'un soir Mr. Fletcher a crié : "Non, pas sur mes mots-croisés!" à sa femme qui l'attendait nue dans leur lit, et que ça a été la goutte d'eau qui a fait déborder le vase », déclara Blanc Bonnet.

Je croisais Zach en physique avancée, mais nos échanges se limitaient à quelques bonjours. Il ne se matérialisa plus jamais près de mon casier. Un jour, pendant un TP de mécanique, nous nous retrouvâmes tous deux au fond de la salle, et, à l'instant où je levai la tête de mon cahier pour lui sourire, il se cogna à l'angle de la paillasse et lâcha la balance et les poids qu'il transportait. En ramassant son matériel, il ne dit pas un mot et se contenta de regagner rapidement le devant de la classe (et sa coéquipière, Krista Jibsen) avec l'allure d'un porte-parole officiel. Je n'aurais su décrypter ses pensées.

Étranges aussi étaient les occasions où je croisais Eva Brewster dans le couloir. Nous faisions toutes deux mine d'être plongées dans nos pensées (Einstein connaissait ça, Darwin et Sade également), si bien que nous oubliions tout de notre environnement immédiat, comme dans un trou noir ou un évanouissement (même si, au moment où nous nous croisions, nos yeux tombaient tels les stores d'une ville des Grandes Plaines que traverse une prostituée en quête d'un point de chute). Je me sentais dépositaire d'un terrible et noir secret concernant Eva (parfois, je l'imaginais même en loup-garou) et je craignais qu'elle ne m'en veuille. Et pourtant, alors qu'elle descendait le couloir d'un air absorbé en laissant derrière elle un parfum citronné de produit ménager, j'aurais juré détecter dans la courbe de son pull beige, à l'angle de son cou épais, ses plates excuses et l'envie d'effacer tout ça, si seulement elle avait pu. Même si elle n'avait pas le courage de me le dire (peu de gens ont ce courage), cela m'apaisait un peu, comme si je la comprenais mieux.

Le saccage de Miss Brewster avait pourtant eu des effets positifs, comme tout désastre ou tragédie (voir *Les conséquences de Dresde*, Trask, 2002). Papa, qui se reprochait toujours l'affaire Kitty, faisait profil bas, ce que je trouvais fort agréable. Le jour de notre retour de Paris, j'appris que j'étais acceptée à Harvard, et nous fêtâmes l'événement début mars, par un vendredi soir de tempête. Papa mit son costume de chez Brooks Brothers, et sa chemise de gala avec boutons de manchette aux initiales GUM. Je portais une robe vert chewing-gum achetée au Printemps Haussmann. Papa avait choisi le restaurant quatre étoiles à cause de son nom : Le Quichotte.

Ce dîner fut inoubliable, notamment parce que papa, avec une maîtrise dont il faisait rarement preuve, ne prêta aucune attention au physique voluptueux de notre serveuse au cou de cygne et à l'incroyable menton fendu. Ses yeux couleur café se déversèrent sur papa tout le temps qu'elle prit la commande ; et, quand elle lui demanda s'il souhaitait davantage de poivre du moulin (« Encore ? » s'enquit-elle dans un souffle), papa resta indifférent et, l'air un peu abattu, la serveuse reprit une contenance normale (« La carte des desserts », annonça-t-elle amèrement à la fin du repas).

« À ma fille », annonça papa avec grandiloquence en faisant tinter son verre de vin contre mon Coca. À une table voisine, une femme d'un âge certain lestée de bijoux et d'un mari comme une armoire à glace (dont elle semblait avoir envie de se débarrasser comme de sacs de shopping qui lui encombreraient les bras), nous fit son trentième grand sourire (papa, un parfait exemple de paternité : beau, attentif, vêtu de tweed). « Que tu apprennes jusqu'à la fin de tes jours. Que le sentier que tu arpentes soit toujours lumineux. Que tu te battes pour la vérité — *ta* vérité, pas celle des autres — et, surtout, que tu comprennes, ma chérie, que tu représentes pour moi le concept, la théorie, la philosophie suprêmes. »

La dame faillit tomber de sa chaise face à l'éloquence de papa. Sur le moment, je crus qu'il paraphrasait un toast irlandais, mais je vérifiai plus tard dans *Au-delà des mots* de Killings (1999), sans rien trouver. C'était bien du papa.

Le vendredi 26 mars, avec l'innocence des Troyens entourant l'étrange cheval de bois à la porte de leur ville, Hannah fit entrer notre monospace de location sur le parking non goudronné du campement de Sunset View et se gara à la place 52. Le parking était désert, à l'exception d'une Pontiac décapotable devant la cabane (un panneau de bois en travers de la porte, tel un pansement, disait : ENTRÉE) et d'une caravane rouillée (« Rêves solitaires ») abandonnée sous un chêne évangéliste. (Il était en plein sermon, les branches tendues vers le ciel comme s'il voulait saisir les pieds de Dieu.) Un ciel blanc repassé et amidonné s'étendait derrière les montagnes vallonnées. Quelques détritus traînaient sur le parking — on aurait dit des bouteilles à la mer contenant un message secret : chips du Ranch de Santa Fe, muffins Thomas English, ruban pourpre effiloché. La semaine précédente, il avait dû neiger des mégots de cigarette.

Nous nous demandions tous ce que nous faisions là. Depuis le début, aucun de nous n'avait envie de partir en camping (même Leulah, qui était toujours d'accord pour tout) et pourtant, nous étions venus, en vieux jean et chaussures de marche inconfortables, nos sacs à dos ventrus loués à la boutique Blue Mountains Alpinisme plaqués contre les vitres arrière comme de gros types endormis. Une gourde vide et inquiète, un bandana fatigué, des céréales Special K et des nouilles chinoises s'entrechoquaient, sans oublier la brutale évaporation d'un flacon de produit pour lentilles de contact, et les « eh, qui a pris mon coupe-vent ? ». C'était un tribut à l'influence de Hannah, à sa façon brutale et pourtant subtile de vous amener à faire quelque chose, alors que vous aviez juré vos grands dieux à tout le monde, y compris à vous-même, que vous ne le feriez jamais.

Pour des raisons jamais clairement évoquées, Nigel et moi n'avions parlé à personne de l'affaire Violet Martinez, même si, quand nous étions seuls, il revenait sans cesse sur le sujet. Les histoires de disparus errent longtemps aux confins les plus obscurs de notre esprit — voilà sans doute pourquoi le récit du kidnapping de deux adolescentes dans le Massachusetts, *Les deux belles* (2002), bien que mal écrit et mal documenté, demeura sur la liste des meilleures ventes du *New York Times* pendant soixante-deux semaines. Ces histoires se comportent comme des chauves-souris, elles s'envolent à la moindre sollicitation pour nous tournoyer autour de la tête, et on a beau savoir qu'elles ne nous toucheront pas, que notre destin n'a rien à voir avec ces vies-là, on éprouve toujours un mélange de peur et de fascination.

« Tout le monde a son matériel ? lança Hannah en refaisant les lacets rouge vif de ses chaussures en cuir. On ne pourra pas revenir à la voiture, alors assurez-vous que vous avez bien votre sac à dos et vos cartes — surtout, n'oubliez pas les cartes que je vous ai données. Quand on part en randonnée, il est très important de savoir se repérer. On va prendre le sentier de Bald Creek et franchir Abram's Peak pour gagner Sugartop Summit. Nous marcherons en direction du nord-est. Le camp se trouve à six kilomètres de la Newfound Gap, la US 441, ce gros trait rouge. Vous la voyez sur la carte ?

— Ouaip, fit Lu.

— La trousse de premiers secours, qui l'a prise ?

— Moi, dit Jade.

— Parfait. » Hannah sourit, les mains sur les hanches. Elle était habillée pour la circonstance : treillis, T-shirt noir à manches longues, grosse veste verte, lunettes miroir. Il y avait dans sa voix un enthousiasme que je ne lui connaissais plus depuis l'automne. Au cours des derniers dîners chez elle, on voyait qu'elle n'était pas dans son assiette : il s'était produit un changement, quoique difficilement repérable, comme si on avait déplacé d'un centimètre sur la droite un tableau accroché à la même place depuis des années. Fidèle à elle-même, elle nous écoutait, s'intéressait à nous, parlait de son travail de bénévole au refuge pour animaux, du perroquet qu'elle espérait adopter — mais elle ne semblait plus rire de ce gloussement de petite fille semblable à un coup de pied dans du gravier. (Nigel disait que sa coupe de cheveux était « de la pluie sur une journée de pique-nique »). Elle était encline aux hochements de tête et aux regards dans le vague. J'ignorais si c'était la conséquence d'un mystérieux chagrin bien enraciné qui proliférait en elle comme de l'herbe de la Trinité, ou si elle faisait juste ça pour qu'on s'inquiète. Certaines Sauterelles, je le savais, adoptaient volontairement une attitude distante ou fébrile pour que papa leur demande, d'un ton inquiet, s'il y avait quoi que ce soit qu'il puisse faire. (Mais la réponse de papa à des comportements calculés était en général de déclarer que la Sauterelle avait l'air fatigué, pour suggérer aussitôt d'abréger la soirée.)

Après le dîner, Hannah ne mettait plus *No Regrets* de Billie Holiday en l'accompagnant d'une voix grave, timide et un peu fausse, mais s'asseyait d'un air méditatif sur le canapé en caressant Lana et Turner, et ne disait plus un mot pendant que nous discutions de l'école, de la femme de Havermeyer, Gloria, qui attendait des jumeaux et traînait son gros ventre sur le campus avec le même plaisir que Sisyphe son rocher, ou du scoop révélé début mars : Miss Sturds fiancée en secret à Mr. Butters depuis Noël (un couple aussi improbable qu'un bison avec une couleuvre).

Nos efforts, tout à la fois discrets et grossiers, pour inclure Hannah dans notre conversation équivalaient à jouer au volley-ball avec un boulet. Elle touchait à peine au dîner qu'elle avait préparé avec tant de soin, se contentant de repousser la nourriture sur le bord de son assiette comme un peintre sans inspiration devant une palette de couleurs ternes.

Mais ce jour-là, pour la première fois depuis des mois, elle était de bonne humeur. Elle s'agitait avec la vivacité d'un moineau.

« Tout le monde est prêt ? demanda-t-elle.

— À quoi ? demanda Charles.

— À quarante-huit heures d'enfer, répondit Jade.

— À ne faire qu'un avec la nature. Tout le monde a sa carte ?

— Pour la vingtième fois, on a tous nos foutues cartes, dit Charles en refermant le coffre du monospace.

— Parfait », fit gaiement Hannah. Après s'être assurée que les portières étaient verrouillées, elle hissa l'énorme sac à dos bleu sur ses épaules et s'éloigna d'un pas vif en direction des bois. « C'est parti ! lança-t-elle par-dessus son épaule. La vieille Schneider franchit la ligne de départ et prend la première place. Milton Black la rattrape à la corde. Leulah Maloney remonte depuis la cinquième position. Au dernier tour, Jade et Bleue lutteront jusqu'à la ligne d'arrivée. » Elle rit.

« Mais qu'est-ce qui lui prend ? demanda Nigel.

— Dieu seul sait…, dit Jade.

— Allez, mes pur-sang ! Il faut qu'on y soit dans quatre heures, sinon on va devoir marcher dans le noir !

— Super, fit Jade en roulant les yeux. Elle a pété les plombs. Elle n'aurait pas pu faire ça tant qu'on se trouvait encore dans le monde civilisé. Non, elle pète un câble alors qu'on est au milieu de nulle part, avec rien que des serpents et des arbres, et personne pour venir à notre secours, à part les lapins, putain ! »

Nigel et moi échangeâmes un regard. Il haussa les épaules. Avec un petit sourire en miroir de poche qui réfléchit la lumière, il lui emboîta le pas.

Je fermai la marche. Pour des raisons inconnues, je n'avais pas envie d'y aller. Je n'avais ni crainte ni appréhension, juste le pressentiment que je m'attaquais à une épreuve éreintante, si vaste que je n'en voyais qu'un petit bout, et je me demandais si j'aurais la force de la surmonter (voir *Avec une boussole et un électromètre : le capitaine Scott dans la grande course à l'Antarctique*, Walsh, 1972).

Tout en resserrant les courroies de mon sac à dos, je rejoignis les autres.

À quelques mètres devant moi, au début du sentier, Jade trébucha sur une racine. « Hallucinant. Carrément hallucinant », fit-elle.

La portion nord-ouest du sentier de Bald Creek (une ligne noire en pointillé sur la carte de Hannah) commençait en douceur, aussi large que Mrs. Rowley, mon institutrice de l'école primaire de Wadsworth, ouaté par les feuilles mortes et le soleil de fin d'après-midi, bordé de pins maigres, légers et rebelles comme les cheveux échappés de sa queue de cheval à la fin de la journée. (Mrs. Rowley possédait l'enviable qualité de savoir « défroncer les sourcils » et transformer tous les « reniflements en sourires ».)

« Peut-être que c'est une bonne idée, finalement, dit Jade en se retournant avec un sourire. En fait, c'est assez drôle. »

Mais une heure plus tard, quand Hannah nous cria de « prendre à droite à la fourche », le sentier révéla sa vraie nature : il ne ressemblait pas à Mrs. Rowley, mais à l'irritable Miss Dewelhearst de Howard Country, toujours vêtue de marron, avec un corps en poignée de parapluie et un visage si fripé qu'elle ressemblait davantage à une noix qu'à un être humain. Le sentier se rétrécit, nous obligeant à progresser en file indienne dans un silence relatif tandis que nous évitions les piquants et les herbes folles. (« Pas un mot pendant l'interrogation, ou je vous fais redoubler et je vous gâche toute votre vie », disait Miss Dewelhearst.)

« Putain, ça fait mal, dit Jade. Il me faut un anesthésique local sur les jambes.

— Arrête de te plaindre, fit Charles.

— Comment ça va, tout le monde ? nous demanda Hannah en marchant à reculons.

— Formidable, formidable. C'est aussi drôle que le jeu de l'oie.

— Plus qu'une demi-heure avant le premier panorama !

— Je m'y jetterai dans le vide », dit Jade.

Nous progressions péniblement. Dans les bois, au milieu d'interminables pins mal nourris, de rhododendrons mal taillés et de rochers d'un gris blafard, le temps semblait accélérer et ralentir sans que nous y puissions rien. Je me laissai aller à un étrange ballottement alors que j'avançais en queue, sans quitter des yeux les chaussettes rouges de Jade (remontées sur son jean par crainte des serpents à sonnette), nos grosses chaussures qui martelaient le sentier et les taches de lumière dorée pâlissant sur le sol. Nous étions apparemment les seuls individus à des kilomètres à la ronde (mis à part quelques oiseaux invisibles et un écureuil gris sur un tronc d'arbre), et nous nous demandions si en fait Hannah n'avait pas raison, si ce qu'elle nous imposait n'ouvrait pas la voie à tout autre chose, à une plus belle compréhension du monde. Les pins moussaient comme l'océan. Un oiseau s'envola prestement telle une bulle d'air vers le ciel.

Assez bizarrement, la seule qui semblait ne pas succomber à ce charme pesant, c'était Hannah. Dès que le sentier se raidit en ligne droite, elle ralentit pour marcher à la hauteur de Leulah et se mit à parler avec entrain — un peu trop, même — en hochant la tête et en l'observant comme si elle voulait mémoriser chacun de ses traits.

Elle partait parfois d'un éclat de rire, un son abrupt et rêche qui trouait la paix uniforme.

« Je me demande bien de quoi elles parlent », dit Jade.

Je haussai les épaules.

Nous atteignîmes le premier point de vue, Abram's Peak, vers 18 h 15. Il s'agissait d'un large promontoire rocheux à droite du sentier qui s'ouvrait, telle une scène, sur une vaste étendue de montagnes.

« Le Tennessee », dit Hannah en mettant une main en visière.

Nous fîmes halte aux côtés de Hannah pour admirer le Tennessee. Le seul bruit était celui de Nigel en train de déballer une tartelette à la myrtille. (Comme un poisson est incapable de se noyer, Nigel était incapable de vrai silence.) L'air frais s'engouffra dans ma gorge et mes poumons. Les montagnes semblaient s'étreindre avec raideur, comme deux hommes qui évitent de se toucher le torse. Il y avait quelques nuages minces autour de leur col, et les monts les plus lointains, qui disparaissaient à l'horizon, étaient si pâles qu'on ne distinguait pas où ils se terminaient et où commençait le ciel.

Cette vue m'attrista, mais je crois que, face à une large étendue terrestre, avec cette lumière et cette brume, cette infinité, cette absence de souffle, tout le monde se sent triste — papa parlait de « la tenace mélancolie humaine ». Dans ces moments-là, on ne pouvait que penser au manque de nourriture et d'eau potable, au niveau d'éducation étonnamment faible des adultes, à la piètre espérance de vie dans les nations en voie de développement, mais aussi, plus banalement, au nombre de personnes en train de naître et de mourir, pour en conclure que, tout comme 6,2 milliards d'autres individus, nous nous trouvions quelque part entre ces deux jalons ; des jalons qui, d'un point de vue personnel, s'assimilaient à une révolution, mais, replacés dans le contexte des *Données géographiques mondiales* (édition 2003), ou bien de *Chercher le cosmos dans un grain de sable : l'origine de l'univers* (2004) de M. C. Howard, étaient infinitésimaux. Et finalement, on se disait que sa propre vie n'est pas plus nécessaire qu'une aiguille de pin.

« Va te faire foutre ! » hurla Hannah.

Contrairement à ce qui se serait produit dans les Looney Tunes, au lieu de résonner, son cri fut aussitôt englouti comme un dé à coudre qu'on lance dans la mer. Charles se tourna vers elle. L'expression de son visage laissait clairement entendre qu'il la croyait folle. Nous nous agitâmes comme du bétail dans un wagon de marchandises.

« *Va, va te faire foutre !* » hurla-t-elle à nouveau d'une voix rauque.

Elle se tourna vers nous en disant :

« Vous devriez tous crier quelque chose. »

Elle prit une bouffée d'air, rejeta la tête en arrière et ferma les yeux comme si elle se préparait à prendre un bain de soleil dans une chaise longue. Ses paupières tremblaient, ainsi que ses lèvres.

« *Je ne veux à l'union de deux âmes sincères admettre empêchement !* cria-t-elle à nouveau.

— Ça va ? demanda Milton en riant.

— Ce n'est pas drôle, dit Hannah d'un ton sérieux. Mettez-y du nerf. Imaginez que vous êtes un basson, et criez quelque chose. Quelque chose qui vienne de l'âme. » Elle prit une grande bouffée d'air. « Henry David Thoreau !

— N'aie pas peur d'avoir peur ! lâcha brusquement Leulah en tendant le menton comme un enfant qui fait un concours de crachats.

— Joli », dit Hannah.

Jade râla :

« J'imagine qu'on doit sortir régénérés de cette expérience ?

— Qu'est-ce que tu dis ? demanda Hannah.

— C'est *débile*, putain ! hurla Jade.

— C'est déjà mieux.

— Merde, fit Milton.

— Mauviette.

— *Merde !*

— Traci Lords ? cria Charles.

— C'est une question ou une réponse ? demanda Hannah.

— *Linda Lovelace !*

— *Sortez-moi d'ici, putain !* hurla Jade.

— *Déterminez les limites et les desseins avec une précision égale !*

— *Je veux rentrer, putain !*

— *Et je salue tous mes petits amis* ! brailla Nigel, le visage écarlate.

— *Sir William Shakespeare* !

— Il n'était pas sir, dit Charles.

— Bien sûr que si.

— Il n'avait pas été anobli.

— Ce n'est pas grave, fit Hannah.

— *Traci Lords* !

— Bleue ? » me demanda Hannah.

Je ne savais pas pourquoi je n'avais rien crié. Je me sentais comme un bègue incapable de prononcer un mot. J'essayais de trouver une référence acceptable, un individu qui mérite qu'on le livre en pâture au vent. Tchekhov, faillis-je crier, mais il me paraissait trop guindé, même en y ajoutant son prénom. Dostoïevski, c'était trop long. Platon, ça risquait de faire pédant, on pouvait penser que je voulais surpasser les autres en remontant aux racines mêmes de la civilisation et de la pensée occidentales. Freud ? Papa n'aurait guère aimé, d'autant que personne, y compris papa, ne savait comment prononcer son nom. EUD, ça sonnait plat, et EUID, trop savant pour ceux qui achetaient *Totem et Tabou* en croyant qu'il s'agissait d'un roman d'amour. Goethe, idem. Molière était un choix intéressant (personne n'avait encore cité de Français), mais la dernière syllabe muette passait mal. Racine était trop obscur, Hemingway trop macho, Fitzgerald, ça aurait pu aller, mais son attitude envers Zelda restait impardonnable. Homère incarnait un bon choix, même si papa prétendait que depuis les *Simpsons*, il avait perdu de son prestige.

« *Sois honnête envers toi-même* ! cria Leulah.

— *Scorsese* !

— *Tiens-toi bien* ! dit Milton.

— Non, le corrigea Hannah. Au contraire, ne te tiens jamais bien.

— *Ne te tiens jamais bien* !

— *Nike, just do it* !

— *Engagez-vous, rengagez-vous* !

— Vous n'êtes pas obligés de vous appuyer sur des slogans publicitaires pour exprimer vos sentiments, dit Hannah. Trouvez vos propres mots. Ce que vous avez à dire, ce que vous avez sur le cœur, est toujours plus fort.

380

— *Bras tatoués !* » cria Jade. Son visage à présent était tordu comme un gant de toilette essoré à la main.

« Bleue, tu réfléchis trop, dit Hannah en se tournant vers moi.

— Je... euh...

— *Les contes de Canterbury !*

— *Miss Eugenia Sturds ! Qu'elle vive heureuse aux côtés de Mark Butters mais, par pitié, faites qu'ils ne procréent pas, ce serait trop grave que le monde tombe aux mains de leur progéniture !*

— Dis la première chose qui te passe par la tête...

— *Bleue van Meer !* » lançai-je.

Ça m'avait échappé comme un gros poisson-chat. Je me figeai sur place en priant pour que personne n'ait entendu, et que mon nom ait fui hors de portée de leurs oreilles.

« *Hannah Schneider !* cria Hannah.

— *Nigel Creech !*

— *Jade Churchill Whitestone !*

— *Milton Black !*

— *Leulah Jane Maloney !*

— *Doris Richards, ma maîtresse d'école aux gros seins !*

— *Putain, oui !*

— Pas besoin d'obscénité pour exprimer sa passion. Osez être sincère. Sérieux.

— *N'écoute pas les saloperies que disent les gens jaloux !* » Leulah écarta ses cheveux de sa minuscule figure. Elle avait les larmes aux yeux. « *Il faut... persévérer même dans l'adversité ! Ne jamais renoncer !*

— Ne vous contentez pas de faire ça ici, nous dit Hannah en désignant les montagnes. Faites pareil en bas. »

Il fallait deux heures pour rejoindre Sugartop Summit (désormais un pointillé troublant sur notre carte sans légende), et Hannah nous dit que nous devions accélérer le pas si nous voulions arriver avant la tombée de la nuit.

Tandis que nous marchions, la lumière diminuait et les pins anguleux se resserraient autour de nous. Hannah parlait en aparté, cette fois avec Milton. Elle se tenait tout près de lui (si près qu'à certains moments, son grand sac à dos bleu cognait contre le grand sac rouge de Milton à la manière de deux auto-tamponneuses). Il hochait la tête, sa grande carcasse penchée, comme s'il s'érodait sous le poids de ses mots.

Je savais combien c'était flatteur que Hannah vous parle en privé : elle vous attrapait comme un livre par la couverture, pliait hardiment votre tranche et scrutait vos pages à la recherche de l'endroit où elle avait interrompu sa lecture, impatiente de connaître la suite. (Elle lisait toujours avec une grande intensité, et vous pensiez être son livre de chevet jusqu'à ce qu'elle vous pose sans ménagement et se mette à lire un autre ouvrage avec la même concentration.)

Vingt minutes plus tard, elle parlait avec Charles. Ils partirent tous deux d'un éclat de rire aigu comme un cri de mouette ; elle lui effleura l'épaule et l'attira à elle, leurs bras et leurs mains un instant emmêlés.

« Si ça fait pas un joli couple, ça », ironisa Jade.

Moins d'un quart d'heure plus tard, Hannah marchait aux côtés de Nigel (à sa tête baissée et à ses coups d'œil sur le côté, je voyais qu'il n'était pas à l'aise), et bientôt, elle parlait à Jade juste devant moi.

En toute logique, je pensai qu'elle allait m'attendre : il s'agissait de tête-à-tête, et, puisque je fermais la marche, j'étais la dernière. Mais quand elles eurent terminé leur conversation — Hannah poussa Jade à demander un stage au *Washington Post* (« Aie un peu de tendresse pour toi-même », l'entendis-je dire) —, elle murmura une dernière parole, déposa un petit baiser sur sa joue, et regagna rapidement la tête de notre procession sans même me jeter un coup d'œil.

« C'est bon, on y est presque ! »

Quand nous atteignîmes Sugartop Summit, j'éprouvais un mélange d'indignation et de mélancolie. On essaie toujours de minimiser un favoritisme patent (« On ne peut pas accepter tout le monde au fan club van Meer », disait papa), mais, lorsque ce favoritisme vous est jeté à la figure de façon si éhontée, on ne peut que ressentir une certaine vexation, comme dans ces moments où tout le monde a le droit de faire une pause tandis que vous devez continuer à travailler. Heureusement, personne ne se rendit compte que Hannah ne m'avait pas abordée et, quand Jade jeta son sac à dos par terre, étira les bras au-dessus de sa tête, et qu'un grand sourire ensoleilla son visage qui me disait : «Elle sait vraiment parler aux gens, tu vois ce que je veux dire ? C'est incroyable », j'avoue que je mentis ; je hochai exagérément la tête et lançai : « En effet. »

« On va monter les tentes, déclara Hannah. Je vais vous montrer comment faire avec la première. Mais d'abord, allez jeter un coup d'œil à la vue ! Ça va vous clouer le bec ! »

Malgré l'enthousiasme de Hannah, je trouvai ce lieu fade et sans intérêt, surtout après la majesté d'Abram's Peak. Sugartop Summit se limitait à une clairière ronde flanquée de pins miteux, où trônait un récent feu de camp noir avec quelques bûches consumées, aux extrémités grises et cendreuses comme la truffe d'un vieux chien. Sur la droite, derrière un éboulis, se dressait une saillie rocheuse d'où l'on pouvait observer, comme par une porte entrebâillée, une chaîne de montagnes rougeâtre assoupie sous un couvre-lit de brouillard. Le soleil s'était tari. De l'orange et du jaune bavaient sur l'horizon.

« Quelqu'un était ici, il y a peu de temps », annonça Leulah.

Je me détournai du point de vue. Au milieu de la clairière, Leulah désignait le sol.

« Hein ? » fit Jade, à côté d'elle.

Je les rejoignis.

« Regardez. »

Elle désigna un mégot de cigarette du bout de sa chaussure.

« Il y a encore trois secondes, il était allumé. »

Jade s'accroupit et le recueillit comme un poisson rouge mort. Puis elle le renifla avec précaution.

« Tu as raison, dit-elle en le jetant. Il sent encore le chaud. Génial. Il ne nous manquait plus que ça. Une croûte qui erre dans la montagne et qui attend la nuit pour nous violer.

— *Hannah !* cria Lu. Il faut qu'on parte !

— Qu'est-ce qu'il y a ? » demanda Hannah.

Jade désigna le mégot.

« C'est un site de camping très connu, expliqua Hannah.

— Mais il brûlait encore il y a un instant, dit Leulah, les yeux comme des soucoupes. C'est comme ça que je l'ai vu. Il était orange. Il y a quelqu'un ici. On nous a suivis.

— Ne sois pas ridicule.

« — Mais aucun de nous ne fumait, protesta Jade.

— Calmez-vous. C'est sans doute un randonneur qui a fait une pause avant de reprendre sa marche. Ne vous inquiétez pas. »

Hannah revint tranquillement vers Milton, Charles et Nigel qui essayaient de monter les tentes.

« Elle ne nous prend pas au sérieux, dit Jade.

— Il faut qu'on parte, dit Leulah.

— C'est ce que je dis depuis le début, dit Jade en s'éloignant. Est-ce que quelqu'un m'écoutait ? Non. J'étais la rabat-joie. La chieuse.

— Hé, dit Leulah en souriant. Je suis sûre que tout va bien se passer.

— Vraiment ? »

Même si je n'avais aucun argument pour appuyer ces propos, j'acquiesçai.

Une demi-heure plus tard, Hannah préparait un feu de camp. Nous étions assis sur le promontoire en train de manger des rigatoni à la sauce tomate cuits sur le réchaud, avec du pain dur comme des roches ignées. Nous faisions face au paysage, même s'il n'y avait rien à voir, hormis un chaudron de ténèbres et la nuit bleue. Le ciel paraissait nostalgique ; il refusait de laisser partir une dernière traînée de lumière qui s'effilochait.

« Qu'est-ce qui se passerait, si on tombait de ce rocher ? demanda Charles.

— Tu mourrais, répondit Jade en mangeant ses pâtes.

— Il n'y a aucun panneau, rien. Même pas "Soyez prudent". Ou "À éviter en cas d'ivresse". C'est là, c'est tout. Tu tombes ? Tant pis pour toi.

— Il reste du parmesan ?

— Je me demande pourquoi ça s'appelle Sugartop Summit, dit Milton.

— Ouais, qui est-ce qui trouve ces noms débiles ? demanda Jade, la bouche pleine.

— Les gens du coin, dit Charles.

— Le mieux, c'est le silence, dit Nigel. Il faut venir ici pour se rendre compte que le reste du monde est bruyant.

— Je me sens coupable pour les Indiens, dit Milton.

— Lis *Dépossédé* de Redfoot, répliquai-je.

— J'ai encore faim, dit Jade.

— Comment tu peux avoir encore faim ? demanda Charles. Tu manges plus que tout le monde. Tu as accaparé le plat de pâtes.

— Je n'ai rien accaparé du tout.

— Heureusement que je ne me suis pas servi en premier. Sinon, tu m'aurais mordu la main.

— Si tu ne manges pas assez, ton corps passe en mode famine et ensuite, dès que tu avales la moindre part de gâteau, il traite ça comme si c'était des pâtes à la vodka. Et tu prends du poids en vingt-quatre heures.

— Je n'aime pas l'idée qu'il y avait quelqu'un ici », dit tout à coup Leulah.

Tout le monde l'observa, surpris par le ton de sa voix.

« Le mégot, murmura-t-elle.

— Ne t'en fais pas pour ça, dit Milton. Hannah n'est pas inquiète. Et elle vient tout le temps camper ici.

— De toute façon, dit Charles, on ne pourrait pas partir maintenant, même si on voulait. C'est la nuit. On se perdrait. C'est justement là qu'on rencontrerait tout ce qui traîne dans les parages...

— Des types en cavale, dit Jade en hochant la tête.

— Le gars qui fait sauter les cliniques d'avortement.

— On l'a arrêté, dis-je.

— Mais vous n'avez pas vu la tête de Hannah, tout à l'heure, insista Leulah.

— Qu'est-ce que tu veux dire ? » demanda Nigel.

Lu semblait perdue dans son coupe-vent bleu, les bras autour des genoux, sa tresse de cheveux comme une corde qui contournait son épaule gauche jusqu'au sol.

« Ça se voyait, qu'elle avait aussi peur que nous. Mais elle n'a pas voulu le dire, parce qu'elle doit se comporter en adulte responsable et tout ça.

— Quelqu'un a une arme à feu ? demanda Charles.

— Oh, j'aurais dû apporter le pistolet de Jefferson, dit Jade. Il est gros comme ça. Un truc génial. Elle le range dans son tiroir à lingerie.

385

— On n'a pas besoin d'armes, dit Milton en s'allongeant pour regarder le ciel. Si je dois partir, si mon heure est vraiment venue, je veux bien que ça soit ici. Sous les étoiles.

— Dans ce cas, tu fais partie de ces personnes résignées qui se satisfont de leur sort, dit Jade. Moi, je ferai tout mon possible pour que mon numéro ne sorte pas dans les soixante-quinze années à venir. Même si ça signifie descendre quelqu'un ou arracher d'un coup de dents ses bijoux de famille à une croûte. » Elle regarda en direction des tentes. « Où elle est, au fait ? Hannah. Je ne la vois nulle part. »

Nous rapportâmes nos assiettes et la casserole à la clairière, où nous trouvâmes Hannah en train de manger une barre de céréales devant le feu. Elle s'était changée. Elle portait une chemise à carreaux verte et noire boutonnée jusqu'en bas. Elle nous demanda si nous avions encore faim, et Jade répondit par l'affirmative, suggérant de faire griller des marshmallows.

Alors que la guimauve rôtissait et que Charles racontait une histoire de fantôme (un chauffeur de taxi, une passagère spectrale), je m'aperçus que Hannah, assise de l'autre côté du feu, me regardait fixement. Le feu de camp nous transformait en citrouilles d'Halloween, creusant nos visages, si bien que nos orbites semblaient étonnamment caves, comme taillées à la cuillère. Je répondis par un sourire insouciant, puis je fis mine d'être fascinée par l'art de griller des marshmallows. Et pourtant, quand, moins d'une minute plus tard, je la regardai à nouveau, ses yeux étaient toujours fixés sur moi. Puis, de façon presque imperceptible, elle désigna les bois sur sa gauche en effleurant sa montre. Et de sa main droite, elle fit le geste cinq.

« Et à ce moment-là, le chauffeur de taxi s'est retourné, disait Charles. La fille avait disparu. Il ne restait sur le siège qu'un foulard en mousseline blanche.

— C'est tout ?

— Ouais, dit Charles en souriant.

— C'est l'histoire de fantôme la plus minable que j'aie jamais entendue.

— Minable toi-même...

— Si j'avais une tomate, je te la jetterais à la figure.

— Quelqu'un connaît celle du chien sans queue ? demanda Nigel. Le chien qui la cherche partout. Et qui terrorise tout le monde.

— C'est *La patte de singe*, ça, dit Jade. Cette affreuse nouvelle qu'on lit à l'âge de dix ans et dont on se souvient toute sa vie sans savoir pourquoi. Ça et *Les chasses du comte Zaroff*, hein, Dégueulette ? »

J'acquiesçai.

« Il y en a une autre sur un chien, mais je ne m'en souviens plus.

— Hannah en connaît une bonne, dit Charles.

— Non, dit Hannah.

— Allez.

— Non, je ne sais pas raconter les histoires. Je n'ai jamais su, dit-elle en bâillant. Quelle heure est-il ? »

Milton regarda sa montre.

« Un peu plus de 22 heures.

— Il ne faut pas tarder à aller se coucher, dit-elle. Nous devons nous reposer. On part tôt, demain matin.

— Génial. »

Inutile de préciser que la peur et l'angoisse me balayaient comme un ouragan. Personne ne semblait avoir remarqué le signal de Hannah, pas même Leulah, qui avait d'ailleurs oublié l'inquiétant mégot. Avec un air de satisfaction béate, elle mangeait ses marshmallows grillés (un petit bout de guimauve collé à sa lèvre), et souriait à ce que racontait Milton, ses minuscules fossettes se creusant sur son menton. Je me mis à genoux et j'observai le feu. Je décidai d'ignorer Hannah (« *Dans le doute, fais mine de ne rien comprendre* ») mais, au bout de cinq minutes, je remarquai avec horreur qu'elle me dévisageait à nouveau, cette fois d'un air impatient, comme si je jouais Ophélie et que j'étais tellement plongée dans les affres de sa folie que j'en oubliais mes répliques, obligeant Laerte et Gertrude à improviser. Incapable de résister à la force de son regard, je me levai et j'essuyai mon pantalon.

« Je... je reviens, dis-je.

— Où tu vas ? » demanda Nigel.

Tout le monde avait les yeux braqués sur moi.

« Aux toilettes. »

Jade gloussa.

« Je redoute ce moment.

— Si les Indiens l'ont fait, dit Charles, tu peux le faire aussi.

— Mais les Indiens scalpaient les gens, eux.

— Puis-je suggérer quelques feuilles d'arbre bien sèches ? Un morceau de mousse ? fit Nigel avec un sourire moqueur.

— Nous avons du papier hygiénique, dit Hannah. Dans ma tente.

— Merci, dis-je.

— À l'intérieur de mon sac.

— Il reste du chocolat ? » demanda Jade.

Je me dirigeai vers les tentes tapies dans l'obscurité granuleuse et j'attendis que mes yeux s'accoutument à l'obscurité. Quand je fus convaincue que personne ne m'avait suivie, que leurs voix continuaient à crépiter comme le feu, je m'enfonçai dans les bois. Les branches se plaquèrent contre mes jambes, mais je vis avec surprise que les pins reprenaient leur place derrière moi comme ces rideaux de perles qui ornent les embrasures de porte. Je fis lentement le tour de la clairière sans que personne ne me voie, et je m'arrêtai à peu près à l'endroit que Hannah avait désigné.

J'étais à une dizaine de mètres du feu de camp, et je voyais Hannah en compagnie des autres, la tête dans une main. Elle paraissait somnolente et apaisée et, l'espace d'une seconde, je crus avoir eu une hallucination. Je me promis que, si elle n'apparaissait pas dans les trois minutes, je retournerais au camp et je ne parlerais plus jamais à cette cinglée — deux minutes, même, le temps nécessaire à un noyau d'aluminium 28 pour se désintégrer, le temps de mourir d'une exposition au VX (prononcer vi ex), le temps que cent cinquante Sioux, hommes, femmes et enfants meurent à la bataille de Wounded Knee en 1890 ; le temps qu'en 1866 une Norvégienne du nom de Gudrid Vaaler accouche de Johan Vaaler, le futur inventeur du trombone.

En moins de deux minutes, Hannah était là.

AU CŒUR DES TÉNÈBRES

Je la vis se lever et dire quelques mots aux autres. J'entendis mon nom. Prétextant sans doute qu'elle voulait voir si j'allais bien, elle partit en direction des tentes et disparut.

Je passai une minute à regarder les autres — Jade imitait Miss Sturds au rassemblement du matin, les pieds bien écartés, avec cet étrange balancement de ferry traversant la Manche déchaînée (« C'est une époque très inquiétante pour notre pays ! » martelait Jade en frappant dans ses mains, les yeux exorbités) — puis j'entendis un craquement de brindilles et de feuilles, et je vis Hannah s'approcher, le visage dans l'ombre. Quand elle m'aperçut, elle sourit et posa un doigt sur ses lèvres en me faisant signe de la suivre.

Bien entendu, j'étais interloquée. Je n'avais même pas de lampe. De plus, le vent s'était levé, or je ne portais qu'un jean, un T-shirt, un sweat-shirt offert à papa par l'université du Colorado à Picayune et un coupe-vent. Mais Hannah s'éloignait déjà en zigzaguant entre les arbres et, après un dernier coup d'œil aux autres — qui riaient, leurs voix entrelacées —, je lui emboîtai le pas.

Quand nous fûmes un peu plus loin, je voulus lui demander où nous allions, mais, en découvrant l'expression intense de son visage, je fus incapable de prononcer un mot. Elle sortit une lampe torche d'une banane noire ou bleu marine attachée à sa taille, que je n'avais pas remarquée jusque-là, mais le faible halo faisait à peine reculer l'obscurité et n'éclairait que le tibia de quelques arbres.

Nous n'étions même pas sur un sentier. Au début, je semai des miettes de pain mentales comme le Petit Poucet, tentant de mémo-

389

riser des détails, une écorce décolorée, un gros rocher en forme de crapaud près d'un arbre mort, des branches squelettiques qui formaient comme une croix à l'envers, mais mes efforts se révélèrent bientôt vains et, au bout de cinq minutes, je me contentai de marcher à ses côtés sans réfléchir, tel un homme qui, cessant d'agiter les bras, se laisse couler.

« On n'a pas beaucoup de temps, dit-elle. Ils ne vont pas tarder à s'inquiéter. »

J'ignore combien de temps nous avons marché. (Car, concours de circonstances insupportable, je n'avais pas de montre.) Au bout d'une dizaine de minutes peut-être, elle s'arrêta brusquement et sortit de sa banane une carte différente de celles qu'elle nous avait données, une carte en couleur bien plus détaillée, ainsi qu'une petite boussole. Elle les étudia.

« Encore un peu », dit-elle.

Nous reprîmes notre marche.

C'était bizarre, la façon dont je la suivais aveuglement. Aujourd'hui encore, j'ignore pourquoi je l'ai rejointe sans protester, sans poser de question, sans avoir peur. À certains moments de notre vie, on pourrait se croire tétanisé, et pourtant on ne l'est pas. J'étais sur un petit nuage, comme si je faisais un tour en canoë mécanique sur l'Amazone enchantée. Je remarquai quelques détails : Hannah qui se mordait l'intérieur de la lèvre (comme papa quand il notait un devoir étonnamment réussi), le bout de ma chaussure en cuir dans le faisceau de lumière, l'agitation incessante des pins, trop énervés pour dormir, la façon dont, chaque minute ou presque, elle mettait la main sur sa banane comme une femme enceinte qui se touche le ventre.

Elle s'arrêta pour regarder sa montre.

« C'est bon », dit-elle en éteignant la lampe.

Lentement, mes yeux s'accoutumèrent à l'obscurité. Nous étions passées à cet endroit cinq minutes plus tôt. Je distinguai le mince velours des arbres autour de nous, et le visage de Hannah comme couvert de nacre bleutée.

« Je dois te dire quelque chose », m'annonça-t-elle en se tournant vers moi. Elle prit une profonde inspiration puis expira, mais resta muette. Elle était nerveuse, voire inquiète. Elle déglutit, prit une autre bouffée d'air, posa une main sur sa clavicule et l'y laissa. On aurait dit un corsage blanc à peine flétri. « Je ne suis pas douée pour ça. Je suis douée pour certaines choses. Les maths, les langues, donner des ordres. Mettre les gens à l'aise. Mais pour ça, je suis nulle.

— Pour quoi ?

— Pour dire la vérité. » Elle rit d'un étrange son étouffé, redressa les épaules et regarda le ciel. Moi aussi, parce que, comme bâiller, regarder le ciel est contagieux. Les arbres laissaient apparaître un lourd carré noir, avec des étoiles pareilles aux petits brillants qui scintillaient sur les bottes de la Sauterelle Rachel Groom.

« Ce n'est la faute de personne, vois-tu, dit Hannah. C'est la mienne. Tout le monde fait des choix. Mon Dieu, je fumerais bien une cigarette.

— Tu es sûre que ça va ? demandai-je.

— Non. *Oui.* » Elle me regarda. « Je suis désolée.

— Peut-être qu'on devrait les rejoindre.

— Non... Je... je comprends. Tu crois que j'ai perdu la tête.

— Je ne crois pas que tu aies perdu la tête », dis-je, même si, juste après, je commençai à me poser la question.

« Ce que j'ai à te dire... tu n'y es pour rien. C'est moi qui y suis pour quelque chose. Pour moi, c'est terrible. Ne crois pas que je ne sache pas ce que c'est. C'est dingue. Vivre avec ça... Oh, je te fais peur. Je suis désolée. Je ne voulais pas te dire ça ici, dans la forêt enchantée. Je sais, ça paraît un peu médiéval. Mais ailleurs, l'un d'eux aurait forcément surgi, Hannah ceci, Hannah cela. Oh mon Dieu, c'est impossible.

— Qu'est-ce qui est impossible ? » demandai-je, même si elle n'eut pas l'air de m'entendre.

C'était comme si elle parlait toute seule.

« Quand j'ai cherché comment te dire ça... Mon Dieu, que je suis trouillarde. Toutes ces illusions. C'est dingue. Dingue. » Elle secoua la tête et porta ses mains à ses yeux. « Vois-tu, il y a des gens... Des gens fragiles, que tu aimes, mais à qui tu fais du mal, et je... je suis pathétique, non ? C'est dingue. Je me déteste. Vraiment. Je... »

Pour de multiples raisons, rien n'est plus dérangeant qu'un adulte qui ne se comporte pas en adulte, avec tout ce que ça implique : un adulte qui n'est pas solide, un adulte qui fuit de partout, un adulte pas stable, un adulte aux bords sérieusement décollés. C'est comme voir, à six ans, une marionnette qui monte si haut que l'on découvre le bras humain qui la manie. Hannah ne pleurait pas, mais sa bouche était tirée vers le bas.

« Tu veux bien écouter ce que je vais te dire ? »

Elle avait une voix basse, à la fois chevrotante comme une grand-mère et suppliante comme un enfant. Elle s'avança, un peu trop près, ses yeux noirs scrutant mon visage.

« Hannah ?

— Promets-moi. »

Je la dévisageai.

« D'accord. »

Elle sembla s'apaiser un peu.

« Merci. »

À nouveau, elle prit une grande bouffée d'air. Mais elle ne parlait toujours pas.

« C'est à propos de mon père ? » demandai-je.

J'ignore pourquoi cette question avait jailli de ma bouche. Peut-être que je pensais encore aux révélations de Kitty : si papa avait menti si habilement en ce qui la concernait, il pouvait très bien avoir aussi caché quelques rendez-vous avec d'autres membres du personnel de St-Gallway. À moins que ce ne soit un réflexe, chez moi : depuis que j'étais petite, les enseignantes me prenaient à part dans les couloirs et les cafétérias, près des cagibis et autres tobog-gans, et tandis que je suffoquais, craignant d'avoir été méchante, d'être sévèrement punie, d'avoir raté un contrôle et de redoubler, elles se penchaient vers moi, avec leurs yeux gris et leur haleine au café, et me posaient des questions ineptes sur papa (« Est-ce qu'il fume ? » « Il est célibataire ? » « Quel est le meilleur moment pour l'appeler tranquillement ? »). Franchement, j'aurais pu rassembler ces moments où on me prenait à part sous la rubrique : *On en revient toujours à papa*. (Même lui respectait cette assertion : si un caissier de supermarché se montrait grognon, papa se reprochait ses coups d'œil condescendants quand nous avions déposé nos courses sur le tapis.)

Mais là, je n'avais aucun moyen de savoir ce que Hannah allait me dire. Elle regardait par terre, la bouche entrouverte, comme en état de choc. Peut-être qu'elle ne m'avait pas entendue, qu'elle cherchait tout simplement ses mots. Toutes deux noyées au milieu des arbres comme deux bulles de soda, j'attendais qu'elle réponde par oui ou par non, ou par « n'importe quoi », quand, à quelques mètres de nous, il y eut du bruit.

Mon cœur cessa de battre. Aussitôt, Hannah alluma sa lampe et la pointa sur l'endroit d'où venait le bruit. À ma grande horreur, le faisceau balaya quelque chose — un reflet, sans doute des lunettes. Puis la chose partit à toute vitesse entre les arbres et les buissons en piétinant les aiguilles de pin et les feuilles d'un pas incontestablement humain. J'étais trop terrifiée pour bouger ou pour crier, mais Hannah posa malgré tout une main sur ma bouche et l'y laissa jusqu'à ce qu'on n'entende plus rien, à part la nuit noire et le vent dans les arbres.

Elle éteignit sa lampe et me la tendit.

« Ne l'allume pas, sauf si tu n'as pas le choix. »

Je l'entendis à peine, tant elle parlait doucement.

« Prends ça aussi, me dit-elle en me tendant un papier épais : la carte. On ne sait jamais. Ne la perds pas. J'en ai une autre, mais j'aurai besoin de celle-ci à mon retour. Et pas un mot. »

Tout ça très vite. Elle me serra le bras puis partit en direction du bruit, qui, je voulais le croire, était celui d'un ours ou d'un sanglier — l'animal le plus commun, capable de courir à 60 km/h et de vous arracher un membre plus vite qu'un camionneur ne dévore une aile de poulet — mais je savais au fond de moi que ce n'était pas le cas. Aucun livre ne pouvait effacer la réalité : ce bruit provenait d'un être humain, que le zoologiste Bart Stuart désigne dans *Bêtes* (1998) comme le plus méchant des animaux.

« Attends. »

Mon cœur était comprimé comme un tube de dentifrice vide. Je lui emboîtai le pas.

« Où tu vas ?

— *Je t'ai dit de rester ici.* »

D'un ton si dur que je m'arrêtai net.

« Je parie que c'était Charles, ajouta-t-elle plus bas. Tu le connais. Il est tellement jaloux. N'aie pas peur. » Son visage était grave et sérieux, et elle avait beau sourire, d'un petit sourire qui flottait comme ce papillon de nuit qu'on appelle l'Écaille Fileuse, je vis bien qu'elle ne croyait pas ce qu'elle disait.

Elle se pencha vers moi pour m'embrasser sur la joue.

« Laisse-moi cinq minutes. »

Les mots s'embouteillaient dans ma bouche, dans ma tête. Enfin, je la laissai partir.

« Hannah ? »

Au bout d'une minute ou deux, alors que j'entendais toujours ses pas, je me mis à prononcer plaintivement son nom. Je n'en revenais pas d'être seule dans cette jungle, ces bois indifférents, qui semblaient penser que j'avais toutes les chances de mourir là, tremblante, seule et perdue, pour me transformer bientôt en une statistique dans un tableau de police, après la publication à la une du journal local de ma photo avec un sourire raide (j'espérais qu'ils ne prendraient pas la photo du lycée de Lamego), un journal qui serait ensuite déchiqueté pour être recyclé en papier hygiénique, ou bien utilisé pour apprendre la propreté à un animal de compagnie.

Je criai son nom au moins trois ou quatre fois, mais elle ne répondit pas, et bientôt je n'entendis plus rien.

J'ignore combien de temps j'attendis.

J'eus l'impression que ça dura des heures, mais, comme la nuit n'avait pas la moindre aspérité, il ne s'écoula peut-être qu'un quart d'heure. Bizarrement, ce que je trouvai le plus insupportable, c'était de ne pas savoir l'heure. Je comprenais maintenant pourquoi l'assassin Sharp Zulett écrivait, dans son autobiographie étonnamment légère, *La vie au trou* (1980) — un ouvrage que j'avais à tort jugé surexcité et mélodramatique —, que dans le « trou à rat », sa cellule noire d'un mètre vingt sur deux mètres cinquante à Lumgate, la prison fédérale de haute sécurité près de Hartford, « il faut lâcher la corde du temps et se laisser flotter dans le noir. Sinon, on devient fou. On se met à voir des monstres. Après seulement deux jours de trou à rats, un type s'était arraché un œil » (p. 131).

Je fis de mon mieux pour accepter la situation. La solitude pesait sur moi comme ces plaques qu'on vous colle sur le corps pour vous faire passer une radio. Je m'assis sur le sol couvert d'épines, et bientôt je me sentis incapable de bouger. Parfois, je croyais entendre le doux craquement des pas de Hannah, mais en réalité, ce n'étaient que les branches des arbres qui s'entrechoquaient, un peu comme si, dans le vent qui soufflait de plus en plus fort, elles jouaient des cymbales.

Dès que j'entendais un bruit non identifié, je pensais à la théorie du chaos, à l'effet doppler ou au principe d'incertitude de Heisenberg que j'appliquais aux personnes perdues dans le noir. J'ai dû me réciter au moins mille fois le principe : « Le produit mathématique des incertitudes combinées de position et de mouvement concurrentes dans une direction spécifiée ne peuvent en aucun cas être inférieures à la constante de Planck, h, divisée par 4 pi. » Ce qui signifiait, de façon plutôt encourageante, que ma position incertaine, ma vitesse zéro et la bête responsable de ces positions, vitesse et mouvement incertains devaient en gros s'annuler, me laissant dans ce que le monde scientifique appelle communément « une très grande perplexité ».

Lorsqu'une personne terrifiée reste seule plus d'une heure (encore une fois, c'est une approximation), la peur se fond en cette personne, un peu comme s'il lui poussait un nouveau membre. On cesse d'y prêter attention. On se demande ce que d'autres — des gens qui n'ont jamais « laissé voir leur peur » — feraient à sa place. Et on essaie de calquer son attitude sur eux.

Papa conclut sa conférence « La chaise musicale de la survie : quintessence d'une situation fâcheuse » à l'université de l'Oklahoma à Flitch en affirmant qu'en période de crise, un ou deux individus deviennent des héros, quelques-uns des méchants, et le reste des crétins. « Essayez de ne pas finir en crétins pleurnichards, la pire catégorie de crétins, ceux qui font des grimaces simiesques tant ils sont paralysés par le désir de mourir vite et sans souffrance. Ces individus-là rêvent de finir comme un opossum écrasé. Alors choisissez votre camp. Êtes-vous un humain ou un animal ? Êtes-vous courageux ? Comprenez-vous ce que signifie : "N'entre pas sans violence dans cette bonne nuit", comme l'écrit Dylan Thomas ? Si vous êtes un être humain, et non un récipient, du polystyrène, de la farce pour dinde de Thanksgiving, ou encore du paillis pour jardin, vous devez vous battre. Vous battre pour vos convictions. » (En prononçant « battre », papa frappa du poing sur le pupitre.)

Les genoux raides, je me relevai et j'allumai la lampe torche. Je n'aimais pas son faisceau. J'avais l'impression qu'il éclairait une orgie d'arbres dont les corps squelettiques et nus partaient se cacher en courant. Peu à peu, j'avançai dans la direction où je croyais avoir vu partir Hannah. Je suivais la lampe en imaginant que ce n'était pas moi qui la dirigeais, mais Dieu (aidé de quelques anges fatigués), non parce qu'il me préférait à tout autre individu en difficulté sur terre, mais parce que c'était une nuit calme, et que son radar ne lui signalait aucun cataclysme ou génocide.

Parfois, je m'arrêtais pour tendre l'oreille, craignant d'être suivie, violée et tuée par une croûte enragée aux canines pointues et au torse massif comme un sac de sable, ma vie se terminant par un point d'interrogation agonisant, exactement comme celle de Violet Martinez. Je me concentrai sur la carte plastifiée que Hannah m'avait donnée : « Parc National de Great Smoky Mountáin » (et, en plus petit : « offert par les amis des Smokies »), avec ses légendes et ses montagnes, leur couleur correspondant à l'altitude — « Cedar Gorge », « Point d'accueil de Gatlinburg », « Hatcher Mountain », « Pretty Hollow Gap, 2 009,26 mètres au-dessus du niveau de la mer ». Comme je n'avais aucun point de repère, une double page de *Où est Charlie ?* (Handford, 1987) m'aurait été tout aussi utile. Et pourtant, je m'appliquai à pointer ma lampe sur la carte et j'examinai ses lignes ondulées et l'élégante police Times New Roman de la légende pour m'assurer que, malgré les ténèbres, il y avait quelque part un ordre, un grand ordre de l'univers, que l'arbre inoffensif décapité devant moi correspondait à un point sur cette carte, et qu'il me suffisait de trouver le lien entre eux pour que tout à coup (dans une petite explosion de lumière) la nuit se dégonfle et se divise en carrés verts sur lesquels je pourrais sauter jusque chez moi, A3, B12, D2, et retrouver papa.

Je pensais aussi sans cesse à cet incident que Hannah avait évoqué devant nous à l'automne (rien que la trame, pas de détails) : à ce jour où, dans les Adirondacks, elle avait sauvé la vie d'un homme blessé à la hanche. Elle s'était ordonné de « courir, courir », et elle avait fini par trouver des campeurs équipés d'une radio. Je me donnai du courage en me disant que j'allais peut-être, moi aussi, tomber sur des campeurs équipés d'une radio, que peut-être, il y avait des campeurs équipés d'une radio juste après le prochain virage. Mais plus je marchais, plus les arbres s'agitaient autour de moi comme des prisonniers qui attendent leur repas, plus je me rendais compte qu'il était aussi peu probable que je trouve des campeurs équipés d'une radio qu'une Jeep Wrangler neuve dans une clairière avec les clés sur le contact et le réservoir plein. Il n'y avait là que moi, les arbres, et les ténèbres comme des sables mouvants. Je me demandai pourquoi ces tarés d'écologistes se plaignaient toujours de la « disparition de la forêt », car pour moi, ce soir-là, la forêt était franchement en surplus : je souffrais d'un surarmement de forêt. À mon avis, il était grand temps de faire des coupes claires, d'installer un Dunkin' Donut avec un immense parking carré, une enseigne bien visible, et de l'éclairer à minuit comme en plein après-midi d'août. Dans ce genre d'endroit, les ombres n'étaient jamais entrelacées, elles filaient au contraire en une longue ligne bien nette. On pouvait poser un rapporteur dessus pour déterminer l'angle exact qu'elles formaient avec nos pieds, à savoir trente degrés.

Je marchais depuis peut-être une heure, en obligeant ma tête à se raccrocher au fragile radeau de la pensée pour ne pas sombrer, quand, pour la première fois, j'entendis un bruit.

Il était si précis, si rythmé et si confiant que l'univers noir goudron parut s'apaiser tels des pécheurs à l'église. On aurait dit — je restai immobile en essayant de maîtriser mon souffle — un enfant sur une balançoire. (*Un enfant sur une balançoire*, ça faisait très film d'horreur, mais, sur le moment, ce bruit ne me parut pas effrayant du tout.) Et, même si ça n'allait pas dans le sens de la raison, sans plus réfléchir, je pris cette direction.

Parfois, le bruit cessait, et je croyais avoir eu une hallucination auditive, puis il reprenait timidement. Je marchais en écartant les pins avec ma lampe et en essayant d'identifier ce bruit sans me laisser dominer par la peur, m'efforçant de faire preuve de pragmatisme et de force comme papa, d'appliquer sa « théorie de la détermination ». Je pensai à Miss Gershon, du cours de physique avancée, qui, lorsqu'un élève posait une question, se tournait au lieu de répondre vers le tableau blanc et, sans un mot, écrivait cinq à sept points clés. Elle se tenait toujours à un angle de quarante-cinq degrés, car elle n'aimait pas être de dos. Et pourtant, le dos de Miss Pamela « Syndrome Prémenstruel » Gershon était passionnant : à un certain endroit, elle avait presque un trou dans les cheveux, son pantalon bicolore taupe et marron formait sur elle comme une seconde peau trop large, et ses fesses étaient écrasées comme un chapeau du dimanche sur lequel on s'est assis. Miss Gershon, si elle avait été là, aurait écrit tout ce qu'il y avait à écrire sur ce bruit, cet enfant sur une balançoire, notant tout en haut du tableau (elle se hissait sur la pointe des pieds, son bras droit au-dessus de la tête comme si elle faisait de l'escalade) : « Phénomène de l'enfant sur une balançoire dans une région très boisée : le spectre en sept points de la physique conceptuelle. » Son premier point aurait été : « En tant qu'*atomes*, l'enfant et la balançoire se composent de petites particules en mouvement », et son dernier : « Selon la théorie de la relativité d'Einstein, si un enfant sur une balançoire avait un jumeau prenant un vaisseau spatial et voyageant à une vitesse proche de celle de la lumière, le jumeau reviendrait sur terre plus jeune que l'enfant sur la balançoire. »

J'avançai encore, et le bruit se fit plus fort. Je me trouvais maintenant dans une petite clairière couverte d'aiguilles de pin, avec à mes pieds des petits buissons tremblotants. Je pivotai en promenant mon faisceau sur les arbres comme une boule de roulette, et je m'arrêtai sur quelque chose.

Elle était pendue, un mètre au-dessus du sol, à une corde orange, étonnamment proche de moi. Sa langue sortait de sa bouche. Dans le faisceau de ma lampe, ses yeux exorbités et les carrés verts de sa chemise s'électrifièrent. Elle avait le visage si gonflé, et une expression si inhumaine, si écœurante, que j'ignore encore comment je la reconnus. Car la chose que j'avais sous les yeux n'était pas Hannah, mais une créature irréelle et monstrueuse, une créature à laquelle aucun manuel ni encyclopédie ne pouvait vous préparer.

Et pourtant, c'était bien elle.

La suite de cette vision cauchemardesque est prisonnière d'une cellule de ma mémoire (« Le traumatisme du témoin », déclara le sergent inspecteur Fayonette Harper). Malgré les nuits sans sommeil où j'essayai toutes sortes de clés, je n'ai aucun souvenir d'avoir crié, chuté, couru et de m'être ouvert le genou, une blessure qui nécessiterait trois points de suture, ni d'avoir perdu la carte que Hannah m'avait demandé de garder, dans un murmure comme une feuille de papier qui vous effleure la joue.

Je fus découverte le lendemain matin, vers 6 h 45, par John Richards, 41 ans, qui partait à la pêche à la truite avec son fils Ritchie, 16 ans. Je n'avais plus de voix. Mon visage et mes mains étaient tellement abîmés, maculés d'aiguilles de pin, de boue et de sang — mon propre sang —, qu'ils dirent plus tard à papa qu'en m'apercevant — près du sentier de Forkridge, à quinze kilomètres de Sugartop Summit, contre un arbre, l'œil mort, serrant toujours dans ma main une lampe torche presque éteinte —, ils me prirent pour le croquemitaine.

VOL AU-DESSUS D'UN NID DE COUCOU

Quand j'ouvris les yeux, j'étais dans un lit entouré de rideaux. Je voulus parler, mais ma voix se limitait à un raclement. J'étais sous une couverture en flanelle blanche d'où dépassaient mes pieds emmitouflés dans de petites chaussettes de laine verte. Je portais une chemise de nuit d'hôpital en coton bleu ciel ornée de voiliers effacés, et j'avais le genou gauche bandé. On entendait partout le morse des hôpitaux : bips, klaxons, sonneries, clics, le docteur Bullard est attendu sur la ligne 2. Quelqu'un parlait de son récent voyage en Floride avec son épouse. J'avais une aiguille hypodermique plantée dans la main gauche (un moustique), d'où partait un petit tube relié à une poche transparente suspendue en l'air (du gui) qui contenait du liquide. J'avais l'impression que ma tête et même tout mon corps avaient été gonflés à l'hélium. Je regardais fixement sur ma gauche les plis du rideau couleur menthe.

Il s'agita. Une infirmière apparut et le referma derrière elle. Elle glissa vers moi comme si elle était montée sur roulettes.

« Vous voilà réveillée, annonça-t-elle. Comment vous vous sentez ? Vous avez faim ? N'essayez pas de parler. Ne bougez pas, je change votre perfusion, et nous allons appeler le docteur. »

Elle changea le sac et repartit sur ses roulettes.

Je sentais une odeur de latex et de camphre. Je regardai au plafond les rectangles blancs saupoudrés de petits points bruns comme une glace à la vanille. Quelqu'un demanda tout fort où étaient les béquilles de Johnson. « Il y avait son nom dessus quand il est arrivé. » Une femme riait : « Je suis mariée depuis cinq ans. L'astuce, c'est de faire tous les jours comme si c'était le premier. Vous avez des enfants ? Nous, on aimerait bien. »

Encore un bruit de rideau, et un médecin petit et bronzé apparut. Il avait les traits fins, des cheveux très noirs, et il portait autour du cou un badge d'accès plastifié qui annonçait, sous un code barre et son portrait pixellisé qui lui faisait une peau vert poivron, son nom et son service de rattachement : Thomas C. Smart, Urgences. Quand il surgit, sa grande blouse blanche flotta comme un fantôme derrière lui.

« Comment ça va ? » me demanda-t-il. Je voulus répondre « ça va », mais ma voix gratta comme un couteau à confiture sur un toast brûlé, et il fit un hochement de tête entendu, comme s'il parlait mon langage. Il nota quelque chose sur son écritoire, puis me demanda de m'asseoir et de respirer lentement et profondément pendant qu'il posait son stéthoscope glacé en différents points de mon dos.

« Pas de soucis », dit-il avec un sourire las dépourvu d'enthousiasme.

Et, dans un coup de vent blanc, il disparut. À nouveau, je regardai le rideau couleur menthe. Il frissonnait dès que quelqu'un passait de l'autre côté, comme s'il avait peur. Un téléphone sonna, et quelqu'un décrocha aussitôt. Un brancard passa dans le hall : ses roulettes pépiaient comme des poussins.

« J'entends bien, monsieur. Extrême fatigue, faiblesse générale, pas d'hypothermie, déshydratation, une blessure au genou et quelques coupures bénignes. Sous le choc, bien sûr. J'aimerais la garder encore quelques heures, et il faudrait qu'elle mange quelque chose. Ensuite, on verra. Nous allons lui faire une ordonnance pour son genou. Et lui prescrire un léger sédatif. Les points de suture se résorberont dans la semaine.

— Vous ne m'avez pas compris. Je ne parlais pas des points. Je veux savoir ce qui lui est arrivé.

— Nous l'ignorons. Nous avons transmis un signalement au parc. Il y a une équipe de secours…

— Je n'en ai rien à foutre de votre équipe de secours.

— Monsieur, je…

— Ne me donnez pas du monsieur. Je veux voir ma fille. Je veux

401

que vous lui apportiez à manger. Je veux que vous lui trouviez une infirmière digne de ce nom, pas un de ces hamsters capables de tuer par erreur un enfant atteint d'une otite. Ma fille doit rentrer se reposer à la maison, et non revivre son *trauma* avec un imposteur qui n'a pas fini le lycée et qui ne reconnaîtrait pas un crime même s'il lui mordait le cul, tout ça parce que cette police à la noix est incapable de résoudre l'affaire toute seule !

— C'est la procédure, monsieur, dans ce genre d'incident.

— D'incident ?

— Je voulais dire...

— Un incident, c'est renverser de la limonade sur la moquette ! Un incident, *c'est perdre une boucle d'oreille, putain !*

— Elle... elle ne parlera à la police que lorsqu'elle sera prête. Vous avez ma parole.

— Votre parole ? Vous allez devoir faire beaucoup mieux que ça, docteur... comment déjà... Thomas Smart ? C'est une abréviation de Smarties, ou quoi ?

— Monsieur, je ne...

— Ou alors, c'est votre nom de scène ? »

Je quittai mon lit et, après m'être assurée que je n'arrachais pas la perfusion de mon bras ni les fils qui reliaient ma poitrine à l'engin, je parcourus les quelques mètres jusqu'au rideau, mon lit me suivant à regret. Je jetai un coup d'œil par l'interstice.

Devant le vaste bureau hexagonal, au centre de la salle des urgences, se tenait mon père, tout de velours vêtu. Ses cheveux blond-gris retombaient sur son front — ce qui se produisait souvent pendant ses cours magistraux — et il était écarlate. Face à lui, Monsieur Blouse Blanche acquiesçait en se malaxant les mains. À sa gauche, derrière le comptoir, les secrétaires Cheveux Frisés et Rouge à Lèvres Martien dévoraient papa des yeux, l'une pressant un combiné de téléphone contre son cou grenat, l'autre faisant mine d'examiner un écritoire.

« Papa », raclai-je.

Il m'entendit aussitôt. Et écarquilla les yeux.

« Mon Dieu », fit-il.

En fait, même si je n'en avais aucun souvenir, j'avais apparemment été loquace avec John Richards et son fils, qui m'avaient portée, telle une mariée évanouie, jusqu'à leur véhicule, à un kilomètre de distance. (Blouse Blanche me fut d'une grande utilité quand il m'expliqua qu'en matière de souvenirs, je pouvais « m'attendre à tout », mettant sur le même plan une bosse sur la tête et une collision frontale.)

Avec ce que j'imaginais être la voix, à la fois électrisée et carbonisée, d'une personne qui vient d'être frappée par l'éclair (plus de 100 000 volts de courant en continu), des pupilles dilatées et des phrases hachées, je leur donnai mon nom, mon adresse, mon numéro de téléphone, et je leur expliquai que j'étais partie camper dans les Great Smoky Mountains, où il s'était passé quelque chose de terrible (il paraît que j'utilisai vraiment le mot *terrible*). Je ne répondis pas à leurs questions — j'étais incapable de leur dire ce que j'avais vu — mais apparemment je répétai en boucle : « Elle est partie », pendant les trois quarts d'heure de trajet jusqu'à l'hôpital de Sluder.

Ce détail était particulièrement inquiétant. Car *Elle est partie* était une comptine aux accents sinistres qu'à l'âge de cinq ans je chantais avec papa sur l'autoroute sur l'air de *Clementine*. C'était Miss Jetty de la crèche d'Oxford, Mississippi, qui nous l'avait apprise : « Elle est partie, elle est nulle part, c'est ma petite fille et elle a disparu. Elle s'est noyée dans la rivière, et elle a été rejetée quelque part du côté de Babylone. »

(Papa apprit tout ceci de la bouche de mes deux chevaliers servants dans la salle d'attente des urgences et, même s'ils étaient partis bien avant mon réveil, nous leur envoyâmes ensuite un mot de remerciement, avec trois cents dollars de matériel de pêche à la mouche, choisi au hasard dans le magasin À l'Appât du Poisson.)

Grâce à mon étrange lucidité, l'hôpital de Sluder avait pu appeler papa et alerter le garde forestier, un homme du nom de Roy Withers, qui commença des recherches dans la zone. C'est aussi pour ça que la police de Burns avait dépêché l'un de ses membres, l'agent Gerald Coxley.

« Je me suis arrangé, m'annonça papa. Personne ne t'interrogera. »

J'étais toujours derrière le rideau couleur menthe dans mon lit spongieux, momifiée par les couvertures blanches chauffées, où j'essayais de manger avec mon bras en cure-pipe le sandwich à la dinde et le cookie aux pépites de chocolat que Rouge à Lèvres Martien était allée me chercher à la cafétéria. Ma tête ressemblait au ballon en couleur du *Tour du monde en 80 jours*. Je n'étais apparemment capable que de regarder le rideau, mâcher, déglutir et siroter le café que Cheveux Frisés m'avait préparé selon les instructions précises de papa (« Bleue aime son café avec du lait écrémé et sans sucre. Moi, le café noir. ») : regarder, mâcher, déglutir, regarder, mâcher, déglutir. Papa était assis à ma gauche.

« Tout va s'arranger, disait-il. Tu es forte, ma fille. Tu n'as peur de rien. Nous serons à la maison dans une heure. Tu vas te reposer et, bientôt, il n'y paraîtra plus. »

Je savais que papa, tout en intonation à la Truman et sourire à la Kennedy, disait ça pour mieux s'en convaincre. Moi, je n'avais besoin de rien. On m'avait administré des sédatifs en perfusion, et j'étais trop ramollie pour mesurer l'étendue de son angoisse. Car je n'avais jamais parlé à papa de l'excursion en montagne : je lui avais dit que j'allais passer le week-end chez Jade. Je n'avais pas envie de lui mentir, d'autant qu'il avait désormais une philosophie parentale à la McDonald's (« Toujours ouvert et prêt à vous servir »). Mais papa vouait un grand mépris aux activités de plein air telles que le camping, le ski, le VTT, le parachute ascensionnel, le deltaplane, et plus encore aux « crétins » qui les pratiquaient. Il ne manifestait aucun intérêt pour les forêts, l'océan, les montagnes ou l'air pur, comme il s'en expliquait longuement dans « L'orgueil de l'homme et les nations de ce monde » paru en 1982 dans *Sound Opinion Press*, une publication depuis tombée dans l'oubli.

Je retranscris ici le paragraphe 14, intitulé « Le complexe de Zeus » : « L'homme égocentrique cherche à défier l'immortalité par d'exigeantes épreuves physiques, en s'approchant volontairement du précipice de la mort pour ressentir cet égoïste sentiment de victoire. Or ce sentiment est bref et erroné, car le pouvoir de la nature sur l'homme est absolu. La place de l'homme n'est pas à chercher dans des conditions extrêmes, où, soyons honnêtes, il a la fragilité d'une puce, mais dans le travail. Son rôle, c'est de construire et de gouverner, de rédiger des lois et des ordonnances. C'est dans le *travail* que l'homme trouve le sens de sa vie, et non dans l'égoïste injection d'adrénaline qu'il éprouve quand il gravit l'Everest sans oxygène et manque de tuer le pauvre sherpa qui le porte. »

À cause du paragraphe 14, je n'avais rien dit à papa. Il ne m'aurait jamais laissée partir en camping et, même si je n'avais guère envie d'y aller, je ne voulais pas non plus que les autres vivent une expérience psychédélique sans moi. (J'ignorais alors totalement de quoi ce psychédélisme serait constitué.)

« Je suis fier de toi, dit papa.

— Papa », fut tout ce que je pus racler. Mais je réussis à lui effleurer la main, qui s'ouvrit comme un mimosa.

« Tout va s'arranger, mon petit nuage. Tu vas te porter comme un chêne.

— Un charme, grinçai-je.

— Comme un charme.

— Promis ?

— Bien sûr, c'est promis. »

Une heure plus tard, ma voix réapparut sur la pointe des pieds. Une nouvelle infirmière, Sourcils Sévères (kidnappée par Blouse Blanche dans un autre service afin de rassurer papa), me prit la tension et le pouls, et dit : « Tout va bien », avant de disparaître avec un « hum ! ».

J'avais beau me sentir comme un insecte au soleil, les bruits de l'hôpital m'apaisant comme la vue des poissons quand on fait de la plongée, peu à peu, les souvenirs de la soirée montrèrent des signes de vie. Alors que je sirotais mon café en écoutant un monsieur enroué se remettre d'une crise d'asthme de l'autre côté du rideau (« Vraiment, je dois rentrer nourrir mon chien. — Encore une demi-heure, Mr. Elphinstone »). Tout à coup, je m'aperçus que Hannah était partout présente dans mon esprit. Non comme je l'avais vue la dernière fois, mais à table chez elle, en train de nous écouter, la tête penchée, une cigarette allumée, qu'elle écrasait ensuite sans pitié dans son assiette à pain. Elle apparut à deux reprises. Je vis aussi ses talons, un petit détail que peu avaient remarqué : ils étaient parfois si noirs et si craquelés qu'on aurait dit du bitume.

« Ma chérie, qu'est-ce qui se passe ? »

Je dis à papa que je voulais voir le policier. Il accepta à regret et, une demi-heure plus tard, je racontais à l'agent Coxley tout ce que je me rappelais.

D'après papa, l'agent Gerald Coxley avait attendu plus de trois heures aux urgences en discutant avec l'infirmière de garde et quelques patients moins prioritaires, tout en buvant du Pepsi et « en lisant un magazine de moto, l'air si concentré qu'on aurait cru qu'il s'agissait de son manuel d'instruction », déclara papa avec dédain. La patience semblait l'une des qualités majeures de Gerald Coxley (voir *Faux fruits, drupes et fruits secs*, Swollum, 1982).

Il s'installa en croisant comme une femme ses longues jambes maigres sur le siège en plastique bleu que Sourcils Sévères lui avait apporté. Puis il posa un vieux carnet vert sur sa cuisse et se mit à y écrire de la main gauche, en MAJUSCULES, avec la vitesse d'un bourgeon en train d'éclore sur un pommier.

Âgé d'une quarantaine d'années, le cheveu mou couleur auburn et l'œil las d'un maître-nageur à la fin de l'été, l'agent Coxley était un homme tout en distillation, résumé, condensation. Adossée à plusieurs oreillers (papa surveillait Coxley du bout du lit), je fis en sorte de tout lui raconter, mais quand je parvenais péniblement au bout d'une phrase — une phrase compliquée et pleine de détails cruciaux douloureusement extraits des ténèbres, car tout me semblait irréel : dans ma tête, chacun de mes souvenirs semblait éclairé par Cecil B. De Mille avec lampes à arc, effets spéciaux et maquillage de scène, pyrotechnie et atmosphères —, de tout ça, l'agent Coxley ne retenait qu'un, peut-être deux mots.

6 ÉLÈVES ST-GALLWAY HANA SCHNEDER PROF MORTE ? SUGARTOP VIOLET MARTINEZ

Il aurait concentré un roman de Dickens en un haïku.

« Encore quelques questions, dit-il en clignant des yeux devant son poème à la e.e. cummings.

— Et quand elle est venue me rejoindre dans les bois, repris-je, elle portait une grosse banane qu'elle n'avait pas auparavant. Vous voyez ?

— Bien sûr. » BANANE...

« Cette personne qui nous espionnait, je dirais que c'est un homme, mais je n'en suis pas sûre. Elle portait des grosses lunettes. Nigel, l'un de nos amis, a des lunettes, mais ce n'était pas lui. Il est minuscule et il a de toutes petites lunettes. Cette personne était grande, et elle avait de grosses lunettes. Grosses comme des bouteilles de Coca.

— Bien sûr. » BOUTEILLE

« Car, dis-je, Hannah voulait me dire quelque chose. »

Coxley acquiesça.

« C'est pour ça qu'elle m'a emmenée à l'écart. Mais elle n'a pas pu me dire quoi. À ce moment-là, nous avons entendu cette personne, et Hannah est partie. »

Maintenant, ma voix n'était plus qu'un souffle, au mieux un courant d'air, mais je continuai, malgré les froncements inquiets de papa.

« D'accord, d'accord j'ai compris. » PARTI

L'agent Coxley me regarda en haussant des sourcils aussi broussailleux que des ramboutans. Il souriait comme s'il n'avait jamais vu un témoin comme moi, et il y avait malheureusement toutes les chances que ce soit le cas. J'avais le sentiment gênant que l'expérience de l'agent Coxley en matière de témoins se limitait aux accidents de la route, à l'exclusion de tout meurtre ou cambriolage. La cinquième question de sa série (posées d'une voix si neutre qu'on voyait la feuille QUESTIONNAIRE TÉMOIN punaisée au panneau d'affichage du poste de police, entre l'invitation à la 52e table ronde annuelle sur les vols de voitures, et les petites annonces, où les célibataires du service se présentaient en vingt-huit mots maximum) avait été suprêmement décourageante : « Avez-vous remarqué quelque chose de particulier sur les lieux ? » Il espérait sans doute que je lui réponde « un feu rouge en panne » ou « une branche qui cachait un stop ».

« On les a retrouvés ? demandai-je.

— Nous y travaillons, répondit Coxley.

— Et Hannah ?

— Comme j'ai dit. Tout le monde est sur l'affaire. »

Il passa sur le carnet vert son gros doigt en cosse de petit pois.

407

« Est-ce que vous pourriez m'en dire davantage sur votre relation avec…

— C'était une prof de notre école, répondis-je. St-Gallway. Mais pas seulement. C'était aussi une amie. »

Je pris une grande bouffée d'air.

« Vous parlez de…

— Hannah Schneider. Avec un i.

— Ah, d'accord. » I

« Pour que tout soit bien clair, c'est la personne que je crois avoir vue…

— Oui », dit-il en hochant la tête alors qu'il écrivait. AMIE.

À cet instant, papa décida sans doute que ça suffisait, car il observa intensément Coxley et, comme s'il venait de prendre une décision, se leva (voir « Picasso après une bonne soirée au Lapin Agile, Paris », *Respecter le diable*, Hearst, 1984, p. 148).

« Je pense que vous avez tout le nécessaire, désormais, Poirot, dit-il. Quelle méthode ! Vous m'impressionnez.

— Pardon ? dit l'agent Coxley en fronçant les sourcils.

— Vous venez de redorer à mes yeux le blason de la police. Cela fait combien d'années que vous faites ce boulot, Holmes ? Dix, douze ans ?

— Euh, ça va faire dix-huit ans. »

Papa hocha la tête en souriant.

« Impressionnant. J'ai toujours eu un faible pour votre jargon. Constat de décès. PV de saisine, infraction à la législation, brigade des stups… Il ne faut pas m'en vouloir. J'ai trop regardé *Columbo*. Je regrette de ne pas avoir fait ce métier. Je peux vous demander pourquoi vous l'avez choisi ?

— Mon père était policier.

— C'est merveilleux.

— Son père aussi. Ça remonte à plusieurs générations.

— Si vous voulez mon avis, trop peu de jeunes s'orientent vers la police. Les gosses brillants veulent tous des boulots de haut vol. Est-ce que ça les rend heureux ? J'en doute. Nous avons besoin de gars solides et intelligents. De gens qui aient les idées claires.

— Je suis absolument d'accord.

— Vraiment ?

— Le fils d'un ami était parti à Bryson City pour devenir banquier. Il a détesté. Il est revenu, et je l'ai embauché. Y dit qu'il a jamais été aussi heureux. Mais faut des hommes exceptionnels. C'est pas tout le monde...

— Certainement, dit papa en hochant la tête.

— Un de mes cousins. Il a jamais pu. Il avait pas le courage.

— Je comprends ça.

— Je vois tout de suite si un type va coller ou pas.

— Vraiment ?

— Bien sûr. J'ai embauché un type de Sluder. Tout le service le trouvait génial. Mais moi, j'ai vu ses yeux. Ils étaient vides. Deux mois plus tard, il est parti avec la femme d'un inspecteur.

— Ah, soupira papa en regardant sa montre. Quand l'amour parle...

— Oh.

— Le médecin, qui a l'air compétent, a suggéré que Bleue rentre à la maison et repose sa voix. Il ne nous reste plus qu'à attendre des nouvelles des autres enfants, conclut papa en lui tendant la main. Vous avez toute ma confiance.

— Merci, dit Coxley en se levant pour serrer la main de papa.

— Merci à vous. J'imagine que vous nous contacterez chez nous si vous avez d'autres questions à poser. Vous avez notre numéro ?

— Oui.

— Formidable, dit papa. Faites-nous savoir en quoi nous pouvons vous être utiles.

— Bien sûr. Et bonne chance.

— À vous aussi, Marlowe. »

Et là, avant que l'agent Coxley comprenne ce qui se passait, et avant que je comprenne moi-même, il était parti.

CENT ANS DE SOLITUDE

Lors d'une tragédie, lorsqu'on assiste par accident à la mort de quelqu'un, il se produit en nous un changement radical. Quelque part dans notre corps (le cerveau ou le système nerveux, sans doute), se crée un accroc, un temps de retard, un problème technique, une pierre sur laquelle, désormais, on achoppera.

Ceux qui n'ont pas connu un tel malheur en sont réduits à imaginer le volatile le plus rapide au monde, le faucon pèlerin (*Falco peregrinus*), plongeant avec magnificence vers sa proie (une colombe qui n'en demandait pas tant) à quatre cents kilomètres à l'heure. Mais quelques secondes avant que ses serres ne frappent sa cible d'un coup mortel, notre faucon est pris de vertige, il perd le contrôle, il part en vrille, *deux coups, trois heures, trois heures, freine, freine, Zorro, t'es touché à l'aile*. Il parvient néanmoins à se rétablir. Choqué, il vole tant bien que mal jusqu'à l'arbre le plus proche, où il reprend ses esprits. Il est indemne, et pourtant, jusqu'à la fin de sa vie, douze ou quinze ans plus tard, il reste à jamais incapable de piquer à la même vitesse et avec la même intensité que les autres faucons. Il conserve une différence, il reste un peu *faussé*.

Du point de vue biologique, le deuil d'un être cher n'a pas de sens. Ainsi, la fourmi charpentière n'attend que quinze à trente secondes avant d'enlever le corps d'une congénère morte, puis de le balancer sur un tas de sable et de poussière près de la fourmilière (voir : *Ce sont tous mes enfants, confessions d'une reine*, Strong, 1989, p. 21). Les mammifères ont également une vision triviale de la mort et du deuil. Une tigresse solitaire défendra sa progéniture

410

contre un mâle errant, mais si ladite progéniture est finalement massacrée, la tigresse « batifolera et copulera sans hésiter avec le mâle » (voir *Fierté*, Stevens-Hart, 1992, p. 112). Certes, les primates veillent leurs morts — « nul chagrin n'est aussi intense que celui d'un chimpanzé », déclare Jim Harry dans *L'outilleur* (1980) — mais leur tristesse ne s'applique qu'à leurs proches. Les mâles chimpanzés tuent non seulement leurs rivaux mais aussi les jeunes et les estropiés, y compris dans leur tribu, allant même parfois jusqu'à les dévorer sans raison apparente (p. 108).

Malgré mes tentatives, le *c'est la vie** du règne animal ne m'apporta aucun réconfort. Les trois mois qui suivirent, je découvris l'insomnie. La véritable insomnie, pas l'insomnie romantique, cette légère difficulté à s'endormir quand on est amoureux et qu'on attend avec impatience le lendemain pour retrouver son cher et tendre dans un belvédère secret. Mes insomnies étaient une torture pleine de moiteur, de celles où l'oreiller acquiert peu à peu les propriétés d'une bûche et les draps le climat des Everglades.

La nuit qui suivit mon retour de l'hôpital, ni Hannah, ni Jade et les autres n'avaient été retrouvés. Tandis que la pluie battait contre les vitres, je regardais fixement le plafond de ma chambre en guettant cette nouvelle sensation dans ma poitrine, l'impression qu'elle se creusait comme un vieux trottoir. Ma tête était envahie de pensées qui allaient toutes dans le même sens, la plus puissante étant ce rêve de producteur de cinéma : l'envie suprêmement improductive d'effacer les quarante-huit dernières heures, de virer le réalisateur (qui, de toute évidence, était un incapable) et de reprendre le tournage à zéro avec réécriture du scénario et nouvelles têtes d'affiche. Je ne supportais pas d'être à l'abri, bien au chaud, avec mes chaussettes en laine et mon pyjama en flanelle bleu marine en provenance du rayon ado de Stickley. J'en voulais même à la tasse de tisane à la fleur d'oranger que papa avait placée au coin sud-ouest de ma table de nuit, laquelle arborait ce proverbe : « Mieux vaut prévenir que guérir », qui trônait là comme une ampoule au pied. Je trouvais mon sauvetage par Richards père et fils comparable à un cousin édenté et postillonnant : il était carrément gênant. Je n'avais aucune envie de devenir le père d'Anne Frank, Anastasia de

Russie ou encore le garde du corps de Dodi-Al-Fayed. J'avais envie d'être avec eux, d'endurer ce qu'ils enduraient.

Vu l'étendue de mon tourment, il ne faut pas s'étonner que, pendant les vacances de printemps, à savoir les dix jours qui suivirent ce week-end en camping, je me sois lancée à corps perdu dans une aigre, ingrate et frustrante histoire d'amour.

Mon amant insipide et infidèle était un individu bicéphale plus connu sous le nom de « JT » sur WQOX News 13. Au début, je le regardais trois fois par jour (le journal du petit matin à 5 heures, les nouvelles du soir à 17 h 30, et les infos de la nuit à 23 heures), mais, en vingt-quatre heures, grâce à son discours franc, ses épaulettes, ses improvisations et ses pauses publicitaires (sans parler du faux soleil toujours en train de se lever en toile de fond), il se fit une place dans ma tête déboussolée. J'étais incapable de manger et de dormir sans les flashs de trente minutes à 6 h 30, 9 heures et 12 h 30.

Comme toutes les histoires d'amour, la mienne commença avec de *Grandes Espérances*.

« Et maintenant, les informations régionales », annonçait Cherry Jeffries. Elle arborait un ensemble rose médicament, des yeux noisette et un petit sourire tel un élastique en travers de son visage. Ses épais cheveux blonds encapuchonnaient sa tête comme un bouchon de stylo. « Elle a beau porter l'agréable nom d'École maternelle du Soleil levant, les services sociaux veulent obtenir sa fermeture suite à de nombreuses plaintes. »

« Les restaurateurs protestent contre une nouvelle augmentation des impôts locaux », pépiait Norvel Owen. Sa seule caractéristique notable, c'était sa calvitie naissante, qui imitait les coutures d'une balle de base-ball. Remarquable aussi était sa cravate, qui semblait ornée de moules, de clams et autres mollusques. « Nous verrons quelle conséquence cette situation aura sur vos sorties du samedi soir. Des sujets développés dans notre prochain journal. »

Un carré vert apparut au-dessus de l'épaule de Cherry comme une idée lumineuse : PORTÉS DISPARUS.

« Mais d'abord, notre information principale : les recherches intensives continuent ce soir pour localiser les cinq lycéens et leur professeur disparus dans le parc national des Smoky Mountains. Tout le personnel est en alerte depuis que ce matin un habitant de

Yancey a découvert le sixième membre de cette équipée près de la route 441. La jeune fille a été admise à l'hôpital pour faiblesse générale, mais elle en est ressortie en début de soirée dans un état satisfaisant. Le shérif de Sluder a déclaré que le groupe avait pénétré dans le parc vendredi après-midi dans l'intention d'y camper, mais qu'il s'est perdu. La pluie, le vent et le brouillard perturbent le travail des sauveteurs, mais la température restant largement supérieure à zéro, les gardes forestiers et la police de Sluder ne perdent pas espoir, loin de là. Nous sommes de tout cœur avec les familles et les personnes qui participent à ces recherches. »

Cherry jeta un coup d'œil à la feuille vierge sur son bureau en plastique bleu et releva la tête.

« À la ferme éducative de Caroline du Nord, tout le monde se réjouit de l'arrivée d'un nouveau poney.

— Car il ne s'agit pas d'un équidé ordinaire, pépia Norvel. Mackensie est un poney falabella, un poney miniature qui mesure à peine plus de soixante centimètres au garrot. Cette race est originaire d'Argentine, et c'est l'une des plus rares au monde. Vous pouvez aller saluer Mack dans l'enclos des animaux domestiques.

— Cet événement se déroule chaque année, ajouta Cherry, et son succès dépend de vous.

— Bientôt, reprit Norvel, tous les détails sur l'opération *Don du sang*. »

Le lendemain matin, dimanche, mon engouement s'était mû en obsession. Ce n'était pas seulement une bonne nouvelle que j'attendais, et que pourtant je n'avais pas encore entendue : les équipes de secours les avaient enfin retrouvés, Hannah était vivante, et c'était la peur (bien connue pour ses qualités hallucinogènes) qui m'avait fait imaginer tout ce scénario. Car il y avait dans le tandem Cherry-Norvel (que je surnommais Tchernobyl) quelque chose d'indéniablement addictif, quelque chose qui me faisait supporter six heures de talk-show (sur des sujets essentiels comme « Du crapaud à l'homme : exemples de reconversions extrêmes »), des publicités pour produits ménagers mettant en scène des femmes au foyer avec trop de taches, trop d'enfants et trop peu de temps, jusqu'au « Déjeuner à la une » de midi trente. Un sourire triomphant apparut sur le visage de Cherry quand elle annonça qu'elle serait la seule présentatrice tout l'après-midi.

« Nous déjeunons aujourd'hui avec les dernières nouvelles », déclara-t-elle, les sourcils froncés, en arrangeant les feuilles vierges devant elle, visiblement excitée à l'idée de trôner seule à ce bureau bleu, et non reléguée dans sa partie droite. Le passepoil blanc de son tailleur bleu marine, qui épousait ses épaules, ses poches et ses manches, soulignait sa silhouette fine, comme les lignes blanches qui signalent un virage dangereux sur une route non éclairée. Elle cligna des paupières et prit une mine grave : « Une habitante de Carlton a été retrouvée morte cet après-midi par les équipes de secours qui effectuent des recherches dans le parc national de Smoky Mountains. Il s'agit de la toute dernière information sur la disparition de cinq lycéens et d'un professeur depuis maintenant deux jours. Stan Stitwell de News 13 se trouve au centre de secours. Stan, que dit la police ? »

Stan Stitwell apparut sur un parking, devant une ambulance. Si Stan Stitwell avait été un vin, il n'aurait été ni puissant ni racé. Stan aurait été fruité et gouleyant, avec un léger parfum de cerise. Ses cheveux mous et bruns dégoulinaient sur son front comme des lacets détrempés.

« Cherry, la police de Sluder n'a encore fait aucune déclaration, mais on aurait identifié le corps comme étant celui de Hannah Louise Schneider, âgée de 44 ans, enseignante à l'école St-Gallway, la célèbre institution privée de Stockton. Le personnel du parc la recherchait, ainsi que cinq lycéens, depuis plus de vingt-quatre heures. Les autorités n'ont donné aucun détail sur l'état du corps mais, depuis quelques minutes, des inspecteurs sont sur les lieux pour rechercher d'éventuels indices.

— Et les cinq lycéens, Stan ? Quelles nouvelles les concernant ?

— Eh bien, malgré les mauvaises conditions météo, la pluie, le vent et un brouillard épais, les recherches se poursuivent. Il y a une heure, les équipes de secours ont fait décoller un hélicoptère, qui a dû rentrer en raison d'une visibilité trop faible. Dans les deux dernières heures, au moins vingt-cinq volontaires sont venus grossir les rangs des enquêteurs. Comme vous le voyez, la Croix-Rouge et une équipe médicale de l'université du Tennessee ont préparé des vivres et une antenne d'assistance. Tout le monde espère que les jeunes gens rentreront bientôt chez eux sains et saufs.

— Merci Stan, dit Cherry. News 13 vous tiendra au courant à mesure que les informations nous parviendront. »

Elle jeta un coup d'œil à une feuille vierge sur son bureau. Et releva la tête.

« Et maintenant, ce que vous attendiez avec impatience. Grâce à notre rubrique "Bien-être", vous allez bientôt tout savoir sur l'objet que votre dentiste aimerait vous voir utiliser deux fois par jour. Mary Grubb, de News 13, vous raconte l'histoire de la brosse à dents. »

Je regardai le journal jusqu'au bout, mais il n'y eut aucune autre allusion à notre équipée. À mesure, je remarquai divers petits détails sur Cherry : ses yeux qui filaient le long du téléprompteur, ses expressions, qui allaient de la consternation modérée (vol à main armée dans un salon de beauté) à l'affliction profonde (un bébé mort dans un appartement en feu), en passant par un intérêt citoyen pour la vie locale (le conflit entre les fans de moto-cross et les propriétaires de caravanes de Marengo), comme on change de jupe dans une cabine d'essayage. (Son coup d'œil aux feuilles blanches semblait être le commutateur de ces modifications d'expression, un peu comme si on secouait une ardoise magique.)

Le lundi, alors que je me tirais du lit à 6 h 30 pour « De bon matin ! », je remarquai que Cherry cherchait à tout prix à capter l'attention, de façon à réduire Norvel à un appendice, un accessoire, un sachet de sel qu'on cherche en vain au fond d'un sac de fast-food. Jadis doté de cheveux blond sable, Norvel aussi avait sans doute été compétent, peut-être même avait-il été l'unique présentateur de ce JT, mais, telle une église byzantine de Dresde à la veille du 13 février 1945, il se trouvait au mauvais endroit au mauvais moment. Contraint de faire bon ménage avec Cherry, victime de l'ascension professionnelle de sa collègue, garantie par de grandes boucles d'oreilles en plastique et une couche de maquillage plus épaisse que celle d'une drag queen, de son art de la castration indirecte (« À propos de bébés, Norvel va maintenant vous raconter l'ouverture de la crèche Montessori dans le comté de Yancey »), cet homme n'était plus que ruines. Il parlait quand on voulait bien le lui permettre (des reportages sans importance sur l'apparition du maire et autres animaux de ferme) de la voix lasse et chevrotante d'une femme qui fait un régime à base d'ananas et de fromage frais, une femme dont on voit saillir la colonne vertébrale quand elle se penche.

Je savais que cette histoire d'amour n'avait rien de simple, et que ce n'était pas la plus saine des aventures.

Mais c'était plus fort que moi.

« Ce matin, les cinq lycéens ont été retrouvés vivants dans les Great Smoky Mountains par une équipe de secours après deux jours de recherches intensives, annonça Cherry. C'est le dernier rebondissement dans cette affaire depuis que le corps de leur professeur, Hannah Louise Schneider, a été découvert hier. Nous sommes devant l'hôpital de Sluder avec Stan Stitwell de News 13. Stan, que pouvez-vous nous dire ?

— Cherry, il y a eu ici des cris et des larmes de joie quand les équipes de secours du parc ont ramené les cinq lycéens perdus depuis vendredi. Le brouillard épais et la pluie n'étant plus qu'un mauvais souvenir, les chiens ont pu suivre leur trace depuis le célèbre site de camping appelé Sugartop Summit jusqu'à un endroit à plus de quinze kilomètres de là. La police a annoncé que les jeunes avaient été séparés de Hannah Schneider et de la sixième lycéenne dès vendredi. Ils ont voulu retrouver le sentier pour quitter le parc, mais ils se sont égarés. L'un d'eux aurait une jambe cassée, mais sinon, ils seraient en bonne santé. Ils ont été admis il y a une demi-heure aux urgences, juste derrière moi, où on soigne leurs coupures, égratignures et autres petites blessures.

— C'est une excellente nouvelle, Stan. Des informations sur la cause de la mort du professeur ?

— Cherry, la police de Sluder n'a fait aucune déclaration, elle s'est contentée de dire que, pour les besoins de l'enquête, tout est tenu secret. Nous devrons attendre le rapport du légiste de Sluder, sans doute dans le courant de la semaine. Pour l'instant, tout le monde est soulagé que les jeunes soient sains et saufs. On pense qu'ils pourront quitter l'hôpital dans la journée.

— Très bien, Stan. Et News 13 vous tiendra au courant de l'épilogue de cette tragique épopée. »

Cherry baissa les yeux vers sa feuille puis releva la tête.

« C'est petit, c'est noir. Un objet que vous devriez toujours avoir sur vous.

— Devinez de quoi il s'agit, reprit Norvel en faisant un clin d'œil à la caméra. Dans notre rubrique "Technologies". Juste après la pub. »

Je regardai l'émission jusqu'à ce que Cherry lance d'un ton pétillant « Et bonne journée ! » et que la caméra s'éloigne des deux présentateurs comme une mouche dans le studio. Vu son sourire triomphant, elle semblait espérer que cette équipée serait son moment de gloire, son quart d'heure de célébrité (dont la durée pouvait éventuellement être doublée), son billet de première classe pour Dieu sait où (fauteuil entièrement inclinable et champagne avant le décollage). Cherry semblait voir, dans le lointain, défiler sur une autoroute à quatre voies : « Cherry Jeffries : le talk-show où vous crachez tout ce que vous avez sur le cœur », « Cherry Jeffries, une ligne de vêtements classiques pour femme active » (une expression qui avait cessé d'être un oxymore), « Cherry Bird, le parfum de Cherry Jeffries pour les femmes d'action », et un article dans *USA Today* : « Adieu Oprah Winfrey, bienvenue Cherry Jeffries ». Une pub de voiture ronronna sur l'écran. Je sentis dans mon dos la présence de papa. Sa vieille sacoche en cuir bourrée de blocs-notes et de journaux pendait lourdement à son épaule. Il partait pour la fac. Son cours, « Résolution des conflits dans le tiers-monde », commençait à 9 heures.

« Ce n'est peut-être pas raisonnable de continuer à regarder ça, dit-il.

— Qu'est-ce que je pourrais faire d'autre ? dis-je d'un ton éteint.

— Te reposer. Lire. J'ai une nouvelle édition commentée de *De Profundis*…

— Je n'ai pas envie de lire *De Profundis*.

— Je comprends. » Il garda le silence quelques instants. « Et si je téléphonais à la fac pour me faire porter pâle, et qu'on allait se promener ? Faire un tour à…

— Où ça ?

— Au bord d'un de ces lacs : les gens disent que c'est le paradis. Un lac avec des canards.

— Des canards.

417

« — Oui. Et des pédalos. Et des cygnes. »

Papa contourna le canapé, de toute évidence pour que je détourne les yeux de l'écran.

« Et si on taillait la route ? reprit-il. Histoire de ne pas oublier que, malgré les événements tragiques, la vie continue. "Vers quel séjour diriges-tu tes pas, Amérique, en ton automobile étincelante ?" demandait Kerouac. »

Je continuai à fixer la télé de mes yeux fatigués, ma robe de chambre comme une langue molle autour de mes jambes.

« Est-ce que tu as eu une aventure avec Hannah Schneider ? » demandai-je.

Papa fut tellement surpris qu'il ne répondit pas tout de suite.

« Quoi ? »

Je répétai ma question.

« Comment peux-tu imaginer une chose pareille ?

— Tu as bien eu une aventure avec Eva Brewster, alors tu as pu avoir *aussi* une aventure avec Hannah Schneider. Peut-être que tu as eu une aventure avec toutes les femmes de mon école et que…

— Bien sûr que non », dit papa d'un air irrité, puis il prit une grande bouffée d'air et ajouta très vite : « Je n'ai pas eu d'aventure avec Hannah Schneider. Ma chérie, tu devrais cesser de… de broyer du noir. Ce n'est pas sain. Qu'est-ce que je peux faire pour toi ? Dis-le-moi. Et si on déménageait ? En Californie. Tu as toujours voulu aller en Californie, non ? N'importe quel État… »

Papa se raccrochait à ses paroles comme une personne tombée à l'eau tente de se raccrocher à du contre-plaqué. Je ne dis rien.

« Bon, fit-il au bout d'une minute. Tu as mon numéro au bureau. Je ferai un saut vers 14 heures pour voir si tu vas bien.

— Ne t'inquiète pas pour moi.

— Ma chérie.

— Quoi ?

— Il y a des macaronis…

— Dans le frigo, que je peux réchauffer pour le déjeuner. Je sais. »

Il poussa un soupir. Je l'observai en douce. Il faisait une drôle de tête, comme si je lui avais mis mon poing dans la figure, comme si

418

j'avais écrit *Salaud* à la bombe sur son front, comme si j'avais souhaité sa mort.

« Si tu as besoin de quelque chose, tu m'appelles, d'accord ? » lança-t-il.

J'acquiesçai.

« Si tu veux, au retour, je peux louer un film à... comment ça s'appelle déjà ?

— Videomecca.

— C'est ça. Tu as une requête particulière ?

— *Autant en emporte ce putain de vent.* »

Papa déposa un baiser sur ma joue et quitta la pièce. C'était l'un de ces moments où l'on se sent aussi friable que de la pâte à baklava, où l'on rêve de voir l'autre rester, mais où on se retient de le dire pour pouvoir éprouver ensuite la solitude sous sa forme la plus pure, aussi pure que les éléments du tableau périodique, avec son gaz le plus noble : l'Isol(ement).

La porte d'entrée claqua et la clé retentit dans la serrure. À mesure que s'estompait le bruit de moteur de la Volvo bleue, la tristesse et l'apathie m'enveloppèrent comme un drap que l'on étend sur des chaises de jardin pour l'hiver.

Sans doute était-ce le choc, la réaction de mon corps à la détresse, ce à quoi renvoie Jemma Sloane à la page 95 de son ennuyeux ouvrage sur les enfants difficiles, *Élever Goliath* (1999), dans le chapitre « Comment faire face ». En tout cas, quelles que soient les raisons psychologiques, pendant les quatre jours qui suivirent leur sauvetage (car, comme mon cher Tchernobyl l'annonça aux « Nouvelles de 17 heures », on avait enfin livré à leur famille ces colis endommagés), je devins aussi acariâtre qu'une veuve de quatre-vingt-dix ans.

Papa devant assurer ses cours, je passai les vacances de printemps seule. Je ne parlais guère, ne fréquentant que moi-même et ma compagne en couleur, la télévision (Tchernobyl se révéla d'une compagnie bien plus agréable qu'un enfant qui fait le clown). Papa tenait le rôle du concierge, grossièrement sous-payé et pourtant fidèle, il apparaissait à intervalles réguliers pour s'assurer que je n'avais pas mis le feu à la maison, que je mangeais ce qu'il m'avait préparé et que je ne m'endormais pas dans d'étranges positions risquant d'entraîner des traumatismes, voire la mort. Quand j'étais énervée, il adoptait le profil bas de l'infirmière silencieuse, trop inquiet à l'idée de devoir me ramasser à la petite cuillère.

Quand je me sentis prête, je m'aventurai dehors. La pluie du week-end avait cédé la place à un soleil radieux. Mais la lumière éblouissante et l'herbe dorée comme de la paille étaient insupportables. Le soleil s'attaquait au jardin, baignant les arbres, réchauffant l'asphalte. Des vers de terre offensifs, ces vestiges de la pluie tout à coup tétanisés, cuisaient dans l'allée comme des frites orange.

Je battis en retraite et je baissai les stores. J'étais d'humeur grincheuse, j'en voulais à la terre entière. Le matin, dès que papa avait levé le camp, je récupérais dans la poubelle de la cuisine le *Stockton Observer* qu'il avait jeté pour m'éviter la vision des gros titres. (Il ignorait que mon bien-être était une cause perdue ; je n'avais plus le moindre appétit, et mon sommeil était aussi improbable que des œufs de phénix.)

Avant son retour vers 17 heures, je remettais le journal dans la poubelle, le glissant avec soin sous les rigatoni tomate de la veille. (La secrétaire du département de sciences politiques de la fac, Barbara, avait fourni à papa quelques « recettes magiques », des rochers auxquels Mitch, un lointain beau-fils, s'était raccroché pendant sa cure de désintoxication.) C'était un peu comme cacher ses médicaments dans l'élastique du drap housse, ou les écraser avec une cuillère à soupe et aller saupoudrer la terre des géraniums.

« St-Gallway sous le choc après la mort d'une enseignante », « Une prof bien-aimée, une citoyenne active », « La police discrète sur les circonstances du décès », des articles surexcités sur elle et sur nous qui ressassaient à l'envie les détails du sauvetage, Stockton, le « choc », « l'incrédulité », « cette immense perte ». Jade, Charles, Milton, Nigel et Lu eurent droit dans le journal à leur nom et à leur photo, prise dans l'annuaire du lycée. (Pas moi, encore une conséquence de mon sauvetage anticipé.) On cita Eva Brewster : « Nous n'arrivons toujours pas à y croire », ainsi qu'Alice Kline, qui travaillait avec Hannah au refuge pour animaux de Burns : « C'est si triste. C'était la personne la plus merveilleuse et la plus gentille au monde. Les chats et les chiens espèrent tous son retour. » (Quand quelqu'un meurt de façon prématurée, c'est toujours la personne la plus merveilleuse et la plus gentille au monde.)

Mis à part « Un mort dans le parc national : l'enquête continue », où l'on expliquait que le corps avait été retrouvé à trois kilomètres de Sugartop Summit, pendu à du fil électrique, aucun article n'annonçait rien de nouveau. Au bout d'un moment, je me sentis écœurée, notamment par la tribune intitulée « Meurtre en Caroline du Nord : la marque du vaudou » de R. Levenstein, un « critique, écologiste et blogger local » qui affirmait que ce décès était l'œuvre de forces occultes. « Le manque d'enthousiasme de la police à faire connaître les détails de la mort de Hannah Schneider mène tout droit l'observateur attentif à énoncer une vérité que les autorités locales nous cachent depuis des années : le retour des sorcières dans les comtés de Sluder et de Burns. »

C'était le bon temps...

Sur ma lancée, j'exhumai de la poubelle une autre chose d'importance que papa avait jetée afin de préserver ma santé mentale : le kit de deuil de St-Gallway. D'après la date tamponnée sur la grande enveloppe kraft, il avait surgi avec la rapidité d'un missile de croisière Tomahawk dès que la nouvelle était apparue sur les écrans radar de l'école.

Le kit comprenait une lettre du proviseur Bill Havermeyer (« Chers parents, Nous apprenons cette semaine la mort de Hannah Schneider, une enseignante si chère à notre cœur... »), un article délirant extrait d'un numéro de *Parents* datant de 1991 : « Comment les enfants font-ils leur deuil ? », un planning des consultations psychologiques avec numéros de salle, nom des membres de la cellule de crise, et deux numéros verts disponibles 24 h/24 pour toute assistance (1-800 CHAGRIN et un second que je trouvai difficile à mémoriser, 1-800 T-BI-UN, je crois) ainsi qu'un post-scriptum tiède sur les funérailles à venir (« il reste à définir une date pour un service religieux en mémoire de Miss Schneider »).

On peut imaginer combien je trouvai incongru ce dossier préparé avec tant de soin, qui me fit prendre conscience que Hannah, notre Hannah, cette Ava Gardner aux côtés de qui j'avais naguère savouré des côtes de porc, était tout à coup passée de vie à trépas. Autre détail troublant : le kit n'évoquait nullement les circonstances de sa mort. Certes, il avait été posté bien avant que le légiste de Sluder rende son rapport d'autopsie. Et pourtant, cette omission produisait un effet étrange, à croire que Hannah n'avait pas été assassinée (un terme un peu sensationnel : si j'avais eu le choix, j'aurais inventé quelque chose qui contenait à la fois Mort, Meurtre et Massacre. Peut-être 3M). Mais d'après le kit, Hannah était simplement « partie » : en pleine soirée de poker, elle avait décidé de rendre ses cartes. À la lecture des mots pleins de bons sentiments de Havermeyer, on aurait pu croire qu'elle avait été kidnappée (« soustraite ») par King Kong (« sans prévenir »), remise entre les grosses pattes de Dieu (« Elle est désormais en de bonnes mains »), et que cet événement avait beau être terrible (« l'une des leçons les plus dures de la vie »), il fallait garder le sourire et continuer à vivre notre vie (« nous devons poursuivre nos efforts et apprécier chaque jour, comme Hannah l'aurait souhaité »).

Ce kit marquait l'ouverture du deuil de St-Gallway, mais en aucun cas sa clôture. Le samedi 2, papa reçut un coup de téléphone de Mark Butters, chef de la cellule de crise.

Avec la complicité muette de papa, j'écoutai leur conversation sur le poste téléphonique de ma chambre. Avant son affectation à la cellule de crise, Butters n'avait jamais été quelqu'un d'important. Même par les belles journées ensoleillées, son teint caviar d'aubergine et son corps flasque me faisaient penser à une vieille valise en carton. De toute évidence, la paranoïa était un trait majeur de sa personnalité : Mr. Mark Butters était secrètement persuadé d'être l'objet de tous les quolibets, jeux de mots et blagues des élèves. Au déjeuner, il scrutait nos visages par-dessus sa table, tel un chien qui cherche de la drogue dans un aéroport, avec l'espoir de déceler les résidus poudreux d'une moquerie. Mais, comme en témoigna sa voix tout à coup plus confiante, Mr. Butters était simplement une personne au potentiel inexploité, un individu qui avait juste besoin d'une petite catastrophe pour devenir brillant. Il avait chassé le doute et l'hésitation, les remplaçant par de l'autorité et de l'audace, avec l'aisance d'un quidam qui se glisse en pleine nuit jusqu'au vidéo club pour rendre un film porno.

« Si votre emploi du temps le permet, déclara Mr. Butters, nous aimerions prévoir une séance d'une demi-heure avec Bleue et vous-même pour discuter des événements. En présence de Mr. Havermeyer, de moi-même, et de notre psychologue pour enfants.

— De votre quoi ? »

(Papa, devrais-je mentionner, ne croyait en la psychologie de personne, sauf en la sienne. Il considérait que les psychothérapies étaient aussi efficaces qu'une main qu'on serre bien fort et un massage de l'épaule. Il méprisait Freud, Jung et la série TV *Frasier*, ainsi que toute personne qui trouvait fascinant de discuter de ses rêves pendant des heures.)

« Psychologue. Pour partager vos inquiétudes et les inquiétudes de votre fille. Nous avons avec nous une psychologue pour enfants très compétente, Deb Cromwell. Elle vient de l'école Derds à Raleigh.

— Je vois. Eh bien, j'ai en effet une inquiétude.

— Vraiment ?

— Oui.

— Formidable. Dites-moi laquelle.

— Vous. »

Butters garda le silence puis lâcha :

« Je vois.

— Mon inquiétude, c'est que, depuis une semaine, votre école est restée coite — de terreur, je suppose — et lorsque, enfin, l'un de vous trouve le courage de pointer son nez, le samedi après-midi, à… quelle heure est-il, 4 heures moins le quart, tout ce que vous trouvez à dire, c'est que vous aimeriez nous imposer une psychanalyse. Est-ce exact ?

— Il s'agit uniquement d'une séance préliminaire. Bill et Deb aimeraient passer un moment avec vous pour…

— La véritable raison de cet appel n'est-elle pas plutôt de déterminer si j'ai l'intention de porter plainte contre cette école et son conseil d'établissement pour négligence ? Je me trompe ?

— Mr. van Meer, je n'essaierai pas de…

— N'essayez pas.

— Ce que je veux dire, c'est que nous aimerions…

— Si j'étais vous, je n'essaierais et je n'aimerais rien. Votre irresponsable — laissez-moi reformuler —, votre cinglée de prof a emmené ma fille, une mineure, en week-end sans même s'assurer que je lui en avais donné la permission...

— Nous sommes bien conscients de la situation...

— Elle a mis sa vie en danger, ainsi que celle de cinq autres mineurs et, laissez-moi vous le rappeler, elle a réussi à se faire assassiner, de façon peu élégante, qui plus est. Je suis à deux doigts d'appeler un avocat et de consacrer le reste de ma vie à m'assurer que vous, votre principal, Oscar Meyers, ainsi que toute personne de cette institution de troisième catégorie porterez un costume rayé et un boulet pendant les quarante années à venir. De plus, si, par un coup de chance extraordinaire, ma fille voulait partager ses inquiétudes, la dernière personne à qui elle irait se confier serait une psychologue du nom de *Deb*. Si j'étais vous, je n'appellerais plus ici, sauf pour implorer la clémence. »

Papa raccrocha.

Bien que n'étant pas avec lui dans la cuisine, je savais qu'il n'avait pas raccroché violemment, qu'il s'était contenté de reposer doucement le combiné sur son socle mural comme s'il plaçait une cerise au marasquin au sommet d'une glace.

J'avais bel et bien des inquiétudes. Mais papa avait raison, je n'avais nullement l'intention d'en faire part à *Deb*. En revanche, j'avais très envie d'en faire part à Jade, Charles, Milton, Nigel et Lu. Il fallait que je leur explique ce qui s'était passé entre le moment où j'avais quitté le camp et l'instant où je l'avais vue morte. Ce besoin était si pressant que j'étais incapable d'y réfléchir ou de l'écrire sur un bloc-notes sans me sentir prise de vertiges et de torpeur, comme si j'essayais d'embrasser d'un même regard la mécanique quantique, les quarks et les quasars (voir chapitres 13, 35, 46, *Incongruités*, V. Close, 1998).

Plus tard, quand papa sortit faire des courses, j'appelai Jade. J'estimais lui avoir laissé assez de temps pour se remettre (peut-être qu'elle avait « poursuivi ses efforts et apprécié chaque jour, comme Hannah l'aurait souhaité »).

« Qui est à l'appareil, s'il vous plaît ? »

C'était Jefferson.

« Bleue.

424

— Désolée, ma chérie, Jade ne prend aucun appel. »

Elle raccrocha avant que je puisse dire autre chose. J'appelai Nigel.

« Creech, bois et céramiques.

— Euh, bonjour, est-ce que Nigel est là ? C'est Bleue.

— Bonjour, Bleue ! »

C'était Diana Creech, sa mère — ou plutôt, sa mère adoptive. Je ne l'avais jamais rencontrée, mais je lui avais souvent parlé au téléphone. Avec sa voix sonore et enjouée qui balayait toutes vos paroles, que ce soit une onomatopée ou la Déclaration d'Indépendance, je l'imaginais en femme forte et gaie vêtue d'une salopette d'homme, avec des taches de glaise et des doigts épais comme des rouleaux vides de papier hygiénique. Quand elle parlait, on avait l'impression qu'elle croquait chaque mot comme une pomme Granny Smith.

« Laisse-moi voir s'il est réveillé. La dernière fois que je suis allée jeter un coup d'œil, il dormait comme un bébé. Il n'a d'ailleurs fait que ça depuis deux jours. Et toi, comment vas-tu ?

— Bien. Et Nigel ?

— Bien. Enfin, on est encore sous le choc. Comme tout le monde ! Surtout l'école. Ils ont appelé. Tu penses bien qu'ils craignent des poursuites judiciaires. On attend le résultat de l'enquête. J'ai dit à Ed qu'à l'heure qu'il est, la police aurait déjà dû procéder à une arrestation, ou au moins faire une déclaration. Ce silence est impardonnable. Ed prétend que personne ne sait ce qui s'est passé, que c'est pour ça que la police se tait. Mais moi, je suis sûre que l'auteur de ce crime — car pour l'instant, je refuse d'envisager une autre hypothèse — est déjà en route pour Tombouctou avec un billet de première classe et un faux passeport. » (Chaque fois que je l'avais au téléphone, Diana Creech réussissait à caser « Tombouctou » dans la conversation, comme certains jeunes répètent « trop bien » ou « ça me saoule »). « Ils traînent des pieds, reprit-elle avec un soupir. Je suis bien sûr attristée par la mort de Hannah Schneider, mais je suis heureuse que vous autres soyez sains et saufs. Mais dis-moi, tu as réapparu dès samedi, non ? Nigel m'a dit que tu n'étais pas avec eux. Ah, le voilà. Une seconde, ma belle. »

Elle posa le combiné et s'éloigna en produisant le bruit d'un cheval de trait qui trotte sur des pavés. (Elle portait des sabots.) J'entendis des voix, puis à nouveau les sabots.

425

« Il peut te rappeler ? Il veut d'abord manger quelque chose.

— Bien sûr, dis-je.

— Prends soin de toi. »

Personne ne décrocha quand j'appelai Charles.

Chez Milton, le répondeur dévida, sur fond de violon plaintif, la voix d'une femme qui disait : « Vous êtes bien chez Joanna, John et Milton. Nous sommes absents… »

Je composai le numéro de Leulah. Craignant qu'elle ne soit la plus affectée de nous tous, j'hésitai à l'appeler, mais il fallait que je parle à quelqu'un. Elle décrocha à la première sonnerie.

« Salut, Jade, dit-elle, je suis désolée.

— Euh, ce n'est pas Jade, c'est Bleue. » J'étais soulagée. Je lui demandai aussitôt : « Comment vas-tu ? Je… je deviens folle. J'en perds le sommeil. Comment vas-tu ?

— Euh, dit Leulah, ce n'est pas Leulah.

— Hein ?

— Leulah dort », dit-elle d'une voix étrange. J'entendais, derrière, à la télé, une pub pour une marque de peinture : « Une seule couche suffit pour couvrir n'importe quelle surface. Les peintures Gherman sont garanties cinq ans, quelle que soit l'exposition au vent ou à la pluie. »

« Je peux prendre un message ? demanda-t-elle.

— Il y a un problème ? »

Elle raccrocha.

Je m'assis au bord de mon lit. La lumière de fin d'après-midi, douce, couleur poire, se déversait par les fenêtres. Les tableaux au mur, ces huiles qui représentaient des pâturages et des champs de maïs, luisaient tellement qu'elles paraissaient encore humides. À croire que j'aurais pu les retoucher avec mon doigt. Abasourdie, je pleurai des larmes léthargiques, comme si j'entaillais un gommier couvert de cicatrices et que la sève coulait à peine.

Le pire, je m'en souviens très bien, ce ne fut ni l'insomnie, ni ma sérénade désespérée sous la lucarne de la télé, ni même ce mantra hystérique dans ma tête qui, dès que je le prononçais, perdait en vitalité — « On a tué Hannah, on a tué Hannah » — mais cette solitude digne d'une île déserte. Et le pire, c'est que ça ne faisait que commencer.

LA MAISON D'ÂPRE-VENT

En 44 avant J.-C., dix jours après qu'il eut poignardé César dans le dos, Brutus était sans doute dans le même état que moi au début du troisième trimestre. Tandis qu'il arpentait les rues poussiéreuses du Forum, il fut très certainement confronté à la dure réalité de « l'ostracisme de couloirs et de ruelles » qui respectait ces deux règles impératives : « garde tes distances » et « juste avant de le croiser, fixe un point à côté du lépreux si bien que, l'espace d'une seconde, il croira que tu compatis à sa misérable existence ». Brutus acquit sans doute une grande maîtrise dans l'art de « paraître invisible », dont la manifestation la plus étonnante était de « confondre Brutus avec une étoffe transparente ou une fenêtre sur cour ». Alors que naguère il avait bu du vin coupé d'eau avec ces tortionnaires du silence, qu'il avait été assis en leur compagnie au Circus Maximus et s'était réjoui comme eux de voir un char se renverser, qu'il s'était baigné tout nu avec eux, dans les thermes chauds comme dans les thermes froids, tout cela désormais ne signifiait plus rien. Son geste le reléguait à jamais au rang d'objet de leur mépris.

Mais Brutus, lui, au moins, avait fait quelque chose, même si cette chose était sujette à controverse. Il avait mené à son terme le méticuleux projet de s'emparer du pouvoir afin, croyait-il, d'assurer la pérennité de la République romaine.

Moi, je n'avais rien fait.

« Tu te souviens, quand tout le monde la trouvait formidable, et que je te disais que, moi, elle m'inquiétait, lança Lucille Hunter de mon cours d'anglais avancé. T'as déjà regardé comment elle prend des notes ?

— Euh...

— Elle lève à peine la tête de sa feuille. Et en interro, elle prononce en silence chaque mot qu'elle écrit. Ma grand-mère de Floride, dont ma mère dit qu'elle devient complètement sénile, fait la même chose quand elle regarde *La roue de la fortune* ou qu'elle écrit un chèque.

— D'ailleurs, renchérit Donnamara Chase en se penchant sur sa chaise, Cindy Willard m'a dit ce matin que Leulah Maloney avait annoncé à tout son cours d'espagnol que... »

Pour d'inexplicables raisons, les petits cerveaux de Lucille et de Donnamara semblaient oublier que, depuis le début de l'année, j'étais assise juste derrière Donnamara en cours d'anglais avancé. Quand elle me tendit des photocopies encore chaudes sur *Les frères Karamazov*, elle dénuda nerveusement ses longues dents pointues (voir « Vénus attrape-mouches », *Flore nord-américaine*, Starnes, 1989).

« Je me demande si elle va quitter l'école, demanda, quatre places plus loin, Angel Ospfrey d'un air songeur.

— Il y a toutes les chances, souffla Beth Price. Tu peux être sûre que dans quelques semaines, son père, responsable financier chez je sais plus qui, va être promu directeur régional de l'antenne de Charlotte.

— Je me demande quels ont été ses derniers mots, fit Angel. Je parle de Hannah.

— D'après ce que je sais, Bleue dira bientôt les siens, reprit Macon Campins. Milton l'a en horreur. Il a dit que, si jamais il la croisait dans une allée sombre, il se transformerait, je cite, en Jack l'Éventreur. »

« Vous connaissez le dicton, demanda Krista Jibsen en physique avancée, "on vit très bien sans argent et sans gloire, à condition de ne jamais les avoir connus" ? Eh bien, pour Bleue, qui a goûté à la gloire, ça doit être affreux. C'est dans des cas comme ça que tu finis accro à la coke et que tu te retrouves en cure de désintox. Et quand tu en sors, c'est pour tourner des films de vampire qui passent direct en vidéo.

— Tu l'as lu dans *La véritable histoire de Hollywood*, de Rob Lowe ? demanda Luke "Trucker" Bass.

— J'ai entendu dire que la mère de Radley est folle de joie, dit Peter "Nostradamus" Clark. Elle organise une fête pour le retour de son fils à la première place, parce qu'elle dit qu'après une histoire pareille, Bleue ne réussira jamais à conserver la tête de la promo. »

« J'ai entendu dire de source fiable que… non. Non, c'est dégueulasse.

— Quoi ?

— Que c'est une sale lesbienne », lança Lonny Felix ce mercredi-là pendant le TP 23 : « La symétrie dans les lois physiques : votre main droite est-elle réellement votre main droite ? » « Du genre Ellen Degeneres, pas Anne Heche, qui est bi, en fait. » Lonny agita sa crinière (blonde comme des pétales de blé) et jeta un coup d'œil vers l'avant de la salle où je me trouvais avec Laura Elms, ma partenaire. Elle se pencha vers Sandy Quincewood. « Je crois que Schneider était homo, elle aussi. C'est pour ça qu'elles sont parties toutes les deux en pleine nuit. Comment deux femmes peuvent faire ça, je veux même pas le savoir, mais en tout cas, ça a donné quelque chose de fatal. C'est ce que la police essaie de découvrir. C'est pour ça qu'elle met tant de temps à boucler son enquête.

— Il y avait un truc comme ça dans *Les experts* hier soir, dit distraitement Sandy en écrivant dans son cahier de TP.

— Si on avait pu imaginer qu'un épisode des *Experts* se vérifierait dans notre cours de physique…

— Putain, fit Zach Soderberg en se retournant. Vous voulez bien la fermer ? Il y en a ici qui essaient de comprendre les lois de la symétrie en miroir !

— Désolée, Roméo, dit Lonny avec un sourire moqueur.

— Ne nous énervons pas », fit notre prof remplaçant, un homme chauve appelé Mr. Pine, qui sourit, bâilla et étira les bras très haut au-dessus de sa tête, révélant des taches de sueur larges comme des pancakes. Puis il se remit à sa lecture de *Maison et Jardinage*.

« Jade veut faire virer Bleue de l'école », souffla Blanc Bonnet pendant l'étude de deuxième heure en bibli.

Bonnet Blanc grogna :

« Sous quel motif ?

429

— Meurtre, ça ne tiendrait pas, mais quelque chose du genre coercition ou brutalité. Je l'ai entendue plaider sa cause en cours d'espagnol. Hannah était *bueno*. Elle s'en va avec cette Bleue et cinq minutes après, elle est *muerto*. Mais son histoire tiendra pas la route devant un tribunal. Ça se terminera en non-lieu. Et sur ce coup-là, personne ne peut jouer la carte du racisme.

— Arrête de te prendre pour une présentatrice aux paupières refaites parce que tu considères que c'est le scoop de l'année.

— Qu'est-ce que tu insinues par là ? »

Bonnet Blanc haussa les épaules et lança son exemplaire de *Star-émotion* sur la table de la bibliothèque.

« C'est évident. Schneider a fait sa Sylvia Plath. »

Blanc Bonnet acquiesça.

« En fait, on aurait pu s'en douter. Tu te souviens de mon dernier cours d'Intro au cinéma ?

— Eh bien ?

— Mais si, je t'ai raconté. On avait un devoir sur table sur *Divorce à l'italienne*, *L'Avventura*, *Huit conneries et demie*...

— Ah oui.

— Mais quand on est arrivés, gonflés à bloc, elle s'est mise à s'agiter dans tous les sens, ça lui était complètement sorti de la tête. Elle s'en est tirée avec une pirouette en disant que c'était une surprise, que finalement, on n'avait pas de devoir, mais tout le monde était halluciné qu'elle sorte une excuse pareille de son chapeau. Elle avait oublié, tout simplement. Puis elle nous a mis *Reds*, qui n'est même pas un film italien, on est bien d'accord ? Surtout qu'on l'avait déjà vu neuf fois parce que, pendant trois séances, elle avait oublié d'apporter *La Dolce Vita*, putain. Cette femme n'était vraiment pas faite pour l'enseignement. Elle était tête en l'air, elle avait des trous de mémoire et elle racontait des mensonges gros comme des maisons. T'appelles ça comment, un prof qui oublie un devoir qu'il a lui-même programmé ?

— Un prof dérangé, murmura Bonnet Blanc. Un prof barré.

— Ça, c'est sûr. »

Par malheur, ma réaction aux ragots qui se répandaient sur le campus ne fut pas digne de Pacino (une vengeance genre *Parrain*), ni de Pesci (le besoin urgent de planter un bic dans la gorge de quelqu'un), ni de Costner (une danse avec les loups), ni de Spacey (de cinglantes représailles verbales l'air totalement détaché), ni de Sean Penn (cris et plaintes d'ouvrier).

J'avais plutôt l'impression d'être dans un magasin de vêtements vieillot où une vendeuse vous suit partout en silence pour s'assurer que vous ne volez rien. Et même si vous n'avez aucune intention de voler, même si vous n'avez jamais volé quoi que ce soit de votre vie, vous sentir perçue comme une voleuse potentielle vous *transforme* en voleuse potentielle. Vous essayez de ne pas jeter de coups d'œil suspects par-dessus votre épaule, et vous jetez des coups d'œil suspects par-dessus votre épaule. Vous essayez de ne pas avoir l'air louche, soupirer exagérément, siffloter ou faire des sourires nerveux, et vous avez l'air louche, vous soupirez, vous sifflotez, vous faites des sourires nerveux et vous n'arrêtez pas de mettre et de retirer de vos poches des mains extrêmement moites.

Non que tout St-Gallway s'en soit pris à moi, ni que j'aie eu la moindre envie de me lamenter sur ce traitement d'une horreur abyssale ou de m'apitoyer sur mon sort. Car il y eut des gestes pleins de gentillesse en ces premiers jours, par exemple celui de Laura Elms. Du haut de son mètre quarante-cinq et de ses trente-cinq à trente-huit kilos, cette fille semblable à du riz (blanc, facile à digérer, tous les enfants l'adorent) saisit ma main gauche qui copiait F= qv x B inscrit au tableau et me glissa : « Je sais ce que tu vis. L'une de mes meilleures amies a trouvé son père mort l'an dernier. Il était dans le jardin en train de laver la voiture quand il s'est écroulé. Elle s'est précipitée dehors, et elle ne l'a même pas reconnu. Il était couleur myrtille. Elle a pété les plombs pendant un temps. Je te dis ça pour que tu saches que si tu as besoin, je suis là. » (Laura, je n'ai jamais profité de ton offre, mais je t'en prie, accepte mes remerciements. Je m'excuse pour la comparaison avec le riz.)

Et il y avait Zach. Si la vitesse affecte la masse de tout objet, elle n'affectait pas Zach Soderberg. Zach était un avenant, une correction, une exception. Il incarnait l'exemple même du matériau durable, et il était à lui seul un puits de bonne humeur inépuisable. Il était la constante C.

431

Un jeudi, en physique avancée, alors que je revenais des toilettes, je trouvai une mystérieuse feuille de cahier pliée sur ma chaise. Je ne la dépliai pas avant la fin du cours. Dans le couloir, je m'immobilisai tandis que tout le monde me doublait avec des sacs à dos, des cheveux longs et des vestes molles, et je regardai fixement ces mots, cette écriture de fille. J'étais un déchet emporté par un fleuve.

COMMENT VAS-TU ?
SI TU AS ENVIE DE PARLER
JE SUIS LÀ.

ZACH

Je gardai le mot dans mon sac à dos le reste de la journée et je me rendis compte avec étonnement que j'avais réellement envie de lui parler. (Papa disait qu'il n'y a pas de mal à glaner autant d'opinions que possible, même celles dont on craint qu'elles soient simplistes, voire calibanesques.) Pendant le cours avancé d'histoire mondiale, je me surpris à rêver de vivre non avec papa, mais avec Patsy et Roge, de ne pas dîner de spaghettis avec un cours et un débat unilatéral sur *L'esthétique de l'émancipation de l'humain* par J. Hutchinson (1924), mais de poulet rôti et purée avec une conversation sur les exploits de Bethany Louise au softball ou le devoir de Zach sur *Le rêve américain* (le sujet bateau par excellence). Patsy sourirait et me prendrait la main pendant que Roge se lancerait dans un sermon impromptu — avec un peu de chance, « les quatorze espoirs ».

Dès que la cloche sonna, je quittai Hanover en direction de Barrow et je montai jusqu'au premier étage, où je savais que Zach avait son casier. Je fis halte dans l'embrasure, d'où je l'observai, vêtu d'un pantalon kaki et d'une chemise rayée bleue et blanche, en train de parler à Rebecca, la fille aux canines préhistoriques. Elle serrait une pile de cahiers à spirale contre sa hanche, et, comme elle était très grande, elle s'accrochait avec l'autre main au sommet des casiers, si bien qu'on aurait dit une Égyptienne sur un papyrus. À voir Zach lui accorder toute son attention (sans remarquer personne d'autre), sourire et passer son immense main dans ses cheveux, je me dis qu'il était amoureux d'elle. Ils étaient sans doute tous deux employés au magasin de photos, au coude à coude face à des tonnes de clichés couleur, et moi, j'allais lui parler de la mort pendant que cette fille soufflerait des hiéroglyphes dans mon cou, ses yeux sur mon visage comme deux figues écrasées, ses cheveux blonds aussi envahissants que le Nil en crue. Je tournai les talons, filai dans la cage d'escalier, poussai la porte et partis en courant.

Je ne peux non plus oublier ce geste de bon Samaritain, le vendredi suivant, en cours de dessin débutant, lorsque, épuisée par mes nuits sans sommeil, je m'assoupis en pleine séance, oubliant mon croquis de Tim « Enragé » Waters, désigné ce jour-là pour servir de modèle.

« Mais que se passe-t-il donc, mademoiselle van Meer ? rugit Mr. Moats avec un regard noir. Ma parole, elle est aussi verte que le fantôme du Greco ! Dites-nous ce que vous avez pris au petit déjeuner afin que nous évitions soigneusement cet aliment. »

La plupart du temps, Mr. Victor Moats était un homme aimable, mais parfois, sans raison apparente (peut-être les phases de la lune), il humiliait un élève devant tout le monde. Il prit ma feuille sur le chevalet et la tint au-dessus de son crâne lisse comme une peau de phoque. Je mesurais l'étendue du désastre : ma feuille était aussi blanche que la banquise, à l'exception du coin en bas à droite, où j'avais dessiné un Tim de la taille d'un iceberg isolé. Sa jambe passait par-dessus son visage gribouillé, ce qui n'aurait pas été très grave si Mr. Moats n'avait consacré dix minutes au début du cours à expliquer les bases des proportions dans le dessin.

« Elle n'est absolument pas concentrée ! Elle doit être en train de rêver à Will Smith ou à Brad Pitt, allez savoir lequel de ces beaux individus musclés, alors qu'elle devrait être en train de… de faire quoi ? Qui peut nous dire ce que mademoiselle van Meer devrait être en train de faire au lieu de nous faire perdre notre temps ? »

Je levai la tête vers Mr. Moats. Avant la mort de Hannah, je serais devenue toute rouge, je me serais excusée, peut-être même que j'aurais filé aux toilettes pour fondre en larmes dans la cabine handicapés, mais là, je conservai l'impassibilité d'une feuille blanche de papier à dessin. Je le regardai comme s'il ne parlait pas de moi,

433

mais d'une autre élève qui s'appelait Bleue. Je me sentais aussi légitime qu'un cactus dans le désert.

Pourtant, je voyais bien les regards nerveux qui s'échangeaient dans la classe, ces cris d'alarme codifiés semblables à ceux des guenons dans les arbres quand surgit un aigle couronné. Fran « Juteux » Smithson écarquilla les yeux en direction de Henderson Shoal et Henderson Shoal, en retour, écarquilla les yeux en direction de Howard « Beyrouth » Stevens. Amy Hempshaw se mordit la lèvre, détacha ses cheveux caramel coincés derrière ses oreilles et baissa la tête pour qu'ils forment un rideau sur la moitié de son visage.

Ils pensaient sans doute que Mr. Moats, bien connu pour préférer les œuvres de Vélasquez, Ribera, Le Greco et Herrera l'ancien à la compagnie de ses collègues de St-Gallway (lesquels ne rêvaient pas au, n'avaient pas envie de gloser sur le, génie des maîtres espagnols), avait apparemment jeté sans l'ouvrir le courrier interne déposé dans sa boîte aux lettres à la salle des profs.

Il n'avait pas pris connaissance de la « note urgente » de Havermeyer, pas plus que de l'article publié par la Ligue nationale de l'enseignement, « Gérer une école en deuil », ou, plus gênant encore, de la liste confidentielle établie par Butters qui s'intitulait « Élèves en danger », sur laquelle figurait mon nom ainsi que ceux du Sang Bleu : « Ces élèves vont être particulièrement affectés par le décès que nous venons de subir. Soyez attentif à leur comportement et à leurs résultats, et alertez la psychologue, Deb Cromwell, ou moi-même, si vous remarquez une quelconque anomalie. C'est une situation à manier avec délicatesse. » (Ces documents confidentiels avaient été volés, et des photocopies avaient circulé parmi les élèves. Qui avait fait le coup, personne ne le savait. Certains accusaient Maxwell Stuart, d'autres Blanc Bonnet et Bonnet Blanc.)

« Euh, fit Jessica Rothstein à l'autre bout de la salle en croisant les bras, je crois que Bleue a des excuses aujourd'hui. »

Ses cheveux bruns frisés qui, à cinq mètres de distance, ressemblaient à des bouchons de liège humides, tremblèrent à l'unisson.

« Tiens donc, dit Mr. Moats en se retournant vers elle. Et pourquoi ?

— Elle vient de subir une terrible épreuve », déclara tout fort Jessica avec la conviction d'une jeune personne qui sait qu'elle a raison, et que le vieux grigou face à elle (qui devrait, en théorie, avoir la maturité et l'expérience de son côté) a tort.

« Une terrible épreuve, répéta Moats.

— Oui. Une terrible épreuve.

— Et de quel genre de terrible épreuve parlons-nous ? Je suis intrigué. »

Jessica fit une mimique exaspérée.

« Elle a vécu une dure semaine. »

Elle lança des regards désespérés dans la salle pour que quelqu'un prenne le relais. Visiblement, Jessica préférait garder le rôle du chef qui téléphone pour transmettre les ordres. Elle n'avait aucune envie d'être le soldat qui décolle de la base aérienne de Bin Ty Ho à bord de l'hélicoptère HH-43F, qu'on parachute en territoire ennemi, et qui rampe dans les rizières, les trous d'eau, les roseaux et les champs de mine avec plus de trente-cinq kilos de munitions et de rations de survie sur le dos pour secourir un camarade blessé, qu'il transporte ensuite sur douze kilomètres avant de passer la nuit sur la rive infestée de moustiques de la rivière Cay Ni pour enfin être récupéré par avion à 5 heures du matin.

« Il faut croire que Miss Rothstein adore tourner autour du pot, déclara Moats.

— Je suis juste en train de dire qu'elle subi un coup dur, d'accord ? C'est tout.

— Parce que vous croyez que la vie, c'est du gâteau ? s'exclama Moats. Quatre-vingt-dix-neuf pour cent des grandes œuvres d'art ont été créées par des individus qui habitaient des taudis infestés de rats. Vous croyez que Vélasquez portait des Adidas ? Vous pensez qu'il disposait du chauffage central et de pizzas livrables 24 h/24 ?

— On n'est pas en train de parler de Vélasquez, dit Tim "Enragé" Waters depuis son tabouret au centre de la salle. On parle de Hannah Schneider, et du fait que Bleue était avec elle quand elle est morte. »

D'habitude, personne, pas même moi, ne faisait attention à l'Enragé, tant étaient caractéristiques sa voix caverneuse et les autocollants sur le coffre de sa voiture : VIVE LA DOULEUR, LE SANG C BON, et les inscriptions au marqueur indélébile sur son sac à dos : ENRAGÉ, VIVE L'ANARCHIE, ALLEZ VOUS FAIRE F... Un nuage de fumée le suivait comme ces boîtes de conserve accrochées à la décapotable

435

de jeunes mariés. Mais il osa prononcer son nom, qui flotta dans la pièce comme un canot vide. Je ne sais pas pourquoi mais, s'il me l'avait demandé à ce moment-là, je me serais enfuie avec ce garçon pâle et plein de haine. Pendant trois, peut-être quatre secondes, je l'aimai désespérément, d'un amour déchirant, envahissant. (C'était comme ça, après la mort de Hannah. On vénérait tout à coup une personne que l'on n'avait jamais remarquée auparavant, on voulait porter ses enfants, mais cette envie s'évanouissait aussi vite qu'elle était arrivée.)

Mr. Moats se figea sur place. Puis il porta une main à sa veste écossaise verte et l'y laissa, comme s'il allait vomir, ou qu'il cherchait en vain les paroles d'une chanson.

« Je vois », dit-il. Lentement, il reposa mon bloc à dessin sur mon chevalet. « Reprenez vos travaux ! »

Il se tenait debout à côté de moi. Et, comme je me remettais à dessiner la chaussure en cuir de l'Enragé (une chaussure marron qui portait l'inscription Chaos) au centre de ma feuille, assez étrangement, Mr. Moats se pencha vers moi, si bien que sa tête se retrouva à quelques centimètres du papier. Je lui jetai un coup d'œil, à regret car, comme le soleil, il ne faut jamais regarder un prof de trop près : on remarque alors des choses que l'on préférerait ne pas voir — des traces de fatigue, des grains de beauté, des poils, des rides, des callosités ou des dépigmentations. Et on se rend compte que ces détails contiennent une vérité douce-amère qu'on n'a pas envie de connaître, parce que ça affecterait notre capacité à nous concentrer en classe et à prendre en notes les stades de la reproduction du pied-de-loup ou la date précise de la bataille de Gettysburg (juillet 1863).

Moats ne dit rien. Ses yeux parcoururent ma feuille jusqu'au visage d'Enragé dans son coin, avec la jambe en travers, et je le regardai, tout à coup envoûtée par son profil taillé à la serpe, un profil qui présentait une ressemblance frappante avec la côte sud-est de l'Angleterre. Quand il ferma les yeux, je vis à quel point il était bouleversé. Je me dis qu'il avait peut-être été amoureux de Hannah. Je savais à quel point les adultes sont étranges, combien leur vie est plus vaste qu'ils ne veulent l'admettre, qu'elle ressemble en réalité à un désert sec et aride, avec une mer de dunes aux changements imprévisibles.

« Peut-être que je devrais recommencer sur une nouvelle feuille ? » demandai-je. J'avais envie qu'il me parle. S'il disait quelque chose, cela signifiait qu'il était capable d'endurer sans trop de dégâts une chaleur extrême et des températures nocturnes glaciales, voire une tempête de sable.

Il se redressa et dit :

« Poursuivez. »

Ce jour-là, après les cours, j'allai jusqu'à la salle de Hannah. J'espérais m'y trouver seule mais, quand je pénétrai dans Loomis, je vis deux filles de troisième accrocher quelque chose — on aurait dit une carte de vœux — sur la porte. Par terre, à leur droite, il y avait une immense photo de Hannah et un tas de fleurs, presque uniquement des œillets roses, blancs et rouges. Perón en avait parlé au rassemblement du matin : « Cette avalanche de fleurs et de cartes nous prouve qu'en dépit de nos différences, nous savons nous unir et nous soutenir les uns les autres, non en tant qu'élèves, parents, professeurs et personnel administratif, mais en tant qu'êtres humains. Hannah aurait été confondue de joie. » J'eus envie de rebrousser chemin, mais les filles m'avaient vue, je me sentis donc obligée de continuer dans le couloir.

« J'aurais aimé qu'on allume des bougies.

— Laisse-moi faire. Kara, tu vas abîmer le dessin...

— On devrait peut-être en allumer quand même. Pour son salut, tu vois ?

— On ne peut pas. Tu n'as pas entendu ce qu'a dit Miss Brewster ? Il y a un risque d'incendie. »

La fille très blanche, la plus grande des deux, scotchait sur la porte une grande carte ornée d'un immense soleil doré où était écrit : « Une étoile s'est éteinte... » L'autre, une fille aux jambes arquées et aux cheveux noirs, tenait une carte encore plus grande, fabriquée à la main, avec des lettres orange vif : SOUVENIRS PRÉCIEUX. Par terre, il y avait au moins cinquante autres cartes autour des fleurs. Je me penchai pour en lire quelques-unes.

« Repose en paix. Amitiés, la famille Frigg », écrivait la famille Frigg. « RV O PARADIS », écrivait un anonyme. « Dans ce monde de

437

haine religieuse amère et de violence sans partage envers nos congénères, tu étais une étoile étincelante », écrivait Rachid Foxglove. « Tu vas nous manquer », écrivaient Amy Hempshaw et Bill Chews. « J'espère que tu vas te réincarner en animal et vite croiser notre chemin, parce qu'à l'école de médecine je ne suis pas sûr d'avoir encore une vie », écrivait Lin Xe-Pen. Il y avait aussi quelques cartes plus introspectives (« Mais pourquoi ? »), gentiment irrévérencieuses (« Si tu pouvais faire signe pour prouver qu'il y a une vie après la mort, que ce n'est pas juste de l'éternité en boîte, ce serait bien, parce que sinon, je préfère m'abstenir »). D'autres avaient des petites phrases comme sur des post-it, des cris par une vitre ouverte de voiture (« Tu étais une prof géniale !!! »).

« Tu veux signer la carte de condoléances ? me proposa la fille aux cheveux noirs.

— Bien sûr », répondis-je.

L'intérieur était couvert de gribouillis d'élèves avec cette phrase : « Nous éprouvons de la paix et du réconfort à l'idée que tu te trouves dans un endroit idéal. » J'hésitai à signer, mais la fille m'observait, alors je glissai mon nom entre Charlie Lin et Millicent Newman.

« Merci beaucoup », dit-elle, comme si je lui avais donné de l'argent pour qu'elle s'achète un soda. Elle scotcha la carte à la porte.

Je partis et je restai dans l'ombre d'un pin jusqu'à ce qu'elles s'en aillent, puis je retournai à Loomis. Quelqu'un (sans doute la fille aux cheveux noirs, autoproclamée gardienne du temple Hannah Schneider) avait glissé une bâche verte en plastique sous les fleurs (toutes les tiges pointées dans la même direction), et posé à côté de la porte un panneau : « Signez ici pour une levée de fonds destinée à la création d'un Jardin du Colibri Hannah Schneider. (Don minimum 5 $.) »

En toute honnêteté, cet étalage de chagrin m'agaçait. Il me paraissait artificiel, comme si on avait volé Hannah pour la remplacer par cette étrangère au sourire effrayant sur sa photo officielle, laquelle ne tenait que grâce à une bougie éteinte. Ce cliché ne lui ressemblait pas. Les photographes scolaires, avec leur lumière baveuse et leurs horribles fonds neutres, enlevaient à chacun ses spécificités, si bien que tout le monde finissait par se ressembler. La véritable Hannah, ce personnage de cinéma qui parfois buvait trop et qui exhibait ses bretelles de soutien-gorge, était désormais prisonnière de ces œillets flétris, de ces signatures hésitantes et de ces larmoyants « T OU ? ».

J'entendis une porte claquer, puis la ponctuation sévère de talons féminins. Quelqu'un ouvrit la porte au bout du couloir et la laissa se refermer. Pendant un instant, je crus que c'était Hannah : la personne mince qui s'avançait vers moi était entièrement vêtue de noir — jupe, chemisier à manches courtes, chaussures à talons — comme la première fois où, tant de mois plus tôt, je l'avais vue à Fat Kat Foods.

Mais c'était Jade.

Elle était pâle, mince comme un fil, ses cheveux blonds retenus par une queue de cheval. Quand elle passa sous les néons, le sommet de son crâne prit une couleur verdâtre. Les ombres glissaient sur son visage à mesure qu'elle avançait en fixant le sol des yeux. Quand elle remarqua enfin ma présence, je vis qu'elle avait envie de tourner les talons, mais elle s'en abstint. Jade détestait tout ce qui était demi-tour, retraite, rétropédalage, hésitation.

« Je ne suis pas obligée de te dire bonjour », déclara-t-elle en s'arrêtant devant les fleurs et les cartes. Puis elle se pencha pour les examiner, un sourire bienheureux sur le visage, comme si elle scrutait une devanture de bijoutier. Au bout d'une minute, elle se tourna vers moi et me dévisagea.

« Tu as l'intention de rester ici toute la journée comme une débile ?

— Eh bien..., commençai-je.

— Parce que je ne vais pas attendre que tu te décides à parler, dit-elle en posant une main sur ses hanches. J'imagine que si tu n'arrêtes pas de m'appeler depuis une semaine, c'est que tu as quelque chose d'important à me dire.

— Oui.

— Quoi ?

— Je ne comprends pas pourquoi tout le monde m'en veut. Je n'ai rien fait. »

Elle écarquilla les yeux de surprise.

« Comment peux-tu ne pas savoir ce que tu as fait ?

— Et qu'est-ce que j'ai fait ? »

Elle croisa les bras.

« Si tu ne sais pas, Dégueulette, ce n'est pas à moi de te l'apprendre. » Elle se tourna à nouveau en direction des cartes. Une minute plus tard, elle reprit : « En bref, tu as filé pour qu'elle parte à ta recherche. À croire que tu jouais à un petit jeu. Et ne me bassine pas avec ton besoin pressant, parce qu'on a retrouvé le rouleau de papier hygiénique dans le sac à dos de Hannah, O.K. ? Et ensuite, tu… on sait pas ce que tu as fait. Mais Hannah, qui, l'instant d'avant rigolait avec nous, légère comme une plume, a été retrouvée pendue à un arbre. Morte. Tu y es forcément pour quelque chose.

— C'est elle qui m'a dit de me lever et de partir dans les bois. Elle me l'a demandé. »

Jade fit une grimace.

« Et quand ça ?

— Autour du feu de camp.

— C'est faux. J'étais là. Elle n'a pas…

— Personne n'a remarqué, à part moi.

— C'est pratique.

— Je suis partie. Elle m'a rejointe. On a marché dans les bois pendant dix minutes, puis elle s'est arrêtée et elle m'a annoncé qu'elle devait me dire quelque chose. Un secret.

— Ouah, et c'était quoi, ce secret ? Qu'elle fréquente les morts ?

— Elle ne me l'a jamais dit.

— Ça alors.

— Quelqu'un nous avait suivies. Je n'ai pas bien vu, mais je pense que c'était un homme qui portait des lunettes, et puis — c'est à partir de là que je ne comprends plus rien — elle s'est lancée à sa poursuite. Elle m'a dit de ne pas bouger. C'est la dernière fois que je l'ai vue. » (C'était un mensonge, bien sûr, mais j'avais décidé de retirer de ma version des faits le spectacle de Hannah morte. C'était un appendice inutile qui risquait de s'infecter alors qu'on pouvait le retirer chirurgicalement sans que ça affecte le reste.)

Jade me dévisagea, l'air sceptique.

« Je ne te crois pas.

— C'est la vérité. Tu te souviens du mégot que Lu avait trouvé ? Il y avait quelqu'un. »

Elle me regarda en écarquillant les yeux, puis secoua la tête.

« Je pense que t'as vraiment un problème. » Elle laissa son sac

440

tomber par terre. Il vomit deux livres, *L'anthologie de la poésie Norton* (Ferguson, Salter, Stallworthy, éd. 1996) et *Comment écrire un poème* (Fifer, 2001). « T'es un cas désespéré. T'es vraiment grave et gênante. Mais quelles que soient tes excuses bidon, on s'en fout. C'est fini. »

Elle crut que j'allais protester, supplier, gémir, mais j'en étais incapable. Je me souvenais de papa disant que certaines personnes s'imaginent tout savoir depuis le jour de leur naissance, et qu'il est par conséquent inutile de vouloir leur apprendre quoi que ce soit. « Elles restent fermées, même si, va savoir pourquoi, leurs portes s'ouvrent du lundi au vendredi à 11 heures », dit papa. Vouloir changer leur façon de penser et leur expliquer son point de vue est épuisant, parce que ça n'aboutit jamais et qu'à l'arrivée ça fait mal, et c'est tout. C'est comme être détenu dans une prison de haute sécurité et vouloir toucher la main d'un visiteur (voir *Vivre dans les ténèbres*, Cowell, 1967). On a beau presser le pouce sur la vitre à l'endroit où la main est appuyée, on ne pourra la toucher que le jour où on recouvrera sa liberté.

« On pense pas que tu sois du genre psychopathe ou matricide, reprit Jade. Tu l'as sans doute pas fait exprès. Mais quand même. On a décidé que, par fidélité à Hannah, on ne pouvait pas te pardonner. Parce que, maintenant, elle est partie. Pour toi, ça n'a peut-être pas d'importance, mais, pour nous, elle représentait tout. Milton et Charles étaient amoureux d'elle. Leulah et moi, on la vénérait. Elle était notre sœur, notre...

— Ça, c'est une nouvelle », la coupai-je. (Ce fut plus fort que moi ; j'étais la fille de mon père, toujours prête à dénoncer l'hypocrisie ou le mensonge.) « La dernière chose que tu m'as dite sur elle, c'est qu'elle t'avait éloignée de la glace à la menthe avec pépites de chocolat, et que tu craignais qu'elle ne fasse partie de la secte Manson. »

Jade prit un air tellement furieux que je crus qu'elle allait me pousser par terre et me tirer les cheveux. Puis ses lèvres se fripèrent et elle vira couleur gaspacho. Elle dit à petits mots pointus : « Tu es tellement bête que tu ne peux pas comprendre qu'on est furieux au-delà de tout ce que tu peux imaginer. Je refuse de poursuivre cette conversation. Tu ne sais même pas ce qu'on a vécu. Charles s'est affolé et il est tombé d'une falaise. Lu et Nigel sont devenus hystériques. Même Milton a craqué. C'est moi qui ai réussi à les ramener en lieu sûr, mais je reste traumatisée par cette expérience. On a cru qu'on allait mourir, comme dans ce film où ils restent coincés dans les Alpes et où ils doivent se bouffer les uns les autres.

— *Les survivants*. Avant d'être un film, c'était un livre. »

Ses yeux s'agrandirent.

« Tu crois que c'était une blague ? Tu ne comprends pas ? »

Elle se tut, mais je n'avais pas compris. Vraiment pas.

« Bref, dit-elle. Arrête de m'appeler. Ça embête ma mère de devoir trouver des prétextes tout le temps. »

Elle ramassa son sac et le mit sur son épaule. Puis elle aplatit ses cheveux comme si elle allait tenter une sortie. Elle était consciente de ne pas être la première à faire une sortie, que ça se pratiquait depuis des millions d'années pour des millions de raisons, mais là, c'était son tour, et elle voulait se la jouer gracieuse. Avec un magnifique sourire, elle ramassa *L'anthologie de la poésie Norton* et *Comment écrire un poème*, qu'elle rangea avec soin dans son sac. Puis elle renifla, lissa son pull noir à hauteur de la taille (à croire qu'elle venait juste de terminer un entretien pour je ne sais quel boulot) et s'éloigna dans le couloir. Je crus qu'elle allait rejoindre la section d'élite de ceux qui ont fait leur sortie, cette secte réservée aux êtres dépourvus de tout sentiment, les vrais durs : « Ceux qui ne se retournent jamais. » Mais elle se ravisa.

« Tu sais, dit-elle tout doucement en me regardant. Personne n'a jamais compris. »

Je me contentai de la regarder d'un air terrorisé.

« Pourquoi *toi* ? Pourquoi Hannah a voulu t'introduire dans notre groupe ? Je veux pas être méchante, mais au début, aucun de nous ne pouvait t'encadrer. On t'appelait "Pigeon", parce que c'est à ça que tu ressemblais. À un pigeon qui tourne autour de tout le monde pour picorer quelques miettes. Mais elle t'aimait. "Bleue est géniale. Il faut lui donner sa chance. Elle a eu une vie difficile." Ouais, peut-être. N'empêche, ça n'a pas de sens. Tu as une vie bizarre, une vie de rêve avec ton père génial, dont tu parles comme s'il était la réincarnation de Dieu sur terre. Et pourtant. Tout le monde disait que j'étais mauvaise, et que je te jugeais. Eh bien, maintenant, c'est trop tard, elle est morte. »

442

Elle vit l'expression de mon visage et lâcha un « ah ». La personne qui fait sa sortie doit pousser un « ah », ce rire tronqué qui rappelle le *game over* des jeux vidéo ou le *cling* d'une machine à écrire.

« J'imagine que c'est juste une sale blague que nous a jouée la vie », conclut-elle.

Au bout du couloir, elle ouvrit la porte et, l'espace d'un instant, fut illuminée par un flot de lumière jaune. Son ombre s'étira dans ma direction comme un câble de remorquage, puis elle s'avança prestement sur le seuil, la porte se referma brusquement, et je restai seule en compagnie des œillets. (« Cette fleur à peine plus jolie quand on la cueille que lorsqu'elle est fanée », disait papa.)

LE GRAND SOMMEIL

Le lendemain, samedi 10 avril, *The Stockton Observer* publia enfin un article laconique sur les conclusions du médecin légiste.

LA PENDAISON DANS LES BOIS
ÉTAIT UN SUICIDE

Le médecin légiste de Sluder a annoncé hier après-midi que le décès de Hannah Louise Schneider, 44 ans, résidant à Burns, était dû à un suicide. La mort est la conséquence d'une « asphyxie due à une pendaison ».

« Il n'y a aucune trace d'acte criminel », a déclaré hier Joe Villaverde, le légiste de Sluder.

Mr. Villaverde assure qu'il n'a trouvé aucun résidu de drogue, d'alcool ou autre substance toxique dans le corps de Hannah Schneider, et que tout laisse croire à un suicide.

« Je fonde mes conclusions sur le rapport d'autopsie et sur les preuves collectées par le bureau du shérif et le procureur », a déclaré Villaverde.

Le corps sans vie de Hannah Schneider avait été retrouvé le 28 mars, pendu à un arbre par un fil électrique, aux environs de Schull's Cove, dans le parc national des Great Smoky Mountains, où elle était partie camper avec six lycéens. Les jeunes gens ont par ailleurs été retrouvés sains et saufs.

444

« C'est impossible », dis-je.

Papa me lança un regard inquiet.

« Ma chérie...

— Ça me donne envie de vomir. Je ne supporte pas qu'ils disent une chose pareille.

— Peut-être qu'ils ont raison. On ne sait jamais ce que...

— *Ils n'ont pas raison !* » hurlai-je.

Papa accepta de me conduire chez le shérif de Sluder. Je n'en revins pas de le voir accéder si facilement à une requête aussi saugrenue. Mais il était sans doute embêté, et puis, il voyait bien ma pâleur depuis quelque temps, il savait que je ne mangeais et ne dormais guère, que je dévalais l'escalier comme une junkie pour ma dose d'infos à 5 heures du matin, et que je réagissais à toute question, banale ou vitale, avec un délai transatlantique de cinq secondes. Il savait aussi que « lorsque votre enfant affiche la conviction d'un vendeur de bibles fondamentaliste de l'Indiana, c'est à vos risques et périls que vous vous mettez en travers de son chemin » (voir *Élever un enfant surdoué*, Pennebaker, 1998, p. 232).

Après avoir trouvé l'adresse sur internet, nous montâmes dans la Volvo et fîmes trois quarts d'heure de route jusqu'au bureau du shérif, qui se trouvait à Bickville, une minuscule ville perdue dans les montagnes, à l'ouest de Stockton. Par cette journée lumineuse et gaie, le bâtiment de police vieillissant et morne ressemblait à un auto-stoppeur épuisé au bord de la route.

« Tu veux m'attendre dans la voiture ? demandai-je à papa.

— Non, non, je t'accompagne », dit-il en exhibant *Narcissisme et conditionnement publicitaire aux États-Unis* (1986) par D. F. Young. « J'ai apporté une lecture facile.

— Papa ?

— Oui, ma chérie.

— Laisse-moi parler.

— Ah. Oui, bien sûr. »

Le bureau du shérif de Sluder était une salle digne de la section « primates » d'un zoo de deuxième catégorie. Dans la limite du budget, on s'efforçait de faire croire à la douzaine de policiers présents qu'il s'agissait là de leur milieu naturel (téléphones bêlants, murs en parpaings gris taupe, plantes mortes aux feuilles retombant comme des rubans sur un paquet cadeau, meubles de rangement trapus alignés au fond de la salle comme une équipe de foot, étoiles de shérif cousues sur leur chemise argile). Ils étaient soumis à un régime strict (café et beignets) mais disposaient de nombreux jouets (chaises à roulettes, radios, armes, télé au plafond qui crachotait la chaîne météo). Et pourtant, cet habitat avait un petit côté artificiel, puisque, n'ayant pas besoin de lutter pour leur survie, ils faisaient tous semblant de s'occuper. « Hé, Bill ! lança un type qui faisait les cent pas au fond, près de la fontaine d'eau, en tenant un magazine à la main. Jette un coup d'œil au nouveau *Dakota*.

— C'est fait », répondit Bill en regardant d'un air comateux son écran bleuté d'ordinateur.

Avec une expression de dégoût absolu, papa s'installa sur le seul siège disponible, près d'une grosse fille maussade qui portait un débardeur vulgaire, pas de chaussures, et dont les cheveux étaient tellement décolorés qu'on aurait dit du riz soufflé. Je m'approchai du policier qui feuilletait un magazine en mâchonnant une cuillère en plastique rouge.

« Je voudrais parler à votre inspecteur en chef, s'il est disponible, annonçai-je.

— Hein ? »

Il avait un visage rougeaud et plat qui, si on faisait abstraction de sa moustache comme une brosse à dents jaunie, donnait l'impression d'une plante de pied très large. Par ailleurs, il était chauve, et le sommet de son crâne était parsemé d'immenses taches de rousseur. Le badge accroché sous son insigne de policier annonçait : A. Boone.

« La personne qui a enquêté sur la mort de Hannah Schneider, dis-je. L'enseignante de St-Gallway. »

A. Boone m'observa en mâchouillant sa cuillère en plastique. Il était ce que papa aurait appelé un « dilatateur de temps » : un individu qui s'empare du moment où on lui donne un tant soit peu de pouvoir pour le conserver plus que de raison.

« Pourquoi vous voulez voir l'inspecteur Harper ?

— Parce qu'il y a eu une grave erreur d'appréciation dans l'affaire », déclarai-je avec autorité. C'était en gros ce que l'inspecteur

Ranulph Curry disait au début du chapitre 79 dans *Comme un papillon de nuit* (Lavelle, 1911).

A. Boone nota mon nom et me demanda de m'asseoir. Je pris la chaise de papa, et papa resta debout près d'une plante moribonde. Avec un intérêt et une admiration feints (sourcils haussés, bouche tournée vers le bas), il me tendit un exemplaire du *Starr Bulletin*, (vol. 2, n° 1), qu'il avait trouvé sur le présentoir derrière lui, ainsi qu'un petit autocollant représentant un aigle américain qui versait une larme iridescente (« Amérique, derrière toi nous sommes unis »). À la page 2, dans la partie « rapport d'activité » (entre « Feu vert/ Carton rouge » et « Le saviez-vous ? »), je lus que le sergent inspecteur Fayonette Harper détenait sur les cinq derniers mois le record d'arrestations du service. Parmi les interpellations réalisées par Harper, il y avait Rodolpho Debruhl, recherché pour meurtre ; Lamont Grimsell, pour cambriolage ; Kanita Kay Davis pour fraude aux allocations, vol et recel ; et Miguel Rumolo Cruz pour sévices sexuels et assassinat. (Par contraste, l'agent Gerald Coxley avait le taux d'arrestations le plus faible : en tout et pour tout, Jeremiah Golden, recherché pour usage d'un véhicule motorisé sans permis.)

L'inspecteur Harper figurait aussi sur la photo en noir et blanc de l'équipe de base-ball du bureau du shérif de Sluder, page 4. Tout à fait à droite, c'était une femme au grand nez crochu, et tous les traits de son visage blanc arctique se blottissaient les uns contre les autres dans l'espoir de se réchauffer un peu.

Vingt-cinq à trente minutes plus tard, j'étais assise à côté d'elle.

« Il y a une erreur dans le rapport du légiste, annonçai-je avec conviction en m'éclaircissant la voix. Il ne s'agit pas d'un suicide. Il se trouve que j'étais avec Hannah Schneider juste avant qu'elle disparaisse dans les bois. Et je sais qu'elle n'allait pas se tuer. Elle m'a dit qu'elle revenait. Et elle ne mentait pas. »

Le sergent inspecteur Fayonette Harper plissa les yeux. Avec sa peau blanche comme du sel et ses cheveux de la lave en fusion, ce n'était pas une personne qu'on regardait facilement à bout portant. À chaque coup d'œil, on se prenait une claque, un coup de poing ou un coup de pied dans les dents. Elle avait des épaules aussi saillantes que des poignées de porte, et elle tournait le torse en même temps que la tête, comme si elle avait un torticolis.

Si le bureau du shérif de Sluder était la section primates d'un zoo de deuxième catégorie, l'inspecteur Harper était visiblement le seul singe qui ait choisi de ne pas se laisser berner et de travailler comme si sa vie en dépendait. J'avais déjà remarqué qu'elle plissait les yeux face à tout le monde et à toute chose, non seulement A. Boone et moi-même quand il m'avait escortée jusqu'à son bureau au fond de la salle (« Bien », dit-elle sans un sourire alors que je m'asseyais, sa façon de dire bonjour), mais aussi face à la pile de paperasse à remplir, la boule antistress usée en caoutchouc et métal près de son clavier, le panneau au-dessus de l'écran : « Si vous êtes capables de voir, alors regardez, si vous êtes capables de regarder, alors observez », ainsi qu'aux deux photos encadrées sur son bureau, la première d'une vieille femme aux cheveux cotonneux avec un bandeau sur l'œil, l'autre d'elle-même avec sans doute son mari et leur fille ; tous deux avaient le même visage allongé, des cheveux noisette et des dents bien alignées.

« Et qu'est-ce qui vous pousse à affirmer cela », dit l'inspecteur Harper. Elle avait une voix monocorde et basse, un mélange de pierre et de hautbois. (C'était sa façon de poser des questions, sans prendre la peine de hisser le ton à la fin de la phrase.)

Je répétai, en gros, tout ce que j'avais dit à l'agent Coxley aux urgences de l'hôpital de Sluder.

« Je ne veux pas paraître impolie, dis-je, ni critiquer vos procédures policières, mais je ne pense pas que l'agent Coxley ait noté tout ce que je lui ai dit. Or, il se trouve que je suis quelqu'un de très pragmatique. Si je pensais qu'il y ait la moindre chance qu'il s'agisse d'un suicide, je l'aurais admis. Mais c'est impossible. D'abord, comme je l'ai dit tout à l'heure, quelqu'un nous suivait depuis le campement. Je ne sais pas qui, mais je l'ai entendu. Nous l'avons entendu toutes les deux. Ensuite, Hannah n'était pas suicidaire. Elle n'était pas dépressive — tout du moins, pas à ce moment-là. Je dois admettre qu'il y a eu certains jours où elle n'était pas en forme. Mais pas plus que n'importe qui. Et quand elle m'a laissée, elle était en pleine possession de ses moyens. »

L'inspecteur Harper n'avait pas bougé d'un muscle. Je me rendis compte (notamment à la façon dont ses yeux dérivaient peu à peu de mon visage avant d'être ramenés de force par un mot emphatique) qu'elle avait déjà vu des personnes comme moi. Des femmes au foyer, des pharmaciennes, des assistantes dentaires, des employées de banque étaient certainement venues plaider leur cause, les mains serrées, dégageant un parfum un peu aigre, l'eye-liner leur alourdissant les yeux. Elles étaient assises au bord de l'inconfortable fauteuil rouge où je me tenais (qui laissait des empreintes d'art abstrait à l'arrière des jambes nues) et elles pleuraient en jurant sur différentes bibles (la nouvelle, la King James, l'édition illustrée) et diverses tombes (grand-mère, papa, le jeune Archie) que toutes les charges retenues contre leur cher Rodolpho, Lamont, Kanita Kay et Miguel, n'étaient que mensonges, rien que des mensonges.

« Bien sûr, je mesure la portée de mes affirmations », dis-je en essayant d'aplanir les trémolos désespérés dans ma voix (je comprenais peu à peu que l'inspecteur Harper n'était jamais en proie à des trémolos désespérés, pas plus qu'à des tiraillements de désir, à une inquiétude maladive ou à un cœur brisé.) « Mais je suis certaine qu'elle a été assassinée. Je le sais. Et je pense qu'elle mérite qu'on retrouve le coupable. »

Harper se gratta pensivement la nuque (comme les gens qui ne partagent pas votre opinion), se pencha sur la gauche de son bureau, ouvrit un meuble de rangement et en sortit un dossier vert de deux centimètres d'épaisseur. Qui portait une étiquette : 5509-Schn.

« Bon, soupira-t-elle en posant le dossier sur ses genoux. Nous avons enquêté sur la personne que vous avez entendue dans les bois. » Elle feuilleta les papiers — des photocopies, des formulaires remplis à la machine en caractères trop petits pour que je puisse les lire — jusqu'à s'arrêter sur une feuille. « Matthew et Mazula Church, lut-elle lentement en fronçant les sourcils. Ainsi que George et Julia Varghese, deux couples de Yancey, campaient dans les parages cette nuit-là. Ils ont fait halte à Sugartop Summit vers 18 heures, ils se sont reposés une heure, puis ils ont décidé de poursuivre vers Beaver Creek, à quatre kilomètres de là, qu'ils ont atteint vers 20 h 30. Matthew Church a confirmé qu'il arpentait les bois à la recherche de bûches quand sa lampe de poche est tombée en panne. Il a réussi à regagner son campement vers 23 heures, puis ils se sont tous couchés. » Elle me regarda en disant : « Beaver Creek est situé à moins de cinq cents mètres de l'endroit où nous avons retrouvé le corps.

— Et il a dit qu'il m'avait vue avec Hannah ? »

Elle fit signe que non.

« Pas vraiment. Il a dit qu'il avait entendu un cerf. Mais il avait bu trois bières, et je mets en doute ce qu'il a pu voir ou entendre. C'est déjà une chance qu'il ait retrouvé son chemin. C'est sans doute lui que vous avez entendu écraser des brindilles.

— Est-ce qu'il porte des lunettes ? »

Elle réfléchit un moment.

« Je crois que oui. » Elle fronça les sourcils en examinant son papier. « Oui, voilà. Avec une monture dorée. Il est myope. »

Quelque chose, dans la façon dont elle avait prononcé « myope », me fit penser qu'elle mentait, mais quand je me redressai imperceptiblement pour jeter un œil à ce qu'elle lisait, elle referma le dossier et sourit, ses lèvres fines et gercées s'écartant de ses dents comme un emballage en aluminium qui tombe d'une barre de chocolat.

« Moi aussi, je fais du camping, dit-elle. Or, là-haut, on n'est jamais sûr de ce qu'on voit et de ce qu'on entend. Vous l'avez vue pendue à l'arbre, c'est bien ça ? »

J'acquiesçai.

« Notre cerveau imagine beaucoup de choses pour se protéger. Quatre témoignages sur cinq ne sont pas recevables. Les gens oublient des détails. Ou bien, par la suite, ils pensent avoir vu des détails qui n'existent pas. Ça s'appelle le traumatisme du témoin. Bien entendu, je prends votre témoignage en compte, mais au final, je peux uniquement m'appuyer sur ce que j'ai sous les yeux : des faits. »

Je ne lui en voulais pas. Je comprenais. À force d'arrêter des Rodolpho, Lamont, Kanita Kay, Miguel et autres délinquants en sous-vêtements sales en train de manger des céréales au chocolat devant les dessins animés, elle croyait tout savoir sur tout le monde. Elle avait vu les entrailles, les boyaux, le cœur de Sluder, et personne ne pouvait lui apprendre quoi que ce soit qu'elle ne sache déjà. J'imagine que son mari et sa fille trouvaient ça frustrant, mais ils l'accep-

450

taient et, en dînant de jambon aux petits pois, ils l'écoutaient avec des hochements silencieux et des sourires encourageants. Elle les aimait, mais elle savait aussi qu'un fossé les séparait. Eux vivaient dans un monde irréel de devoirs d'école, de conduite correcte au bureau et de moustache bien taillée, mais elle, Fayonette Harper, vivait dans la réalité. Elle en connaissait toutes les facettes, les recoins les plus sombres, les plus pourris et les plus repoussants.

Je ne savais plus quoi dire pour la convaincre. Un instant, je pensai me lever et frapper le fauteuil rouge en hurlant : « C'est un scandale ! », comme papa lorsqu'il remplissait un bordereau à la banque et qu'aucun des dix stylos du guichet ne fonctionnait. Un homme surgissait alors en rentrant un pan de chemise, en se reboutonnant et en aplatissant des cheveux qui faisaient comme des antennes sur son front.

Voyant ma frustration, l'inspecteur Harper m'attrapa un instant la main, puis recula brusquement. Ce geste se voulait réconfortant, mais il revenait à mettre une pièce de cinq *cents* dans une machine à sous. On voyait bien que l'inspecteur Harper ne savait pas manier la tendresse ou la féminité. Elle traitait ça comme un pull fantaisie qu'on lui a offert pour son anniversaire, qu'elle ne veut pas porter, mais dont elle ne peut pas se débarrasser.

« J'admire vos efforts, dit-elle, ses yeux couleur whisky scrutant, observant et examinant mon visage. Venir jusqu'ici. Vouloir me rencontrer. C'est pour cette raison que j'ai décidé de vous recevoir. Rien ne m'y obligeait. L'enquête est terminée. Je ne suis pas autorisée à en discuter avec quiconque, à part la famille proche. Mais vous êtes venue ici par sollicitude. Or, le monde a besoin de sollicitude. Alors, je vais être honnête avec vous. Nous n'avons pas le moindre doute sur ce qui est arrivé à votre amie Hannah Schneider. Plus tôt vous l'accepterez, mieux cela vaudra. »

Sans en dire plus, elle attrapa sur son bureau une feuille de papier blanc et un stylo. En cinq minutes, elle avait réalisé quatre petits croquis.

(J'ai souvent repensé à ce moment, et je reste admirative du génie plein de simplicité de l'inspecteur Harper. Si seulement, pour démontrer quelque chose, au lieu de lancer des paroles arrogantes ou de faire des gestes agressifs, les gens prenaient calmement un stylo et un papier blanc pour dessiner leur démonstration. C'est un procédé étonnamment convaincant. Malheureusement, sur le moment, je ne mesurai pas la valeur de ce trésor, et je ne pensai pas à emporter ces croquis en quittant le bureau du shérif. Par conséquent, j'ai dû reproduire avec approximation ce qu'elle avait si minutieusement esquissé, si bien que son schéma, qu'elle l'ait voulu ou non, ressemblait un peu à Hannah. [Support visuel 26.0])

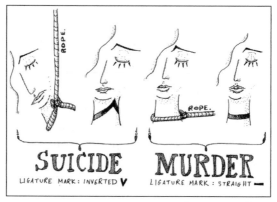

Support visuel 26.0

« Voici le genre de marques qui apparaissent sur un corps en cas de meurtre, dit l'inspecteur Harper en désignant les deux croquis de droite sans me quitter des yeux. Elles sont impossibles à masquer. Imaginons que vous décidiez d'étrangler quelqu'un. Vous allez laisser sur son cou une marque droite comme celle-ci. Mais pensez à une chose. Ses mains. Imaginons que vous utilisiez une corde pour les immobiliser. Le plus souvent, on y trouve des traces, voire un cartilage brisé, parce que l'assassin, sous le coup de l'adrénaline, use de plus de force que nécessaire. »

Puis elle désigna les deux dessins de gauche.

« Ce dessin montre les traces qui apparaissent en cas de suicide. Vous voyez ? La corde forme un V renversé, car elle a été tirée vers le haut. D'habitude, il n'y a pas de traces sur les mains, les ongles ou le cou, sauf si la personne s'est ravisée au dernier moment. Parfois, elle essaie de se libérer tellement ça lui fait mal. La plupart des gens s'y prennent mal. Dans les vraies pendaisons, comme autrefois, le corps chutait de deux à trois mètres, ce qui sectionnait le cou. Mais de nos jours, dans un suicide, la personne prend une chaise et attache la corde à une poutre ou un crochet, elle ne chute donc que de cinquante centimètres à un mètre. Cela ne suffit pas pour briser le cou, si bien que la personne s'étouffe. Ce qui prend plusieurs minutes. C'est ce qui s'est passé pour votre amie Hannah.

— Est-ce possible d'assassiner quelqu'un tout en produisant un V renversé ? »

L'inspecteur Harper se laissa aller dans son fauteuil.

« En effet. Il faudrait alors assommer la personne. Et l'attacher de cette manière. Ou alors, la surprendre. Ce qui implique d'être un assassin chevronné, comme dans les films. » Elle gloussa, puis me lança un regard soupçonneux. « Mais ce n'est pas ce qui s'est passé ici. »

Je hochai la tête.

« Elle a utilisé un fil électrique ?

— C'est assez courant.

— Mais elle n'avait pas de fil électrique sur elle.

— Elle l'avait sans doute mis dans la banane autour de sa taille. Qui ne contenait qu'une boussole.

— Et une lettre pour expliquer son suicide ?

— Elle n'en a pas laissé. Certaines personnes ne laissent aucune explication. En général, ceux qui n'ont pas de famille s'abstiennent. Or, elle était orpheline. Elle a grandi à Horizon House, un orphelinat du New Jersey. Elle n'avait personne. Elle n'a jamais eu personne. »

J'étais si étonnée que je restai coite. Comme un résultat inattendu en TP de physique, ces paroles annulaient grossièrement tout ce que je pensais de Hannah. Certes, elle ne nous avait jamais rien dit de son passé (mis à part quelques anecdotes qu'elle exhibait comme des saucisses devant des chiens affamés, uniquement pour nous attirer un peu plus loin) et pourtant, j'aurais juré que son enfance avait plutôt rimé avec des cours de voile, une maison au bord d'un lac, des chevaux, un père avec une montre à gousset, une mère aux mains osseuses qui ne sortait jamais sans maquillage (une enfance

453

qui, de façon assez ironique, se superposait dans ma tête à celle de ma mère).

Je ne tirais pas un tel passé du néant. Mais allez savoir ? Non, la façon dont Hannah allumait ses cigarettes, exposait son profil comme un vaaaaase de prix, s'allongeait partout comme sur une chaise longue, choisissait ses mots comme on choisit des chaussures de luxe — ces détails laissaient supposer, même de façon floue, qu'elle venait d'un milieu favorisé. Sans oublier cette rhétorique avec laquelle elle avait déblatéré à Hyacinth Terrace — « Il faut des années pour modifier ce conditionnement. J'ai essayé toute ma vie » —, des mots révélateurs d'une « politesse de salle d'attente » mais aussi, encore une expression de papa, d'une « culpabilité de ploutocrate » toujours « lâche et très brève ». Même à Cottonwood, quand Hannah s'était glissée avec Doc dans la chambre 22 du Country Styles Motel, on aurait cru qu'elle pénétrait dans une loge de la Scala pour assister au *Cosi Fan Tutte* de Mozart (1790), tellement elle était droite, le menton incliné à la façon d'une héritière.

L'inspecteur Harper prit mon silence pour de l'assentiment.

« Sans oublier qu'elle avait déjà fait une tentative de suicide, reprit-elle. Exactement de la même façon. Avec un fil électrique. Dans les bois. »

Je la regardai avec stupéfaction.

« Quand ça ?

— Juste avant de quitter l'orphelinat. À dix-huit ans. Elle a bien failli mourir. »

Harper se pencha, si bien que sa grande tête flotta à quinze centimètres de la mienne.

« Bon. » Elle s'avança encore de cinq centimètres et prononça d'une voix râpeuse : « Je vous en ai dit plus qu'assez. Mais écoutez-moi. J'ai déjà vu des personnes innocentes dont la vie est bousillée par ce genre de choses. Or, cela ne sert à rien. Parce que ces personnes n'y *sont* pour rien. Tout se joue entre le suicidé et Dieu. Alors rentrez chez vous, reprenez votre vie et oubliez tout ça. C'était votre amie, et vous aviez envie de l'aider. Mais je vous le dis, elle avait planifié ça depuis longtemps. Et elle voulait que vous soyez là, tous les six. Vous me comprenez ? »

454

— Oui.

— Quelqu'un qui fait ça à des enfants innocents n'en vaut pas la peine, compris ? »

J'acquiesçai.

« Bon. »

Elle s'éclaircit la voix, saisit le dossier de Hannah et le rangea dans son meuble.

Une minute plus tard, papa et moi marchions en direction de la voiture. Un lourd soleil pesait sur Main Street, si bien que des monceaux d'ombres dégoulinaient des voitures brûlantes adossées au caniveau, des panneaux affalés sur le parking et du vélo enchaîné à un banc, couché sur le flanc, pour former comme des tas de compost.

« C'est bon, maintenant ? demanda-t-il d'un ton joyeux. L'affaire est close ?

— Je ne sais pas.

— Comment s'est comportée Poil de Carotte ?

— Elle a été gentille.

— Vous paraissez avoir eu une conversation passionnante, toutes les deux. »

Je haussai les épaules.

« Tu sais, je crois que, de toute ma vie, je n'ai jamais vu une femme avec des cheveux d'un orange aussi obscène. Tu crois qu'ils lui sortent directement du crâne comme ça, avec cette teinte carotte, ou que c'est une coloration spéciale qu'elle met dans l'espoir d'aveugler les gens ? Une arme policière pour lutter contre les individus dissolus et dépravés. »

Il essayait de me faire rire, mais je me contentai de mettre ma main en visière en attendant qu'il déverrouille les portières.

JUSTINE

La cérémonie du souvenir, qui eut lieu le vendredi 16 avril, avait un petit goût d'imposture. Elle se déroulait à Gallway, et il n'y avait bien sûr pas de cercueil. Le mardi, quand Havermeyer annonça la date du service religieux (ajoutant que nous serions dispensés de cours tout l'après-midi en mémoire de Hannah), il expliqua d'un ton qui sentait l'épilogue que Hannah avait été inhumée dans le New Jersey. (C'était une annonce aux accents sinistres. Je n'avais jamais entendu Hannah ne serait-ce que prononcer le nom de New Jersey.)

Il n'y avait donc ce jour-là que les élèves et les enseignants vêtus dans des tons bruns, ainsi que la chorale sociétaire de St-Gallway (dix-sept élèves qui avaient récemment ajouté « sociétaire » à leur nom pour faire plus chic) et l'aumônier à temps partiel, qui n'était ni le révérend Alfred Johnson, ni le père Johnson, ni le pasteur Johnson, mais le castré et fade *Mr.* Johnson. Il avait sans doute fréquenté une école de théologie, mais laquelle, personne ne le savait. C'était un ministre du culte sans religion affichée, Havermeyer lui ayant interdit de révéler laquelle, et même de l'évoquer pendant son office du vendredi matin, afin de ne pas offenser la seule élève dont les parents étaient mormons (Cadence Bosco). Dans la brochure de St-Gallway, *Savoirs supérieurs, Terres supérieures*, la chapelle en pierre à deux étages était décrite comme un sanctuaire dédié à aucune religion en particulier (et accueillant, pendant les vacances, des « offices œcuméniques »). C'était une « maison de la foi ». Laquelle, personne ne le savait. Je pense que même Mr. Johnson l'ignorait. Mr. Johnson ne portait pas d'habit religieux, mais des treillis et des polos à manches courtes vert forêt ou bleu royal, ce qui lui donnait l'air d'un caddie sur un parcours de golf. Et quand il parlait du Tout-Puissant, il utilisait des termes tels que « gratifiant », « encourageant » et « montrer la voie ». Il « aidait à franchir les caps difficiles » dont « toute jeune personne triomphe avec un peu d'effort, de confiance et de ténacité ». Dieu revenait, en gros, à une semaine de vacances à Cancún.

Assise au deuxième rang avec les terminales, je ne quittais pas des yeux le livre que j'avais apporté, *Une lune pour les déshérités* (O'Neill, 1943), pour éviter à tout prix de croiser le regard du Sang Bleu. À part Jade et Nigel (que sa mère avait déposé un matin juste devant notre Volvo — je mis longtemps à descendre ce jour-là, ouvrant et refermant mon sac à dos jusqu'à ce que Nigel ait disparu dans Hanover), je n'avais revu aucun des autres.

J'avais en revanche entendu des commérages : « Je ne sais même plus ce que je pouvais bien trouver à Milton, dit Macon Campins en cours d'anglais avancé. J'étais assise à côté de lui en biologie, ce type n'a vraiment aucun charme. — C'est pour ça que Joalie l'a largué », répliqua Engella Grand. Au rassemblement du matin et au déjeuner (des occasions où j'espérais leur jeter un regard à la dérobée, comme papa et moi avions observé, dans sa caravane au cirque des horreurs, la plus petite femme à barbe du monde), ils étaient invisibles. J'en conclus que Mr. Butters et leurs parents avaient programmé pour eux des thérapies avec Deb Cromwell le matin et à l'heure du déjeuner. Deb, une femme de petite taille au teint jaunâtre, molle et empâtée (on aurait dit un camembert ambulant), avait pris possession de la salle 109 de Hanover, où elle avait disposé des affiches et des présentoirs en carton. Sur le chemin de mon cours de maths avancé, je remarquai que, à part le jour où Mirtha Grazeley y était entrée (sans doute par erreur : on disait qu'elle confondait souvent les salles de Hanover, voire les toilettes des hommes, avec son bureau), Deb était toujours seule. Elle s'occupait en feuilletant ses prospectus sur la dépression.

Au balcon, quand la chorale entonna « À toi louange, gloire et honneur », Le Sang Bleu était introuvable. Au moment où je commençai à croire qu'ils étaient encore coincés dans le bureau de Deb Cromwell, et qu'elle les initiait à l'acceptation et au lâcher prise, Deb en personne, un sourire un peu niais sur le visage, entra en toute hâte dans la chapelle accompagnée de Miss Jarvis, l'infirmière, et se laissa tomber sur le banc où Havermeyer était installé avec son épouse, Gloria, tellement enceinte qu'elle ressemblait à une grosse boule.

J'entendis alors un hoquet — derrière moi, Donnamara Chase avait besoin de ses sels. Presque tous les élèves, y compris quelques professeurs, se retournèrent pour regarder Le Sang Bleu s'avancer d'un pas assuré en file indienne dans l'allée centrale (voir *Abbey Road*, The Beatles, 1969). Ils étaient entièrement vêtus de noir. Milton et Nigel ressemblaient à deux Ninjas (tailles XS et XL), Leulah, avec sa robe longue à col montant en mousseline, avait un petit air de vampire. Jade copiait de toute évidence Jackie Kennedy au cimetière d'Arlington (des lunettes comme des soucoupes volantes sur la tête et un sac noir en crocodile lui faisant office de voilette et de John-John). Charles était l'éléphant qui fermait la marche. Lui aussi était en noir, mais l'immense plâtre sur sa jambe gauche (qui l'emprisonnait de la cheville à la hanche) faisait penser à une défense en ivoire géante. Alors qu'il progressait péniblement sur ses béquilles, sans quitter le sol des yeux, son visage terreux et amaigri couvert de sueur (sur son front, ses cheveux dorés formaient des O telles des céréales en anneau dans un bol), je ressentis un certain malaise. Non parce que je n'étais ni avec eux ni en noir (je n'avais pas réfléchi à ma tenue, et j'avais mis une stupide robe courte à fleurs), mais parce qu'il semblait si différent de la première fois où je l'avais vu, quand il m'avait tapé sur l'épaule au rassemblement du matin, le jour de la rentrée. C'était quelqu'un d'autre. S'il avait un jour incarné un *Bonsoir Lune* (Brown, 1947), il était désormais un *Max et les maximonstres* (Sendak, 1963).

Le Sang Bleu se glissa dans la rangée devant la mienne.

« Nous sommes tous rassemblés en ce lieu sacré pour unir nos larmes et nos remerciements », commença Mr. Johnson à la chaire. Il passa sa langue sur ses lèvres en s'interrompant pour jeter un coup d'œil à ses notes. (Il se passait toujours la langue sur les lèvres ; à croire que c'étaient des chips salées.) « Depuis que notre chère Hannah Schneider nous a quittés, il y a trois semaines de cela, nous avons connu des étreintes réconfortantes, des mots chaleureux et gentils, nous nous sommes rappelé mutuellement l'influence qu'elle a eue sur nos vies, par de petites touches ou de grandes actions. Aujourd'hui, nous sommes tous réunis pour témoigner notre reconnaissance envers ce professeur et cette amie si extraordinaire. Nous la remercions pour sa bonté, pour son humanité et ses attentions, pour son courage dans l'adversité et la joie qu'elle a su apporter à beaucoup d'entre nous. La vie est éternelle, l'amour est infini, la mort n'est qu'un horizon, or un horizon n'est jamais que la limite de notre vision. »

Johnson poursuivit en regardant alternativement chaque tiers de l'auditoire avec la régularité d'un arroseur automatique. Il avait sans doute appris ça dans un stage intitulé : « Comment faire un sermon envoûtant et déclencher en chacun un sentiment d'appartenance universelle à l'humanité ». Son discours n'avait rien d'exceptionnel, et surtout, il ne parlait pas de Hannah. Il répétait « c'était une étoile » et « elle aurait aimé », ne mentionnant rien de sa vraie vie, une vie qui faisait désormais peur à Havermeyer et à toute l'administration, comme s'ils avaient découvert des traces d'amiante dans Elton House ou appris que Christian Gordon, le chef des cuisines de St-Gallway, était atteint d'une hépatite A. J'imaginais presque le discours pré-écrit dont Mr. Johnson s'était contenté de remplir les blancs (inscrire ici le nom du décédé) (www.123elogefunebre.com, partie 8).

Pour finir, la chorale entonna *Dieu nous appelle du fond des temps* sur un ton trop aigu, et les élèves se levèrent en souriant, en riant, en desserrant leur cravate ou en refaisant leur queue de cheval. Je jetai un regard à la dérobée au Sang Bleu, stupéfiée par leur immobilité et leur attitude de marbre. Ils n'avaient pas bougé les lèvres ni grimacé une seule fois pendant le sermon de Johnson, même si Leulah, percevant peut-être mon regard posé sur elle, avait brusquement tourné son visage couvert d'un napperon en dentelle pendant qu'Eva Brewster lisait des psaumes, les dents si serrées qu'elle en avait les joues creuses, pour me dévisager. (Mais la seconde suivante, elle avait pris l'attitude des gens qui regardent par la vitre de leur voiture, le genre de gens que papa et moi croisions tout le temps en Volvo, qui fixaient derrière nous quelque chose de beaucoup plus intéressant : l'herbe, les panneaux d'affichage, le ciel.)

Tandis que Havermeyer s'avançait dans l'allée centrale avec un sourire forcé en faisant rouler Gloria à ses côtés, et que, juste derrière, Mr. Johnson lançait, avec la gaieté de Fred Astaire dansant le fox-trot en compagnie d'une belle femme : « Bonne journée à tous ! », sans un mot, le menton incliné selon l'angle précis où Hannah tenait le sien quand elle dansait la salsa avec son verre de vin sur *Fever* de Peggy Lee (ou quand, au dîner, elle faisait mine de s'intéresser à l'une de leurs histoires sans queue ni tête), un par un, les membres du Sang Bleu prirent l'allée puis disparurent dans la grande journée vide qui s'ouvrait à eux.

Comme j'avais oublié de dire à papa que les cours de l'après-midi étaient supprimés, je me précipitai vers la cabine téléphonique au rez-de-chaussée désert de Hanover.

« Olives, entendis-je crier derrière moi. Attends. »

C'était Milton. Je n'avais guère envie de discuter avec lui — allez savoir quelles injures j'allais devoir supporter, surtout juste après cette ridicule cérémonie du souvenir — mais je m'arrêtai quand même. « Ne bats jamais en retraite, sauf si tu es certain d'y trouver la mort », écrivait Nobunaga Kobayashi dans *Comment devenir un shogun* (1989).

« Salut », fit-il avec l'un de ses sourires paresseux.

Je me contentai d'un signe de tête.

« Comment tu vas ? me demanda-t-il.

— Très bien. »

Il haussa les sourcils d'un air étonné et plongea ses grandes mains dans ses poches.

Il prit tout son temps. Une dynastie Ming aurait eu le temps de s'élever et de décliner entre la fin de sa dernière phrase et le début de la suivante.

« Je voulais te parler », dit-il.

Je ne dis pas un mot. « Laisse le grand Ninja faire la conversation. Laisse-le s'emmêler les pinceaux. »

« Parce que, soupira-t-il. Je ne vois pas pourquoi elle se serait suicidée.

— Bien vu, *L'Homme tranquille*. Il te reste plus qu'à faire un nœud coulant avec ton idée et à te pendre avec, histoire de voir si elle tient le coup. »

Il eut l'air abasourdi, voire sidéré. Papa disait qu'il est presque impossible de sidérer quelqu'un en cette époque sordide de « perversité omniprésente, où un exhibitionniste en imper dans un jardin public est aussi banal qu'un champ de maïs au Kansas », mais je crois que j'avais réussi. De toute évidence, il ne connaissait pas la nouvelle Bleue, Bleue *Sous le soleil d'Arizona*, *Le réveil de la sorcière rouge*, *La belle de San Francisco*, *L'amazone aux yeux verts*, *La femme du pionnier*, *La fille du péché*, *Le dernier des Géants*, qui tirait directement depuis la ceinture et parcourait, bien droite sur sa selle, les chemins solitaires. (De toute évidence, il n'avait jamais lu *Cran* [Reynolds, 1974] : c'était ce que Buckeye Birdie disait à Shortcut Smith.)

« Tu veux qu'on se tire d'ici ? » demanda Milton.

J'acquiesçai.

Chacun a son sésame, son abracadabra, sa formule magique, un mot, un événement ou un signal qui vous cloue le bec, qui vous oblige à bien vous comporter, provisoirement ou définitivement, tout à coup, sans prévenir et contre toute attente. Un store se lève, une porte s'entrouvre, et un débile se révèle intelligent. Or, le déclencheur chez Milton, sa clé, semblait avoir été le sermon interminable de Mr. Johnson, des phrases que papa aurait qualifiées d'« aussi intéressantes qu'un mur de parpaings », « révélatrices de l'abus d'eau-de-rose qui affecte désormais nos hommes politiques. Ils ne prononcent pas des mots, mais dessinent des après-midi ensoleillés, avec une petite brise et un passereau gazouillant qu'on serait ravi d'abattre d'un coup de fusil ».

« Quand il a comparé Hannah à une fleur, reprit Milton, une rose, tous ces trucs, ça m'a touché. » Son grand bras droit roulait comme un bâton sur le volant tandis qu'il dégageait la Nissan des autres voitures et quittait le parking des élèves. « Je ne pouvais pas être éternellement en colère, surtout contre ma copine Olives. J'ai essayé de dire à Jade et Charles que tu n'y étais pour rien, mais ils ont la tête dans le guidon. »

Il sourit. Son sourire fit comme un bateau pirate dans un parc d'attraction : il dessina une boucle, resta suspendu quelques secondes presque à la verticale, puis repartit. L'amour, ou, pour être plus exact, l'engouement (« sois aussi précise pour exprimer tes sentiments que tu le seras quand tu rédigeras ta thèse de doctorat », disait papa), fait partie de ces mauvaises émotions qui nous gouvernent. Depuis les récents événements, je me croyais à jamais dégoûtée de Milton ; je pensais que mes sentiments avaient quitté la ville. Or, il lui avait suffi de me sourire pour qu'ils reviennent au galop. En fait, ils se contentaient d'attendre à l'arrêt de bus — vêtus d'un chapeau de cow-boy et d'un débardeur couvert de taches de graisse sur leurs muscles en tablette de chocolat.

« Hannah m'avait demandé de te conduire chez elle après le week-end en camping. Alors je me dis que si tu en as le courage, c'est le moment. »

Je lui jetai un regard d'incompréhension.

« Quoi ? »

Il attendit que mes mots se posent sur le quai, de l'autre côté de la baie, pour répondre.

« Tu te souviens que Hannah nous a parlé à chacun en privé pendant qu'on marchait dans la montagne ? »

J'acquiesçai.

« C'est à ce moment-là qu'elle m'a demandé ça. Je m'en suis souvenu il y a deux jours. Et maintenant…

— Qu'est-ce qu'elle t'a dit, exactement ?

— "À votre retour, conduis Bleue chez moi. Rien que vous deux." Elle l'a répété trois fois. Tu te rappelles comme elle était bizarre ce jour-là ? Elle nous donnait des ordres, ensuite elle a hurlé au sommet de la montagne… Quand elle a dit ça, je n'ai pas reconnu le ton de sa voix. Elle était presque *méchante*. Alors j'ai ri en disant : "Je ne comprends pas. Tu peux faire venir Bleue quand tu veux." Au lieu de me répondre, elle s'est contentée de me répéter : "À votre retour, conduis Bleue chez moi. Tu comprendras." Elle m'a fait jurer de le faire sans en parler aux autres. »

Il mit la radio. Il avait remonté ses manches jusqu'aux coudes et, quand il changeait de vitesse, les jolis orteils brûlés de son tatouage apparaissaient comme un coquillage qui dépasse du sable.

« Ce qui est bizarre, c'était qu'elle ait dit : "À votre retour". Pas "Notre retour". Ce "votre" m'a fait réfléchir. Ça ne peut signifier qu'une seule chose : elle savait qu'elle ne reviendrait pas.

— Tu ne m'as pas dit que tu ne croyais pas à son suicide ? »

Il parut chiquer mes paroles comme du tabac pendant une bonne minute, cligna des yeux dans le soleil et baissa la visière. Nous filions sur l'autoroute dans la lumière aveuglante et les ombres molles des arbres qui se tenaient très raides au bord de la route. Ils semblaient lever leurs branches, comme s'ils connaissaient la réponse à une question importante et espéraient être interrogés. Quand Milton passait les vitesses de la vieille Nissan, elle grinçait comme ces lits de motel faméliques qui vibrent si on y met une pièce de monnaie, des lits que je n'avais jamais vus neufs, même si papa prétendait en avoir déniché sept dans un périmètre de deux kilomètres au nord du Tchad. (« Ils n'ont pas l'eau courante ni de salle de bains, mais je peux t'assurer que leurs lits vibrent. »)

« En fait, elle nous disait au revoir, dit-il en s'éclaircissant la gorge. Elle a dit à Leulah : "Ne crains jamais de te couper les cheveux." Et à Jade : "Une dame doit toujours rester une dame, même quand elle retire sa petite robe noire." Va savoir ce que ça voulait dire. Elle a dit à Nigel d'être toujours lui-même, puis elle lui a parlé de papier peint : "Change le papier peint aussi souvent que tu en as envie, sans regarder à la dépense. Car c'est toi qui vis là." Et avant de me parler de toi, elle m'a dit : "Tu es capable de devenir astronaute. Tu es capable de marcher sur la lune." Pour Charles, on ne sait pas. Il refuse de le dire. Mais Jade pense qu'elle lui a avoué qu'elle l'aimait. Et toi ? »

Je ne répondis pas, car bien sûr Hannah ne m'avait pas glissé le moindre mot d'encouragement, même obscur et incompréhensible (sans vouloir vexer Milton, franchement, je ne le voyais pas du tout astronaute. Ce n'est pas sérieux d'envoyer quelqu'un d'aussi grand dans une navette spatiale dépourvue de gravité).

« D'un côté, je ne veux pas croire au suicide, reprit-il d'un air songeur, parce que ça me met trop mal à l'aise. Mais quand on y réfléchit, ça a un sens. Elle était seule. Et puis, cette coupe de cheveux. Et ce qui est arrivé à ce type, Harvey. Et sa passion pour les camion-neurs de Stuckey. Merde. C'était là, sous nos yeux. Et on n'a rien vu. Comment on a pu laisser une chose pareille se produire ? »

Il sollicita mon soutien du regard, mais je n'avais aucune réponse à lui fournir. Je vis ses yeux s'arrêter du côté de mes genoux nus.

« Tu sais pourquoi elle voulait que je te conduise chez elle ? Toute seule ? »

Je haussai les épaules, mais je me demandai si Hannah, suite à ma triste tentative de lui faire rencontrer papa (avant J.-C. = avant que Je sache pour Cottonwood — car après J.-C. = après que Je sache pour Cottonwood, j'avais décidé que, pour raisons de santé, elle ne convenait pas à mon père), ne me rendait pas la monnaie de ma pièce en glissant cet ordre plein de mystère dans la poche de Milton, certaine que, dans le Big Bang qui découlerait du week-end en camping (c'était un principe scientifique : après une explosion, il y a toujours un apaisement), nous nous retrouverions tous deux bien tranquilles dans sa maison vide. Peut-être avait-elle eu vent de mon engouement par Jade ou Lu, ou s'en était-elle rendu compte toute seule, vu mes maladresses pendant nos dîners. (Je n'aurais pas été étonnée d'apprendre qu'au cours des premier et deuxième trimestres, j'avais agi comme un oiseau fébrile : au moindre mou-vement de Milton, mon cœur s'envolait.)

« Avec un peu de chance, elle t'a laissé une valise pleine d'argent, dit Milton avec un sourire paresseux. Et peut-être que, si je suis gentil, tu m'en donneras la moitié. »

Comme nous longions des pâturages, des granges désertes, des chevaux qui attendaient comme des hommes à un arrêt de bus (leurs sabots cimentés dans l'herbe par la chaleur du soleil), l'arbre torturé, ce petit talus où Jade accélérait toujours pour que la Mer-cedes décolle et que nos cœurs sautent comme des crêpes, je racontai à Milton ce qui s'était passé dans la montagne. (Comme avec Jade, j'omis le passage où j'avais vu Hannah morte.)

Quand il me demanda ce que Hannah allait me dire, et pourquoi elle m'avait éloignée du campement, je mentis en répondant que je n'en avais pas la moindre idée.

Ce n'était pas vraiment un mensonge. Certes, je ne savais pas. Mais combien de fois, au cœur de la nuit, dans le silence absolu de ma chambre, assise à mon bureau à la Citizen Kane (éteignant la lumière si j'entendais papa monter tout doucement l'escalier pour s'assurer que je dormais), avais-je passé en revue toutes les possibilités ?

Un premier examen me permit d'en arriver à la conclusion qu'il coexistait deux écoles de pensée (sans inclure l'hypothèse de Milton, à savoir que Hannah voulait me faire ses tièdes adieux — me dire que, un jour, j'arpenterais peut-être la planète Mars, ou que je ne devais pas hésiter à repeindre ma maison en couleurs vives, puisque c'était moi qui l'occupais — des paroles rances et friables comme des crakers apéritif, qu'elle aurait facilement pu me dire alors que nous marchions). Non, je devais considérer que Hannah avait voulu me confier quelque chose de totalement différent, et de bien plus vital, que ce qu'elle avait dit aux membres du Sang Bleu.

La première hypothèse, c'était que Hannah voulait m'avouer quelque chose. Une idée séduisante, vu sa voix rauque, ses yeux qui virevoltaient tels des papillons et ses phrases hachées comme si elle était sur courant alternatif. Elle pouvait me confesser une multitude de choses, un secret indigeste, voire insensé : les raisons qui la poussaient à se rendre à Cottonwood, une aventure avec Charles, l'assassinat de Smoke Harvey ; ou encore (une accusation que Jade avait un jour lancée comme un javelot avant de rentrer tranquillement faire des étirements au vestiaire), un lien avec Manson. (D'ailleurs, j'avais toujours son exemplaire d'*Un merle qui chante au cœur de la nuit* dans un tiroir. Mon cœur s'était arrêté de battre quand j'avais entendu Blanc Bonnet mentionner à l'étude que Hannah avait demandé en cours si quelqu'un avait pris un livre dans son bureau. « Un bouquin avec un nom d'oiseau », dit Blanc Bonnet en haussant les épaules.)

Si cette hypothèse était vraie (que Hannah ait voulu me confier un secret), je devais en conclure qu'elle préférait se confesser à moi plutôt qu'à Jade ou Leulah, parce que je ne représentais pas une menace. Peut-être aussi savait-elle que j'avais lu tout Scobel Bedlows Junior, notamment ses essais sur le jugement. En gros, on ne pouvait se permettre le moindre jugement, « sauf si nos critiques étaient dirigées contre nous-mêmes, et non les autres ou les animaux » (voir *Quand faut-il jeter la pierre ?*, Bedlows, 1968). Sans oublier que Hannah semblait avoir une compréhension innée de papa, et qu'elle me considérait peut-être comme une personne encline au pardon, qui s'efforce de traiter les défauts des autres comme des mendiants assoupis sous sa véranda : en acceptant leur présence, peut-être même en leur donnant du boulot.

La seconde théorie, plus dérangeante, était que Hannah voulait me parler de *moi*.

J'étais la seule à ne pas avoir été recueillie par Hannah sur le rivage de la vie après une tempête familiale. Je ne m'étais pas enfuie avec mon prof de maths turc, je n'avais pas étreint des routiers (en m'efforçant en vain d'entourer leur torse avec mes bras), je n'avais pas de trou noir sur les années où j'avais vécu dans la rue, ni de mère junkie, et mes parents n'étaient pas enfermés dans une prison de haute sécurité. Mais je me demandais si, par hasard, Hannah ne connaissait pas un secret impliquant que j'étais comme eux.

Et si mon père n'était pas mon père ? Et s'il m'avait ramassée comme une pièce de monnaie dans la rue ? Et si ma mère était en fait Hannah, mais qu'elle m'avait abandonnée à la naissance parce que, à la fin des années quatre-vingt, personne ne voulait plus se marier, qu'on ne pensait qu'aux rollers ou aux épaulettes ? Et si j'avais une jumelle nommée Sapphire qui était tout mon contraire — belle, sportive, drôle et bronzée, avec un rire insouciant —, une fille non pas affublée d'un père en osmium (le plus lourd métal connu de l'homme), mais d'une mère en lithium (le métal le plus léger), qui avait grandi non pas avec un professeur itinérant doublé d'un essayiste, mais tout simplement avec sa mère serveuse à Reno ?

Plus d'une fois, après des crises paranoïaques de « Et Si », je m'étais précipitée dans le bureau de papa pour retrouver, parmi ses blocs-notes, ses essais et ses notes pâlies pour *La poigne de fer*, quelques photos : Natasha au piano, Natasha et papa, les bras crochetés avec leurs raquettes devant un filet de badminton, vêtus de tenues démodées, avec une expression laissant croire qu'ils venaient de survivre à la Seconde Guerre mondiale, alors que la photo datait de 1986, époque où ils avaient juste à supporter Demi Moore et sa bande, sans oublier Weird Al Yankovic.

Ces fragiles représentations me permettaient de circonscrire mon passé, de le rendre imperméable. Toutefois, je posais parfois à papa des questions désinvoltes et cependant inquisitrices, auxquelles il répondait par un éclat de rire.

Papa, à propos du concept de bâtardise : « Ne me dis pas que tu as lu *Jude l'Obscur*. »

Milton n'avait pas la moindre lumière à m'apporter pour résoudre cette énigme — pourquoi Hannah m'avait-elle isolée, pourquoi je n'étais pas avec eux quand Charles, qui avait voulu grimper sur un promontoire dans l'espoir d'apercevoir un pylone électrique ou un panneau de Motel 6, avait « fait une chute digne du Grand Canyon et hurlé si fort qu'on aurait cru qu'il s'était pris un coup de poignard » ? Quand j'eus raconté toute mon histoire à Milton, sans oublier ma confrontation avec Jade dans Loomis, il se contenta de secouer la tête d'étonnement, sans dire un mot.

Entre-temps, nous remontions l'allée déserte de chez Hannah.

Ne disposant d'aucune piste — et m'inspirant, non sans gêne, de *Sans preuve valable* de Jazlyn Bonnoco (1989) —, je suggérai à Milton que Hannah nous avait peut-être laissé un indice : une carte au trésor, de vieilles lettres de chantage « pour expliquer ce fameux week-end et sa mort », dis-je. Nous décidâmes de procéder avec discrétion. Milton lut dans mes pensées : « On commence par le garage ? » (je crois que nous avions tous deux peur de croiser le fantôme de Hannah dans la maison). Le garage en bois, situé à une distance raisonnable de la bâtisse, avec son toit affaissé et ses fenêtres encrassées, avait la forme d'une boîte d'allumettes restée trop longtemps dans une poche.

Quand je demandai ce qu'étaient devenus les animaux, Milton m'apprit que Jade et Lu, qui espéraient les adopter, avaient appris à leur grande déception qu'ils vivaient désormais chez Richard, le collègue de Hannah au refuge. Il habitait une ferme à lamas à Berdin Lake, au nord de Stockton.

« Que c'est triste, dit Milton en poussant la porte du garage. Ils vont sans doute finir comme ce chien célèbre.

— Quel chien ? » demandai-je en jetant un coup d'œil à la véranda comme j'entrais dans le garage. La porte était barrée par un ruban jaune de police, mais il n'y avait apparemment personne. « *Lassie chien fidèle* ? »

Il fit signe que non et alluma la lumière. La lueur des néons éclaira le garage rectangulaire. On n'aurait pu y mettre deux roues supplémentaires, encore moins une voiture, ce qui expliquait pourquoi Hannah garait toujours sa Subaru devant la maison. Des meubles — lampes emballées, fauteuils éventrés, tapis et autres chaises, sans parler de cartons et d'équipement de camping — étaient empilés comme des corps dans un caveau profané.

« Tu sais bien, dit Milton en contournant un carton. Dans *L'Odyssée*. Le chien qui attend son maître.

— Argos ?

— Ouais. Ce pauvre vieux Argos. Il finit par en mourir, non ?

— Tu peux arrêter, s'il te plaît ? Ça me…

— Quoi ?

— … déprime. »

Il haussa les épaules.

« Fais pas attention à ce que je raconte. »

Nous fouillâmes.

Et plus nous fouillions les sacs à dos, les cartons, les armoires et les fauteuils (Milton continuait de croire à son idée de valise pleine d'argent, même s'il pensait maintenant que Hannah avait peut-être caché des billets — dont les numéros ne se suivaient pas — dans des coussins ou des oreillers en duvet), plus nos fouilles (Milton et moi tout à coup élevés au rang de héros) devenaient excitantes.

À force d'examiner ces chaises et ces abat-jour, il se passa quelque chose d'étrange : je m'imaginai être une Slim, une Irene ou une Betty, une dame en jupe fuseau et soutien-gorge en cônes, les cheveux sur l'œil, tandis que Milton incarnait le dur à cuire désabusé avec un chapeau feutre, des phalanges écorchées et du tempérament.

« Histoire de vérifier que cette bonne vieille Hannah ne nous a rien laissé, chantonna joyeusement Milton en éventrant un canapé orange avec le couteau suisse qu'il avait trouvé une heure plus tôt,

468

on inspectera jusque dans les moindres recoins. Je n'aimerais pas qu'elle se transforme malgré nous en film d'Oliver Stone. »

Je hochai la tête en ouvrant un vieux carton.

« Si tu deviens un succès bien marketé, dis-je, tu ne t'appartiens plus. On te pille et on fait de toi ce qu'on veut. Tu deviens une cause.

— Mouais. » Il baissa des yeux pensifs vers la mousse qui ressemblait à du cottage cheese. « Moi, je déteste les fins ouvertes. Genre l'histoire de Marilyn Monroe. Qu'est-ce qui lui est arrivé, bordel ? Elle savait trop de choses, alors le président l'a réduite au silence ? C'est hallucinant. Disposer comme ça de la vie des gens, à croire que c'est juste...

— Une pomme sur un arbre ? »

Il sourit.

« Ouais. En même temps, va savoir, peut-être que c'était un accident. Parfois, les astres sont positionnés bizarrement. La mort, ça arrive comme ça. C'est comme gagner au loto ou se casser une jambe. Ou alors, elle s'est dit que tout ça, ça n'avait pas de sens. On y pense tous, sauf qu'elle, elle est passée à l'acte. Elle prend sa décision. Elle se dit que c'est ce qu'elle a de mieux à faire. Et trente secondes plus tard, elle se rend compte qu'elle s'est trompée. Elle veut se raviser. Mais c'est trop tard. »

Je le dévisageai, sans savoir s'il parlait de Marilyn ou de Hannah.

« C'est la vie. » Il repoussa le coussin du canapé, attrapa un cendrier et le retourna pour en examiner le fond. « On sait pas si c'est une conspiration, ou si c'est le destin...

— La vie est aussi imprévisible qu'une partie de flipper. »

Il resta bouche bée, terrassé par ce papaïsme que j'avais toujours trouvé agaçant (on pouvait lire ce proverbe dans ses notes pour *La poigne de fer*, à condition d'avoir la patience de déchiffrer son écriture). Il me lança :

« C'est excellent, Olives. Excellent. »

Je voulus sonder ma mémoire à la recherche d'autres sentences, mais je fus vite rattrapée par le présent.

Au bout de deux heures de fouilles, nous n'avions toujours aucun indice, mais nous avions découvert plusieurs Hannah — des sœurs, des cousines, des jumelles, des belles-filles de celle que nous connaissions. Il y avait Hannah la hippie (vieux disques de Carole King et de

469

Bob Dylan, un bong, des ouvrages de tai-chi, un vieux prospectus pour une manif en faveur de la paix le 3 juin 1980 au Golden Gate Park), Hannah l'effeuilleuse (je me sentis mal à l'aise devant ce carton d'où Milton sortit des soutiens-gorge, des bikinis, une combinaison zébrée et quelques articles dont l'assemblage nécessitait un mode d'emploi), Hannah la guerrière (des rangers, une seconde collection de couteaux), Hannah passionnée par les disparus (le dossier de photocopies que Nigel avait trouvé, même s'il avait menti en parlant d'« au moins cinquante pages » : il n'en contenait que neuf). Mais ma préférée était Hannah Madonna, qui surgit d'un carton à moitié défoncé.

Sous un ballon de basket ratatiné, au milieu de vieux vernis à ongles, d'araignées mortes et autres rebuts, je découvris une photo de Hannah avec des cheveux rouges en brosse et de l'ombre à paupières pourpre jusqu'aux sourcils. Elle était sur une scène, un micro à la main, vêtue d'une minijupe en plastique jaune, de collants à rayures vert scarabée et blanc, ainsi que d'un corset noir fabriqué avec des sacs-poubelle ou un vieux pneu. Elle avait la bouche grande ouverte — on aurait pu y glisser un œuf, elle l'aurait gobé.

« Putain de merde », dit Milton en examinant la photo.

Il n'y avait pas la moindre date ni inscription au dos.

« C'est bien elle, non ? demandai-je.

— Oui, c'est elle. Putain.

— Quel âge elle a, d'après toi ?

— Dix-huit, vingt ans ? »

Même avec ses cheveux courts et son maquillage de clown, ses yeux plissés et l'expression furieuse de son visage, elle était encore belle. (C'est sans doute ça, la beauté absolue : comme le Teflon, elle ne se dégrade jamais.)

Quand j'eus examiné le dernier carton, Milton déclara qu'il fallait passer à la maison.

« C'est bon, Olives ? Tu te sens prête ? »

Il savait qu'il y avait toujours un trousseau de clés sous un pot de géranium dans la véranda. Juste après avoir introduit la clé dans le pêne dormant, il s'empara de mon poignet, le serra, puis le relâcha (un geste qu'on faisait en général avec une boule antistress. Et pourtant, mon cœur bondit, émit un râle et s'évanouit).

Nous nous glissâmes dans la maison.

Bizarrement, il n'y avait là rien d'effrayant. En l'absence de Hannah, la maison avait pris l'aspect d'une civilisation perdue, comme le Machu Picchu ou l'empire des Parthes. Sir Blake Simbel déclare dans *Sous le grand bleu* (1989), son récit du renflouement du *Mary Rose*, que les civilisations perdues n'ont rien de terrifiant, qu'elles sont au contraire fascinantes, « secrètes et énigmatiques, un témoignage de la pérennité de la terre et des objets, contrairement à la vie humaine » (p. 92).

Quand j'eus laissé un message à papa pour qu'il n'aille pas inutilement me chercher à l'école, nous décidâmes de renflouer le salon. C'était comme si nous le découvrions pour la première fois car, sans Nina Simone et Mel Tormé, sans Hannah virevoltant dans la pièce en vêtements éculés, je pouvais voir les choses telles qu'elles étaient vraiment : dans la cuisine, un calepin vierge avec un stylo (dont l'inscription dorée BOCA RATON ternissait), sous le téléphone années soixante, le carnet où Hannah était supposée avoir écrit Valerio, même si je ne trouvai aucune empreinte intéressante en y passant la mine d'un crayon à papier (pourtant, à la télé, ça marchait toujours). La salle à manger, cette pièce où nous avions dîné des dizaines de fois, contenait des objets que Milton et moi n'avions pourtant jamais vus : dans les grandes vitrines en bois et en verre derrière les chaises de Nigel et de Jade, deux hideuses sirènes en porcelaine et une statuette grecque en terre cuite d'une quinzaine de centimètres. Je crus d'abord que Hannah les avait mises là quelques jours avant notre week-end en camping mais, vu l'épaisse couche de poussière, elles y trônaient depuis des mois.

Puis, du magnétoscope, je sortis un film, *L'Avventura*. Complètement rembobiné.

« Qu'est-ce que c'est ? demanda Milton.

— Un film italien. Hannah l'étudiait en cours. »

Je le lui tendis et j'attrapai le boîtier posé sur la table basse, dont j'examinai le dos.

« Une aventure ? lança Milton d'un ton incertain en examinant la cassette tout en retroussant le coin des lèvres. De quoi ça parle ?

— D'une femme qui disparaît », dis-je. À ces mots, j'eus un frisson.

Milton hocha la tête puis, avec un soupir frustré, lança la cassette sur le canapé.

Nous inspectâmes les pièces du rez-de-chaussée sans rien trouver de transcendant — pas le moindre bison, aurochs ou cerf en silex, bois ou os, pas de sculpture de Bouddha, pas de reliquaire en cristal ou de cercueil en stéatite, de vestige de la dynastie Mauria. Milton ayant suggéré que Hannah tenait peut-être un journal, on monta à l'étage.

Sa chambre était inchangée depuis ma dernière visite. Milton inspecta la table de nuit et la coiffeuse (il y dénicha mon exemplaire de *L'amour aux temps du choléra*, que Hannah ne m'avait jamais rendu), et je fis un rapide examen du placard de la salle de bains et de la chambre, n'y découvrant que ce que Nigel et moi avions déjà exhumé : les dix-neuf flacons de médicaments, les photos d'enfance encadrées et la collection de couteaux. La seule chose que je ne retrouvai pas fut la photo des deux écolières en uniforme, Hannah et son amie. Le cliché n'était pas à l'endroit où, croyais-je, Nigel l'avait remis, une boîte à chaussures Evan Picone. Je cherchai dans les autres boîtes sur l'étagère, mais je renonçai au bout de la cinquième. Soit Nigel l'avait rangée ailleurs, soit Hannah l'avait déplacée.

« Je n'en peux plus », dit Milton en s'adossant au sommier près de l'endroit où j'étais assise. Puis il pencha la tête, si bien qu'il se retrouva à deux centimètres de ma jambe nue. Une mèche de cheveux noirs glissa de son front luisant de sueur et m'effleura le genou. « Je sens encore son odeur. Le parfum qu'elle mettait. »

Je le regardai. On aurait dit Hamlet. Pas un Hamlet amoureux fou du langage, un Hamlet qui ne pense qu'au duel verbal à venir ou à son accentuation (« Va-*t'en* dans un couvent », « Va-t'en dans un cou*vent* »), ni un Hamlet qui se demande comment lui va sa tunique, et si on l'entend bien dans le fond de la salle. Je parle d'un Hamlet qui se demande s'il doit vraiment « être ou ne pas être », un Hamlet qui a reçu des coups de la vie, des coups de coude dans les côtes, des coups de tête et des morsures, un Hamlet qui, lorsque le rideau retombe, peut à peine parler, manger ou se démaquiller avec de la cold cream et du coton. Un Hamlet qui, une fois rentré chez lui, se contente de regarder fixement le mur.

« Il n'y a rien ici, dit-il d'une voix presque inaudible à l'intention du plafonnier. On ferait mieux de rentrer chez nous. D'oublier tout ça. De laisser tomber. »

Je laissai ma main gauche retomber sur mon genou nu pour qu'elle touche son visage, qui avait l'humidité froide d'une cave. Aussitôt, son regard dériva vers moi, et je dus lui donner un sésame, car il m'attrapa et me mit sur ses genoux. Ses grosses mains poisseuses se transformèrent en deux écouteurs sur mes oreilles. Il m'embrassa comme s'il mordait dans un fruit. Je lui rendis son baiser en m'imaginant que je croquais une pêche, une prune ou une nectarine. Je crois que j'émis aussi de drôles de petits bruits (aigrette, huart). Il s'agrippa à mes épaules, à croire que j'étais un wagonnet de grand huit.

Je pense que ce genre de choses se produit souvent après des fouilles intenses.

J'aurais parié que nombre de hanches, pieds et paires de fesses s'étaient frottés sur les sépultures de la Vallée des Rois, les vestiges de foyer dans la vallée du Nil, les portraits aztèques sur une île du lac Texcoco, et qu'un bon nombre de rapports sexuels à la va-vite avaient eu lieu sur des fouilles babyloniennes pendant la pause cigarette, ou encore sur les tables d'examen de momies retrouvées dans un marais.

Car après d'épuisantes fouilles avec des truelles et des pics, lorsque vous avez vu votre compagnon en sueur sous tous les angles (90°, 60°, 30°, 1°) et toutes les lumières (lampe torche, soleil, lune, halogène, luciole), vous avez l'impression de le comprendre, tout comme vous avez l'impression, en découvrant la mâchoire inférieure complète d'un *Proconsul africanus,* que l'histoire de l'évolution humaine sera à jamais changée, car esquissée avec plus de détails, et que votre nom deviendra aussi célèbre que celui de Mary Leakey. Que vous aussi, vous serez bientôt mondialement connu et qu'on vous suppliera d'écrire de longs papiers dans *Archéologie.* Vous avez l'impression que votre compagnon est un gant retourné dont vous connaissez toutes les coutures, les accrocs dans la doublure et le trou au pouce.

473

Ne vous imaginez pas que nous soyons passés à l'acte, que nous ayons eu un rapport sexuel comme ces jeunes Américains qui s'enfilent aussi facilement que l'on serre une main (voir « Votre pré-ado est-il un accro du sexe ? » *Newsweek*, 14 août 2000). Certes, nous nous déshabillâmes pour rouler l'un sur l'autre comme deux rondins. Son ange tatoué salua plus d'une tache de rousseur sur mon bras, mon dos et mes côtes. Nous griffâmes nos corps brutaux et mal assortis. (Personne ne parle jamais de la lumière crue et de l'absence de musique d'ambiance.) Quand il était sur moi, il avait l'air posé et curieux de quelqu'un qui, allongé au bord d'une piscine, observe un objet brillant au fond en se demandant s'il va plonger.

Je dois confesser un détail stupide. Par la suite, quand, allongés sur le lit de Hannah, ma tête sur son épaule, mon bras blanc et maigre autour de son cou, il dit, en essuyant son front humide : « Il fait chaud ici, ou c'est moi ? » et que je répondis sans réfléchir : « C'est moi », je me sentis merveilleuse. C'était comme s'il était mon Américain à Paris, mon Brigadoon. (« Les amours de jeunesse éclosent comme des pétales de rose », écrit Georgie Lawrence dans son dernier recueil, *Tellement poématique* (1962), « et disparaissent comme l'éclair. »)

« Raconte-moi la rue… », dis-je tout bas en observant le plafond blanc et carré. Et tout à coup, je me sentis très mal : cette question avait flotté hors de ma bouche comme un canot qui transporte des dames victoriennes sous un parasol. Comme il ne répondit pas tout de suite, j'en conclus que j'avais tout gâché. C'était le problème des van Meer, ils en voulaient toujours plus, il fallait toujours qu'ils creusent plus profond, qu'ils continuent à se salir, qu'ils relancent avec obstination leur ligne dans la rivière, même pour ne ramener que leur appât.

Il répondit en bâillant :

« La rue ? »

Il se tut, et je déglutis, le cœur au bord du gouffre.

« Je pensais à… quand tu faisais partie de ton… gang. Mais tu n'es pas obligé d'en parler, si tu n'as pas envie.

— Je parlerai de tout ce que tu voudras.

— Ah… Tu as fait une fugue, c'est bien ça ?

— Non. Et toi ?

— Non.

— J'en ai souvent eu envie, mais je ne l'ai jamais fait. »

J'étais perplexe. Je m'attendais à des regards fuyants, des mots coincés dans sa gorge comme une pièce dans une cabine téléphonique défectueuse.

« Mais d'où tu tiens ce tatouage ? » demandai-je.

Il fit pivoter son épaule droite et observa l'ange tatoué, tandis que les coins de sa bouche se recourbaient vers le bas.

« Mon frère aîné, ce salaud de John. Le jour de ses dix-huit ans, ses potes et lui m'ont emmené chez un tatoueur. Un endroit de merde. On s'est fait faire un tatouage chacun, sauf qu'il m'a bien eu, parce que sa putain de salamandre à lui, elle fait cette taille — il montra la grosseur d'une fraise — et qu'il m'a convaincu de me faire tatouer cette merde. Tu aurais vu la tête de ma mère. » Il gloussa à ce souvenir. « Je l'ai jamais connue en colère comme ça. Un grand moment.

— Mais t'as quel âge ?

— Dix-sept.

— Tu n'as pas vingt et un ans ?

— Euh, non, à moins que je sois tombé dans le coma.

— Et tu n'as jamais vécu dans la rue ?

— Hein ? » Il plissa le visage comme s'il avait le soleil dans les yeux. « Je n'arrive même pas à dormir dans ces putains de canapés chez Jade. J'aime trop mon lit, il est génial, je ne sais plus quelle marque c'est... Mais c'est quoi, toutes ces questions ?

— Et Leulah, insistai-je, désormais bien décidée à saisir quelque chose. À treize ans, elle s'est bien enfuie avec... son prof de maths turc, qu'on a ensuite arrêté en Floride et qui est allé en prison ?

— Quoi ?!

— Et les parents de Nigel sont en prison, eux aussi. C'est pour ça qu'il adore les polars et qu'il n'éprouve aucune culpabilité. Et Charles est orphelin...

— Tu plaisantes, j'espère ? » Il s'assit et me regarda comme si j'étais dingue. « Je peux t'assurer que Nigel est capable de ressentir de la culpabilité. Il s'en veut encore d'avoir viré ce type l'an dernier, comment il s'appelle, celui qui est assis à côté de toi au rassemblement du matin, et Charles n'est pas orphelin ! »

J'avais ce vague sentiment d'irritation que l'on éprouve quand les histoires des tabloïds se révèlent fausses.

« Comment tu le sais ? Peut-être qu'il ne te l'a jamais dit.

— Tu as déjà vu sa mère ? »

Je fis signe que non.

« Ils pourraient être frère et sœur. Et les parents de Nigel ne sont pas en prison. Qui t'a raconté ça ?

— Je parle de ses *vrais* parents.

— Ses *vrais* parents sont propriétaires d'une poterie. Diana et Ed...

— Ils n'ont jamais été emprisonnés pour avoir tué un flic ? »

À cette question, il s'esclaffa (je n'avais jamais entendu un véritable esclaffement, mais de toute évidence, c'en était un) puis, en voyant mon regard éperdu — le sang affluait à mes joues, je devais être aussi rouge qu'un œillet —, il roula vers moi, si bien que le lit produisit un « ugh », et que ses lèvres gonflées, ses sourcils et le bout de son nez (où trônait, héroïque, une tache de rousseur) se retrouvèrent à quelques centimètres de mon visage.

« Qui t'a raconté tout ça ? »

Comme je ne répondais pas, il siffla :

« Qui que ça puisse être, c'est quelqu'un de complètement dingue. »

QUER PASTICCIACCIO BRUTTO DE VIA
MERULANA

« Je ne crois pas à la folie », déclare sèchement lord Brummel à la fin de l'acte IV de la délicieuse pièce de Wilden Benedict sur la dépravation sexuelle des classes supérieures britanniques, *Cette harde de dames* (1898). « C'est une explication trop simple. »

J'étais bien d'accord.

Je voulais bien croire à la misère qui rend dingue, à la folie provoquée par la drogue, à la démence du dictateur et au fou de guerre (avec ses sous-catégories : la fièvre de la première ligne, le delirium du napalm). Je pouvais comprendre la crise de folie qui s'empare à la caisse du supermarché d'une personne ordinaire placée juste derrière un individu qui achète soixante-quinze articles incongrus, dont aucun ne comporte de prix. Mais je ne croyais pas à la folie de Hannah, malgré son étrange coupe de cheveux, malgré son suicide ou pas, malgré sa relation ou pas avec Charles, malgré les mecs bizarres qu'elle ramassait et ses énormes mensonges tirés de nulle part sur Le Sang Bleu.

Une supercherie de cette ampleur me donnait le vertige ; Hannah était le plus formidable escroc de tous les temps, et moi le crétin, le niais, le naïf.

« Si Jade a parcouru un seul kilomètre en semi-remorque, alors moi, je suis la réincarnation d'Elvis », me dit Milton en me ramenant chez moi.

Bien sûr, je m'en voulais d'avoir cru Hannah. Il avait raison. Jade n'aurait pas fait plus de quinze mètres sans qu'il y ait de la fourrure, de la soie ou du cuir italien à la clé. Certes, elle était capable de s'enfermer dans des toilettes pour handicapés avec des hommes dont le visage ressemblait à une Buick accidentée, mais c'était juste pour se faire un petit frisson d'un quart d'heure, comme un sniff de coke. Jamais elle n'aurait quitté le parking en leur compagnie, encore moins sa petite vie. C'était aussi faire abstraction de son incapacité à prendre une décision. Ainsi, elle continuait à suivre un cours d'histoire qui l'ennuyait, sous prétexte que la paperasse exigée pour changer d'enseignement l'énervait, ladite paperasse se limitant à un formulaire de démission de trois lignes.

Quand j'avouai finalement à Milton que c'était Hannah qui m'avait raconté ces histoires, il la déclara folle à lier.

« À ta décharge, je sais combien on buvait ses paroles, dit-il en arrêtant la Nissan devant ma porte. Elle m'aurait dit que j'avais fait partie d'un gang, ou que mes parents étaient des extraterrestres, je l'aurais sans doute crue. Avec elle, tout devenait réel. » Il crocheta ses doigts sur le volant. « C'est donc tout simplement ça. Hannah était cinglée. Je l'aurais jamais imaginé. Sinon, pourquoi se donner la peine d'inventer toutes ces conneries ?

— Je ne sais pas », dis-je d'un air sombre en descendant de voiture.

Il m'envoya un baiser.

« À lundi ? Toi. Et Moi. Un ciné. »

J'acquiesçais avec un sourire. Il partit.

Et pourtant, alors que je montais l'escalier vers ma chambre, je me dis que si j'avais connu quelqu'un de fou dans ma vie, ce n'était certainement pas Hannah Schneider, mais la Sauterelle Kelsea Stevens, que j'avais surprise dans la salle de bains en pleine conversation avec le miroir (« Tu es si belle. Non, non, vraiment. Tu as l'air... Bleue ! Depuis quand es-tu là ? »), ou la Sauterelle Phyllis Mixer, qui traitait son caniche royal comme un capricieux grand-père de quatre-vingt-dix ans. (« Et voilà, mon bonhomme. Il y a trop de soleil ? Non, tout va bien ? Qu'est-ce que tu veux pour ton déjeuner, mon chéri ? Oh, mais c'est mon sandwich que tu voulais. ») Ou la pauvre Sauterelle Vera Strauss, dont papa et moi découvrîmes que sa folie était déjà ancienne. À la réflexion, elle en présentait tous les signes : ses yeux constituaient deux dépressions dans son visage (au sens propre) et, quand elle vous parlait, on aurait dit qu'elle s'adressait à un fantôme ou à un esprit frappeur juste derrière votre épaule gauche.

478

Malgré ces preuves accablantes, il me semblait trop simple de clore le sujet en décrétant que Hannah Schneider était aussi frappée qu'une bière. Si un élève avait soutenu une théorie aussi hasardeuse en classe, un professeur exigeant l'aurait rejetée. Car j'avais lu *Le retour du témoin* (Hasting, 1974) et sa suite, et j'avais aussi observé Hannah. Je l'avais vue marcher sur ce sentier de montagne (d'un pas réellement enjoué), crier depuis le sommet avec conviction, et non désespoir (il y a une grande différence de timbre entre les deux).

Il y avait une autre explication.

Dans ma chambre, je jetai mon sac à dos et je retirai de ma robe et de ma chaussure ce que j'avais pris chez Hannah. Je n'avais pas voulu que Milton le voie. La façon dont je m'étais mise à réfléchir commençait à m'inquiéter. Il m'avait dit : « Tu te prends pour un vrai détective, ma parole », « Olives fait son détective », ou « Ça, c'est du boulot de détective », à six reprises, et je trouvais ça de moins en moins charmant, si bien que, lorsque nous étions montés dans sa Nissan, j'avais prétexté avoir oublié mon porte-bonheur sur la commode dans le garage de Hannah (je n'avais pas, je n'avais jamais eu de porte-bonheur). Je m'étais précipitée à l'intérieur et j'avais récupéré les objets que j'avais cachés dans un carton tout au fond. Je glissai le dossier de personnes disparues contre ma taille, sous ma robe, je cachai la photo de Hannah en rockeuse à cheveux en brosse dans ma chaussure et, alors que je regagnais la voiture et qu'il me demandait : « Tu l'as retrouvé ? », je souris en faisant mine de le glisser dans mon sac à dos. (Il n'était pas très perspicace. Pendant tout le trajet du retour, j'étais raide comme une personne assise sur des pommes de pin, mais il ne sourcilla même pas.)

J'allumai ma lampe de chevet et j'ouvris l'enveloppe kraft.

J'étais sous le choc, moins par émerveillement devant une machination si complexe et intelligente que par la découverte que, en fait, tout ça sautait aux yeux. Je m'en voulais de ne pas y avoir pensé plus tôt. Je commençai par les articles de journaux (que Hannah semblait avoir photocopiés à partir de microfiches granuleuses d'une bibliothèque) : deux extraits du *Stockton Observer* datés du 19 septembre 1990 et du 2 juin 1979, « À la recherche du campeur disparu » et « La jeune fille de Roseville retrouvée saine et sauve » ; un article extrait du *Knoxville Press*, « La fillette disparue rendue à son père, la mère placée en garde à vue » ; l'un du *Pineville Herald-Times,* dans le Tennessee, « Le garçon disparu a dû se prostituer » et, pour finir, « Une femme disparue retrouvée dans le Vermont sous un faux nom » dans le *Huntley Sentinel.*

Puis je lus la dernière page, l'épilogue de l'histoire de Violet Martinez disparue dans les Great Smoky Mountains le 29 août 1985.

97

... il manquait un membre du groupe. Violet était introuvable.

Mike Higgis chercha partout sur le parking, interrogea des promeneurs, mais personne ne l'avait vue. Au bout d'une heure, il contacta les services du parc national, qui lancèrent aussitôt des recherches et délimitèrent un périmètre de sécurité entre Blindmans Bald et Burnt Creek. On avertit le père et la sœur de Violet, qui apportèrent quelques vêtements pour que les chiens puissent s'imprégner de son odeur.

Trois bergers allemands suivirent la trace de Violet jusqu'à la chaussée, à deux kilomètres de l'endroit où elle avait été vue pour la dernière fois. Cette première route menait à la US 441, qui quittait le parc.

Le garde forestier Bruel expliqua à Roy Junior, le père de Violet, que sa fille avait sans doute marché jusqu'à la route, puis qu'elle était montée dans un véhicule. De gré ou de force.

Roy Junior rejeta l'idée que Violet ait pu fuguer. Elle n'avait sur elle ni carte de crédit, ni pièce d'identité. Avant l'excursion, elle n'avait pas retiré d'argent de son compte en banque. Enfin, elle attendait avec impatience de fêter son seizième anniversaire la semaine suivante au Roller Skate America.

Roy Junior indiqua à la police un suspect potentiel. Kenny Franks, 24 ans, était sorti en janvier 1985 d'une maison de correction où il était détenu pour vol avec violence. Peu de temps après, il avait aperçu Violet au centre commercial, et il était tombé amoureux d'elle. On l'avait vu rôder près du lycée de Besters, et il harcelait Violet d'appels téléphoniques. Roy Junior avait fini par contacter les autorités, et Kenny s'était calmé, même si ses amis le disaient toujours fou amoureux de Violet.

« Violet prétendait qu'elle le détestait, il n'empêche qu'elle portait toujours le collier qu'il lui avait offert », déclara Polly Elms, sa meilleure amie.

La police enquêta sur une possible implication de Kenny Franks dans la disparition de Violet, mais de sources sûres, le 25 août, il travaillait au Stagg Mill Bar & Grill en tant qu'aide-serveur, et il fut lavé de tout soupçon. Trois semaines plus tard, il partit vivre à Myrtle Beach, Caroline du Sud. La police continua à le surveiller, au cas où il serait en contact avec Violet, mais ne découvrit jamais la moindre preuve.

Une énigme sans fin

On interrompit les recherches le 14 septembre 1985. Sur huit cent douze personnes, dont les employés du parc, les gardes forestiers, la garde nationale et le FBI, personne n'avait pu mettre la main sur Violet.

Le 21 octobre 1985, à la Nations Bank de Jonesville, Floride, une femme aux cheveux noirs voulut tirer un chèque sur le compte de Violet, payable à « Trixie Peanuts ». Quand le caissier lui annonça que, pour toucher l'argent, elle devrait attendre de voir si le compte était solvable, elle disparut. Le caissier, à qui on montra une photo de Violet, ne fut pas en mesure de confirmer son identité. À Jonesville, personne ne revit jamais cette femme.

Roy Junior jura que sa fille n'avait aucune raison de vouloir changer de vie. Son amie Polly pensait le contraire.

« Elle disait toujours qu'elle détestait Besters et la religion baptiste. Elle avait de bonnes notes, elle pouvait donc espérer qu'on la croirait morte. Comme ça, on arrêterait de la chercher et elle n'aurait pas besoin de revenir. »

Sept ans plus tard, Roy Junior pense encore chaque jour à Violet.

« Je m'en suis remis à Dieu. "Confie-toi en l'Éternel de tout ton

481

cœur", citait-il, un extrait du livre des Proverbes III, 5-6. "Et ne t'appuie pas sur ta sagesse." »

Les articles ne concernaient pas vraiment des personnes disparues, plutôt des disparitions mises en scène — ce qui ne faisait aucun doute dans l'article du *Huntley Sentinel* relatant la disparition d'Ester Sweeney, une femme de cinquante-deux ans, à Huntley, Nouveau-Mexique, où elle vivait avec son troisième mari. Elle devait plus de 800 000 $ aux impôts et à divers organismes de crédit. La police finit par conclure qu'elle avait elle-même mis sa maison à sac et taillé la moustiquaire de la cuisine et son bras droit (on avait retrouvé son sang dans l'entrée) pour faire croire à un vol avec violence. Elle avait été retrouvée trois ans plus tard à Winooski, Vermont, sous un nom d'emprunt, mariée à un quatrième homme.

Les autres articles étaient plus informatifs : ils détaillaient les enquêtes policières sur un enlèvement dans un parc national, et les méthodes de recherche employées. L'article sur le campeur disparu racontait la façon dont la garde nationale avait mené sa quête dans le parc de Yosemite : « Après avoir sélectionné les volontaires d'après leurs capacités physiques, les rangers avaient quadrillé une zone en attribuant à chaque groupe un pan de Glacier Point à parcourir. »

C'était incroyable. Et pourtant, tout ça n'avait rien de révolutionnaire. D'après *L'Almanach des manies, tics et comportements étranges des Américains* (éd. 1994), 1 citoyen américain sur 4 932 simule son kidnapping ou sa mort.

Hannah Schneider n'avait pas prévu de mourir, juste de disparaître.

Sans conviction (son travail n'était pas très méticuleux ; si elle avait été en thèse, son directeur lui aurait reproché un manque de documentation), Hannah avait compilé ces quelques articles pour des recherches préliminaires avant sa cavale, sa fuite, sa fugue, avant de tirer un trait définitif sur sa vie comme un tueur à gages abat un indic.

Lasse de la *vida de las drogas*, Anjelica Soledad de Crespo, pseudonyme d'une trafiquante de drogue dans le passionnant récit de Jorge Torres sur les cartels des narcotrafiquants panaméricains, *Pour l'amour du cuir de Corinthe* (2003), avait organisé une mort simi-laire. Elle aurait fait une chute de trois cents mètres du haut de la cascade de La Gran Sabana au Venezuela. Neuf mois avant son accident, un canot transportant dix-neuf touristes polonais avait disparu au même endroit. Trois cadavres ne furent jamais retrouvés, à cause des bouillonnements au pied de la chute d'eau, qui rédui-sirent les corps en bouillie avant de les livrer aux crocodiles. Au bout de quarante-huit heures, on considéra qu'Anjelica était morte. En réalité, elle avait sauté de son canot, récupéré sur un rocher le maté-riel de plongée sous-marine déposé à son intention, puis remonté la rivière sous l'eau pendant six kilomètres jusqu'à un endroit où Car-los, son bel amant originaire d'El Silencio, à Caracas, l'attendait dans un 4 x 4 argenté. Ils avaient filé jusqu'à un trou perdu de l'Amazonie, quelque part en Guyane, où ils vivent toujours.

Les yeux fixés au plafond, je passai en revue chaque détail de cette dernière soirée. Pendant le dîner, Hannah avait enfilé des vêtements chauds. Et quand elle était venue me retrouver dans les bois, elle avait une banane à la taille. Lorsqu'elle m'entraîna, elle savait parfai-tement où elle allait, car elle marchait d'un pas décidé, se dirigeant avec sa carte et une boussole. Elle comptait me faire une confession, puis m'abandonner. Avec la boussole, elle suivrait un chemin précis qui la mènerait à une petite route du parc, puis à la US 441 et à un parking où l'attendait une voiture (peut-être avec Carlos au volant d'un 4 x 4 argenté). Le temps que nous soyons secourus et qu'elle soit portée disparue — un délai de vingt-quatre heures, sans doute plus, vu les mauvaises conditions météo —, elle serait loin, ayant peut-être déjà franchi la frontière mexicaine.

Peut-être que l'inconnu que nous avions croisé n'était pas si inconnu que ça. Peut-être que c'était le Carlos de Hannah (son Valerio) et que ses ordres — «Laisse-moi cinq minutes», «*Je t'ai dit de rester ici*» — n'étaient qu'une supercherie. Peut-être qu'elle avait prévu de le suivre, qu'ils devaient parcourir ensemble le reste du sentier, puis gagner la route, la voiture, et enfin le Mexique, avec ses *margaritas* et ses *fajitas*. Ainsi, quand on m'aurait retrouvée, j'aurais signalé à la police que quelqu'un nous suivait, les bergers allemands auraient repéré son odeur jusqu'à la route, puis la police aurait conclu à un enlèvement ou à un crime, voire à une disparition volontaire. Et, à moins qu'elle ne soit recherchée pour une raison précise, ils n'auraient guère poussé leur enquête. (L'inspecteur Harper n'avait pas laissé entendre que Hannah ait un casier judiciaire. Et je pouvais considérer qu'elle n'avait aucun lien avec les cinq grandes familles mafieuses, les Bonanno, Gambino, Genovese, Lucchese et autres Colombo.)

Bien sûr, c'était violent de m'abandonner dans la nuit, mais quand les gens sont vraiment aux abois, ils ont, sans scrupule, recours à la violence (voir *Comment survivre à La Ferme, la prison d'État de Louisiane à Angola*, Glibb, 1979). D'autant qu'elle n'avait pas été sans certaines attentions : avant de me laisser seule, elle m'avait donné sa lampe torche et dit de ne pas m'inquiéter. Et lorsque nous marchions sur le sentier de Bald Creek, elle nous avait montré sur nos cartes, à quatre ou cinq reprises, l'endroit où nous nous trouvions, en insistant sur le fait que Sugartop Summit n'était qu'à six kilomètres de la route principale, la US 441.

Si je découvrais pourquoi Hannah avait voulu fuir sa vie, je pourrais remonter jusqu'à son assassin. Parce que ce type était un meurtrier aguerri, quelqu'un qui connaissait parfaitement les pratiques médico-légales, qui savait quelles traces laissait une corde et comment maquiller un meurtre en suicide. Il avait décidé de l'endroit de l'exécution, cette petite clairière, car il savait quel chemin Hannah emprunterait pour gagner la route. Il portait peut-être des lunettes à infrarouges, ou bien une tenue camouflage, comme cet article troublant que j'avais vu dans le caddie d'Andreo Verduga au Wal-Mart de Nestles, Missouri : Embuscaché™, kit invisible, feuilles d'automne, « le rêve accompli du chasseur », « vous disparaîtrez instantanément dans les bois ». Il avait attendu Hannah sur une souche ou en quelque autre point surélevé, sans un bruit, le fil électrique préparé en nœud coulant et accroché à l'arbre. Alors qu'elle passait en trébuchant dans le noir à la recherche du chemin ou de cet homme — parce qu'elle le connaissait —, il lui avait passé la corde au cou et tiré si fort qu'il l'avait soulevée de terre. Hannah n'avait pas eu le temps de réagir, de donner des coups de pied, de hurler, ni même d'avoir une dernière pensée (« Même le diable a droit à une dernière pensée », écrivait William Stonely dans *Teint de cendres* [1932]).

Alors que je rejouais la scène dans ma tête, mon cœur se mit à battre sourdement. D'écœurants frissons se propagèrent dans mes bras et mes jambes puis, brutalement, un détail tomba sans vie à mes pieds comme un canari empoisonné au plomb, ou une fille mise au tapis par un méchant direct au menton.

Si Hannah avait ordonné à Milton de me conduire chez elle, ce n'était pas pour jouer les entremetteuses, même s'il y avait peut-être aussi de ça : je ne pouvais non plus oublier les affiches dans sa salle de classe. Elle lui avait demandé d'emmener chez elle une personne gouvernée par la réflexion et la curiosité, une personne qui serait ravie de jouer au détective privé : moi. « Tu es quelqu'un d'observateur, rien ne t'échappe », m'avait-elle dit lors de cette fameuse nuit chez elle. Elle n'avait pas prévu de mourir. Ainsi, après sa disparition, les recherches ne donnant rien, Le Sang Bleu et moi serions restés avec la question obsédante de savoir ce qui lui était arrivé, une question qui pouvait détruire la santé mentale de quelqu'un, le transformer en un obsédé de la Bible, ou bien en garde forestier sur un cheval à bascule qui grignote du maïs avec ses gencives édentées. J'avais donc été envoyée, avec Milton, pour découvrir, sur cette table basse pour une fois étonnamment rangée (d'habitude, elle était toujours jonchée de cendriers et de pochettes d'allumettes, d'exemplaires du *National Geographic* et de courrier publicitaire), un indice qui nous réconforterait, qui nous apporterait la solution de l'énigme : un film, *L'Avventura*.

Je me sentis prise de vertiges. Parce que, certes, c'était très chic, très brillant, très schneidérien, limpide et délicatement secret. (Une ponctuation toute personnelle dont même papa aurait reconnu la finesse.) D'un côté, j'étais tout excitée, parce que ça laissait supposer une préméditation, une capacité à l'action et à l'élaboration dont je n'aurais pas cru Hannah capable. Certes, elle était douloureusement belle. Certes, elle avait une grande capacité d'écoute, et elle dansait remarquablement bien la rumba avec un verre de vin. Certes, elle ramassait les hommes comme des chaussettes. Mais d'un autre côté, quelqu'un qui organise, même en douceur, une fin aussi subtile à sa vie — du moins à sa vie telle qu'on la connaissait à St-Gallway —, c'est encore autre chose. Or, cette disparition, ce point d'interrogation distingué, n'avait finalement pu se produire.

J'essayai de me calmer. (« L'émotion, et surtout l'excitation, sont les pires ennemis du détective », disait l'inspecteur lieutenant Peterson dans *Bière japonaise* [Lazim, 1980].)

L'Avventura, ce chef-d'œuvre lyrique en noir et blanc réalisé par Michelangelo Antonioni en 1960, étant l'un des films favoris de papa, je l'avais vu au moins douze fois. (Papa avait un faible pour tout ce qui était italien, y compris les femmes aux courbes généreuses et aux cheveux bouffants, tout comme les regards à la dérobée, haussements d'épaule, clins d'œil et sourires à la Marcello Mastroianni, qu'il jetait comme des tomates mûres aux femmes qui traversaient la Via Veneto. Quand papa sombrait dans une humeur bourbon méditerranéenne, il citait même parfois des extraits de *La Dolce Vita* d'un ton certes parfait, mais avec un charisme décevant : « *Tu sei la prima donna del primo giorno della creazione, sei la madre, la sorella, l'amante, l'amica, l'angelo, il diavolo, la terra, la casa...* »)

Voici l'intrigue du film :

Anna, une riche mondaine, part en croisière sur un yacht au large des côtes de Sicile avec des amis. Ils descendent prendre un bain de soleil sur une île déserte. Anna part se promener et ne revient pas. Son compagnon, Sandro, et sa meilleure amie, Claudia, la cherchent partout sur l'île, puis continuent leur quête dans toute l'Italie. Ils suivent une série d'indices qui n'aboutissent qu'à des culs-de-sac, et finissent par tomber amoureux l'un de l'autre. À la fin du film, la disparition d'Anna reste aussi mystérieuse qu'au premier jour, mais la vie continue — dans leur cas, une vie de désirs inassouvis et de luxe matériel — et Anna est presque complètement oubliée.

Hannah avait espéré que je trouverais ce film. Elle espérait — non, elle savait — que je verrais des similitudes entre sa disparition et celle d'Anna. (Même leurs noms étaient presque identiques.) Et elle ne doutait pas que j'expliquerais ça aux autres : elle avait organisé son départ, mais elle voulait que nous continuions à vivre nos vies, à danser pieds nus avec un verre de vin, à crier à pleins poumons au sommet des montagnes (« Vivre une vie à l'italienne », comme papa aimait à le dire, même si, pour un Suisse, suivre ce conseil était contre nature).

« *L'Avventura*, disait papa, nous laisse sur une fin elliptique que déteste le grand public américain. Il préfère se faire dévitaliser une

486

dent. Déjà, il déteste tout ce qui touche à l'imagination — nous parlons tout de même du peuple qui a inventé la fibre synthétique —, ensuite, il appartient à une nation qui croit en elle-même, qui a confiance en elle-même. Il sait tout sur la Famille. Il peut différencier le bien du mal. Il connaît Dieu — de nombreux Américains affirment bavarder quotidiennement avec lui. Alors, l'idée qu'on ne connaît jamais vraiment la vie de ses amis ou de ses proches, voire la sienne, est une réalité qu'il refuse d'affronter, préférant se tirer un coup dans le bras avec son semi-automatique. Personnellement, je trouve merveilleux de ne pas savoir, de renoncer à ce désir humain de tout contrôler. Quand on hausse les mains en disant : "Qui sait ?", on peut profiter de l'instant présent, comme les *paparazzi*, les *puttane*, les *cognoscenti*, les *tappisti*… » (Je coupais toujours le son de papa à peu près à ce moment-là, car, lorsqu'il se lançait dans une tirade en italien, il était comme un Hell's Angel sur sa Harley : il adorait foncer en faisant beaucoup de bruit pour que tout le monde se retourne dans la rue.)

Il était plus de 18 heures. La poigne du soleil perdait en force, et des ombres noires gisaient dans ma chambre comme des veuves maigrichonnes empoisonnées à l'arsenic. Je quittai mon lit, rangeai le dossier et la photo de Hannah en rockeuse punk dans un tiroir (où je gardais aussi la biographie de Charles Manson). Au moment où je décidais d'appeler Milton, j'entendis la Volvo dans l'allée. Quelques instants plus tard, papa entrait.

Je le rejoignis près de la porte, qu'il n'avait pas refermée, trop occupé à lire les gros titres du *Cape Daily Press* d'Afrique du Sud.

« Ce n'est pas possible, marmonnait-il d'un air dégoûté. Ces pauvres crétins sont tellement désorganisés. Quand est-ce que cette folie… ?… et pourtant, elle ne prendra pas fin tant qu'ils resteront illettrés… c'est incroyable, mais il s'est déjà produit des choses plus folles encore… » Il me jeta un coup d'œil sévère avant de reprendre sa lecture. « Ma chérie, ils ont à nouveau assassiné des rebelles en République démocratique du Congo, cinq cents… »

Il me jeta un nouveau regard, étonné cette fois, et fronça les sourcils.

« Qu'est-ce que tu as ? Tu sembles épuisée. Tu as toujours des

487

insomnies ? Moi aussi, j'ai connu une période comme ça à Harvard en 1974...

— Je vais très bien. »

Il m'observa, prêt à protester, mais se ravisa.

« Eh bien, dans ce cas, il ne te reste plus qu'à *Faire Face* ! » Avec un sourire, il plia son journal. « Tu te souviens de ce que nous faisons demain, ou tu as oublié notre excursion au merveilleux lac Pennebaker ? »

J'avais complètement oublié. Papa avait pourtant organisé cette journée avec l'excitation du capitaine britannique Scott planifiant la première expédition mondiale au pôle Sud dans l'espoir de battre de vitesse le capitaine norvégien Amundsen. (Papa, lui, espérait battre de vitesse les retraités pour être le premier à louer un pédalo et à trouver une table de pique-nique à l'ombre.)

« Une promenade sur le lac ! reprit-il en déposant un baiser sur ma joue avant de ramasser son attaché-case et de s'éloigner dans le couloir. Je dois dire que je suis tout émoustillé, d'autant que nous arriverons juste à temps pour le marché d'artisanat de Pioneer. Je pense que, toi et moi, nous avons bien besoin d'un après-midi au soleil, histoire d'extraire nos esprits de ce monde trop mou, même si quelque chose me dit que, quand je vais découvrir l'invasion de camping-cars, je vais vite me rendre compte qu'il y a longtemps que je ne suis plus en Suisse. »

LE MONDE S'EFFONDRE

Le lundi matin, je n'avais pas fermé l'œil depuis deux jours, ayant passé la nuit du samedi et presque tout le dimanche à dévorer les 782 pages de *Ces gens qui disparaissent* (Buddel, 1980), une biographie de Boris et Bernice Pochechnik, ce couple d'escrocs hongrois qui, à trente-neuf reprises, avait organisé sa mort puis sa résurrection sous une fausse identité avec la grâce chorégraphiée du Bolchoï interprétant *Le lac des cygnes*. J'avais aussi repris les statistiques de disparitions dans *L'almanach des manies, tics et comportements étranges des Américains* (éd. 1994) et découvert que, si deux adultes sur trente-neuf qui abandonnent tout le font par « ennui » (99,2 p. 100 sont mariés, et leur ennui provient d'un « conjoint inintéressant »), vingt et un sur trente-neuf disparaissent pour échapper à des soucis, « les griffes d'acier de la loi étant sur le point de s'abattre sur eux » : il s'agit de criminels — petits filous, faussaires, arnaqueurs et autres malfaiteurs. (Onze sur trente-neuf le font par dépendance à la drogue, trois sur trente-neuf parce qu'ils sont « cuits », et qu'ils fuient la mafia russe ou italienne, et deux sur trente-neuf pour des raisons indéterminées.)

J'avais aussi terminé *Histoire du lynchage dans le Sud des États-Unis* (Kittson, 1966). C'est là que j'avais fait ma découverte la plus intéressante : très prisée des Géorgiens esclavagistes, et remise en service par le deuxième Ku Klux Klan en 1915, une technique de pendaison, apparemment inventée par le juge Charles Lynch lui-même, qu'on appelait « la demoiselle volante » à cause de l'« élévation brutale du corps » (p. 213). « Cette méthode était populaire car très pratique, écrit l'auteur Ed Kittson page 214. Pour peu qu'il soit assez costaud, un homme peut en pendre un autre d'une seule main, sans l'aide d'une foule. Il suffit d'un nœud et d'une poulie préparés avec soin, mais tout à fait maîtrisables en ayant un peu de pratique : un nœud coulant classique, en général un nœud de cowboy, doublé d'un nœud de bûcheron autour d'une branche solide. Quand la victime se trouve à un ou deux mètres du sol, selon la longueur de la corde, le nœud de bûcheron se resserre et agit alors comme un nœud constricteur. Quelque trente-neuf lynchages ont été effectués de cette manière rien qu'en 1919. » Un support visuel montrait un lynchage sur une carte postale, « Scène du Vieux Sud », avec sur le contour cette inscription : « 1917, Melville, Mississippi : "Notre demoiselle volante : son corps s'élève, son âme plonge en enfer" » (p. 215).

Enthousiasmée par cette découverte, je décidai de laisser tomber l'opération Barbarossa dans mon manuel d'histoire avancée, *Notre vie, notre temps* (Clanton, éd. 2001), pour m'attaquer aux *Codes de la mort* (Lee, 1987), un livre de poche sanglant que j'avais pris dans la bibliothèque de papa, signé Franklin C. Lee, l'un des plus formidables détectives privés de L.A., et que j'avais commencé à lire en première heure de cours (« Bleue ! Mais pourquoi êtes-vous donc assise au fond ? m'avait demandé, ahurie, Miss Simpson en anglais avancé. — Parce que, Miss Simpson, j'enquête sur un homicide, dans la mesure où, si je ne me bouge pas le cul, personne ne le fera à ma place ! », avais-je eu envie de répondre. Ce que, bien sûr, je n'avais pas fait. J'avais prétendu ne pas voir le tableau de ma place habituelle à cause d'un reflet.) Blanc Bonnet et Bonnet Blanc, assises près de la liste des nouveautés Hambone, venaient juste d'entamer leur échange habituel de ragots, encouragées par leur complice, Petit Nez Hemmings — Mr. Fletcher, armé du *Trésor des mots-croisés* (Johnson éd., 2000), faisant celui qui ne voyait rien. J'étais sur le point d'aller leur dire de fermer leur gueule (c'est incroyable, la force que confère une enquête criminelle), mais au contraire, je tendis l'oreille.

« J'ai entendu Eva Perón dire à Martine Filobeque en salle des profs que selon elle, c'est ridicule de croire que Hannah Schneider s'est suicidée, annonça Petit Nez. Elle dit qu'elle est certaine que Hannah ne n'est pas tuée toute seule.

— Et qu'est-ce qu'elle a dit d'autre ? demanda Blanc Bonnet en plissant les yeux d'un air interrogateur.

— Rien. Elles m'ont vue près de la photocopieuse et elles se sont tues. »

Blanc Bonnet haussa les épaules et étudia ses cuticules.

« Ras le bol de Hannah Schneider, dit-elle. On frise la saturation médiatique.

— Elle sera bientôt aussi démodée que les féculents, renchérit Bonnet Blanc avec un signe de tête.

— En plus, quand j'ai raconté à notre mère quel genre de films on visionnait dans son cours, des films interdits, des films pas du tout au programme, elle est devenue hystérique. Elle a dit que cette fille était capitaine d'une équipe de timbrés, genre totale schizo...

— Dérangée, traduisit Bonnet Blanc, complètement givrée...

— Ma mère voulait se plaindre auprès de Havermeyer, puis elle s'est dit que l'école avait assez de problèmes comme ça. Les inscriptions sont en chute libre, il paraît. »

Petit Nez fronça le nez.

« Mais t'as pas envie de savoir pourquoi Eva Brewster disait ça ? Ça veut dire qu'elle connaît un secret. »

Blanc Bonnet laissa échapper un soupir.

« Je suis sûre que c'est un truc du genre : Hannah Schneider était enceinte de Fletcher. »

Elle releva la tête et lança un regard comme une grenade au pauvre homme chauve qui, à l'autre bout de la salle, n'avait rien demandé.

« Ça aurait donné un monstre. Le premier recueil de mots-croisés vivant, gloussa-t-elle.

— Et si ça avait été un garçon, ils l'auraient appelé *Sunday Times* », lança Bonnet Blanc.

Les jumelles partirent d'un rire aigu et se tapèrent dans la main.

Après les cours, alors que je sortais d'Elton, je vis Perón se diriger vers le parking des profs (voir « Quitter Madrid, 15 juin 1947 », *Eva Duarte Perón*, East, 1963, p. 334). Elle était vêtue d'une petite robe rouge grenat avec des escarpins assortis, d'épais collants blancs, et elle transportait une énorme pile d'enveloppes kraft. Un pull beige

491

informe était attaché à sa taille, prêt à tomber, une manche traînant par terre comme un otage qu'on emmène de force.

Non sans une certaine appréhension, je m'obligeai à lui courir après. (« Ne jamais laisser de répit à ces salopards », conseillait le détective privé Peeper Rush McFadds à son collègue dans *Imper de flic* [Bulke, 1948].)

« Miss Brewster ? »

C'était le genre de personne qui, lorsqu'elle entend son nom, poursuit sa route comme si elle pilotait un véhicule motorisé dans un hall d'aéroport.

« Miss Brewster ! criai-je plus fort en la rattrapant à hauteur de sa voiture, une Honda Civic blanche. J'aimerais vous parler. »

Elle claqua la portière arrière (elle venait de déposer les dossiers sur la banquette) et ouvrit celle du conducteur, écartant de sa figure ses cheveux couleur mangue.

« Je suis en retard pour mon cours de gym, déclara-t-elle.

— Je n'en ai pas pour longtemps. Je voudrais… m'excuser. »

Ses yeux bleus me sautèrent dessus. (Elle avait sans doute décoché le même regard au colonel Juan et à ces bureaucrates argentins trop mous quand ils lui avaient fait part de leur manque d'enthousiasme pour sa grande idée, la candidature conjointe Perón-Perón à l'élection de 1951.)

« Cela ne devrait-il pas être le contraire ? demanda-t-elle.

— Je m'en moque. J'ai besoin de votre aide. »

Elle jeta un coup d'œil à sa montre.

« Pour le moment, je ne peux pas. Je suis attendue au Fitness Exchange…

— Si c'est ce qui vous inquiète, ça n'a rien à voir avec mon père.

— Et avec quoi, dans ce cas ?

— Hannah Schneider. »

Elle écarquilla les yeux — de toute évidence, c'était un sujet encore moins abordable que celui de mon père — et elle ouvrit sa portière, qui cogna contre mon bras.

« Ne t'occupe pas de cette histoire », dit-elle. Puis, comprimée dans sa robe rouge qui faisait l'effet, sur ses jambes, d'un rond de serviette trop serré, elle s'installa au volant. Elle fit tinter son trousseau (avec un porte-clés en patte de lapin rose vif), puis enfonça la clé de contact comme si elle donnait un coup de couteau. « Si tu veux, passe me voir demain. Viens au bureau dans la matinée, mais là, je dois vraiment partir. Je suis déjà en retard. »

Elle se pencha pour refermer la portière, mais je ne bougeai pas. La portière me heurta les genoux.

« Eh ! » fit-elle.

Je ne bougeai pas. (« Je m'en tape, même si elle est en train d'accoucher, ne lâche jamais un témoin, ordonnait Frank Waters, inspecteur de police de Miami, à Melvin, son jeune coéquipier, dans *Coups de théâtre* [Brown, 1968]). Pas de "on verra plus tard". Pas de "un autre jour". Faut pas les laisser réfléchir. Si tu chopes un témoin par surprise, il est capable d'envoyer sa mère au trou sans même s'en apercevoir. »)

« Pour l'amour du ciel, qu'est-ce qui te prend ? me demanda Evita d'un air irrité en lâchant la poignée. Qu'est-ce que c'est que ce regard ? Écoute, la mort de quelqu'un, c'est pas la fin du monde. Tu as seize ans. Tu aurais été abandonnée par ton mari avec trois gosses, des dettes et du diabète, je comprendrais. Mais là, regarde la forêt, plutôt qu'un seul arbre. Si tu veux, comme je t'ai dit, on peut en parler demain. »

Elle jouait maintenant la carte du charme : elle me sourit en recourbant sa voix en fin de phrase comme un ruban sur un cadeau.

« Vous avez détruit la seule chose au monde qui me restait de ma mère, déclarai-je. J'estime que vous pouvez m'accorder cinq minutes. »

Je regardai mes chaussures et pris un air genre *melanchólica*. Evita ne se laissait émouvoir que par les *descamisados*, les sans-chemises. Pour elle, tout le monde, à part eux, appartenait à l'oligarchie et méritait donc la prison, la liste noire, la torture.

Elle ne réagit pas tout de suite. Elle s'agita sur son siège en vinyle, qui gémit sous elle. Puis elle lissa le bord de sa robe rouge sur ses genoux.

« J'étais sortie avec des amies, dit-elle d'un ton calme. J'avais bu quelques kamikazes au El Rio et puis j'ai pensé à ton père. Je ne voulais pas...

— Je comprends. Maintenant, qu'est-ce que vous savez sur Hannah Schneider ? »

Elle fit une grimace.

« Rien.

— Sauf que selon vous, elle ne s'est pas suicidée.

— Je n'ai jamais dit ça. Je n'ai aucune idée de ce qui lui est arrivé. » Elle leva les yeux vers moi. « Tu es une fille étrange, tu sais ? Est-ce que ton cher papa sait que tu joues à intimider les gens ? Que tu mènes ta petite enquête ? »

Comme je ne réagissais pas, elle jeta un nouveau coup d'œil à sa montre, marmonna quelque chose sur son cours de gym (j'aurais juré qu'il n'y avait aucun cours de gym et aucun Fitness Exchange, mais je pêchais un plus gros poisson), puis elle ouvrit la boîte à gants et en sortit un paquet de Nicorette. Après en avoir mis deux dans sa bouche, elle balança la jambe gauche, puis la droite, hors de la voiture, et les croisa comme si elle s'installait au bar du El Rio. Ses cuisses étaient comme deux sucres d'orge géants, la bande rouge en moins.

« Je n'en sais pas plus que toi. Je n'ai aucune idée de ce qui s'est passé. Je trouve juste que ça ne lui ressemble pas. Un suicide, surtout par pendaison... Je crois qu'avec des médicaments, je comprendrais plus facilement — mais la pendaison... »

Elle garda le silence une minute en mâchonnant consciencieusement ses Nicorette et en observant les autres voitures de sport du parking.

« Il y a deux ans de ça, nous avons eu un élève ici, reprit-elle lentement en me jetant un coup d'œil. Howie Gibson IV. Habillé comme un Premier ministre. Il n'avait sans doute pas le choix. Il était donc quatrième du nom. Or, on sait tous qu'au cinéma, les suites font rarement exploser le box-office. Deux mois après la rentrée, sa mère l'a retrouvé pendu au crochet qu'il avait planté dans le plafond de sa chambre. Quand j'ai appris ça — elle déglutit en décroisant puis recroisant les jambes — bien sûr, j'ai été triste. Mais je n'ai pas été surprise. Son père, troisième du nom, qui lui non plus n'avait visiblement pas été un succès en salle, venait le chercher chaque jour dans une grosse voiture noire. Le garçon s'installait à l'arrière, comme si son père était un chauffeur. Ils ne se disaient pas un mot. Et ils repartaient comme ça. » Elle renifla. « Après, quand on a ouvert son casier, on a découvert plein de trucs collés sur la porte, des représentations du diable et des croix renversées. Il était assez doué en dessin, mais je t'assure qu'il n'aurait pas été embauché pour les cartes de vœux Hallmark. Il y a des signes, tu vois. Je ne suis pas experte, mais je ne pense pas qu'on se suicide comme ça. »

Elle se tut et regarda fixement ses escarpins rouges.

« Je ne dis pas que Hannah n'avait pas ses problèmes. Parfois, elle s'attardait sans raison à l'école : un cours de cinéma, ce n'est pas difficile, il suffit de mettre un DVD. J'avais l'impression qu'elle restait là parce qu'elle avait envie de parler à quelqu'un. C'est sûr qu'elle n'était pas très satisfaite de sa vie. Au début de chaque année scolaire, elle annonçait que c'était la dernière. "Ensuite, je pars, Eva. Je vais en Grèce. — Et pourquoi en Grèce ? je demandais. — Pour me faire du bien", elle répondait. Je n'ai aucune indulgence pour ce genre de choses. Je n'ai jamais été du genre à acheter des livres de psycho. À plus de quarante ans, vous n'avez toujours pas d'amis ni de relations ? Vous êtes le pauvre papa, et pas le riche papa ? Eh bien, je suis désolée de vous l'annoncer, mais ça ne changera jamais. »

Eva éclata de rire, mais tout à coup, son rire parut s'envoler, et elle renifla. Peut-être qu'elle réfléchissait à ce qu'elle venait de dire. Puis elle observa le soleil coincé entre les arbres et le ciel, où l'on apercevait quelques petits nuages.

« Il y a autre chose, reprit-elle en mâchant ses Nicorette la bouche ouverte. Quand Hannah était plus jeune, il lui est arrivé quelque chose d'atroce, avec un homme et une de ses amies ; elle n'entrait jamais dans les détails, mais elle disait qu'il ne se passait pas un jour sans qu'elle ne ressente de la culpabilité. Va savoir ce qui s'est passé. Ce qui est sûr, c'est que c'était quelqu'un de triste, de mal à l'aise, et pourtant de vaniteux. Or les gens vaniteux ne se pendent pas. Ils se plaignent, ils gémissent, ils font du bruit, mais ils ne se passent pas la corde au cou. Ça nuirait à leur image. »

Elle rit à nouveau, cette fois d'un rire forcé, le rire qu'elle prenait sans doute dans son émission radiophonique Oro Blanco, un rire pour intimider les rédacteurs de Radio-landia aux doigts boudinés, les généraux à tête de bœuf, les *compadres* sous le joug. Elle fit une petite bulle qui éclata entre ses dents, un bruit de baiser.

« Mais après tout, qu'est-ce que j'en sais ? Comment deviner ce qui se passe dans la tête de quelqu'un ? Début décembre, elle a demandé

495

à s'absenter une semaine pour aller en Virginie-Occidentale voir la famille de l'homme qui s'était noyé chez elle.

— Smoke Harvey ?

— Il s'appelait comme ça ? »

Alors que j'acquiesçais, je me souvins tout à coup de quelque chose. Je demandai :

« Elle vous avait invitée à cette fête, non ?

— Quelle fête ?

— Celle où il est mort. »

Eva fit signe que non.

« C'est seulement par la suite que j'en ai entendu parler. Elle était bouleversée. Elle m'a dit qu'elle n'en dormait plus. Mais, au final, elle n'est pas partie. Elle m'a expliqué qu'elle se sentait trop coupable pour affronter la famille. Peut-être ai-je mal mesuré l'étendue de sa culpabilité. J'ai essayé de lui expliquer qu'elle n'y était pour rien. Un jour, mes voisins qui partaient en vacances à Hawaï m'ont demandé de garder leur chat — un machin avec des longs poils tout droit sorti d'une pub pour croquettes. Cet animal me détestait. Chaque fois que j'allais le nourrir dans le garage, il bondissait sur la moustiquaire et s'y accrochait, à croire qu'il avait des pattes en velcro. Un jour, j'ai appuyé par mégarde sur la porte du garage. Elle ne s'est pas ouverte de plus de dix centimètres que le chat avait déjà levé le camp. Je l'ai cherché pendant des heures, en vain. Deux jours plus tard, quand mes voisins sont rentrés de Maui, ils l'ont trouvé écrasé sur la route juste devant chez eux. Bien sûr, c'était ma faute. J'ai remboursé l'animal. Et après, pendant longtemps, je m'en suis voulu. J'ai fait des cauchemars dans lesquels cette bête enragée surgissait, toutes griffes dehors, les yeux rouges et tout le tremblement. Mais il ne faut pas s'attarder sur ce genre de choses. Il faut rechercher la paix inté-rieure. »

Peut-être à cause de ses origines bâtardes et de son enfance pauvre à Los Toldos, du traumatisme causé par la vision, à l'âge de quinze ans, du corps nu d'Augustin Magaldi, ou de l'effort pour hisser le lourd colonel Juan à de telles hauteurs politiques, de ses journées de travail de vingt-quatre heures au *Secretaria de Trabajo* et au *Partido Peronista Feminino*, du temps qu'elle passait à piller le trésor national et à stocker du Dior dans ses placards, elle était, au fil des années, devenue solide comme un roc. Et pourtant, il devait bien y avoir une faille en elle, une fissure où une minuscule graine de pomme, de poire ou de figue aurait pu germer. Mais de telles faiblesses étaient bien cachées. Elle passait son temps à les traquer pour les combler.

« Change-toi les idées, ma fille. Ne prends pas ça trop à cœur. Les adultes sont trop compliqués. Et, je suis la première à le reconnaître, nous manquons de rigueur. Tu n'y es pour rien. Tu es jeune. Profites-en. Parce que, ensuite, c'est là que ça devient dur. Le meilleur remède, c'est le rire. »

Je détestais plus que tout qu'un adulte essaie d'emballer la vie pour me la présenter dans un bocal, un compte-gouttes ou un presse-papier en pingouin avec de la neige artificielle : le rêve de tout collectionneur. Bien sûr, papa passait son temps à faire des théories, mais il y ajoutait toujours une note en bas de page silencieuse expliquant qu'il n'apportait aucune réponse, qu'il se contentait de faire de très grossières suggestions. Les hypothèses de papa ne s'appliquaient qu'à un petit bout de vie, non à sa totalité, et il ne fallait jamais oublier qu'elles restaient approximatives.

Eva regarda de nouveau sa montre.

« Je suis désolée, mais je tiens vraiment à aller à mon cours de gym. »

Je hochai la tête et m'écartai pour qu'elle puisse refermer sa portière. Elle mit le moteur en marche, puis me sourit comme si j'étais une employée de péage à qui elle demandait d'actionner la barrière pour pouvoir repartir. Pourtant, elle ne démarra pas tout de suite. Elle mit la radio — un tube braillard — et, après avoir cherché une ou deux secondes dans son sac, elle baissa de nouveau sa vitre.

« Comment il va, au fait ?

— Qui ça ? demandai-je, même si je le savais.

— Ton père.

— Très bien.

— Vraiment ? »

Elle fit un signe de tête distant, voire détaché. Puis ses yeux revinrent sur moi.

« Tu sais, je suis désolée pour ce que j'ai dit sur lui. Ce n'était pas vrai.

— Ce n'est pas grave.

— Si. Un enfant ne devrait jamais avoir à entendre ce genre de choses. J'en suis désolée. » Elle scruta de nouveau mon visage, ses yeux s'agrippant à ma figure comme si j'étais un mur d'escalade. « Il t'adore. Je ne sais pas s'il te le montre, mais c'est vrai. Plus que tout, plus que... — je ne sais même pas comment qualifier ça — ses bêtises politiques. Un jour au dîner, alors qu'on ne parlait même pas de toi, il a dit que tu représentais ce qui lui était arrivé de mieux dans sa vie. » Elle sourit. « Et il le pensait vraiment. »

Je hochai la tête et feignis d'être fascinée par son pneu avant gauche. Pour d'étranges raisons, je détestais discuter de papa avec des gens aux cheveux nectarine qui zigzaguaient entre les insultes, les compliments, la brusquerie et la compassion tel un conducteur ivre. Parler de papa avec ce genre de personnes, c'était comme parler de ventre à l'époque victorienne : c'était déplacé et maladroit, une excellente raison pour éviter son interlocuteur lors des réunions et autres soirées à venir.

Elle poussa un soupir résigné en voyant que je ne répondais pas, un soupir d'adulte du genre « je jette l'éponge », indiquant qu'ils ne comprenaient rien aux adolescents et qu'ils étaient ravis que cette période soit derrière eux.

« Prends soin de toi, ma fille. » Elle était en train de remonter sa vitre quand elle s'interrompit de nouveau. « Et essaie de manger un peu. Tu vas finir par disparaître. Va t'offrir une pizza. Et arrête de penser à Hannah Schneider. J'ignore ce qui lui est arrivé, mais je sais qu'elle aurait voulu que tu sois heureuse, d'accord ? »

J'eus un sourire crispé tandis qu'elle me faisait un signe de main et reculait (ses freins donnèrent l'impression de subir la torture) puis fonçait vers la sortie du parking, sa Honda blanche pareille à la limousine qui transportait Eva Perón à travers les *barrios* les plus pauvres où flottait une odeur de porc âcre, et d'où, derrière la vitre, elle faisait signe à un peuple affamé mais sous le charme.

J'avais dit à papa que je rentrerais par mes propres moyens. Quand Milton m'avait ramenée chez moi le vendredi, nous étions convenus de nous rejoindre à son casier après les cours, or j'avais déjà une demi-heure de retard. Je filai dans l'escalier jusqu'au premier étage d'Elton, mais le couloir était vide, à l'exception de Dinky et de Mr. Ed « Favio » Camonetti dans l'embrasure de sa salle de cours d'anglais renforcé. (Puisque beaucoup de gens aiment les ragots, en quelques mots : Favio était le plus beau prof de Gallway. Il avait un visage bronzé à la Rock Hudson, et il était marié à une femme grassouillette et banale qui portait des robes chasubles et semblait penser, à l'inverse de tout le monde, qu'il n'avait rien de spécial, même si, personnellement, j'aurais dit que son corps était comme un matelas pneumatique qui se dégonflait lentement par un trou d'épingle.) Ils se turent au moment où je passais.

Je me rendis à Zorba (où Amy Hempshaw et Bill Chews étaient entrelacés dans un baiser) puis jusqu'au parking des étudiants. La Nissan de Milton était toujours à sa place. Je décidai donc d'aller voir à la cafétéria, sans y trouver personne, pas plus que dans Hypocrite's Alley sous le Love Auditorium, le marché noir de St-Gallway où Milton et Charles se frottaient parfois à des élèves trafiquant avec frénésie des interros, examens, notes et autres devoirs maison, ou échangeaient des services sexuels contre le prêt, pour une soirée, de *La bible du tricheur*, un manuel de 543 pages d'un auteur anonyme sur tous les moyens de réussir à St-Gallway, classé par prof, œuvre, méthode et approche. (Quelques titres : « *Une chambre à soi* : réussir l'examen du maquillage », « *Toy story* : de la beauté de la calculatrice TI-82 et de la montre Timex Data Link », « Petites perles à écrire sous la semelle de vos chaussures ».) Alors que je m'avançais dans le couloir sombre, jetant un coup d'œil au passage par les petites fenêtres rectangulaires des salles de musique, je vis des silhouettes sur des bancs de piano ou derrière des pupitres (personne ne jouant d'un instrument, sauf à considérer que le corps était un instrument). Milton ne s'y trouvait pas.

Je décidai d'aller voir dans le petit bois derrière le Love Auditorium. Parfois, Milton y fumait un joint entre deux cours. Je remontai l'escalier en vitesse, traversai la galerie d'art Donna Faye Johnson (Peter Rocke, artiste contemporain et ancien élève de Gallway, promo 1987, était plongé dans une période boueuse dont il ne semblait pas près de refaire surface), ressortis par la porte de secours, traversai le parking où était toujours garée, près des poubelles, une vieille Pontiac (on racontait que cette épave avait appartenu à un prof surpris en train de draguer une élève) et me faufilai à travers les arbres.

Je le vis presque aussitôt. Il portait une veste bleu marine et il était adossé à un arbre.

« Salut ! » criai-je.

Il sourit, et pourtant, à mesure que j'approchais, je compris qu'il souriait à d'autres paroles que les miennes : il se trouvait en compagnie du Sang Bleu. Jade était perchée sur un gros tronc, Leulah sur un rocher (s'agrippant à ses cheveux tressés comme à une poignée de porte), Nigel à côté d'elle et Charles par terre, son plâtre géant dépassant de son corps comme une presqu'île.

Ils me virent. Le sourire de Milton quitta son visage comme un bout de scotch qui n'adhère plus. Et je compris. J'étais une bécasse, une cruche, une nunuche. Il allait faire son Danny Zuko dans *Grease* quand Sandy lui dit bonjour devant les T-Birds, sa Mrs. Robinson quand elle affirme à Elaine qu'elle n'a pas séduit Benjamin, sa Daisy quand elle choisit Tom, ce kiwi acide, plutôt que Gatsby, un self-made-man, un homme plein de rêves, capable de jeter une pile de chemises si l'envie lui en prend.

Mon cœur subit un glissement de terrain, mes jambes un tremblement de terre.

« Regardez ce qui nous arrive, fit Jade.

— Salut, Dégueulette, dit Milton. Ça va ?

— Putain, qu'est-ce qu'elle fout ici ? » demanda Charles.

Je me tournai vers lui et vis, avec surprise, que ma présence avait fait prendre à son visage une teinte fourmi de feu (voir *Insectes*, Powell, 1992, p. 91).

« Bonjour, dis-je. Bon, je crois que je te verrai plus tard...

— Attends », dit Charles, qui s'était relevé sur sa jambe valide et boitillait maladroitement vers moi parce que Leulah tenait l'une de ses béquilles. Elle la lui tendit, mais il ne la prit pas. Il préférait boiter, tel un blessé de guerre, comme si la boiterie, la patte folle, le déséquilibre, procuraient une gloire supérieure.

« J'ai bien envie de discuter un peu avec toi, ajouta-t-il.

— Pas la peine, dit Jade en tirant une bouffée de cigarette.

— Si, c'est la peine.

— Charles, lança Milton.

— Tu es une petite merde, tu le sais ?

— Putain, fit Nigel avec un sourire. Cool, mec.

— Non, je suis pas cool. Je vais la tuer. »

Il avait beau avoir le visage rouge et les yeux globuleux d'une grenouille mantella dorée, il ne tenait que sur une jambe, je n'étais donc pas très inquiète. S'il approchait, il me suffirait de le repousser et de partir en courant. D'un autre côté, c'était troublant d'être responsable de sa brusque ressemblance avec un nouveau-né en salle d'accouchement ; de ses yeux à ce point plissés qu'on aurait dit la fente d'une boîte en carton où on glisse une pièce pour les enfants paralysés du cerveau. C'était si troublant que je me demandai un instant si je n'avais pas *vraiment* tué Hannah. Peut-être avais-je agi dans un accès de schizophrénie sous l'influence de la méchante Bleue, celle qui ne fait pas de quartiers, la Bleue qui arrache le cœur des gens pour le dévorer au petit déjeuner (voir *Les trois visages d'Ève*). Sinon, je ne voyais pas pourquoi il me haïssait au point que son visage devenait creux comme des pneus rainurés.

« Tu veux la tuer et finir ta vie en prison ? lança Jade.

— Mauvaise idée, fit Nigel.

— Tu ferais mieux d'engager un tueur à gages.

— J'accepte le boulot », fit Leulah en levant la main.

Jade écrasa sa cigarette sur la semelle de sa chaussure.

« On pourrait aussi la lapider, comme dans cette histoire où les habitants déboulent et que la fille se met à crier.

— *La loterie* », dis-je (Jackson, 1948). C'était plus fort que moi. Mais j'aurais mieux fait de me taire, car Charles se mit à grincer des dents. Son visage se crispa encore davantage, si bien que je découvris les interstices entre ses dents du bas, lesquelles formaient une petite barrière blanche. Je sentais son souffle de rôtisserie sur mon front.

« Tu veux savoir ce que tu m'as fait ? » Ses mains tremblaient et, au mot « fait », un peu de salive jaillit pour atterrir quelque part entre nous. « Tu m'as détruit...

— Charles, dit Nigel d'un ton inquiet en s'approchant.

— Arrête de faire ton maboule, dit Jade. Si tu la touches, tu es viré de l'école. Son super-héros de père en fera une affaire personnelle...

— Tu m'as brisé la jambe à trois endroits, dit Charles. Et tu m'as brisé le cœur…

— *Charles*…

— Et, autant que tu sois au courant, j'ai envie de te tuer. J'ai envie d'attraper ton affreux petit cou, et… de te laisser pour morte. » Il déglutit bruyamment, produisant le bruit d'une pierre qui tombe dans une mare. Des larmes enflèrent dans ses yeux rouges. L'une d'elles coula sur son visage. « Exactement ce que tu lui as fait.

— Putain, Charles.

— Arrête.

— Elle le mérite pas.

— D'abord, mec, elle embrasse super mal. »

Il y eut un silence, puis Jade fut saisie de rire.

« Vraiment ? »

Charles arrêta aussitôt de pleurer, renifla et s'essuya les yeux du dos de la main.

« Hallucinant. Elle embrasse comme un thon.

— Un thon ?

— Peut-être que c'étaient des sardines. Ou des crevettes. Je sais plus. J'ai essayé de chasser ça de mon esprit. »

J'en eus le souffle coupé. Le sang afflua à mon visage, comme si au lieu de paroles, Milton m'avait envoyé un coup de pied en pleine figure. Je savais qu'il s'agissait de l'un de ces moments décisifs où l'on doit réunir son Congrès interne et convoquer son James Stewart. Je devais leur prouver que je n'avais rien d'une nation meurtrie et terrorisée, et tout d'un géant endormi. Je ne pouvais me contenter de répliquer par un vieux missile de croisière. Il me fallait une bombe aussi puissante que celles de Hiroshima et de Nagasaki pour déclencher un immense champignon (les témoins prétendraient ensuite avoir vu un deuxième soleil), des corps écorchés, le goût crayeux de la fission atomique dans la bouche des pilotes. Après coup, j'éprouverais sans doute des regrets, je penserais : « Mon Dieu, qu'est-ce que j'ai fait ? », mais cette phrase n'avait jamais arrêté personne.

Papa avait toujours un petit livre noir sur sa table de nuit, *Paroles d'un ver luisant* (Punch, 1978), qu'il feuilletait le soir quand il était fatigué et qu'il avait envie d'un peu de douceur, comme certaines femmes ont envie d'un carré de chocolat noir. C'était le recueil des citations les plus puissantes au monde. Je les connaissais presque toutes par cœur. « L'histoire est une suite de mensonges sur lesquels tout le monde s'accorde », disait Napoléon. « Menez-moi, suivez-moi, ou sortez de mon chemin », déclarait le général George Patton. « Sur scène, je fais l'amour à vingt-cinq mille personnes à la fois, et ensuite je rentre chez moi toute seule », se lamentait Janis Joplin, la larme à l'œil et le cheveu en bataille. « Allez au ciel pour le climat, en enfer pour la compagnie », affirmait Mark Twain.

Je dévisageai Milton. Il était incapable de me regarder. Il se collait contre son arbre comme s'il espérait que le tronc allait l'engloutir.

« "Nous sommes tous des vers, déclarai-je, tel Churchill, mais je crois que moi, je suis un ver luisant."

— Quoi ? » fit Jade.

Je tournai les talons et m'éloignai.

« Qu'est-ce que c'était que ça ?

— C'est ce qu'on appelle faire traîner les choses.

— Vous avez vu ? Elle est possédée.

— Trouvez-moi un exorciste ! » hurla Charles en éclatant d'un rire qui se déversa comme des pièces d'or au milieu de ces arbres à l'acoustique parfaite qui se chargèrent de le disperser dans les airs.

Au moment où j'atteignais le parking, je croisai Mr. Moats qui se dirigeait vers sa voiture, ses livres sous le bras. Il eut l'air étonné de me voir surgir des arbres, comme s'il me prenait à nouveau pour le fantôme du Greco.

« Bleue van Meer ? » prononça-t-il d'un ton incertain, mais je ne lui fis ni sourire ni salut.

Je m'étais déjà mise à courir.

LA CONSPIRATION NOCTURNE

Il s'agit là de l'un des plus grands scandales de la vie : ce que l'on peut vous dire de plus cruel, c'est que vous embrassez mal.

On pourrait croire que c'est bien pire d'être traité d'hypocrite, de traître, de salope, de pute ou de quelque chose dans le genre, d'être considéré comme un varan, un vélocipède, une vieille rosse, une vache à lait. Je crois qu'on supporterait encore mieux l'expression « nulle au pieu » : tout le monde a ses jours sans, des jours où l'esprit saute sur toutes les pensées qui passent, des jours où même un pur-sang comme Y-a-pas-plus-heureux, qui en 1971 remporta le Derby et le Preakness, est capable de finir bon dernier à Belmont Stakes. Mais embrasser mal, être traité de thon, il n'y a pas pire, parce que ça implique qu'on est sans passion, et si on est sans passion, autant mourir.

Je fis le trajet jusque chez moi à pied (6,6 km), obsédée par cette remarque humiliante, en me repassant la scène au ralenti afin d'entourer avec de petits cercles accusateurs chacune de mes tentatives pour saisir la balle au vol, la garder trop longtemps dans mon camp, la renvoyer maladroitement et finalement être poussée à la faute. Dans ma chambre, je me laissai aller à l'une de ces crises de larmes qui donnent la migraine, celles que l'on *croit* réservées au décès d'un proche, à une maladie en phase terminale, ou à la fin du monde. Je mouillai mon oreiller pendant plus d'une heure tandis que l'obscurité enflait dans la pièce et que la nuit s'immisçait par les fenêtres. Notre élégante et déserte demeure du 24 Armor Street semblait m'attendre, comme des chauves-souris attendent la nuit,

504

un orchestre son chef. Elle semblait attendre que je me calme, que je me ressaisisse.

Le visage congestionné, les yeux rouges, je finis par quitter mon lit, descendre l'escalier et aller écouter sur le répondeur le message de papa qui m'annonçait qu'il dînerait avec Arnie Sanderson. Je pris dans le frigo le gâteau au chocolat Stonerose qu'il avait rapporté quelques jours plus tôt (dans la série « Papa cherche à faire plaisir à Bleue »), attrapai une fourchette et montai le tout dans ma chambre.

« Nous vous annonçons ce soir une nouvelle d'importance, déclara dans ma tête une Cherry Jeffries imaginaire. Ce n'est ni la police, ni la garde nationale, ni les gardes forestiers, le FBI, la CIA, le Pentagone, les prédicateurs, les voyants, les diseuses de bonne aventure, les super-héros, les Martiens, ni même un pèlerinage à Lourdes, mais tout simplement une courageuse adolescente qui a résolu l'énigme du meurtre de Hannah Louise Schneider, 44 ans, dont la mort avait été par erreur attribuée à un suicide suite à une enquête du département du shérif de Sluder pas plus tard que la semaine dernière. Cette extraordinaire élève de terminale à l'école St-Gallway de Stockton, à savoir mademoiselle Bleue van Meer, possède un QI à vous en faire tomber le pantalon : pas moins de 175, et, contre l'avis de ses professeurs, ses camarades et son père, elle a décrypté une série d'indices menant à l'arrestation de l'assassin, désormais en prison dans l'attente de son procès. Surnommée Sam Spade, mademoiselle van Meer est non seulement devenue une invitée régulière des talk-shows d'Oprah Winfrey et de Jay Leno, des émissions *Today* et *The View*, mais elle apparaît aussi en couverture de *Rolling Stone* ce mois-ci. Elle a également été invitée à dîner à la Maison-Blanche. Malgré son extrême jeunesse, puisqu'elle n'a que seize ans, le président lui a demandé de faire office d'ambassadrice dans trente-deux pays afin d'y promouvoir la paix et la liberté. Le tout avant d'entrer à Harvard l'automne prochain. Ce n'est pas rien, Norvel, n'est-ce pas ! Norvel ?

— Euh… oui.

— Ce qui prouve que tout n'est pas perdu en ce monde. Qu'il existe encore de véritables héros, et que les rêves deviennent parfois réalité. »

Il ne me restait plus qu'à imiter l'inspecteur en chef Curry quand il était dans une impasse, comme à la page 512 de *La vanité d'une licorne* (Lavelle, 1901), lorsque « toutes les portes restent verrouillées et chaque fenêtre bien fermée, protégeant soigneusement le Mal, mon très cher Horace. Nous errons alors de-ci de-là en promenant nos esprits découragés, tel un chien bâtard qui arpente cette ville de béton et d'ardoise en quête de pitance, de côtes d'agneau laissées sans surveillance par un boucher ou un notaire qui rentre chez lui. Mais il y a toujours de l'espoir ! Car, mon cher, le chien affamé ne rate rien ! Dans le doute, retournez à la victime ! Elle vous indiquera la direction ».

Je pris une fiche cartonnée rose fluo de douze centimètres sur dix-sept et dressai une liste des amis de Hannah, tout du moins des quelques noms que je pouvais connaître. Il y avait le défunt Smoke Harvey et sa famille à Findley, en Virginie-Occidentale, le type du refuge pour animaux, Richard quelque chose, qui habitait une ferme à lamas, Eva Brewster, Doc et les autres hommes de Cottonwood (même si je me demandais s'il fallait les classer parmi les amis ou les connaissances).

Au bout du compte, la liste n'était pas très longue.

Pourtant, je décidai avec confiance de commencer par les premiers sur la liste, à savoir la famille Harvey. Je filai au bureau de papa, allumai son ordinateur portable et cherchai Smoke Harvey dans les pages jaunes.

Je ne trouvai aucune trace de lui. En revanche, je découvris cinquante-neuf Harvey, dont une Ada Harvey à Findley, grâce à www.cpastesoignons.com. Ada, je m'en souvenais, était une fille de Smoke. Hannah avait parlé d'elle lors du dîner à Hyacinth Terrace. (Je m'en souvenais, car son nom était aussi celui d'un des romans préférés de papa, *Ada ou l'ardeur* [Nabokov, 1969].) Je trouvai un site où, pour seulement 89,99 $, je pouvais obtenir le numéro de téléphone d'Ada, mais aussi son adresse, sa date d'anniversaire, son CV, un rapport de moralité, son casier judiciaire et une photo satellite. Je courus dans la chambre de papa et pris l'une de ses cartes de crédit dans le tiroir de sa table de nuit. Je décidai de payer 8 $ pour le numéro de téléphone.

Je revins dans ma chambre, dressai une liste de questions sur trois autres fiches de douze sur dix-sept, chacune soigneusement intitulée NOTES D'ENQUÊTE. Après avoir relu trois ou quatre fois mes questions, je me glissai dans la bibliothèque, débouchai la bouteille de bourbon George T. Stagg quinze ans d'âge et pris une petite gorgée au goulot (certes, je n'étais pas encore un détective chevronné, mais quel privé ne buvait pas un petit coup ?) puis revins à ma chambre pour rassembler mes esprits. « Faut imaginer le lit en métal où était étendu le cadavre, et en tirer ses propres conclusions, les gars », disait le sergent inspecteur Buddy Mills à ses timides collègues dans *L'ultime coup de machette* (Nubbs, 1958).

Je composai le numéro. Une femme décrocha à la troisième sonnerie.

« Allô ?

— Pourrais-je parler à Ada Harvey, s'il vous plaît ?

— C'est elle-même. Qui est à l'appareil ? »

Sa voix était effrayante tant elle semblait remonter à la guerre de Sécession. C'était une voix du Sud imbue d'elle-même, sèche et prématurément vieillie (toute en rides et tremblements, quel que fût l'âge réel de sa propriétaire).

« Euh, bonjour, je m'appelle Bleue van Meer et je…

— Merci beaucoup, mais je ne suis pas intéressée…

— Je n'appelle pas pour vous vendre quelque chose…

— Non merci, je suis désolée.

— Je suis une amie de Hannah Schneider. »

Il y eut un hoquet, comme si je lui avais enfoncé une seringue dans le bras. Elle ne dit pas un mot. Et raccrocha.

Abasourdie, j'appuyai sur bis. Elle décrocha aussitôt — j'entendais le bruit d'un feuilleton télé en fond sonore, « Blaine » puis « Comment osez-vous ? », et Ada Harvey me raccrocha au nez sans un mot. À ma troisième tentative, au bout de quinze sonneries, un message m'informa que mon interlocuteur n'était pas disponible. J'attendis dix minutes en grignotant un peu de gâteau au chocolat et réessayai pour la quatrième fois. Elle décrocha à la première sonnerie.

« Quel toupet ! Si vous n'arrêtez pas de téléphoner, j'appelle la police…

— Je ne suis pas une amie de Hannah Schneider.

— Non, et vous êtes quoi, alors ?

— Je suis une élè… enquêtrice, corrigeai-je. Je suis une détective privé engagée par… », je promenai les yeux sur l'étagère de livres et aperçus *Tierce personne* (Grono, 1995) et *L'anonyme* (Felm, 2001), « par une tierce personne anonyme. J'espérais que vous pourriez répondre à quelques questions. Cela ne devrait pas prendre plus de cinq minutes.

— Vous êtes détective privé, répéta-t-elle.

— Oui.

— Dans ce cas, Dieu porte des culottes bouffantes et des chaussures bicolores. Quel âge avez-vous ? On dirait que vous êtes née avant-hier. »

Papa prétendait qu'on pouvait apprendre beaucoup de choses rien qu'en écoutant une voix au téléphone. J'aurais dit, quant à moi, que mon interlocutrice avait une petite quarantaine d'années, et qu'elle portait des sandales en cuir marron avec des pompons qui se balançaient sur le dessus de son pied.

« J'ai seize ans, reconnus-je.

— Et vous dites travailler pour qui ? »

Mieux valait ne pas poursuivre dans la voie du mensonge. Comme disait parfois papa : « Ma chérie, tes pensées s'affichent dans ta voix comme des panneaux publicitaires géants. »

« Pour moi-même. Je suis élève à St-Gallway, où Hannah enseignait. Je… je suis désolée de vous avoir menti, mais j'avais peur que vous raccrochiez à nouveau et je… », je cherchai frénétiquement mes notes des yeux, « vous êtes ma seule piste. Il se trouve que j'ai fait la connaissance de votre père le soir de sa mort. C'était apparemment quelqu'un de fascinant. Je suis très triste de ce qui s'est passé. »

Je n'étais pas fière de jouer sur la corde sensible pour parvenir à mes fins. Si, après la mort de mon père, on me parlait de lui, je suis sûre que je me mettrais à jacasser comme une pie. Mais elle incarnait mon seul espoir. De toute évidence, Ada hésitait entre m'écouter et interrompre la communication pour laisser ensuite le téléphone décroché.

« Puisque, repris-je d'une voix mal assurée, votre père et votre famille étiez amis avec Hannah, j'espérais que…

— Amis ? » Elle cracha ce mot comme un avocat pourri. « Nous n'étions pas amis avec cette femme.

— Oh, je suis désolée, je pensais…

508

— Eh bien, vous vous trompez. »

Si sa voix s'était un instant faite caniche, elle se fit à nouveau rottweiler. Cette personne était ce qu'on appelait communément dans le monde des privés « une femme d'acier ».

Je déglutis.

« Eh bien, euh, Miss Harvey...

— Je m'appelle Ada Rose Harvey Lowell.

— Miss Lowell. Vous n'étiez donc pas proche de Hannah Schneider ? »

De nouveau, elle ne répondit pas. Une pub de voiture traversa son salon. À toute vitesse, je notai « néant » sous la question numéro 4 : « Nature des relations avec Hannah Schneider ? » J'étais prête à passer à la numéro 5 : « Étiez-vous au courant du projet de week-end en camping ? » quand elle poussa un soupir et lâcha d'une voix morne :

« Vous ne la connaissiez pas. »

Ce fut mon tour de rester sans voix face à cette réplique dramatique digne d'un film de SF, quand un personnage annonce que ce dont il parle « ne provient pas de cette terre ». Mon cœur se mit à battre comme un cortège funéraire vaudou à La Nouvelle-Orléans.

« Que savez-vous d'elle ? lança-t-elle avec une note d'impatience. Rien ?

— Je sais qu'elle était professeur », dis-je calmement.

Ce qui provoqua un acerbe :

« Ça alors.

— Je sais que votre père, Smoke, était un financier à la retraite et...

— Mon père était journaliste d'investigation », corrigea-t-elle (voir *Fierté du Sud, Tourte à la guimauve et damnation*, Wyatt, 2001). « Il a été banquier pendant trente-huit ans avant de prendre sa retraite et de revenir à ses premières amours : l'écriture. Et les investigations.

— Il a écrit un livre, c'est bien ça ? Un roman poli...

— *La trahison Dolorosa* n'est pas un roman policier. Il parle des émigrés clandestins à la frontière texane, de la corruption et du trafic de drogue qui y règnent. » Elle scanda cyniquement le mot émigrés, si bien qu'il devint é-mi-grés. « Ç'a été un immense succès. Ce livre lui a ouvert toutes les portes. » Elle renifla. « Que savez-vous d'autre ?

« — Je... je sais que votre père s'est noyé chez Hannah par accident. »

Elle eut de nouveau une sorte de hoquet. Cette fois, c'était comme si je l'avais giflée devant une centaine d'invités dans une réunion mondaine.

« Mon père ne s'est pas... » Sa voix crissa comme des faux ongles sur un collant. « Je... Savez-vous au moins qui était mon père ?

— Je suis désolée, je ne voulais pas...

— Mon père a été renversé par un semi-remorque à l'âge de quatre ans alors qu'il faisait du tricycle. Il s'est brisé le dos lorsqu'il était militaire en Corée. Il s'est sorti d'une voiture qui était passée par-dessus la margelle de Feather Bridge en s'échappant par la vitre comme dans les films. Il a été mordu deux fois, la première par un doberman, la seconde par un serpent à sonnette dans le Tennessee, et il a été attaqué par un requin au large des côtes de Way Paw We en Indonésie. Par bonheur, il s'est souvenu d'une émission sur la chaîne Nature où on expliquait qu'il faut frapper le requin sur le bout du nez, sauf que la plupart des gens n'ont pas ce courage. Mon père, si. Et maintenant, vous essayez de me faire croire que ses médicaments mélangés à un peu de Jack Daniels ont eu raison de lui ? Ça me rend folle. Il prenait ce traitement depuis six mois sans le moindre effet secondaire. Cet homme aurait pu recevoir six balles en pleine tête, il aurait survécu. Et je pèse mes mots. »

À ma grande horreur, sa voix se creusa en prononçant « mots ». Un gros creux, visiblement. Je n'en aurais pas juré, mais je crois qu'elle pleurait, et que cet affreux bruit de hoquet contenu se mêlait à la musique du feuilleton, si bien qu'on ne faisait plus la différence entre la réalité et la télévision. C'était très possible qu'elle ait dit en fait : « Travis, je ne prétendrai pas ne rien éprouver à ton égard », à la place de l'héroïne du feuilleton. Et c'était très possible que ce soit l'héroïne de la télévision, et non Ada, qui pleurait la mort de son père.

« Je suis désolée, dis-je. Je suis si... gênée...

— Il n'y a pas longtemps que j'ai compris », renifla-t-elle.

J'attendis qu'elle comble, même grossièrement, le creux dans sa voix.

« Il n'y a pas longtemps que vous avez compris... quoi ? »

Elle s'éclaircit la gorge.

« Vous connaissez les Nightwatchmen ? Bien sûr que non... Vous n'avez sans doute même jamais entendu ce nom.

— En réalité, il se trouve que si. Mon père est prof de science politique. »

Elle eut l'air surprise. Voire soulagée.

« Vraiment ?

— C'étaient des extrémistes, dis-je. Mais, à part un ou deux incidents au début des années soixante-dix, personne n'est certain qu'ils aient réellement existé. C'est davantage une belle idée, celle de gens qui luttent contre l'appât du gain, qu'une réalité. » Je venais de paraphraser « Survol de l'histoire révolutionnaire américaine » (voir van Meer, *Federal Forum*, vol. 23, n° 9, 1990).

« Un ou deux incidents, répéta Ada. Dans ce cas, vous avez entendu parler de Gracey.

— C'était leur fondateur. Mais il est mort, non ?

— Eh non, dit lentement Ada. George Gracey est le seul membre connu des Nightwatchmen. Il est toujours recherché par le FBI. En soixante-dix, non, en soixante et onze, il a assassiné un sénateur de Virginie-Occidentale en mettant une bombe dans sa voiture. Un an plus tard, il a fait sauter un bâtiment au Texas. Quatre morts. Mais comme il a été filmé par une caméra de vidéosurveillance, on a pu établir son portrait robot. Malheureusement, par la suite, il a disparu de la surface de la terre. Dans les années quatre-vingt, une maison a explosé en Angleterre à cause d'une mauvaise manipulation de bombes artisanales. On croyait savoir que Gracey habitait là, on a donc conclu à sa mort. On n'a même pas retrouvé les dents des cadavres. C'est comme ça qu'on peut identifier les gens, vous savez. Grâce à leurs dents. »

Elle fit une pause et déglutit.

« Le sénateur assassiné s'appelait Michael McCullough, c'était l'oncle de Dubs par sa mère, mon grand-oncle. Il a été tué à Meade, à vingt minutes de Findley. Dans notre enfance, mon père disait de l'assassin de son oncle : "Je traverserais la terre pour traduire ce salopard en justice." Quand Dubs s'est noyé, tout le monde a cru ce qu'a déclaré la police, que c'était un accident dû à l'alcool. Mais moi, je n'ai pas voulu l'admettre. J'ai passé la nuit à lire ses notes, jusqu'à

511

ce qu'Archie m'oblige à arrêter en disant que j'étais folle. Mais j'avais tout compris. J'ai montré ma découverte à Archie et à Cal. En fait, elle savait. Elle savait que l'étau se resserrait autour d'elle. On allait alerter le FBI. C'est pour ça qu'elle s'est pendue. C'était la mort, ou la prison. »

J'étais abasourdie.

« Je ne comprends pas...

— *La conspiration nocturne* », souffla Ada.

Suivre la logique de cette femme revenait à suivre à l'œil nu un électron tournant autour d'un noyau.

« Qu'est-ce que c'est que *La conspiration nocturne* ?

— Son prochain livre. Celui qu'il écrivait sur George Gracey. C'était le titre retenu, et ça allait devenir un best-seller. Car mon père a fini par retrouver sa trace sur une île grecque paradisiaque du nom de Paxos, où il menait grand train. »

Elle prit une bouffée d'air saccadée.

« Vous ne savez pas ce que c'est, quand la police vous annonce par téléphone que votre père, avec qui vous assistiez deux jours plus tôt au baptême de Chrysanthème, est mort. Qu'on vous l'a pris. Nous n'avions jamais entendu le nom de Hannah Schneider. Nous avons d'abord pensé qu'il s'agissait de cette divorcée vulgaire que le club d'équitation ne pouvait se résoudre à nommer trésorière, mais nous confondions avec Hannah *Smithers*. Puis nous avons cru que c'était la cousine de Gretchen Peterson que Dubs avait emmenée à la soirée caritative de Marquis Polo, mais ça, c'était Lizzie Sheldon. Puis... » À partir de ce moment-là, Ada cessa quasiment de ponctuer ses phrases et supprima la plupart de ses silences. Ses mots martelèrent dans le combiné : « Au bout de deux jours, Cal a jeté un coup d'œil à la photo que j'avais réclamée à la police et vous savez quoi ? Il a déclaré avoir vu cette femme parler avec Dubs en juin à Handy Pantry alors qu'ils revenaient de l'Auto Show 4000 — un mois après que mon père était rentré de Paxos. Cal a dit : "Dubs est entré acheter des chewing-gums à Handy Pantry et cette femme s'est glissée jusqu'à lui." Il a une excellente mémoire visuelle. "C'était bien elle." Une grande brune avec un visage comme une boîte de chocolats de la Saint-Valentin. Or il se trouve que le jour de la Saint-Valentin est la fête préférée de mon père. Elle lui demandait la route

512

de Charleston, mais ils ont parlé longtemps, car Cal a fini par descendre de voiture pour aller le chercher. C'est tout. Quand on a inspecté les affaires de Dubs, on a trouvé les coordonnées de cette femme dans son carnet d'adresses. Les relevés téléphoniques ont montré qu'il l'appelait une ou deux fois par semaine. Elle savait y faire. Depuis ma mère, il n'y a eu personne dans la vie de mon père... C'est plus fort que moi, je parle toujours de lui comme s'il était là. Archie dit qu'il faut que j'arrête. »

Elle fit une pause, inspira une autre bouffée d'air saccadée et reprit son récit. Elle me faisait penser à ces minuscules araignées qui, au lieu de tisser leur toile dans un coin de taille raisonnable, s'attaquent à un espace si grand qu'on pourrait y mettre deux éléphants d'Afrique. Papa et moi observions l'une de ces araignées sous notre véranda à Howard, en Louisiane. Quel que soit le nombre de fois où le vent cassait la toile, et même si ladite toile s'affaissait entre les fausses colonnes doriques, l'araignée recommençait inlassablement son travail, grimpant aussitôt au sommet pour se laisser tomber en chute libre et fabriquer un nouveau fil de soie, comme du fil dentaire dans le vent. « Elle donne un sens au monde, disait papa. Elle le coud avec toute la conviction dont elle est capable. »

« Nous ignorons toujours comment elle s'y est prise, disait Ada. Mon père pesait cent vingt kilos. Elle a dû l'empoisonner. Peut-être en lui injectant quelque chose entre les orteils... du cyanure ? Bien sûr, la police a déclaré qu'il n'y avait aucune trace de poison. Mais je n'ai pas d'autre hypothèse. Certes, il aimait le whisky... je ne dirais pas le contraire. Et il prenait des médicaments...

— Quel genre de médicaments ? demandai-je.

— Du Minipress. Pour la tension artérielle. Le docteur Nixley lui avait dit qu'il devait renoncer à l'alcool, mais ce n'était pas la première fois qu'il buvait malgré son traitement, et ça ne lui avait jamais posé le moindre problème. Il était revenu en voiture de la soirée caritative Roi de Cœur juste après le début de son traitement, et j'étais là à son retour. Il allait très bien. Croyez-moi, si j'avais pensé le contraire, j'aurais râlé. Non pas qu'il m'aurait écoutée, cela dit.

— Mais, Ada, dis-je à voix basse, comme si nous étions dans une bibliothèque... Je ne pense vraiment pas que Hannah aurait pu...

— Gracey était en contact avec elle. Il lui a ordonné de tuer mon père. Comme les autres. Son rôle, c'était de les séduire, vous voyez.

— Mais...

— L'autre personne, c'est elle, me coupa-t-elle sans prendre de gants. L'autre personne qui opérait avec Gracey. Vous n'écoutiez donc pas ?

— Mais je sais que Hannah Schneider n'est pas une criminelle. J'ai parlé à un inspecteur qui...

— Hannah Schneider n'est pas son véritable nom. Elle l'a volé à une pauvre femme disparue qui a grandi dans un orphelinat du New Jersey. Elle vivait sous cette identité depuis des années. Son véritable nom, c'est Catherine Baker, recherchée par le FBI pour avoir abattu un policier d'une balle entre les deux yeux. De deux balles, même. Au Texas. » Elle s'éclaircit la gorge. « Mon père ne l'a pas reconnue parce que personne ne sait à quoi ressemble Baker. Surtout maintenant. On a juste un vieux témoignage qui remonte à vingt ans — mais, dans les années quatre-vingt, tout le monde avait des cheveux bizarres et une effrayante allure de hippie attardé. De plus, sur son portrait robot, elle était blonde, et on disait qu'elle avait les yeux bleus. Mon père possédait ce portrait, ainsi que celui de George Gracey. Mais c'est le genre de dessin qui pourrait représenter n'importe qui. Ça aurait tout aussi bien pu être moi, vous voyez.

— Vous pourriez m'envoyer une copie des notes de votre père ? Pour mes recherches ? »

Ada renifla et, sans vraiment accepter, prit mon adresse. Nous restâmes silencieuses pendant une ou deux minutes. J'entendis le générique du feuilleton, puis une publicité en arrière-fond.

« Je regrette de ne pas avoir été là, dit-elle tout bas. J'ai un sixième sens, vous voyez. Si je l'avais accompagné à l'Auto Show et que j'étais entrée quand il achetait ses chewing-gums, j'aurais compris le manège de cette femme. Avec son jean moulant et ses lunettes de soleil, l'air de rien. Cal jure qu'il l'avait déjà vue quelques jours plus tôt, quand il achetait des travers de porc à Winn-Dixie. Il prétend qu'elle est passée juste à côté d'eux avec un caddie vide, pomponnée comme si elle allait au bal, et qu'elle a regardé Cal droit dans les yeux avec un sourire diabolique. Bien entendu, on ne peut pas en jurer. Il y a foule le dimanche...

— Qu'est-ce que vous venez de dire ? » demandai-je d'un ton calme.

Elle s'arrêta. Le brusque changement dans ma voix avait dû la surprendre.

« J'ai dit qu'on ne pouvait pas en jurer », dit-elle d'un ton inquiet.

Sans réfléchir davantage, je raccrochai.

CHE GUEVARA S'ADRESSE
AUX JEUNES GENS

Les Nightwatchmen ont toujours eu plusieurs noms : Nächtlich, qui signifie « nocturne » en allemand, ou Nie Schlafend, « qui ne dort jamais ». En français, ce sont « les Veilleurs de nuit ». Et pourtant même à leurs heures de gloire, entre 1971 et 1980, on n'a jamais su combien ils étaient. Certains parlent de vingt-cinq hommes et femmes à travers toute l'Amérique, quand d'autres avancent le chiffre de plus d'un millier de personnes de par le monde. Quelle que soit la vérité — que nous risquons d'ailleurs de ne jamais connaître —, on évoque aujourd'hui ce mouvement avec plus d'enthousiasme (quoique secrètement) qu'à son apogée (une recherche sur internet aboutit à plus de 100 000 réponses). Sa popularité actuelle relève autant de la leçon d'histoire que du conte de fées. Il s'agit là d'un hommage à un idéal de liberté, du rêve de délivrer tous les êtres humains, quelles que soient leur race ou leur croyance, un rêve qui, même dans notre société moderne fissurée et cynique, ne mourra jamais.

Van Meer,
« *Nächtlich* : Mythes populaires de la lutte de libération »,
Federal Forum, vol. 10, n° 5, 1998

Papa avait fait de moi une sceptique, quelqu'un que l'on ne peut convaincre qu'en alignant « les faits comme des danseuses de french cancan ». Je n'avais pas cru les allégations d'Ada Harvey jusqu'à ce qu'elle me décrive l'incident du Winn-Dixie (ou peut-être juste avant, quand elle évoqua le « jean moulant » et les « lunettes noires »). Dès

516

lors, j'eus l'impression qu'au lieu de décrire Smoke et Cal à Winn-Dixie, elle parlait de papa et moi à Fat Kat Foods en septembre, lorsque j'avais vu pour la première fois Hannah au rayon des surgelés.

Puis, comme si ça ne suffisait pas, elle avait évoqué le sourire du diable sur un ton de messe noire — or, lorsqu'une personne du Sud prononce le mot « diable » avec son accent sucré et puritain, on sent aussitôt qu'elle sait quelque chose que vous ignorez. Comme l'affirme Yam Chestley dans *Les autocrates de La Nouvelle-Orléans* (1979) : « Le Sud connaît parfaitement deux choses : le pain de maïs et Satan » (p. 166). Quand je raccrochai, ma chambre désormais envahie de stalagmites d'ombres, je regardais fixement mes NOTES D'ENQUÊTE où j'avais écrit de l'écriture famélique de l'agent Coxley, dans son style haïku : NIGHTWATCHMEN CATHERINE BAKER GRACEY.

Tout à coup, j'eus peur que papa ne soit mort.

Lui aussi avait été la cible de Catherine Baker, car lui aussi écrivait un livre sur Gracey (ce qui expliquerait pourquoi Hannah nous avait traqués comme elle avait traqué Smoke Harvey), ou, s'il ne travaillait pas à un livre (« Je ne suis pas certain d'avoir la force d'en écrire un autre », reconnaissait-il quand il était d'humeur bourbon, un terrible aveu qu'il ne faisait jamais en plein jour), tout du moins à un article, un essai ou un cours : sa *Conspiration nocturne* à lui.

Bien évidemment — et pourtant, je traversai ma chambre en courant pour allumer la lumière, ce qui fit aussitôt disparaître les ombres comme de vieilles robes noires démodées dans un grand magasin — je savais que Hannah Schneider était morte (la seule miette de vérité dont j'étais certaine). Papa était donc tranquillement en train de dîner avec le professeur Arnie Sanderson au Piazza Pitti, un restaurant italien du centre de Stockton. Et pourtant, je ressentis le besoin impérieux d'entendre sa voix râpeuse, son « Ma chérie, ne sois pas ridicule ». Je courus au rez-de-chaussée, je feuilletai à toute vitesse les pages jaunes et j'appelai le restaurant. (Papa n'avait pas de portable. « Pour que je sois joignable 24 h/24, 7 j/7 comme l'employé d'un service clientèle payé au salaire minimum ? Merci bien ! ») Il ne fallut qu'une minute à

517

l'hôtesse pour l'identifier. Peu de personnes portaient un béret écossais au printemps.

« Ma chérie ? demanda-t-il d'un ton inquiet. Qu'est-ce qui se passe ?

— Euh, rien. En fait, si, beaucoup de choses. Tu vas bien ?

— Mais oui, quel est le problème ?

— Rien. » Une pensée paranoïaque me traversa subitement l'esprit. « Tu as confiance en Arnie Sanderson ? Peut-être que tu ne devrais pas laisser ton assiette sans surveillance. Ne va surtout pas aux toilettes...

— Quoi ?

— J'ai découvert toute la vérité sur Hannah Schneider. Je sais pourquoi on l'a assassinée, ou pourquoi elle s'est suicidée, l'un ou l'autre, ça je ne sais pas encore, mais pourquoi, j'ai compris. »

Papa garda le silence, non seulement par lassitude, mais aussi par manque de conviction. Non que je lui en aie voulu. J'avais la respiration hachée d'une folle, et mon cœur vacillait comme un ivrogne en cellule de dégrisement — je n'incarnais guère une figure convaincante du calme et de la réflexion.

« Ma chérie, dit-il doucement, j'ai emprunté *Autant en emporte le vent* cet après-midi. Tu devrais peut-être le regarder. Prends du gâteau au chocolat. Je serai là dans une heure tout au plus. » Il voulut dire autre chose, quelque chose qui commençait par « Hannah », mais ce mot fit comme une posture de yoga dans sa bouche pour devenir « Hi-han ». Il semblait craindre que le simple fait de prononcer son nom m'encourage à nouveau. « Tu es sûre que tu vas bien ? Je peux rentrer maintenant, si tu veux.

— Non, non, ça va, me hâtai-je de répondre. On parlera à ton retour. »

Je raccrochai (infiniment rassurée : la voix de papa était comme une poche de glace sur une entorse). Je ramassai mes notes et filai à la cuisine moudre du café. (« L'expérience, l'intelligence, la médecine légale, les empreintes digitales, les traces de pas, certes, tout ceci est important », écrivait l'agent Christina Vericault page 4 du *Dernier uniforme* (1982). « Mais l'élément majeur pour résoudre un crime, c'est un bon arabica ou un mélange colombien. Sans ça, nulle énigme ne trouverait sa solution. ») Après avoir retranscrit quelques détails de ma conversation avec Ada Harvey, je me précipitai dans le bureau de papa, où j'allumai les lumières.

Papa n'avait écrit qu'un article relativement court sur les Nightwatchmen en 1998, « *Nächtlich* : Mythes populaires de la lutte pour la liberté ». Mais de temps en temps, pour ses cours sur la guerre civile, il ajoutait à sa liste de lectures un commentaire plus exhaustif sur leur méthodologie, un extrait d'*Anatomie du matérialisme* de Herbert Littleton (1990) : « Les Nightwatchmen et les principes mythiques du changement radical ». Non sans mal, je les retrouvai tous deux sur les étagères (papa achetait toujours cinq exemplaires des numéros de *Federal Forum* où figurait son nom, un peu comme une starlette en mal de paparazzi quand son portrait apparaît dans la rubrique « Nuits blanches » de *Celebrity hebdo*).

Je m'installai au bureau de papa avec les deux articles. À gauche de son ordinateur portable, il y avait un énorme tas de blocs-notes et des journaux étrangers non dépliés. Curieuse, je feuilletai ses notes, mes yeux devant s'accoutumer à son écriture en barbelé. Malheureusement, il n'était pas du tout question des Nightwatchmen ni de George Gracey (qui me ramenait sans cesse à l'histoire de Smoke, un peu comme un rêve qu'on tente de reconstituer mais qui nous échappe sans cesse). Ils traitaient de l'éternelle cause de papa, les soulèvements civils en République démocratique du Congo et quelques autres nations d'Afrique centrale. « Quand les tueries elles vont s'arrêter ? » interrogeaient les éditoriaux bizarrement traduits d'*Afrikaan News*, le petit journal politique de Cape Town. « Qu'est la défense de la liberté devenue ? »

Je repoussai les journaux (en les remettant soigneusement en ordre ; papa sentait qu'on avait fouillé dans ses affaires comme un chien sent la peur) et commençai mon enquête sur les Nightwatchmen (« *Mai addormentato* » en italien, et apparemment 決して眠った en japonais). D'abord, je lus l'article de papa dans *Federal Forum*. Puis je parcourus le long chapitre 19 du livre de Littleton. Enfin, j'allumai l'ordinateur et lançai une recherche sur internet.

Depuis 1998, le nombre de réponses sur les radicaux avait explosé. De 100 000, elles étaient passées à 500 000. J'inspectai tout ce que je pus, sans exclure aucune source pour ses idées tendancieuses, son romantisme ou ses opinions a priori. (« Dans le préjugé prennent racine toutes sortes de vérités intéressantes », disait papa) : encyclo-pédies, textes historiques, sites politiques, blogs gauchistes, sites communistes, néo-marxistes (avec une mention spéciale pour www. lhommepoilu.com qui comparait Karl Marx à un lion), des sites conspirationnistes et anarchistes, des sites sur les cartels, les sectes, la glorification des héros, les légendes urbaines, le crime organisé, Orwell, Malcolm X, Erin Brockovich et, au Nicaragua, les « Cham-pions du Che ». Apparemment, les Nightwatchmen s'assimilaient à Greta Garbo lors de sa première retraite : mystérieux et introu-vables, et pourtant, tout le monde les recherchait.

Il me fallut plus d'une heure pour passer l'ensemble en revue.

Quand j'eus fini, j'avais les yeux rouges et la gorge sèche. Je me sentais vidée et pourtant, en vie (en insistant sur ces deux syllabes : en-vie), aussi désorientée que la libellule verte qui avait atterri dans les cheveux de papa au lac Pennebaker, si bien qu'il s'était mis à hurler et à gesticuler comme une marionnette en se jetant sur un groupe de personnes âgées armées de visières jaunes qui ressem-blaient au halo du Christ sur les vieilles fresques.

Je n'étais pas seulement excitée parce que, désormais, j'en savais assez sur les Nightwatchmen pour faire un cours comme papa, avec une voix comme un raz de marée qui se dressait au-dessus des têtes mal peignées des étudiants, mais aussi parce que, incroyablement, les informations d'Ada Harvey avaient soutenu avec héroïsme mon examen approfondi, faisant preuve d'une résistance digne du blocus britannique contre les Allemands lors de la première bataille de l'Atlantique. Mon euphorie n'était même pas due au fait que Hannah Schneider — tout ce qu'elle avait pu faire, ses bizarreries, ses men-songes — s'était tout à coup ouverte sous mes yeux comme le sarco-phage en pierre du pharaon Heteraah-mes quand Carlson Quay Meade avait, en 1927, découvert les momies aux couleurs ternes dans les anfractuosités des hautes falaises de la Vallée des Rois. (Pour la première fois, je pouvais m'accroupir et placer ma lampe à huile tout près du visage osseux de Hannah, pour observer, avec une précision étonnante, ses angles et autres méplats.)

C'était à cause d'autre chose, ce que papa m'avait un jour expliqué après m'avoir raconté les dernières heures de la vie de Che Guevara. « Il y a quelque chose d'enivrant dans le rêve de liberté et ceux qui risquent leur vie pour elle — particulièrement en cette époque de mollesse où les gens réussissent à peine à se lever de leur fauteuil inclinable pour ouvrir au livreur de pizza, sans parler de pousser un cri pour la liberté. »

J'avais résolu l'équation.

Je ne parvenais pas à y croire. J'avais découvert les valeurs de x et de y (avec l'assistance vitale d'Ada Harvey. Je n'avais pas la vanité de beaucoup de mathématiciens qui veulent à tout prix figurer seul dans les annales de l'Histoire). Et je ressentais à la fois de la crainte et de la terreur — sans doute comme Einstein en cette fameuse nuit de 1905 à Berne, suite au cauchemar où il avait vu deux étoiles à neutron s'écraser l'une contre l'autre puis déclencher d'étranges vagues dans l'espace — une vision qui inspirerait ensuite sa théorie générale de la relativité.

« Z'était chose la plus belle et plus z'effrayante que j'avais jamais vue », déclara-t-il.

Je me précipitai à nouveau sur la bibliothèque de papa pour m'emparer du traité sur le meurtre par le colonel Helig, *Machinations secrètes et parfaites* (1889). Je le parcourus (il était si vieux que les pages 1-22 s'effritaient comme des pellicules) à la recherche de passages qui assécheraient les dernières flaques d'ombre de la vérité que je venais de mettre au jour, cet étonnant — et, de toute évidence, dangereux — Nouveau Monde.

La conséquence la plus étrange de l'existence des Nightwatchmen (un incident que papa prétendrait être une preuve du « potentiel à double tranchant de la légende qui, tel un imperméable, peut aussi bien servir à se protéger de la pluie qu'à effrayer les enfants dans les parcs ») était décrit sur www.bonsrebelles.net/nw : un garçon et une fille de treize ans qui habitaient une riche banlieue de Houston s'étaient suicidés le 14 janvier 1995. La fillette avait laissé une explication — posté sur le site web — avec une écriture sévère sur un papier pastel terriblement enfantin (rose avec un arc-en-ciel) : « Nous nous supprimons au nom des Nightwatchmen pour montrer à nos parents combien leur argent est sale. Mort aux rois du pétrole. »

Le fondateur du site (quand on cliquait sur « À propos de Randy »,

521

on découvrait un type émacié d'âge indéterminé qui semblait recouvert de laine de mammouth, et dont la bouche rouge écarlate paraissait vissée sur son visage) se plaignait que « l'héritage des Nightwatchmen soit ainsi détourné, car, dans aucun manifeste, ils ne commandent de se tuer parce qu'on est riche. Ils sont les champions de la lutte contre les abus du capitalisme, et non des cousins tordus de la famille Manson ». « Mort aux rois du pétrole » était en effet écrit en lettres de sang sur la porte de Cielo Drive (voir *Un merle qui chante au cœur de la nuit : la vie de Charles Mille Manson*, Ivys, 1985, p. 226).

La plupart des sources confirmaient les affirmations de Randy : dans aucun manifeste, *Nächtlich* ne poussait au suicide. Car le groupe n'avait jamais rédigé le moindre manifeste, pamphlet, prospectus ou projet, n'avait enregistré aucun extrait ou discours fervent. (C'était un choix que papa aurait jugé remarquablement astucieux : « Si les rebelles ne déclinent jamais leur identité, leurs ennemis ne sauront jamais vraiment qui combattre. ») Le seul témoin de leur existence était une page de calepin attribuée à George Gracey et datée du 9 juillet 1971 qui marquait la naissance des Nightwatchmen — tout du moins ce qu'en connaissaient la nation, la police et le FBI. (Cette naissance ne fut pas la bienvenue. L'establishment avait déjà sur les bras les Weathermen, les Black Panthers et les Students for a Democratic Society, parmi quelques autres « faux hippies hallucinés » comme les appelait papa.)

En ce jour de 1971, un policier de Meade, Virginie-Occidentale, découvrit une page de calepin scotchée sur un poteau téléphonique à trois mètres de l'endroit où la Cadillac blanche Fleetwood 75 du sénateur Michael McCullough avait explosé, en plein centre d'une communauté résidentielle connue sous le nom de Marlowe Gardens. (Le sénateur Michael McCullough avait été tué dans l'explosion juste après être monté en voiture.)

L'unique manifeste des Nightwatchmen était consultable sur www.ysefoutentdenotregueule.com (Gracey n'était visiblement pas un champion de l'orthographe) : « Aujourd'hui est mort un homme tordu et vorasse » — ce qui était vrai, tout du moins au sens littéral : McCullough souffrait d'une scoliose et pesait facilement cent cinquante kilos —, « un homme qui sait enrichi par la souffrance de femmes et d'enfants, un homme apre au gain. Et ils son nombreu avec moi, les Nightwatchmen qui aiderons la nassion et le monde à nous débarracer de l'avidité capitaliste qui méprise le genre humain, mine la démocrassie, aveugle les gens et les oblige à vivre dans l'obscurentisme. »

Papa et Herbert Littleton fournissaient quelques détails sur les actions des Nightwatchmen après l'assassinat de 1971, notamment sur l'explosion d'un immeuble de bureaux au centre de Houston le 29 octobre 1973. Littleton expliquait que le sénateur McCullough avait été la première victime du groupe à cause de son implication dans un scandale de déchets toxiques en 1966 : plus de soixante-dix tonnes de déchets avaient été déversés illégalement dans la rivière Pooley en Virginie de l'Ouest par Industries Shohawk, une usine de textile. Dès 1965, les petites villes minières de Beudde et de Morris-ville avaient connu une augmentation du nombre de cancers parmi leurs habitants les plus pauvres. Quand le scandale avait éclaté, McCullough, qui était à l'époque gouverneur, avait fait part de son indignation et de sa tristesse, et promis devant la presse de nettoyer héroïquement la rivière, quel qu'en soit le coût (aux frais du contri-buable), ce qui lui avait permis de décrocher un siège au sénat l'année suivante, où des élections avaient justement lieu (voir « Le gouverneur McCullough rend visite à un petit garçon de cinq ans atteint de leucémie », *Anatomie*, Littleton, p. 193).

Littleton expliquait en 1989 qu'en réalité, non seulement McCullough était au courant des rejets de déchets toxiques dans la rivière, et des conséquences sur les habitants en aval, mais aussi qu'on lui avait offert, pour se taire, une somme estimée entre 500 000 et 750 000 $.

L'explosion de Houston en 1973 illustrait, d'après papa, la déci-sion des Nightwatchmen de déclarer la guerre à « l'avidité capitaliste et l'exploitation humaine à une échelle mondiale ». Cette fois, la cible n'était plus un seul homme mais le siège d'Oxico Oil & Gas (OOG). Un explosif AN/FO (Nitrate d'ammonium/fuel) avait été déposé à l'étage de la direction par George Gracey déguisé en ouvrier : il avait été filmé par une caméra de sécurité en train de boitiller devant le bâtiment tôt le matin avec deux silhouettes aux visages cachés par une cagoule de ski sous une casquette de concierge — dont l'une était probablement une femme. L'explosion avait tué trois cadres haut placés, dont Carlton Ward, P-DG de longue date de la compagnie.

Littleton considérait que cet attentat faisait suite à la décision prise par Ward en 1971 de réduire les coûts de production. On lui avait donné l'idée qu'Oxico cesse de doubler le fond de ses puits de déchets pétroliers bruts dans les champs de raffinerie en Équateur, ce qui, certes, entraînerait des fuites et une grave contamination de l'environnement, mais permettrait un gain de 3 $ par baril — une décision « qui illustrait le peu de poids de la vie humaine face à l'augmentation des marges de profits ». En 1972, des eaux chargées de déchets toxiques contaminaient les réserves d'eau potable de plus de trente mille hommes, femmes et enfants ; et en 1989, cinq ethnies indigènes luttaient non seulement contre un taux croissant de cancers et de malformations congénitales, mais aussi contre l'extinction totale de leur population (voir « La fille cul-de-jatte », *Anatomie*, Littleton, p. 211).

L'attentat de Houston marqua un profond changement dans la tactique des Nightwatchmen. Selon papa, à partir de ce moment-là, « la réalité des radicaux protestataires s'effaça au profit de la légende ». L'assassinat des dirigeants d'Oxico découragea (d'autres disent « démembra ») la secte : il ne changea rien à la pratique des raffineries en Amérique du Sud, et ne fit que renforcer la sécurité des bâtiments, ce qui entraîna des examens approfondis du passé des employés, à la suite de quoi beaucoup perdirent leur emploi. Sans oublier qu'une innocente secrétaire, une mère de quatre enfants, avait péri dans l'explosion. Gracey dut entrer dans la clandestinité. Il apparut une seconde et dernière fois en novembre 1973, un mois après l'attentat de Houston, à Berkeley, Californie, où il dîna aux abords de l'université avec une « jeune fille brune inconnue de treize ou quatorze ans ».

Si les Nightwatchmen avaient un jour eu une certaine visibilité — qui se limitait cependant à leur utilisation des explosifs —, en janvier 1974, Gracey et les vingt ou vingt-cinq autres membres décidèrent de poursuivre leur action en secret, « sans tambour ni trompette », d'après papa. Alors que la plupart des révolutionnaires (même le Che) auraient considéré ce changement comme déraisonnable, voire assimilable à un aveu de défaite — «Qu'est-ce que la guerre civile si elle n'est pas livrée au grand jour, bruyante et colorée de manière à encourager les masses à prendre les armes?» demandait Lou Swann, le naïf collègue de papa à Harvard qui avait écrit *La main de fer* (1999), un ouvrage qui reçut un accueil très favorable : «Il m'a volé mon titre», disait amèrement papa —, ce positionnement stratégique aurait été jugé intelligent et subtil par papa. Dans ses différents essais sur l'insurrection, il déclarait que : «Si les résistants doivent utiliser la violence, cela doit se faire sans bruit afin de conserver une efficacité sur le long terme» (voir «La peur de Cape Town», van Meer, *Federal Forum*, vol. 19, n° 13). (En fait, cette idée n'était pas de papa, il l'avait empruntée à *La grimace* [Anonyme, 1824]).

Pendant les trois ou quatre ans qui suivirent, les Nightwatchmen furent silencieux. Ils se restructurèrent, s'instruisirent et recrutèrent. «Le nombre de leurs membres fut multiplié par trois, non seulement en Amérique, mais aussi à travers le monde», déclarait un théoricien néerlandais responsable d'un site intitulé «De Echte Waarheid» : «La vraie vérité». Ils étaient censés former une toile mystérieuse et complexe autour de Gracey ainsi que quelques penseurs éparpillés comme des poussières dans un labyrinthe. Ces innombrables membres ancillaires n'avaient, pour la plupart, jamais rencontré ni Gracey ni aucun de leurs semblables.

«Tout le monde ignore ce que faisait la majorité de leurs membres», écrivait Randy sur www.bonsrebelles.net.

J'avais ma petite idée là-dessus. Dans *Prisonniers de guerre : pourquoi la démocratie ne tiendra pas en Amérique du Sud* (1971) (un grand classique sur la liste de lectures de papa), Charlie Quick évoquait une nécessaire période de «gestation», où le résistant potentiel devait «tout connaître de son ennemi — ce qu'il prend au petit déjeuner, sa marque d'after-shave et le nombre de poils sur son gros orteil gauche». Peut-être chaque membre avait-il reçu pour consigne de recueillir (avec la précision et la patience nécessaires à la chasse aux papillons, y compris ses espèces les plus rares et les plus discrètes) des informations sur les hommes que Gracey avait désignés comme cibles. Hannah avait montré à quel point elle s'intéressait aux détails quand elle nous avait parlé, à Hyacinth

Terrace, de la famille Harvey : elle connaissait l'histoire de la maison, Moorgate, depuis l'époque de la guerre civile, et des détails sur des gens qu'elle n'avait jamais rencontrés, sans doute même jamais *vus*. Peut-être Gracey était-il le Gordon Gekko de *Wall Street* (« Cesse de me relayer des infos, trouve-m'en ! ») et chacun des membres ancillaires des Bud Fox (« Déjeuner au restau français Circus avec des investisseurs bien sapés »).

(Après avoir ajouté ces spéculations à mes NOTES D'ENQUÊTE, je repris ma lecture.)

Au cours de cette période, le groupe renonça à ses réunions contre-productives et trop visibles — en mars 1974, la police avait failli découvrir l'un de leurs rassemblements dans un entrepôt à l'abandon de Braintree, Massachusetts — pour des réunions plus secrètes, des « tête-à-tête ». D'après www.vivrehorsdusysteme/gracey, ces rencontres se déroulaient dans « un restaurant de bord de route, un bar ou sur une aire de repos, et se poursuivaient dans un motel ou tout autre hôtel bon marché » afin que le rendez-vous passe aux yeux d'un observateur éventuel pour « une rencontre fortuite, un coup d'une nuit », autrement dit, « totalement inaperçu ». (À cette découverte, j'eus envie de sauter de joie, mais je m'obligeai à me concentrer sur ma lecture.)

D'après www.lhistoirequonnevousracontepas.net/nachtlich, début 1978, on parla d'un renouveau, d'une présence silencieuse des Nightwatchmen, quand Peter Fitzwilliam, directeur général de MFG Holdings, périt à cause d'un incendie provoqué par une défaillance électrique dans sa propriété de cinquante acres du Connecticut. Fitzwilliam avait envisagé en secret une fusion avec Sav-Mart, le magasin de vêtements bas de gamme. À sa mort, les négociations furent interrompues et, en octobre 1980, MFG Holdings (dont les ateliers indonésiens avaient été considérés par Global Humanitarian Watch comme « parmi les plus inhumains au monde ») déposait son bilan. Le titre avait perdu toute sa valeur.

En 1982, les radicaux de Gracey — désormais *Nie Schlafend* (et проснитесь в ноче qui, d'après www.chaos.ru, signifie « nuit blanche » en russe) — faisaient à nouveau parler d'eux dans des publications gauchistes et des théories du complot (voir *L'homme libéral*, et une revue intitulée *Le Trimestriel du contrôle de l'esprit*), quand les quatre dirigeants responsables du design et de la commercialisation de la Ford Pinto moururent en moins de trois mois. Les deux premiers décédèrent d'un arrêt cardiaque (or, l'un d'eux, Howie McFarlin, se passionnait pour l'alimentation saine et l'exercice physique), un autre d'un coup de feu qu'il s'était tiré à la tête et le dernier, Mitchell Cantino, noyé dans sa piscine. L'autopsie de Cantino révéla dans son sang un taux d'alcool de 2,5 g et une grosse dose de Methaqualone, le sédatif prescrit par son médecin pour insomnie et anxiété : il était en plein divorce après vingt-deux ans de mariage, et son épouse déclara qu'il fréquentait une autre femme depuis six mois.

« Il a dit qu'elle s'appelait Catherine et qu'il en était follement amoureux. Je ne l'ai jamais vue, mais je sais qu'elle était blonde. Quand je suis retournée chercher quelques affaires à la maison, j'ai retrouvé ses cheveux sur ma brosse », expliqua la veuve de Cantino à la police (voir www.angedefeu.com/sauver-ferris80/pinto).

La police conclut à une noyade accidentelle. Il n'y avait aucune preuve que « Catherine » ou toute autre personne se trouvait chez Cantino le soir de sa mort.

C'est dans la période 1983-1987 que Catherine Baker — ou tout du moins, son mythe — prit forme. Sur d'innombrables sites web, on la surnommait le Sphinx à Tête de Mort, voire *Die Motte* sur un site anarchiste de Hambourg (voir www.anarchieeine.de). Apparemment, chaque membre du groupe avait un pseudonyme. Gracey était Néron ; les autres (mais aucun n'était clairement identifié, ce qui entraînait de vastes débats), Œil de Taureau, Mohave, Socrate et Franklin. Papa et Littleton parlaient à peine du Sphinx dans leurs essais. Il apparaissait en postface dans le texte de Littleton, et papa l'évoquait en dernier lieu, quand il discutait du « pouvoir féerique de la liberté, où les hommes et les femmes qui combattent l'injustice se voient assigner des qualités de stars du cinéma et de héros de bande dessinée ». J'attribuai ce manque d'intérêt à une seule raison : autant l'identité de Gracey était réelle, documentée et validée — il était d'origine turque, et il avait subi une opération de la hanche après un mystérieux accident, si bien qu'il avait la jambe droite plus courte d'un centimètre —, la vie de Catherine Baker se

527

composait de virages en épingle à cheveu, de meurtrières, d'ombres et d'empreintes qui n'aboutissaient qu'à une intrigue de film noir.

Certains prétendaient même (www.geocities.com/femmesrevolutionnaires) qu'elle n'avait jamais été liée aux Nightwatchmen, et que le fait que George Gracey ait été vu pour la dernière fois deux heures avant le crime qu'on attribuait à Baker, et à seulement trente kilomètres de là, n'était que pure coïncidence, une conclusion trop rapide de « liens extrémistes » par le FBI.

On ne peut affirmer avec certitude que, le 19 septembre 1987, la blonde aperçue avec Gracey sur le parking de Lord Drugstore à Ariel, Texas, était la personne interpellée par un policier sur la route 18 déserte près de Vallarmo. Le policier Baldwin Sullins, âgé de 54 ans, fit halte sur le bas-côté derrière une Mercury Cougar bleue 1968, et passa un appel radio à son QG pour prévenir qu'il effectuait un contrôle de routine à cause d'un phare cassé. Et pourtant, quelque chose de bizarre fit qu'il ordonna à la conductrice de sortir de son véhicule (d'après www.tueursdeflics.com/cbaker87, il lui aurait demandé d'inspecter son coffre, où se trouvait Gracey). Vêtue d'un jean et d'un T-shirt noir, elle quitta le siège du conducteur, sortit un RG. 22, plus connu sous le nom de Saturday Night Police Special, et lui logea deux balles entre les yeux.

(J'espérais qu'Ada Harvey ait enjolivé ce point-là ; j'aurais aimé que Catherine Baker ait appuyé par mégarde sur la détente, ayant par exemple oublié que la sécurité était enlevée, mais il semblait bien qu'Ada n'embellissait jamais la moindre vérité.)

Mais avant de descendre de son véhicule, Sullins avait communiqué le numéro d'immatriculation de la Mercury Cougar. La voiture était enregistrée sous le nom de Mr. Owen Tackle de Los Ebanos, Texas. On découvrit bientôt que Tackle avait mis son véhicule en vente chez un concessionnaire d'Ariel trois mois plus tôt, et qu'une grande femme blonde appelée Catherine Baker l'avait acheté la veille avec de l'argent liquide. Une seconde avant que les coups de feu partent, une Lincoln Continental était passée sur la route, et c'est grâce au témoignage de sa conductrice — Shirley Lavina, âgée de 53 ans — que la police avait pu dresser un portrait-robot de Catherine Baker, le seul de son existence.

(On peut en voir une reproduction granuleuse sur www.horsla-loiaméricains/sphinxtetemort. Ada Harvey avait raison : il ne ressemblait pas du tout à Hannah Schneider. Il aurait très bien pu s'agir du caniche royal de la Sauterelle Phyllis Mixer.)

Je découvris des centaines d'autres détails sur *Die Motte* (d'après www.membres.aol.delafumeepleinlapiece/sphinx, elle ressemblait à Betty Page, tandis que sur www.rideaudefer.net, on disait que les gens la confondaient avec Kim Bassinger). À cette précision (et à la mention du « Lord Drugstore » où, selon Hannah, Jade avait été retrouvée par la police au cours de sa prétendue fugue), je craignis défaillir d'incrédulité. Mais je me forçai à poursuivre avec la ténacité de Mary Kingsley (1862-1900), cette Anglaise au visage pincé, la première exploratrice à avoir remonté le fleuve Ogooué au Gabon, un fleuve infesté de crocodiles, pour étudier le cannibalisme et la polygamie.

Tandis que certaines sources prétendaient que Catherine Baker avait une double origine, à la fois anglaise et française (voire équatorienne. D'après www.amigosdelaliberdade.br, sa jumelle serait morte d'un cancer de l'estomac à cause de l'eau contaminée par Oxico, ce qui aurait poussé Baker à rejoindre le groupuscule), l'idée la plus communément admise, c'était que Catherine Baker était l'adolescente de treize ans dont les parents avaient déclaré la disparition à New York au cours de l'été 1973. Elle était aussi « presque sûrement » la « brune non identifiée de treize ou quatorze ans » vue avec Gracey à Berkeley en novembre de la même année, un mois après l'attentat de Houston.

D'après www.ousontilspasses.colm/feln/cb3, les parents de la jeune Catherine Baker étaient stratosphériquement riches. Son père était un Lariott, de la famille d'Edwards P. Lariott, un roi du pétrole capitaliste qui avait un temps possédé la deuxième fortune des États-Unis (un archi-ennemi de John D. Rockefeller). L'esprit de rébellion de Catherine, couplé à un désenchantement et à un engouement puéril pour Gracey (dont certains pensaient qu'elle l'avait rencontré à New York début 1973), aurait motivé son rejet d'une vie de « privilèges et d'excès capitalistes » et provoqué sa fugue.

Naturellement, cette enfance correspondait beaucoup plus à la Hannah Schneider aux épaules dénudées qu'à l'orpheline ayant grandi à Horizon House dans le New Jersey, comme le pensait l'inspecteur Harper. C'était toute la différence entre une étole en vison et ce club privé qu'était un orphelinat. Si on pouvait croire Ada Harvey (et jusque-là, il n'y avait aucune raison de ne pas la croire), Fayonette Harper avait commis l'erreur de mener son enquête sur Hannah Schneider, la femme disparue, l'orpheline à qui Catherine Baker avait volé le nom (comme un pull qu'elle aurait enfilé avant de ressortir du magasin sans payer). Et pourtant, malgré toute ma frustration, je ne pus vérifier les hypothèses d'Ada Harvey : sur le net, l'association « Hannah Schneider » et « personne disparue » ne donnait aucun résultat, ce que je trouvai étrange, jusqu'à ce que je me souvienne des paroles de Hannah lors de cette fameuse nuit chez elle : « Ce sont des fugueurs, des orphelins, qui ont été kidnappés, tués, et qui ont disparu des fichiers. Ils ne laissent qu'un nom, qui lui aussi, finit par être oublié. »

Exactement ce qui était arrivé à la personne dont elle avait pris le nom.

Tout en découvrant les détails de la vie de Catherine Baker (www.lagranderevoltecoco.net/femmes/baker était particulièrement fouillé, avec une bibliographie et plusieurs liens) je me précipitai comme un garçon de course vers ma conversation avec elle lors de cette fameuse nuit, où je gobais ses mots, ses expressions et ses gestes. Je déposais mes trouvailles en vrac à mes pieds (« quelque chose avec "nuit" », « policier » et « disparus »), et je repartais en chercher d'autres.

Hannah avait juré qu'elle me racontait la véritable histoire du Sang Bleu, alors qu'en fait, c'était son passé qu'elle me livrait entre ses cigarettes et autres soupirs. Elle avait assigné à chacun des membres du Sang Bleu un bout de son histoire, qu'elle cousait soigneusement avec des fils invisibles en y ajoutant quelques faux détails étranges (« prostituée », « junkie », « trous noirs ») pour me clouer le bec : c'était si étonnant que ça ne pouvait qu'être vrai.

C'était son père, et non celui de Jade, dont la fortune « lui venait du pétrole, et qui avait sur les mains le sang et la souffrance de milliers de gens ». C'était elle qui avait fait du stop entre New York et San Francisco, elle pour qui ces six jours de fugue avaient « changé le cours de sa vie ». À treize ans, c'était elle, et non Leulah, qui était partie avec un Turc (« beau et passionné »), elle, et non Milton, qui voulait croire en quelque chose, « quelque chose qui la remette à flot ». Elle avait joint non pas un « gang » mais « quelque chose avec "nuit" » : les Nightwatchmen.

Elle avait découpé le meurtre du policier de son histoire pour le coller sur les parents de Nigel, un peu comme si elle taillait un patron de couture.

« La vie se décide en quelques secondes qui surgissent sans prévenir », m'avait-elle dit d'un ton mélancolique (si mélancolique que j'aurais dû comprendre qu'elle parlait d'elle, suivant le grand principe de papa : « Les gens réservent toujours l'anxiété, la fureur et la gueule à la Heathcliff à leur propre histoire — c'est là une preuve du narcissisme qui coule dans les veines de la culture occidentale comme de l'essence dans une Edsel. »).

« Certains appuient sur la détente, avait dit Hannah (avec un regard noir), et font tout exploser. D'autres s'enfuient. »

L'éminent criminologue Matthew Namode écrivait dans *Il s'est étranglé tout seul* (1999) que les individus qui avaient vécu un grave trauma — un enfant ayant perdu un parent, un homme ayant commis un crime violent — « sont souvent, à leur insu, obsédés par un mot ou une image en rapport direct avec l'incident » (p. 249). « Ce mot ressurgit lorsqu'ils sont nerveux, ils le griffonnent alors négligemment en marge, sur un appui de fenêtre ou dans la poussière d'une étagère. Souvent, il est si obscur que des étrangers seraient bien en peine de deviner la douleur qu'il contient » (p. 250). Dans le cas de Hannah, rien n'était obscur : Leulah avait vu ce mot gribouillé sur le carnet près du téléphone, mais dans la précipitation de Hannah à cacher le bout de papier, Leulah avait mal lu. Au lieu de « Valerio », c'était sans doute « *Vallarmo* », la ville du Texas où Hannah avait tué un homme.

À ce moment-là, j'avais déjà fait exploser le box-office. Si on m'avait mise sur des rails, j'aurais battu tous les records de vitesse. D'un plongeoir, j'aurais sauté si haut que les spectateurs auraient juré que j'avais des ailes : je venais de comprendre la vérité qui se cachait derrière l'anecdote de l'accident que Hannah nous avait racontée.

Une blessure à la hanche, puis une opération, et enfin une jambe plus courte que l'autre : l'homme à qui elle avait sauvé la vie en montagne n'était autre que George Gracey. Qui vivait dans les Adirondacks. À moins qu'elle n'ait inventé ce détail. Peut-être qu'il se cachait sur le sentier des Appalaches ou dans les Great Smokies, comme les Trois Bandits de *Fuyards* (Pillars, 2004). Peut-être était-ce pour cette raison que Hannah était devenue une randonneuse expérimentée : elle était chargée de lui apporter la nourriture et le matériel nécessaires à sa survie. Et il habitait désormais Paxos, une île au large des côtes grecques. Or, la Grèce était le pays où, à chaque rentrée scolaire, Hannah disait à Eva Brewster qu'elle voulait partir pour « se faire du bien ».

Mais pourquoi avait-elle décidé de me raconter l'histoire de sa vie de façon si détournée ? Pourquoi habitait-elle Stockton, et non Paxos avec Gracey ? Et que faisait *Nächtlich* actuellement — si tant est qu'ils faisaient quelque chose ? (Résoudre des crimes, c'était comme vouloir débarrasser sa maison de souris : dès qu'on en tuait une, six autres traversaient le salon.)

Peut-être Hannah avait-elle décidé de me raconter tout ça parce qu'elle sentait que, contrairement aux autres membres du Sang Bleu, j'avais l'intelligence nécessaire pour résoudre l'énigme de sa vie (Jade et les autres n'étaient pas assez méthodiques. Milton, lui, avait le cerveau — et le corps — d'une vache Jersey). « Dans dix ans, c'est là que tu décideras », m'avait dit Hannah. De toute évidence, elle voulait que quelqu'un découvre la vérité sur elle, mais seulement après sa disparition. La nuit où j'avais sonné à sa porte, elle était sans doute au courant des découvertes d'Ada Harvey, et elle craignait ce que cette Belle du Sud tenace et déterminée (bien décidée à venger la mort de son cher papa) pouvait révéler au FBI : la réelle identité de Hannah et son crime.

Gracey et Hannah ne pouvaient vivre ensemble pour des raisons de sécurité : ils étaient toujours recherchés par la police fédérale. Ils devaient donc couper tous les liens et habiter aux antipodes de la planète. À moins que leur histoire d'amour ne se soit éventée comme une bouteille de San Pellegrino sans capsule. « Un grand amour dure au maximum quinze ans », écrit le docteur Wendy Aldridge dans

Toute la vérité sur la vie éternelle (1999). « Ensuite, il lui faut un solide conservateur, qui peut se révéler très néfaste à la santé. »

Visiblement, tout le monde pensait que, même de nos jours, *Nächtlich* était bien portant. (Littleton déclarait cependant que cette affirmation ne reposait sur rien. Papa était plus sceptique.) « Grâce à un recrutement enthousiaste, écrivait Guillaume sur www.hautain.fr, ils sont plus nombreux que jamais. Mais on ne peut joindre ce mouvement. C'est grâce à cette méthode qu'ils restent clandestins : ce sont eux qui vous choisissent. Ce sont eux qui décident si vous leur correspondez. » En novembre 2000, Mark Lecinque, un cadre impliqué dans une fraude comptable, s'était pendu à son domicile dans la banlieue de Baton Rouge. Un pistolet — au chargeur plein, à l'exception d'une balle — avait été retrouvé par terre près de son corps. Son suicide fut une surprise, car Lecinque et ses avocats étaient apparus très sûrs d'eux et hautains dans une interview à la télévision. La rumeur avait circulé que sa mort était l'œuvre des *Veilleurs de Nuit*.

Dans divers pays, on leur attribuait les meurtres silencieux de magnats, industriels et officiels corrompus. Le créateur anonyme de www.kuomintangdunouveaumonde.org écrivait que depuis 1980, dans trente-neuf pays, dont l'Arabie saoudite, plus de trois cent trente nababs (des individus possédant des fortunes qui, additionnées, représentaient plus de 400 milliards de dollars) avaient été « supprimés dans le calme et l'efficacité » par les Nightwatchmen. Même si on ne pouvait affirmer que ces morts bénéficiaient aux opprimés et aux miséreux, il était sûr qu'elles perturbaient les entreprises, qui devaient tout à coup régler le problème de leurs dirigeants plutôt que de chercher des terres et des gens à sacrifier dans leur propre intérêt. De nombreux salariés remarquaient une vive baisse de productivité quand disparaissaient un directeur général ou des investisseurs — due à ce que certains appelaient « un interminable cauchemar bureaucratique » : il devenait presque impossible de faire quoi que ce soit, de prendre la moindre décision, car chaque responsable devait valider la moindre idée. Certains sites web, en particulier des sites allemands, suggéraient que des membres de *Nächtlich* travaillaient à répandre la flamme de l'inertie dans ces énormes conglomérats en y imposant des tonnes de paperasses, de vérifications et de calculs, bref, une bureaucratie labyrinthique. Ainsi, jour après jour, l'entreprise dépensait des fortunes en attentisme, si bien qu'elle finissait par « se ronger elle-même de l'intérieur » (voir www.verschworung.de/firmaalptraume).

J'aimais l'idée que *Nächtlich* soit encore en activité, parce que cela signifiait que Hannah ne se rendait pas à Cottonwood pour ramasser des hommes comme des boîtes de conserve à recycler, contrairement à ce que nous avions cru. En fait, elle effectuait des rencontres, ces « tête-à-tête » qui devaient apparaître aux yeux de tous comme une minable aventure d'une nuit. Il s'agissait en réalité d'un échange platonique d'informations vitales. Peut-être que c'était Doc, le gentil Doc avec son visage comme une carte en relief et ses jambes rétractables, qui avait informé Hannah des derniers développements et lui avait demandé les résultats de son enquête sur Smoke Harvey. Après ce rendez-vous — la première semaine de novembre — Hannah avait décidé qu'elle devait le tuer. Elle n'avait pas le choix, si elle voulait garder secrète la cachette de son ancien amant à Paxos, cette retraite sacrée.

Mais comment s'y était-elle prise ?

Ada Harvey n'avait pas de réponse à cette question, mais après avoir passé en revue les différents assassinats attribués à *Nächtlich*, je pouvais répondre toute seule (à l'aide de *Machinations secrètes et parfaites* par Connault Helig).

D'après la rumeur, suite à leur décision prise en janvier 1974 de passer à l'invisibilité, les Nightwatchmen employaient des techniques d'assassinat sans trace. Dans leur répertoire, il devait y avoir quelque chose qui ressemblait à cette « demoiselle volante » décrite dans *L'histoire du lynchage dans le Sud américain* (Kittson, 1966). (Selon moi, Mark Lecinque de Baton Rouge avait été tué de cette manière, puisqu'on avait attribué sa mort à un suicide.) Ils utilisaient aussi sans doute une méthode encore plus discrète, une procédure décrite pour la première fois par Connault Helig, ce médecin londonien chargé par des policiers déboussolés d'examiner le corps de Mary Kelly, la cinquième et dernière victime du « Tablier en cuir », plus connu sous le nom de Jack l'Éventreur. Cet homme de science et médecin réputé, quoique discret, décrit longuement dans le chapitre 3, ce qu'il considère être « la seule exécution parfaite au monde » (p. 18).

C'est une exécution parfaite parce que, techniquement, il ne s'agit pas d'un meurtre, mais d'une série d'actions qui aboutissent à des circonstances fatales. Ce n'est pas l'œuvre d'une seule personne mais d'un « consortium de cinq à treize individus de même sensibilité » qui, un jour donné, accomplissent des missions sans liens, des missions assignées par l'organisateur, appelé « l'ingénieur » (p. 21). Pris individuellement, ces actes sont légaux, voire banals, et pourtant, réalisés dans un court laps de temps, ils créent « des conditions létales où la victime désignée n'a plus que le choix de mourir » (p. 22). « Chacun agit dans son coin », explique-t-il page 21. « Il ne connaît ni le visage, ni la mission, ni même le but ultime de ceux avec qui il opère. Cette ignorance est une condition essentielle, car c'est elle qui garantit l'innocence. Seul l'ingénieur connaît le dessein du début à la fin. »

Pour parvenir à ses fins, il faut connaître parfaitement la vie privée et professionnelle de la future victime afin de trouver le « poison idéal qui conduira au meurtre » (p. 23-25). Cela peut être un bien, une faiblesse, un handicap physique, quelque chose qui appartient à l'individu — une collection d'armes ou les marches de la mairie de Belgravia (qui se révélèrent « étonnamment glissantes » par une fraîche matinée de février), un penchant secret pour l'opium, la chasse à courre sur des étalons ombrageux ou la fréquentation, sous des ponts branlants, de prostituées infestées de maladies. Le plus pratique restait cependant un médicament prescrit par le médecin de famille — le concept étant que l'arme utilisée contre la proie doit faire partie de son univers, si bien que sa mort semblera accidentelle même « au plus intelligent et au plus malin des enquêteurs » (p. 26).

C'est ainsi que Hannah avait procédé — ou plutôt, qu'*ils* avaient procédé, car je doutais qu'elle ait agi seule le soir de la fête costumée. Elle avait plusieurs complices protégés par leur masque — peut-être l'Elvis de *Aloha from Hawaii* : il semblait fureteur et méfiant. Ou alors, l'astronaute que Nigel avait entendu parler grec avec la Chinoise en costume de gorille. (« Le nombre de leurs membres s'est accru tant sur le territoire américain qu'à travers le monde », déclarait Jacobus sur www.deechtwaarheid.nl.)

« Le premier, que nous nommerons Numéro Un, déterminera l'arme du crime en prévision du jour fatal », écrit Helig page 31.

Hannah était le Numéro Un. Elle s'était insinuée dans les bonnes grâces de Smoke, et elle avait repéré le poison idéal : son traitement contre l'hypertension, le Minipress, couplé à son whisky préféré, du Jameson, du Bushmills, voire du Tullamore Dew (« Certes, il aimait le whisky… je ne dirais pas le contraire », avait déclaré Ada). D'après www.drugdata.com, « la prise de boisson alcoolisée est fortement déconseillée pendant la durée du traitement », l'association des deux pouvant provoquer chez l'individu une « syncope », des vertiges, des troubles de l'orientation, voire une perte de connaissance. Hannah s'était procuré cette drogue — à moins qu'elle en ait déjà ; peut-être que les dix-neuf flacons cachés dans le placard de sa chambre n'étaient pas destinés à son usage personnel, mais à son métier de tueuse. Elle avait réduit en poudre une quantité prédéterminée (le dosage quotidien de Harvey, si bien qu'en l'absence de tout autre signe d'homicide les taux élevés du médicament découverts à l'autopsie s'expliqueraient très simplement. Le médecin légiste conclurait que la victime avait par erreur pris deux fois la dose ce jour-là). Hannah avait dissous le médicament dans l'alcool qu'elle servit à Harvey à son arrivée.

« Numéro Un, écrit Helig page 42, a pour mission de mettre la victime en confiance, de s'assurer que celle-ci a baissé la garde. Il peut être profitable au groupe que Numéro Un soit une personne dotée de charme et d'une grande beauté physique. »

Ils étaient passés près de nous dans l'escalier, ils étaient entrés dans la chambre de Hannah, où ils avaient discuté un moment, puis Hannah s'était excusée, peut-être sous prétexte d'aller chercher à boire, et elle était allée rincer les deux verres dans la cuisine, détruisant ainsi la seule preuve du complot, et mettant fin à ce que Helig appelait le « piège initial » : « L'acte un. » Elle n'avait pas revu Smoke de la soirée.

L'acte deux se composait d'une course de relais apparemment due au hasard qui « conduisait doucement l'homme vers sa fin » (p. 51). Hannah devait savoir que Smoke porterait un uniforme de l'Armée rouge. Ses complices avaient donc connaissance non seulement de son apparence physique, mais aussi de son costume. Une, deux, trois, quatre, cinq personnes (j'ignorai combien) avaient surgi à des endroits déterminés, s'étaient présentées à lui, lui avaient tendu un verre, et avaient bavardé en l'escortant de la chambre à l'escalier puis au patio, chacun d'eux hardi, sympathique et visiblement ivre. Peut-être qu'un ou deux étaient des hommes, mais il s'agissait sans doute surtout de femmes. (Ernest Hemingway, qui n'était pas tendre avec la gent féminine, écrivait qu'« une jeune dame avec de jolis yeux et un beau sourire peut faire à peu près n'importe quoi à un vieil homme ») (p. 278, *Journal*, 1947).

Ce ballet soigneusement chorégraphié se poursuivit pendant une heure ou deux, jusqu'à ce que Smoke se retrouve au bord de la piscine, le visage rouge et gonflé, incapable d'y voir clair au milieu des écailles, des ailes d'ange et autres nageoires. Sa tête était comme un sac de grains pour volatiles. C'est le moment où, au milieu d'un groupe, Numéro Six le heurta et lui fit perdre l'équilibre, et où Numéro Sept — sans doute l'un des rats qui jouaient à Marco Polo — s'assura qu'il ne s'en sortirait pas, sinon en lui maintenant la tête sous l'eau, du moins en vérifiant qu'il dérivait tout seul dans le grand bain.

Le deuxième acte s'achevait sur le décès de la victime. Il constituait « l'acte le plus remarquable de notre petite tragédie » (p. 68). Le troisième acte s'ouvrait sur la découverte du corps, et se terminait lorsque chaque personne impliquée « se dispersait sur terre comme les pétales fanés d'une fleur, pour ne plus jamais se croiser » (p. 98).

Je me frottai les yeux après avoir retranscrit cette partie-là dans mes notes (qui couvraient désormais douze pages de bloc-notes), jetai mon stylo et posai la tête contre le dossier du fauteuil de papa. La maison était silencieuse. L'obscurité collait à la seule fenêtre près du plafond comme une nuisette. Le mur lambrissé, où avaient un jour été accrochées les six vitrines à papillons de ma mère, me renvoyait désormais un regard morne.

Je repensai au vieux Smoke Harvey pendant cette fête costumée, à son voyage nocturne jusqu'à la mort — et je sentis une pluie froide s'abattre sur la conspiration contre l'appât du gain.

C'était le problème des grandes causes, le petit jouet offert avec leur *Happy Meal* : inévitablement, à un certain moment, ils se mettaient à ressembler à leurs ennemis, ils s'assimilaient à ceux qu'ils combattaient. La liberté, la démocratie, ces grands mots aériens que les gens criaient le poing tendu (ou murmuraient avec des regards de mauviette), étaient comme des superbes filles de l'Est en provenance de contrées lointaines ; même si vous parveniez à les retenir, lorsque vous commenciez à les voir comme elles étaient véritablement (une fois que leur présence avait cessé de vous étourdir), vous découvriez qu'elles ne s'intégraient jamais vraiment. Elles apprenaient à peine les coutumes ou la langue. Leur injection dans la réalité était ratée, tout au mieux bâclée.

« Comme un grand personnage romanesque ne peut surpasser son petit auteur en intelligence, disait papa dans son cours "L'enclave suisse : ils ne sont gentils et neutres que parce qu'ils sont minuscules", aucun gouvernement ne peut surpasser ses dirigeants. Sauf à penser que nous serons prochainement envahis par des extraterrestres — et après une semaine de lecture du *New York Times*, je commence à me dire que ce serait peut-être une bonne chose —, ces gouvernants resteront des humains, des hommes et des femmes, ces jolis petits paradoxes sur pattes, à jamais capables d'une compassion désarmante, et à jamais capables d'une cruauté désarmante. Vous seriez surpris d'apprendre que tout ces termes en isme, le communisme, le capitalisme, le socialisme, le totalitarisme, importent finalement peu. Il s'agira toujours d'un équilibre précaire entre deux extrêmes humains. Ainsi, nous vivons notre vie, nous faisons des choix informés sur nos croyances, nous les soutenons. Rien de plus. »

Il était 21 h 12, et papa n'était toujours pas rentré.

Je refermai son ordinateur, rangeai *Federal Forum* et les autres ouvrages dans la bibliothèque. Je ramassai mes notes, j'éteignis les lumières et je me précipitai dans ma chambre à l'étage. Je jetai les papiers sur mon bureau, attrapai un pull noir dans mon placard et l'enfilai.

Je devais retourner chez Hannah, non pas le lendemain, dans cette éblouissante lumière du jour qui tuait et ridiculisait tout, mais tout de suite, tant que la vérité frétillait encore. Je n'avais pas terminé mon enquête. Je ne pouvais exposer mes théories à personne. Il me fallait une preuve : des faits, des papiers, quelque chose — du Mini-press dans l'un des dix-neuf flacons, une photo de Hannah et de George Gracey main dans la main, un article du *Vallarmo Daily*, « Un policier abattu, une femme en fuite », daté du 20 septembre 1987 — tout ce qui pourrait faire le lien entre Hannah Schneider, Catherine Baker, Smoke Harvey et les Nightwatchmen. Je n'avais aucun doute sur mes hypothèses. Je savais que Hannah Schneider était Catherine Baker tout comme je savais qu'une tortue peut peser jusqu'à cinq cents kilos (voir « Tortue luth », *Encyclopédie du vivant*, 4ᵉ éd.). J'avais passé cette fameuse nuit avec elle dans le salon, j'avais crié avec elle au sommet de la montagne, puis j'avais douloureuse-ment ramassé les petits bouts de son histoire qu'elle avait éparpillés par terre. Je l'avais toujours soupçonnée de dissimuler du beau et du grotesque, or cette chose pointait enfin le nez des ténèbres.

Mais qui me croirait ? Je n'avais quasiment aucune chance de convaincre qui que ce soit. (J'aurais fait une très mauvaise mission-naire.) Le Sang Bleu pensait que j'avais tué Hannah, l'inspecteur Harper pensait que je souffrais du traumatisme du témoin, et papa semblait terrorisé à l'idée que j'endosse la pelisse de la folie. Le reste du monde, y compris papa, avait besoin de preuves (d'où la crise de l'église catholique, dont le nombre de croyants était en chute libre), des preuves qui ne se limitaient pas à une ombre disparaissant par une porte, à un hoquet dans l'escalier, mais qui s'apparentaient plu-tôt à une grosse institutrice russe sous un projecteur (et qui n'avait aucune envie d'en bouger) : triple menton, cheveux gris en bataille (à peine pacifiés par quelques épingles à cheveux), une grande robe orange (sous laquelle elle aurait pu cacher un orang-outan) et un pince-nez.

Je décidai de trouver cette preuve, même au péril de ma vie.

À l'instant où je laçais mes chaussures, j'entendis la Volvo qui remontait l'allée — un hic dans mon plan. Papa ne me permettrait jamais d'aller chez Hannah à cette heure, et le temps que je lui explique ma théorie, que je lui renvoie chacune de ses balles obsti-nées et vicieuses (pour convaincre papa de quelque chose de neuf, il fallait le pouvoir de Dieu dans la Genèse), le soleil se lèverait, et j'aurais l'impression de m'être battue contre une pieuvre géante. (Je dois l'admettre, même si je sentais que mes preuves étaient fiables, j'avais peur que, à l'inverse de la constante de Boltzmann, du nombre d'Avogadro, de la théorie quantique des champs, de l'inflation cosmique, mes hypothèses ne s'effondrent en moins de vingt-quatre heures. Il me fallait passer à l'action.)

J'entendis papa franchir la porte d'entrée et poser ses clés sur la table. Il chantonnait *I Got Rhythm*.

« Ma chérie ? »

Mes yeux balayèrent la pièce. Je courus à une fenêtre, l'ouvris et la soulevai de toutes mes forces (elle n'avait pas été touchée depuis l'administration Carter) puis relevai la moustiquaire rouillée. Je passai la tête dehors. Dans un feuilleton télé, il y aurait eu un gros chêne avec des branches comme une échelle, une treille, une gouttière ou une barrière bien placée. Mais là, il y avait juste trois mètres de vide, un petit avant-toit au-dessus de la salle à manger et un peu de lierre sur le mur comme des cheveux sur un pull.

Papa écouta les messages sur le répondeur, d'abord le sien, où il me prévenait qu'il dînerait avec Arnie Sanderson, puis celui d'Arnold Schmidt du *Journal de Seattle de politique étrangère* qui zozotait, si bien que les quatre derniers chiffres de son numéro de téléphone étaient incompréhensibles.

« Ma chérie, tu es en haut ? Je t'ai rapporté à manger du restaurant. »

En toute hâte, j'attrapai mon sac à dos, passai une jambe par la fenêtre, puis l'autre, et me laissai maladroitement glisser sur les coudes. Je me tins en équilibre une minute en regardant les buissons sous mes pieds, sachant très bien que je pouvais mourir, tout du moins me casser bras et jambes, voire la colonne vertébrale, et finir paraplégique — à partir de là, quel genre de crime pourrais-je résoudre, à quelles grandes questions de la vie pourrais-je répondre ? C'était le moment de me demander si ça en valait la peine, ce que je fis : je m'interrogeai sur Hannah, Catherine Baker et George Gracey. J'imaginai Gracey à Paxos, le cuir aussi tanné qu'une peau de bête, en train de siroter une margarita près d'une piscine à débordement, la mer blasée en toile de fond, des filles minces en éventail autour de lui comme des branches de céleri disposées sur un buffet. Jade et Milton me semblaient si loin, tout comme St-Gallway, et même Hannah — son visage s'effaçait déjà

540

comme une série de dates que j'aurais apprises par cœur la veille d'un contrôle. Comme on se sent seul et absurde, suspendu à une fenêtre. Je pris une grande bouffée d'air et j'ouvris les yeux — je n'étais pas du genre à fermer les yeux, plus maintenant, et si ce devait être mon dernier moment avant la paralysie, avant que tout se délite, je voulais le vivre les yeux ouverts face à la nuit intense, l'herbe tremblotante, les phares des voitures à travers les arbres.

Je lâchai tout.

BRAVES GENS DE LA CAMPAGNE

L'avant-toit, cette frange de cheveux durcis par de la laque, ralentit ma chute et, même si je m'éraflai le flanc gauche contre la façade et les rhododendrons où j'atterris, je pus me relever pratiquement indemne et m'épousseter tranquillement. Il me fallait désormais une voiture (si je me risquais à franchir la porte pour emprunter les clés de la Volvo, je risquais de croiser papa), et le seul refuge qui me vint à l'esprit, la seule personne qui pouvait m'aider, c'était Larson, de la station-service BP.

Vingt-cinq minutes plus tard, je faisais tinter la porte de la boutique.

« Tiens, une revenante, annonça-t-il dans l'interphone. Je commençais à croire que tu t'étais acheté une voiture. Ou que tu ne m'aimais plus. »

Derrière sa vitre pare-balles, il me fit un clin d'œil en croisant les bras. Il portait un T-shirt noir aux manches coupées où était écrit CHAT ! CHAT ! Près du présentoir de piles se tenait sa nouvelle petite amie, une grande asperge blonde en petite robe rouge qui grignotait des chips.

« *Señorita*, tu m'as manqué.

— Salut, dis-je en m'approchant de la vitre.

— Qu'est-ce qui s'passait ? Comment ça se fait que tu venais plus me voir ? Tu m'as brisé le *corazón* ! »

L'asperge m'observait d'un air sceptique en léchant le sel sur ses doigts.

« Comment ça va, au lycée ?

542

— Très bien. »

Il hocha la tête et me montra un livre ouvert : *Apprendre l'espagnol* (Berlitz, 2000).

« Moi aussi, j'étudie. J'ai décidé de faire mon trou dans le cinéma. Mais pas ici, y a trop de concurrence. Alors qu'à l'étranger... c'est plus facile de devenir un gros poisson dans un petit étang. J'ai choisi l'Espagne. Y paraît qu'ils cherchent des acteurs...

— J'ai besoin de ton aide, lâchai-je. Je... je me demandais si je pouvais à nouveau t'emprunter ton pick-up. Je te promets de le ramener dans trois ou quatre heures. C'est une urgence...

— Typique de la *chica*. Ne vient te voir que quand elle a besoin de toi. Peut pas demander à son papa parce qu'elle s'est fâchée avec lui. Pas besoin de tout me dire. Je vois les *símbolos* : les signes.

— Ça n'a rien à voir avec mon père, mais avec l'école. Tu as entendu parler de la prof qui est morte ? Hannah Schneider ?

— Elle s'est suicidée, dit l'asperge à travers ses tessons de chips.

— Sûr, fit Larson en acquiesçant. À propos. Je me demandais comment allait ton père. Les hommes souffrent autrement que les femmes. Avant de décamper, mon père fréquentait Tina, une coiffeuse. L'a commencé à sortir avec elle juste une semaine après que ma belle-doche est morte d'une tumeur au cerveau. Ça m'a foutu en rogne. Mais y m'a pris entre quat' yeux, et y m'a dit que les gens ressentaient différemment le chagrin, c'est tout. Faut respecter le travail de deuil. Alors, si ton père se retrouve une petite amie vite fait, faut pas avoir la dent trop dure avec lui. Je suis sûr qu'il est triste. Je vois tellement de gens ici que je sais reconnaître l'amour, comme je vois qu'un acteur incarne pas vraiment son personnage, qu'il se contente de réciter son texte...

— De quoi tu parles ? »

Il sourit.

« D'ton père.

— De mon père.

— Y doit être tout retourné. »

Je le dévisageai.

« Et pourquoi ?

— Eh bien, sa copine est morte...

— Sa copine ?

543

— Bien sûr.

— Hannah Schneider ? »

Il me dévisagea. J'insistai :

« Mais ils se connaissaient à peine. »

Sitôt prononcée, ma phrase parut s'effriter, se décomposer comme l'emballage d'une paille à boire sur lequel une goutte vient de tomber.

Larson garda le silence. Il avait l'air d'hésiter, comme s'il avait pris le mauvais escalier, et qu'il se demandait s'il devait continuer dans cette voie ou rebrousser chemin.

« Et qu'est-ce qui te fait dire qu'ils sortaient ensemble ? lui demandai-je.

— À leurs regards, répondit-il en se penchant vers moi, si bien que son front taché de rousseur n'était plus qu'à un centimètre du verre. Elle est entrée ici un jour pendant qu'il attendait dans la voiture. Elle m'a souri et elle a acheté des pastilles contre les brûlures d'estomac. L'autre fois, ils ont pris de l'essence et payé par carte de crédit. Elle n'est pas descendue de voiture, mais je l'ai vue. Et la fois suivante, j'ai découvert sa photo dans le journal. Elle était tellement belle, ça s'oublie pas.

— Tu es sûr ? Ce n'était pas... une femme avec des cheveux orange ?

— Ah si, celle-là aussi, je l'ai vue. Des yeux bleus de dingue. Non, c'était celle du journal. La brune. Elle avait pas l'air du coin.

— Combien de fois tu l'as vue ?

— Deux ou trois.

— Je ne peux pas... je dois... » ma voix me fit peur, on aurait dit des mottes de terre compactes, « excuse-moi. » Tout à coup, l'épicerie de dépannage ne me dépannait plus du tout. Je tournai les talons, incapable de regarder Larson dans les yeux. L'endroit me semblait flou, hors champ (à moins que le champ gravitationnel n'ait tout simplement disparu). En me retournant, mon bras gauche heurta le présentoir de cartes de vœux, puis je percutai l'asperge, qui avait quitté sa place près des piles pour aller se servir un gobelet de café géant. Le breuvage bouillant se renversa. L'asperge hurla que je lui avais brûlé les jambes, mais je ne m'arrêtai même pas pour m'excuser. Mon pied percuta le présentoir de chaînes à lunettes en perles et de déodorants d'intérieur, la porte tinta et la nuit me jaillit au visage.

Larson dut crier : « T'es sûre que t'es prête à apprendre la vérité ? » avec son accent de paysan, mais peut-être était-ce juste le crissement des freins des voitures qui m'évitaient sur la chaussée, ou des mots résonnant dans ma tête.

LE PROCÈS

Je trouvai papa dans la bibliothèque.

Il ne fut pas surpris — cela dit, la seule fois où je l'avais vu surpris, c'était le jour où il avait voulu caresser le caniche royal chocolat de la Sauterelle Phyllis Mixer, et que la bestiole avait bondi pour le mordre au visage, ne le ratant que d'un centimètre.

Je restai une minute à le dévisager en silence depuis l'embrasure de la porte. Il rangea ses lunettes dans leur étui comme une femme prend soin d'un collier de perles.

« Je crois comprendre que tu n'as pas regardé *Autant en emporte le vent*, annonça-t-il.

— Combien de temps a duré ta relation avec Hannah Schneider ? demandai-je.

— Ma relation ? répéta-t-il en fronçant les sourcils.

— Ne mens pas. On t'a vu en sa compagnie. »

Je voulus en dire davantage, mais ma voix refusa de m'obéir.

« Ma chérie ? »

Il se pencha vers moi comme s'il voulait m'examiner, à croire que j'étais une intéressante hypothèse de résolution des conflits inscrite au tableau noir.

« Je te hais, dis-je d'une voix tremblante.

— Pardon ?

— *Je te hais !*

— Eh bien, dit-il avec un sourire. C'est... c'est un développement intéressant. Mais ridicule.

— *Je ne suis pas ridicule ! C'est toi qui es ridicule !* »

546

Je me retournai pour attraper au hasard un livre dans la bibliothèque, que je lançai de toutes mes forces. Papa dévia sa trajectoire
avec son bras. Il s'agissait de *Portrait de l'artiste en jeune homme*
(Joyce, 1916), qui tomba à ses pieds. Je m'emparai des *Discours
inauguraux des présidents des États-Unis* (éd. du Bicentenaire, 1989).

Papa me dévisagea.

« Pour l'amour du ciel, calme-toi.

— *Tu es un menteur ! Tu es un monstre* ! hurlai-je. *Je te hais !* »

Il évita le projectile suivant.

« Cette expression, *je te hais*, dit-il d'un ton tranquille, n'est pas
seulement inexacte, elle est... »

Je lançai en direction de sa tête *Un conte de deux villes* (Dickens,
1859). Que papa esquiva également. À partir de ce moment-là, je
ramassai tout ce que je pus, telle une femme affamée qui dévore à
un buffet de cafétéria : *Cette vie épuisante* (Roosevelt, 1900), *Feuilles
d'herbe* (Whitman, 1891), *L'envers du paradis* (Fitzgerald, 1920) et un
grand livre vert et très lourd, *Une description de l'Angleterre élisabéthaine* (Harrison, 1577), je crois. Je lançai le tout en feu nourri. Papa
les repoussa, sauf *L'Angleterre élisabéthaine* qui le heurta au genou
droit.

« *Tu es dingue ! Tu es un menteur, et tu es dingue ! Tu es malfaisant !* »

Je lançai *Lolita* (Nabokov, 1955).

« *Je te souhaite une mort lente dans des douleurs atroces !* »

Quoique déviant la trajectoire des livres avec ses bras, et parfois
ses jambes, papa n'essaya ni de se lever, ni de me refréner en aucune
manière. Il resta assis dans son fauteuil.

« Calme-toi, dit-il simplement. Il est inutile de te mettre dans des
états pareils. Nous ne sommes pas dans une série télévisée sur... »

Je jetai *Le fond du problème* (Greene, 1998) en direction de son
ventre, et *Le sens commun* (Paine, 1776) vers son visage.

« Tout ceci est-il vraiment nécessaire ? »

Je lançai *Quatre textes sur Socrate* (West, 1998). Puis je saisis
Le Paradis perdu (Milton, 1667).

« C'est une édition rare, dit papa.

— *Eh bien, dans ce cas, qu'elle t'achève !* »

Papa soupira et leva les mains. Il rattrapa le livre, le referma et le posa avec soin sur la table voisine. Aussitôt, je lançai *Rip van Winkle et la Légende du val dormant* (Irving, 1819), qui le heurta au flanc.

« Si tu acceptais de te comporter comme une personne sensée, je pourrais peut-être t'expliquer comment j'ai eu l'occasion de rencontrer la suprêmement cinglée Miss Schneider. »

Le *Discours sur l'inégalité entre les hommes* (Rousseau, 1754) le heurta à l'épaule gauche.

« Bleue, calme-toi. Tu te fais plus de mal qu'à moi. Regarde un peu... »

Un exemplaire d'*Ulysse* (Joyce, 1922) en gros caractères, que je lançai au-dessus de ma tête juste après avoir jeté *La Bible* du roi James pour faire diversion, entama sa défense, et l'atteignit à la tempe près de l'œil gauche. Il porta la main à son visage.

« As-tu fini de bombarder ton père avec le canon de la littérature occidentale ?

— *Pourquoi tu m'as menti ?* hurlai-je d'une voix rauque. *Pourquoi est-ce que je découvre toujours que tu m'as menti ?*

— Assieds-toi. »

Il voulut s'approcher, mais je le visai à la tête avec une édition originale de *La vie des pauvres* (Riis, 1890).

« Si seulement tu te calmais, tu t'épargnerais cette hystérie inutile. »

Il me prit le livre des mains.

Un point juste à côté de son œil — j'en ignore le nom — saignait. Une goutte de sang y brillait.

« Maintenant, calme-toi.

— Ne change pas de conversation », dis-je.

Il regagna son fauteuil.

« Vas-tu enfin te comporter de façon raisonnable ?

— *C'est toi qui devrais te comporter de façon raisonnable !* criai-je, quoique moins fort, car je commençais à avoir mal à la gorge.

— Je comprends ce que tu ressens...

— Chaque fois que je vais quelque part, j'apprends des choses nouvelles sur toi. Des choses que tu me caches. »

Papa acquiesça.

« Je comprends. Avec qui étais-tu, ce soir ?

— Je ne trahis pas mes sources. »

Il soupira et joignit ses mains en une parfaite architecture genre « voici l'église, voici le clocher ».

« C'est pourtant simple. Tu nous as présentés lorsqu'elle t'a raccompagnée. C'était en octobre, n'est-ce pas ? Tu t'en souviens ? »

J'acquiesçai.

« Peu de temps après, elle m'a appelé. En me disant qu'elle s'inquiétait pour toi. Nous n'étions pas dans les meilleurs termes, toi et moi, si tu te rappelles, alors naturellement, je me suis fait du souci, et j'ai accepté son invitation à dîner. Elle a choisi un endroit très déplacé, ce restaurant sophistiqué, Hyacinth quelque chose et, au cours de l'interminable dîner à sept plats, elle m'a suggéré que ce serait vraiment *formidable* que tu voies un pédopsychiatre pour parler de la mort de ta mère. Bien entendu, j'étais furieux. Quel culot ! Mais quand je suis rentré et que je t'ai vue — avec tes cheveux qui avaient pris la couleur du feldspath —, je me suis dit qu'elle avait peut-être raison. Je sais, c'était ridicule, mais d'un autre côté, t'élever seul m'a toujours inquiété. Considère ça comme mon talon d'Achille. Nous avons donc dîné ensemble à trois reprises pour parler de l'éventualité que tu *voies* quelqu'un, puis j'en ai conclu que non seulement tu n'avais pas besoin d'aide, mais que c'était *elle* qui en avait besoin. Et de façon urgente. Je sais que tu l'aimais beaucoup, mais ce n'était pas la personne la plus équilibrée qui soit. Ensuite, elle m'a rappelé plusieurs fois au bureau. Je lui ai dit que toi et moi avions discuté, et que tout allait très bien. Elle l'a admis. Peu de temps après, on est partis à Paris. Et depuis, je ne lui ai plus parlé et je n'ai plus entendu parler d'elle. Jusqu'à son suicide. C'est une fin tragique, certes, mais je ne peux pas dire que j'aie été surpris.

— Et quand lui as-tu envoyé des lys orientaux ?

— Je... Des quoi ?

— Tout porte à croire que tu ne les as pas achetés pour Janet Finnsbroke, qui date du paléozoïque. C'est à Hannah Schneider que tu les as offerts. »

Il me dévisagea.

« Je ne voulais pas que tu...

— Tu étais amoureux d'elle, le coupai-je. Ne mens pas. Avoue-le. »

Papa rit.

« Pas vraiment.

— Un homme n'achète des lys orientaux que pour une femme dont il est amoureux.

— Et pourquoi ça ? Pourquoi je ne ferais pas exception, ma chère ? Je te l'ai dit : je la trouvais plutôt déprimée. Je lui ai envoyé ces fleurs après un dîner où je lui avais dit assez brutalement ce que je pensais d'elle — qu'elle faisait partie de ces gens désespérés qui s'imaginent plein de choses sur les autres, et sans aucun doute sur eux-mêmes, uniquement pour égayer leur vie trop morne. Ces gens-là aimeraient être plus importants qu'ils ne le sont réellement. Mais naturellement, quand on dit ce qu'on pense, quand on dit la vérité à quelqu'un, tout du moins ce qu'on croit être la vérité, c'est souvent mal perçu. Et immanquablement, l'un des deux protagonistes finit en pleurs. Tu te souviens de cette personnification de la vérité ? La fille en longue robe noire dans un coin, pieds joints et tête baissée ?

— C'est la fille la plus solitaire du bal.

— Exactement. Contrairement à la croyance populaire, personne ne l'aime. Elle est trop déprimante. On préfère tous danser avec une fille plus sexy et moins sombre. Alors je lui ai envoyé des fleurs. Je ne sais plus lesquelles. J'ai demandé à la fleuriste de choisir…

— C'étaient des lys orientaux. »

Papa sourit.

« Eh bien, maintenant, je sais. »

Je ne répondis pas. La lumière de la lampe le vieillissait et creusait les rides sur son visage, lesquelles dégoulinaient de ses yeux et sur ses mains comme de minuscules larmes.

« C'est toi qui l'as appelée, cette nuit-là. »

Il me lança un regard interrogateur.

« Hein ?

— La nuit où je me suis enfuie. Tu l'as appelée.

— Qui ça ?

— Hannah Schneider. J'étais là quand le téléphone a sonné. Elle a dit que c'était Jade, mais ce n'était pas vrai. C'était toi.

— En effet, dit-il doucement. C'est vrai. Je l'ai appelée.

— Tu vois ? Tu vois bien qu'il y a une relation entre elle et toi…

— *Et pourquoi tu crois que je l'ai appelée ?* s'énerva papa. Cette folle, c'était ma seule piste ! Je ne connaissais ni le nom ni le téléphone des pétasses avec qui tu traînais. Quand elle m'a annoncé que tu t'étais matérialisée à sa porte, j'ai voulu venir te chercher, mais elle m'a encore ressorti ses spongieuses idées psychanalytiques et, moi qui perds mes moyens dès qu'il s'agit de ma fille, comme tu peux t'en rendre compte ce soir, j'ai accepté. "Laissez-la tranquille. Il faut qu'on parle. Entre femmes." Mon Dieu. S'il y a bien un concept stupide dans la culture occidentale, c'est bien ce culte de la parole. Qui diable se souvient de cette jolie petite phrase que je trouve pourtant particulièrement expressive ? "La parole ne vaut pas grand-chose."

— Et pourquoi tu ne m'as rien dit ensuite ?

— Je crois que j'avais peur. » Papa baissa les yeux vers le sol, ce pilonnage de livres. « Tu étais en train de postuler à Harvard. Je ne voulais pas te fâcher.

— Peut-être que je n'aurais pas été fâchée. Ou moins fâchée qu'aujourd'hui.

— D'accord, ce n'était pas la meilleure chose à faire, mais sur le moment, c'est ce que j'ai trouvé de mieux. De toute façon, toutes ces histoires avec Hannah Schneider appartiennent désormais au passé. Qu'elle repose en paix. L'année scolaire est presque finie. Ça ferait un bon roman, tu ne trouves pas ? Stockton est la ville la plus théâtrale que nous ayons habitée. Elle réunit tous les éléments nécessaires à la fiction : plus de passion que dans *Peyton Place*, plus de frustration que dans le comté de Yoknapatawpha. À la hauteur de Macondo en termes de bizarrerie. Il y a du sexe, du péché, et, surtout, une jeunesse désabusée. Tu as grandi, ma chérie. Tu n'as plus besoin de ton vieux père. »

J'avais les mains froides. J'allai m'asseoir sur le canapé jaune, sous les fenêtres.

« Les histoires de Hannah Schneider n'appartiennent pas au passé, dis-je. À propos, tu saignes.

— Tu m'as bien eu, n'est-ce pas, dit-il d'un air penaud en portant la main à son visage. Était-ce la Bible ou *Une tragédie américaine* ? Pour des raisons symboliques, j'aimerais bien le savoir.

— Rien n'est fini en ce qui concerne Hannah Schneider.

— Je vais peut-être avoir besoin de points de suture.

— En réalité, elle s'appelle Catherine Baker. C'est l'un des membres fondateurs des Nightwatchmen. Et elle a tué un policier. »

Mes paroles traversèrent papa comme un fantôme — même si je n'avais jamais vu un fantôme traverser quelqu'un — : toutes les couleurs quittèrent son visage comme de l'eau qui se déverse d'un seau. Il me lança un regard désespérément creux.

« Je ne plaisante pas. Si tu as quelque chose à avouer sur ton implication, le recrutement... ou le meurtre d'un collègue capitaliste à Harvard, c'est le moment. Parce que, bientôt, je saurai tout. Je n'en resterai pas là. »

La fermeté de ma voix surprit papa, mais c'est surtout moi qui n'en revenais pas. À croire qu'elle était plus forte que moi. Elle me montrait le chemin comme un dallage.

Papa clignait des paupières. On aurait dit que, tout à coup, il ne me reconnaissait plus.

« Mais les Nightwatchmen ont cessé d'exister. Depuis trente ans. C'est un mythe.

— Rien n'est moins sûr. On dit sur internet que...

— Ah, internet, m'interrompit papa. Quelle puissante source d'information ! Si l'on en croit ce qui est écrit sur internet, Elvis est toujours vivant, et il va bientôt surgir dans une fenêtre pop-up. Je ne comprends pas d'où tu sors les Nightwatchmen. Tu as lu mes vieux cours, ou bien *Federal Forum*... ?

— Leur fondateur, George Gracey, est toujours en vie. Il habite Paxos. Un individu du nom de Smoke Harvey s'est noyé dans la piscine de Hannah à l'automne dernier. Or il avait justement remonté la piste jusqu'à...

— Bien sûr, je me souviens qu'elle m'a parlé de ça. De toute évidence, c'était une raison de plus pour qu'elle se sente déprimée.

— Non. Car c'est elle qui l'a tué. Parce qu'il faisait des recherches pour son livre sur Gracey. Et qu'il allait tout révéler. Tout dire sur eux. Sur l'organisation. »

Papa haussa les sourcils.

« Eh bien, tu as travaillé, dis-moi. Continue. »

J'hésitai. Burt Towelson écrivait dans *Guérilléras* (1986) que, pour ne pas compromettre son enquête, il faut se méfier de toute personne à qui l'on confie la vérité. Mais si je ne pouvais faire confiance à papa, alors je ne pouvais pas faire confiance à personne. Il me regardait comme il m'avait déjà regardée un millier de fois, quand nous relisions mes notes pour une dissertation (l'air intéressé, mais peu emballé) : je n'avais donc pas d'autre choix que de lui révéler ma théorie, ma vision de l'univers. Je commençai par Hannah, qui avait orchestré sa disparition suite aux découvertes d'Ada Harvey, et qui m'avait laissé *L'Avventura*, puis je poursuivis par «la demoiselle volante», la fête costumée, la technique d'élimination expliquée par Connault Helig et employée pour assassiner Smoke, l'histoire des membres du Sang Bleu racontée par Hannah, qui ressemblait étrangement à la vie de Catherine Baker en petits morceaux, son intérêt pour les personnes disparues et, enfin, ma conversation téléphonique avec Ada Harvey. Au début, papa me regarda comme si j'étais folle, mais il finit suspendu à mes lèvres. Je ne l'avais pas vu aussi captivé depuis qu'il avait acheté au kiosque à journaux un exemplaire de *The New Republic* en juin 1999, où était publiée sa longue réponse satirique à un article intitulé : «La petite boutique des horreurs : histoire de l'Afghanistan».

Quand je me tus, je m'attendais à ce qu'il me presse de questions, mais il garda un silence songeur pendant une minute, voire deux.

Puis il fronça les sourcils et me demanda :

«Et par conséquent, qui a tué cette pauvre Miss Schneider ?»

Évidemment, il posait la seule question à laquelle je n'avais qu'une réponse incertaine. Selon Ada Harvey, Hannah s'était suicidée, mais la présence de l'inconnu dans les bois me laissait penser qu'un membre de *Nächtlich* s'était chargé de son élimination. Hannah constituait une menace depuis qu'elle avait tué un policier et, si jamais Ada contactait le FBI et qu'on l'interpellait, Gracey et toute l'existence clandestine du groupe seraient mis en danger. Mais je n'étais sûre de rien et, comme disait toujours papa, il ne fallait pas «jeter des spéculations comme on jette un sac-poubelle troué».

«Je ne sais pas.»

Il acquiesça sans rien dire de plus.

«Tu as écrit sur *Nächtlich* récemment ? demandai-je.

— Non, pourquoi ?

— Tu te souviens de notre rencontre avec Hannah Schneider — d'abord à Fat Kats Foods, puis au magasin de chaussures ?

553

« — Oui, finit-il par dire.

— Ada Harvey m'a décrit exactement la même rencontre entre Hannah et son père. Hannah avait tout planifié. Alors je me suis demandé si, par hasard, tu n'avais pas failli être sa prochaine victime parce que tu écrivais quelque chose sur...

— Ma chérie, me coupa papa. Aussi flatté que je puisse être d'avoir été choisi pour cible par Miss Baker — je n'ai encore jamais été la cible de personne —, il n'y a plus de Nightwatchmen de nos jours, ils n'existent plus. Ils sont considérés, même par les théoriciens politiques les moins rigoureux, comme un pur fantasme. Or, que sont les fantasmes ? Des rêves dont nous nous servons pour nous préserver de la réalité. Notre monde est un plancher rigide qui nous casse le dos si on dort à même le sol. Sans compter que nous ne sommes plus dans une époque révolutionnaire, mais individualiste. Aujourd'hui, l'homme ne recherche pas l'unité, au contraire, il se coupe des autres, il les écrase, et il ramasse tout le fric qu'il peut. Comme tu le sais, l'histoire fonctionne par cycles, or, il ne faut compter sur aucun soulèvement — même silencieux — dans les deux siècles à venir. Sinon, je me rappelle avoir lu quelque chose sur Catherine Baker prétendant qu'elle descendait d'une gitane parisienne, alors, aussi excitant que cela puisse paraître, il est très hasardeux d'affirmer que Schneider et Baker sont une seule et même personne. Vu l'étrange manière que Hannah Schneider a eue de te raconter cette histoire, comment peux-tu affirmer qu'elle n'a pas lu tout ça dans un livre, une bonne fiction sur Catherine Baker, et qu'elle a ensuite laissé filer son imagination ? Peut-être voulait-elle que tu croies, que tout le monde croie, après son suicide, que sa vie était faite de bouleversements, qu'elle avait été consacrée à une cause : elle aurait été Bonnie, et l'autre gars, Clyde. Histoire de laisser une trace. Ainsi, elle aurait eu une vie palpitante, et non la banale existence qui a été la sienne. Les gens font des mensonges de ce genre. Ils en font à la pelle.

— Et la façon dont elle a abordé Smoke ?

— La seule chose que nous pouvons affirmer, c'est qu'elle aimait ramasser des hommes au milieu d'un étalage de nourriture, déclara papa avec autorité. Elle cherchait l'amour au milieu des petits pois surgelés. »

Je l'observai. Il avait infinitésimalement raison. Sur www.papil-londacier.net, on prétendait que Catherine Baker était une bohémienne française. Et, vu le nombre de filles pulpeuses sur les affiches de film dans sa salle de classe, on pouvait croire que Hannah rêvait d'une vie plus excitante que la sienne. L'air de rien, papa avait creusé de jolis trous dans mon canot pneumatique, qui semblait tout à coup mal gonflé et trop léger (voir « La célèbre De Lorean DMC-12 », *Les gaffes du capitalisme*, Glover, 1988).

« Alors comme ça, je suis folle, dis-je.

— Je n'ai pas dit ça. Ta théorie est très élaborée. Tirée par les cheveux ? Bien sûr. Mais remarquable. Et excitante. Rien de tel qu'une révolution secrète pour fouetter le sang qui irrigue notre cerveau...

— Tu me crois ? »

Il marqua un temps d'arrêt et leva la tête vers le plafond pour considérer les choses, comme seul papa considérait les choses.

« Oui. Je te crois.

— Vraiment ?

— Évidemment. Tu sais que j'adore les théories tirées par les cheveux, l'improbable. Tout ce qui touche au ridicule. Il y a sans doute des points à creuser...

— Donc je ne suis pas folle. »

Il sourit.

« Pour une oreille étrangère, tu pourrais paraître légèrement cinglée. Pour un van Meer ? Tu sembles plutôt dans la moyenne. »

Je bondis du canapé pour me jeter dans ses bras.

« Alors maintenant, tu as envie de te blottir contre moi ? Je me considère donc comme pardonné de ne pas t'avoir fait part de mes imprudentes rencontres avec cette étrange et superbe femme. Comment doit-on l'appeler, désormais, vu ses liens subversifs ? Barbe noire ? »

J'acquiesçai.

« Merci mon Dieu, dit-il. Je ne crois pas que j'aurais supporté un autre *blitzkrieg* livresque. Surtout avec, sur l'étagère, cette édition de dix kilos des *Discours célèbres du monde entier*. Tu as faim ? » Il repoussa les cheveux sur mon front. « Tu es trop maigre, en ce moment.

— Il doit bien y avoir un rapport entre tout ça et ce que Hannah voulait me dire dans la montagne. Tu te souviens ?

— Oui. Mais que comptes-tu faire de tes trouvailles ? Écrire un livre à quatre mains intitulé *Mélange salé : conspirations et autres dissidences anti-américaines*, ou bien *La physique des catastrophes*, ce qui serait plus ironique. Un futur best-seller, à condition de modifier le nom des protagonistes et d'écrire "d'après une histoire vraie" en couverture pour que ça soit plus vendeur ? Tu vas terroriser le pays si tu révèles que des activistes y travaillent comme professeurs pour empoisonner l'esprit de leur minable mais si chère progéniture.

— Je ne sais pas.

— J'ai une idée à te soumettre. Contente-toi d'écrire tout ça dans ton journal pour que tes petits-enfants le lisent après ta mort, le jour où ils trieront la vieille malle de voyage qui contiendra tes souvenirs. Ainsi, au dîner, ils murmureront d'une voix incrédule : "Quand même, vous imaginez ce que grand-mère a fait à l'âge de seize ans." Ce journal sera ensuite vendu aux enchères chez Christie's pour la coquette somme de 500 000 $, et cette histoire de suicide dans une petite ville de montagne se teintera de magie à mesure qu'elle passera de bouche en bouche. On dira de Bleue van Meer qu'elle était née avec une queue de cochon, que cette cinglée de Miss Schneider s'est transformée en fanatique à cause d'un amour malheureux, un *Amour aux temps du choléra*. Quant à tes amis, ces Milton et ces Green, ce seront des révolutionnaires responsables de trente-deux soulèvements armés, dont aucun n'a abouti. Sans oublier ton père. Ce grand sage rabougri sera un *Général dans son labyrinthe* qui partit en bateau de Bogota et mit sept mois à rejoindre la mer.

— Je pense que nous devons aller voir la police », déclarai-je.

Il gloussa.

« Tu plaisantes.

— Non. Il faut aller voir la police. Maintenant.

— Pourquoi ?

— On n'a pas le choix.

— Tu n'es pas réaliste.

— Si.

— Tu n'y penses pas ! Admettons qu'il y ait de la vérité là-dedans. Il te faudra des preuves. Des témoignages de membres du groupe, des manifestes, des renseignements sur leurs méthodes de recrutement — tout ceci sera très difficile à trouver, si tes soupçons sur leur tactique se révèlent justes. Sans parler du risque qu'il y aurait à révéler leur existence. Tu y as pensé ? Ta théorie est excitante, mais si jamais elle contient une once de vérité, ce sera très différent d'une apparition à *La roue de la fortune*. Je n'ai pas envie que tu attires l'attention sur toi, à supposer, bien sûr, qu'il y a du vrai là-dedans, ce que l'on ne saura sans doute jamais. Aller voir la police paraîtrait héroïque aux nigauds, aux crétins — mais à quoi bon ? À ce que le shérif ait une bonne histoire à raconter en grignotant son beignet à la pause ?

— Non, dis-je. On pourrait sauver des vies.

— Comme c'est touchant. Et quelles vies vas-tu épargner ?

— On ne peut pas se contenter de tuer les gens parce qu'on n'aime pas ce qu'ils font. Cela relègue l'être humain au rang de bête. Même si on ne trouve jamais, on doit quand même essayer de… » je ralentis, car je perdais tout à coup mes certitudes, « de rendre la justice », conclus-je faiblement.

Papa éclata de rire.

« "La justice est une catin qui ne se rend pas et qui fait payer cher le prix de la honte, même aux pauvres." Karl Kraus. Essayiste autrichien.

— "Toutes les bonnes choses tiennent en un mot, dis-je. Liberté, Justice, Honneur, Devoir, Clémence. Et Espoir." Winston Churchill.

— "Puisque tu veux la justice, sois certain que tu auras la justice, au-delà de tes désirs." *Le marchand de Venise*.

— "La justice brandit sa merveilleuse épée, elle se montre clémente envers quelques fortunés, et pourtant, l'homme qui ne se bat pas pour elle n'est rien." »

Papa ouvrit la bouche, puis s'interrompit en fronçant les sourcils.

« Mackay ?

— Gareth van Meer. "La Révolution trahie", *Journal civique des affaires étrangères*. Volume six, numéro 19. »

Papa sourit, rejeta la tête en arrière et lança un grand « Ah ! ».

J'avais oublié ses « Ah ! ». Il les réservait en général aux réunions universitaires en présence d'un doyen, quand un collègue disait quelque chose de drôle ou d'intéressant, et que papa, vexé de ne pas y avoir pensé à sa place, lançait un grand « Ah ! » qui exprimait sa gêne — mais permettait aussi d'attirer l'attention. Cette fois, il me regarda, contrairement aux réunions universitaires en présence d'un doyen (auxquelles papa me permettait d'assister dès que j'avais un petit rhume, à condition que je reste dans mon coin et que je ravale tous mes éternuements. Je buvais alors les paroles de ces docteurs au teint cireux et au cheveu rare qui s'exprimaient avec les voix lourdes de chevaliers de la Table ronde), et il avait les yeux pleins de grosses larmes qui hésitaient à couler, telles des filles timides en maillot de bain qui étalent leur serviette et s'apprêtent à faire un pas gêné en direction de la piscine.

Il se leva, posa une main sur mon épaule et se dirigea vers la porte.

« Très bien, mon assoiffée de justice. »

Je restai assise devant son fauteuil vide entouré de livres. Tous étaient drapés dans le silence et une attitude hautaine. Ce n'était pas un petit envol vers un être humain qui aurait raison d'eux. À l'exception du *Fond du problème*, qui avait vomi quelques pages, ils étaient intacts, joyeusement ouverts, et ils exhibaient fièrement leurs pages. Leurs minuscules mots noirs emplis de sagesse s'alignaient en lignes impeccables, attentifs comme des élèves imperméables à l'influence d'un camarade turbulent. *Le Bon Sens* me montrait ses pages.

« Cesse de te morfondre et viens ici, m'appela papa depuis la cuisine. Si tu veux vraiment déclarer la guerre à des radicaux mous et ventripotents, tu as intérêt à commencer par prendre un encas. Mais, comme je ne les crois pas capables de bien vieillir, tu as tes chances. »

LE PARADIS PERDU

Pour la première fois depuis la mort de Hannah, je fis une nuit complète. Papa appelait ça « le sommeil des arbres », à ne pas confondre avec « le sommeil d'hibernation » et « le sommeil des chiens épuisés ». Le sommeil des arbres était le sommeil le plus absolu et le plus régénérant. Il n'était que ténèbres, sans le moindre rêve — un grand bond en avant.

Je ne fus réveillée ni par mon réveil ni par le cri de papa au pied de l'escalier pour « le mot du jour » :

« Debout, ma chérie ! Le mot du jour est *pneumocoque* ! »

J'ouvris les yeux. Le téléphone sonnait. Près de mon lit, le réveil indiquait 10 : 36. Le répondeur cliqua au rez-de-chaussée.

« Mr. van Meer, je voulais vous informer que Bleue n'est pas en cours aujourd'hui. Merci de nous indiquer la raison de son absence. »

Eva Brewster récita sèchement le numéro du secrétariat puis raccrocha. Je m'attendais à ce que papa se précipite dans le couloir pour voir qui venait d'appeler, mais je n'entendis dans la cuisine qu'un cliquetis de couverts.

Je sautai du lit et titubai jusqu'à la salle de bains pour me passer de l'eau sur le visage. Dans le miroir, mes yeux semblaient exagérément grands, et ma figure amaigrie. Comme j'avais froid, j'attrapai l'édredon sur mon lit, m'enveloppai dedans et descendis.

« Papa ? Tu as téléphoné à l'école ? »

J'entrai dans la cuisine. Elle était vide. Le cliquetis provenait de la brise qui entrait par la fenêtre ouverte et faisait tinter les cou-

559

verts suspendus au-dessus de l'évier. J'allumai la lumière de l'escalier menant au sous-sol et appelai :

« Papa ! »

Je détestai une maison sans papa. C'était aussi vide qu'une boîte de conserve, un coquillage, ou un crâne aux orbites creuses en plein désert dans un tableau de Georgia O'Keeffe. Au cours de mon enfance, j'avais découvert toute une série de stratégies pour éviter la réalité d'une maison sans papa. Il y avait la technique « Regarder *Hôpital central* avec le son très fort » (étonnamment réconfortant, beaucoup plus qu'on n'aurait pu le croire) ou bien « Passer *New York-Miami* » (Clark Gable sans maillot de corps était capable de distraire n'importe qui).

Vive et virulente, la lumière du matin se déversait par les fenêtres. Quand j'ouvris le réfrigérateur, je découvris non sans surprise que papa avait préparé une salade de fruits. Je grappillai un grain de raisin. Il y avait aussi des lasagnes, qu'il avait recouvertes d'un papier d'aluminium trop petit, si bien qu'on en apercevait un côté, comme sous un manteau qui ne couvre ni les mollets, ni les avantbras, ni le cou. (Papa n'avait jamais réussi à découper un morceau d'aluminium à la bonne taille.) Je croquai un autre raisin et j'appelai son bureau.

L'assistante du département de sciences politiques décrocha.

« Bonjour, est-ce que mon père est là ? C'est Bleue.

— Hum ? »

Je jetai un coup d'œil à l'horloge. Il n'avait pas cours avant 11 h 30.

« Mon père, le professeur van Meer. Pourrais-je lui parler, s'il vous plaît ? C'est urgent.

— Mais il n'est pas là aujourd'hui, dit-elle. Il a bien une conférence à Atlanta, non ?

— Pardon ?

— Je pensais qu'il était parti à Atlanta remplacer ce monsieur qui a eu un accident de voiture...

— Quoi ?

— Il a demandé à ce qu'on assure son cours à sa place ce matin. Il ne sera pas... »

Je raccrochai.

« Papa ! »

Je laissai l'édredon dans la cuisine pour dévaler les marches de son bureau, et j'allumai le plafonnier. Et là, je me figeai sur place.

Il était vide.

J'ouvris un premier tiroir. Vide. J'en ouvris un deuxième. Vide. Sur le bureau, il n'y avait plus d'ordinateur portable, ni de bloc-notes, ni de calendrier. La tasse en céramique était vide elle aussi, là où il rangeait d'habitude ses cinq stylos à encre bleue et ses cinq stylos à encre noire près de la lampe verte de ce gentil doyen de l'université de l'Arkansas à Wilsonville, qui avait elle aussi disparu. La petite étagère près du bureau était complètement vide, à l'exception de cinq exemplaires de *Das Kapital* (Marx, 1867).

Je remontai les marches quatre à quatre, traversai la cuisine, courus dans le couloir et ouvris la porte d'entrée. Le break Volvo était à sa place habituelle, devant la porte du garage. J'observai un instant sa peinture bleu pâle et la rouille sur ses jantes.

Je fis demi-tour et fonçai dans sa chambre. Les rideaux étaient ouverts, le lit fait. Et pourtant, ses mocassins en peau de mouton achetés au Bet-R-shoes d'Enola, New Hampshire, ne se trouvaient ni sous la télé, ni sous le fauteuil. Je me dirigeai vers la penderie et fis coulisser la porte.

Qui ne contenait pas le moindre vêtement.

Elle était totalement vide. Les cintres s'agitèrent sur la barre comme des oiseaux effrayés quand on s'approche trop de la cage.

Je courus à sa salle de bains et j'ouvris le placard. Il était tout aussi vide. Comme la douche. Je touchai les parois de la baignoire et sentis quelques gouttes d'eau presque évaporées. Sur le lavabo, je repérai une trace de dentifrice, et un minuscule vestige de crème à raser sur la glace.

« Il a dû décider qu'on déménageait, me dis-je. Et il est allé faire le changement d'adresse à la poste. Ou chercher des cartons au supermarché. Le break ne voulait pas démarrer, alors il a pris un taxi. »

Je revins dans la cuisine, où j'écoutai le répondeur, mais il n'y avait que le message d'Eva Brewster. Je cherchai en vain un mot sur le plan de travail. Je rappelai Barbara, l'assistante du département de sciences politiques, comme si j'étais au courant de la conférence à Atlanta. Papa disait que Barbara avait « une bouche motorisée, et qu'elle puait le ridicule » (et il la traitait gaiement de « Nébuleuse »).

561

Je donnai un nom à la conférence, l'OPRPA, pour l'« Organisation Politique pour le Respect du Premier Amendement » ou quelque chose dans le genre.

Je lui demandai si papa avait laissé un numéro où je puisse le joindre.

« Non, répondit-elle.

— Quand vous a-t-il annoncé ça ?

— Il a laissé un message à 6 heures ce matin. Mais attendez, pourquoi vous ne... »

Je raccrochai.

Je m'enroulai à nouveau dans l'édredon, allumai la télévision et découvris Cherry Jeffries en costume jaune, couleur panneau routier, avec des épaulettes tellement aiguisées qu'elles auraient pu découper un tronc d'arbre. Je vérifiai l'horloge de la cuisine, l'horloge de ma chambre. Je ressortis pour examiner le break bleu. Je m'assis à l'avant et tournai la clé. La voiture démarra. Je passai les mains sur le volant et sur le tableau de bord, j'observai la banquette arrière, comme si elle pouvait contenir un indice : un revolver, un chandelier, une corde ou une clé anglaise malencontreusement oubliés par madame Pervenche, le colonel Moutarde ou le professeur Violet après avoir tué papa dans la bibliothèque, la véranda ou la salle de billard. Je scrutai les tapis persans du couloir à la recherche de traces de chaussures étrangères. J'inspectai l'évier, le lave-vaisselle, mais les cuillères, fourchettes et couteaux étaient tous à leur place.

Ils l'avaient emmené.

Les membres de *Nächtlich* étaient venus cueillir papa pendant la nuit, plaçant un mouchoir en lin (avec un N brodé en coin) imbibé de chloroforme sur sa bouche ronflante et sans défense. Il n'avait pu se défendre car, quoique grand et mince, ce n'était pas un battant. Il préférait les débats intellectuels aux contacts physiques, et il évitait soigneusement tout sport de combat, considérant la lutte et la boxe comme « teintées de ridicule ». Et même s'il respectait l'art du karaté, du judo et du tae kwan do, il n'en avait jamais appris ne serait-ce que les rudiments.

Bien sûr, c'est moi qu'ils étaient venus chercher, mais papa avait protesté : « Non, prenez-moi à sa place ! C'est moi que vous devez emmener ! » Et le méchant, car il y avait toujours un méchant, celui qui n'accordait que peu d'importance à la vie humaine et qui engueulait les autres, avait posé une arme sur sa tempe en lui ordonnant d'appeler l'université. « Et t'as intérêt à avoir l'air normal, sinon je fais exploser la cervelle de ta fille sous tes yeux. »

Puis ils avaient obligé papa à ranger ses affaires dans les deux grands sacs de voyage Louis Vuitton qu'Eleanor Miles, 38 ans, lui avait offerts pour qu'il se souvienne d'elle (et de ses dents pointues) chaque fois qu'il ferait ses valises. Parce que, certes, c'étaient des révolutionnaires au sens classique du terme, mais ils n'adoptaient pas pour autant la conduite barbare des guérilleros d'Amérique du Sud ou de ces intégristes musulmans qui ne dédaignaient pas de couper une tête de temps à autre. Ils respectaient l'idée que tout être humain, même ceux que l'on prive de leur liberté dans l'espoir de les troquer contre des décisions politiques, a besoin de ses effets personnels, y compris de ses pantalons en velours, vestes en tweed, pulls en laine, chemises Oxford, nécessaire de rasage, brosse à dents, rasoir, savon, fil dentaire, exfoliant à la menthe pour les pieds, montre Timex, boutons de manchette GUM, cartes de crédit, anciens cours et programmes, et enfin, notes pour *La poigne de fer*.

« Nous voulons que vous soyez à votre aise », dit le méchant.

Le soir, il n'avait toujours pas appelé.

Ni lui ni personne, à l'exception d'Arnold Lowe Schmidt du *Journal de politique étrangère de Seattle*, disant au répondeur « combien il était déssolé que papa ait décliné son ovvre de faire un papier sur Cuba, mais qu'il pensse à eux s'il foulait que ses zidées soient publiées dans un zournal important ».

Je fis à peu près vingt fois le tour de la maison dans le noir. Je jetai un coup d'œil au bassin, qui ne contenait pas le moindre poisson. Puis je rentrai et m'assis sur le canapé pour regarder Cherry Jeffries en picorant la salade de fruits dont il ne restait qu'une moitié, cette salade que les radicaux avaient permis à papa de préparer avant son départ.

« Il faut que ma fille puisse manger ! avait protesté papa.

— O.K., avait dit le méchant. Mais dépêche-toi.

— Vous voulez un coup de main pour le cantaloup ? » lui avait proposé un autre.

Je ne pouvais m'empêcher de saisir périodiquement le téléphone et de regarder le combiné en lui demandant si je devais « signaler sa disparition à la police ». J'attendais qu'il me réponde « évidemment », « il n'en est pas question », ou bien « reformulez votre question ». J'aurais pu appeler le département du shérif de Sluder et dire à A. Boone que je devais parler à l'inspecteur Harper. « Vous vous souvenez de moi ? Je suis la fille qui est venue vous parler de Hannah Schneider. Eh bien, maintenant, c'est mon père qui a disparu. Oui, je sais, je n'arrête pas de perdre des gens. » D'ici une heure, elle serait à la porte avec ses cheveux citrouille et son teint sucre en poudre et plisserait les yeux face au fauteuil vide de papa. « Quelle est la dernière chose qu'il ait dite ? Y a-t-il des cas de démence dans votre famille ? Quoi, vous n'avez pas de famille ? Même pas un oncle ? Ni une grand-mère ? » En quelques heures, j'aurais mon dossier vert dans le meuble de rangement près de son bureau : 5510-vanM. *The Stockton Observer* publierait en gros titre : « La lycéenne se révèle un ange de la mort : après le suicide de son prof, son père disparaît ». Je raccrochai.

J'inspectai de nouveau la maison, cette fois en m'autorisant à gémir, mais pas à omettre quoi que ce soit, ni le rideau de douche, ni le placard sous le lavabo avec ses coton-tige et ses boules de coton, ni même le rouleau de papier toilette où il aurait pu graver « ils m'emmènent, ne t'inquiète pas pour moi » avec un cure-dents. J'observai chaque livre que nous avions rangé la veille au soir sur les étagères de la bibliothèque, et où il aurait pu glisser rapidement ce mot, « je vais m'en sortir, je te le jure ». Je les ouvris l'un après l'autre, les secouai, mais n'y trouvai rien, sauf dans *Le fond du problème*, qui perdit quelques pages. Ma quête continua jusqu'à ce que le réveil de papa indique plus de 2 heures du matin.

Le déni a un point commun avec Versailles : il n'est pas facile à entretenir. Il exige une dose étourdissante de fermeté, de dynamisme et de culot que je ne possédais pas, échouée que j'étais comme une étoile de mer sur le carrelage blanc et noir de la salle de bains de papa.

Il me fallait accepter l'idée que son enlèvement était comme la petite souris, le Saint Graal, un rêve concocté par quelqu'un que la réalité ennuyait, et qui désirait croire à quelque chose de plus vaste que lui-même. Même des radicaux charitables ne lui auraient pas

564

permis d'emporter *tous* ses effets personnels, y compris ses ché-
quiers, ses cartes de crédit et ses relevés bancaires, voire sa tapisserie favorite tissée par la Sauterelle Dorthea Driser, « Par-dessus tout,
sois fidèle à toi-même », jusque-là accrochée à droite du téléphone
dans la cuisine. Ils auraient tapé du pied si papa avait mis une demi-
heure à choisir les livres qu'il voulait prendre, l'édition en deux
volumes de *Lolita* publiée chez Olympia Press par Maurice Girodias
en 1955, *Ada ou l'ardeur*, *Le Paradis perdu* qu'il n'avait pas voulu que
je jette, le *Soufflé de Star Trek : une rétrospective* (Finn, 1998) qui
contenait le tableau préféré de papa, le bien nommé *Secret* (voir
p. 391, n° 61, 1992, huile sur lin). Il manquait aussi *La grimace*,
La trajectoire de Napoléon, *Par-delà bien et mal* et une copie de
La colonie pénitentiaire (Kafka, 1919).

Ma tête bourdonnait. J'avais le visage tendu et brûlant. Je m'extir-
pai de la salle de bains pour m'affaler sur la moquette spongieuse
de la chambre de papa, la seule chose dans cette maison qu'il détestait : « On a l'impression de marcher sur de la guimauve », et je
fondis en larmes. Mais au bout d'un moment, mes larmes, de lassitude ou de frustration, m'abandonnèrent, jetèrent l'éponge et quittèrent la scène en claquant la porte.

Je me contentai de regarder le plafond de la chambre, blanc et
silencieux, qui restait obstinément muet. Et sans savoir comment,
sans doute d'épuisement, je m'endormis.

Les trois jours suivants — passés sur le canapé devant Cherry
Jeffries —, je m'imaginai les derniers instants de papa dans notre
maison, notre bien-aimé 24 Armor Street, celle qui devait abriter
notre dernière année, notre dernier chapitre, avant que « je parte à
la conquête du monde ».

Il était tout en projets et calculs, coups d'œil rapide à sa montre
(en avance de cinq minutes), pas silencieux dans des pièces à peine
éclairées. Il était nerveux aussi, d'une nervosité que je connaissais.
Je la sentais chaque fois qu'il abordait une nouvelle université ou un
nouveau cours (un tremblement à peine perceptible du pouce et de
l'index).

Dans ses poches, la monnaie cliquetait comme son âme flétrie alors qu'il passait dans la cuisine puis descendait à son bureau. Il n'alluma que la lampe verte et la lampe rouge sur sa table de nuit, qui donnait à sa chambre l'apparence d'un cœur ou d'un estomac. Il avait passé beaucoup de temps à ranger ses affaires. Il mit ses chemises Oxford sur le lit, la rouge au-dessus, puis la bleue, la bleue à motifs, la rayée blanche et noire, la blanche, repliées comme des oiseaux endormis, les six paires de boutons de manchette en argent ou en or (y compris, bien sûr, ses préférés, les boutons à 24 carats gravés aux initiales GUM, que Bitsy Plaster, 42 ans, lui avait offerts pour ses quarante-sept ans. Il y avait un U au lieu d'un V, car le joaillier avait mal lu l'écriture trop ronde de Bitsy), le tout dans une poche en feutre de chez Tiffany, comme des petites graines. Puis il y avait eu les chaussettes, noires, blanches, longues, courtes, en coton, en laine. Il portait ses mocassins marron (pour marcher vite), son tweed moutarde et marron (qui le suivait partout comme un chien fidèle) et le vieux pantalon kaki si confortable dont il assurait « qu'il rendait supportable même les situations les plus insupportables ». (Il le mettait pour traverser « les devoirs marécageux et fétides truffés d'arguments boueux » de ses étudiants. Grâce à ce pantalon, il n'avait aucune culpabilité à écrire un C- à hauteur du nom de l'étudiant avant de continuer sans répit sa lecture.)

Enfin il fut prêt à charger les cartons et les sacs dans un véhicule — comme j'ignorais lequel, j'imaginai un banal taxi jaune conduit par un chauffeur aux cheveux aussi piquants qu'un oursin, avec de la chair de poule sur les mains, qui tapotait le volant au son du « Bluegrass du petit matin » en attendant que le docteur John Ray Junior sorte de la maison, tout en pensant à la femme qu'il avait laissée au chaud, Alva ou Dottie.

Quand papa fut certain de n'avoir rien oublié, quand il eut tout pris, il monta jusqu'à ma chambre. Il n'alluma pas la lumière, et il ne me regarda pas en ouvrant mon sac à dos, où il parcourut avec attention le bloc qui contenait le résultat de mes recherches ainsi que mes théories. Après avoir tout relu, il le remit dans le sac, qu'il accrocha au dos de ma chaise.

Il avait commis une erreur. Ce n'était pas là que je le mettais. Je l'avais placé, comme toujours, au pied de mon lit. Mais papa n'avait ni le temps ni le besoin de se préoccuper de ce genre de détails, qui n'avaient plus aucune importance. Il rit sans doute en pensant à cette ironie du sort. Dans les moments les plus improbables, papa prenait le temps de rire de l'ironie du sort. Mais peut-être que cette fois, justement, il s'était abstenu, parce que, s'il allait du côté du rire, il risquait de devoir prendre l'autoroute du sentiment, qui pouvait le mener très vite, s'il n'y faisait pas attention, au désespoir. Or il n'avait pas le temps pour ce genre de halte. Il devait partir.

Il me regarda dormir, mémorisant les traits de mon visage tel un paragraphe de livre dont il voudrait se souvenir, au cas où il pourrait le glisser dans une conversation avec un doyen.

Mais peut-être qu'en me regardant — et j'aimais à penser que c'était le cas —, papa s'effondra. Aucun livre ne vous apprend à regarder pour la dernière fois l'enfant que vous ne reverrez plus jamais (sauf en secret, au bout de trente-cinq ou quarante ans, et seulement de très loin, avec des jumelles, un téléobjectif ou une photo satellite à 89.99 $). Sans doute que, dans ce cas, on s'approche pour déterminer avec précision le degré de l'angle entre le nez et le visage. On compte les taches de rousseur, y compris celles qu'on n'avait jamais remarquées. Et les rides au coin des yeux ou sur le front. On observe le souffle, le sourire paisible — en l'absence d'un tel sourire, on ignore délibérément la bouche ouverte de façon si peu élégante, afin de lisser le souvenir. On se laisse sans doute un peu emporter, si bien qu'on ajoute un rayon de lune pour donner un reflet argenté au visage et cacher les cernes noirs sous les yeux, ainsi que quelques jolis insectes — ou, mieux encore, un oiseau qui chante dans la nuit — pour adoucir le froid et le silence de la pièce.

Papa ferma les yeux pour s'assurer qu'il me connaissait par cœur (quarante degrés, seize, trois, un, un souffle régulier comme la mer, un sourire paisible, des yeux argentés, un rossignol enthousiaste). Il remonta l'édredon jusqu'à mes joues et me baisa le front.

« Tout ira bien, ma chérie. Sois tranquille. »

Il se glissa hors de ma chambre, prit l'escalier et rejoignit le taxi.

« Mr. Ray ? demanda le chauffeur.

— *Professeur* Ray », dit papa.

Et il partit.

LE JARDIN SECRET

Les journées défilèrent comme des écolières en uniforme. Je ne voyais aucune différence, à part le jour et la nuit, la nuit et le jour.

Je n'avais le courage ni de prendre une douche ni de manger un repas équilibré. Je pratiquai beaucoup la position couchée par terre — puéril, certes, mais quand on a la possibilité de se coucher par terre sans être vu, eh bien, croyez-moi, on ne s'en prive pas. Je découvris aussi la joie, certes fugace, mais bien réelle, de mordre dans une barre de chocolat puis de la jeter derrière le canapé de la bibliothèque. Je lus, lus et lus encore jusqu'à ce que mes yeux me brûlent et que les mots flottent comme des nouilles dans une soupe.

Je séchai les cours comme un garçon à l'haleine fétide et aux paumes collantes. Je me pris de passion pour *Don Quichotte* (Cervantès, 1605) — on aurait pu croire que je ferais une descente au Videomecca, histoire de louer un film porno, tout du moins *L'orchidée sauvage* avec Mickey Rourke, mais non —, puis je me plongeai dans un roman torride que j'avais caché pendant des années à papa, *Tais-toi, mon amour* (Esther, 1992).

Je songeai à mourir — pas à un suicide, rien d'aussi dramatique, plutôt à un acquiescement résigné —, comme si, après avoir snobé la mort, je n'avais plus d'autre choix que d'en faire ma compagne. J'imaginai Evita, Havermeyer, Moats, Blanc Bonnet et Bonnet Blanc effectuant des recherches nocturnes avec des torches, des lanternes, des fourches et des bâtons (comme des bigots qui chassent un monstre), puis découvrant mon corps décharné sur la table de la cuisine, les bras mous, la tête dans l'entrejambe de *La cerisaie* de Tchekhov (1903).

Quand j'essayais de me ressaisir, telle Molly Brown dans le canot de sauvetage du *Titanic*, ou bien de trouver une activité productive comme *Le prisonnier d'Alcatraz*, j'échouais. Si je pensais à l'avenir, je ne voyais qu'un trou noir. J'étais spaghettifiée. Je n'avais ni amis, ni permis de conduire, ni instinct de survie. Je n'avais même pas un compte d'épargne qu'un parent consciencieux aurait alimenté pour que son enfant apprenne la valeur de l'argent. J'étais mineure, et je le resterais encore pendant un an. (J'étais née un 18 juin.) Je n'avais aucune envie de finir dans un orphelinat, un *Château dans le ciel* dirigé par Bill et Bertha, deux retraités qui brandiraient leur Bible comme une arme à feu, me demanderaient de les appeler « M'man » et « P'pa » et rosiraient de plaisir dès qu'ils me farciraient, moi leur toute nouvelle dinde, avec plein de bonnes choses (biscuits, raisin d'Amérique, tourte à l'opossum).

Sept jours après le départ de papa, le téléphone se mit à sonner.

Je ne répondis pas, même si je restai postée près du répondeur, le cœur battant, au cas où ce serait lui.

« Gareth, tu fous le bordel ici, disait le professeur Mike Devlin. Je me demande bien ce que tu trafiques. »

« Mais bon Dieu, où es-tu passé ? Maintenant, tout le monde raconte que tu ne reviendras pas, disait le professeur Elijah Masters, directeur du département d'anglais et responsable des entretiens d'admission à Harvard. Je serais vraiment désolé si c'était le cas. Comme tu le sais, nous avons une partie d'échecs en cours, or j'étais en train de te foutre une branlée. Je ne voudrais pas que tu aies disparu uniquement pour m'éviter le plaisir de te dire "échec et mat." »

« Docteur van Meer, vous devez joindre le bureau central au plus vite. Je vous rappelle que votre fille Bleue n'a assisté à aucun cours de toute la semaine. J'espère que vous vous rendez compte que, si elle ne rattrape pas très vite ce retard, elle ne sera jamais prête à temps pour obtenir son diplôme… »

« Docteur van Meer, ici Jenny Murdoch, je suis assise au premier rang de votre cours "Modèles de démocratie et structures sociales". Je me demandai si c'est Solomon qui va corriger nos mémoires, parce qu'il nous donne des consignes très différentes des vôtres. Il dit que notre devoir ne doit pas dépasser sept à dix pages. Or, vous nous en aviez demandé vingt à vingt-cinq, alors personne n'y comprend plus rien. Nous aimerions avoir des précisions. Je vous ai aussi envoyé un e-mail. »

« Gareth, merci de m'appeler aussi vite que possible chez moi ou à mon bureau », demanda le doyen Kushner.

Je dis à Barbara, l'assistante de papa, que j'avais mal noté son numéro à Atlanta, et je lui demandai de me tenir au courant dès qu'elle entendrait parler de lui. N'ayant pas de nouvelles, je l'appelai.

« Il ne nous a toujours pas contactés, m'annonça-t-elle. Le doyen Kushner est au bord de la crise cardiaque. Solomon Freeman va devoir prendre en charge ses cours en vue des examens. Où est-il ?

— Il a dû partir pour l'Europe, expliquai-je. Sa mère a eu une crise cardiaque.

— Ohhhh, fit Barbara. Je suis désolée. Est-ce qu'elle va s'en sortir ?

— Non.

— Ah, comme c'est triste. Mais dans ce cas, pourquoi n'a-t-il pas... ? »

Je raccrochai.

Je me demandai si mon état de stupeur et mon inertie n'étaient pas les premiers symptômes de la folie. Une semaine plus tôt, la folie me semblait une idée lointaine, et pourtant je me souvenais de ces quelques occasions où papa et moi avions croisé une femme qui jurait dans sa barbe comme si elle éternuait. Je me demandais si la folie s'assimilait à la lente descente cotonneuse d'une débutante dans un grand escalier, ou à un faux contact dans le cerveau aussi néfaste qu'une morsure de serpent. Ces femmes avaient le visage rouge comme des mains de plongeur dans un restaurant, et la plante des pieds noire, comme si elles les avaient trempés dans du goudron. Quand papa et moi les croisions, je retenais ma respiration et m'agrippais à sa main. Et lui me serrait un peu plus fort : c'était entre nous un accord tacite : jamais il ne me laisserait errer dans les rues avec des cheveux pareils à un nid d'oiseau et une salopette puant l'urine et la crasse.

Désormais, je pouvais errer dans les rues avec des cheveux pareils à un nid d'oiseau et une salopette puant l'urine et la crasse. Les « c'est ridicule », les « ne dis pas n'importe quoi » étaient devenus réalité. Je vendrais bientôt mon corps contre un bagel surgelé. Je m'étais trompée sur la folie. En fait, elle pouvait frapper n'importe qui.

Et pourtant, je dois annoncer une mauvaise nouvelle aux amateurs de Marat et de Sade : chez un individu sain d'esprit, la torpeur dépressive dure dix, onze, douze jours maximum. Ensuite, l'esprit se rend à l'évidence : cet état a l'utilité d'un unijambiste dans un concours de coups de pieds et, si on n'arrête pas tout de suite de se laisser aller au vent, hop là, youp là boum, prends l'oseille et tire-toi, on risque de ne jamais s'en sortir (voir « *Aller au petit coin* » : *nos chères expressions*, Lewis, 2000).

Je ne devins pas folle. Je devins folle de rage (voir Peter Finch, *Network*). La colère est encore plus libératrice qu'Abraham Lincoln. Bientôt, je mis le 24 Armor Street sens dessus dessous : je jetai par terre les chemises, les canevas des Sauterelles, les livres de la bibliothèque et les cartons de déménagement marqués Haut Bas telle une Jay Gatsby déchaînée, à la recherche d'un indice — même infime — qui m'expliquerait où était parti papa et pourquoi. Je n'espérais pas découvrir une pierre de Rosette ou une confession de vingt pages astucieusement glissée sous mon oreiller, entre deux matelas ou dans le congélateur : « Ma chérie, maintenant, tu sais. Mon petit nuage, je suis désolé. Mais laisse-moi t'expliquer. Et si nous repartions du Mississippi... » Ce n'était guère plausible. Comme Mrs. McGillicrest, cette institutrice au corps de pingouin de l'école d'Alexandria, l'avait annoncé d'un air triomphant à notre classe : « Étant donné que les *deus ex machina* ne se manifestent jamais dans la vraie vie, il vaut mieux envisager une autre solution. »

Le choc du départ de papa (le terme était inexact ; c'était de la stupeur, une bombe, une stupbombe), la découverte qu'il m'avait menti, embobinée, entourloupée (encore une fois, chacun de ces mots était trop tiède pour ce que je voulais exprimer, du coup, je créai le terme menbobitourloupée), moi, moi, moi, sa fille, une

571

personne, pour citer le Dr. Luke Ordinote, « au pouvoir et au flair épatants », un individu à qui, pour citer Hannah Schneider, « rien n'échappe », était si ahurissante, si impossible (ahurissible) que je ne pouvais qu'en conclure que papa était un fou, un génie, un imposteur, un tricheur, un beau parleur, le plus grand menteur de tous les temps.

« Papa doit être aux secrets ce que Beethoven était aux symphonies », me répétai-je. (La première d'une série d'affirmations sévères que je concoctai dans la semaine. Quand on a été stupbombé, notre esprit bugue, et quand on le redémarre, il repart en mode sans échec, ce qui est aussi déroutant que les « comparaisons d'auteurs » que papa m'imposait quand nous parcourions le pays.)

Mais papa n'était pas Beethoven. Il n'était même pas Brahms.

Or, il était regrettable que papa n'ait pas été un maestro du mystère, car plus pénible encore que des questions obscures et incompréhensibles — auxquelles on peut répondre à l'envi sans crainte d'une mauvaise note — était le fait d'avoir en sa possession quelques bribes de réponses troublantes.

La mise à sac de la maison n'aboutit à aucune découverte, hormis des articles sur les troubles civils en Afrique de l'Ouest et l'ouvrage intitulé *En Angola* de Peter Cower (1980), tombé entre le lit et la table de nuit de papa (des preuves de faible teneur), ainsi que 3000 $ en billets soigneusement roulés dans la tasse en céramique « Toi et Moi » de la Sauterelle Penelope Slate sur le dessus du réfrigérateur (une somme laissée à mon intention, car la tasse ne contenait d'habitude que de la petite monnaie). Onze jours après son départ, je descendis l'allée pour aller chercher le courrier : je découvris un carnet de coupons de réduction, deux catalogues de vêtements, un formulaire de carte de crédit pour Mr. Meery von Gare avec taux de crédit à 0 % et une grosse enveloppe kraft à l'intention de Miss Bleue van Meer, mon adresse rédigée d'une écriture majestueuse, l'équivalent calligraphique d'un carrosse tiré par de nobles équidés.

Je l'ouvris aussitôt pour y découvrir un dossier de deux centimètres d'épaisseur. Et, plutôt qu'une carte de la traite des Blanches en Amérique du Sud avec consignes de survie, ou bien la déclaration d'indépendance unilatérale de papa (« Quand, au cours des événements humains, il devient nécessaire pour un père de dissoudre les liens paternels qui le lient à sa fille... »), je trouvai un petit mot attaché par un trombone sur un papier à lettre orné d'un monogramme :

« Voici ce que vous m'aviez demandé. J'espère que cela vous sera utile », avait écrit Ada Harvey en signant sous la boucle de ses initiales en relief.

J'avais eu beau lui raccrocher au nez et lui couper la parole sans un mot d'excuse comme un cuisinier japonais sectionne la tête d'une anguille, elle m'avait envoyé, ainsi que je le lui avais demandé, une copie des recherches de son père. Alors que je remontais l'allée en courant, je me surpris à pleurer, d'étranges larmes qui surgirent spontanément, un peu comme de la condensation. Je m'installai à la table de la cuisine pour examiner le dossier.

L'écriture de Smoke Harvey était une lointaine cousine de celle de papa : des pattes de mouches balayées par un cruel vent de nord-est. LA CONSPIRATION NOCTURNE, avait-il noté en majuscules dans le coin supérieur droit de chaque page. Il commençait par l'histoire des Nightwatchmen, leurs multiples noms et leur méthodologie (je me demandai d'où il tenait ces informations, car il ne faisait référence ni à l'article de papa, ni au livre de Littleton), suivie d'une trentaine de pages sur Gracey, la plupart à peine lisibles (la photocopieuse d'Ada imprimait des traces de pneus sur les feuilles) : « Grec, pas turc », « Né le 12 février 1944 à Athènes, de mère grecque et de père américain », « On ignore les raisons qui l'ont fait basculer dans le radicalisme. » Je poursuivis ma lecture d'articles de journaux de Virginie-Occidentale et du Texas sur les deux attentats : « Un sénateur assassiné, des fanatiques soupçonnés », « Attentat d'Oxico, quatre morts, sur la piste des Nightwatchmen », et un article de *Life* daté de décembre 1978 : « La fin de l'activisme » sur la dissolution des Weathermen, des Students for a Democratic Society et autres groupes radicaux, avec quelques informations sur la création d'un programme de contre-espionnage par le FBI, ainsi qu'un petit article californien : « Un radical repéré dans un magasin », et, enfin, un avis de recherche édité le 15 novembre 1987 dans le *Bulletin quotidien* du département de police de Houston : « Top secret, à usage exclusif de la police. Recherché par les autorités locales et fédérales, Shérif de Harris, n° 432-6329... »

Mon cœur s'arrêta de battre.

L'homme qui me regardait droit dans les yeux au-dessus de l'intitulé : « Gracey, George, matricule 329573, sexe masculin, blanc, 43 ans, 115 kg. Forte carrure. Avis de recherche fédéral N° 78-3298. Tatouage sur la poitrine à droite. Boiterie. Cet individu doit être considéré comme armé et dangereux… » n'était autre que Baba au Rhum (Support visuel 35.0).

Support visuel 35.0

D'accord, sur la photo de police, Servo avait une grosse barbe en paille de fer et une moustache qui s'efforçaient toutes deux d'atténuer l'ovale de son visage, sans compter que la photo en noir et blanc (prise par une caméra de sécurité) était un peu floue. Et pourtant, les yeux brûlants de Servo, la bouche sans lèvres qui rappelait le trou d'une boîte de Kleenex vide, sa toute petite tête sur des épaules intimidantes étaient reconnaissables entre mille.

« Il a toujours boité, m'avait dit papa à Paris. Même quand nous étions à Harvard. »

Je saisis l'article, qui publiait aussi le dessin de Catherine Baker que j'avais vu sur internet (« Les autorités fédérales et le département du shérif de Harris recherchent toute information pouvant conduire à une comparution devant le Grand Jury des personnes suivantes... » était écrit sur la deuxième page), je courus à ma chambre, ouvris les tiroirs de mon bureau et fouillai parmi mes vieilles dissertations, mes blocs-notes et mes devoirs, jusqu'à ce que je trouve nos cartes d'embarquement Air France, du papier à en-tête du Ritz, et enfin le bout de papier millimétré sur lequel papa avait griffonné les numéros de téléphone fixe et mobile de Servo, le jour où ils étaient allés ensemble à la Sorbonne.

Après quelques erreurs — mauvais codes de pays, le 1 et 0 à inverser —, je réussis à composer le bon numéro de portable. Aussitôt, j'entendis les sifflements d'une ligne hors service. Quand j'appelai le fixe, après de nombreux « ¿Cómo ? » et « ¿Qué ? », une Espagnole m'expliqua patiemment que l'appartement en question n'était pas une résidence privée, mais un endroit qu'on louait à la semaine chez Go Châteaux. Elle me donna les coordonnées de leur site web et leur numéro vert (voir ILE-297, www.gochateaux.com). Quand j'appelai la centrale de réservations, je m'entendis répondre d'un ton sec par une voix masculine qu'ils louaient cet appartement depuis la création de leur société en 1981. J'essayai d'obtenir par tous les moyens des informations sur la personne qui l'avait occupé la semaine du 26 décembre, mais mon interlocuteur m'informa que Go Châteaux ne pouvait divulguer les coordonnées de ses clients.

« Ai-je fait de mon mieux pour satisfaire votre demande ?

— C'est une question de vie ou de mort. Des gens risquent de mourir.

« — Ai-je répondu à toutes vos questions ?

— Non.

— Merci d'avoir appelé Go Châteaux. »

Après avoir raccroché, je restai assise au bord de mon lit, stupéfiée par la réaction blasée de l'après-midi. Sous le coup d'un tel éclair, le ciel aurait dû se fendre en deux, les arbres partir en fumée, les hautes branches s'enflammer — or, l'après-midi ressemblait à un adolescent à l'œil éteint, à une baroudeuse qui traîne autour d'un bouge, à une guirlande de Noël fatiguée. Mais ce que je venais de comprendre ne regardait que moi, et ne concernait en rien ma chambre, où les rayons du soleil dessinaient comme des giroflées sur le radiateur et les étagères, et où les ombres ressemblaient à des bécasses qui se faisaient bronzer par terre. Je me revis ramassant la canne de Servo qui avait glissé du comptoir de la *boulangerie** pour tomber sur la chaussure noire d'une femme derrière lui, laquelle, le souffle coupé, avait rougi comme un voyant lumineux. Sur le pommeau de la canne, chaud et collant à cause des grosses paumes bovines de Servo, était gravée une tête d'aigle chauve. Comme je remettais la canne à son bras, il lança quelques mots par-dessus son épaule, à croire qu'il avait juste renversé un peu de sel : « Mmmm, *merci beaucoup**. Il vaudrait mieux que je l'attache, n'est-ce pas ? » Je ne pouvais me reprocher de n'avoir jamais fait le rapport entre ces tranches de vie qui s'emboîtaient pourtant si bien (combien d'hommes avais-je rencontrés avec un problème de hanche ? Aucun à part Servo, devais-je bien m'avouer) et, naturellement (même si je n'en avais pas envie), je repensai à ce que disait papa : « La surprise vient rarement d'un inconnu, mais de l'individu sans visage qui lit face à vous dans la salle d'attente, la tête entièrement dissimulée derrière un magazine, avec des chaussettes orange vif, une montre à gousset en or et un pantalon effiloché. »

Mais si Servo était George Gracey, alors qui était papa ?

Servo était à Gracey ce que papa était à... tout à coup, la réponse sortit de sa cachette mains en l'air, se jeta à terre et implora la clémence en suppliant que je ne l'écorche pas vive.

Je courus à mon bureau, retrouvai mes notes et les parcourus en y cherchant les pseudos que j'avais notés à tout hasard. Je finis par les retrouver tout au bas de la page 4 : Néron, Œil de Taureau, Mohave,

Socrate et Franklin. C'était tellement évident. Papa était Socrate, le théoricien du groupe selon www.laliberteparlarevolution.net. Qui d'autre ? Marx, Hume, Descartes ou Sartre ne semblaient pas à sa hauteur (« ce ne sont que des scribouilleurs démodés et pleurnichards »), et il aurait préféré mourir plutôt que de s'appeler Platon, « tellement surestimé comme logicien ». Je me demandai quel Nightwatchman avait trouvé ce pseudo. Non, c'était très probablement papa qui l'avait suggéré en aparté à Servo juste avant une réunion. Papa n'était pas très fort en subtilités ni en improvisation et, dès qu'il était question de lui-même, il feignait le détachement, telle une mondaine, fine comme un haricot, qu'on oblige à déjeuner en maillot de foot dans un grand restaurant. Mes yeux chancelèrent jusqu'à ces jolis petits mots soigneusement inscrits en bas de la page : « Janvier 1974 marque un changement dans la tactique du groupe, qui passe d'une existence officielle à la clandestinité. » En janvier 1974, papa était à l'école de sciences politiques Kennedy à Harvard. Or, en mars 1974, « la police avait failli surprendre l'une de leurs réunions dans un entrepôt à l'abandon de Braintree, Massachusetts ». Braintree se trouvait à moins d'une demi-heure de Harvard, ce qui signifiait que les Nightwatchmen se trouvaient à moins d'une demi-heure de papa — une conjonction en aucun cas fortuite de deux corps en mouvement dans l'espace-temps.

C'était sans doute l'arrivée de papa chez les Nightwatchmen qui avait entraîné un changement dans leur stratégie. « Rencontres secrètes : les avantages d'une guerre civile silencieuse » et « Rébellion à l'ère de l'information » étaient deux articles très appréciés qu'il avait publiés dans *Federal Forum* (de temps en temps, il recevait encore du courrier d'un fan). C'était aussi l'un des piliers de la thèse qu'il avait soutenue avec les honneurs à Harvard en 1978 : « La malédiction du résistant : mythes de la guérilla et de la révolution tiers-mondiste ». (Et la raison pour laquelle il avait traité Lou Swann de « bandit ».) Sans oublier l'événement décisif pour papa, ce moment dont il parlait amoureusement quand il était d'humeur bourbon (telle une femme aperçue dans une gare, une femme aux cheveux soyeux approchant la tête si près de la vitre que papa ne voyait qu'un nuage de buée au lieu de sa bouche), le jour où Benno Ohnesorg, qui marchait sur le lacet de papa dans une manifestation étudiante, avait été abattu par la police. C'est là que papa avait compris que « l'homme qui se lève pour protester, le seul homme qui dit non, sera crucifié ».

« Cela a été, pour ainsi dire, mon moment bolchevique. Celui où j'ai décidé d'envahir le palais d'Hiver. »

Je m'aperçus que si je dessinais le planisphère de ma vie, c'était toujours en omettant un continent (voir *Antarctique, l'endroit le plus froid sur terre*, Turg, 1987). « Oh toi, bien content, n'est-ce pas, de te cacher derrière ton pupitre de conférencier ! » avais-je entendu Servo crier à papa. Servo était l'« ado bourré d'hormones », papa, le théoricien. (Honnêtement, Servo voyait juste : papa n'aimait déjà pas faire la vaisselle, alors avoir du sang sur les mains…) Et sans aucun doute, Servo payait grassement papa pour ses théories. Même si papa, au fil des années, avait toujours prétendu être pauvre, tout bien réfléchi, il pouvait aussi vivre comme Kubla Khan en louant une luxueuse maison comme le 24 Armor Street, descendre au Ritz, ou faire venir un bureau à 17 000 $ pesant plus de cent kilos de l'autre bout du pays, tout en s'offrant un gros mensonge. Même son bourbon préféré, le George T. Stagg, était considéré par *La bible de l'alcool* de Stuart Mills (éd. 2003) comme « la Bentley des bourbons ».

À Paris, ne les aurais-je pas entendus se disputer au sujet de Hannah Schneider, ou bien du problème gênant posé par Ada Harvey ? « C'est une idée totalement hystérique », « un différend », « Simone de Beauvoir » — cette conversation avait l'obstination d'un âne : elle refusait de m'obéir. Je tentai de la cajoler, de la convaincre, de la chasser de mon cerveau, mais pour finir, je ne retrouvai que des bribes de dialogue. Ma tête me semblait aussi creuse qu'une cuillère.

Après la coupure initiale, ma vie — remplie de routes, de marathons de sonnets, d'humeur bourbon, de citations de morts célèbres — se pela comme une orange.

Je m'étonnai de mon flegme et de mon côté imperturbable. Car si Vivien Leigh avait été victime d'hallucinations et de crises d'hystérie au point d'avoir besoin d'électrochocs, de poches de glace et d'un régime d'œufs crus rien que pour avoir travaillé sur le plateau d'*Ele-*

phant Walk (un film dont personne n'avait jamais entendu parler, sauf les descendants de Peter Finch), j'allais sans aucun doute développer une forme de démence en découvrant que ma vie n'avait été qu'un vaste trompe l'œil, du journalisme gonzo, la question à 64 000 $, une mystérieuse sirène des îles Fidji, le journal intime de Hitler, ou encore un Milli Vanilli (voir chapitre 3, « Miss O'Hara », *Oiseaux de tourment : Les dames pulpeuses du grand écran et leurs démons*, Lee, 1973).

Mais, les premières contractions de la maïeutique passées, l'accouchement se fit presque sans douleur. (Une fois que le stupbombage a crevé le plafond, les déflagrations qui suivent sont toujours moins fortes.)

Au cours de nos dix années d'itinérance, papa était en fait moins préoccupé par mon éducation que par l'application rigoureuse des principes des Nightwatchmen. Il était leur grand chef clandestin et, grâce à sa voix envoûtante de sirène, il lui incombait le « recrutement enthousiaste » détaillé par Guillaume sur www.hautain.fr. C'était la seule explication : les professeurs venus dîner au fil des années, ces jeunes hommes qui écoutaient d'un air fasciné papa faire son Sermon sur la Montagne, raconter son histoire de Tobias Jones le Maudit puis exposer sa théorie de la détermination — « Il y a des loups, et il y a des crevettes », concluait-il afin de déclencher la pulsion d'achat — n'étaient pas professeurs : ils n'existaient tout simplement pas.

Il n'y avait pas de Dr. Luke Ordinote dur d'oreille dirigeant le département d'histoire à l'université du Missouri à Archer. Il n'y avait pas de professeur de linguistique aux yeux de figue nommé Mark Hill. Certes, il y avait bien un professeur de zoologie du nom de Mark Hubbard, mais je ne pus lui parler, car cela faisait douze ans qu'il était parti en congé sabbatique en Israël pour étudier une espèce en voie de disparition, l'outarde canepetière, ou *tetrax tetrax*. Plus inquiétant encore, il n'y avait pas de professeur Arnie Sanderson pour enseigner « Introduction à l'histoire du théâtre », le jeune homme qui aurait trop bu au restaurant avec papa le soir où Eva Brewster était venue détruire les papillons de ma mère, et qui était d'ailleurs censé dîner avec papa au Piazza Pitti le soir de sa disparition.

« Allô ? »

« — Allô. Je recherche un professeur associé qui enseignait dans votre département d'anglais à l'automne 2001. Il s'appelle Lee Sanjay Song.

— Quel nom de famille ?

— *Song*. »

Il y eut un bref silence.

« Il n'y a personne de ce nom ici.

— Je ne sais pas trop s'il était à mi-temps ou à plein temps...

— Je comprends, mais il n'y a aucune personne de ce nom qui...

— Peut-être qu'il est parti vivre à Calcutta ? À Tombouctou ? Peut-être qu'il a été écrasé par un bus...

— Pardon ?

— Je suis désolée... Mais si seulement quelqu'un savait quelque chose... Ça me ferait tellement plaisir que quelqu'un...

— Je dirige ce département d'anglais depuis *vingt-neuf* ans, et je vous assure qu'aucune personne du nom de Song n'a jamais enseigné ici. Je suis désolé de ne pouvoir davantage vous venir en aide, mademoiselle... »

Évidemment, je me demandai aussi si papa avait été réellement professeur. Certes, je l'avais vu faire quelques cours en amphi, mais il y avait plus d'une université où je ne m'étais jamais aventurée. Je n'avais pas vu non plus vu ce placard que papa décrivait comme une « cage », une « crypte », dont il disait : « Ils s'imaginent qu'ils peuvent me donner des catacombes en guise de bureau et me soutirer des idées originales pour inspirer la jeunesse molle de ce pays... » Peut-être qu'il était comme un arbre au milieu de la forêt, ou peut-être qu'il n'avait jamais existé.

Mais sur ce plan-là, je me trompais. Tout le monde connaissait papa, y compris les secrétaires tout juste embauchées. Apparemment, dès qu'il arrivait quelque part, il traçait un sentier lumineux.

« Comment va-t-il ? me demanda le doyen Richardson de l'université de l'Arkansas à Wilsonville.

— Très bien.

— Je me demande souvent ce qu'il devient. Je pensais à lui l'autre jour en lisant un article de Virginia Summa dans *Proposals* sur les politiques au Moyen-Orient. J'entendais déjà Gareth hurler de rire. Tiens, ça fait d'ailleurs longtemps que je n'ai pas vu de papier de lui.

Ça ne doit pas être simple en ce moment. Les francs-tireurs, les non-conformistes, les grandes gueules, ceux qui ne font pas de quartiers, n'ont plus le même auditoire qu'avant.

— Mais il s'en sort. »

Quand, dans les recoins de notre vie, finit par s'accumuler une pourriture désagréable, il faut braquer dessus des néons peu flatteurs (genre lumière de poulailler) et inspecter le moindre endroit sans hésiter à se mettre à quatre pattes. Une enquête palpitante m'attendait : Et si les Sauterelles n'étaient pas des Sauterelles, mais des Isabelle de France (*Graellsia isabellae*), le papillon de nuit le plus fascinant et le plus élégant de tous les spécimens européens ? Et si les Sauterelles, tout comme les faux profs, avaient été choisies par papa pour les Nightwatchmen ? Et si elles faisaient juste semblant de s'accrocher à lui comme du lithium sur du fluor (voir *L'étrange attraction des ions opposés*, Booley, 1975) ? Mais j'avais envie qu'elles, au moins, soient vraies. J'avais envie d'arrêter ma barque à leur hauteur pour les sauver de leurs violettes africaines et de leur voix tremblante au téléphone, de leurs eaux saumâtres où rien ne prospérait, ni récif, ni poisson perroquet, ni scalaires (et encore moins une tortue de mer). Papa les avait laissées à la dérive, mais, moi, je les libérerais et je les renverrais à la vie tel un puissant alizé. Puis elles disparaîtraient à Casablanca, Bombay ou Rio (tout le monde avait envie de disparaître à Rio), ne feraient plus jamais parler d'elles, n'apparaîtraient plus jamais — on ne pouvait imaginer destin plus poétique.

J'obtins par les renseignements le numéro de la Sauterelle Jessie Rose Rubiman, qui habitait toujours Newton, Texas, et qui était toujours héritière de la franchise Rubiman Moquettes. « Si vous prononcez encore une fois son nom, vous savez quoi ? Je pars à sa recherche, je me glisse dans sa chambre pendant son sommeil et je lui coupe son machin. C'est le sort qui attend ce salopard. »

Je cessai mon enquête après avoir obtenu auprès des renseignements le numéro de la Sauterelle Shelby Hollow : « Les Veilleurs de nuit ? Hein ? J'ai gagné une veilleuse de nuit ? »

Sauf si les Sauterelles étaient des actrices dignes de Davis et Dietrich (qui se consacraient exclusivement aux films de série A, au détriment des B et des C), de toute évidence, le seul papillon de nuit à s'être aventuré dans cette nuit poisseuse pour y dessiner des figures obstinées (tel un kamikaze drogué) sans jamais se décourager, même quand j'avais éteint les lumières de la véranda et que je l'avais délibérément ignoré, c'était Hannah Schneider.

Le plus étonnant, lorsqu'on est abandonné, c'est que nos pensées se mettent à flotter sans jamais rencontrer le moindre obstacle. J'acceptais ainsi que papa soit Socrate. J'acceptais l'existence des Nightwatchmen, traquant la moindre trace de leurs activités comme un détective privé qui veut à tout prix retrouver une disparue. J'acceptais même que Servo et Hannah aient été amants (voir « Serpent mangeur d'œufs », *Encyclopédie du vivant*, 4e éd.). J'acceptais l'idée que Baba au Rhum n'ait pas toujours été aussi grincheux et aussi « mmmm ». Pendant l'été 1973, quand tout le monde avait les cheveux longs, il avait sans doute fait un assez beau rebelle (ou alors, il ressemblait juste assez à Edgar Poe pour qu'une Catherine Baker de treize ans décide de devenir à jamais sa Virginia).

Ce que je n'acceptais pas, en revanche, la question que je ne parvenais pas à affronter, c'était papa et Hannah. À mesure que les jours passaient, je mettais cette idée de côté, je la gardais comme une grand-mère conserve précieusement quelque chose pour une grande occasion qui ne viendra jamais. J'essayais, et parfois même je réussissais à me changer les idées, non pas avec un roman ou une pièce de théâtre — eh oui, réciter Keats était aussi stupide que de monter en bateau pour éviter un tremblement de terre —, mais avec la télé, les pubs pour la mousse à raser et pour Gap, les soaps en prime time où des acteurs bronzés annonçaient : « L'heure de la vengeance a sonné. »

Ils avaient tous deux disparu. Et ces spécimens géants étaient désormais présentés en vitrines dans des salles sombres et désertes. Je pouvais les observer à loisir en me reprochant de n'avoir jamais remarqué leurs similitudes : une taille inhabituelle (des individus plus grands que nature), des ailes postérieures hautes en couleurs (qu'on remarquait où qu'ils se posent), une enfance sans colonne vertébrale (un orphelin et une pauvre petite fille riche), leurs épopées nocturnes (leur disparition mystérieuse), et enfin leur terrain de chasse à l'infini.

Quand un homme critiquait une femme comme papa avait critiqué Hannah («banale» «suprêmement cinglée», «une histoire à faire pleurer»), ce rideau lourd de mépris dissimulait souvent un amour comme une Sedona Beige flambant neuve, mais avec un défaut de fabrication (qui tomberait en panne dans l'année). C'était l'astuce la plus grossière, et j'aurais dû la repérer, ayant lu tout Shakespeare, y compris les romances tardives, ainsi que la biographie complète de Cary Grant, *L'amant malgré lui* (Murdy, 1999).

FRAGILE PAPILLONS. Pourquoi, lorsque je me contraignais à penser à papa avec Hannah, ce vieux carton de déménagement surgissait-il dans ma tête ? Papa utilisait toujours les mêmes termes pour décrire ma mère. Après les *battements**, *frappés** et autres *demi-pliés**, la robe en technicolor, la suite surgissait souvent tel un intrus à une fête, triste et gênant, comme si papa parlait de l'œil de verre qu'aurait eu ma mère, ou d'un bras manquant. Or, à Hyacinth Terrace, avec des yeux noirs comme deux tuyaux bouchés et une bouche couleur prune, Hannah avait prononcé les mêmes mots, non à l'intention des autres, mais à mon intention. Elle avait dit avec un regard appuyé : « Certaines personnes sont fragiles comme, comme... des papillons. »

Tous deux parlaient avec la même délicatesse de la même personne toute en délicatesse.

Souvent, papa attribuait une jolie formule à quelqu'un, qu'il ressortait ensuite chaque fois qu'il parlait de lui (le doyen Roy de l'université de l'Arkansas à Wilsonville était ainsi, sans grande inspiration, «bête comme chou»). Hannah avait dû l'entendre dire ça de ma mère. Comme elle avait manifestement voulu ressortir la citation favorite de papa lors d'un dîner (bonheur, chien, soleil), comme elle avait glissé le film étranger préféré de papa dans son magnétoscope (*L'Avventura*) — j'avais aspergé Hannah de poudre à empreintes et je l'observais désormais sous une lampe à ultraviolets qui révélait la présence de papa partout sur elle —, elle me lança ces mots, me livrant ainsi un peu de son terrible secret, ce secret brûlant qu'elle serrait bien fort entre ses mains, mais qui lui glissait des doigts comme du sable. Même quand j'avais été seule dans les bois avec elle, elle n'avait pas eu le courage (*Mut*, en allemand) de me le révéler, de lancer ce sable vers le ciel pour qu'il retombe en pluie sur nos têtes, qu'il recouvre nos cheveux et notre bouche.

La vérité qu'ils m'avaient cachée (papa avec une férocité digne de la cinquième symphonie, Hannah de façon moins reluisante), c'est qu'en réalité, ils se connaissaient — depuis 1992, si mes calculs étaient bons — au sens biblique du terme (même si je ne saurais jamais s'ils étaient tendance *Il Caso Thomas Crown*, *Colazione da Tiffany* ou s'ils s'étaient brossé les dents côte à côte plus de trois cents fois), mais elle ne provoqua pas en moi le moindre soupir, gémissement ni sanglot.

Je me contentai de retrouver le carton de déménagement et, à genoux, je passai mes doigts sur les morceaux de velours, les antennes, ailes antérieures et thorax sauvés du massacre, le papier de montage déchiré et les épingles, dans l'espoir que Natasha m'ait laissé quelque code, une lettre où elle expliquerait son suicide par l'infidélité de son mari, comme elle avait expliqué qu'une certaine partie du corps du *Delias Pasithoe* le protégeait des oiseaux : une énigme fascinante, une parole murmurée d'outre-tombe, un support visuel (mais il n'y avait rien).

À ce stade, mes NOTES D'ENQUÊTE emplissaient un bloc-notes entier, quelque cinquante pages. Je me souvins alors de la photo que Nigel m'avait montrée dans la chambre de Hannah (qu'elle avait dû détruire avant notre week-end en camping, puisque je ne l'avais pas retrouvée dans la boîte à chaussures Evan Picone), cette photo de Hannah avec une amie blonde qui fuyait l'objectif, et cette date au stylo bleu dans un coin : 1973. Je me rendis en Volvo au cybercafé sur Orlando, et j'identifiai bientôt l'insigne en forme de lion doré sur le blazer de Hannah. Il correspondait aux armoiries d'une école privée sur la 81ᵉ Rue Est où Natasha était entrée en 1973, quand ses parents l'avaient retirée du Conservatoire de danse Larson (voir www.ivy-school.edu) (*Salva veritate* était leur bien triste devise.) Après avoir examiné pendant des heures l'autre photo de Hannah, celle que j'avais volée dans son garage, Hannah en rock star avec des cheveux rouges comme une crête de coq, je compris pourquoi, quand je l'avais découverte en janvier avec cette coupe de cheveux, j'avais eu une impression de déjà-vu.

La dame qui venait me chercher à la maternelle juste après la mort de ma mère, la jolie jeune femme en jean et cheveux en brosse rouges, notre voisine selon papa, n'était autre que Hannah.

Je trouvai maintenant des preuves dans toutes les conversations dont je me souvenais, et je les rassemblai craintivement, écœurée par le résultat (voir « patchwork de nu couché, XI », *La biographie non autorisée d'Indonesia Sotto*, Greyden, 1989, p. 211). « Elle avait une très bonne amie, dit Hannah tandis que la fumée de cigarette s'enroulait autour de ses doigts, une fille belle et fragile : elles étaient comme des sœurs. Elle pouvait se confier à elle, tout lui dire. C'est incroyable, j'ai oublié son nom. » « Vois-tu, il y a certaines personnes... Des personnes fragiles, que tu aimes, mais à qui tu fais du mal », me confia-t-elle dans les bois. « Quand Hannah était plus jeune, il lui est arrivé quelque chose d'atroce avec un homme, dit Eva Brewster, et l'une de ses amies..., elle n'entrait jamais dans les détails, mais elle disait qu'il ne se passait pas un jour sans qu'elle ne ressente de la culpabilité — va savoir ce qui s'est passé. » Hannah était-elle la raison pour laquelle Servo et papa (malgré une relation de travail par ailleurs fructueuse) se disputaient ? Avaient-ils aimé (quoique : peut-être y avait-il juste un peu d'électricité dans l'air) la même femme ? Était-ce à cause de Hannah que nous avions débarqué à Stockton ? Était-ce à cause du remords éprouvé pour sa meilleure amie suicidée que Hannah me noyait sous les compliments, qu'elle me serrait contre son épaule osseuse ? Comment des scientifiques pouvaient-ils délimiter la frontière observable de l'univers, l'horizon de la lumière cosmique — « Notre univers mesure 13,7 milliards d'années lumière », écrit Harry Mills Cornblow, avec un aplomb étonnant, dans *L'ABC du cosmos* (2003) —, tandis que des êtres humains restaient inaccessibles au moindre calcul ?

« Oui », « peut-être », « probable », « allez savoir » : telles étaient mes réponses.

Quatorze jours après le départ de papa (deux jours après que Mr. William Baumgartner de la Banque de New York m'eut cordialement transmis la référence de mes comptes. Apparemment, en 1993, l'année où nous avions quitté le Mississippi, papa avait ouvert pour moi des fonds en fidéicommis), je me trouvai au sous-sol, dans le débarras, près de son ancien bureau, et j'inspectai les étagères qui croulaient sous les vieux objets. Même si la plupart provenaient des propriétaires du 24 Armor Street, certains appartenaient à papa ou à moi : au fil des ans, nous avions déménagé deux lampes vert menthe, un presse-papier de marbre en forme d'obélisque (cadeau d'un étudiant plein d'admiration), quelques vieux ouvrages illustrés sans importance (*Guide d'Afrique du Sud*, 1968, de J. C. Bulrich). Je repoussai un petit carton plat où papa avait écrit ARGENTERIE et découvris, derrière un journal jauni et froissé (avec ce titre aux résonances sinistres : *Rwanda Standard Times*), son costume de Brighella : la cape noire roulée en boule et le masque couleur bronze dont la peinture s'écaillait, avec son nez crochu qui semblait snober les étagères.

Sans réfléchir, j'attrapai la cape, la défroissai et la pressai contre mon visage dans un geste désespéré et gênant. Aussitôt, je reconnus une odeur lointaine mais étrangement familière, une odeur de Howard et de Wal-Mart, l'odeur de la chambre de Hannah — cette vieille sève tahitienne acide, le genre d'eau de Cologne qui, lorsqu'elle envahit une pièce, y subsiste pendant des heures.

Mais encore une fois, il ne s'agissait que d'un visage entrevu dans une foule. On aperçoit une mâchoire, une paire d'yeux, ou l'un de ces mentons fascinants qui forment un pli comme s'ils avaient été cousus, et on veut à tout prix retrouver son propriétaire pour lui jeter un dernier coup d'œil, et pourtant c'est impossible, quand bien même on joue des coudes, bousculant des sacs et des talons aiguilles. À l'instant où je reconnus l'eau de Cologne, son propriétaire fila comme une panthère pour se noyer sans laisser de trace.

LES MÉTAMORPHOSES

Le jour de la remise des diplômes, je savais qu'il allait se produire un événement étrange et romantique, car le ciel matinal rougit au-dessus de la maison et, quand j'ouvris la fenêtre de ma chambre, l'air était léger. Même les pins maigres, qui formaient comme des groupes de filles autour du jardin, frémissaient d'anticipation. Je m'installai à la table de la cuisine avec le *Wall Street Journal* de papa (qui continuait à surgir au petit matin comme un type apparaît chaque jour au coin de rue où sa pute préférée avait l'habitude de se dandiner), je mis WQOX News 13 pour le journal de 6 h 30, « De bon matin avec Cherry ! », mais il n'y avait pas de Cherry Jeffries.

À sa place, se tenait un Norvel Owen en veste sport cintrée couleur bleu Neptune. Il agitait ses doigts potelés et, le visage rouge et luisant, clignait des yeux comme si on le photographiait avec un flash. Il se mit à lire les nouvelles sans le moindre commentaire, argument, propos ou aparté sur l'absence de Cherry Jeffries. Il ne lança même pas un neutre et peu convaincant : « Nous souhaitons bonne chance à Cherry » ou « Nous souhaitons à Cherry un prompt rétablissement. » Encore plus surprenant était le nouveau titre de l'émission, que je remarquai au moment d'une coupure publicitaire : « De bon matin avec Norvel ! » Les producteurs de News 13 avaient éliminé Cherry comme on efface au montage les « euh », « ben » et « vous voyez » d'un témoin pour l'info principale de la journée.

Avec son sourire en demi-tranche d'ananas, Norvel rendit le plateau à Ashleigh Goldwell qui présentait la météo. Elle annonça que

587

Stockton devait s'attendre à « un taux élevé d'humidité, et quatre-vingt pour cent de chances de pluie ».

Malgré ces prévisions maussades, quand j'arrivai à St-Gallway (après avoir fait un saut à l'agence immobilière Sherwig et à l'Armée du salut), Eva Brewster annonça dans les haut-parleurs que les fiers parents étaient invités à gagner leurs chaises pliantes métalliques sur le terrain de sport devant le gymnase Bartleby à 11 heures précises (cinq chaises maximum par élève. Tout parent supplémentaire devrait se contenter des gradins), car la remise des diplômes commencerait à 11 h 30. Contrairement à la rumeur, la cérémonie et les discours se dérouleraient comme prévu, y compris la garden party (musique assurée par le Jazz Band & Pain Confiture et spectacle de danse à la Bob Fosse par les élèves de seconde et de première), où les parents, les enseignants et les futurs étudiants pourraient virevolter comme des papillons de nuit en discutant de « qui va où ? » avec un verre de cidre au milieu de magnifiques fleurs blanches.

« J'ai appelé plusieurs stations de radio, et la météo ne prévoit pas de pluie avant cet après-midi, conclut Eva Brewster. Si les terminales sont en rang à l'heure, tout devrait bien se passer. Bonne chance et félicitations. »

Je quittai très tard la salle de Miss Simpson dans Hanover (la pâteuse Miss Simpson : « Puis-je vous dire que votre présence dans cette classe a été un honneur ? Quand je trouve un élève qui fait preuve d'une telle compréhension de la physique... »), puis Mr. Moats avait cherché à me retenir quand j'étais allée lui remettre mon portfolio. Même si je prenais soin de me comporter exactement comme avant ma disparition — seize jours en tout — en m'habillant de la même manière, en marchant de la même manière, en me coiffant de la même manière (les indices les plus évidents quand on essaie de repérer chez quelqu'un une apocalypse personnelle ou une psyché en loques), la désertion de papa me faisait apparemment voir les choses sous un autre angle. J'avais changé — un mot par-ci, une parole par-là. Je sentais aussi des yeux braqués sur moi, même si ce n'étaient plus les regards envieux de mon âge d'or Sang Bleu. C'étaient désormais les adultes qui me lançaient des regards étonnés, comme s'ils décelaient un mûrissement, qu'ils se reconnaissaient un peu en moi.

« Je suis ravi de savoir que tout est rentré dans l'ordre, me dit Mr. Moats.

— Merci.

— Nous étions inquiets. Nous ignorions ce qui vous était arrivé.

— Je sais. Mais la situation était compliquée.

— Quand enfin vous avez appelé Eva, nous avons tous été soulagés. Vous avez traversé de dures épreuves. Comment va votre père, à propos ?

— Le pronostic est réservé. »

C'était la phrase cryptée que j'avais fournie avec délectation à Miss Thermopolis (qui me répondit qu'on faisait désormais des miracles en « sauvant » des cancers, comme s'il ne s'agissait que d'une coupe de cheveux ratée) et à Miss Gershon (qui changea rapidement de sujet pour me rendre mon devoir de fin d'année sur la théorie des cordes), et même à Mr. Archer (qui regarda fixement la reproduction d'un Titien au mur, happé par les dentelles de l'une des robes). En revanche, je m'en voulais d'avoir visiblement attristé Mr. Moats. « Mon père a eu un cancer de la gorge, dit-il tout bas. Il en est mort. C'est une chose terrible. La perte de la voix, la difficulté à communiquer ne sont déjà pas simples, alors quand, en plus, il s'agit d'un professeur... Modigliani a connu la maladie, vous savez. Degas et Toulouse-Lautrec aussi. La plupart des grands hommes et femmes de l'histoire. Ainsi, l'année prochaine, vous serez à Harvard ? »

J'acquiesçai.

« Ce sera dur, mais vous devez vous consacrer à vos études. C'est ce que voudrait votre père. Et continuez à dessiner, Bleue », ajouta-t-il, une perspective qui semblait lui apporter plus de réconfort qu'à moi. Il soupira en caressant le col de sa belle chemise magenta. « Je ne dis pas ça à tout le monde, vous savez. Il y en a beaucoup qui feraient mieux de se tenir à l'écart de la page blanche. Mais pour vous, le dessin, le croquis d'un être humain, d'un animal ou une nature morte, ne sont pas qu'une simple image, mais l'empreinte de l'âme. La photographie ? C'est un art de fainéant. Le dessin ? C'est l'art du penseur, du *rêveur*.

— Merci. »

Quelques minutes plus tard, je traversai rapidement la Pelouse toute de blanc vêtue : une robe longue et des sandales. Le ciel avait pris une teinte gris acier, et les parents habillés de couleurs pastel dérivaient vers le terrain de sport. Certains riaient en serrant leur sac ou la main d'un jeune enfant, d'autres en faisant gonfler leurs cheveux comme si c'étaient des oreillers en plumes.

Miss Eugenia Sturds avait convoqué « le troupeau » (comme si nous étions des vaches à livrer sur un marché à bestiaux) dans la salle des trophées Nathan Bly 1968 pour 10 h 45 maximum et, quand je poussai la porte de la salle bondée, j'étais visiblement la dernière.

« Pas de plaisanteries pendant la cérémonie, disait Mr. Butters. Pas de rires. Pas d'agitation…

— Pas d'applaudissements tant qu'on n'appelle pas les diplômés, tinta Miss Sturds.

— Interdiction d'aller aux toilettes…

— Les filles, si vous avez besoin de faire pipi, c'est maintenant. »

Je repérai Jade et les autres dans un coin. Jade portait un tailleur d'un blanc poudreux et ses cheveux étaient entortillés en un *mais oui*** étincelant. Elle vérifia son maquillage avec un miroir de poche et effaça le rouge à lèvres sur ses dents, puis fit claquer ses lèvres. Lu, les mains jointes et la tête baissée, se balançait sur ses talons. Charles, Milton et Nigel parlaient de bière : « La Budweiser, c'est du pipi de chat, putain ! », entendis-je Milton dire tout fort comme je me glissais à l'autre bout de la pièce. (Je m'étais souvent demandé de quoi ils parlaient maintenant que Hannah n'était plus là, et je fus soulagée d'apprendre qu'il ne n'agissait que de sujets banals, et non de questions métaphysiques : je ne ratais pas grand-chose.) Je bousculai au passage Point Richardson et Donnamara Chase qui reniflait en tamponnant une serviette humide contre une tache d'encre bleue sur son chemisier. Trucker portait une cravate verte où flottaient de petites têtes de chevaux, et Blanc Bonnet dissimulait avec des épingles de sûreté les bretelles du soutien-gorge cramoisi de Bonnet Blanc.

« Je ne comprends pas pourquoi tu as dit 11 h 45 à maman, disait Blanc Bonnet d'un air furieux.

— Qu'est-ce que ça peut faire ?

— La procession, ce n'est pas rien, quand même !

— Où est le problème ?

— Mais elle va pas pouvoir prendre de photos. À cause de tes histoires, elle va rater le dernier jour de notre enfance comme on rate un bus.

— Elle a dit qu'elle serait là de bonne heure...

— Eh bien, je ne l'ai toujours pas vue, et pourtant, elle est hautement repérable, avec cet ensemble rouge qu'elle porte à chaque...

— Je croyais que tu lui avais interdit de mettre ce...

— Ça commence ! s'écria Petit Nez, perchée sur le radiateur de la fenêtre. Il faut y aller !

— Tu prends le diplôme de la main droite, et tu serres la main gauche, ou bien tu serres la droite et tu prends le diplôme avec la gauche ? demanda "Eaux Bouillonnantes".

— Zach, tu vois nos parents ? lança Lonny Felix.

— J'ai envie de faire pipi, fit Krista Jibsen.

— Et voilà, annonça Sal Mineo derrière moi d'un ton solennel. C'est la fin. »

Le Jazz Band & Pain Confiture avait beau avoir entamé *Pomp and Circumstance*, Miss Sturds nous informa sèchement que personne n'obtiendrait son diplôme tant que tout le monde ne serait pas calmé et rangé par ordre alphabétique. Nous formâmes un long ver solitaire, comme nous nous y étions entraînés toute la semaine. Puis Mr. Butters donna le signal et ouvrit la porte dans un geste digne d'une émission télé. Miss Sturds, comme si elle dévoilait une nouvelle collection de chaussures, les bras levés, sa jupe à fleurs dansant le jitterbug autour de ses chevilles, s'avança la première sur la Pelouse.

Le ciel ressemblait à une énorme contusion : on aurait dit qu'on lui avait cassé la gueule. Un vent grossier titillait les grandes bannières bleues de St-Gallway plantées autour de l'estrade. Quand il en eut assez, il s'en prit à la musique. Malgré les supplices de Mr. Johnson au Jazz Band & Pain Confiture pour qu'il joue plus fort (pendant une seconde, je crus qu'il chantait *Sing out, Louise*, mais ce n'était que le produit de mon imagination), le vent interceptait les notes et les envoyait dans les buts à l'autre bout du terrain, si bien que l'on ne percevait plus que des sons discordants.

Nous nous avançâmes dans l'allée. Les parents s'agitaient sur leur siège, applaudissaient et souriaient. Des grand-mères ralenties essayaient de prendre des *foe-toes* avec des appareils qu'elles manipulaient comme si c'étaient des bijoux. Un photographe d'Ellis Hills, maigre et nerveux comme un lézard, se précipita à l'avant de la file, s'accroupit, et cligna des yeux en regardant dans son viseur. Il tira la langue avant de prendre quelques clichés et de décamper.

Les élèves s'approchèrent des chaises pliantes métalliques placées sur le devant, sauf Radley Clifton et moi, poursuivant notre marche vers les cinq marches de l'estrade. Nous nous assîmes à droite de Havermeyer et de sa femme, Gloria (enfin débarrassée de son fardeau, et pourtant, toujours aussi étrange, translucide et raide, à croire qu'elle était en plexiglas). Assise à côté d'elle, Eva Brewster me lança un sourire réconfortant qu'elle chassa presque aussitôt, comme si elle me tendait son mouchoir mais refusait que je le salisse.

Havermeyer s'avança tranquillement vers le micro et fit une longue intervention sur nos succès inégalés, notre talent et notre avenir glorieux. Puis Radley Clifton commença son discours en tant que deuxième de la promotion. Au moment où il se mettait à philosopher en citant Napoléon Bonaparte : « Une armée n'avance que le ventre plein », le vent, qui n'avait de toute évidence que mépris pour les universitaires, les amateurs de vérité et les logiciens (bref, toute personne qui se posait des questions métaphysiques), et pour les Radley consciencieux, souleva sa cravate rouge et ridiculisa ses cheveux lisses (couleur carton). Puis, lorsque l'on crut que l'espièglerie du vent allait cesser, il vola dans les pages soigneusement rédigées de Clifton, qui perdit le fil de sa pensée, se répéta, bégaya et finit par se taire. Discordant, heurté et confus, le discours de Radley était une philosophie de la vie étonnamment éloquente.

Havermeyer reprit le micro, ses mèches couleur sable retombant comme de grandes pattes d'insectes sur son front. « Je vous présente maintenant notre major de la promotion, une jeune fille talentueuse, originaire de l'Ohio, que nous avons été honorés d'accueillir cette année à St-Gallway : Mademoiselle Bleue van Meer. »

Il prononça « Meer » « Maire ». J'essayai de chasser ce détail de mon esprit tandis que je me levais, défroissais le devant de ma robe et, sous des applaudissements modérés mais honorables, traversais l'estrade recouverte d'un tapis caoutchouteux (il y avait sans doute eu une chute quelques années plus tôt : Martine Filobeque, une malencontreuse pomme de pin, un porte-jarretelles). Je fus reconnaissante de ces applaudissements émanant de gens qui encourageaient un enfant autre que le leur, un enfant qui, au moins scolairement, avait surpassé leur progéniture (une bonne raison pour que n'importe quel père lâche : « Et c'est ça qu'ils appellent "exceptionnel ?" ») Je posai les papiers sur le pupitre, baissai le micro, puis commis l'erreur de jeter un coup d'œil aux deux cents têtes face à moi, ce vaste champ de choux blancs mûrs. Mon cœur effectua quelques mouvements inédits (le « robot », et quelque chose qui s'appelait « l'éclair ») et, pendant une terrible seconde, je doutai d'avoir le courage de prendre la parole. Quelque part dans la foule, Jade lissait ses cheveux dorés en soupirant : « Oh non, pas le pigeon ! », et Milton pensait tataki de thon et *salade niçoise**. Mais je mis ces idées en quarantaine. Les bords de mes pages semblaient paniqués, eux aussi : ils tremblaient.

« Dans l'un des plus anciens discours de promotion jamais recensés... », commençai-je. De façon assez déconcertante, ma voix fila comme un boomerang au-dessus des têtes bien coiffées, pour, sans doute, frapper le grand homme en costume bleu tout au fond, un individu dont je crus, une fraction de seconde, que c'était papa (impossible, sauf si, comme une plante privée de lumière, il s'était ratatiné sans moi et qu'il avait perdu beaucoup de cheveux) « ... un discours prononcé en 1801 à la Dovenfield Academy, dans le Massachusetts, par Michael Finpost, dix-sept ans, il annonçait à ses pairs : "Nous considérerons un jour cette époque comme l'âge d'or de notre vie". Eh bien, je souhaite que ça ne soit pas le cas pour vous. »

Assise dans la première rangée de parents, une dame blonde vêtue d'une jupe courte croisa et décroisa les jambes, puis les étendit, à l'image des gestes qu'on effectue sur les pistes d'aéroport pour diriger un avion.

« Je ne vous conseillerai pas : "Par-dessus tout, sois fidèle à toi-même", car la majorité d'entre vous ne suivra pas ce conseil. D'après les statistiques de criminologie, les États-Unis connaissent une recrudescence des vols qualifiés et de la fraude, aussi bien dans les villes que dans les zones rurales. Et je doute qu'en quatre années de lycée, aucun d'entre nous ait réussi à découvrir ce à quoi il doit être fidèle. Peut-être avons-nous trouvé dans quel hémisphère il se situe, voire dans quel océan — mais ses latitude et longitude exactes, certainement pas. » Et là, pendant une terrible seconde, ma concentration sauta du train, telle une vagabonde. L'instant s'accéléra, mais à mon grand soulagement, la vagabonde rattrapa un wagon et remonta à bord : « Je ne vous conseillerai pas non plus de mettre de la crème solaire. Car la plupart d'entre vous ne suivront pas ce conseil. Dans le *Journal médical de Nouvelle-Angleterre* de juin 2002, on apprend que les cancers de la peau sont en augmentation parmi les moins de trente ans car, dans le monde occidental, quarante-trois personnes sur cinquante considèrent qu'un individu, même sans intérêt, est vingt fois plus attirant quand il est bronzé. » Je marquai une pause. Je n'en revenais pas. Au mot « bronzé », un rire s'était propagé comme une onde sismique dans le public. « Non, je voudrais vous conseiller autre chose. Vous donner un conseil pratique. Un conseil qui vous aidera si jamais, dans la vie, il se produit un événement dont vous craignez de ne jamais vous remettre. Si jamais vous vous retrouvez au tapis. »

Je repérai Blanc Bonnet et Bonnet Blanc, au premier rang, quatrième et cinquième places à partir de la gauche. Elles me regardaient avec le même air bizarre, un demi-sourire coincé dans les dents comme un ourlet de jupe dans un collant.

« Je vais vous demander de songer sérieusement à vous fixer une conduite, dis-je. Pas en vous inspirant du Dalaï Lama ou de Jésus — même si je suis certaine que ça pourrait être utile — mais d'un être un peu plus proche de nous, le *carassius auratus auratus*, plus connu sous le nom de poisson rouge. »

Il y eut quelques rires en serpentin, de-ci de-là. Je poursuivis.

« On n'accorde que peu d'intérêt au poisson rouge. On va jusqu'à le dévorer. Jonas Ornata III, promotion 1942 de Princeton, figure dans le *Livre Guinness des records* pour avoir cruellement englouti trente-neuf poissons rouges en quinze minutes. Pour sa défense, je ne pense pas que Jonas ait mesuré la gloire du poisson rouge, et pourtant, celui-ci a une formidable leçon à nous enseigner. »

Quand je levai les yeux, mon regard croisa celui de Milton, deuxième rang, quatrième à partir de la gauche. Il se balançait sur sa chaise et il parlait à Jade derrière lui.

« Vivre comme un poisson rouge, repris-je, permet de supporter les événements les plus difficiles, les plus contrariants. Le poisson rouge survit là où ses congénères — les guppies et les tétras néons — finissent ventre en l'air. Un triste incident est relaté dans le journal des amis des poissons rouges : dans un geste sadique, une fillette de cinq ans a jeté son poisson rouge sur le tapis et l'a piétiné non pas une fois, mais deux. Par bonheur, il s'agissait d'un tapis à longues mèches, si bien que le talon de la fillette n'a pas complètement écrasé le poisson. Au bout de trente secondes, elle a remis l'animal dans son aquarium. Où il a vécu les quarante-sept années suivantes. » Je m'éclaircis la gorge. « Un poisson rouge est capable de survivre en plein hiver dans un étang gelé. Ou bien dans un bocal qui n'a pas vu de savon depuis des années. Et, même laissé à l'abandon, il met trois ou quatre mois à mourir. »

Une ou deux personnes filèrent dans l'allée en espérant échapper à mon attention — un homme aux cheveux argentés qui avait besoin de se dégourdir les jambes, une femme qui secouait un bébé en lui murmurant des secrets à l'oreille.

« Un poisson rouge s'adapte, non en plusieurs centaines de milliers d'années comme la plupart des espèces, qui doivent franchir le ruban rouge de la sélection naturelle, mais en quelques mois, voire quelques semaines. Vous le mettez dans un petit bocal ? Il reste petit. Un grand ? Il grandit. Il peut vivre à l'intérieur comme à l'extérieur. En aquarium comme en bocal. Dans l'eau trouble ou l'eau claire. En groupe ou tout seul. »

Le vent jouait avec le bord de mes feuilles.

« Mais le plus incroyable chez le poisson rouge, c'est sa mémoire. On le plaint de n'avoir qu'une mémoire de trois secondes, d'être à ce point dépendant du présent — or c'est, au contraire, un don. Car il est libre. Il ne souffre ni de ses faux pas, ni de ses erreurs, ni d'une enfance perturbée. Il n'a pas de démons intérieurs. Son placard ne contient pas le moindre squelette. Et je vous le demande, quoi de plus drôle que de découvrir le monde trente mille fois par jour ? Comme c'est bon d'ignorer qu'on n'a pas vécu son âge d'or il y a quarante ans, quand on avait encore tous ses cheveux, mais il y a seulement trois secondes, si bien que, en fait, cet âge d'or n'a pas de fin. » Je comptais dans ma tête, sans doute trop vite à cause de ma nervosité. « L'âge d'or. » Trois secondes. « Encore l'âge d'or. » Trois secondes. « Toujours l'âge d'or. »

Papa n'évoquait jamais l'agitation de son auditoire pendant une conférence. Il ne parlait jamais de ce drôle de besoin du conférencier d'apporter quelque chose au public, n'importe quoi, et de la nécessité de construire un petit pont pour aider les autres à traverser, ou bien de ce qu'il faut faire quand les gens remuent comme le dos d'un cheval. Les reniflements interminables, les grattements de gorge, les yeux du père qui font de la planche à roulettes et effectuent une figure à 180° autour d'une jolie mère, sixième à partir de la droite — de ça, papa ne parlait jamais. Autour du terrain de football, les sapins bien droits semblaient avoir adopté une attitude protectrice. Le vent agitait les manches de centaines de chemisiers. Je me demandai si le garçon en rouge au troisième rang (qui se mordait bizarrement le poignet et fronçait les sourcils en me regardant avec une intensité digne de James Dean) savait que mon discours n'était qu'imposture, que j'avais pris la part belle de la vérité et jeté le reste. Parce qu'en réalité, comme tout le monde, le poisson rouge a une vie difficile. Il meurt si la température change trop vite, et il doit se cacher sous les pierres dès qu'il aperçoit l'ombre d'un héron. Mais peut-être que ce que je disais ou taisais, le fait que j'embrasse quelqu'un sur la joue ou que je lui batte froid, n'avait finalement pas d'importance. (Incroyable : Chemise Rouge, les mains plaquées sur la bouche, en train de se ronger les ongles, se penchait tellement que sa tête formait presque un pot de fleurs sur l'épaule de Sal Mineo devant lui. Je me demandai qui c'était. Je ne le connaissais pas.) Peut-être que les conférences et les théories, tout ce qui touchait à la réflexion, méritaient en fait le sort réservé aux œuvres d'art ; peut-être qu'elles étaient des créations humaines qui recueillaient les terreurs et les joies de ce monde, et qu'elles avaient été forgées à un endroit précis, à un moment précis, dans le but de nous faire méditer en fronçant les sourcils, d'être aimées ou détestées, pour qu'on passe ensuite à la boutique souvenirs et qu'on achète une carte postale, qui finirait dans une boîte tout là-haut sur une étagère.

La fin de mon discours fut un désastre, le désastre étant qu'il ne se passa rien. J'avais espéré — comme tous les gens qui, face à un public, se dévoilent un peu — une explosion, une illumination, qu'un pan de ciel se détacherait et s'abattrait sur les cheveux raides du public comme ce grand morceau de plâtre dans la chapelle Sixtine où Michel-Ange avait dessiné l'index de Dieu et qui, en 1789, s'abattit sur la tête du père Cantinolli, si bien que toutes les nonnes en visite tombèrent en catalepsie les yeux révulsés. Et quand elles reprirent connaissance, jusqu'à la fin de leurs jours, elles déclarèrent, dans les situations profanes tout autant que sacrées, que « telle est la volonté de Dieu » (voir *Lo Spoke Del Dio Giorno*, Funachese, 1983).

Mais si Dieu existait, ce jour-là, comme la plupart du temps, il avait choisi de rester muet. Il n'y avait là que le vent, des visages et un ciel qui bâillait. Sous de maigres applaudissements, tels des rires sur commande dans un talk-show de fin de soirée (et aussi peu spontanés), je regagnai ma chaise. Havermeyer s'attaqua à la lecture de la liste des diplômés, à laquelle je ne prêtais guère attention, jusqu'au Sang Bleu. Je vis alors leur histoire défiler devant mes yeux.

« Milton Black. »

Milton s'avança pesamment vers les marches, le menton à un angle faussement doux, à peu près soixante-quinze degrés. (C'était un roman de jeunesse trop mou.)

« Nigel Creech. »

Il sourit — une montre qui capte un rayon de lumière. (Il était quant à lui une comédie en cinq actes dépourvue de sensibilité mais pailletée de traits d'esprit, de désir et de douleur. La dernière scène se terminait sur une note trop amère, et pourtant le dramaturge refusait de revoir sa copie.)

« Charles Loren. »

Charles boita en montant les marches avec ses béquilles. (C'était un roman d'amour.)

« Félicitations, mon garçon. »

Le ciel, désormais jaune, était en train de réaliser l'un de ses plus incroyables tours de magie : même bouché, il réussissait à éblouir tout le monde.

« Leulah Maloney. »

Leulah sauta sur les marches. Elle s'était coupé les cheveux. Et,

597

même si elle n'y avait pas mis la cruauté de Hannah, le résultat était tout aussi désastreux. Ses mèches heurtaient ses mâchoires. (C'était un poème de douze vers essentiellement basé sur la répétition.)

Des gouttes de pluie grosses et lourdes comme des guêpes rebondirent sur les épaulettes du blazer marine de Havermeyer et sur le chapeau rose d'une mère qui faisait comme un soleil levant au-dessus de sa tête. Aussitôt, les parapluies fleurirent — une haie de noir, de rouge, de jaune et de quelques rayures. Le Jazz Band & Pain Confiture se mit à ranger ses instruments pour évacuer en direction du gymnase.

« Ça s'annonce mal, n'est-ce pas ? fit remarquer Havermeyer avec un soupir. Je crois qu'il va falloir faire vite. » Il sourit. « Recevoir son diplôme sous la pluie... Pour ceux d'entre vous qui considèrent que c'est un mauvais présage, il reste quelques places en terminale l'an prochain, ce qui vous permettrait d'espérer une sortie plus enso-leillée. » Personne ne rit, et Havermeyer se mit à lire rapidement les noms en levant et baissant la tête : micro, nom, micro. Mais Dieu fut le plus rapide. On entendait à peine les noms que Havermeyer prononçait, car le vent s'amusait désormais avec le micro en faisant des « ouhhhh » fantomatiques à l'intention du public. Gloria s'avança sur l'estrade et plaça un parapluie au-dessus de sa tête.

« Jade Churchill Whitestone. »

Jade se leva avec un étrange parapluie orange en forme de statue de la Liberté et prit son diplôme des mains de Havermeyer comme si elle lui rendait service, à croire qu'il cherchait du travail et lui tendait un CV. Puis elle repartit vers sa chaise d'un air hautain. (Jade était une formidable histoire écrite dans un style sans intérêt. Elle ne s'embêtait pas à attribuer les répliques à des personnages : que le lecteur se débrouille tout seul. Mais de temps en temps, elle écrivait une phrase qui vous coupait le souffle par sa beauté.)

Ce fut bientôt le tour de Radley, puis le mien. J'avais oublié mon parapluie dans la salle de Mr. Moats, et Radley ne protégeait, avec le sien, que sa tête et une bande d'estrade caoutchoutée, si bien que j'étais trempée. La pluie avait une température étrangement apai-sante, « juste parfaite », comme le porridge de Boucle d'Or. Quand je me levai, Eva Brewster poussa un « Doux Jésus » et me mit dans la main son petit parapluie rose. Mais je me sentis aussitôt coupable car, sans attendre, la pluie agglutina ses cheveux avant de rebondir sur son front. Je serrai rapidement la main froide et manucurée de Havermeyer et repris ma place en rendant son parapluie à Eva Brewster.

Havermeyer termina son discours — quelques mots sur la chance —, puis le public applaudit et se dispersa. Il y eut des mouvements de foule rappelant un pique-nique qui s'achève sous la pluie — « On n'a rien oublié ? » « Où est passée Kimmie ? » « Mes cheveux, mon Dieu, on dirait des algues » — des papas à l'air déçu attrapant des bébés sur leur chaise, des mères en lin blanc ignorant qu'elles montraient leurs sous-vêtements à tout le monde.

J'attendis une minute, comme si j'étais occupée. Lorsqu'on n'a pas une once de parent, on paraît moins seul si on fait semblant d'être occupée. Je me levai et retirai à grand renfort de gestes un caillou imaginaire de ma chaussure, puis je grattai une démangeaison fictive sur ma main et sur ma nuque (à croire qu'elle se déplaçait comme une puce). Je fis ensuite semblant d'avoir perdu quelque chose — mais pour ça, en revanche, je n'avais pas besoin de faire semblant. Je me retrouvai bientôt seule avec les chaises de l'estrade. Je descendis les marches et partis vers le terrain de sport.

Dans les semaines précédentes, quand j'imaginais cette journée, j'avais espéré que papa ferait une dernière apparition (*One Night Only*). Je le voyais comme il avait toujours été : loin devant moi, une silhouette noire sur une colline déserte. Ou alors, je me le représentais dans les hautes branches d'un chêne massif, avec une tenue camouflage en rayures tigrées d'où il observait discrètement la cérémonie de ma remise de diplôme. Ou bien au volant d'une limousine qui, au moment où je comprenais que c'était lui, démarrait en trombe sur Horatio Way, manquait de me renverser et me renvoyait un cruel reflet avant de rugir dans le virage, de passer devant la chapelle en pierre et la pancarte « Bienvenue à l'école St-Gallway », puis de disparaître comme une baleine dans un détroit.

Mais je n'aperçus pas la moindre silhouette basanée, pas la moindre limousine, pas le moindre fou solitaire dans un arbre. Devant moi, il n'y avait que Hanover Hall, Elton et Barrow couchés comme de vieux chiens qui n'auraient même pas levé la tête si on leur avait lancé une balle.

« Bleue ! » entendis-je dans mon dos.

J'ignorai l'appel et continuai à gravir la colline, mais la voix retentit de nouveau, plus près cette fois. Je m'arrêtai. La chemise rouge avançait rapidement vers moi. Je le reconnus — non, laissez-moi corriger. Je compris qu'inconsciemment, j'avais fait quelque chose d'incroyable : j'avais acquis une mémoire de poisson rouge. En effet, la chemise rouge n'était autre que Zach Soderberg, or c'était comme si je le voyais pour la première fois. Certes, il avait changé, car entre notre dernier cours de physique avancée et la remise des diplômes, il s'était rasé la tête. De plus, il n'avait pas un horrible crâne tout en creux et en bosses (comme pour rappeler que le cerveau est fait de matière spongieuse), mais une tête agréablement lisse. Ses oreilles n'étaient pas non plus irregardables. Il avait l'air tout neuf, d'une nouveauté douloureuse pour les yeux, voire troublante, si bien que je ne dis pas « Sayonara, beau gosse » pour partir en courant vers la Volvo au coffre plein qui m'attendait sur le parking des élèves. J'avais dit « Salut » au 24 Armor Street, « Taïaut » au bureau Citizen Kane, rendu les trois trousseaux de clés à l'agence Sherwig dans une enveloppe kraft scellée, avec un mot de remerciements à Miss Dianne Seasons assaisonné de quelques !!! pour faire bonne mesure. J'avais classé les cartes routières dans la boîte à gants. J'avais soigneusement divisé les États entre la Caroline du Nord et New York (comme des parts égales d'un gâteau d'anniversaire) en livres-cassettes de chez Rat de Bibliothèque sur Elm Street (essentiellement des romans de gare que papa aurait détestés). J'avais un permis de conduire avec une triste photo, et je prévoyais de rouler ma bosse dans tous les sens du terme.

Remarquant mon étonnement face à sa nouvelle tête, Zach passa la main sur le haut de son crâne. La sensation était sans doute celle d'un canapé en veloutine usée jusqu'à la corde.

« Ouais, fit-il d'un air penaud. Hier soir, j'ai décidé de tourner la page. Tu vas où, comme ça ? »

Il tenait son parapluie noir au-dessus de ma tête, si bien que son bras était aussi raide qu'un porte-serviette.

« Je pars », annonçai-je.

Il parut surpris.

« Mais ça commence à peine ! Havermeyer danse avec Sturds. Et il y a des petites quiches ! »

Sa chemise rouge vif faisait sous son menton l'effet d'un bouton d'or — s'il devient jaune, la personne aime le beurre. Je me demandais ce que ça signifiait quand le menton devenait rouge.

« Je ne peux pas », dis-je en regrettant le peu de conviction que je mis dans ma réponse. S'il avait été flic et moi coupable, il aurait compris tout de suite.

Il m'observa en secouant la tête, comme si une équation incompréhensible venait de s'inscrire sur mon visage.

« Tu sais, j'ai beaucoup aimé ton discours... je veux dire... putain... »

Tout à coup, je fus saisie d'une terrible envie de rire. Heureusement, cette envie perdit de la puissance quelque part du côté de ma clavicule.

« Merci.

— Quand tu... comment tu as dit ça déjà... quand tu as parlé d'art... et de toi... par rapport à l'art. C'était formidable. »

Je ne voyais pas du tout ce qu'il voulait dire. À aucun moment de mon discours, je n'avais parlé d'art, ni de moi. Même au deuxième ou au troisième degré. Mais alors que je le regardais, si grand — tiens, je n'avais encore jamais vu les petites rides au coin de ses yeux ; son visage lançait des signaux sur l'homme qu'il était devenu —, je me dis que le plus important, c'était peut-être ça : quand on voulait vraiment écouter quelqu'un, on entendait ce qu'il fallait pour se rapprocher de lui. Ce n'était pas un problème d'art, de personne ou de poisson rouge. Chacun de nous choisissait ses matériaux pour construire sa propre chaloupe branlante. Et puis, il y avait eu sa façon de se pencher, comme s'il voulait s'emparer de moi (son cou faisant un joli pied de nez aux lampes en col de cygne), à croire qu'il voulait rattraper chacun des mots que j'envoyais dans les airs pour éviter qu'ils ne touchent le sol. Enchantée par ce petit bout de vérité, je le mémorisai afin d'y repenser sur la route, le meilleur endroit pour réfléchir.

Zach s'éclaircit la gorge. Tourné vers Horatio Way, il regardait l'endroit où la route se rétrécissait près des jonquilles et du bassin aux oiseaux, ou peut-être plus loin, le toit d'Elton, où la girouette désignait une direction hors champ.

« Alors comme ça, si je vous invite, ton père et toi, à vous joindre à nous ce soir pour un buffet de rosbif au club, tu vas refuser. » Quand il me regarda, ses yeux se raccrochèrent à mon visage comme les gens tristes se raccrochent au montant des fenêtres. À cet instant, je me souvins, comme dans un bégaiement du projecteur de diapos de Mr. Archer, du minuscule tableau enfermé dans sa maison. Je me demandai s'il était toujours bravement accroché au fond du couloir. Zach m'avait dit que je ressemblais à ce tableau, à ce bateau sans gouvernail.

Il haussa un sourcil, encore un petit talent que je n'avais jamais remarqué.

« Comment te tenter ? Il y a toujours un cheese-cake formidable.

— En fait, je pars tout de suite », dis-je.

Il hocha la tête.

« Donc si je te demande si... on peut se voir un peu cet été... pas forcément toi tout entière. On pourrait se mettre d'accord sur... disons, un orteil, tu vas me répondre que c'est impossible. Que ton agenda est plein jusqu'à tes soixante-quinze ans. Au fait, il y a de l'herbe collée à tes chaussures. »

Ahurie, je me penchai pour essuyer l'herbe sur mes sandales qui, quelques heures plus tôt avaient été blanches, mais qui, désormais gorgées d'eau, étaient rougies comme des mains de vieille femme.

« Je ne serai pas là cet été.

— Où tu vas ?

— Rendre visite à mes grands-parents. Ou ailleurs. » (« Chippa-waa, Nouveau-Mexique, un endroit enchanteur, terre natale du coucou terrestre, de la bouteloue grêle, de la truite fardée, industries, mines d'argent et de potasse... »)

« Ton père et toi, ou rien que toi ? »

Zach avait vraiment le chic pour poser les bonnes questions. Et pourtant, papa était toujours le premier à dénoncer la politique de tolérance envers les questions stupides : qu'on le veuille ou non, il y a plein de bonnes questions mais aussi des milliards de mauvaises. Or, Zach avait choisi la question qui creusait un trou dans ma gorge, qui me donnait envie de pleurer ou de me jeter par terre, qui déclenchait sur mon bras et dans mon cou de brusques démangeaisons.

Papa aurait sans doute apprécié Zach — c'était ça, le plus drôle. Zach, avec ses yeux de taureau, aurait impressionné papa.

« Moi toute seule. »

Je me mis à marcher — sans vraiment m'en rendre compte. Je montai la colline humide de l'autre côté de la route. Je n'étais ni en larmes ni en colère, j'allais remarquablement bien. En fait, non, je n'allais pas bien (« *bien*, c'est pour les crétins et les mous du cerveau »), c'était autre chose, un état pour lequel je n'avais pas de mot. Le ciel gris pâle et immense, où on aurait pu dessiner tout ce qu'on voulait, de l'art ou un poisson rouge de n'importe quelle taille, me fit comme un choc.

Je suivis l'allée qui passait devant Hanover, puis la cafétéria dont la pelouse était jonchée de branches, et le Scratch. La pluie noyait tout. Zach, sans « Attends, où tu vas... ? », se tenait près de mon épaule droite, sans un mot. Nous marchâmes côte à côte sans exprimer de théorie, formuler d'hypothèse ni tirer de conclusion. Ses chaussures avançaient tout simplement sous la pluie, faisant dans les flaques des éclaboussures dignes de coups de queues de poisson, des poissons qui demeuraient mystérieux. Mes chaussures imitaient les siennes. Il tenait le parapluie à une distance précise de ma tête. Pour le tester — les van Meer ont la manie de tout tester — je me décalai un peu vers la droite ; j'accélérai puis je ralentis ; je m'arrêtai pour essuyer à nouveau l'herbe sur mes chaussures, en cherchant à mettre sous la pluie un petit bout de genou ou de coude, mais Zach tint le parapluie au-dessus de ma tête avec une remarquable constance. Quand nous atteignîmes le sommet des marches et la Volvo, les arbres au bord de la route dansaient, mais discrètement — après tout, ce n'étaient que des figurants, qui n'avaient pas le droit d'attirer sur eux l'attention réservée aux premiers rôles —, je n'avais pas reçu la moindre goutte de pluie.

CONTRÔLE FINAL

Instructions. Cet examen unique a pour but de tester votre compréhension intime de concepts immenses. Il se compose de trois parties dont chacune doit être traitée au mieux de vos aptitudes (leur pourcentage dans la note finale est précisé entre parenthèses) : 14 questions vrai ou faux (30 %), 7 questions à choix multiple (20 %), et une dissertation (50 %)[1]. Vous avez droit à une écritoire, mais à aucun manuel, encyclopédie, bloc-notes ou papier autre que les feuilles d'examen. Si ce n'est pas déjà fait, veuillez laisser un siège vide entre votre voisin et vous.

Merci et bonne chance.

Partie 1 : Vrai ou faux ?

1. Bleue van Meer a lu trop de livres. V/F ?
2. Gareth van Meer était un bel homme plein de charisme et de grandes idées (souvent développées avec moult circonvolutions) qui, appliquées à la réalité, pouvaient avoir des conséquences néfastes. V/F ?
3. Bleue van Meer a été aveugle, mais on ne peut lui en vouloir, car personne n'est clairvoyant sur soi-même ou sur ses

---

1. Je vous conseille d'utiliser un crayon : si vous commettez une erreur à la première lecture et qu'il vous reste un peu de temps, vous pourrez toujours modifier votre réponse.

604

proches ; autant essayer de regarder le soleil sans protection pour distinguer, à la surface de cette tache de lumière aveuglante, ses facules et autres proéminences. V/F ?

4. Les Sauterelles sont d'incurables romantiques capables de débarquer au milieu des soirées les plus guindées avec du rouge à lèvres sur les dents et les cheveux aussi fatigués qu'un homme d'affaires dans un embouteillage aux heures de pointe. V/F ?

5. Andreo Verduga n'était ni plus ni moins qu'un jardinier qui mettait une eau de Cologne musquée. V/F ?

6. Smoke Harvey tuait des phoques. V/F ?

7. Le fait que Gareth van Meer et Hannah Schneider aient souligné la même phrase dans *Un merle qui chante au cœur de la nuit : la vie de Charles Milles Manson* (« Quand Manson vous écoutait, on avait l'impression qu'il buvait vos paroles », page 481 de leur exemplaire respectif) n'a sans doute pas autant d'importance que Bleue semble le croire. En tout cas, elle devrait se contenter d'en tirer la conclusion que tous deux trouvaient fascinant le comportement d'individus malades. V/F ?

8. Les Nightwatchmen existent toujours, tout du moins dans l'esprit des conspirationnistes, des néo-marxistes, des bloggeurs insomniaques et des Champions du Che, ainsi que chez les individus de toute race et de toute foi qui aiment à croire qu'il existe, sinon une justice digne de ce nom, tout du moins un nuage de lait de justice (laquelle, comme le chabazite dans le HC1, ne tarde pas à se dissoudre entre les mains humaines pour ne plus former qu'un résidu visqueux), qui aiment à croire qu'elle permet d'aplanir un peu le terrain de jeu, afin que le match (actuellement sans arbitre) soit un peu moins inégal. V/F ?

9. La photo de police de George Gracey prise à Houston est *sans aucun doute possible* une photo de Baba au Rhum. Bleue peut le démontrer rien que par les yeux — deux olives noires plantées dans une assiette de houmous —, quand bien même le reste du visage est, sur cette photo granuleuse, caché par une barbe plus dense qu'un neutron (1018 kg/m^3). V/F ?

10. Les films imprévus que Hannah a passés dans son cours d'introduction au cinéma, des films qui — comme Blanc Bonnet le révèle à sa jumelle, Bonnet Blanc — n'étaient pas au programme, traitent tous d'un thème subversif, preuve que ses idées politiques étaient tout à la fois extrémistes, baba cool et pleines de piment. V/F ?

11. Hannah Schneider, aidée par des membres des Nightwatchmen, a assassiné un homme (pas très proprement), à l'infinie exaspération de Gareth van Meer. Car si ce dernier adorait son rôle de Socrate (ce boulot lui allait comme un costume confectionné sur mesure par un tailleur italien), qui consistait à parcourir le pays pour faire des conférences et recruter de nouveaux membres via sa théorie de la détermination et autres fascinantes idées développées dans ses articles publiés par *Federal Forum*, dont «Viva La Violencia : comment l'Oncle Sam a mis son grain de sel en Amérique du Sud», Gareth préférait être du côté de la théorie que de la violence, un Trotski plutôt qu'un Staline. Souvenez-vous que cet homme évitait avec soin tout sport de contact. V/F ?

12. En toute probabilité (même si, il faut bien l'admettre, c'est une hypothèse émise par une personne qui ne dispose que d'une photo en guise de souvenir), Natasha van Meer s'est suicidée après avoir découvert que sa meilleure amie, son amie d'enfance, avait une liaison torride avec son mari, un homme qui adorait s'écouter parler. V/F ?

13. C'est certes difficile à admettre, mais de façon assez troublante, la vie est aussi drôle que triste. V/F ?

14. La lecture d'une quantité obscène d'ouvrages de référence permet de préserver sa santé mentale. V/F ?

Partie 2 : QCM

1. Hannah Schneider était :
   A. Une orpheline ayant grandi à Horizon House, dans le New Jersey (où les enfants portaient un uniforme avec un blason cousu sur la poche de la veste : un pégase doré

qu'on pouvait facilement confondre, si on plissait les yeux, avec un lion). Enfant, Hannah n'était pas très belle. Après avoir lu *La femme de la libération* d'Arielle Soiffe (1962), qui consacre tout un chapitre à Catherine Baker, Hannah regretta de ne pas avoir eu une vie aussi intrépide et, dans un moment de désespoir, elle laissa entendre à Bleue que cette révolutionnaire hardie, cette « femme grenade » (p. 313), c'était elle. Mais en dépit de tous ses efforts pour que sa vie gagne en dignité, elle risquait de finir comme elle le redoutait — en femme qui disparaît —, à moins que Bleue n'écrive son histoire. Sa maison est actuellement numéro 22 sur la liste des « coups de cœur » de l'agence immobilière Sherwig.

   B. Catherine Baker, tout autant fugueuse, criminelle, mythe, que papillon de nuit.

   C. L'une de ces femmes qui, telle une civilisation perdue, demeurent à jamais obscures. Elles possèdent une architecture étonnante, mais la plupart de leurs pièces, y compris la salle de bal, ne seront jamais exhumées.

   D. Un peu de tout cela.

2. La mort de Miss Schneider était en réalité :

   A. Un suicide. Dans un moment glissant (comme elle en eut beaucoup), après avoir dansé trop longtemps avec son verre de vin, ou bien couché avec Charles, un faux pas qui, depuis, la rongeait de l'intérieur, elle a imaginé des histoires insensées, puis s'est massacré les cheveux et, en dernier lieu, a mis fin à ses jours.

   B. Un assassinat par un membre des Nightwatchmen (*Nunca Dormindo* en portugais). Gareth « Socrate » et Servo « Néron » avaient évoqué la question lors de leur pow-wow organisé en urgence à Paris, et conclu que Hannah devenait gênante. Les recherches d'Ada Harvey allaient trop loin, elle allait contacter le FBI dans les semaines à venir, si bien que la liberté de Gracey, et leur groupuscule de lutte contre l'appât du gain, étaient en danger. Il fallait l'éliminer — une décision difficile, finalement prise par Gracey. L'homme des bois, l'individu que Bleue est certaine d'avoir entendu, tout comme elle est certaine que la chauve-souris à nez de porc est le plus petit mammifère terrestre (schéma 1.3), était leur meilleur homme de main, Andreo Verduga, en Embuscaché™, kit invisible, feuilles d'automne, le rêve accompli de tous les chasseurs.

    C. Un assassinat par « Ed Le Débraillé », le dernier larron des Trois Bandits encore en liberté.

    D. L'un de ces événements troubles sur lesquels on n'aura jamais de certitude (voir chapitre 2, « Le dahlia noir », *Meurtres*, Winn, 1988).

3. Jade Churchill Whitestone est :

    A. Une poseuse.

    B. Fascinante.

    C. Aussi pénible qu'un ongle incarné.

    D. Une adolescente ordinaire qui n'arrive pas à voir l'arbre qui cache la forêt.

4. Flirter avec Milton Black, c'était comme :

    A. Embrasser un poulpe.

    B. Être prisonnière des tentacules d'un *Octopus vulgaris*.

    C. Plonger dans un bol de gelée.

    D. Flotter sur un lit de lobes frontaux.

5. Zach Soderberg est :

    A. Un sandwich sans croûte au beurre de cacahuète.

    B. Une bête de sexe dans la chambre 222 du Dynasty Motel.

    C. *Toujours*, même après des myriades d'explications et de supports visuels présentés par Bleue van Meer tandis qu'ils parcouraient le pays durant l'été dans un break Volvo bleu, incroyablement fermé ne serait-ce qu'aux bases de la théorie de la relativité générale d'Einstein. Il apprend actuellement le nombre pi jusqu'à la soixante-cinquième décimale.

    D. Un oracle de Delphes.

6. Gareth van Meer a abandonné sa fille parce que :

    A. Il en avait ras-le-bol des crises de paranoïa et d'hystérie de Bleue.

    B. Il était, pour citer Jessie Rose Rubiman, « un porc ».

C. Il a enfin eu le courage de viser l'immortalité en tentant de réaliser son rêve : devenir le Che de la République démocratique du Congo ; c'était ce qu'il organisait en secret avec les faux professeurs qu'il recrutait ; c'est aussi la raison pour laquelle d'innombrables journaux africains ont été retrouvés dans ses affaires après son départ, dont l'ouvrage *En Angola*.

D. Il ne supportait pas l'idée que sa fille Bleue, qui le vénérait, ait enfin compris qu'il n'était qu'un intellectuel aussi démodé que le grand octobre de la révolution socialiste soviétique de 1917, un rêveur au bord du désastre, un théoricien de pacotille (et médiocre, qui plus est), un coureur de jupons dont les frasques avaient poussé la mère de Bleue au suicide, un homme qui, s'il n'y prenait garde, risquait de finir comme Trotski (tête, pic à glace). Et pourtant, Bleue, qui continue à le vénérer, quand elle se précipite à son séminaire « Gouvernement américain : nouvelles perspectives », quand elle traverse un parc où les arbres murmurent comme s'ils voulaient lui confier un secret, ne peut s'empêcher d'espérer l'apercevoir sur un banc, vêtu de tweed.

7. La théorie de Bleue sur l'amour, le sexe, la culpabilité et le meurtre, qui couvre cinquante pages de bloc-notes, est :

A. 100 % vraie, tout comme les T-shirts sont 100 % coton.

B. Stupide et délirante.

C. Une fragile toile d'araignée tissée, non pas dans un petit coin de véranda, mais dans un espace immense où l'on pourrait facilement mettre bout à bout deux limousines Cadillac DeVille.

D. Le matériau qui a permis à Bleue de construire sa barque pour franchir sans encombre un dangereux détroit (voir chapitre 9, « Charybde et Scylla », *L'Odyssée*, Homère, période hellénistique).

Partie 3 : Dissertation

De nombreux films et travaux universitaires tentent, chacun à leur manière, d'apporter un éclairage sur l'état de la culture américaine, la douleur souterraine du peuple, la lutte pour s'affirmer comme individu, l'étonnement général de se sentir en vie. Avec des exemples habiles tirés de ces textes, construisez une argumentation globale afin de prouver que, certes, ces ouvrages sont instructifs, drôles et réconfortants mais qu'en aucun cas — surtout lorsqu'on se trouve dans une situation inédite et qu'on a besoin de se changer les idées — ils ne peuvent se substituer à l'expérience. Car, pour citer l'étude choquante de Danny Yeargood de 1977, *Comment éduquer un maca-roni*, la vie se joue « coup après coup, et même quand on se retrouve à terre et qu'on ne voit rien parce qu'on s'est pris un coup sur le nerf optique, même quand on ne peut pas respirer parce qu'on s'est pris un coup sur le diaphragme, qu'on a le nez en sang parce qu'on vous bourre de coups de poing en vous tenant bien fort, et qu'on se remet péniblement debout, on se sent bien. Et même beau. Tout simplement parce qu'on est en vie ».

Prenez tout le temps nécessaire.

REMERCIEMENTS

J'ai une très grande dette envers Susan Golomb et Carole DeSanti pour leur enthousiasme inépuisable et leurs conseils avisés. Mille mercis à Kate Barker, et aussi à Jon Mozes pour ses avis sur mes tout premiers jets (et la suggestion impérative de remplacer « talons hauts » par « talons aiguilles »). Merci à Carolyn Horst pour avoir méticuleusement mis les points sur les i et les barres sur les t. Merci à Adam Weber d'être l'ami avec le plus grand cœur qui soit. Merci à ma famille, Elke, Vov et Toni et à mon incroyable mari, Nic, mon Clyde, qui accepte de bonne grâce de voir sa femme s'enfermer chaque jour pendant dix à douze heures dans une pièce sombre en compagnie de son ordinateur sans lui demander le moindre compte. Et plus que tout, je remercie ma mère, Anne. Sans son inspiration et son extraordinaire générosité, ce livre n'aurait jamais vu le jour.

LECTURES OBLIGATOIRES

Cet ouvrage a été composé par
I.G.S.-Charente Photogravure
et achevé d'imprimer
par Normandie Roto Impression s.a.s.
61250 Lonrai, le 20 septembre 2007
1er dépôt légal : juillet 2007
Dépôt légal : septembre 2007
Numéro d'imprimeur : 072826
ISBN 978-2-07-077620-7 / Imprimé en France

156106